HELLICONIA SUMMER

海利科尼亚 II

夏

[英] 布赖恩·W.奥尔迪斯 著

华 龙 译

人民文学出版社

著作权合同登记号　图字 01-2019-7141

Helliconia Summer
Copyright:© 1983 BY Brian W. Aldiss
This edition arranged with The Estate of Brian Aldiss
through Big Apple Agency,Inc. ,Labuan,Malaysia.
Simplified Chinese edition copyright：
2021 Chengdu Eight Light Minutes Culture Communication Co. ,Ltd.
All rights reserved.

图书在版编目(CIP)数据

海利科尼亚.2,夏/(英)布赖恩·W.奥尔迪斯著;华龙译.—北京:人民文学出版社,2022
（光分科幻文库）
ISBN 978-7-02-016070-9

Ⅰ.①海… Ⅱ.①布…②华… Ⅲ.①幻想小说—英国—现代 Ⅳ.①I561.45

中国版本图书馆 CIP 数据核字（2020）第 019464 号

责任编辑　赵　萍　秦雪莹
责任印制　王重艺

出版发行　人民文学出版社
社　　址　北京市朝内大街 166 号
邮政编码　100705

印　　刷　三河市鑫金马印装有限公司
经　　销　全国新华书店等

字　　数　470 千字
开　　本　880 毫米×1230 毫米　1/32
印　　张　17.875　插页 2
印　　数　1—8000
版　　次　2022 年 1 月北京第 1 版
印　　次　2022 年 1 月第 1 次印刷

书　　号　978-7-02-016070-9
定　　价　62.00 元

如有印装质量问题，请与本社图书销售中心调换。电话:010-65233595

目　录

I. 博里恩的海滨 /003
II. 各路人物抵达宫中 /025
III. 操之过急的离婚仪式 /049
IV. 克斯加特的新发明 /065
V. 玛第之路 /087
VI. 携礼而来的使节 /113
VII. 王后造访生者与死者 /157
VIII. 真实的神话 /177
IX. 总管大臣的烦恼 /197
X. 比利被换押了 /225
XI. 去往北方大陆之旅 /255
XII. 顺流而下的商人 /283
XIII. 如何造出更好的武器 /313
XIV. 弗兰勃牯生活的地方 /337
XV. 采石场里的囚犯 /361
XVI. 开采冰川的人 /385
XVII. 死亡飞行 /407
XVIII. 深海来客 /433

XIX. 奥多兰都 / 473
XX. 正义如此降临 / 503
XXI. 屠戮阿克哈纳巴 / 527
尾　声 / 557

人是完全对称的,

充满均衡,一肢对另一肢,

整个世界也莫不如此;

每一部分都可以召唤那相距最远的——兄弟;

头与脚和睦亲密,

就像朔望与潮汐唇齿相依。

服侍着人的仆佣

比人所留意到的更多:以每一种方式

他蹂躏并压迫着那些与他为友的

即使他被疾患折磨得憔悴不堪时

啊,伟大的爱呀!人就是一个世界,且要让另一人来照料着他。

乔治·赫伯特——《人》

I

博里恩的海滨

浪花涌上斜斜的海滩又退回去，随即又卷了上来。

在不远处的海水里，一块覆满海藻的岩石将一波波不断涌来的海浪击得粉碎。那块岩石是深水区和浅水区的分界线。这块大石头曾是内陆深处一座大山的一部分，后来，剧烈的火山运动把它抛到了海滩上。

现在，这块岩石有了正式的名号：雷尼恩巨岩。而这片海湾与土地便凭借这块岩石被命名为格莱瓦贝伽雷尼恩。岩石的另一侧便是那碧波粼粼的鹰之海。波浪拍击着海岸，裹挟起海滩上的细砂，泛起一层白色的泡沫。泡沫涌上沙岸，沁入沙地的那一瞬简直让人的心都要酥融了。

涌起的海浪涤荡过雷尼恩巨岩的坚壁之后，便从四面八方向沙滩奔袭而去，势头倍增地向上扑卷，想要涌到那尊黄金宝座的脚下。宝座是由四个法艮抬到沙岸，博里恩王后的脚趾犹如十片玫瑰花瓣浸在浪花里。

除去了犄角的剑族一动不动地站在那里，只是不时扑棱一下耳朵，任由浊白的潮水在脚边翻滚，尽管他们对水无比恐惧。他们从格莱瓦贝伽雷尼恩一路抬着他们的王室主人走到这里，足有半英里[1]远，可他们并没有表现出一丝疲态。尽管炽热难当，他们也没有露出一丝不悦，甚至在王后从宝座上起身赤裸着身体步入大海时，他们也完全不为所动。

在法艮身后，在那片干燥的沙地上，宫殿的大管家正监督两个人族奴隶搭建帐篷，他在里边铺上了艳丽的玛第毯子。

水波殷勤地舔舐着梅尔黛伽拉王后的脚踝。博里恩的农民将她称为"王后中的天后"。跟她在一起的还有她和国王的女儿——塔特洛公主，以及一些心腹侍从。

---

1. 1英里=1.61千米。

公主兴奋地尖叫着，不住地蹦蹦跳跳。她已经有两岁零三什旬了，她把大海当作一个硕大无比且没有心智的朋友。

"噢，看那道涌上来的波浪，母后！那道浪最高了！还有下一道……它过来啦……喔！真是大怪物！比天空还高！哇哦，它们越来越高啦！看呀！母后！母后！看它多高呀！再看现在这道，看，它就要拍下来啦——喔，又来了一道，好家伙这道更高！看呀看呀！母后！"

王后看到女儿在小小的浪花里玩得这么开心，冲着她端庄地点了点头，然后抬眼望向远方。暗蓝色的云团堆积在南方的海平面上，预示着季风季节即将到来。深不见底的大海映出一抹无法言说的"蓝"。王后看到了天空蓝、宝石蓝、绿松石绿、鲜铬绿，诸般色彩融合在了一起。她的手指上戴着一枚戒指，是当年去奥多兰都的时候一位商人卖给她的，上边嵌着一块宝石——举世无双，不知来自何处——它与这晨间大海的色彩相映生辉。她感到自己和孩子之间的纽带，正如同这宝石与那汪洋大海。

充满无限生命力的波涛让塔特洛开心不已。对于孩子来说，每一道波浪都是各自独立的，与那些已经逝去的和将要来到的波浪毫无干系。每一重波浪都是那么的独一无二。塔特洛正处于那种似乎永恒的童真之中。

而对于王后来说，那些波浪代表着持续不断的进程，不仅仅是海洋，更是这个世界的发展进程。这个进程之中既有丈夫对她的无情废黜，也有在地平线那一边行进的大军；既有日益升高的气温，也有她日思夜想盼望出现在海平线上的风帆。她无法超然于这些事物之外。往昔或是未来，都蕴含在危机重重的当下。

她朝塔特洛招呼了一声，随即向前一冲潜入了水里。她让自己远离那个在浅水区踟蹰不前的小小身影，将自己献身于大海。她向上挺身钻出海面，手指刺破水面的时候，戒指熠熠生辉。

海水优雅地拥着她的肢体，她纵情地享受着凉爽。她感受到了大海的力量。前方一道白浪标出了浅海与深海的界线，在那里，巨大的洋流向西而去，把炎热的坎普安莱特大陆与苦寒的赫斯帕戈尔特大陆分隔开来，海水随之流转，周游整个世界。梅尔黛伽拉从不曾游过那条界线，除非有"家人"相伴。

她的"家人"们现在来了，被她那浓郁的女性气息吸引而来，在她身边游来游去。她与它们一起潜水，它们交响乐般的声音在耳畔荡漾，她对于那种语言只略知一二。它们在警告她，有什么事将要发生——某种令人不快的事情。那东西将会从大海中出现，自她的领地浮出来。

王后是被流放到这片荒芜之地的，这是博里恩的最南端，名为格莱瓦贝伽雷尼恩，古老的两军交战之地，战士们曾魂断于此，他们的幽灵出没其间。这里就是她那片微不足道的领地。然而，她又发现了另一片领地，就在大海里。这个发现纯属偶然，那天正值她的红潮，她下海游泳。她的气味在水中引来了这群密友。在之后的日子里，它们成了她的伙伴，在她遭受遗弃、威胁时给她带来慰藉。

这些生物围绕着她，梅尔黛伽拉仰面浮在水中，将身体最为娇柔的部位暴露在头顶的巴塔利克斯下面，感受着融融暖意。

水流在她耳中汩汩作响。她的双乳小巧精致，乳尖呈现出肉桂般的红褐色，她的臀部宽大丰盈，腰肢纤细如柳。阳光映在她的皮肤上光彩动人。她的人族同伴在不远处游着。一些人游到了雷尼恩巨岩的附近，另一些人则沿着海岸线嬉戏着。所有人无意之中都把王后当作可参照的边界。他们的喧闹声在波涛的拍击声中时隐时现。

远远的海岸上，越过那一线被冲上岸的海草，在悬崖的另一边，耸立着金白两色的格莱瓦贝伽雷尼恩宫殿，那就是王后居住的冷宫，她就是在那里等待她的休书——或是赐死。对于在水里嬉戏的人来说，那宫殿看起来就像一个彩色的玩具。

法艮们一动不动立在岸边。远方的海面上，一叶孤帆伫立不动。

南方的云团看上去也纹丝不动。天地间的每一件事物仿佛都在等待着什么。

但时间不会停歇。暮昏时刻正渐渐远去——没有哪个还能站立的人愿意在这个纬度冒险在双日当空的时候待在露天的开阔地带。随着暮昏时刻缓缓逝去，云层也变得更具威胁了，那叶孤帆向东一斜，朝着奥塔索尔的港口驶去。

不知什么时候，海浪裹挟着一具人族的尸体冲了过来。这正是那群家人所警告的令人不快之事。它们憎恶地尖叫着。

那具尸体漂到了雷尼恩巨岩跟前，仿佛它仍拥有着生命和意愿，被水流卷进了一汪浅水里。它漫不经心地浮在那里，脸朝下。一只海鸟停在它的肩头。

梅尔黛伽拉借着一道翻起的白浪游过去查看。她的一位宫廷侍女已经在那儿了，正惊恐地盯着它，就像看到了一条怪异的鱼。尸体浓密的黑发已经被海盐卤得发硬。一条折断的手臂弯在脖子后面。当王后的影子落在尸体上时，太阳已经晒干了发皱的皮肉。

这具尸体已经腐烂了。浅水中的小虾在一个溃烂的膝盖上窜来窜去啃食着。宫廷侍女用脚把那尸体翻了个身。它仰面朝天沉了下去。

一大群斯卡珀鱼挂在它脸上，乱糟糟地吞食着嘴和眼眶，哪怕在巴塔利克斯的照耀之下，它们也一刻不停地狼吞虎咽着。

王后听见小脚丫拍起水花一路跑近的声音，于是灵巧地转过身，一把抓住塔特洛，把她举过头顶亲了亲，毫无惊慌之色地朝她露出一个温暖的微笑，然后跟她一起蹦蹦跳跳上了岸。她边走边召唤大管家：

"思卡福巴尔！把那东西从我们的海滩上弄走，赶紧埋掉。去旧城墙外面处理。"

那位仆人从帐篷的阴影里起身，掸掉了沾在绸褥上的沙土。

"这就去，夫人。"他说道。

这天晚些时候，王后被内心的焦虑驱使，想到了一个更好的方法来处理尸体。

她向那位身形瘦小的大管家下了指示："把它送到奥塔索尔的某个人那儿去，"她目光如炬地注视着他，"我知道那人，他是收购尸体的。我还要你带一封信，不过不是给那位解剖师的。你不要告诉他你是从哪儿来的，明白吗？"

"那人是谁，夫人？"思卡福巴尔一脸的不情愿。

"他的名字叫卡拉班赛蒂。你不许向他提起我。他出了名的诡计多端。"

她尽力在众仆面前隐藏自己内心的不安，此时此刻她完全想不到，尽管贵为王后，她的命运有朝一日将取决于这位解剖师。

在这座嘎吱作响的木制宫殿底下，修筑着许多蜂窝般的地窖，一些地窖里装满了成堆的冰块，那是从遥远的赫斯帕戈尔特大陆的冰川上凿下来的。当两个太阳全都落下后，大管家思卡福巴尔来到冰块中间，将一盏鲸脂灯高高举过头顶。一个奴隶小男孩跟着他，小心翼翼地牵着他的绸褥衣角。由于一辈子做着伺候人的苦差事，思卡福巴尔琢磨出了一套明哲保身的法子，他已经习惯于垂首含胸、耷拉着双肩、鼓出肚腩，在人前摆出一副格外无足轻重的样子，借此逃避更多的责任。但是这套自保之术没起作用，王后还是把差事派到了他头上。

他戴上皮手套，套上皮围裙，扯开了盖在冰堆上的席子。他把灯盏递给男孩，绰起一把冰斧，抡起斧头劈了两下，从冰堆上劈下一大块冰。

他抱着这块冰，哼哼唧唧地跟男孩讨论冰块的分量，一路沿着台阶缓步而上。出了地窖，他监督着男孩把门锁好。一群体型骇人的猎犬正卧在漆黑的走廊里，它们察觉到有人，认出是思卡福巴尔，便没有吠叫。

他独自抱着冰块一路来到后门外,听到奴隶男孩从里边把门闩好,这才迈开脚步穿过了庭院。

星辰在头顶闪烁,不时有一抹蓝紫色的极光,光芒照亮了木拱门下那条通往牲口厩的道路。他闻到了骅骊粪便刺鼻的味道。

昏暗中有一名牲口倌正在等着他,浑身打着哆嗦。在格莱瓦贝伽雷尼恩,每个人在天黑之后都会变得紧张兮兮,因为据说每当这个时候,亡者大军便会循着适宜的大地音阶行进。一溜儿褐色的骅骊在阴影里踢踢踏踏。

"我的骅骊备好了吗?伙计。"

"好了。"

牲口倌已经为思卡福巴尔备好了一匹骅骊。牲口背上安放着一口长长的柳条箱,这是用来装运那宗需要冰块保鲜的货物的。思卡福巴尔哼哧费力地把冰块滑进箱子里,箱子底部还铺上了一层木屑。

"现在帮我把尸体放进去,伙计,可别吐了。"

那具冲进海滩的尸体就躺在牲口厩的角落里,地上湿漉漉的积了一摊海水。他俩连拖带拽地把尸体架起来放到了冰块上面,随即长舒一口气,扣上了箱盖。

"这东西可真他妈够冰的!"牲口倌说着,在绸襦上抹了抹手。

"没谁会对人的尸体有好感。"思卡福巴尔说着,扯掉了手套和围裙,"幸运的是,奥塔索尔的解剖师不这么想。"

他牵着骅骊从牲口厩里出来,从宫殿的守卫面前经过,他们那布满胡须的面孔正从宫墙旁边的小屋里紧张地向外盯着。国王给他这位废黜王后安置的守卫要么年老体衰,要么吊儿郎当。思卡福巴尔本人也很紧张,一刻不停地扫视着自己周围的一切,连远处大海发出的隆隆声都让他感到紧张。一走到宫殿外面他就停下了脚步,深吸一口气,然后回头看了看。

巨大的宫殿映在星空下,宛若颓圮的剪影。只有一个地方亮着一盏灯,让这黑暗愈加浓重。他在阳台上依稀看到一个女人的身影,她正望着内陆的方向。思卡福巴尔暗中给自己鼓了把劲,转身朝滨海的大路走去,牵着骅骊一路向东,那正是奥塔索尔的方向。

梅尔黛伽拉王后在早些时候召见了她的大管家。尽管她是一个笃信宗教的女人,但她总是疑神疑鬼,在水里发现的这具尸体让她心神不宁。她不由自主地将此视为死亡将临的征兆。

她吻了吻塔特洛阿黛拉公主,道了晚安,然后下去做祈祷。今晚,阿克哈纳巴无法给予她慰藉,尽管她想出了一个简单的计划——利用那具尸体另施良策。

她担心国王可能会对她和女儿下手。在他的愤怒面前她无处藏身,而且她很明白,只要她还活着,她的声望就会对他构成威胁。有一个人可以保护她,一位年轻的将军,她已经给他发去了一封信,但他正鏖战于西方的战场,尚未回复。

现在她又发出了一封信,就看思卡福巴尔的了。在一百英里之外的奥塔索尔,一位圣帕诺威尔帝国的特使很快就将抵达——跟她丈夫的指令一起。特使的名字叫阿拉姆·伊桑博尔,他会带来一纸离婚契约要她签署。一想到这事儿,她就浑身发抖。

她的信将会送到阿拉姆·伊桑博尔手上,寻求保护,从而免受丈夫的伤害。孤身一人的信使会被国王的巡逻兵拦下,而一个邋里邋遢的小个子男人带着一头驮着货物的牲口,准能不露声色地通过岗哨。但凡检查尸体的人,都不大可能会想到要去搜查一封信。

这封信不是给伊桑博尔特使的,而是给圣卡萨尔本人。那位圣皇有理由不喜欢她的那位国王,肯定会为困于危难中虔诚的王后提供保护。

她赤脚站在阳台上,望着夜色。想到整个世界将可能燃起大火,而自己居然对于一封信抱有这么大的期待,不由得自嘲起来。她的目光投向北方的地平线。就在那里,雅拉洛布莱彗星正熊熊燃烧,对于某些人来说，那是毁灭的征兆；对于另一些人来说，则意味着拯救。一只夜鸟在啼叫。叫声消失后，王后依然侧耳倾听，那样子就好像一个人亲眼看着一把刀坠入清澈的水中，再也寻不回来了。

当她确定大管家已经上了路，便回到长榻上拉起了丝帐。虽然躺下了，她依然大睁着一双眼睛。

幽暗的夜色里，海岸大道上的尘土泛着白色。思卡福巴尔亦步亦趋地跟在他的货物旁，不安地四下张望。当一条身影从黑暗中蹿出来，叫嚷着让他站住时，他着实给吓了一跳。

那人身带武器，一身军人装束。这正是国王詹道昂格诺尔的手下，专门雇来盯着在王后身边进进出出的人。他闻了闻箱子。思卡福巴尔解释说，他要去卖掉尸体。

"王后居然这么穷啦？"卫兵问了一句，就让思卡福巴尔走了。

思卡福巴尔步伐沉稳，继续上路，柳条箱发出咯吱咯吱的响声，他警惕地听着周围的动静。沿着海岸这一路除了有一些走私者，还有比走私者更可怕的。博里恩卷入了与兰杜楠和恺斯对抗的西方战争中，时常有一队队的士兵、突袭队员或者逃兵袭扰博里恩的乡村地带。

思卡福巴尔走了两个小时，牵着骡驴来到了一棵枝条遮蔽了道路的大树下。这条路顺着陡坡一路向上，继而汇入南方大道，大道会从奥塔索尔出来一直向西，通往兰杜楠的边境。

走到奥塔索尔得花费一天时间，整整二十五个小时，但不必埋头跟在驮着货物的骡驴身边量步子，还有一种更惬意的方式。

思卡福巴尔把牲口拴在树上，爬到低垂的枝干丛中候着。他打起盹儿来。

一阵隆隆的车轮声将他惊起，他从树上滑下来蹲在大路边等着。天空中闪耀的极光帮他辨认出了行路的人。他呼哨一声，紧接着对方也呼哨一声予以回应，大车慢慢悠悠停了下来。

赶大车的是他的一位老朋友,跟思卡福巴尔是老乡,名叫弗洛尔柯罗。小周期年夏季的每一个星期,他都会从当地农场拉着货物去大市场。弗洛尔柯罗并不是一个乐于助人的人,不过他挺乐意让思卡福巴尔搭便车去奥塔索尔,这样就能多一匹牲口来轮流拉车。

大车在路边停了好一会儿,他们把驮着货物的骓骊拴在车尾的横杆上,思卡福巴尔爬上了车。弗洛尔柯罗鞭子一甩,大车笨重地走了起来。拉车的是一匹耐力好的灰褐色骓骊。

虽然夜晚很温暖,弗洛尔柯罗依然戴着一顶宽檐帽,披着厚厚的斗篷。他身边的铁槽里竖着一把剑。他的货物包括四头小黑猪、一些柿子、葡榴果,还有一堆蔬菜,小猪无助地挂在网子里,悬在大车外面。思卡福巴尔背靠着板条,把帽子罩在眼上自管睡了。

车轮在干燥的车辙印里剧烈地颠簸着。他醒来时,弗雷耶即将升起,黎明的曙光让星光渐渐褪去。一阵微风吹过,送来了人族聚居地的气息。

尽管黑暗还笼罩着大地,农民们却早已起身了,纷纷往地头田边走去。他们一声不响地走着,随身携带的农具不时叮当作响。他们迈着坚实的步伐,却又无精打采地耷拉着脑袋,看得出头天夜里回家的路上他们有多么疲倦。

男人、女人、青年、老者,神色各异的农民走在高低不平的大地上,一些地面比大路高,一些则在路面之下,一片壮阔的景象缓缓浮现出来,土坡、斜井和围墙错落有致地分布其中,呈现出一派沉闷的褐色,就像骓骊的皮毛。这些农民就属于这片辽阔的黄土平原,这里是赤道大陆坎普安莱特中心偏南的一片广袤大地。向北,它几乎延伸到了与奥多兰都接壤的地方,向东到塔吉萨河,奥塔索尔就坐落在那里。肥沃的土地已经被无数劳力翻耕了不知多少年。堤坝、沟渠和水闸建起来,又不断被毁坏,接着又被一代又一代人不断重建。即便在这样干旱的年月里,那些命中注定要从土地里刨粮食的人也不得不侍弄这片贫瘠的黄土地。

"喔唷！"弗洛尔柯罗吆喝了一声，赶着大车骨碌骨碌驶进了路边的一座村庄。

厚厚的土坯墙守护着这里的村落免受劫匪侵扰之苦。破损不堪的大门已经在头年的季风季节里彻底坍塌，尚未修复。尽管夜色仍浓，但窗口里没有一丝灯光。家禽在残破的土墙下搜寻着食物，墙上绘着辟邪的神秘符号。

门边一口燃得正旺的火炉给人带来些许安慰。照看火炉的是一个上了岁数的小贩，他根本用不着吆喝：他那些东西散发出的香味儿就是最好的吆喝。他是卖烤饼的。农民正排着队买他的饼，可以在去劳作的路上吃。

弗洛尔柯罗捅了捅思卡福巴尔的肋骨，用鞭子一指那个小贩。思卡福巴尔心领神会。他浑身僵硬地爬下大车去买他们的早餐，烤饼直接从炽热的饼铛子上递到顾客手里。弗洛尔柯罗贪婪地吃了自己那份，爬到大车后面睡去了。思卡福巴尔替换骅骊，挽上缰绳，赶着大车继续前行。

时间一点点过去，路上的车辆熙来攘往。周围的景色变了。有一段路的路面比地面还要低很多，两旁只看得到褐色的土崖，头顶上的地面种着庄稼。还有一段路，道路在高高的土垄上延伸，四周辽阔的耕地一览无余。

广袤的平原一望无际，平坦如砥，有许多星星点点弓着腰的身影。大地笔直的线条十分醒目，一块块田地方方正正，树木排列成行。河流被引入水渠，连水渠里行驶的船帆都是规规矩矩的方形。

不论景致如何，不论温度多少——今天得有几十度了——天色刚一放亮，农民便在劳作了。蔬菜、水果，还有薇若尼卡烟草，一种主要的经济作物，这些都需要照料。他们日复一日面朝黄土，脊梁上顶着的不是一颗太阳，就是两颗太阳。

弗雷耶残酷地照耀着大地，灿烂无比；相比之下，巴塔利克斯显得又暗又红。没人会去质疑它俩谁是天庭的主宰。从更靠近赤道的奥多兰都那边来的旅行者，都在述说着森林在弗雷耶的威力之下燃起熊熊大火的可怕事迹。许多人都相信弗雷耶很快就会吞噬这个世界，然而一垄垄的庄稼地还是得锄，灌溉用的水依然要滴淌在娇柔的作物上。

农夫的大车驶近了奥塔索尔。村庄已经从视野中消失了，只看得到那一望无垠的田野在地平线上的热气中飘忽不定。

道路顺着一道坡下到了沟壑里，土崖高耸在道路两侧，差不多有三十英尺[1]高。这个村子叫莫戴克。两人从车上爬下来拴好骅骝，那牲口在车辕间无精打采地耷拉着脑袋，直到拿来饮水才兴奋起来。这两头灰褐色的小牲口都有些筋疲力尽了。

道路两侧，有狭窄的地道深入土层之中。透射下来的阳光被齐整地削成了方形。两个人穿过通道，进入了一个深陷地下的露天庭院。

这所地坑院的一侧有一家名叫"醇熟酒壶"的小酒馆，是从土壁上开掘出来的。里面凉爽舒适，只借由院子里反射的阳光来照明。酒馆对面是一片小住宅，也是从黄土中开掘出来的，赭黄色的立面上装点着养在罐子里的鲜花。

这座村庄便顺着这迷宫般的地下走廊朝四面八方扩展，时不时会有一个露天的地坑院，许多院子里都有通往地面的阶梯，莫戴克的很多居民就是在头顶的地面上劳作，脚下便是房屋的屋顶。

他们俩在小酒馆里吃了点东西，喝了些酒，弗洛尔柯罗说："他都有味儿了。"

"他可是死了好一段时间了。王后在海里发现他的，他被冲上了海滩。我敢说他是在奥塔索尔被害的，看起来很像从码头被扔进海里，

---

1. 1英尺=0.3048米。

洋流把他带到了格莱瓦贝伽雷尼恩。"

他们返回大车的时候，弗洛尔柯罗说："这对王后中的天后来说可不是什么好兆头，肯定是这样。"

长长的柳条箱跟蔬菜一起放在大车后面。冰融化后淌下的水珠滴到地上，一层浮土在那一小汪水面上缓缓打着转，就如晕开的大理石花纹。苍蝇在大车周围嗡嗡作响。

他们上了车，踏上了去往奥塔索尔的最后几英里路。

"如果詹道昂格诺尔国王想要干掉什么人，他就会这么做……"

思卡福巴尔身子一哆嗦，"王后是很受爱戴的。朋友遍天下。"他感觉到了揣在怀里的那封信，在心里对自己点了点头。有权有势的朋友。

"可他居然要娶一个十一岁大的小丫头。"

"十一岁零五什旬。"

"管他呢。真够恶心的。"

"嗯，是够恶心的，一点不错。"思卡福巴尔很同意，"十一岁半，亏他想得出来！"他噘起嘴唇吹了声口哨。

他们相视一笑。

大车吱吱呀呀朝着奥塔索尔走去，后边跟着一群绿头苍蝇。

奥塔索尔是一座巨大却又看不见的城市。在更为寒冷的年代，是这片平原大地支撑着建筑物，如今，却是建筑物支撑着平原。奥塔索尔是一座地下迷宫，生活在里边的有人，也有法艮。而那片枯焦的大地之上只剩下道路和田野，其间分布着许多四四方方的坑洞。那些方形洞口下面便是地坑院，地坑院四周的立面上是一间间的房屋，那些房屋的轮廓全然埋藏在土地之下，在外面什么也看不到。

奥塔索尔就是由土和被掏空的土组成的，在这里，正反面的土相容并济，整座城市就仿佛是由蠕虫一口一口啃出来的。

这座城市里居住着六十九万五千人。它面积辽阔，无人知晓它的尽头，连它的居民也说不出个所以然来。肥沃的土壤，宜人的气候，优越的地理位置，使这座港口城市的规模比博里恩的首都梅特拉赛尔还要庞大。于是，密密匝匝的小窑洞肆无忌惮地扩散，深深浅浅不拘一格，直到塔吉萨河挡住开掘的进程。

铺筑的巷道在地下延伸，有的地方宽得足以容下两辆大车并行。思卡福巴尔沿着一条巷道走着，牵着他那匹驮着箱子的骅骊。他跟弗洛尔柯罗在城市边缘的市场上分手了。他一路走着，行人纷纷侧目，捂着鼻子躲避他身后飘散的气味。箱子底下的冰块几乎全都融化了。

"观星者兼解剖师在哪里？"他问一个路过的人，"就是巴尔铎·卡拉班赛蒂。"

"在病房庭院。"

造型各异的乞丐在人们常去的教堂外乞求着施舍，有从战场回来的伤兵，有瘸子，有皮肤上长着可怕肿瘤的男男女女。思卡福巴尔视而不见。每个转角处和每一所地坑院都有笼子，笼子里的佩鸽不住地啼叫。每只佩鸽唱出的旋律各不相同，对于盲人来说是绝好的向导。

思卡福巴尔径自在这迷宫中穿行，下了几级宽阔的台阶到了病房庭院。他走到一扇门前，门上挂着巴尔铎·卡拉班赛蒂的名牌。他摁响了门铃。

门闩一响，门开了。出来的是一头法艮，穿着一身粗糙的麻布袍子，空洞的鲜红色眼睛里带着一丝疑问。

"你想干吗？"

"我想找解剖师。"

思卡福巴尔把骅骊拴在牲口桩上，进了门，发现自己身处一间带有穹顶的小屋。里边有一个柜台，柜台后站着另一头法艮。

先前那头法艮顺着一条走廊下去了，宽阔的双肩都蹭到了两侧的墙壁。它掀开一道门帘进了一间起居室，屋角摆放着一张卧榻。解剖师正在榻上跟妻子寻欢。他听见那个非人族仆佣说的话后坐起身来,叹了口气。

"真该死,我就来。"他爬起身,靠着墙把绸裤下面的裤子拉上,小心翼翼地整理着衣服。

妻子朝他扔了一只垫子,"你这笨蛋,为什么从来都不专心?赶紧把你的事忙完。让那些傻瓜赶紧走!"

他摇了摇头,一脸横肉抖来抖去,"这可是世界上最不用上发条的钟,我的美人儿。把一切都留好,我去去就回。送上门的生意我还能……"

他穿过走廊站在店铺门口,这样就能好好打量造访者了。巴尔铎·卡拉班赛蒂体型矮壮敦实,说起话来声瓮气的,脑门宽阔,跟法艮的脑袋有一拼。一条厚实的皮腰带系在绸裤外面,腰带上别着一把刀。尽管他看上去与寻常的屠夫别无二致,可是卡拉班赛蒂的精明妇孺皆知。

思卡福巴尔那副含胸塌背、赘着肚腩的样子让他看起来貌不惊人,卡拉班赛蒂第一眼也觉得他不过如此。

"我有一具尸体要卖,先生。一具人族的尸体。"

卡拉班赛蒂没有说话,只是朝那两头法艮示意了一下,它俩过去抬着尸体放到了柜台上,尸体上沾满了木屑和冰碴。

观星者兼解剖师走近了一步。

"都有些腐烂了。你是从哪儿弄来的,伙计?"

"一条河里,先生。当时我正在打鱼。"

尸体内部的气体已经让它膨胀了起来,把衣服撑得鼓鼓的。卡拉班赛蒂把尸体翻过来仰面朝上,从它的衬衣里扯出一条死鱼。他把鱼扔在思卡福巴尔脚下。

"这东西俗称斯卡珀鱼。对于我们这些略懂常识的人来说,它根本就不是鱼,而是在海洋中生长的乌特拉蠕虫的幼虫。海生的。海水,不是淡水。你为什么撒谎?是你杀了这个可怜的家伙吧?你看着就像罪犯。一看你这面相就是。"

"好吧,先生,如果您愿意么么说,那我就是在海里找到的。我不过只是那位倒霉王后的一名仆从,不想让这件事闹得人尽皆知。"

卡拉班赛蒂盯着他,凑上前来,"你服侍梅尔黛伽拉?王后中的天后?是吗?你这个无赖。她有最上等的奴才和最珍贵的财宝,是她吗?"

说着,他朝一幅廉价的王后画像指了指,那幅画就挂在店铺的角落里。

"我尽心尽力服侍着她。告诉我,这具尸体你能付我多少钱?"

"亏你大老远跑过来,十个卢恩,不能更多了。岁月险恶,我每周每天都能得到一堆尸体来解剖,而且还都比这个新鲜。"

"我听说您会付五十,先生。五十卢恩,先生。"思卡福巴尔透着鬼精明,他的两只手搓在了一起。

"怎么会这么巧?你辗转一路带着这位散发着恶臭的朋友来到这里,同时,国王本人和那位圣卡萨尔的特使也正好抵达奥塔索尔。你是不是国王的奴才?"

思卡福巴尔双手一摊,往后一缩,"我只跟外边那匹骅骝有关系。给我二十五好了,先生,我马上就回王后那里去。"

"你这该死的东西真够贪的。要说世风日下可一点都不夸张。"

"要是那样的话,先生,给我二十也行。二十卢恩。"

卡拉班赛蒂转身朝向站在身边的一头法艮,它正把黏液甩在鼻吻槽上,"给这家伙拿钱,把他赶出去。"他说。

"给多袄钱?"

"十个卢恩。"

思卡福巴尔痛苦地嚎了一声。

"好吧。十五。还有,我的伙计,向你的王后献上巴尔铎·卡拉班赛蒂的敬意。"

那个法艮从它的麻布袍子里摸出一个小荷包。它掏出三枚金币，托在那个长着三根手指且布满瘤子的手掌上。思卡福巴尔一把抓过，转身朝门口走去，看上去憋了一肚子气。

对方甫一离开，卡拉班赛蒂就命令他的一个非人族助手扛起尸体，跟他走进昏暗的走廊——它的服从没有一丝勉强——走廊里飘荡着怪异的芳香。卡拉班赛蒂对于肠子的了解就像对星辰一样细致，而他的房子——其本身的布局就像一副肠子——曲曲折折地在黄土下往深处延伸出好几条巷道，巷道里有很多房间，分别对应着他不同方面的兴趣。

他们进了一间工作室。堡垒般厚重的土墙上有两扇小小的方形窗户，光线斜射进来。法艮迈着外八字走着，脚下闪烁着星星点点的亮光，看上去像是钻石。其实那是玻璃珠子，是观星者制造透镜时撒落的。

室内塞满了各种研究用品：十大星座绘制在墙上，还有一面墙上挂着三具解剖程度不同的尸体——一条巨大的鱼、一匹骓骊，还有一头法艮。骓骊像书本一样被打开，柔软的内脏都被掏空了，露出了肋骨和脊骨。旁边的一张桌上放着纸页，卡拉班赛蒂在上面绘制着这些动物的细节图样，不同部位用了不同颜色的墨水做区分。

法艮把从格莱瓦贝伽雷尼恩来的尸体从肩头卸下，倒挂在一根横杆上，用两只钩子穿进跟腱与脚骨之间的皮肉。已经断掉的手臂悬荡着，浮肿的双手就像剥了壳的螃蟹搁在地上。卡拉班赛蒂呼了口气，他的助手离开了。卡拉班赛蒂讨厌剑族待在身边，但是它们比请佣人便宜，甚至比人族奴隶都便宜。

像法官一般对尸体进行了一番审视后，卡拉班赛蒂抽出刀子割掉了死者的衣服。他浑不在意那股腐烂的恶臭。

死者是一个小伙子，十二岁，或许十二岁半，可能有十二岁零九什旬，不会更大了。他的衣服是粗糙的外国布料，他的头发理成了常见的水手样式。

"我的好伙计，你应该不是博里恩人。"卡拉班赛蒂对着那具尸体说道，"你的衣服是赫斯帕戈尔特样式的……应该是来自帝马里亚姆。"

尸体的肚腹肿胀得很厉害，堆叠的褶子遮住了一条皮带。卡拉班赛蒂把皮带解了下来，发现皮肉上露出了一条伤口。卡拉班赛蒂戴上一只手套，握着拳头塞进了伤口。他的手指碰到了一个东西。撕扯一阵后，他抽出一只弯曲的剑族灰色犄角，它刺穿了死者的脾脏，深埋在身体里。卡拉班赛蒂兴趣十足地看着这件物品。两道锋利的刃边使它成为一把利器，原本该有一个手柄装在上面的，但已经不见了，可能是掉进海里了。

一股好奇心油然而生，他重新审视起这具尸体。神秘感总是让他兴奋。

他放下犄角，又查看起那根腰带。这是一件很高级的手工艺品，但在哪里都能买到——比如在奥索邑理玛，那里的朝圣者为这类商品提供了现货市场。腰带内侧有一个装着按扣的袋子，按扣弹开后，他从袋子里摸出一个令人费解的物件。

他一皱眉，把那物件托在脏兮兮的手掌心上，然后走到了光线下面。他从没见过这样的东西。他甚至看不出这个物件是用哪种金属制造的。一丝迷信生发的恐惧划过他的脑海。

他把它放到水泵下面冲洗一番，冲掉了上面的沙土和血污，就在这时，他妻子碧妮德拉走进了工作室。

"巴尔铎，你在干吗？我以为你马上会回到床上去呢。你知道我为你留着什么吗？"

"我爱上床，可我还有其他事儿要做。"他朝妻子露出一个郑重的微笑。她已近中年——二十八岁零一个什旬,差不多比他小两岁——她那头深棕色的秀发正在褪色,但在卡拉班赛蒂眼里,她风韵犹存。此时此刻,她正夸张地对这间屋子里的气味表示不满:

"你甚至都不是在写你那些关于宗教的专著,那可是你常用的借口。"

他哼了哼,"我更喜欢这种臭味儿。"

"你这个变态。宗教是永恒的,恶臭可不是。"

"正相反,我的长腿大美人儿,宗教永远都在变,而这种恶臭是永远都不会变的。"

"你还很享受?"

他用一块布擦拭着那个精美的物件,没答话,"看看这个。"

她走过去,一只手搭上他的肩头。

"巨砾在上!"他惊叹一声,把它递给了碧妮德拉,她伸手接过。

这是一条编织精美的金属带,很像手链,中间缝缀着一块透明面板,上边闪烁着三组数字。

他用粗大的手指依次划过,他们大声读了出来:

06:16:55 12:37:76 19:20:14

这些数字在他们眼前不断变化着。卡拉班赛蒂夫妇相互对视了一眼,惊讶得说不出话。他们又看了看透明面板。

"我从没见过这种护身符。"碧妮德拉无不惊讶地说。

他们忍不住又看了过去,深深为此着迷。黄底衬着黑色的数字。卡拉班赛蒂念出声:

06:20:25 13:00:00 19:23:44

他把这物件放到耳边想听听有没有声音,正巧身后墙上的摆钟开始报时了,十三点整。那是一口结构精巧的钟,是卡拉班赛蒂年轻时自己造的。它用图像显示着那两颗太阳——巴塔利克斯和弗雷耶——的起落,还有一年的时间分度,一分钟分为一百秒,一小时分为四十分钟,一天二十五个小时,一个星期八天,一个什旬是六星期,一年有十个什旬,四百八十天。还有一个标志显示着一个大周期年包含了一千八百二十五个小周期年,现在这个指针指着"381"年,这正是博里恩－奥多兰都历法现在的年份。

碧妮德拉听了听,那个玩意儿什么声音都没有,"这东西是某种钟表吗?"

"肯定是。中间的数字显示十三点了,博里恩时间……"

她总是能察觉他内心何时困惑。他像孩子一样懊恼地咬着指节。

沿着这饰物的顶端有一排装饰钉一样的东西。她按了按其中一个。

在那三个显示数字的位置又出现了一组不一样的:

6877　828　3269
（1177）

"中间的数字是年份,可能是某种古代的历法。这东西是怎么运行的?"

他又按了按那个钮钉,先前的数字又回来了。他把这条手链放在凳子上,盯着它看,但是碧妮德拉把它拿起来套在了手上,手链立刻自行适应,跟她丰满的手腕舒服地贴合在了一起。她惊得尖叫一声。

卡拉班赛蒂走到满满一架破旧的参考书跟前。他的目光掠过一本古老的折页书《雷尼莱延圣约书》,抽出了一本小牛皮封面的《先知与观星者历法表》。他飞速翻动书页,找到一页停下,手指停在了里面的一行文字上。

尽管依照博里恩－奥多兰都历法,现在是381年,但这种计算方式并没有得到普遍认可。别的国家使用的计算方式,也都列在这个表格上，828年就在其中。他是在已经被废弃的古代"丹尼斯历"上找到这个年份的，如今的人们认为，那个年代与巫术和奥义紧密相关。丹尼斯是那个极具传奇色彩的国王的名字，据说他曾统治整个坎普安莱特大陆。

"手链中央的数字指示本地的时间……"他又捋了捋思路，"这东西能在海水的浸泡中幸存下来。现在还有能制造这种珠宝的工匠吗？从某种角度来说，它肯定是从丹尼斯时代流传下来的……"

他捧着妻子的手腕，两人一起看着那不断变化的数字。他们发现了一个无比精致先进的计时器，没准儿也有着无法估量的价值，当然，也无比神秘。

不论制造这条手链的工匠在哪里，他们肯定会远离这片国度，远离已经被詹道昂格诺尔国王带入绝望之中的博里恩。世道之所以在奥塔索尔尚能维持，是因为这里作为港口，跟其他地方进行着贸易。相比之下，其他地方情况的更糟，大旱、饥荒、暴动不断。大大小小的战乱消耗着这个国家鲜活的生命。一个比现在的国王更好的政治家，在不那么腐败的议会或者议政堂的辅佐之下，或许能让博里恩与敌人缔结和约，并心系国内百姓的福祉。

然而要憎恨詹道昂格诺尔是不可能的——尽管卡拉班赛蒂时常想要这么做——只是因为他打算抛弃美丽的妻子，王后中的天后，转而去迎娶一个傻孩子，一个半玛第。如果不是需要维系博里恩与宿敌奥多兰都之间的联盟，为什么雄鹰詹道昂格诺尔要为了他的国家这么做？他是一个危险的人物，所有人都同意这点——但他跟那些最底层的农民一样面临着大棒的威胁。

可以去怪罪不断恶化的气候。炎热将一代比一代暴烈，直到树木全都燃起熊熊大火……

"别站在那儿发傻了！"碧妮德拉喊叫着，"快来把你这个可笑的新鲜玩意儿从我手腕上弄下来。"

II

各路人物抵达宫中

那件让王后担忧的事情已然开始。詹道昂格诺尔国王已经启程前往格莱瓦贝伽雷尼恩了,他要来这里废黜王后。他将从博里恩的首都梅特拉赛尔沿着塔吉萨河顺流而下抵达奥塔索尔,在那里换乘海船一路向西,最终到达格莱瓦贝伽雷尼恩那狭长的海湾。詹道昂格诺尔会在众人的见证之下,向他的王后递交圣卡萨尔的离婚契约。然后他们就算分开了,也许是永远。

这就是国王的计划,他一念及此便怒火难平。

伴随着一阵嘹亮的号角声,在一众盛装的王室随员陪同之下,詹道昂格诺尔国王乘着御辇从宫殿到了山下,穿过梅特拉赛尔那曲曲折折的街道朝着码头走去。在御辇上陪着他的只有一名仆佣:玉理——他的宠物法艮。玉理还很年幼,透过他白色的皮毛仍然能看到幼年期的褐色绒毛。他被去除了犄角,偎着主人坐着,出于剑族的天性,一想到要在河流上旅行便无比紧张。

詹道昂格诺尔走下御辇,恭候在那里的船长迎上前来干净利落地行了个礼。

詹道昂格诺尔说道:"你准备好我们就上路。"五什旬之前,他的王后正是从这个码头被流放的。成群结队的百姓列立两岸,渴望亲眼一见这位毁誉参半的国王。市长走上前来向他的君主致辞道别。山呼海啸的欢呼声与送梅尔黛伽拉王后上路时的欢呼声没有什么分别。

国王上了船。脚下传来一阵木板拍击的声音,像是牲口蹄子踩在石子路上。那是桨手开始划桨。船帆扬起了。

船从泊位滑出的时候,詹道昂格诺尔猛地转身,盯着梅特拉赛尔的市长,他跟他的随从们僵直地立在码头上向国王道别。市长迎着国王的目光毕恭毕敬地颔了颔首,但是詹道昂格诺尔很清楚他心里有多气愤。君主在这个时刻离开首都,市长是十分不满的,这座城市正受到外部的威胁。趁着博里恩与兰杜楠在西方激战正酣,东北方的蛮族王国莫迪雅特蠢蠢欲动。

等那张阴郁的面孔从船尾消失后,国王才转头向南。他不得不承认市长的态度有几分合理。从高地上无边无际的莫迪雅特大草原传来消息,绰号铁锤的军阀安多德又开始行动了。为了鼓舞士气,国王本应将儿子罗彼昂格诺尔任命为博里恩北方军的统帅,但这位王子就在他听说父亲打算废黜母后的当天,消失不见了。

"真是个值得信任的儿子……"詹道昂格诺尔对着风喃喃自语,脸上满是苦涩。他把这趟跋涉归咎于他的儿子。

国王回头,不再眺望南方,而是转向他那些忠诚的船员。帆索在木制船板上投下的影子形成繁杂的花纹。光华灿烂的弗雷耶升起之后,影子变成了两重。然后,雄鹰沉沉入睡。

丝织的华盖在艉楼搭出了一片荫凉。三天的航程里,国王大部分时间都在那里度过,随从侍立左右。就在他这一隅安乐窝下面几英尺的地方,赤身裸体的人族奴隶坐在桨位上,他们大多是兰杜楠人,随时准备在风力变弱之时给船帆加把劲。他们的气味不时飘上来,与焦油、原木和舱底的味道混在一起。

国王下旨:"我们要在奥索邑理玛停一下。"奥索邑理玛,位于河流沿岸的朝圣之地,他要去神殿接受鞭笞。他是一个虔诚的信徒,在那即将到来的考验里,他需要得到全能之主阿克哈纳巴的垂怜。

詹道昂格诺尔非凡的气质中透着一股忧郁。他的年纪只有二十五岁零一两个什旬,还是个年轻人,但他那孔武有力的面孔已经爬上了细纹,赋予他一种颇具智慧的外表,而智慧……他的敌人一直宣称他根本不具备这东西。

就像他养的老鹰那样,他以一种统领天下的气势昂首而立。旁观者的大部分注意力都会集中在这颗脑袋上,似乎这颗头颅就代表了这个国家的最高领袖。詹道昂格诺尔有着雄鹰一般的容貌,鼻如刀锋,眉毛粗黑狂野,修得整整齐齐的胡须微微遮掩着那张迷人的嘴。他的眼睛幽暗而深邃,犀利的目光什么都不会错过,这也让他在民间有了一个绰号——博里恩的雄鹰。

他那些擅于观察的近臣说,雄鹰一直都被关在笼子里,而笼子的锁匙仍然掌握在王后中的天后手中。大家都说詹道昂格诺尔遭受了欲念的诅咒,那是一种被剥离了人性的肉欲,在这酷热的时节更是得到了很好的诠释。

这颗头颅总是不停地动来动去,跟他那纹丝不动的身体形成了鲜明对照,其实这是一种神经质的习惯,这类人总是希望看清楚自己下一步要转向何方。

在奥索邑理玛那高耸的巨岩之下举行的仪式很快就结束了。国王回到船上,束腰上衣渗出了血迹,后半段旅程开始了。由于很讨厌船上的那股恶臭,国王夜里也睡在甲板上。天鹅绒的床垫上,他的法艮宠物玉理与他抵足而眠。

在国王的船后面,第二艘船谨慎地保持着距离,那是一艘改造过的牲口船。船上载着国王最忠诚的卫队——第一法艮卫队。在航程第三天下午接近奥塔索尔内港的时候,后面那条船出于保卫的目的,跟国王的船拉近了距离。

在奥塔索尔湿热的空气里,桅杆上的旗帜降了下来。密密麻麻的人头聚集在码头上。爱国旗帜与其他标志中间还拉着一些让人不快的标语,有说大火将至:"**大海即将燃烧**",还有"**要么与阿克哈共生,要么与弗雷耶一同永远死去**"。教会正好利用这万众瞩目的时刻,试图让那些有罪之人俯首。

一支乐队从两处货栈间郑重地穿行而来,开始演奏皇家主题曲。当国王陛下迈步走下跳板时,响起了一阵相当克制的掌声。

迎接他的是城市议政堂的成员以及身份尊贵的公民。他们熟知雄鹰的秉性,尽量让自己话语简短,国王也予以简短的回应。

"很高兴来到奥塔索尔,看到它一片欣欣向荣我心甚慰,这是我们的大港口。但我无法在这里久停,你们知道伟业都是如何成就的。

"我的意志不可动摇,根据圣帕诺威尔帝国的首脑——阿克哈纳巴教会至高的圣父、伟大的卡萨尔·吉兰达尔九世亲自颁布的一纸休书,我将要废黜王后梅尔黛伽拉,吾等都是圣父的奴仆。

"待我因循我所必须因循的法律,在圣卡萨尔特使的见证之下与王后签署了那份契约,待那份契约呈送给圣卡萨尔之后,我将以自由之身迎娶奥多兰都的女儿希摩达·泰尔,作为我合法的配偶。由此,我将通过联姻确立我国与奥多兰都的古老联盟,借此巩固两国在圣帝国之中的伙伴关系。

"有了联盟,我们将会击败共同的敌人,我们将会像先祖的那个时代一样实现伟大复兴!"

零星响起一些欢呼声与掌声。而大多数拥来看热闹的人都是为了欣赏法艮卫队登陆上岸。

国王已经换下了日常所穿的纱袍。现在他穿着一件黑黄相间的无袖束腰上衣,遒劲有力的手臂显露在外。他的裤子是黄色丝织品,坠感十足;脚踏深色皮革的翻边靴子,腰带上配着一把短剑。他的一头黑发整齐地编在阿克哈纳巴金环上,他正是借助阿克哈纳巴的力量统治着王国。他站在那里,注视着前来迎接的委员会成员。

可能他们期望从他这里得到更切实际的东西。而事实上,王后梅尔黛伽拉在奥塔索尔受到的爱戴与在梅特拉赛尔相差无几。

詹道昂格诺尔给了随从一个简单的眼神,一转身,阔步向前。

他们面前横亘着一道道不起眼的低矮土崖。码头上铺了一条长长的黄布供国王踩踏。他有意识地避开了黄布,走到等候在一旁的御辇跟前踏了上去。男仆把门关好,车子动了起来。车子通过一道拱门,然后进入了奥塔索尔的迷宫之中。后面尾随着法艮卫队。

詹道昂格诺尔讨厌很多东西,奥塔索尔的宫殿就是其中之一。直到看见在大门边迎接的王室主教,他的情绪都没有缓和下来,主教冷峻的表情背后透着一脸贪婪,他名叫埃博森纳特。

"伟大的阿克哈纳巴保佑您,陛下。当远征兰杜楠的第二军团传来噩耗的时候,能有幸见到您的尊容并能让您亲临我们中间是我们无上的荣耀。"

"军事情况我会从军事人员那里听取的。"说着,国王迈步进入了接见大厅。宫殿里很凉爽,天时变得越来越炎热的时候这里依旧保持着凉爽,但是身处地下的环境让他抑郁。这里唤起了他幼年在帕诺威尔作祭司修行的那两年时光。

他的父亲,瓦尔培昂格诺尔曾大手笔地扩建这座宫殿。他问儿子喜不喜欢,满心期待得到儿子的颂扬,"冷,够大,考虑欠周。"曾经的詹道昂格诺尔王子如是回答。

这就是典型的瓦尔培昂格诺尔,从来不懂战争艺术,从来没意识到一个很严重的问题:地下宫殿永远都无法有效地进行防御。

詹道昂格诺尔还记得宫殿遭到入侵的那一天。那时他三岁零一什旬。他正在一所地坑院里舞弄一把木剑。一堵光滑的黄土墙壁突然破碎,里面冲出十几个全副武装的反叛者。他们神不知鬼不觉地在土地下面挖掘出了一条隧道。在举着玩具宝剑冲向他们之前,他一直在惊恐地大喊大叫,哪怕现在想到这事,詹道昂格诺尔也依然有些心烦意乱。

幸好当时遇到卫兵换岗,两队人马都在庭院里,刀枪齐备。经过一番激烈的战斗,入侵者被杀死了。非法的通道后来被合并成宫殿的一部分。那件事发生在一次叛乱期间,即便瓦尔培昂格诺尔采取了足够强硬的手段,也未能完全镇压此起彼伏的叛乱。

现在这位老人被囚禁在梅特拉赛尔的堡垒里,而奥塔索尔宫殿的庭院和通道则到处都有人族与剑族的卫兵守卫着。詹道昂格诺尔走在曲曲折折的走廊里,不住地打量着那些默不作声的路人,如果有人稍有动作,他准会杀了他。

关于国王情绪不佳的消息在宫廷人员中间迅速传播开来，他们安排了庆祝活动为国王消遣，但他先要听取西方战场传来的报告。

第二军团的一支连队越过了驰瓦特高地，意欲打击兰杜楠的普尔瑞什港，却遭遇一支优势敌军伏击。他们一直战斗到黄昏，逃生的幸存者给主力大军报了警。一个受伤的人被派回去送信，通过旗语沿着南方大道一路把消息传回了奥塔索尔。

"托科奈特将军怎么样了？"

信使答道："他还在继续奋战，陛下。"

詹道昂格诺尔收到报告之后几乎没发表任何评论，就下到他的私人礼拜堂进行祈祷，准备接受鞭笞。这是一种极为严苛的惩罚，由那位一脸贪婪的埃博森纳特主持实施。

宫廷里不怎么关心三千英里之外军人的遭遇：更重要的是，晚间宴会不能因为国王的坏心情泡了汤。雄鹰"享受"完惩罚之后，每个人都会好过些。

回环的阶梯向下直抵私人礼拜堂。这个令人压抑的地方是按照帕诺威尔的样式设计的，在黄土层下的黏土层中开掘出来，齐腰高有一行铅线，上方镶着石头。潮气凝成了水珠，聚成水柱。色彩斑驳的玻璃罩后面燃着灯盏。灯罩把彩色光柱切成方形投射到又湿又冷的空气中。

当王室主教从祭台旁边拿起那条十尾鞭时，下方奏起了阴沉的乐曲。祭台上立着阿克哈纳巴之轮，两根弯曲的轮辐连接着内外边缘。祭台后面挂着一张金红相间的挂毯，描绘着荣耀与伟大的阿克哈纳巴那充满矛盾的自我：两位一体，人与神，孩童与野兽，短暂与永恒，精神与顽石。

国王站在那里，凝视着他所信奉的神灵那张野兽般的面孔。他全心全意饱含敬畏之心。在他的一生之中，从在帕诺威尔的修道院度过的青春期开始，宗教就统御了他。同样，他也通过宗教进行着统治。宗教奴役着他宫廷里的大部分人和他的百姓。

对于阿克哈纳巴的共同崇拜勉强维系着博里恩、奥多兰都以及帕诺威尔之间脆弱的联盟。如果没有阿克哈纳巴，就只有混乱与蒙昧，那些文明的敌人就会占得上风。

埃博森纳特示意这位王室忏悔者跪下，在他头顶上方诵读了一篇短短的祷文。

"吾等来至汝之座前，伟大的阿克哈纳巴，乞求失败的宽恕，并流淌出蕴含着罪恶的血。因所有人族之恶行，您啊，伟大的救治者，受到了伤害；您啊，全能之主，疲惫不堪。由是汝令吾等步入烈火与寒冰，使吾等以血肉之躯亲历，在海利科尼亚，汝以吾等之名所受之苦难，便是经受那酷热与严霜的无尽折磨。接受这苦难，噢伟大的主，正如吾等尽其所能接受汝之一切。"

鞭子落在了王者的肩头。埃博森纳特是一个身型柔弱的年轻人，但手臂很有力量，而且在执行阿克哈纳巴的旨意时一丝不苟。

忏悔之后是沐浴仪式。沐浴之后，国王上来参加宴会。

在这里，没有鞭打，只有舞动的衣裙和轻快的乐曲，乐手们体态丰满，笑容满面。国王也露出一脸笑容，但这笑容犹如盔甲一般挂在脸上，因为他记得，以前这间厅室曾沐浴着梅尔黛伽拉王后的光华。

墙壁上装饰着暮昏时节的鲜花，到处是盛开的艾德兰花和芬芳的苇丝柏草。桌上摆着堆积如山的水果和一壶又一壶翻着气泡的黑葡萄酒。农民可能是在挨饿，宫殿里绝不会。

詹道昂格诺尔屈尊俯就，用黑葡萄酒给自己提了提神，他给酒里加了果汁和洛德尔雅德莱的冰块。他坐在那里，心思显然并没有放在眼前的画面上。他的侍臣保持着恰当的距离。女人被打发来向他献媚，又被打发开去。

在离开梅特拉赛尔之前,他把老总管大臣革职了。新的总管大臣正在试用,忧心忡忡地侍立一旁。由于这意想不到的晋升,他在国王面前既想阿谀奉承又感到受宠若惊,他走上前来讨论去往格莱瓦贝伽雷尼恩接下来的行程安排,也被打发走了。

国王打算在奥塔索尔停留的时间尽可能短。他会接见卡萨尔的特使,然后跟他一起前往格莱瓦贝伽雷尼恩。与王后的仪式举行过后,他会一路疾行前往奥多兰都,在那里,他将与希摩达·泰尔公主完婚,并且完成与此相关的一切事务。然后,他就会在奥多兰都与帕诺威尔的协助之下击败他的敌人,给自己的领土带来和平。当然了,那位年幼的公主希摩达·泰尔必然要生活在梅特拉赛尔的宫殿里,但他没有理由必须经常见她。他会完成这一系列计划。这些事情不停地在他的脑海中翻来覆去。

他看了看旁边卡萨尔的特使,那位举止优雅的阿拉姆·伊桑博尔。他在帕诺威尔的修道院进行为期两年的修行期间就见过伊桑博尔,从那之后他们之间一直保持着友谊。对于詹道昂格诺尔来说,很有必要让这位颇有权势的大人物——吉兰达尔九世本人派遣来的特使——见证他和王后在离婚契约上签字,也要由他将这份契约呈送回卡萨尔本人手中,之后,这场婚姻才算是正式合法地废除了。伊桑博尔目前应该是站在他这边的。

但就在刚才,伊桑博尔特使正要离开自己房间的时候,被耽搁了。一个邋里邋遢的小个子男人来到了他的面前,他肚腩沉赘,头发污秽,衣服上沾满路边的泥土,他这副样貌让油头粉面的特使停下了前往宴会的脚步。

"我看你肯定不是从我的裁缝那里来的吧?"

邋遢的小个子男人没理会问话,径自从怀里掏出一封信来递给特使。他站在那里浑身不自在地扭动着,特使优雅地打开了信封。

"这个,先生,是打算……是要呈递上去的。是给卡萨尔本人亲阅的，请您见谅。"

"我就是卡萨尔在博里恩的全权代表，谢谢。"伊桑博尔说道。

他看了信，点点头，给了送信人一枚银币。

送信人咕哝着退下了。他离开地下宫殿，走到拴着那匹骅骝的地方，踏上了返回格莱瓦贝伽雷尼恩的路，去向王后汇报他完成了使命。

特使站在那里，面带微笑，挠着自己的鼻尖。他是一个身型纤瘦、相貌俊美的男人，二十四岁半，穿着一件制作精良的纱袍。他把信捏在手里垂着。出于对梅尔黛伽拉王后的喜爱，他派去了一个部下。从新出现的情况来看，个人利益与政治利益都是要兼顾的。如果可能的话，他会享受这趟前往格莱瓦贝伽雷尼恩的旅程。伊桑博尔向自己许诺，他不会让自己太过沉迷于格莱瓦贝伽雷尼恩的享乐。

王室的船只刚一泊岸，男男女女们就挤进了宫殿的前院，巴望着能跟国王说上句话。根据法律，所有的请愿都必须经过议政堂，但是直接向国王陈情的古老传统却很难改变。与其等待，与其看着他的侍臣周旋在让人喘不过气的事务之中，国王倒是宁愿去干点闲事，他吩咐让觐见者都到旁边的房间去等着。他的小宠物已经警觉地靠着小宝座坐下了，国王不时拍拍他。

头两个请愿的人完事之后，巴尔铎·卡拉班赛蒂出现在国王面前。他在那件绸褥外面披了一件刺绣的马甲。詹道昂格诺尔认出了这人走路的姿势，当他朝这边毕恭毕敬躬身行礼时，他不禁眉头一皱。

"这位是巴尔铎·卡拉班赛蒂，陛下。"站在国王右手边的临时总管大臣说道，"您的王室图书馆里有一些他绘制的解剖图。"

国王说："我记得你。你是我前任总管大臣萨托里瓦什的朋友。"

卡拉班赛蒂眨了眨满是血丝的眼睛，"我希望那位萨托里瓦什一切安好，陛下，尽管他已经成了前任大臣。"

"他逃到锡伯纳尔去了，如果那也能被称为安好的话。你想要我

035

为你做些什么？"

"首先，陛下，一把椅子，因为站久了我的腿会很痛苦。"

他们相互凝视着。然后，国王示意一位侍从搬来一把椅子放在王座的高台之下。

卡拉班赛蒂从容就座，然后说道："我有一件物品要呈献给您……无价之宝，我相信……据我所知，陛下，您是一位颇有学识的人。"

"我是一个无知的人，而且蠢得不喜欢被人奉承。博里恩的国王只对政治问题有点研究，好确保他的国家不受损害。"

"凡是我们更了解的事情，我们都能做得更好。如果我知道一个人的关节是如何运转的，我就能更有效地打断他的手臂。"

国王大笑起来。这声音很刺耳，不常从他口中听到。他身子向前一倚，"什么样的学识能够抵御弗雷耶那不断增强的酷热？即便是全能的阿克哈纳巴似乎都没能抵御弗雷耶的力量。"

卡拉班赛蒂让自己的目光盯着地板。"我对全能之主一无所知，陛下。他没有跟我交流过。上个星期，有些公众捐助人在我的门上涂写了一个词：'无神论者'，现在那已经成了我的标志。"

"那么当心你的灵魂。"国王现在的语气不那么尖刻了，而且放低了声音，"作为观星者，你对于日益严酷的炎热有何看法？人族已经犯下如此滔天大罪以至于我们全都必须在弗雷耶的烈火中灭亡吗？北方天空的彗星难道不正像普罗大众所宣扬的那样，是一种毁灭将至的征兆？"

"陛下，说到那颗彗星，雅拉洛布莱彗星，那是一个希望的象征。我有一套长篇大论来论述我的看法，但又担心您会对那些天文学的计算感到厌烦。这颗彗星是以德高望重的地图学家兼天文学家的名字命名的——他就是基乌阿斯恩城的雅拉洛布莱。就是他绘制了第一幅世界地图，把奥塔萨埃尔放置在了地图的中心，我们现在身处的这座城市在当时就叫那个名字，也正是他为这颗彗星命名的。那是在一千八百二十五年前了——正好是一个大周期年。彗星的回归恰好证明我们就像彗星一样,是围绕着弗雷耶转动的,而且也会毫发无伤地越过它!"

国王沉思片刻,"你给了我一个科学上的答案,就像萨托里瓦什一样。我的问题肯定还有一个宗教上的答案。"

卡拉班赛蒂咬了咬牙,"圣帕诺威尔帝国对于弗雷耶的问题是怎么说的?阿克哈在上,帝国惧怕任何天空中的征兆,因此就只是利用彗星来增加人们心中的恐惧。它声称要再发动一次更为神圣的大清洗,把法艮从我们中间清除掉。教会的说法是,如果那些没有灵魂的生物被消灭了,气候便会立刻凉爽下来。然而我们其实可以通过种种渠道了解到,在寒冷的年代,教会却宣称是那些不敬神灵的法艮带来了寒冷。所以教会的思想是缺乏逻辑性的——就跟所有的宗教思想一样。"

"别惹恼我。我在博里恩就代表着教会。"

"抱歉,陛下。我只是陈述事实。如果这触怒了您,那把我打发走就是了,就像您打发走萨托里瓦什一样。"

"你提及的那位老兄可是全力赞同消灭剑族的。"

"陛下,我也一样,尽管我自己也靠它们给我干活儿。如果允许我再次陈述事实,我会说,您对于它们的喜爱让我不安。但我不会出于某种愚蠢的宗教原因杀死它们。我若杀它们,只因为它们是人族长久以来的宿敌。"

博里恩的雄鹰猛地一拍椅子扶手。一旁的临时总管大臣吓得一哆嗦。

"我不想再听了。你的言论太出格了,你这傲慢无理的无赖!"

卡拉班赛蒂一躬身,"很好,陛下。权力会蒙蔽人的耳朵,听不进真知灼见。称您为无知的正是您自己,不是我,陛下。因为您一个眼神就足以恐吓他人,所以您无法虚心学习。而这正是您的不幸。"

国王站起身来。临时总管大臣吓得缩到一边。卡拉班赛蒂一动不动地站在那里，他的脸上微微透出一抹惨白。他知道自己有些过分了。

但是，詹道昂格诺尔却指了指那位缩在角落里的总管大臣。

"我烦透了那些一到我面前就畏畏缩缩的家伙，就像这个人。既然我的谏官无法向我进谏，而你可以，你就来做我的总管大臣——不可否认的是，你和你那位朋友——前任总管大臣一样招人烦。

"当我再次大婚，迎娶奥多兰都国王赛伦·司堂德的女儿为妻时，这个王国将会与圣帕诺威尔帝国结为更加亲密的盟友，我们将因此拥有强大的力量。但是我会受到来自卡萨尔的压力，让我消灭剑族，就像在帕诺威尔所做的那样。然而博里恩缺少军力，需要法艮。我能用你所谓的科学道理来反驳卡萨尔的敕令吗？"

"嗯，"卡拉班赛蒂扯了一下脸上的横肉，"帕诺威尔和奥多兰都一向都很讨厌法艮蛮子，而博里恩一向都不。我们不像奥多兰都，他们正好位于剑族迁徙的路线上。祭司们找到了一个新的托词来进行这场自古以来的战争……

"有一条科学的线索您可以捋一捋，陛下。科学，它将扫除教会的愚昧，请原谅我的无礼。"

"那就说吧，我的小宠物和我都会听着的。"

"陛下，您会理解的，可您的宠物不会。您一定知道那部广为人知的历史专著《雷尼莱延圣约书》。在这部著作中，我们会看到一位圣洁的女士，芙芮丹，就是贤者雷尼莱延的妻子。芙芮丹揭示了一些关于天庭的秘密，她相信，正如我所相信的那样，存在于天庭的是真理，而不是邪恶。芙芮丹在纪元26年那场毁灭奥多兰都的大火中亡故了。那是三百五十五年前了——整整十五代人，尽管我们比那个时代的人要活得久。我坚信芙芮丹是一个真实的人物——并非寒冰世纪传说中虚构的人物，而圣教会则让我们相信那只是个传说。"

"你的观点又是什么呢?"国王问道。他威严地踱起了步子,玉理跟在他身后遛着。他记起他的王后十分看重雷尼莱延的书,而且还给塔特洛读里面的东西。

"这个嘛,我的观点可是很尖锐的。这位芙芮丹女士正是一位无神论者,因此才看到了这个世界的本质,没有被幻想出来的神明蒙蔽双眼。在她的时代之前,人们相信弗雷耶和巴塔利克斯是两个活生生的哨兵,守卫着我们的世界,抵御着天庭里的战争。同样还是这位杰出的女士,凭借几何学的帮助,她预言将会出现一连串的日食,将她的那个时代带向终结。

"知识只能建立在知识之上,一个人永远都不会知晓下一步会通向何方。教会正陷在这样一个怪圈里。"

"而我更愿意相信你的探索会陷入黑暗。"

"我找到的是一条通过黑暗看到光明的路。通过我们共同的老相识萨托里瓦什的帮助,我研磨出一些玻璃透镜,就像是眼睛里的结构那样。"他开始讲述他们如何组装起一架望远镜。通过这台仪器,他们研究了艾珀克里恩和天空中其他行星的盈亏变化。他们对这件事一直保守着秘密,因为在身处帕诺威尔宗教羽翼之下的那些国家,天空可不是个受人喜欢的研究对象。

"一个接一个,这些星星向我们揭示了它们的盈亏,很快我们就能准确预测它们的变化了。于是就有了观星学!从那时开始,我和萨托里瓦什利用计算验证了观测。于是,我们得出了天庭几何学的定律,我们认为雅拉洛布莱肯定也是了解这些的——但他在教会手中殉难。定律表明,这些星球的轨道是围绕着太阳巴塔利克斯旋转的,而巴塔利克斯的轨道则是围绕着弗雷耶旋转的。这些星体围绕太阳运动时,在相同的时间里,矢径在太空中扫过的面积是相同的。

"我们还发现了那颗运动极快的行星,芙芮丹将其命名为铠骥,它的轨道不是围绕着巴塔利克斯,而是围绕着海利科尼亚,因此,它是一个卫星体,或者说是月亮。"

国王停下脚步,尖锐地问道:"那铠骥上生活着人吗?"

这个问题和他之前勉强表现出来的兴致大相径庭,卡拉班赛蒂不由得十分惊讶。"它只是一个银眼睛,陛下,不是一个真正的世界,跟海利科尼亚或艾珀克里恩不一样。"

国王双手一拍,"够了。不用再解说了。你会落得跟雅拉洛布莱一样的下场。我完全听不懂。"

"如果我们能够把这些知识向帕诺威尔清晰明了地加以解说,那我们就有可能改变他们那种过时的思想。如果卡萨尔能够被说服,去了解天庭几何学,那他就有可能理解几分人族的几何学,进而允许人族与剑族相互依存,共存于世,就像巴塔利克斯与弗雷耶那样,而不是去发起他神圣的大清洗,令有序的生活陷入混乱。"

他正要做更深入的解说,国王做了一个不耐烦的手势。

"改天再说吧。我不能一次性听太多异端邪说,尽管我很欣赏你思维中的机敏。你倾向于适应环境,甚至跟我颇有几分相似。这就是你来这里的原因吗?"

卡拉班赛蒂迎着国王锐利的目光顿了片刻,然后他说:"不,尊敬的陛下,我来这里,就像您许多忠诚的臣民一样,希望卖给您一些东西。"

他从腰包里取出那条他在尸体上发现的带有三组数字的手链,把它送到国王陛下面前。

"您以前可曾见过这么一件宝物?尊敬的陛下。"

这位陛下一脸惊讶地注视着那件物品,在手掌中翻来翻去。

"是的,"他说,"是的,我以前见过这手链,就在梅特拉赛尔。它确实很奇特,而且来自一个很奇特的人。他宣称自己是从另一个世界来的,就是你提到的那个铠骥上。"说了这番奇谈怪论之后,他闭上了嘴,仿佛有些懊悔说了这番话。

他盯着这件宝物上的数字不断变化,看了好一会儿,才说:"你可以在一个更为闲暇的时间告诉我这东西是如何到你手中的。现在,接见到此为止。我还有其他事务要处理。"

他的手握住了这条手链。

卡拉班赛蒂爆发出一阵抗议。国王的神色已然变了。他的眼睛里,他脸上的每一根线条里,都燃起了怒火。他身子向前一倾,就像一只猎食的猛禽。

"你们这些无神论者永远都不会领悟,博里恩的生死存亡取决于它的信仰。我们难道不正受到各个方向的蛮族——那些无信仰者的威胁吗?如若没有信仰,帝国就不会存在。这条手链威胁着帝国,威胁着信仰本身。它上面不断闪动的数字来自一个会毁灭我们的系统……"他又用一种不那么激烈的语气补充道,"这就是我的信念,人人都必须依靠信念来决定自己的生死存亡。"

观星者咬了咬指节,什么都没说。

詹道昂格诺尔凝视着他,然后又说道:

"如果你决定要当我的总管大臣,那明天就回到这里来,然后我们再详谈。同时,我将保存这个无神论者的小玩意儿。你想好怎么回复我了吗?你愿意成为我的首席谏官吗?"

卡拉班赛蒂看着国王把手链放进衣袋里。他被战胜了。

"很感谢您的器重。这个问题嘛,我必须跟我自己的首席谏官磋商一下,也就是我的妻子……"

国王从他身边掠过径直出了屋子,他只得深深一躬。

在宫殿不远处的一条走廊上,卡萨尔的特使正准备前去见驾。

一块从海兽巨齿上切割下来的椭圆形牙板上绘制着梅尔黛伽拉的画像,上面展示着王后无与伦比的美貌,无瑕的眉毛,以及高盘在头顶的发髻。王后深蓝色的眼珠被眼睑遮盖了,优雅的下巴透出一股娇柔的气质，而非那种母仪天下的姿态。阿拉姆·伊桑博尔在帕诺威尔欣赏过那些早期的画像，认出这就是王后——因为她的美貌天下皆知。

这位圣卡萨尔的官方特使看着这幅画像时，纵容自己的内心产生了一丝淫荡的念头。他想到，用不了多久，自己就会面对这画像的本尊了。

两个为卡萨尔刺探消息的帕诺威尔探子站在伊桑博尔面前。在他盯着画像的时候，他们向他汇报了流传在奥塔索尔的流言。他们两人反反复复絮叨着，一旦王后中的天后和詹道昂格诺尔完成离婚手续，她就会陷入危险之中。他肯定希望将她彻底了断。彻彻底底。

另一方面，平民百姓相较于国王而言更喜欢王后。难道不正是这个国王囚禁了自己的父亲，又把自己的国家搞破产了吗？人民可能会揭竿而起，杀死国王，而把梅尔黛伽拉推上王位。这也是一个合理的推断。

伊桑博尔温和地看着他们。

"你们这两条蠕虫，"他说，"两个无赖、是非精。有哪个国王不会把自己的国家搞破产？哪个人不是有了本事就把老父亲关起来？有哪个王后不是处于危险之中？民众不总是在做梦要起义去推翻这个人或是那个人吗？你们就知道指点江山，还以为自己有多重要，而那些都只不过是街头巷尾的谈资罢了。你们没有告诉我任何实质性的东西。要是奥多兰都的探子呈交这么一份报告，肯定会被狠狠鞭打一顿。"

两人头一低，"我们还要汇报一件事，就是奥多兰都的细作在这里忙得简直是热火朝天。"

"那咱们最好盼着他们不是花所有的时间去跟港口的荡妇们鬼混去了，你们二位显然就是那副德行。下一次我召见你们的时候，希望你们能带来些情报，而不是流言。"

探子把腰弯得更低，离开了房间，脸上挂着夸张的笑容，就好像得到了额外的奖赏。

阿拉姆·伊桑博尔叹了口气，装出一副严肃的样子，然后又一次望向王后的微缩画像。

"她肯定是个蠢货，否则还能有什么其他方面的缺陷来平衡如此的美貌？"他大声说着，把牙雕藏进贴身口袋里。

卡萨尔·吉兰达尔九世的特使出身尊贵，他们家族都是与地下圣城渊源颇深的忠实教徒成员。他那位严峻的父亲是大法院中的一员，眼睁睁看着自己悉心栽培却没把父亲放在眼里的儿子年纪轻轻就平步青云。伊桑博尔将这次见证朋友离婚仪式的行程看作是一次假期。既然是度假，自然可以享受一些乐趣。他开始盼望梅尔黛伽拉王后可以带来些乐趣。

他已经准备好面见詹道昂格诺尔了。他招来一名男仆。男仆把他带到国王所在的地方，两人拥抱致意。

伊桑博尔看出国王的举止比以往更显得忧心忡忡。当国王陪同他进入那间依然载歌载舞的厅室中时，他不露声色地打量着那张留着须髯的侧脸。宠物玉理跟在后边。伊桑博尔朝他投去厌恶的目光，但什么都没说。

"所以，詹，我们俩好歹安全抵达奥塔索尔了，一路上都没有遭遇入侵你们国家的匪徒。"

他们俩是朋友，对交情各怀心思。国王对于伊桑博尔的玩世不恭记得很清楚，还有他总是把脑袋微微侧向一边的习惯，好像在质疑整个世界。

"目前，我们还不用担心铁锤安多德的劫掠。你会听到我是怎么遭遇骷髅头达夫利什的。"

"我敢确定，你提起的这些人个顶个都是可怕的无赖。不给他们配这么野蛮的名字，难道他们就会变得好些吗？人们肯定不以为然。"

"我相信你的套房肯定很舒适吧？"

"说真的，詹，我讨厌你的地下宫殿，如果塔吉萨河发洪水怎么办？"

"农民会用身体挡住的。如果不时间合适的话，我们应该明天就乘船前往格莱瓦贝伽雷尼恩。已经耽搁太久了，季风已经越来越近了。离婚仪式越快举行越好。"

"我很期待海上的航行，只要航程不太长，距离海岸不太远就好。"

葡萄酒端了上来，里边加了碎冰。

"有什么事儿让你心烦，表兄？"

"很多事儿让我心烦，阿拉姆。无所谓了。这些天来，连我的信仰都让我心烦。"他稍一迟疑，四下看了看。"当我没有安全保障的时候，博里恩就没有安全保障。你的主人，卡萨尔，我们的圣皇，自然会理解这些的。我们必须依靠我们的信仰活下去。为了我的信仰，我舍弃了梅尔黛伽拉。"

"表兄，私下里说，我们可以承认信仰确实没有实实在在的东西，嗯？而你那位漂亮的王后……"

国王的手指在口袋里摩挲着从卡拉班赛蒂那里得来的手链。那倒是很实实在在的东西。这东西来自潜伏在某处的敌人，他的直觉告诉他，那些人会把灾难带到这个国家。他的拳头紧紧攥住了那条金属链。

伊桑博尔做了个手势。他的手势不像国王的那么果断，显得绵软无力，缺乏决断。

"这个世界正走向一口沸腾的大锅，表兄，如果不是走向弗雷耶的话。尽管如此，我必须得说，宗教从来都不会让我睡不好觉，哪怕是一丝一毫都不会。相反，宗教常常能让我睡个好觉。所有的国家都有问题。兰杜楠和可怕的铁锤是你的当务之急。奥多兰都现在与恺斯之间存在着危机。在帕诺威尔，我们又一次被锡伯纳尔人攻击了。他们无法再忍受那地狱般的故土，又越过查奥斯南下了。一个强大的帕诺威尔-奥多兰都-博里恩轴心联盟将会改善整个坎普安莱特的稳定。其他那些国家都只是蛮族。"

"阿拉姆，你来是为了让我在与梅尔黛伽拉离婚的前夜开心的，而不是让我沮丧。"

特使将杯中酒一饮而尽。"女人都大同小异。我敢肯定你和小希摩达·泰尔在一起会快乐幸福的。"

他看到了浮现在国王脸上的痛楚。詹道昂格诺尔的目光望着舞者，说道："应该是我的儿子迎娶希摩达·泰尔，但是我从他身上找不到任何靠谱的品质。梅尔黛伽拉理解我走到这一步全是在为博里恩考虑。"

"巨砾保佑，她真是这么想吗？"伊桑博尔伸手摸进丝织罩衣的内袋，取出一封信，"你最好看看这个，刚刚送到我手中的。"

看到梅尔黛伽拉那醒目的字迹，詹道昂格诺尔颤抖着接过信看了起来。

致身居帕诺威尔暨同名之国中的圣皇帝，卡萨尔·吉兰达尔九世，圣帕诺威尔帝国之首脑。

尊贵的陛下——在下忠贞而又虔诚地追随在您左右——

请展颜顾盼一眼来自您最为不幸的一位女儿的祈求吧。

我，梅尔黛伽拉王后，无罪而获罚。我的丈夫，那位国王，以及他的父亲，不公地指控我密谋杀害锡伯纳尔大使，这令我处于严重的危险之中。

尊贵的陛下，我主詹道昂格诺尔国王以残酷的不公对待我，把我从他身边贬黜到这破败凄惨的滨海之地。我必须暂住于此，直到国王依照他的意愿处置我的那一天，成为他那欲念的牺牲品。

十三年间我一直是他忠贞不贰的妻子，为他生育了一儿一女。女儿尚且年幼，伴在我身边。我的儿子听说这分居之事便性情大乱，下落不明。

自从我的主上，这位国王，篡夺了他父亲的王位，反常之事便降临了我们的王国。他四面树敌。为了打破冤冤相报的循环，他策划了一桩王室之间的婚姻，去迎娶奥多兰都国王赛伦·司堂德的女儿希摩达·泰尔。据我所知，这桩婚事已经得到了您的赞许。对于您的决定我必然尊重。但对于詹道昂格诺尔来说，通过法律手段把我抛弃是不够的，他还需要我从这片土地上彻底消失。

因此，我恳请我尊贵的皇帝陛下尽快下旨，禁止国王以任何方式伤害我和我的孩子，如有违背，则予以惩罚。至少国王声称他对宗教忠贞不渝，这样的威慑会对他产生足够的影响。

您心乱如麻的虔诚的女儿，
康妮·梅尔黛伽拉

这封信将在奥塔索尔通过您的特使送达您手中，我祈祷他会有仁慈之心以最快捷的手段将此信转呈于您那充满慈爱的手中。

"好吧，那我们可得好好处理一下这个问题。"国王说着，目光里透出了痛苦之色，手指把信攥得紧紧的。

伊桑博尔纠正道："是我——必须处理好这件事。"然后收回了信。

接下来的一天，一行人沿着博里恩海岸扬帆西去。与国王随行的有新上任的总管大臣——巴尔铎·卡拉班赛蒂。

国王在四下张望的时候养成了一种神经质的习惯，就好像他感觉到自己被圣帕诺威尔帝国那个伟大的神灵阿克哈纳巴紧紧盯着。

确实有人在盯着他——或者说将会盯着他——但那些人在空间与时间上都与他相距甚远，其距离远超詹道昂格诺尔的想象。他们的数量以百万计。此时此刻，行星海利科尼亚上有九千六百万人族，法艮的数量可能是其三分之一。而那些遥远的观察者的数量则要多得多。

地球的居民曾经以一种超然的姿态观察着海利科尼亚上发生的事情。从海利科尼亚传送而来，再由地球观测站发送到地球的信号起初仅仅是一种娱乐而已。历经若干世纪之后，当海利科尼亚的大周期年春季变成了夏季，情况也在发生着变化。旁观演变成了一种投入。观者被他们所观赏的事物改变着。虽然两颗行星间的现在与过去不会同时发生，但如今两颗星球之间正在形成一种基于共情的超越时空的联系。

为了让这种联系更加积极，人们自有其计划。

地球人对什么是有机实体的理解愈加深入，他们自己也变得愈加成熟，这一切都要拜海利科尼亚人所赐。他们现在看到国王乘船从奥塔索尔出发，不像塔特洛在海滩上看到波浪那样，波浪在她眼中是单一的事物，而他们看到的是宇宙、文明、历史这张无可逃避的大网中的一条线索。观众们从来不曾怀疑国王拥有自由意志。不论詹道昂格诺尔如何发挥他的自由意志——即便那是一种残酷无情的意志——那个会带来无限可能的连续体已经在他身后再次关闭了，它残留的印迹比他的船在鹰之海上留下的浪花大不了多少。

尽管地球人心怀怜悯地观看了离婚现场，可他们所看到的无非只是一幕戏，甚至还不如那些悲剧浪漫小说中所描写的生离死别。

他们之所以会这样看，是因为地球上某种长久的苦难折磨已经结束了。詹道昂格诺尔与梅尔黛伽拉的婚变，依照博里恩－奥多兰都历法发生在381年。正如同那件神秘的计时装置所显示的，地球上的这一年是耶稣诞生后的第6877年，但两者其实并不是同步的，因为对于地球上的人而言，这场离婚要再过一千年才会成为现实。

理解当地的时间日期是一个意义更深的宇宙问题。海利科尼亚星系中的天文学时间正处于大潮时期，这颗行星和它的姊妹行星正在接近近日点，也就是这条轨道距离那颗灿烂无比的恒星弗雷耶最近的点。

海利科尼亚在环绕弗雷耶的轨道上要耗费2592个地球年才能完成一个大周期年，在此期间，这颗行星要经受极端的酷热与严寒。春季已经结束了。夏季，令人颓唐的大周期年夏季已经来临。

夏季，按照地球时间计算将会持续二又三分之一个世纪。对于那些生活在海利科尼亚的人来说，在这段时间，冬季和它带来的荒凉只是传说，尽管那是极其令人震撼的传说。那些传说还需要很久，才能从人们的想象变为现实。

海利科尼亚的天空上闪耀着它自己的太阳巴塔利克斯。支配巴塔利克斯的是它的巨型双星同伴——弗雷耶。此时此刻，弗雷耶正发出比巴塔利克斯强烈百分之三十的光芒，尽管它的距离要比巴塔利克斯远二百三十六倍。

尽管他们在各自的历史时期都有事情可做，地球上的观者们却始终密切关注着海利科尼亚上的事件。他们看到大网里的条条线索——宗教这条线还不是最重要的——其实早已被编织起来，如今它们正困扰着博里恩的国王。

III

操之过急的离婚仪式

博里恩人不是那种属于大海的民族，尽管他们有着漫长的海岸线。因此，他们并不像锡伯纳尔人那样是伟大的造船者，甚至都赶不上赫斯帕戈尔特的某些国家。载着国王前往格莱瓦贝伽雷尼恩举行离婚仪式的这艘船，是一艘船首浑圆的双桅小帆船。它大多数时间都让海岸线保持在视野范围之内，通过导线测量板确定方向，再利用板子上标度钉的位置计算出正确的中间航线。

第一艘船后边跟着一艘状如大盆的双桅小帆船，载着第一法艮卫队的剑族卫士。

船一开动，国王就离开了那些随行人员，独自立在船栏边，面色严峻地注视着前方，仿佛急切地想要成为第一个看到王后的人。玉理见到涌动的大海就变得可怜兮兮的，瘫倒在绞盘旁边。头一次，国王没有对这只小宠物表现出爱怜之意。

帆索吱吱作响，双桅帆船勉力航行在平静的海面上。

突然，国王在甲板上摔倒了。侍臣连忙跑上前去把他搀扶起来。詹道昂格诺尔被抬进舱室，安放在床榻上。他面色苍白，不住地翻滚，捂着自己的脸，似乎很痛苦。

一名医师前来检查了一番，命令所有人都离开舱室，只留下卡拉班赛蒂，"陪着陛下。他只是有些晕船，没什么大问题。等我们靠岸他就好了。"

"我知道晕船有一个主要症状是呕吐。"

"喔……这个吗，在某些情况下是的。平民就会这样。王室成员的反应是不同的。"医师一躬身，退下了。

过了一会儿，国王喃喃的抱怨声变得清晰起来："那么可怕的事情我却必须要做。祈求阿克哈纳巴让它尽早结束……"

"陛下，我们还是讨论一个合理的重要话题吧，好让您的心思平静下来。您手里那条我给您的罕见的手链……"

国王抬起头，目光坚定地瞪着他，"滚出去，你这个笨蛋。我会把你扔下海喂鱼的，没有什么东西是重要的，没有什么……在这片大地上没有。"

"愿陛下早日康复。"卡拉班赛蒂说完，粗壮的身影笨拙地退出了舱室。

船顺风顺水一路向西，在第二天早晨驶入了格莱瓦贝伽雷尼恩那小小的海湾。詹道昂格诺尔突然之间便又恢复如初了，他走下跳板，步入浅浅的海浪中——格莱瓦贝伽雷尼恩没有码头——阿拉姆·伊桑博尔撩起袍子下摆紧随其后。

跟着下来的是一支由十位教会高级人员组成的仪仗队，伊桑博尔将其称为教会暴徒。国王众多的扈从中还包括军官和军械师。

王后的宫殿在陆上静候着，看不到有人活动的迹象。那些窄窄的窗户都紧紧关闭着。一面黑旗飘在角楼旗杆的半腰上。国王的面孔转向那里，毫无表情，仿佛一扇紧闭的窗。没人敢直视那张脸，唯恐迎上雄鹰的目光。

第二艘船也到了，笨拙地驶进港湾。不顾伊桑博尔的不耐烦，詹道昂格诺尔坚持等到船被拖进来，并用跳板搭起一条从船上伸到岸边的坡道，确保他那些非人族卫队踏上陆地时不会被水打湿了脚。然后，他郑重其事地让他们列好队操练了一番，用本语向他们训话，最后他才一步步踏上通往宫殿的那条半英长的路。玉理跑在前头，在沙地上蹦蹦跳跳，使劲踢着沙子，重新踏上坚实的大地让他很是开心。

迎候他们的是一位穿着黑色纱袍和白色围裙的老妇人，脸颊的一颗痣上垂下一缕长长的白毛。她拄着拐杖。两名没有武装的卫兵跟在她身后不远处。

走到近前，那栋看似辉煌的金白两色建筑便将自己的破败袒露无遗了。屋顶的板条上、游廊的木板上、围栏的立柱上，到处都是裂纹，年久失修，早已破败不堪。没有活物，只在远处的山坡上有一群啃草的鹿。远处传来大海拍击海岸的轰鸣声，无休无止。

国王又是一身黯淡无光的素装。他穿着一件没有装饰的束腰短上衣，下身是一条几近黑色的墨蓝色裤子。与之形成鲜明对照的是伊桑博尔，他信步而行，一身明艳的粉蓝色，配着一条粉红色的短斗篷。他早上还喷洒了香水，以遮掩船上的臭气。

一位步兵队长吹响了号角宣示着他们的到来。

宫殿大门仍然紧闭。老妇人双手绞在一起向着微风喃喃自语。

詹道昂格诺尔猛地走上前去，伸出剑柄在门板上一阵敲打。里面响起了回声，引得猎犬狂吠不止。

突然听到有一把钥匙插进锁孔，大门翩然而开，另一位上了岁数的老太婆从里面推开了大门，她向国王僵硬地行了下礼，站到一边，眨巴着眼睛。

里面一片黑暗。大门锁着的时候狂吠不止的猎犬，现在鬼鬼祟祟钻进了幽暗的角落里。

"也许喜怒无常的阿克哈纳巴出于仁慈，早已将瘟疫撒到了这里。"伊桑博尔说道，"借此让占据此地的人从世俗的悲苦中得到解脱，也让我们的旅途显得毫无必要。"

国王大吼一声，算打了个招呼。

一盏灯火在漆黑一片的楼梯顶端亮了起来。他们抬头望去，一个女人高举一支细蜡烛走来。她把烛火举在头顶，身子全然笼罩在阴影里。当她顺着楼梯走下来的时候，每一步都嘎吱作响。等她走近下方等候着她的众人时，门外透进的光线才让她的容貌显现出来。其实在此之前，她的仪态已经表明了她是谁。光线愈亮，梅尔黛伽拉的面容便愈清晰。她在距离詹道昂格诺尔面前几步远的地方停下，依次向他和伊桑博尔行了屈膝礼。

她那举世无双的面容如同死灰一般，双唇几乎没有颜色，双眼在这毫无血色的脸上显得格外幽深。她的秀发盘在头上，又黑又浓。她身穿一件灰白色的曳地礼服，纽扣一直扣到喉咙，完全遮住了她的胸部。

王后向那个丑老太婆吩咐了一声，老太婆关上大门，伊桑博尔和詹道昂格诺尔陷入了黑暗之中，一起闯进来的法艮宠物跟在他们身后。一丝丝光线投射进来，仿佛用光明的丝线将黑暗密密缝合在了一起。宫殿是用木板粗搭造的。太阳照在外边的时候，骨架般的结构便呈现了出来。王后带着他们去了一侧房间，缕缕银色光线勾勒出她的存在。

她站在一间屋子的中央等着他们，白昼的光芒透进窗缝，纤细的光线交织在一起，勾勒出房间的样子。

"目前宫殿里没有人，"梅尔黛伽拉说道，"除了我和塔特洛阿黛拉公主。你可以现在就杀了我们，除了全能之主，无人目睹。"

"我们并不打算伤害您，夫人。"伊桑博尔说着，走到一扇窗户跟前打开了它。他在尘土纷飞的光线里转过身，看到那夫妻二人在空荡荡的房间里站在了一起。

梅尔黛伽拉双唇一嘟吹灭了蜡烛。

詹道昂格诺尔说："康妮，正如我所说，这场离婚其实事关国策。"他的言谈举止一反常态，显得克制柔和。

"你可以强迫我接受，但你永远别指望我能理解。"

伊桑博尔打开窗户，召唤他的随从以及埃博森纳特。

"仪式不会耽搁您很久，夫人。"说着，他款款走到屋子中央朝她一躬身，"我是伊桑博尔家族的伊桑博尔。我是阿克哈纳巴教会的至高圣父、圣帕诺威尔皇帝、伟大的卡萨尔·吉兰达尔九世在博里恩的特使及全权代表。我到此的目的是作为至高圣父的代表，亲眼见证一场短暂的仪式。那是我所肩负的公务职责。我私人的职责是要宣布您比任何描绘您的画像都要美丽。"

她对詹道昂格诺尔轻声说道："毕竟我们曾彼此……"

伊桑博尔的声调平稳，继续道："仪式将解除国王詹道昂格诺尔在婚姻上的一切束缚。在这份由至高圣父本人特别授权的离婚契约之下，你们二位将终止夫妻关系，你们的誓言将被废止，而您将放弃王后这一名号。"

"基于什么缘由废黜我，阁下？借口是什么？不知禀告给尊贵的卡萨尔的话是怎么说的，我犯下了什么样的过错，得到如此礼遇？"

国王站在那里恍如置身梦中，目光茫然。与此同时，伊桑博尔从衣袋里取出一份文件，在手中展开诵读起来：

"夫人，我们有证人证明您在格莱瓦贝伽雷尼恩度假期间，"他做出一个优雅的手势，"曾赤身裸体进入大海，在那里与海豚交媾。那种非自然的行为是教会所禁止的，而这种行为一而再再而三的发生，并且常常为您的孩子亲眼所见。"

她说："你知道这是彻头彻尾的诬陷。"她的话语中没有一丝火气。然后她转向詹道昂格诺尔说："只有剥夺了我的名号才能让这个国家幸存下去吗？难道要如此侮辱我……并把我贬损得比奴隶还低贱？"

"王室主教已经到了，夫人，他将主持我们的仪式，"伊桑博尔说，"您只需要保持安静。不会给您带来更多的难堪。"

埃博森纳特走了进来，令这间空旷的厅室透出阵阵寒意。他抬起一只手念诵起祷文。两个小男孩在他身后演奏着风笛。

王后冷冰冰地说："如果这场神圣的闹剧必须进行，我要求把玉理弄出这间屋子。"

詹道昂格诺尔从恍惚之中回过神来，让他的小宠物出去。玉理稍稍不满地抗议了一下，出去了。

埃博森纳特走上前来，捧起一张题写着婚礼誓词的纸。他拿起国王和王后的手，让他们各自握住纸张的一边，他们就像是被催眠一般照做了。然后，他以高亢清晰的声音念诵着文字。伊桑博尔的目光在这对王室夫妇身上来回游走。他们都看着地板。主教高高举起一把礼器宝剑。随着一阵喃喃的祷告，他挥剑落下。那条维系两人婚姻的一纸文书被劈成了两半。王后任由她那半张飘落在木地板上。

主教又取出一份文件，詹道昂格诺尔已经签过名了，伊桑博尔作为见证人签下自己的名字。主教本人也签上了自己的名字，然后把它递给伊桑博尔，让他回去带给上面的人。主教朝国王躬身一礼，离开了房间，身后跟着那两个演奏风笛的小男孩。

伊桑博尔说："万事大吉了。"没有人挪动。

这时候，外面突然下起了大雨。船上下来的水手和士兵原本都挤在那扇敞开的窗户外面，哪怕瞥一眼这场仪式，也足够他们后半辈子吹嘘的了。现在他们都四散跑开找地方去避雨了，任由长官们冲着他们大吼大叫。大雨如注。天空中电闪雷鸣。季风来了。

"啊，好啦，我们得让自己舒服点儿。"伊桑博尔勉力让自己保持平时那种爽朗的声音，"也许王后——前任王后，抱歉——可以让一些女人为我们弄些茶点过来。"他又冲自己的一位下人叫道："找找那些地窖！侍女可能就躲在下面，如果她们不在，那下面总还有酒。"

雨水泼进了敞开的窗户，窗扇被风吹得砰砰作响。

"这些风暴不知从何处而来，很快又会过去。"詹道昂格诺尔说道。

"顺其自然吧，詹。"伊桑博尔和颜悦色地说着，拍了拍国王的肩膀。

王后什么都没说，把那支熄灭的蜡烛放在搁板上，转身离开了房间。

伊桑博尔拉过两把带着织锦的椅子摆在一起，打开了身边的一扇窗户，让他们能看到那狂暴的天气。他俩坐下来，国王把脸埋在了双手当中。

"我向你保证，等你跟希摩达·泰尔结婚之后情况就会好起来，詹。在帕诺威尔，我们无论如何总得去应付北方边境的锡伯纳尔人。他们和我们的传统和宗教信仰都不一样,战斗会特别艰辛,你知道的。

"奥多兰都则不同。在你那即将迎来的大婚过后,你会发现奥多兰都将坚定地站在你这边。他们自有他们的难处。而且看起来很有可能在大婚之后,恺斯会求和。恺斯毕竟与奥多兰都一脉相承。法艮,还有半人族,比如玛第,它们那条贯穿东西方向的迁徙路线正好穿过奥多兰都与恺斯。

"嗯……正如你所知的那样,亲爱的希摩达·泰尔的母亲,那位王后,她本人就是半……好吧,是初灵族,咱们这么说好一些。那个不起眼的词语'半人族'带有一点歧视。而且恺斯……怎么说呢,那可是一片蛮荒之地。所以如果他们跟博里恩缔结和平,我们甚至可以劝诱他们去攻打兰杜楠,谁又能说得准呢?那样你就能脱身去解决莫迪雅特那帮有着奇怪名字的人了。"

詹道昂格诺尔说:"这看上去更合帕诺威尔的意。"

伊桑博尔点点头,"这合所有人的意。我现在只想寻点开心,你不想吗?"

他的下人伴随着一阵雷鸣回来了,同时还带来了五位惶恐不安的女人,她们捧着酒坛子,被法艮一路驱赶着来到这里。

这些女人一进屋就让气氛为之一变,甚至国王的神情也发生了变化,他正在屋子里踱着步子,仿佛刚开始学习怎么用双腿走路。女人们发现国王并没有要伤害她们的意思,纷纷露出了笑容,恢复了她们平日里取悦男人的那种姿态,劝着他们推杯换盏喝个痛快。王室军械师和各式军官纷纷露面,随即也都加入了酒会。

暴风雨继续着,灯烛点了起来。又有可爱的女子被带了进来,音乐也奏响了。帆篷下的士兵从船上带来了美食。

国王饮着柿子酒,就着藏红米饭品尝银鲤。

屋顶漏着雨。

酒至半酣，他说："我要跟梅尔黛伽拉谈谈，还要看看我的小女儿塔特洛。"

"不，我可不建议你这么做。女人会借此羞辱男人。你是国王，她一文不名。等大海平静下来之后，我们离开的时候会带你女儿一起走。我可要在你这高朋满座的雨筛子里好好过一夜呢。"

过了一会儿，为了打破国王的沉默，伊桑博尔说："我有一件礼物给你，现在正是献上它的好时候，别等到我们喝太多，眼睛都看不清了。"他在天鹅绒外衣上擦了擦手，摸进口袋里，掏出一个精致的扁匣子，盖子上绣满了精美刺绣。

"这是来自奥多兰都的王后贝丝卡尔奈特－妇的礼物，你将在婚礼上牵起她女儿的手，上面的图案是王后亲手绣制的。"

詹道昂格诺尔打开匣子。里边搁着一幅希摩达·泰尔的微缩画像，那是在她十一岁生日时绣制的。她的头上扎着一条丝带，脸庞转向一侧，似乎是害羞或卖弄风情。她的头发鬈曲，但是画师没有刻意掩饰她那鹦鹉般的容貌，玛第特有的突出的鼻子和眼睛清晰地展现了出来。

詹道昂格诺尔伸直手臂端着画像看着，想要看出些门道来。希摩达·泰尔的一只手里拿着一个城堡的模型，她的嫁妆包括那座位于瓦尔沃雷尔河上的城堡。

"她是个可爱的女孩，这一点绝不会搞错。"伊桑博尔热情地说着，"十一岁半是情欲最丰富的年龄，不管她们如何故作矜持。坦白讲，詹，我很嫉妒你。尽管她的妹妹米露艾·泰尔更可爱。"

"她有学识吗？"

"奥多兰都的人有学识吗？如果他们以他们的国王为榜样，就不可能有。"

他俩放声大笑起来，为了庆祝未来的欢愉，饮下了一大杯柿子酒。

巴塔利克斯日落时分，暴风雨渐渐远去了。木结构宫殿嘎吱作响，不住地颤抖，就好像一艘即将抛锚停泊的大船。王室卫兵在冰块和烈酒之间摸到了通往地窖的路。他们，甚至还有法艮，都已喝得酩酊大醉沉入了梦乡。

没有人放哨。一切可能的烦恼似乎都远在十万八千里之外，没准儿是格莱瓦贝伽雷尼恩那令人毛骨悚然的氛围唬住了入侵者。夜幕降临，万籁俱寂。隐隐传来呕吐声、笑声、咒骂声，然后什么都听不到了。詹道昂格诺尔的脑袋枕着一名侍女的大腿睡着了。很快，她脱出身来撇下了他，任由他像普通士兵一样躺在角落里。

王后中的天后在过去的几个小时里一直在楼上留意着所有的动静。她担心自己的女儿，但是她注定要遭到流放，无处可逃。最后，她支走了女侍臣。尽管现在下面什么动静都没有了，她还是保持着警觉，坐在通向塔特洛公主睡房的前厅里。

有人敲响了房门。她起身走去。

"是谁？"

"王室主教，夫人，请求觐见。"

她略一迟疑，叹了口气，拉开了门闩。阿拉姆·伊桑博尔闪身进了房间，咧嘴笑着。

"好吧，不是那位主教，夫人，而是一位近邻，而且比我们那位可怜的主教更有力量，能带来更多的抚慰。"

"请离开。我并不希望跟你说话。我不舒服。我要叫守卫来了。"她面色苍白。她的手颤抖着扶住了墙壁。她不信任他脸上的那副笑容。

"所有人都喝醉了。甚至我……甚至我也是，我可是人中英杰，作为我那位高贵父亲的儿子，我只不过有点微醺而已。"

他伸脚把门踢上，抓住了她的手臂，把她拽在身前，逼迫她坐倒在长榻上。

"现在……别那么不友好,夫人。表现一点欢迎嘛,因为我是站在你这边的。我是来警告你的,你的前夫打算杀了你。你的处境很艰难,你和你的女儿需要保护。我能为你提供保护,如果你能善待我的话。"

"我没有待你不善。我只是很恐惧,先生……但我不会接受恐吓去做任何事情,事后我会后悔的。"

他把她搂进怀里,完全不顾她的挣扎。"事后!我们之间的性别是有差异,夫人——对于女人来说总有那么个'事后'的时候。若是没有那些'事后',你们女人又怎么能怀孕呢。今晚就让我融入你芳香的爱巢之中,我发誓不会让你事后有任何后悔。同时,我得先享受我的现在。"

梅尔黛伽拉一巴掌打在他脸上。他嘴唇一噘吸了口气。

"听我说。你给卡萨尔写了一封信在我这儿,不是吗?我可爱的前任王后。在信里,你说国王詹打算杀你。你那位送信的小子背叛了你。他把你的信卖给了你的前夫,他已经看过了你所写下的每一个调皮的文字。"

"思卡福巴尔背叛我?不,他一直都很老实。"

伊桑博尔拉住她的双臂。

"凭你现在的地位,没有任何可以依靠的人。除了我,没有别人。如果你听话,我会成为你的保护者。"

她抽泣起来,"詹仍然爱我,我知道。我理解他。"

"他讨厌你,而且渴望着那个希摩达·泰尔的怀抱。"

他扯开了自己的衣服。就在此时,门开了,巴尔铎·卡拉班赛蒂拖着笨重的身子走了进来,来到屋子中央。他双手叉腰站在那里,右手的手指扶在刀柄上。

伊桑博尔蹦了起来,拉起裤子,命令这位观星者出去。卡拉班赛蒂站在原地一动不动。他一脸阴沉，面色通红。看上去就像一个寻常的屠夫。

"我必须请求您停止安抚这位可怜的女士，大人。我之所以胆敢现在打扰您，是因为宫殿没有守卫，而一支军队正从北方逼近。"

"去找别人。"

"这事儿很紧急。我们就要被屠杀了。快来。"

他顺着走廊下去了。伊桑博尔回头看了看梅尔黛伽拉，只见她僵硬地站在那里，愤恨地盯着他。他骂了一声，匆忙跟上了卡拉班赛蒂。

走廊尽头有一个阳台，能够俯瞰宫殿后方。他跟着卡拉班赛蒂上了阳台，朝夜色中望去。

空气暖暖的，有些闷，仿佛笼住了大海的声音。地平线横亘在辽阔而又阴沉的天空下。

近在咫尺的地方有几束小小的火舌正缓缓移动，时隐时现——伊桑博尔盯着它们，有些不明就里，他的醉意还没散。

"有人正穿过树林逼近这里。"卡拉班赛蒂在他身边说道，"按照我的估计，也许他们只有两个人。但我们得警觉一些，必须多算上好几倍的人数。"

"他们想干什么？"

"这是个值得弄明白的问题，大人。我会下去调查清楚的，如果您在这里没问题的话，大人。您就在此处等候，我会带情报回来的。"他狡黠地朝这位同伴看了一眼。

伊桑博尔倚着阳台栏杆向下看去，身子不由一晃，赶紧往后一靠倚在了墙上。他听到卡拉班赛蒂的喊声和来人的回应。他闭上了眼睛，听着他们的声音。有许多声音，有些很气愤，责问的话语声飘入他耳中，尽管他拿不准他们在说些什么。整个世界都在摇摇晃晃。

听到卡拉班赛蒂在下面叫他，他猛地一挺身。

"你说什么?"

"坏消息,大人,不能大声说。请您下来。"

"怎么回事?"但卡拉班赛蒂没应声,只是用很小的声音跟来人说着什么。伊桑博尔让自己动起来,进了走廊,差点摔倒在楼梯上。

"你比我想象的还要醉,你这个傻瓜。"他大声地自言自语着。

他努力找到一扇敞开的门走了出去,几乎撞进卡拉班赛蒂和一个形容枯槁的人中间,那人满身尘土,拿着一支火把。在他身后还有一个人,同样风尘仆仆,不住四下张望,仿佛害怕有人从黑暗之中追出来。

"这两个人是谁?"

那个形容枯槁的人打量着伊桑博尔,满脸的不信任,说:"我们是从奥多兰都来的,殿下,从赛伦·司堂德国王陛下的宫廷赶来,我们历尽艰险,乡野之中可不太平。我有消息要告诉詹道昂格诺尔国王本人,而不是其他人。"

"国王睡了。你想跟他说什么?"

"坏消息,先生,我受命一定要直接告诉他本人。"

伊桑博尔愤愤不平,大声宣扬自己是何等人物。送信人有点吓呆了,看着他说:"如果您确实是您所说的那个人物,先生,那您就有权力把我带到国王面前。"

"我可以护送他去,大人。"卡拉班赛蒂说道。

他们一起进了宫殿,进门之前在地上杵灭了火把。卡拉班赛蒂带路进了主厅,里边横七竖八到处都是熟睡的躯体。他走到国王睡倒的地方,不顾礼仪地晃着国王的手臂。

詹道昂格诺尔醒转过来一跃而起,手握宝剑。

那个形容枯槁的人躬身一礼,道:"很抱歉惊扰了您,陛下,我很懊悔来得这么晚。您的士兵杀了我的两名护卫,我自己也差点没能逃脱性命。"他掏出文件来证明自己的身份。他浑身开始哆嗦,深知传达坏消息的送信人通常会有什么下场。

国王几乎看都没看那份文件。

"告诉我你带来了什么消息,小子。"

"是玛第,陛下。"

"他们怎么了?"

送信人的双脚不安地挪动着,把一只手放到脸上好让下巴停止颤抖作响。"希摩达·泰尔公主死了,陛下。玛第杀了她。"

一时间寂然无声。片刻之后,阿拉姆·伊桑博尔放声大笑起来。

IV

克斯加特的新发明

阿拉姆·伊桑博尔那充满苦涩的大笑最终传到了生活在地球上的人们耳中。即便海利科尼亚与地球之间存在着巨大的鸿沟,但命运的蹉跎却在当下便得到了共鸣。

在地球和海利科尼亚之间有一座中继站,就是被称为"阿佛纳斯号"的地球观测站。正如海利科尼亚围绕着巴塔利克斯运行,而巴塔利克斯围绕着弗雷耶运行,"阿佛纳斯号"也有自己的轨道,它围绕着海利科尼亚运行。"阿佛纳斯号"是一只巨大的透镜,透过它,地球上的观者能够身临其境地体验海利科尼亚上发生的一切。

在"阿佛纳斯号"上工作的人类奉献出他们的生命,去研究海利科尼亚的方方面面。然而这种奉献并不是他们自己选的。他们别无选择。

在这无可避免的不公之下,却也滋生出一种普遍的公正来。阿佛纳斯上没有穷人,也没有人挨饿,可那终究是一个狭小的空间。这个球形空间站直径只有一千米,大多数居民都生活在它的外壳之内。那片天地中充斥着一种空虚,榨干了生活本身的快乐。俯视众生并不能让自己的灵魂得到升华。

比利·肖·品是阿佛纳斯社会里的典型代表。从表面看来,他遵守所有的规章制度;他的工作中规中矩;他跟一个迷人的女孩订了婚;他做着规定的体操锻炼;他有一位导师向他传授宽容的美德。然而,在他的内心深处,比利只渴望一件事:他向往着去到一千五百公里之下那个海利科尼亚星球的表面,去看看梅尔黛伽拉王后,去触摸她,与她交谈,与她做爱。在他的梦里,王后曾邀他投入自己的怀抱。

地球上那些遥远的观者自有其关切的事情。他们紧追着比利他们不曾意识到的因果和连续。当他们观看格莱瓦贝伽雷尼恩那场离婚仪式的时候,内心备受煎熬,然而他们却能够追溯到这场婚变的根源,那便是发生在梅特拉赛尔东边的一场战斗,那里叫做克斯加特。詹道昂格诺尔在克斯加特的经历影响了他后来的所作所为,并且导致了——正如后来展现出来的那样——这场无情的婚变。

这场世人皆知的克斯加特之战,发生在国王与梅尔黛伽拉在滨海之地割断他们的婚姻契约之前五什旬的时候——也就是二百四十天,半个小周期年之前。

国王的身体在克斯加特地区受了一次伤,也由此导致了后来那场心灵上的切割。

国王的生命和声誉都在战斗中遭受磨难。充满讽刺的是,威胁这两者的却是一群粗野邋遢、由一帮乌合之众组成的莫迪雅特蛮族部落。

或者,如地球上那些更具历史观的观众所言,威胁这两者的是一件新事物。那件新事物不仅改变了国王与王后的人生,更影响了他们御下所有民众的生活。那是一支枪。

对于国王来说,最让他感觉丢脸的便是他被自己一向鄙视莫迪雅特族打败了,不光是他,博里恩和奥多兰都每一个追随阿克哈纳巴的人都鄙视这帮蛮族。原因就是,莫迪雅特族确实被认为是人族,但又没那么简单。

非人族与人族之间的门槛是一条灰色地带。它的一边是虚幻的自由世界,另一边是虚幻的禁锢世界。另族保持在动物状态,生存在丛林里。玛第族——囿于一种迁徙的生活方式——已经进化到了智慧的门口,但仍然维持在初具灵智的状态。而莫迪雅特族也只不过刚刚跨过这道槛,然后就在历史中停滞不前了,就像是一只冻僵翅膀的鸟儿。

这颗行星有一大不利因素对于他们各方都是平等的,那便是干旱,而这一点让莫迪雅特族始终处于蒙昧落后的状态。莫迪雅特部落占据着瑟莱布雷特地区干燥的大草地,那是位于博里恩东南方的一片土地,宽阔的塔吉萨河横穿其中。莫迪雅特人与一群群耶尔克和倍耶尔克为伴,在大周期年的夏季,这些兽群就在这片高原草场上生息。

被外界视为野蛮粗暴的风俗习惯却帮助莫迪雅特人生生不息。他们奉行一种杀生仪式:族里会设置一系列的考验,没有通过考验的家庭成员被认为是无用的,随即会被杀死。在临近饥荒的年份,屠杀掉老年人通常可以拯救更多的生命。这种风俗让莫迪雅特在那些生存条件更为优越的地方恶名远扬。但实际上他们是一个性情平和的民族——或者说太过愚蠢,根本不懂如何摆出一副好战的姿态。

然而,沿着恩克特莱赫克山脉南麓分布的各个国家的突然崛起——特别是暂时联合在铁锤安多德身后的那些尚武国家——改变了这一点。迫于生存的压力,莫迪雅特族鼓足勇气离开他们的营地,进入瑟莱布雷特的下谷地进行劫掠,那是一条横卧在下恩克特莱赫克山脉阴雨区中的峡谷。

一位狡诈多端、被称为骷髅头达夫利什的军阀头子向他们这帮乌合之众发号施令。他发现莫迪雅特人虽然头脑简单但遵守纪律,于是便将他们编成三个军团,带领他们进入了名为克斯加特的地区。他的计划是进攻詹道昂格诺尔的都城——梅特拉赛尔。

博里恩已经被西方战争搞得焦头烂额,甚至连博里恩的统治者雄鹰本人,对于赢下针对兰杜楠或是恺斯的战争都不抱多少希望。因为就算征服了那些身处群山峻岭之中的国家,也根本无法占领或是统治。

现在第五军团从恺斯调回,被派到克斯加特。对抗达夫利什的战斗虽然没有被冠以战争的名头,然而它和战争一样,消耗着人力、物力,也同样打得热火朝天。相比在西方与兰杜楠的战争,瑟莱布雷特和克斯加特的荒野离梅特拉赛尔更近。

达夫利什本人对于詹道昂格诺尔以及他的家族怀恨在心。他的父亲曾经是博里恩的一名贵族。当詹道昂格诺尔的父亲瓦尔培昂格诺尔侵占他的领地时,达夫利什曾站在父亲身边一起战斗。达夫利什亲眼看见自己的父亲被年轻气盛的詹道昂格诺尔砍倒。

当一位领袖在战斗中死去，那便是战斗的结束。没有人会继续打下去。达夫利什父亲的军队掉头就跑。达夫利什带着一小撮人马撤退到东方。瓦尔培昂格诺尔和他的儿子一路追击，就像在克斯加特的乱石迷径中猎杀蜥蜴一样——直到博里恩的军队不愿意再继续追下去，因为得不到更多的战利品了。

在荒野中卧薪尝胆十一年，达夫利什又有了机会，他把握住了这个机会。"兀鹫将会颂扬我的名字！"这句话成了他这场战争的口号。

在国王废黜王后的半个小周期年之前——那时他压根儿就没想过废黜这件事——詹道昂格诺尔被迫召集大军，一马当先，御驾亲征了。军队供给短缺，士兵们要求报酬，或是允许劫掠，然而克斯加特根本就不出产什么东西。他使用了法艮部队。他向法艮们许诺，只要为他效力，作为回报，他将赐予他们自由和土地。他们组成了第五军团中王室法艮卫队的第一兵团和第二兵团。法艮兵团有一个特别理想的优势：不论雌雄都可以战斗，而且少年也会随军一起出征。

出于人力短缺的压力，詹道昂格诺尔的父亲之前就曾拿土地奖励剑族部队。作为这一系列政策的结果，法艮在博里恩要比在奥多兰都生活得更舒服，而且也较少遭受压迫。

第五军团向东进发，穿过了石林地带。敌军在他们前边四散溃逃。大多数的小规模战斗都是在暮昏时分进行的——双方不愿在天色全黑或者双日高悬的全昼时战斗。但是，克劳弗统领的第五军团却被迫在全昼时行军。

行军路线要穿过一片人烟稀少的地震区，条条沟壑交叉分布在他们行进的路线上。沟壑里长满了杂乱的草木，但是在那里可以找到水，因此蛇、狮子以及其他生物也在那里出没。这片大地的其余部分遍布着伞状的仙人掌和低矮的灌木丛。行军速度因此十分缓慢。

在这个地方生存是很艰难的事情。有两种生物统治着这片平原：

无数的蚂蚁和以蚂蚁为食的地懒。第五军团会抓地懒烤熟来吃，但是它的肉味发苦。

狡诈的达夫利什依然一路撤退，诱敌深入，让国王远离他的大本营。有时他会在身后留下冒烟的篝火或是在高处留下伪装的要塞。然后，追击他们的军队就会浪费一天时间去调查。

彩甲军士长克劳弗年轻时曾是一位伟大的探险家，非常了解瑟莱布雷特的荒野以及瑟莱布雷特之上的大山，空气就在那里的高山上渐渐消失。

"他们要停下来了，很快就会停下。"一天夜里，当倍受挫折的雄鹰咒骂着他们的艰难处境时，军士长告诉国王说，"骷髅头肯定就要迎战了，否则那些部落就会掉过头来对付他。他很清楚这点。一旦他知道我们远离梅特拉赛尔，已经无法获得供给，他就会停下脚步。而我们必须准备好对付他的计谋。"

"什么样的计谋？"

克劳弗摇了摇头，"骷髅头很狡诈，但不够聪明。他会尝试他父亲的惯用伎俩，而且他屡试不爽。我们要准备好。"

第二天，达夫利什果然进攻了。

第五军团接近一条深沟的时候，前方的斥候看到莫迪雅特军队在沟壑对面拉起了一条战线。这道沟壑从东北伸向西南，丛林密布。两岸的距离超过标枪投掷距离的四倍。

利用手语信号，国王召集大军穿过沟壑朝敌军进发。法艮卫队被部署为前锋，因为阵型固若金汤的猛兽大军会给那些愚昧无知的部落民造成极大的恐慌。

部落民们看起来犹如鬼魅。当时刚过黎明：六点二十。弗雷耶已经从云雾中升起。阳光冲破雾霾，形势变得明朗了，敌方以及沟壑里的一部分地方会在之后的两个多小时里一直笼罩在阴影之中；而第五军团将暴露在弗雷耶的暴晒之下。

莫迪雅特军阵背后是碎石遍布的崖坡，上方则是一片高地。王室军队的左翼有一个高翘的山嘴，它的尖角朝着沟壑突了出来。在山嘴和峭壁之间有一块圆形的山包，就像是由地质运动的力量特意安置在那里，专门用来拱卫骷髅头的侧翼。那个山包的顶上，能看到一座建造粗陋的要塞；墙壁是泥土夯筑的，墙后不时有一面角旗在晃动。

博里恩的雄鹰和彩甲军士长一起研究着形势。彩甲军士长身后站着他那位忠诚的副官军士，小伙子不苟言笑，叫作公牛。

"我们必须搞清楚要塞里有多少人。"詹道昂格诺尔说。

"那就是他跟他父亲学的一个花招。他希望我们浪费时间去攻打那个地方。我敢打赌那上边根本没有莫迪雅特人，那面晃来晃去的角旗不过是绑在山羊或阿索金犬身上的。"

他们默不作声站在那里。从沟壑对面、从敌人那侧、从峭壁下面，阴影中腾起阵阵烟雾，烹饪的香味儿飘了过来，提醒着他们自己有多饿。

公牛把他的部下带到一边耳语了几句。

"让我们听听你要说什么，军士。"国王说道。

"没什么，陛下。"

国王看上去有些生气，"没什么也要让我们听听。"

军士盯着他，一只眼皮耷拉着，"陛下，我要说的就是我们的人会士气低落。一个普通人——我是说我自己——唯一能够改善生活的方式，陛下，就是加入军队并且希望能把握搜刮的机会。但是这些莫迪雅特人没什么值得劫掠的。说得直白点儿，他们中间好像没有母的——我是说女人，陛下——这样的话进攻的欲望就……不怎么强烈，陛下。"

国王站在他跟前，与他四目相对，公牛不由自主退后了一步。

"等我们驱逐了达夫利什之后再操心女人的事情，公牛。他可能把他的女人们都藏在邻近的峡谷里。"

克劳弗清了清嗓子,"除非您有计划,陛下,我得说我们面临着一个几乎不可能完成的任务。他们的数量是我们的一倍,尽管我们的骑兵更快,可是在近战中比起耶尔克和倍耶尔克,我们的骅骊太单薄了。"

"撤退可不是现在应该讨论的问题,我们好不容易才追上他们。"

"我们可以脱身的,陛下,而且能找到一个更有利的位置去攻击,比如说,我们在他们上方的峭壁……

"或者设下圈套俘虏他们,陛下,我是说……"

詹道昂格诺尔大发雷霆:"你是军官还是母山羊?我们就在这里,而敌人就在对面。你还想得到什么?为什么要在这个当口畏缩不前?等到弗雷耶落下时,我们就会成为英雄。"

克劳弗挺身向前,"这是我的职责,我需要向您指出形势的不利之处,陛下。一想到战利品有女人,就会激励男人的斗志。"

詹道昂格诺尔情绪激昂地说道:"我们绝对不能害怕一群半人族的乌合之众——何况我们还有十字弩弓手助阵,我们会在一小时后击溃他们。"

"非常好,陛下。如果您能当众狠狠羞辱达夫利什一番,也许会增加我方的斗志。"

"我会好好羞辱他的。"

克劳弗与公牛偷偷交换了一下眼神,但没再说什么,克劳弗给军队下达了部署命令。

主力军沿着参差不齐的沟壑边缘分散开。左翼由第二法艮卫队加强,他们总共有五十匹骅骊,长途跋涉之后状态很差。它们主要是用来驮运东西的。现在在它们卸下了担子,作为骑兵的坐骑向达夫利什施压。它们驮的货物堆在山嘴上的一个浅洞里,安排了卫兵守卫着,有人族也有法艮。如果今天不能拿下,那些物资可就都成了莫迪雅特的战利品。

当这些安排一一布置下去的时候,笼罩在对面峭壁上的阴影渐渐退缩，就好像巨大的日晷在提醒每一个人——生命正在倒计时。

骷髅头的军力露出了真容，跟之前被遮掩在蓝色的阴影中时相比，并没有减去半点威风。那些原始部落民穿戴着褴褛的兽皮，披着邋里邋遢的毯子，散漫地跨在他们的耶尔克身上。一些人的肩头裹着明艳的条纹毯子，给他们身上增添了一坨额外的累赘。一些人穿着齐膝的靴子，很多人赤着脚。大块的倍耶尔克皮被做成了头饰，上边还缀着毛——常常用犄角或枝角来标记不同等级。最显眼的是男根图案，画在裤子上或者绣在上面，兴奋地勃起着，张扬着他们的饥渴斗志。

骷髅头一眼就能看到。他的头饰是用皮革和毛皮装点的，染成了橙色。枝角向前探出，把他那张长满胡须的脸合围在内。早些年间在与詹道昂格诺尔的战斗中，他的脸被剑砍中，削去了左边的脸颊和下巴上的皮肉，给他留下了一副永恒的死亡微笑，骨骼和牙齿清晰可见。他极尽所能让自己看上去与他的盟友们一样凶残，那毛茸茸的眼眶和突颚的下巴让他们生就一副野蛮的样貌。他的坐骑是一头强健的倍耶尔克。

他高举手中的标枪高声喊道："兀鹫将会颂扬我的名字！"亢奋的彪悍呼声涌出喉咙，回荡在身后的峭壁上。

詹道昂格诺尔跨上自己的骅骝，站立在脚镫上。他的呼喊声清晰地传入敌阵。

他用一口不伦不类的奥洛奈茨语叫道："达夫利什，在你的脸烂掉之前，有没有胆量站出来？"

双方的前沿军阵里传出一阵嘀咕声。骷髅头用膝盖一磕倍耶尔克，到了峭壁边缘，朝着他的敌人一顿狂吼：

"你听着，詹道，你这个长着脏毛的甲虫。你就是你爹一个屁放出来的，你为什么不到这边来，面对一下真正的男人？所有人都知道你那卵蛋早就吓得缩成一团了！爬回去吧，你这堆屎，爬着走吧！带着你那群长满疥疮的肛毛武士一起滚！"

他的声音在峭壁之间不断回响着。当声音完全停息下来，詹道昂格诺尔以同样的腔调回敬道：

"没错。我听到你这个娘娘腔发嗲了，大粪达夫利什！我听到你管身边那帮三条腿的异族杂碎叫真正的男人。我们都知道，真正的男人都不齿与你为伍。除了那些把法艮阴垢当老祖母供奉的野蛮猴子，谁受得了你身上的臭气？"

橙色的头饰在阳光下不住抖动。

"法艮阴垢，是吗？你个暮昏浑球！你知道你在说什么？只有你才把一盘一盘的法艮阴垢当饭吃！你是有多崇拜那些长角的巴塔利克斯畜生？把它们踢到沟里再来公平交战吧，你这个把屎当王冠的屎壳郎！"

莫迪雅特军阵中爆发出狂野的大笑。

"要是你对那极品耶尔克禽兽有那么一点点的尊重，就抖掉你那臭裤衩上的蜘蛛和疥疮来跟我们打一场吧，你这胆小如鼠的半边脸莫迪雅特蠢蛋！"

这番骂战持续了好一会儿。詹道昂格诺尔逐渐落了下风，他根本比不了达夫利什那龌龊头脑里蹦出来的丰富脏话。就在这场骂战进行之时，克劳弗派公牛带领一小队人马准备奇兵突袭。

气温越来越高。双方军队都经受着难耐的痛苦。法艮在弗雷耶的注视下渐渐萎靡不振，很快就会乱了阵脚。口水仗愈来愈剑拔弩张。

"给拉野屎的剑族刨坑挖坟啦！"

"一群克斯加特的地懒恋童癖！"

博里恩军队开始沿着沟壑边缘移动，一边叫喊一边挥舞着手中的武器，与此同时，一众莫迪雅特人也在另一边耀武扬威。

克劳弗对国王说："我们该怎么对付那个山包上的要塞呢？陛下。"

"你是对的，我信你了。那个要塞是摆样子的。别管它了。你带领骑兵向前，步兵和第一法艮卫队紧随其后。我带领第二法艮卫队到那个山包后边，让莫迪雅特人看不到我们。你跟他们交锋的时候，我们就从藏身之处压上去攻击他们的右翼，切入他们后方，然后就能凭借钳形攻势把达夫利什赶进沟里。"

"我会全力执行您的命令，陛下。"

"阿克哈纳巴与你同在，军士长。"

国王策动骅骝，一马当先去往法艮卫队那里了。

剑族满腹牢骚，在行动开始之前必须鼓舞一下士气。他们对于死亡毫无概念，他们声称谷地中的大气音阶跟他们气场不合；如果被击败，他们在这里将无法找到幽缚之境。

国王用赫德胡语向他们训话。这种以后喉音为主的语言并非这两个种族之间沟通常用的那种标志性却不伦不类的奥洛奈茨语，而是架通人族与非人族之间交流的桥梁。跟那些不胜枚举的发明创造一样，据说它也形成于遥远的锡伯纳尔，里面充斥着大量的名词和动名词。赫德胡语对人族的大脑和剑族那苍白的脑质都相当友好。

剑族本语只有一种时态：现在进行时。这是一种不适合抽象思维的语言，就连计数，都只能以三为基数来算。剑族的数学只用于计算不同的年份，被吹嘘成一种原圣永恒的模式。原圣语则被奉为一种神圣的表达方式，跟永恒息息相关，是幽缚之境的语言。

自然死亡是法艮无法领会的。他们的死亡是一种人族思维很难理解的客观世界，甚至连法艮都很难从本语转换到原圣语。赫德胡语，就是为了解决这类问题而创造出来的，它使用的是一套族际通用交流模式。不过，赫德胡语中的每一句话都很为难其使用者。人族说话时需要其语序平格对应奥洛奈茨语。法艮则需要一种固定的语言，对他们而言，理解新词跟理解抽象事物一样困难。因此，赫德胡语里的"弗雷耶之子"相当于"人族"，"文明"是"许多的屋顶"，"军事阵列"就是"依次而行的长矛"，诸如此类。于是，詹道昂格诺尔得花些时间才能把自己的命令清晰无误地传达给第二法艮卫队。

当他们完全弄明白对面的那些敌军正在玷污他们的牧场，像烤乳猪一样炙烤他们的法艮孩儿，这些法艮战士便开始行动了。他们几乎无所畏惧，尽管高温让他们显然不那么警觉了。年幼的法艮跟着他们，号叫着要抱抱。

第二法艮卫队动了起来，克劳弗向其余的部队大吼着发布命令。这边也行动起来了。尘土四起。这番调动让莫迪雅特军团产生了回应。那些粗野凌乱的队列从肩并肩的一排变成一列列纵队，朝着前沿阵地进发而来。两支大军将会在峭壁下的开阔地带遭遇上，正好就在沟壑的咽喉处和那个山包之间。

双方的步伐都开始加快，在两军即将交锋之际却又慢了下来。无疑会有一番冲锋陷阵，只不过这片被选中的战场遍布着破碎的巨砾，提醒着人们地质剧变仍然在此地兴风作浪。要想找一条直冲敌军阵脚的路线，可是要大费周章。

随着双方的大军不断逼近，叫骂声不绝于耳。靴子的踢踏声此起彼伏，队伍却不再前进了。他们互相看着对方，却不太情愿去拉近双方之间那最后几英尺距离。莫迪雅特头领在后面大声驱赶，毫无用处。达夫利什在他的队伍后面来回疾驰，冲着手下破口大骂，说他们都是浑身癞疮的懦夫，但是这些部落民对于这种阵仗毫无经验，他们更喜欢突袭，打了就跑。

有人投出了标枪。终于，宝剑出鞘，只见一片刀光剑影，血肉横飞。辱骂声变成了尖叫。鸟儿在头顶的天空中渐渐聚集起来。达夫利什在奋力疾驰。詹道昂格诺尔的军队从山包后绕了出来，以速度适中的步伐朝着莫迪雅特右翼发起攻击，完全依计而行。

就在这时，战场上方的山坡上传来一阵呼喝。在那里，借助高处峭壁阴影的遮掩，部落里的一些妇人正蹲在那里埋伏着——有随军眷属，有妓女，有粗野的老妇人。她们一直等候着，直到敌军绕过山包发起预料中的进攻才现身。她们一跃而起，用力把堆在面前的一堆堆岩石推下山坡，引发了一场滑坡，乱石轰隆隆地朝第二法艮卫队落了下去。法艮们大惊失色，吓得一动不动，就像保龄球瓶一样被成片击倒，很多孩子也随着他们一起死去。

忠心耿耿的公牛是最早怀疑那些部落女人一定近在眼前的人。他对女人有着特别的兴趣。当激战正酣的时候，他已经带领一小队男人出发了。在伞形仙人掌的掩护之下，他的小队爬进沟里，穿过层层棘刺到了对面的崖壁上，他们打算从那儿绕过莫迪雅特人爬上峭壁而不被发现。

攀岩可是一项考验人的技艺，而公牛从不言弃。他带着手下爬到对方阵地的高处，他们在那里发现了一条小路，散落着新鲜的人类粪便。看到这些他们不由露出了狞笑，这似乎证实了他们的猜想，于是继续往高处爬去。当他们到达另一条小路之后，行动就容易多了。他们沿着小路手膝着地一路爬行，以防被下面激战的双方看到。这番辛苦得到了回报，他们看到了四十多个部落女人，身上裹着毯子和臭烘烘的衣裙，就蹲在他们下方不远的山坡上。而那些堆放在这些臭婆娘身前的一堆堆石头，则表明大事不妙。

因为要一路爬上爬下，所以他们没带长矛。他们手中唯一的武器就是短剑。山势很陡，没法一鼓作气冲下去。他们最好的策略就是用手中的武器跟那些丑婆娘干一场，用身边的乱石砸死她们。

准备工作要悄无声息地进行，不能让石头滚落下去暴露他们。公牛的小队还在收集弹药时，第二法艮卫队已经绕过山包发起进攻了，紧接着，那些婆娘行动了起来。

军士大喝一声："伙计们！让她们尝尝我们的厉害！"他们连珠炮般投下石头。女人纷纷尖叫四散，但在这之前，她们制造了一场山崩。就在他们下方，法艮被消灭了。

这一下，莫迪雅特人士气大振，跟博里恩的主力军展开了殊死搏斗，前锋队伍挥着长剑，标枪从后方不断投出。男人们短兵相接，浴血奋战。战场上尘土飞扬。重击声、呐喊声、惨叫声此起彼伏，不绝于耳。

公牛从他的制高点看到了这场混战。他想冲进最白热化的地方加入战斗。他不时看到他那位军士长的魁伟身影穿梭在队伍中间鼓舞着士气，不停地挥动着沾满了鲜血的宝剑。他还能看到山包上泥土夯成的要塞。国王错了。在阿索金犬中间确实隐藏着武士。

两军如汹涌的潮水一般在山包脚下混战，而法艮第二卫队已无法加入战斗。公牛大吼着警告克劳弗有危险，但在激战之中，对方什么都听不到。

公牛命令他的人从西北方爬下山坡加入战斗。他自己则索性就地一坐，顺着崖壁滑了下去，连滚带爬地来到那群部落妇人埋伏的地方。有一个年轻的女人被石头砸伤了膝盖，躺在他旁边。她握着匕首朝公牛扑来。他一把扭断了她的胳膊，将她脸朝下摔在地上，飞起一脚把她的兵器踢下了山崖。

"等会儿再收拾你，臭婊子。"他说。

那些女人逃走的时候把标枪都丢在了这里。他拾起一支掂了掂，朝山包望去。这里的位置稍低一些，他几乎看不到那些蹲在墙后的人。但是他们之中有一个人透过墙上的缝隙观察着下面的动静，这个人已经发现了公牛。他站起身来，举起一件神秘武器端在胸前，另一个人把武器的另一端扛在自己的肩膀上。

公牛拼尽全力投出了标枪。它一开始势头很猛，最终却轻飘飘地落在了要塞的墙外，对方毫发无伤。

当他愤愤地看着对面时，正好看到那两个人瞄向这里的武器喷出一股烟，随即有什么东西犹如黄蜂一般从他耳边呼啸而过。

公牛在女人扔下的破烂里翻找着，又找到一些标枪。他再次挑出一支，稳稳地作势欲投。

山包上的两个人也忙碌起来，他们把什么东西塞进那件武器的一端，然后又按照先前的样子摆好姿势。公牛在投出标枪的时候又一次看到了一股烟雾，还听到了一声巨响。紧接着，一个东西击中了他的左肩，他就像被狠狠打了一拳，身子一旋，仰面跌倒在了小路上。

这时，那个受了伤的女人努力站了起来，抓过一支标枪，挂着走过来打算把它捅进公牛毫无防范的腹部。他抬腿踢在她腿上，把她踹到一边，用右臂狠狠勒住她的脖子，两个人一起滚下了山坡。

与此同时，山包上的火枪手干脆起身，开始朝着克劳弗的队伍启用那种新奇的武器。达夫利什兴奋地大叫，骑着他的倍耶尔克一马当先冲入了战阵。他看到了胜利的曙光。

国王遭遇伏击，这让克劳弗心头一沉，他还在继续战斗，可火绳枪正在无情蹂躏他的人马。有人被击中了。没有人喜欢这种能从远处杀人的懦夫手段。克劳弗立刻明白了，莫迪雅特人那些能握在手中的火炮肯定是从锡伯纳尔人那里弄来的，或者是从其他那些跟锡伯纳尔人做生意的部落买来的。第五军团在动摇。唯一能取胜的方式就是让那座要塞安静下来。

他召集了六名骁勇善战的老兵到身边，此时已刻不容缓，战斗对国王残部越来越不利。彩甲军士长抽出宝剑，带领小分队冲上那条通往山包顶端的唯一路线，一条碎石堆成的坡道。

当克劳弗的小队抵达要塞时，他遇到了一次爆炸。一支锡伯纳尔的火绳枪炸膛了，炸死了一名枪手。与此同时，其余的枪支——总共有十一支——要么卡壳了，要么就是火药用完了。莫迪雅特人并不善于保养武器。一时间士气低落，这支队伍任由自己被对方屠杀。他们不指望得到怜悯，而且克劳弗也绝不会心慈手软。山包周围的那些莫迪雅特人则眼睁睁地看着自己人被屠戮殆尽。

国王的军队，或者说残兵败将，已经失去了那些最好的军官，决定趁着尚有部分有生力量赶紧撤退。

克劳弗手下一些年轻的副官想冲杀到国王身边，但是陷入了孤军奋战的境地，最终战死沙场。残部为了活命，溃不成军，被杀红了眼的莫迪雅特人一路追杀。

尽管克劳弗和他的战友拼死血战，但最终寡不敌众。他们的尸体被大卸八块，丢进了山沟里。莫迪雅特人也损伤惨重，但胜利让他们疯狂，达夫利什和他的部下分头追杀幸存者。夜幕降临之时，战场上只剩下兀鹫和潜行的动物能活动。在对抗博里恩的战斗中，这是第一次使用火器。

在梅特拉赛尔市郊一所名声不佳的房子里，一位贩冰商人醒了过来。那位跟他过夜的妓女已经起床了，正打着哈欠，这张床就是她的。贩冰商人用胳膊肘支起身子，挠了挠胸口，咳嗽着。时间还早，弗雷耶还没露头。

"有佩拉山茶吗？麦蒂。"他问道。

她低声答道："在炉子上呢。"从他认识她的时候起，麦蒂早晨一直都是喝佩拉山茶。

他坐在她的床边，透过蒙眬的晨光望着她。他套上了一件衣服。现在，欲火已经消退，他也不太好意思显露自己日渐肥大的身躯。

他跟着她进了隔壁房间，那是一间小厨房兼盥洗室。一盆炭火燃得正旺，上面的水壶正发出呼哨声。飘忽的炭火是屋子里唯一的光源，破旧的窗扇投进几缕黎明的光亮。借着可怜的光线，他观察着麦蒂，她煮茶时的样子就像是他妻子一样。是的，她正在变老，他心中默默想着，注视着她那张消瘦的、爬上了皱纹的面庞——大概有二十九岁了，甚至可能三十岁。她只比他小五岁，不再可爱俏皮，但床上功夫很棒。她不再是一个妓女了，而是一个退休的妓女。他叹了口气。现在，她只接待老朋友，而且还要看她喜不喜欢。

麦蒂已经穿好了衣服，样式素雅保守，正打算去教堂。

"你说什么？"

"我不想吵醒你，克里奥。"

"没关系。"他心中生出一股柔情，不自在地开口道，"我不想连声谢谢和再见都不说就离开。"

"你现在要回到你的妻子和家人身边去了。"

她没有看他，只是点着头，专注地把不多的几片茶叶分配到两只杯子里。她的嘴唇微微噘着。她的一举一动就像是在做生意——跟她所有的动作一样，他想。

贩冰商人的船在昨夜晚间停靠时已经很晚了。他带着和以往一样的货物从洛德尔雅德莱一路穿过鹰之海到达奥塔索尔，然后艰难地沿着塔吉萨河逆流而上到达梅特拉赛尔。这一路上，除了冰块，他还带着他的儿子迪福，好让他跟这条路线上的商人熟络熟络，顺便也把迪福介绍给麦蒂，只要他还跟王宫里谈生意，他就得光顾这里。但这小子对任何事都有些迟钝。

老麦蒂给迪福准备了一个姑娘，是一个西方战争的孤儿，纤瘦而漂亮，长着动人的小嘴和一头清爽的长发。第一眼看上去，她似乎跟迪福一样没什么经验。他对她做了一番检查，把一枚硬币放入她的私处看她有没有疾病。铜币没有变绿，他放心了，或者说差不多放心了。他总想给儿子最好的，尽管这小子有些憨傻。

"麦蒂，我记得你有个跟迪福岁数差不多的女儿来着？"

她不是个健谈的女人。"这个姑娘不合适吗？"

她朝他看了一眼，就好像要说，你只管操心你的生意，我的自有我操心。不过想到他一向挥金如土，而且以后可能再也不会过来了，她便态度柔和起来，说："我女儿艾贝想要更好的生活，打算搬到奥塔索尔去。我告诉她，奥塔索尔有的东西在这里都能找到，我就是这么说的。但她想看大海。我告诉她，你只会看到水手。"

"那艾贝现在在哪儿？"

"哦，她自己过得很好。有自己的房间、帘子、衣服……挣了一点钱,她要去南方。她很快就给自己找到了一个富有的资助人,毕竟她那么年轻貌美。"

贩冰商人看到了麦蒂眼中难掩的嫉妒之情,毋庸置疑那是嫉妒。他从未如此好奇过,忍不住去问那个资助人是谁。

她朝呆傻的迪福和那个姑娘投去犀利的目光,两人站在床边,不耐烦地等着他们的长辈离开。她做了个鬼脸——一时间连她自己都不相信自己在干什么——在商人那长满麻子的耳边嘀咕了一个名字。

商人夸张地叹了口气,"有意思!"

但他和麦蒂都是久经世故的人,什么伤风败俗的事情都见过,所以他们完全不感到震惊。。

"你们还出不出去,爸?"迪福问他的父亲。

于是他转身离开,看迪福自己的造化了。一个是年轻的傻小子,一个是糊涂的糟老头,生命就是这么残酷!

现在,晨曦渗进房间,迪福应该还在睡梦之中,在那间更低矮的房间里,他的头依偎着姑娘的头。那位商人昨夜确实享受了欢悦,但那只是在履行父亲的责任而已,现在都已过去了。他感觉有些饿,但是心里很清楚最好别跟麦蒂要吃的。他的腿有些僵硬——妓女的床从来都不是为了让人睡个好觉。

在沉思之中,贩冰商人意识到昨晚他无意中完成了一场仪式,在把他儿子托付给那个年轻的妓女时,他实际上是在屏弃自己过去的欲望。当欲望逝去之后会怎样?女人曾经让他沦为乞丐,如今他又东山再起,做着大买卖——而且他也从没停止对女人的欲望。但是如果这种最重要的兴趣都消失了……那一定要有什么来填补一下。

他想到了自己的家乡,那片没有宗教的大陆赫斯帕戈尔特。没错,赫斯帕戈尔特需要一个神灵,当然不能是这个为宗教所祸害的坎普安莱特的神灵。他叹了口气,思忖着,在麦蒂那窄窄的大腿缝里究竟有什么比神灵还有力量的东西。

083

"要去教堂吗？真是浪费时间。"

她点了点头。永远不跟客户争论。

接过她递来的茶杯，他端在手掌里轻轻摇晃着，感受着那团热气，走到没有门扇的门洞跟前。他站在那里回头看去。

麦蒂没有细细品尝她那杯佩拉山茶，只是用冰水把它冲淡，然后一饮而尽。现在，她戴上了一双长度及肘的黑手套，整理着环绕在那枯皱皮肤上的蕾丝。

她注意到了他的目光，说道："你可以回床上去。这地方有段时间没人骚扰了。"

"我们一直都相处得不错，你和我，麦蒂。"他下定决心要从她那里讨回一句甜言蜜语，于是又道，"我跟你在一起的时候，感觉比和妻子、女儿在一起要好得多。"

这样的表白她每天都会听到。

"好吧，我希望下一次跑生意来的是。那么再见了，克里奥。"她话不多说，迈步就走，他不得不给她让开路。他身子往后一退，进了她的小屋，她擦身而过，仍在摆弄一只手套的袖口。她的意思很明显，他们之间的爱意只不过是他的幻想。她的心里有事情，容不下他。

他端着杯子回到床上，啜了口热茶。推开窗，他不知道自己是开心、是痛苦，还是什么滋味儿，反正就是想看着她走在寂静的街道上。拥挤的房舍鳞次栉比，淡然无色，门窗紧闭，此情此景令他心中一阵凌乱茫然。小巷里仍笼罩着黑暗。只看得到一个人——一名男子走在街上，一只手撑在墙上，好像在梦游。他身后跟着一个小法艮，是个宠物，正啜泣不止。

麦蒂从贩冰商人窗户下面的一扇门出去了，走上了街道。当她看到那个人在接近时，她不由停下了脚步。他想，她很清楚醉汉都是什么德行。不管是在哪块大陆上，醉汉总是与放荡的女人形影不离。但是这个人没有喝醉。血水顺着他的腿流到了石子路上。

他喊了一声："我这就下来，麦蒂。"顾不得穿好上衣，他就跑到了暗影幢幢的街道上，跑到了她身边。她没动地方。

"别管他。他受伤了。我不想让他到我的地盘里。他会招来麻烦的。"

那个受伤的男人呻吟着，跌跌撞撞倚着墙往前挪。他停下脚步，抬起头看着贩冰商人。

贩冰商人倒抽了一口气，惊诧万分，"麦蒂，注视者在上！这是国王！绝对是……国王詹道昂格诺尔！"

他们赶忙上前搀扶住他，走进了妓女的房子里。

返回梅特拉赛尔的王军寥寥无几。克斯加特之战，人们开始这样提起它，令他蒙受了惨败。那一天，兀鹫颂扬着达夫利什的名字。

在他恢复期间——当那位忠贞的王后梅尔黛伽拉在宫殿里悉心护理他的时候——国王在议政堂宣布敌人的一支大军被击溃了，但那些小贩兜售的歌谣却不这么说。克劳弗的死尤为令人哀悼。公牛在梅特拉赛尔更底层的城区也被人歌颂怀念。他俩都没能返回家园。

在那些日子里，詹道昂格诺尔躺在他的厅室中，因伤病而虚弱难支。他得出了一个结论，如果博里恩想要存活下去，就必须与圣帕诺威尔帝国的那些邻邦结成更紧密的联盟，特别是奥多兰都和帕诺威尔。而且他必须不惜代价得到那种极具杀伤力、已经被边境匪徒所使用的能握在手中的火炮。

所有这些事情，他都跟他的谏官们商讨过。在他们的共识之中，埋藏着那个计划的种子，也就是半年之后，詹道昂格诺尔将前往格莱瓦贝伽雷尼恩举行一场离婚仪式，并与另一支王室联姻。那将让他疏远美丽的王后，也将让他的儿子与他心生间隙。而由于一场更为离奇的祸事，他还将面对一则死讯，而这全都归结于那初具灵智的玛第族。

V

玛第之路

坎普安莱特大陆的玛第是一个与众不同的种族。他们的习俗与人族或剑族都大相径庭。他们的部落也与那两个种族不相往来。

有一个玛第部落正在缓缓向西行进，穿过一片叫哈孜泽的地方，这里早已成为一片荒漠，距离梅特拉赛尔以北几天的路程。

这个部落已经在路途上跋涉了很久，没人能说得清到底有多久了。不论是初灵族自己还是那些他们所经过的地方，没有谁能说得出这些玛第是从什么时候、什么地方开始他们的旅程的。他们是游牧部落。他们在路途中生育，在路途中成长、成婚，最终也在路途中失去自己的生命。

在他们的语言里，生活叫作阿赫德，意思就是远行。

有些人类对玛第抱有兴趣——这类人极少——他们相信正是阿赫德使玛第与世隔绝。而另一些人相信是他们语言的缘故。那种语言是一种歌声，一种由旋律支配着歌词的歌。玛第语既复杂，又尚未真正成型，似乎正是这种状态将玛第部落束缚在自己的生活方式里，也让那些想要去学习这种语言的人族陷入困惑。

有一个年轻人正尝试着学习它。

在他还是孩子的时候，他就尝试着说赫尔玛第赫语。现在他正值青春，他的处境更加凶险，而他学习的欲望也更为迫切。

他等候在一根石柱旁边，柱子上雕刻着神灵的符号。它标示出了一条大地音阶或者说一条健康线的分界，而他对于这种古老的迷信嗤之以鼻。

玛第的队伍或散乱无序或列队而行，迎着他走来。他们的身影尚未出现在眼前，那低沉的旋律就传入耳中。他们从他身边走过，尽管许多成年者轻抚着他身边的那根石柱，但他们径直穿行而过，连看都没他一眼。男男女女们穿着麻袋一样的衣服，松松垮垮地套在身上，腰间束着带子。这些衣物带着高挺的兜帽，可以竖起来遮挡恶劣的天气，也让他们的身型有了一种怪异的线条。他们的木鞋削制得很粗糙，就好像那双不得不穿上它们行走的脚根本就不重要。

年轻人眼前便是那条穿过这片半沙漠地带的像丝带般的足迹。它没有尽头。尘土浮在它的上空，笼罩着它，犹如一重薄雾。玛第一边走，一边用初灵族的语言低声呢喃着。不论在任何时候，都会有一些人朝另一些人吟唱，流淌的音符就像在血管里流淌的血液。这个年轻人曾设想这种交谈是在对沿途见闻做评论。现在他倾向于认为那是一种叙事，但这种叙事里包含着什么，他一无所知，因为在玛第眼中，既没有过去，也没有未来。

他等待着属于自己的那一刻。

他在迎面而来的一张张面孔中搜索着，就像在寻找失去的爱人，期望看到一丝征兆。尽管玛第与人族的身体形态很相似，但他们的面容里却蕴含着一种撩动人心的特质，就是那份初具灵智的淳朴天真，会让那些望着他们的人想起动物或是花朵的脸。

这时，出现了一张寻常的玛第面孔：眼球突出，柔软的褐色虹膜笼罩在厚厚的睫毛下面；突兀的鹰钩鼻令人想起鹦鹉的喙；前额往后缩，下颌略显突出。

此时此刻，这张面孔在这个年轻人眼中却是美得不可思议。他不由得想起小时候钟情的一只混血小狗，又想起犬绒蓟灌木丛里生长的那种白褐色相间的花朵。

有一种标志可以区分雌性与雄性的面孔：雄性在太阳穴处有两块突出的隆起，下巴上也有两块隆起，有时这些隆起上还长着毛发。有一次，这个年轻人看到一个雄性的隆起物上还有犄角的残根。

当这些面孔一列列经过时，年轻人心怀喜悦地看着。他能感受到玛第身上那种质朴与天真，但他脑海里却又燃烧着仇恨。他希望杀死自己的父亲，博里恩的国王，詹道昂格诺尔。

玛第低语着从他身边川流而过。突然，他看到了他想要的征兆！

"哦，感谢上天！"他高呼着往前走去。

有一个玛第,一个雌性玛第赶着艾羚往前走着,突然她的目光从脚下的道路上抬了起来,直接看向了他,向他投来了接纳的眼神。那是一抹毫无个性的眼神,一闪即逝,丝毫看不出智慧的光芒。他冲到那个女孩的身边,可她对他浑不在意,那眼神一闪之后已然逝去了。

他成了阿赫德的一部分。

迁徙者的牲口随着他们一起走。那些驮着行李的牲口,比如耶尔克,都在享受着大周期年夏季丰茂的牧草,同行的还有其他半驯化动物:几种艾羚、绵羊以及弗莱耙——都是蹄类动物,以及狗和阿索金犬,它们似乎跟自己的主人一样,把身心都倾注在这迁徙的生活里。

现在那个年轻人将自己称为罗比,他憎恶自己的王子头衔,怀着蔑视之情记起了父亲宫廷里那些百无聊赖的女人是如何打着哈欠说她们是多么希望"像那些流浪的玛第一样自由自在"。玛第族,他们的智慧跟一条聪明的狗比起来也强不了多少,都被固有的生活模式所奴役着。

每天都要在黎明之前拔营起寨打点利索。日出时,部落就已经开拔上路了,结成一支纷乱的队伍。整整一天,队伍停停走走地行进着,偶有歇脚,但都很短暂,也不管天上是一个太阳还是两个太阳。罗比愈发坚信他们的头脑里从来不会考虑那些事情,他们完完全全束缚于脚下的道路。

有些日子里,路途会穿过一些障碍,要跨过一条河,翻过一座山。但不管什么障碍,部落都会以他们那种隐忍的方式不露声色地克服。经常有一个孩子淹死,一个老人被杀,一头绵羊丢失,但是阿赫德一直在继续,他们言语中的和谐之音永不休止。

在巴塔利克斯的日落时分,部落缓缓停了下来。

然后,那两个意味着"水"和"羊毛"的词语被不断唱诵起来。如果玛第有一位神灵,那准是由水和羊毛构成的。

男人们负责确保在准备好一天的主餐之前让牲口都喝上水。女人和女孩们从牲口驮着的行李中取下做工原始的织机，用染了色的羊毛编织毯子和衣物。

水是他们的必需品，羊毛是他们的商品。

"水就是阿赫德，羊毛也是阿赫德。"这歌声也许不那么精准，却道出了真谛。

男人从牲口身上剪下羊毛，染上颜色，那些从四岁起就循着地上印迹一路行走的女人在她们的纺纱杆上梳理着羊毛。他们所有的手工制品都是用羊毛制造出来的。长腿弗莱耙的毛是最好的，可以用来织造献给王后的萨泰拉礼服。

织好的成品要么堆垛在牲口背上驮着，要么就由男男女女们统一穿在身上，套在他们那身色彩单调的外套里面。然后，这些东西就在沿路的市镇上交易，在蒂斯塔克，在邑茨赫，在奥多兰都，在阿恺斯……

晚餐过后，暮色渐浓，整个部落挤在一起睡下，男的，女的，牲口，全都挤在一起。

这些雌性很少发情。每当罗比跟随的那个女人发情之际，她就用他来满足自己，他在那个不住颤抖的怀抱里享受着欢悦。伴随着一阵响亮高亢的歌声，她达到了高潮。

玛第的迁徙与他们的日常行为模式一样，都是早就注定了的。他们依循着不同的小径往东或是往西远行；那些小径有时会交叉，有时又会蜿蜒错开上百英里。朝一个方向走的路程会耗费整整一个小周期年，于是，那些关于时间流逝的概念在他们口中都是以距离来表述的——这一点正是罗比理解赫尔玛第赫语的切入点。

这种远行已经持续了很多个世纪，也许在那之前就已经存在更多个世纪了，沿途生长的植物种群证明了这一点。这些拥有花朵般面孔的生物除了随行的牲口，一无所有，但一路上还是会落下许多东西，比如粪便和种子。他们在路上的时候，女人习惯于采摘药草和植物，诸如艾芙拉茴、散沫花、紫藜芦、披风草之类。这些东西能提取出颜料来给他们的毯子染色。植物的种子被剥出来，与大麦之类食用作物的植物种子存放在一起，而刺果和孢子会黏附在牲口的皮毛上。

就这样一路迁徙，一路播撒废弃物。然而这些废弃物却让大地绽放出了鲜花。

即便在半沙漠地带，玛第也会穿行在由他们自己不经意间播种的绿荫当中，树林、灌木和花花草草，比比皆是，甚至在贫瘠荒芜的高山峻岭上也会盛开出原本只在平原大地才有的鲜花。往东、西两个方向延伸出去的林荫仿佛一条条丝带——玛第称之为大地之痕，有时丝带之间会相互缠绕，贯穿海利科尼亚的这块赤道大陆，标记出那条原本只有粪迹的小径。

永无休止的行走，让罗比忘记了自己与人类的关系，忘记了对于父亲的憎恶。穿行在大地之痕之中就是他的生活，就是他的阿赫德。时不时，他会自欺欺人地相信自己能够理解那流淌在血液之中日复一日的呢喃。

虽然他对这种迁徙生活的喜爱远胜于尔虞我诈的宫廷生活，但要适应玛第的饮食习惯却得经过一番挣扎。他们对火依然怀着恐惧，因此他们的烹饪都很原始，尽管他们也制作一种扁平的不发酵面包，叫作拉赫瑞普，就是把一团面平摊在滚烫的石头上做成的。他们把这种拉赫瑞普贮存起来，新陈混杂，一起食用。他们就着饼子，饮着从牲口身上取来的奶和血。有时候，他们也会享受几顿盛宴，食用捣碎的生肉。

血对于他们很重要。罗比绞尽脑汁去思考一种完整的语句关系，能够把远行、血、食物以及血中所蕴含的神性联系起来。他常常想在夜里让自己理清思绪，等一切都安静下来之后写下自己的所见所闻，但吃完朴素的饭食之后等所有人都睡下了，罗比也睡了。

什么都无法阻止他的眼皮合上。罗比睡觉时没有梦，他想象着那些同行的伙伴应该也一样。他想，要是他们学会了做梦，也许他们就会拐过那个将他们与人类隔绝开来的神秘路口，从而成为真正的人类。

那个女人会在短暂的欢愉之中紧紧抱住他，然后又会翻身滚到一边去，他在入睡之前的片刻时间里思忖过，她是否感到开心？他没法问，她没法答。那么他呢？他开心吗？他是在母亲——那位王后中的天后——的慈爱怀抱中长大的，然而他知道，人类所有的快乐之中包含着永恒的哀伤。也许玛第之所以不能变成人类，便是为了逃避那种哀伤。

雾霭缭绕着塔吉萨河与梅特拉赛尔，城市上空却双日炎炎。宫殿里的空气令人窒息，梅尔黛伽拉王后躺在她的吊床上小憩。

她已经花了一上午时间来处理陈情。那些臣民有许多她都能叫得上名字。现在，她在那间小小的大理石凉亭里沉入了半睡半醒的梦乡。她的梦都与国王有关。他已经从伤势中恢复了，但接着，没有一句解释便又离开了——有人说是溯河而上去了奥多兰都。她没有被邀请同行。相反，他随身带着那个法艮宠物遗孤。跟国王一样，它也是克斯加特之战的幸存者。

在凉亭旁边，梅尔黛伽拉的首席侍女玛伊·托科奈特正陪公主塔特洛玩耍，她用一只扑扇着翅膀的彩绘木鸟逗弄公主。凉亭的地砖上散落着许多玩具和故事书。

王后对女儿的咿咿呀呀恍如不闻，却让那只飞翔的鸟儿自由自在地飞进心里。她任由它飞进葡榴果树的枝杈中间，成熟的果实就挂在枝头。在她想象的画面里，弗雷耶变成了一株温和的葡榴。它对于世界的威胁变得还不如果实成熟的过程来得剧烈。就在昏然欲睡的王后的眼皮下，同样的魔法在演绎着，她仿佛就是那娇柔的葡榴果，却又似乎全然不是。

果实落到地面上，那沉甸甸的圆球覆盖着绒毛。它们滚落到树篱下，躺在细绒般的苔藓上，它们的面颊柔柔地抵着那片葱绿。这时，野猪来了。

那的确是一头野猪，可那也是她的丈夫，她的主人，她的国王。

野猪一跃扑到果实上面，踩躏它，吞嚼它，果汁满溢在它的下巴上。就在她那邪淫的思绪填充整个花园时，她还在祈祷阿克哈纳巴能让她摆脱这亵渎的想法——或者，干脆这么说，让她享受这恣意的放肆而不受惩罚。彗星跨过天空，雾气在城市上空翻腾，弗雷耶的烈火落在他们身上，因为她允许自己梦到那头巨大的野猪。

现在，在幻梦之中，国王就在她身上。他那宽大的长满鬃毛的脊背弓在她的肉体上。有许多个夜晚，许多个夏季的夜晚，他召唤她去他的寝宫。她会赤着脚走过去，身上涂满圣油。玛伊持着鲸脂灯跟随在她左右，火苗罩在玻璃泡里，仿佛炽热的烈酒。不等他意识到来的就是王后中的天后，她便出现在了他的面前。她的眼睛又大又黑，她的乳头已经通红，她的大腿根如同熟透的葡榴果，等待着獠牙刺入。

他们两人投入彼此的怀抱，如火的热情一如既往。他会叫着她的小名，就像一个孩子梦中的呢喃。他们的肉体，他们的灵魂，犹如两股滚烫的水流交融在一起，在腾起的热气中融合升华。

玛伊·托科奈特的职责是在他们激情债发的时候，站在他们的卧榻旁投下一抹灯光。他们必须看到对方赤裸的身体。

尽管这个姑娘像在白天一样沉着自然，但有时候也会因为这场景而心猿意马，不由自主把手伸向自己的私处。然后，在欲念的无情控制下，不能自持的詹道昂格诺尔会把那个女孩拉倒在王后身边并占有她，就好像在这两个女人之间他没什么好选的。

对于这件事，王后在白天一个字也不曾提起过。但直觉告诉她，玛伊把这事儿告诉了她的弟弟，如今他已是第二军团的将军；王后也心知肚明，因为这位将军的眼睛总是盯着自己。有时候，在吊床上，王后在她的白日梦里想象着，若是汗拉·托科奈特也加入国王卧室的那番云雨之中会是怎样一番情形。

欲念有时候也会败下阵来。偶尔，当夜蛾飞舞起来，当她的灯盏再次放射出炽热的光芒，詹道昂格诺尔会从秘密通道来到她卧眠的地方。没有人的脚步跟他一样，既迅速果敢又犹豫不决，她想，这正是他性格的写照。他扑到她身上。诱人的果实在这里，而獠牙却不在。他的身体背叛了他的意愿，他变得狂怒起来。置身这个他罕有信任可言的庭院之中便是最大的背叛。

然后，理智袭来。他会以跟之前的热情同样强烈的憎恶来鞭笞自己。王后尖叫着，抽泣着。早晨，女奴跪在地上把她床边地砖上的血迹抹去，嘴角透出苦涩，眼里却透着狡黠。

对于夫君的这种性格，王后中的天后从不向人提起。不向玛伊·托科奈特提起，不向宫廷里的其他女人提起。和他的脚步声一样，那都是他的一部分。他对待自己的欲望和对待他的那些侍臣一样没有耐心。他无法十分冷静地面对自己，等伤势一痊愈，他就又完全沉浸在自己的思绪之中了。

在做这番剖析的时候，她不得不想象着更加茂盛的葡榴果树，让自己的心绪平和下来，她告诉自己，即使是脆弱也是他力量的一部分。他若是连这个都没有，便会更加脆弱。但她从来都不能告诉他自己理解这一切。相反，她只是尖叫。到了第二天夜晚，弓着脊背的野兽会再次在树篱中拱来拱去。

有时候，在白天，这些葡榴似乎因为自己的贪欲而变得羞涩起来，她会裸着身子跳入水池，沉浸在水的怀抱里——望向天空，看着弗雷耶投射在水面的光芒。终有一天——噢，她在自己的精魄里深知这一点——弗雷耶的光芒会射进池水深处，点燃她那强烈的欲望。善良的阿克哈纳巴呀，宽恕我吧。我是王后中的天后，可我也拥有欲念。

当然，在白天，她也关注着他。

国王跟侍臣交谈，跟智者或是愚者交谈——甚至是跟那位从锡伯纳尔来的使节交谈，他盯着她的眼神令她恐惧——这时候，国王会伸手从面前的碗里抓起一只苹果。他连看也不看就一把抓起。也许是一只西纳布莱苹果，从奥塔索尔顺河而上送来的。他会咬下一大口。他会把它吃个精光——和他的侍臣们不一样，那些人吃苹果都是捏着苹果啃一圈，留下中间那个肥肥胖胖的苹果核，扔在地上。博里恩的国王专心致志地吃着，却没有丝毫享受的样子，他会吞掉整个果子，果皮、果肉、果核，甚至包括那几颗饱满的褐色种子。所有这一切都在他交谈的过程中落了肚。然后他抹抹胡须，显然从没在意过那个水果。而梅尔黛伽拉总会不由自主地想起树篱下的那头野猪。

阿克哈纳巴会因她心中那些淫邪的念头而惩罚她。而詹惩罚她的方式则是坚信她从来都不了解他，不论他们有多么亲密。而作为回应，他也从来不会像她所渴望的那样去了解她——这更加令人痛苦。而那个汗拉·托科奈特，虽然彼此没有交谈过一个字，冥冥中却对她了如指掌。

令她沉醉的白日梦被一阵脚步声打断了。梅尔黛伽拉微微睁开一只眼，看到是总管大臣来了。萨托里瓦什是宫廷里唯一一个被允许进入她私人花园的男人，这是她在他的妻子亡故后赐予他的特权。以她二十四岁半的眼光来看，萨托里瓦什已经是一个三十七岁多的老人了。他不会跟她手下的女人们发生什么纠葛。

她又闭上了眼。现在这个钟点正是他每天从附近那个采石场返回的时间。詹道昂格诺尔告诉过她关于萨托里瓦什用在笼子里的可怜虫做试验的事情，说的时候他发出刺耳的笑声。这位总管大臣的妻子就是被那些试验害死的。

总管大臣朝塔特洛和玛伊脱帽行礼时，光秃秃的头顶在太阳下闪着光。孩子喜欢他。王后也不加干涉。

萨托里瓦什朝着睡卧的王后躬身施了一礼，然后又朝她的女儿一躬身。他跟孩子说话的时候就像是在跟成年人说话,这可能就是塔特洛喜欢他的缘故。在梅特拉赛尔,没有几个人能宣称自己是他的朋友。

这个就要退休的人,中等身材,衣着随意,常年在博里恩身居高位。当国王因为克斯加特的伤势卧床不起的时候,萨托里瓦什就替他处理事务,在他那张凌乱的书桌上操劳着国家大事。如果说没有人是他的朋友,那也是因为所有人都尊敬他。萨托里瓦什一向公正不阿,他也没有什么喜爱之物。他太孤僻了,容不下什么癖好,甚至连妻子的死都不曾让他打破什么规矩。他不打猎,不饮酒。他几乎不怎么笑。他很谨慎,一丝差错都不会有。

他家甚至不像一般政客家里那样门庭若市。他的兄弟们都死了,他的妹妹住在远方。萨托里瓦什可以算作一种不可能存在的生物,一个没有缺点的人,效力于一个浑身都是缺点的国王。而在信仰宗教的宫廷看来,他顶多也只有一个缺点:他是一个有智慧的人,和一个无神论者。

甚至不信神这样的污点也不得不被人宽容。他从不让别人按他的思维方式去思考问题。没有政事缠身的时候,他就写他的书,从谎言和传说中过滤提炼出真理。但这并不会阻止他偶尔展现出本性中常人的一面,他会为公主讲故事。

但常常让萨托里瓦什在议政堂的那些政敌难以理解的是,他如此喜怒不形于色,而国王詹道昂格诺尔又是那么狂放不羁,他们怎能如此相安无事?事实是,萨托里瓦什是一个谦谦君子,他知道如何逆来顺受,吞下屈辱。而且他对其他人敬而远之,不至于被他们冒犯——除非是忍无可忍。那一刻迟早会来,只不过尚未到来。

"我以为你不来了呢,瓦什。"塔特洛说。

"那你可得对我更有信心一些。我总是会在需要的时候出现。"

很快,塔特洛就和萨托里瓦什一起坐在了凉亭里,公主把她的故事书递给他，想让他讲故事。他读了一个每次都让王后听了不自在的故事，那个关于银眼睛的神话。

"很久以前，有一个国王统治着西方的庞布特王国，所有的太阳就是从那里落下的。生活在庞布特的人和法艮惧怕他们的国王，因为他们认为他拥有魔法的力量。

"他们想把他消灭掉，再重新拥立一个不会压迫他们的新国王，但谁都不知道该怎么做。

"不管什么时候，只要大家想出一个计划，就会被国王发现。他真是一个伟大的魔法师，能用他的魔法变出一个高悬在天上的巨大银眼睛。这只眼睛整夜飘在天上，监视着这个不开心的王国里发生的每一件事。这只眼睛会睁也会闭。所有人都知道，每年它会完全睁开十次，那时它看到的东西最多。

"当这只眼睛看到有阴谋，国王就会知道，然后他就会处死所有参与密谋的人，不管是人还是法艮，一律在宫殿的大门外被处死。

"看到这样的残暴行为，王后十分伤心，但她什么都做不了。国王发誓，不管他做什么事，他都不会伤害他那可爱的王后。当她恳求他要仁慈的时候，他没有惩罚她，但如果其他人这么说肯定难逃一顿毒打，即便是他的谏官也不会例外。

"城堡最深的地牢是一间由七个盲法艮守卫的房间。他们没有犄角，因为在庞布特，所有法艮长大以后就会在每年一度的大会上锯掉犄角，好让他们看起来更像人类。卫士们只让国王进入房间。

"房间里住着一个年老的雌性法艮。她是这个王国里唯一留着犄角的法艮。她就是国王全部法力的来源。国王其实什么本事都没有。每天夜里，国王都会哀求这个法艮把银眼睛派到天上去。每天夜里，她都依照他的请求这么做。

"然后，国王就会看到自己王国里发生的一切。他还向那个老法艮妇人询问许多关于自然的问题，而她无所不知，知无不答。

"在一个寒冷刺骨的夜里,她对他说:'哦,国王,你为什么想要了解那样的知识?'

"'因为知识里蕴含着力量。'国王回答说,'知识能让人自由。'

"听了这话,法艮老妇人没说什么。她是一个巫师,可她也是一个囚犯。最后,她用可怕的声音说:'那么是时候让我自由了。'

"话刚说完,国王就晕倒在地。她从地牢里走了出来,开始顺着台阶往上走。而王后早就疑心她的丈夫为什么每天夜里都要去地下室。这天晚上,她的好奇心让她坐卧难安。王后顺着楼梯下去偷看,正好跟巫师法艮在黑暗中相遇了。

"王后惊恐地尖叫起来。为了不让她继续尖叫,法艮狠狠地打了她一下,把她打死了。国王被心爱的王后的叫声惊醒,苏醒过来就往楼梯上跑。当他看到发生的事情,便抽出宝剑杀死了那个法艮。

"就在她跌倒在地的那一刻,天空中的银眼睛开始盘旋着离去。越来越远,越来越小,直至不见踪迹。最后,人们知道自己自由了,再也看不到那只银眼睛了。"

听完故事,塔特洛静了一会儿。

"巫师被杀死的那段是不是挺可怕的?"她说,"你能再讲一遍吗?"

王后用胳膊肘支起身子,揶揄道:"瓦什,你为什么给塔特洛讲这个蠢故事?那只是个神话故事而已。"

"我讲这个故事是因为塔特洛喜欢它,夫人。"说着,他捋了捋胡须,笑容可掬,他在她面前常常都是这样。

"即便我知道你对于剑族的看法,我也无法苟同人族曾经向法艮谋求智慧的说法。"

"夫人,对于这个故事,我的兴趣在于国王曾经为了智慧乞求过其他人。"

梅尔黛伽拉听到这个回答,开心地拍了拍手,"那咱们就希望这至少不仅仅存在于神话……"

沿着阿赫德的线路，玛第又一次来到了奥多兰都，来到了承载着这个名字的城市。

城市里有个区域叫泊特，在南大门外，专门为了迁徙而设。他们在那里逗留了好几天，这也是途中为数不多的几次逗留之一。他们开始了一场颇有节制的欢庆，吃起加了香料的艾羚肉，跳起了精巧繁杂的权衡之神舞。

水和羊毛。在奥多兰都，为了换取一些必需品，他们拿远行中织造的衣物和毯子与商人做交易。有一两个人族商人得到了玛第的信任。部落一直需要锅子和山羊挂的铃铛，可他们不会制造金属物品。

另外，总有些部落成员被安排留在奥多兰都，直到部落下次返回这里，或是干脆永远驻留下来。伤残和疾病是让他们离开阿赫德的原因。

多年以前，一个跛了腿的玛第女孩离开了阿赫德，在赛伦·司堂德国王的宫殿里得到了一份打扫卫生的活计。她名叫贝丝卡尔奈特－妇。贝丝卡尔奈特－妇长着一张典型的玛第面孔，又像花朵又像鸟儿，她会任劳任怨地去打扫那些安排给她的地方，不知疲倦，不像那些懒惰的奥多兰都人。在她扫地的时候，小鸟会毫无畏惧地聚集在她身边听她歌唱。

这一切都被阳台上的国王看在眼中。在那些日子里，赛伦·司堂德还没有身陷繁文缛节和宗教谏官的包围之中。他把贝丝卡尔奈特－妇纳入宫闱。和大多数玛第不同，这个姑娘有一种灵动的眼神，可以像人族那样聚焦和注视。她非常谦顺低调，这倒是符合一向紧张兮兮的赛伦·司堂德的眼光。

他决定教她奥洛奈茨语，还请了一位很好的大师。可这件事一直没有什么进展，直到有一次国王福至心灵，向她唱起了歌。她也唱歌回应。于是她的话语多了起来,只是她从来不讲,只是唱。

这个毛病会让很多人抓狂。但国王很开心。他发现她的父亲是一位在年少时为了逃避奴役而加入远行的人族。

国王不顾反对,娶了贝丝卡尔奈特-妇,让她皈依他的信仰。很快,她就为他生下一个双头的儿子,不幸夭折。之后,她为他生了两个正常的女儿并且顺利长大。大女儿是希摩达·泰尔,接下来是性情多变的米露艾·泰尔。

罗彼昂格诺尔王子在小时候听说过这个故事。现在,他化名为罗比,衣着穿戴像个玛第,他一路从泊特走到了宫殿后面的一扇大门跟前。他给贝丝卡尔奈特-妇写了一张纸条,由一个仆人送了进去。

他在酷热之中耐心等候着,夜间才会开放的匝尔黛尔花在这里攀缘生长着。对于王子来说,奥多兰都是一座陌生的城市,这里一个法艮的影子都没有。

他打算在继续远行之前,尽所能地向玛第王后学习关于玛第的一切。他决心成为第一个能够流利地用歌唱的方式"说"出玛第语言的人族。在离开父亲的宫廷之前,他经常与总管大臣萨托里瓦什交谈,这激发了他对知识的热爱——这也是他与父亲,与国王失和的另一个原因。

罗比等候在门边。他早已吻过了他那位姑娘硬邦邦的脸蛋,上面扑满了路边的尘土,他知道自己再也见不到她了,哪怕他重新加入远行也一样。因为那接纳的目光可能会闪现在另一张脸上——或者,就算会再次出现在她脸上,他又如何能认出是她呢?他强烈地感觉到个性是一种宝贵的东西,只有人类具备,从某种更狭义的角度来说,法艮也具备。

一个小时之后,他看到那个仆人,昂首阔步地向他走来,与玛第终其一生所固有的那种蹒跚步态不同。那个男人顺着宫殿广场边缘的墙根,走在修道院背面的阴影中,躲避着天空中的弗雷耶。

"这样，王后将接见你五分钟。你要记得必须向她躬身施礼，你这个流浪汉。"

他穿过旁边的角门，径直从广场上穿行而过，迈着玛第的蹒跚步态，让脊柱保持着弯曲。此时，一个男人朝他走来，浑身洋溢着一股傲慢的气息。正是他的父亲，詹道昂格诺尔国王。

罗比摘掉他那顶粗麻织就的旧兜帽，弓下了身子，用帽子扫过地面，动作倦怠却透露出沉着冷静，那是玛第的风格。詹道昂格诺尔从他身边走过，正和另一个人滔滔不绝地聊着，甚至瞥都没瞥他一眼。罗比直起身子继续前行去见王后。

那位跛脚的王后坐在一架银秋千上。她的脚趾是褐色的，戴着趾环。一个穿着绿色外衣的男仆正推着她荡秋千。她接见罗比的这间房子里种满了花草，佩鸽和蒲丽雀在花丛中嬉闹歌唱。

她很快就发现了他到底是什么人，于是她没有谈论以前的生活，而是用谄媚之词吟唱起了詹道昂格诺尔。

这可不是罗比想要听的。他胸中升起一股无名之火，他对王后说："我想歌唱您与生俱来的乡音。但是您的歌却在唱着我与生俱来的诅咒。若想了解你所赞颂的那个人，你必须成为他的儿子。那个人的心里没有血肉，只有冷漠。宗教与国家。他的脑子里，只有宗教与国家，没有塔特洛和罗比。"

"国王们信仰那诸般事物。我很清楚。我知道他们高居我们之上，梦想着我们难以企及的宏图大业。"王后唱道，"国王们生活的地方都空空荡荡。"

"宏图大业是一块顽石，"他断然说，"在那块石头下面，他囚禁了自己的父亲。而我，他的亲儿子——他会把我囚禁在一间修道院里两年。用两年时间来教会我宏图大业！在梅特拉赛尔的一间修道院里发下沉静誓约，引导我去那顽石一般的阿克哈纳巴……

"我怎能承担得起？我难道只是一只爬在石头下面的坚背虫或鼻

涕虫？哦，我父亲的心就是一块顽石，所以我跑了，就像一阵来无影去无踪的风，乞求加入您族类的阿赫德，慈爱的王后。"

然后，贝丝卡尔奈特-妇开始歌唱："我的族类只是土地上的浮沫。我们没有心智，只有大地之痕，于是便没有那罪恶感。你们如何将它称呼？没有良知。我们只能行走，行走，走到我们的生命消逝——除了我这个幸运的跛子。

"我亲爱的丈夫赛伦教会了我宗教的价值，愚昧的玛第对此一无所知。想象一下苟活了许多个世纪却不知我们本是依靠着全能之主而存在！所以我因你父亲所拥有的宗教情感而尊重他。他在这里的每一天都鞭笞着自己。"

当这歌声止住，罗比愤愤地问道："那他在这里做什么？找我吗？游离在他的王国之外的一分子？"

"噢，不。"她发出一阵长笛般的笑声，"他在这里与赛伦商谈，与那些来自遥远的帕诺威尔教会的大人物商谈。是的，我见过他们，他们与我聊天。"

他站在她的面前，以至于推着秋千的男仆不得不减小手中的力道。"谁会商谈却从不讲话？谁曾经……且仍在寻觅？"

"谁说得清那些国王在商谈什么？"她唱道。

一只艳丽的小鸟在他脸上扑打着翅膀，他把它打落在地。

"您必定知道他们在计划些什么，王后陛下。"

"你的父亲受了伤。我在他脸上看得到。"她唱着，"他想让自己的国家强大，将敌人化成齑粉。为此，他甚至要牺牲他的王后，你的母亲。"

"他怎么牺牲她？"

"他要把她献祭给历史。女人的生命不是比男人的更低微吗？我们在男人手中什么都不是，只不过是累赘的……"

他的前路变得黯淡无光。他有种不祥的预感。他感到茫然无措。他试图返回玛第之中,忘掉人世间的种种背叛之事。但是阿赫德需要平和,或者至少不应该有任何思想。行走了几天之后,他离开了大地之痕,或是徘徊在荒野之中,或是生活在森林里,或是住在被狮子遗弃的巢穴中。他用自己的语言对自己说着话。他靠果实、蘑菇和石头下面的爬虫充饥。

那些石头下面的爬虫之中有一种小小的甲壳类动物——坚背虫。这种驼着背的小生物长着一张小巧的脸,从它那甲质的外壳下朝外张望,还拥有二十条细小的白色的腿。坚背虫通常几十只一群聚集在原木或石头下面,舒舒服服挤成一团。

他用一只手支着脑袋侧身卧在那里,观察它们,拨弄它们,用手指把它们弹来拨去。他惊异于它们的无所畏惧,也惊异于它们的懒惰。它们存在的意义是什么?它们怎么能做到几乎什么都不做,却又真实存在的?

但这些小小的生物历经岁月存活了下来。不论海利科尼亚是难耐的酷热还是难耐的严寒——萨托里瓦什跟他讲过这些——坚背虫总是紧贴着大地,躲藏在那里,也许从时间发端之时便什么都不曾做过。

对他来说,它们是如此绝妙的生物,甚至当它们躺在那里踢腾着秀气的小腿,滑稽地想要端正自己的身体时,他都感叹不已。

他的好奇被不安取代了。如果全能之主没有把它们放置在这里,它们可能会在做些什么?

他躺在那里,一个强烈的念头呈现在他眼前,仿佛有人直言他犯了错误,而他的父亲是正确的;也许真有那么一个全能之主在指导着人间的事务。在这种情况下,那些在他眼中的大多数邪恶之事则是合乎天理的,而他却犯下了大错。

他站起身来,浑身颤抖,忘记了脚下那些无足轻重的生物。

他抬起头看着天空中厚厚的云彩。有人在说话吗?

如果真有那么一个阿克哈纳巴,那他必定会让自己的意志顺从于神灵。只要是全能者的旨意,都必须完成,甚至谋杀都是合理的,只要那符合阿克哈纳巴的意愿。

至少他还信仰原初注视者,那个关注着大地和大地上所发生的一切的母亲般的形象。那个朦胧的形象认同世界本身的存在,它的地位高居阿克哈纳巴之上。

日子一天天过去,太阳一天天划过天空,炙烤着他。他迷失在荒野之中,但几乎意识不到自己已经迷失了,没有人可以交谈,也看不到其他人。周围有楠第族,跟思绪一样难以捉摸,不过他不跟他们打交道。他正在倾听阿克哈纳巴的声音,或是注视者的声音。

在他徘徊的时候,一场森林大火向他袭来。他一头扎进一条小溪,从水里看着烈火战车冲上一座小山坡又从另一面冲了下去,喷吐着能量。在那火焰的熔炉里,他看到了神灵的面孔,火焰后面的浓烟勾勒出神灵的须发,那滚滚的灰色中透出无尽的智慧,像他父亲一样,所过之处寸草不生,只剩一片废墟。他把半边脸浸在水中躺在那里,双眼注视着这一切,一只眼睛在水面上,一只在水面下,看到了被这场天灾点亮的两个宇宙。当这场天灾离去,他从水中站起身来走上那座小山,仿佛在紧随怪物的足迹,在尚未熄灭的灌木丛中蹒跚而行。

烈火之神留下了一片焦黑的印迹。他看得到它就在前方,仍在急匆匆赶着路,就像一阵复仇的旋风。

罗彼昂格诺尔王子跑了起来,一边跑一边大笑。他相信了,他的父亲太强大了,他根本无法杀死他。但他可以杀掉父亲身边那些亲近的人,而那些人的死会削弱他。

这个想法如烈火般在他心中怒吼,他听出那就是全能之主的声音。他不再感觉痛苦了,他变成了一个泯灭个性之人,就像一个真正的玛第。

罗彼昂格诺尔在自己的大地之痕中纠结着,他每天晚上都会看到星辰在头顶盘旋。入睡时,他看到雅拉洛布莱彗星在北方天空中闪耀。他看到疾星铠骥掠过头顶。

罗彼那锐利的目光辨得出铠骥在天顶时的盈亏变化。但它运行得十分迅速,从南至北横跨天空。他看着铠骥向地平线疾驰而去,渐渐无法分辨出它圆盘的形状了,然后它在缩小成针尖大的一星亮光之中,消失了。

对于铠骥上的居民来说,它被称为阿佛纳斯,地球观测站"阿佛纳斯号"。在这个时期,它是大约六千个居民的家园,有男人,有女人,有小孩,有仿生人。人类分为六个学者家族,或者称为宗族。每个宗族研究着下面那颗行星的某个方面,或是研究它的那些姊妹行星。他们所收集到的信息被发送回地球。

围绕着名为巴塔利克斯的G类恒星运行的四颗行星,是地球星际航行时代的伟大发现。星际探险——或者像那个充满骄傲的年代人们口中的"远征"——是建立在高昂的成本之上的。这种花费极其巨大,最终导致星际飞行被终止。

然而这一切推动人类思想产生了质的飞跃。一种更加一体化的生活方式意味着人们不再渴望从一个全球化的生产系统中索取超出他们应得的份额,如今这种生活方式已经得到了更好的理解和管控。确实,一旦意识到这样一个问题:在距离地球合理范围之内的上百万颗行星之中,没有一颗能够维系人类的生活,或者匹配地球本身这种多样性,人际关系便承担起了一种神圣的职责。

宇宙对于空间极为慷慨,却对有机生命极为吝啬。无须多言,人类心怀厌恶地放弃星际飞行,正是宇宙之荒芜的一种体现。然而,就在那时,弗雷耶-巴塔利克斯行星系被发现了。

"上帝花了七天创造地球。他在剩下的日子里什么都没做。只在他年老之际,心思一动,又创造了一个海利科尼亚。"有一个地球人如此说。

于是,这些弗雷耶-巴塔利克斯星系的行星就成了地球人精神层面极为重要的东西。而在那些行星之中,海利科尼亚又是最重要的那一颗。

海利科尼亚与地球别无二致。另一种人类生活在那里,呼吸着空气,遭受着磨难,享受着欢乐,接近着死亡。从存在论的角度来说,这两个行星是平行的。

海利科尼亚距离地球一千光年。用最先进的飞船从地球飞到那颗行星需要一千五百年。人类那极其有限的寿命对于这样的旅行来说太短暂了。

然而人类的灵魂深处有一种需要,希望得到超越本身的认同,渴望维系地球与海利科尼亚之间的联系。尽管空间与时间的巨大鸿沟造成了重重困难,但一座永久性的观察站还是建立在了环绕海利科尼亚的轨道上,这就是地球观测站。它的职责就是研究海利科尼亚,并把它的发现发送回地球。

于是便开启了一段漫长的单方面干涉。这种干涉通过一种人类最具吸引力的天赋来行使,那便是共情的力量。每天——或者说在很久之后——都会有许多普普通通的地球人去了解在那颗遥远星球上的朋友和英雄是如何生活的。他们惧怕法艮。他们观察着詹道昂格诺尔宫廷里事态的进展。他们用奥洛奈茨字母书写,很多人讲着那颗星球上的各种语言。从某种程度上来说,海利科尼亚无意之间已经殖民到了地球。

这种联系在地球上那伟大的星际时代结束之后还持续了很久。

确实,海利科尼亚,那个时代留下的遗珠,也是让地球上星际航行事业衰落的另一个缘由。说起来,这是个壮丽而又可怖的世界,与梦境一样美丽的世界——对于人类来说,踏足其上便意味着死亡。虽不是立时丧命,却是必死无疑。

海利科尼亚的大气中弥漫着病毒,经过漫长的适应过程,当地人是不会受到伤害的。至少它们在大周期年的夏季里基本上是无害的。但是对任何来自地球的人而言,这种无法滤除的病毒形成了一道屏障,就像天使之剑——那把在地球的古代神话中守卫伊甸园大门的天使之剑。

对于阿佛纳斯上的许多人来说,伊甸园跟他们下方的那颗行星很相似,至少当那漫长而残酷的大周期年冬季过去之后便是如此。

阿佛纳斯有自己的公园,里面有流水和湖泊,还有成千上万设计巧妙的电子模拟场景,造福着这里的青年男女。但那终究只是人造的世界。飞船上的很多人觉得连他们的生命都是人造的生命,没有现实的味道。

这种人造感尤其让品氏宗族的人感到压抑。因为品氏宗族专门负责研究国王家族的跨文明延续。他们的研究方向主要是社会学。

品氏宗族在长达2592个地球年的大周期年中记录--两个家族所展现出来的生活。这样的数据有着巨大的科学价值,但不可能在地球上收集到。这也意味着品家人与他们下方的那些目标之间建立起了一种特殊的亲密关系。

这种亲近感由于一个始终笼罩着他们的现实问题而不断被强化——地球实在是太遥不可及了。在空间站上出生,意味着生来便是永久的流放。"阿佛纳斯号"上统治众生的第一条法律便是你永远无家可归。

偶尔会有从地球飞来的自动驾驶飞船。这些联络飞船上有着可供人类航行的应急舱位。可能地球上的人怀抱着一丝希望,随着新技术的发展,"阿佛纳斯号"上的某个人能够返回地球。不过看上去,这些飞船更像是从来都没有进行过改进,设计十分老旧。空间与时间的鸿沟让这种想法成了一个笑话:即便人体进入深度低温休眠,历经一千五百年也会腐烂。

海利科尼亚所处的位置比地球近了不知道多少倍,然而那种病毒却让海利科尼亚可望而不可即。

阿佛纳斯上的现实便是乌托邦——也就是快乐、平等,而且乏味。没有什么恐惧要去面对,没有不公平,也没有短缺,几乎不会遭受突发性的打击。没有能引发启示的宗教。若一个世界其本身职责就是观察其脚下另一世界所发生的剧变,这个世界是很难为宗教信仰所统御的。他们认为个体自我那些形而上的痛苦和喜悦都是不真实的。

然而,在阿佛纳斯的每一代人中间都有一些人把自己的世界看作一座监狱,它的轨道就是一个没有终点的大地之痕。品氏宗族的成员看着下面可怜又癫狂的罗比徘徊在荒野之中,嫉妒着他的自由,沉迷其中。

不时到来的联络飞船只是强化了他们的压抑。在早些年间,一艘联络飞船的到来曾引发过一场骚乱。飞船带来满满的磁带信息——关于卡特尔联合企业,关于体育,关于各个国家,关于人造产品,满是各种名字的古老信息,他们全都一无所知。骚乱的领头人被抓了起来,以一种史无前例的方式,发配去了下面的海利科尼亚等死。

观测站上的每一个人都满怀渴望地观察着他在死于病毒之前所踏上的那段不同寻常的冒险。他们就站在自家门口让别人替自己去那颗行星上生活。

从那时起,便有了一个泄压机制,一种兼具牺牲与逃避的仪式化传统诞生了。颇具讽刺意味的海利科尼亚假日大乐透粉墨登场。

这项乐透大奖在大周期年夏季里每十年开奖一次。中奖者可以登上海利科尼亚，走向那等待自己的死亡结局，而且可以自行选择着陆点。有些人喜欢隐居，有些去了城市，有些去了山地，有些去了平原。从来没有哪一个中奖者会拒绝或逃避这份荣誉与自由。

远星点可以视为大周期年中最黑暗的时刻，远星点过后1177个地球年的时候，大乐透再次开奖了。

先前的三位获奖者都是女人。而这次轮到了比利·肖·品。他毫不犹豫地做出了选择。他要去梅特拉赛尔，博里恩的首都。他要在海利科病毒侵蚀他之前，去那里亲眼一睹王后中的天后。

死亡便是比利的奖赏：他会把那支历时数个世纪的海利科尼亚大周期年夏季交响曲充分融进这场死亡之中。

VI

携礼而来的使节

詹道昂格诺尔国王终于从奥多兰都回到了他的王后身边。四个星期过去了。他不再跛着走路了。然而，克斯加特事件并没有就这么过去。此时正值冬至，梅特拉赛尔正盼望着帕诺威尔使节的到来。

要命的酷热笼罩着博里恩的首都，坐落在山顶、可以俯视全城的宫殿包裹在溽热之中。宫殿的外墙在腾腾的热气里看上去波光粼粼，犹如虚无缥缈的蜃景。许多个世纪之前，那还是在大周期年的冬季，人们会在每年的冬至之日举行庆典，现在则不然。太热了，人们没有那个心思去热闹了。

王室的家臣慵懒闲散地在自己的房间里歇着。锡伯纳尔的大使往自己的酒杯里加了些冰块，遥想着自己家乡那些身体冰爽的女人。使节们纷纷抵达，满载着行李和行贿之物，礼服长袍之下已是大汗淋漓，官方的欢迎仪式一结束，他们便倒在了卧榻上。

博里恩的总管大臣萨托里瓦什回到了自己那间散发着霉味的房里，点上了一支薇若妮卡烟，掩饰着自己对国王的愤怒。

这场活动会引发不吉利的事情。这不是他安排的。国王没跟他商讨过。

作为一个孤僻的人，萨托里瓦什的外交政策也显得十分孤立。他内心深处坚信，博里恩不应该因为与帕诺威尔或奥多兰都结盟而更深地卷入到强大的帕诺威尔势力范围之中。这三个国家已经通过普世的宗教信仰联合起来了，而萨托里瓦什作为一名学者，对宗教嗤之以鼻。

很多个世纪以来，博里恩都被奥多兰都统治着。总管大臣不想看到他们卷土重来。他比大多数人更明白博里恩有多么落后，但是落入帕诺威尔的统治之中并不会改变这种状况。国王则不以为然，他的宗教谏官都鼓励他的这种想法。

总管大臣在梅特拉赛尔施行了严格的外国人出入政策。也许他的孤僻之中包含着某种对于外乡人的恐惧症；他不允许玛第入城，不允许外国使节在梅特拉赛尔找女人寻欢作乐，违者处死。要不是国王断然干涉，他还要设立法律反对法艮。

萨托里瓦什叹了口气。他只盼着能进行自己的研究。他讨厌那些加诸自身的权力。于是，他以一种不露声色的方式变成了一个暴君，希望在这场赌注变得越来越大的时候，自己能变得更加冷酷无情，以便大胆行事。他不想戴着镣铐挥舞手中的权柄，他希望能拥有完全的权力。

要真那样，他们就不会置身于目前这种岌岌可危的境地之中了，现在有五十多个外国人在宫殿里作威作福。他内心深处冷静的那一面深知，国王打算启动一些变革，一场剧变即将上演，安逸稳定的生活即将被颠覆。他的妻子说他铁石心肠。萨托里瓦什知道，更确切的说法是，他的情感是以工作为中心的。

他的双肩很有个性地耸着，可能是这种习惯性动作让他看上去更加令人生畏。他三十七岁了——按照坎普安莱特的精确计岁方式，应该是三十七岁零五什旬——岁月已经给他留下了痕迹，他的脸以鼻子为中心皱缩起来，再加上那把胡须，让他看上去就像一只颇有智慧的田鼠。

"你爱你的国王和你的手下。"他告诫着自己，然后从房间的庇护下走了出来。

跟许多类似的城堡一样，这座宫殿是古老城堡和新建筑的结合体。在上一次大周期年的冬季，梅特拉赛尔地下的岩石中建了很多洞穴式的堡垒。它时而恢宏，时而破败，有时当作堡垒，有时专为娱乐，这要视博里恩的财富而定。

来自帕诺威尔的大人物们被梅特拉赛尔搞得心神不定，这里允许法艮在不妨害他人的情况下在街上随意行走——它们也不会受到妨害。他们对詹道昂格诺尔的宫殿十分不满。他们说它很不上台面。

在詹道昂格诺尔手中的财富还不那么捉襟见肘的时候，也就是当他与梅尔黛伽拉刚刚成婚的时候,他召唤来了各地最好的建筑师、建筑工,还有艺术家来修复那些岁月留下的破败。特别是王后的寝宫,尤为奢华。

尽管宫殿里的气氛有几分剑拔弩张,却没有奥多兰都和帕诺威尔宫廷那些特有的令人压抑的繁文缛节。一些地方则滋养着某种更高的文明。特别是总管大臣萨托里瓦什的宅邸,宛如艺术与知识的地窖。

总管大臣满腹心事地去找国王商讨。就在前一天,他解决了一个他困扰已久的问题,一个古老的问题。和现在比起来,在往昔的岁月里,真理和谎言更加容易区分。

王后朝他走来,她穿着一身火焰红的礼服,身边伴着她的弟弟和塔特洛公主,公主跑上来抱住了他的腿。总管大臣躬身施礼。他从王后的神情里看得出,她对于那些使节们的造访同样心怀焦虑。

"今天你要跟帕诺威尔商谈一些事务吧?"她说。

"我不得不跟一帮自负的傻瓜合作,没有时间去写我的历史专著了。"他猛然住口,突然笑了起来,"抱歉,夫人,我的意思只是说,我并没有把帕诺威尔的泰恩斯·英德莱德王子算作博里恩一位伟大的朋友……"

她有时候笑起来很缓慢,就像是被勉强逗乐的,笑容从她的眼睛里溢出,漫过她的鼻子,然后才在她的双唇弯出优美的弧线。

"我们观点一致。博里恩目前缺少伟大的朋友。"

王后的弟弟说:"承认吧,瓦什,你的历史书永远都写不完。"他是用旧日的昵称招呼总管大臣,他的名字叫作叶弗奥伯莱。"写书只是你睡整整一下午懒觉的借口。"

总管大臣叹了口气,王后的弟弟确实没有他姐姐的头脑。他严肃地说:"如果你不再对着宫廷使性子,你都能开始一段环绕世界的探险旅行了。想想那将给我们的知识增加多少储备啊!"

"我希望罗彼已经在做这件事了。"梅尔黛伽拉说道,"谁知道这小子现在在哪儿?"

萨托里瓦什不打算把同情心浪费在王后的儿子身上。"昨天我有了一个新发现,"他说,"您是否希望听一听呢?我会让您觉得无聊吗?这种纯粹的知识会不会让您心烦地从御墙上跳出去?"

王后发出银铃般的大笑,一把握住了他的手,"来吧,叶弗和我可不是傻瓜。有什么发现?世界正在变冷吗?"

萨托里瓦什并没在意这个玩笑,而是眉头一皱,说:"骅骊是什么颜色的?"

"我知道,"年幼的公主叫道,"它们是褐色的。谁都知道骅骊是褐色的。"

萨托里瓦什一边嘟哝着,一边把她抱了起来,"那骅骊昨天是什么颜色?"

"当然是褐色。"

"那前天呢?"

"褐色呀,你这个愚蠢的瓦什。"

"没错,你这个聪明的小公主。但如果事情就是这样的话,那为什么骅骊在古代编年史中被描述成拥有明艳的双色条纹呢?"

他不得不自己来作答:"这就是我问我的朋友巴尔铎·卡拉班赛蒂的问题,他住在奥塔索尔的地下。他剥了一匹骅骊的皮进行研究。那他发现了什么呢?没错,骅骊不像大家所认为的那样是褐色。这种动物的底色是褐色,生有褐色的条纹。"

塔特洛笑了起来,"你在耍我们。如果它是褐底褐纹的,那它就是褐色的,不是吗?"

"对,也不对。皮毛上的错觉表明骅骊并非纯褐色的动物。它还长着褐色的条纹。这能说明什么问题呢?

"好吧,我弄清了答案,你会看到我有多么聪明。骅骊曾经长着色彩明艳的条纹,就像编年史里说的一样。在什么时期呢?没错,在大周期年的春季,当适宜生存的草场又一次出现的时候。那时候,骅骊需要尽快地大量繁殖,于是它们披上了最为艳丽的外表来吸引异性。如今,许多个世纪过去了,骅骊到处都是。它不再需要迅猛繁殖了,于是吸引交配的外表就消失了。条纹淡化成了模糊的褐色——直到下一次大周期年的春季把它们再次唤醒之时。"

王后做了个鬼脸,"要是还有下一次大周期年春季的话,而且我们也没有跌落进弗雷耶之中。"

萨托里瓦什夸张地拍了拍手。"但是您没看到吗?这种……这种关于骅骊物种适应性的理论就是我们不会跌落进弗雷耶的一个明证——弗雷耶在每一次大周期年夏季靠近,然后又会远离。"

"我们可不是骅骊。"叶弗奥伯莱做了个轻蔑的手势。

"殿下,"总管大臣急切地向王后说道,"我的发现还表明古老的手稿常常比我们所认为的更准确。您知道国王,您的丈夫,跟我有分歧。替我说说情,我求您了。委派一艘船只,允许我从职位上离开两年,去做环游世界的航行,去收集手稿。让我们把博里恩建成一个知识研究的中心,就像基乌阿斯恩的雅拉洛布莱那个时代一样。现在我妻子已经死了,这里没有什么会让我留恋,除了您的贤良淑德。"

她脸上闪过一丝阴影。

"国王现在身陷危机,我感觉得到。他肉体上的创伤愈合了,心灵上却没有。把你的想法留给我处理好了,瓦什,等与帕诺威尔人的这场令人不安的会谈结束再说吧。我对于接下来要发生的事情很担心。"

王后朝老人投去暖心的一笑。她尽量忍受着他的敏感与急躁,因为她理解其源头所在。他并非是个完人——确实,她觉得他的一些试验着实让人厌恶,特别是令他妻子丧生的那次试验。但又有谁是完美的?萨托里瓦什跟国王的关系并不融洽,她常常尽力保护他免遭詹道昂格诺尔的怒火之害,比如现在。

王后担心他听不明白,她又柔声道:"自从克斯加特那件事之后,我不得不对陛下小心翼翼。"

塔特洛揪着萨托里瓦什的胡须,"你这把年纪可不能去航海,瓦什。"

他把她放到地下,向她行了一礼,"有生之年我们所有人都可能必须走上一场未曾预想的旅行,我亲爱的小塔特洛。"

就像许多个清晨一样,梅尔黛伽拉和她的兄弟沿着宫殿西侧的御墙散步,眺望着外面的城市。这天早晨,小周期年冬季里时常出现的雾气不见了,城市在他们脚下一览无余。

古老的城堡矗立在一座高崖之上,这座高崖赫然耸立在城市上方,此处正位于塔吉萨河的一处大转弯中。在它略微偏北的地方,波光粼粼的瓦尔沃雷尔河汇入这条大河。塔特洛从来都看不厌下面那些街道中的行人与河流上的船只。

这位幼小的公主伸出一根手指朝码头喊了起来:"看呀,冰来啦,母后!"

一艘前后挂帆的单桅纵帆船停泊在码头上。它的货舱刚刚打开,白色的水汽就一下子涌了出来。大车被拖到了船侧,一块块上等的洛德尔雅德莱冰块从货舱里搬运到大车上的时候,在阳光下熠熠闪光。跟以往一样,送货很及时,宾客盈门的宫殿正等着呢。

运冰的大车顺着蜿蜒的道路隆隆驶向城堡,曲曲折折一路而上。这座城堡犹如一艘即将从山崖上启航的石船,四头牛在车辕上卖命地拖着。

塔特洛想站高一点看运冰的大车是怎么一路上山的,但王后今天早上没那个心情,她站在离孩子稍远的地方,心不在焉地看着她。

詹道昂格诺尔黎明时分来到身边拥她入怀。她感觉到了他的不安。帕诺威尔出现了。还有更糟的事情,远征兰杜楠的第二军团传来了坏消息。兰杜楠总是会传来坏消息。

"你可以从暗道那里旁听我们白天的讨论,要是你不觉得烦的话。"他说道,"为我祈祷吧,康妮。"

"我一直都在为你祈祷。全能之主与你同在。"

他无比耐心地摇了摇头,"为什么生活就不能简单一些?为什么信仰就不能让生活简单些?"他的手摸到了腿上那道长长的伤疤。

"我们在这里待一块儿的时候很安全,詹。"

他吻了吻她,"我应该跟我的军队在一起,然后我们就会获得几次胜利了。托科奈特作为将军真是无能。"

那位将军跟我毫无干系,她想——然而他知道一些……

他撇下她走了。他一走,她便感到一阵阴郁。近来他的身上总是透出一股寒意。她的地位受到了威胁。站在御墙上,她不假思索地伸手挽住了弟弟的手臂。

塔特洛公主叫喊着什么,用手指着拾级而上、往宫殿走来的那些她认识的仆人。

将近二十年前,有一条暗道从山坡挖进了宫墙内。在它的掩护下,一支军队推进到了陷入重重包围的城堡跟前。然后军队用火药炸开一个豁口进入了宫殿的地下,紧接着就是一场血战。

住在城堡里的人被打败了。所有人都被迫拿起了宝剑,男人和女人,法艮和农夫。所有人,除了那位拥有这座城堡的男爵。

那位男爵乔装打扮——还有他的妻子、孩子和贴身随从——穿过损毁的宫墙逃到了安全的地方。凭借着对敌人装模作样地呵斥,他成功地诈开一条路带着伪装成犯人的家人逃走了。他的女儿因此逃出生天。

这位朗特奥布洛男爵就是王后的父亲。他的事迹让他名扬天下。但事实是,他再也无法重掌大权了。

这座城堡就像所有的城堡被攻破之前一样,一直被描述成坚不可摧,赢得这座城堡的男人正是詹道昂格诺尔那位尚武的祖父。这位可怕的老武士那时正忙于统一博里恩东部，还要保持它的边境安定。朗特奥布洛是这片土地上最后一位败在他手下的军阀。

那些兵荒马乱的日子大部分已经成为历史，而梅尔黛伽拉借着与詹道昂格诺尔成婚拯救了家族的未来，并且回到了她父亲的老城堡里生活。

城堡的一些角落仍是废墟。一些区域已经在詹道昂格诺尔的父亲治下进行了重建。还有些宏伟的重建计划仓促上马，又在酷热之下逐渐荒废。成堆的乱石构成了城堡景观的一部分。梅尔黛伽拉喜爱这种于废墟之中起亭台楼阁的重生感，只是往昔岁月仍沉重地悬在雉堞之上。

她径直一路往前走，牵着塔特洛的手，来到后面一栋带有小柱廊的建筑。这里是她的寝宫。一面用红色砂岩砌成的单调高墙，顶上有用白色大理石修筑的形状各异的亭台楼阁。墙后是她的花园和私人水池，她喜欢在那里游泳。水池中间有一个人工小岛，上面立着一座向阿克哈纳巴献祭的简易神庙。国王与王后在新婚的日子里常常在那里欢爱。

向弟弟道别之后，王后走上那条石阶进入了一条走廊。这条走廊视野开阔，在这里能感受到阵阵拂面的微风，还可以俯瞰那座花园，詹道昂格诺尔的父亲瓦尔培昂格诺尔曾在这里让猎犬撒欢，让五彩的鸟儿飞翔。一些鸟儿仍留在这里——罗比出走之前每天早上都会喂这些鸟。现在是玛伊·托科奈特在喂养它们。

梅尔黛伽拉胸中涌起一股压抑的恐惧感。笼中鸟儿的画面让她心神不宁。她让一名侍女陪着塔特洛玩耍，自己则走到走廊尽头的一扇门前，用藏在裙褶里的一把钥匙打开了锁。走进去的时候，守在那里的卫兵向她施了一礼。她的脚步轻盈，在铺着瓷砖的地面上叩出阵阵微响。她来到一个带窗户的阳台上，长长的帘幕垂下来把它遮掩住。她安坐在一张长椅之上，面前是一扇华丽的花格窗，透过去，她能看到外面而不被另一面所察觉。

在这个制高点上,她俯瞰着这座巨大的议会厅。阳光从一扇扇花格窗投下一道道光束。那些大人物都还没来,只有国王在里边,还有那个法艮宠物,自从克斯加特战役之后,这个宠物就跟国王形影不离。

玉理站起来还不到国王的胸口高。他的皮毛是白色的,不过毛尖仍带着一抹幼年时期的红色。他蹦蹦跳跳,用脚尖打着转,当国王朝他伸出手他就会张开那张难看的嘴。国王大笑着打了个响指。

"好小子,好小子。"他说着。

"似的,我好小子。"玉理说道。

国王大笑着抱住他,把他从地上举了起来。

王后身子往后一缩。一阵恐惧涌上心头。在她往后靠的时候,身下的柳条椅发出了吱吱的作响声。她赶紧藏起了眼神。即便知道她在这里,他也没有流露出要招呼一声的样子。

我的野猪,我亲爱的野猪,她默默地呼唤着,你身上发生了什么事?王后心想,有什么可怕的事情就要笼罩这座宫廷,还有我们的生活……

等她敢再次往下看的时候,来访的各位贵宾已陆续到场,彼此之间相互问候令气氛轻松起来。到处都散落着坐垫和毯子。奴仆们全都是衣着暴露的女子,人前人后忙着奉上色彩斑斓的饮品。

詹道昂格诺尔带着君主的威仪走到他们中间,然后一屁股坐进盖着华毯的长椅。萨托里瓦什也进来了,严肃地向周遭点头致意,侍立在国王的宝座后边;与此同时,他也给自己点上了一支薇若妮卡烟。玉理坐在一只坐垫上,喘着气,打着哈欠。

"你们是我们宫廷里的陌生人!"王后透过花格窗偷看着,心里在大喊,"你们这群闯入我们生活的陌生人!"

詹道昂格诺尔近旁坐着一帮本地贵族,包括梅特拉赛尔的市长,他也是议政堂的首脑，还有詹道昂格诺尔的主教大人、他的王室军械师，以及一两个军人。有一位军士，从他的徽章来看是法艮卫队的队长，但出于对来访者的尊重，现场并没有法艮，除了国王的那个宠物。

在那些外国人中间，最惹眼的就是那个锡伯纳尔人，驻博里恩的使节，名叫艾奥·帕沙迪德，来自乌斯库托什。他和妻子阴沉着脸高坐一旁，两人保持着距离。有人说他俩吵架了，有人说锡伯纳尔人就那样。事实到底怎样只有他俩自己知道，他们二位已经在这宫廷里生活了九个多什句——再过三个星期，他们就在这里待够整整一年了——他俩之间几乎没有对笑过，甚至从不交换眼神。

"你令我惧怕，帕沙迪德，你这个幽灵。"王后心说。

帕诺威尔派来的是一位王子。这是经过慎重考虑的选择。在坎普安莱特的十七个国家中，帕诺威尔是最强大的，唯一能给它的野心带来掣肘的便是在北方边境上与锡伯纳尔之间那无休止的战争。它的宗教统治着整片大陆。目前，帕诺威尔向博里恩示好了，因为博里恩向它进贡了谷物，并缴纳教堂税，但两者之间的关系就好比家道中落的贵族老遗孀和一夜暴富的毛头小伙子，被毛头小伙子派来的就是这位无足轻重的王子。

王子虽然无足轻重，但这位泰恩斯·英德莱德王子是个身高体胖的大块头，级别不够，体重来凑。他和奥多兰都的王室是远亲。没有谁会喜欢泰恩斯·英德莱德，不过有一位帕诺威尔的外交官倒是很受欢迎，他是一位上了些年岁的祭司，作为王子的首席谏官随行前来，他就是哥德尔·乌伯贝格，大家都知道他是詹道昂格诺尔在帕诺威尔修道院里当祭司时结识的一位朋友。

"你们这些人都巧舌如簧。"王后叹了口气，在花格窗后面忧心忡忡。

詹道昂格诺尔在用最为谦逊的语气讲话。他安坐在那里，语速飞快,正如他快速掠过的目光一般。他向这些宾客介绍着本国状况。

"整个博里恩的国境之内目前都很和平。是有些土匪,但不足挂齿。我们的军队在西部战争中奋勇作战。他们在消耗着我们的血肉之躯。我们的东部边境也面临着危险入侵者的威胁,他们是铁锤安多德和残暴的骷髅头达夫利什。"

他四下环顾了一圈。最令他感到羞耻的,莫过于那个不足挂齿的对手达夫利什给他留下了伤疤。

"弗雷耶越来越近,我们遭受了干旱。到处都是饥荒。你们不会想看到博里恩四面受敌。我们是一个幅员辽阔的国家,物产却不丰富。"

"得了,表兄,你也太谦虚了。"泰恩斯·英德莱德说道,"所有人从小就知道,你们南部的黄土平原是这片大陆上最富饶的土地。"

"富饶不在于土地,而在于对土地进行合适的耕作。"詹道昂格诺尔答道,"我们的边境一带受到了很大压力,迫使我们征召农民去当兵,只剩女人和孩子来务农。"

"那你自然需要我们的帮助,表兄。"泰恩斯·英德莱德说着,四下看着,等着众人为他的观点喝彩。

艾奥·帕沙迪德说:"如果一个农夫只有一匹瘸腿的骅骝,那么再给他一头野生的铠骥会对他有帮助吗?"

这番评论无人理睬。现场有些人早就说过锡伯纳尔人不应该出现在这场会议上。

泰恩斯·英德莱德以一种摊牌的态度说道:"表兄,你要求我们每一个国家在自己麻烦不断的时候来为你提供帮助。我们爷爷辈们所享受的富庶早已消失,我们的土地在燃烧,果实在枯萎。而我必须直言相告,我们之间还存在着一个尚未解决的争执。我们热切希望得到解决,而且必须解决,如果我们之间要达成任何协议的话……"

大厅陷入一阵寂静。

泰恩斯·英德莱德也许是不敢继续说了。

詹道昂格诺尔一跃而起，阴郁的脸庞上浮现着怒气。

那个小宠物玉理也警觉地爬了起来，就好像只要主人一声吩咐它就愿意肝脑涂地。

"我去奥多兰都向赛伦·司堂德寻求帮助，只是为了对付我们共同的敌人，而你们却像兀鹫一样聚集在这里！你在我的宫廷里大放厥词。你又梦到我们之间有什么争执？告诉我。"

泰恩斯·英德莱德和他的谏官哥德尔·乌伯贝格耳语了几句。然后，还是国王的那位朋友做了回答。他站起身来躬身一礼，指向了玉理：

"那可不是做梦，陛下。我们的顾虑是实实在在的，就是你带到我们中间的那个生物。从远古时代开始，人类与法艮就是宿敌。在如此大相径庭的两个物种之间，绝没有任何休战的可能。圣帕诺威尔帝国已经对那些可憎的生物宣布圣战和大清洗，目的就是把它们从这个世界消灭掉。然而您，陛下，却在您的国境之内为它们提供庇护。"

他双目低垂，几乎在用辩解的语气说话，尽量让自己的话语没有火药味。他的主人则高声叫嚷，让场面重新紧张起来："你期待得到我们的帮助，表哥，而与此同时，你却把这几百万个祸害藏匿在你的羽翼之下？它们曾经在坎普安莱特横行肆虐，而且，托你的福，它们将会卷土重来。"

詹道昂格诺尔双手叉腰，跟他的宾客据理力争。

"我不会让任何国境之外的人干预我们的内政。我听从议政堂的决议，而我的议政堂并不反对这样的事情。是的，我欢迎剑族来到博里恩。与他们休战是可能的。他们会耕种那些我们的人民不愿染指的贫瘠土地。他们会从事那些我们的奴隶望而却步的工作。他们能不求回报地去战斗。我的国库空虚——你们这些从帕诺威尔来的守财奴可能不明白，这意味着我只能养得起法艮军队。

"他们唯一的回报只是能得到一块土地,不论优劣。还有,他们从不会在危险面前不战而逃!你们可以说那是因为他们太蠢。而我要说,相比农民,不管什么时候我都更喜欢法艮。只要我一日为博里恩的君主,法艮就会得到我的保护。"

"您的意思,陛下,我们相信是说只要梅尔黛伽拉是博里恩的王后,法艮就会得到您的保护。"说这话的是泰恩斯·英德莱德手下的一个教士,骨瘦如柴,好似一堆骨头披了一件羊毛织就的黑色绸褥。宫廷里又一次充满了紧张气氛。这位教士占据了上风,继续说道:"是王后,她对于任何生命都心怀慈爱,还有她的父亲,军阀朗特奥布洛——陛下的祖父在不到二十年前从他手中夺取了这座宫殿——正是他开启了这段令人不齿的与剑族的结盟,而你又将其继承了下来。"

哥德尔·乌伯贝格站起来向泰恩斯·英德莱德一躬身,"殿下,我不赞成这场会议往这个方向发展。我们不是来这里恶语中伤博里恩王后的,而是要为国王提供帮助。"

但是詹道昂格诺尔好像突然累了,闻声坐了下去。那位教士一击致命,找到了他最易受到抨击的痛处:他才刚刚坐上王位没多久,而他的配偶正是那位被击败的男爵的女儿。

萨托里瓦什朝他的主人投去同情的目光,然后挺身上前迎向帕诺威尔的使者。

"作为国王陛下的总管大臣,我感到十分惊讶。我惊讶于发现这样的偏见,甚至可以说是仇恨,存在于同样伟大的帕诺威尔帝国的成员之中。我,正如你们所认为的那样,是一个无神论者,却也能不带偏见地审视你们教会中的古怪行为。你们宣讲的慈悲在哪里?你们帮助陛下的方式就是损害王后的名誉吗?

"我已经步入暮年,但是我告诉您,显赫的泰恩斯·英德莱德王子,我跟你们一样十分厌恶法艮。但他们毕竟是我们在生活中必须与之共处的一个现实因素,就好像你们帕诺威尔的生活中对锡伯纳尔常怀敌意一样。你们是否会清除所有的锡伯纳尔人,就好像你们清除所有的法艮那样?杀戮本身难道不是错误吗?你们的阿克哈纳巴难道没有宣讲过这些吗?

"既然我们坦诚相见,那我必须要说,长久以来博里恩就一直坚信,如果帕诺威尔没有在辽阔的北方前沿陷入对抗锡伯纳尔殖民者的争斗,那帕诺威尔就会向南侵略我们的国土,正如你们现在企图用你们的思想来统治我们一样。鉴于此,我们对锡伯纳尔人心怀感激。"

就在总管大臣俯身与詹道昂格诺尔低声商议之时,锡伯纳尔的使节起身说道:"既然锡伯纳尔在帝国那里除了谴责什么都得不到,我希望有人将我对总管大臣这番言论的感激之情记录在案。"

泰恩斯·英德莱德没有理会这番话中的讥讽,直接冲着萨托里瓦什说道:"你真是人老脑子也不好,你完全搞错了状况。帕诺威尔是矗立在你们和那些好战的锡伯纳尔人南下侵略之路上的一座堡垒。既然你自称在学习历史,你应该知道,就是那些一代代锡伯纳尔人,一直企图走出他们那片令人生厌的北方大陆,并占领我们的大陆。"

不管这番言论包含几分真相,有一点是确然无疑的:帕诺威尔人看到这间议会厅里有锡伯纳尔人时,他们的那股火气不亚于看到有法艮在场。可即便是泰恩斯·英德莱德也知道,真正阻隔锡伯纳尔和博里恩的是地理因素:奎金特山脉那刀砍斧剁的险峻地貌和夹在奎金特与莫迪雅特之间那片被称为哈孜泽的宽阔走廊才是真正的壁垒,如今这个岁月,那里早已是一片焦枯的荒漠。

詹道昂格诺尔和萨托里瓦什耳语片刻后,总管大臣再次开口了:

"既然我们友好的宾客提起了好战的锡伯纳尔人这个话题,那么在陷入更多的烦扰和侮辱之前,我们应该着手处理正事。我的君主詹道昂格诺尔国王前不久在守卫国土时受了重伤,命悬一线。伤愈之后,他高声颂扬阿克哈纳巴,而我则要颂扬外科医师为伤口敷上的草药。我手里现在就有那件造成致命伤害的东西。"

他叫来王室军械师，一个小个子男人，须发蓬乱，穿戴着皮铠，走起路犹如打夯。他迈步走到屋子中央，戴着手套用拇指和食指捏着一个铅灰色的弹丸。他一板一眼，用严肃的语气说道："这是一枚射击物，是外科医师从陛下的腿上用刀挖出来的。它对陛下造成了巨大的伤害。它是从一种叫作火绳枪的手持式火炮里发射出来的。"

"谢谢。"说着，萨托里瓦什吩咐那人退下，"大家都知道，锡伯纳尔非常先进，火绳枪便是那种先进的明证。我们很清楚锡伯纳尔正在大量制造火绳枪，而且还有改进过的型号，叫作轮机枪，它能造成更大的破坏。我要忠告圣帕诺威尔帝国，在这种新事物面前要展现真诚的团结。我向你们保证，这种发明比铁锤安多德更令人恐怖。

"我必须进一步忠告各位，我们的探子汇报说，入侵克斯加特的部落并非直接从锡伯纳尔购买了这些武器，我们本以为是那样，但真正的来源是待在梅特拉赛尔的一个锡伯纳尔人。"

这时，大厅里所有人的目光都集中在那位锡伯纳尔使节身上。而艾奥·帕沙迪德此时刚刚给自己斟满了一杯冰镇的饮料。他的杯子停在了口边，一脸尴尬。

他的妻子黛娜·帕沙迪德一直斜倚在一旁的坐垫上，听到这里立即挺身站起。她是一位身材高挑、举止优雅的女士，体态纤瘦，素灰装扮，盛气凌人。

"如果你们这些政客搞不懂我的国家为什么把你们这片大陆称作蛮族大陆，那就好好看看这新鲜出炉的流言蜚语吧。到底是谁才该为这样的武器贸易被谴责？为什么我的丈夫首当其冲不被信任？"

萨托里瓦什一捋胡须，露出一抹自然的笑容，"为什么您要强调您的丈夫跟这件事的关系，黛娜女士？没人这么说呀。我没这么说。"

詹道昂格诺尔再次起身，"我们的两个探子伪装成莫迪雅特部落民，去下层的大市集里买到了这么一件新发明。我提议进行一次演示，看看这武器能做什么，好让你们心服口服地认识到，我们已经进入了战争的新纪元。也许只有那样,你们才会明白我将法艮保留在军队里、保留在国土内的必要性。"

他转向帕诺威尔王子,直接对他说道:"如果您大人有大量,可以海涵这间屋子里出现剑族……"

众位使节不由坐直了身子,惊疑不定地看着国王。

他拍了拍手。那位身穿皮铠的军官去到走廊里下了一道命令。两个去掉犄角的法艮敏捷地走进了房间。他们一直一动不动地站在阴影里。当他们从窗前走过时,白色的皮毛被光线映得雪亮;其中一个在胸前端着一支长长的火绳枪。当他把枪放下,蹲在一旁准备开火的时候,大厅中间不由自主清出了一条通道。

手持式火炮由六英尺长的铁制枪筒和一个抛光的木柄组成。枪筒和木柄用银线一道一道匝绕起来。枪口附近有一个折叠的支架,设计很坚固,带有两只可收回的支脚。法艮用腰带上的一个角杯把火药填进枪膛,又用一根通条把一粒圆形的铅弹捅了进去。他站稳身子,点燃了一根导火索。那位法艮卫队的队长站在他身后,确保其操作正确。

与此同时,第二个法艮走到大厅另一头站在了墙边,朝前望着,一只耳朵不停扑棱。那些原本懒洋洋靠在坐垫上的人族立刻为他腾出了一大片地方。

第一个法艮眯着眼睛顺着枪筒瞄准,用支架撑住了枪口。导火索嗤嗤作响。突然,响起了一声惊人的爆炸,紧跟着喷出一团烟雾。

对面那个法艮身子一晃。一缕黄色的液体从他胸口上涌了出来,正是小肠的位置。他呻吟着,一把捂住子弹打进身体的地方,然后轰然跌倒在地,当场毙命。

烟雾和火药的气味在大厅里弥散开来,众位使节开始咳嗽。他们一时间惊恐失措,跳起身来扯着自己的绸襦跑向外面的开阔地。詹道昂格诺尔和他的总管大臣被孤零零撇在那里。

自早晨那场火器测试之后,一直在暗中窥视这一切的王后赶忙跑回自己的寝宫躲了起来。

她憎恶权力游戏中那些无处不在的算计。她知道由那位令人作呕的王子泰恩斯·英德莱德率领的帕诺威尔代表团并不打算把矛头指向锡伯纳尔,因为锡伯纳尔本就是他们永恒的敌人。这样的关系尽管令人不快,却也人尽皆知。詹道昂格诺尔才是他们口诛笔伐的靶子,因为他们希望把他跟自己牢牢捆在一起。因此,她——这个凌驾于他权力之上的女人——也成了他们的靶子。

梅尔黛伽拉和她的侍女们一起用过午餐。詹道昂格诺尔依照礼仪跟他的宾客们一起用餐。哥德尔·乌伯贝格被他的主人甩了脸色,因为他在经过国王身边的时候,低声对国王说:"你的这个演示很引人注目,但是不会有什么效果。因为我们北方的军队正在面对越来越多配备有那种火绳枪的锡伯纳尔军队。然而他们那种工艺是可以学到的,正如你未来会看到的那样。当心,我的朋友,因为王子将对你步步紧逼。"

这顿午餐王后食不知味,用餐之后她去了自己的寝宫,走到她最喜欢的那扇窗前,坐在了飘窗的坐垫上。她琢磨着那位令人作呕的王子泰恩斯·英德莱德,他的长相就像一只青蛙。她知道他跟那位同样令人作呕的奥多兰都国王赛伦·司堂德算是亲戚,而那位国王的妻子是一个玛第。显而易见,跟这些充满心机的王族相比,连法艮都显得亲切多了!

她站在窗口,目光越过花园,能看到她那铺着瓷砖的戏水池。在水池对面竖立着一堵高高的墙,防止有人窥视她的美貌,在那堵高墙的底部,刚好高出水面的地方,有一个小小的铁格栅。格栅是一间地牢的窗口。国王迎娶王后之后不久,詹道昂格诺尔的父亲,遭到废黜的国王瓦尔培昂格诺尔就被囚禁在了那里。水池里有金色的鲤鱼,从她坐的地方都能看到。她、瓦尔培昂格诺尔,还有那些金鱼,无异都是这里的囚徒。

有人敲门。一名仆人开了门,说王后的弟弟求见。

叶弗奥伯莱懒洋洋地靠在阳台的栏杆上。他们俩都很清楚,詹道昂格诺尔早就想除掉他了,只不过碍于王后的面子。

她的弟弟长相并不英俊,这怪不得他,这支血脉里所有的容颜都被过剩地赋予了梅尔黛伽拉。他体型瘦弱,表情酸楚。他勇敢、忠顺、有耐心,此外就没有多少优秀品质了。他举止不识分寸,就跟国王一样,似乎在强调自己从不打算出人头地。然而他百依百顺地侍奉着国王,而且为了姐姐哪怕送死也在所不辞,他珍视她的生命远胜于自己的生命。她爱他身上这种平凡人的气息。

"你没去参加会议。"

"我可不喜欢那一套。"

"这次会议太可怕了。"

"我听说了。出于某种原因,艾奥·帕沙迪德有些不顺心。他总是那么冷冰冰的,就像一块洛德尔雅德莱的冰。不过卫兵说他在城里有个女人——难以想象!如果真那样,他可是冒了大风险。"

梅尔黛伽拉露齿一笑,"我讨厌他看我时的那副样子。如果他有个女人那可就太好了!"

他们大笑起来,然后开始闲聊,说着开心的事。他们的父亲,那位老男爵,现在在乡野赋闲,对炎热怨声载道,而且他太老了,对于国家来说完全算不上威胁。最近他喜欢上了钓鱼,这可是一种令人凉爽的消遣。

院里的钟响了。他们低头看去,詹道昂格诺尔走进了庭院,后面紧跟着一名卫士,举着一顶红色的丝织遮阳伞。玉理一如既往地跟在身边。他召唤王后:

"你能下来吗,康妮?我们的客人得在会谈间隙放松一下。你可比我能让他们开心。"

她离开弟弟,走了下去,来到遮阳伞下面他的身边。他用正式的礼节姿态挽起她的手臂。她感觉他一脸疲倦,尽管遮阳伞给他的脸抹上了一层红晕。

"你会跟帕诺威尔和奥多兰都签订条约,减轻战争的压力吗?"她怯声问道。

"只有注视者知道我们会得到什么。"他粗声粗气地说,"我们必须跟那些恶魔继续说好话,安抚他们,否则他们就会趁我们当下脆弱之际入侵我们。他们内心充满了诡计,正如充满伪善一样。"他叹了口气。

"那个时刻终归会来的,你将和我一起狩猎,再次享受生活,就像过去那样。"说着,她夹紧了他的手臂。她不会因为他邀请宾客而责备他。

然而,他对她的憧憬之语充耳不闻,突然怒气冲天,"萨托里瓦什今天早上太不聪明了,竟然公开承认他的无神论调。我必须处理他。泰恩斯会用这一点来攻击我,说我的总管大臣不是教会成员。"

"泰恩斯王子还说了攻击我的话。你会不会因为他不喜欢我把我也甩掉?"说话的时候,她的眼里闪过一丝嗔怒,她已尽力让自己的声音保持轻松。但他阴沉沉地答道:"你知道的,议政堂也知道,眼下国库空虚。我们可能得被迫接受我们不想要的东西。"

她猛地从他的臂弯抽出了胳膊。

在一处绿意盎然的院落里,众位访客连同他们的侍妾与仆佣三三两两地待在廊柱下面。野兽游走其间,接受众人的品鉴;一群杂耍者进行着平庸的表演。詹道昂格诺尔注视着穿行在众位使臣中间的王后。她注意到,当她同他们讲话时,那些男人的眼神是如何瞬间点亮的。她心想,我对于詹肯定还有着相当的价值。

一位上了岁数的瑟莱布雷特部落民佩戴着精巧繁杂的布拉费斯塔

133

头饰，正在向众人展示两个拴在链子上貌如猿猴的另族。这种生物吸引了一些观众的目光。脱离了树木丛生的栖息地，它们显得无比笨拙，像是两个喝醉了酒的侍臣——其中一个侍臣这么说。

那个长得像青蛙的王子泰恩斯·英德莱德正站在一顶黄罗伞盖的下面，有人给他扇着风，他一边看着另族聊胜于无的表演，一边抽着薇若妮卡烟。在他身边有个人则肆无忌惮地大笑着，那是一个大约十一岁六什旬的女孩，神情仪态稍显呆滞。

"它们多滑稽呀，对吗？叔叔？"她对王子说道，"它们太像人了，除了一身的绒毛。"

那个瑟莱布雷特人听到这话，扶着他的布拉费斯塔头饰对王子说："您想看看我让它们互殴吗？"

王子大方地在手里摆上一枚银币。

"要是你让它们交媾，这个就赏给你了。"

所有人都大笑起来。女孩起哄地尖叫着："叔叔，你太粗鲁了！它们真的会做吗？"

部落民略带悲惨地施了一礼，说："这些野兽不像人类有欲念。它们每个什旬只做爱一次，进行交媾。让它们打斗更容易些。"

王子摇头大笑，收回了硬币。就在他转身离开的时候，梅尔黛伽拉对他说话了。他那位小同伴突然感到无聊，转身走开了。她穿着成年人的衣服，脸颊绯红。

王后优雅地见过礼后，留下詹道昂格诺尔与泰恩斯·英德莱德谈话，自己则绕过喷泉去找那个女孩聊天。那女孩正闷闷不乐地盯着水面。

"你在找鱼吗？"

"不，谢谢。在奥多兰都的家里我们的鱼比这个大多了。"她伸出双手用孩子气的姿势比画了个很大的样子。

"我明白了。我刚刚在跟你父亲，就是那位王子说话。"

女孩这才第一次抬起头注视着跟她说话的这个人，满脸轻蔑的神情。她的面孔让梅尔黛伽拉吃了一惊，那张脸十分奇特，巨大的眼睛，一圈睫毛修长得不可思议，鼻子则像小鹦鹉的喙。注视者在上，王后心想，这孩子是个半玛第！多好玩的小东西！我必须态度好一些。

她在说话："权衡之神啊！泰恩斯王子，我父亲？他可不是我父亲。真不知道你是怎么想的？他只是因为姻亲才算得上我的一个远房表兄。我才不要他这样的父亲——他太肥了。"似乎想让对话变得愉快一些，女孩接着说，"说实话，这是我第一次被允许离开奥多兰都旅行而没有父亲陪着。当然了，我的女仆们陪着我，但是这里真的太无聊了，对吧？你是不是必须住在这里？"

当她抬头看着王后时，眼睛眯缝着。她脸上有一种玛第特有的表情，看上去既可爱又呆笨。

"你猜怎么着？作为一个上了岁数的人，你还是蛮有魅力的。"

王后保持着严肃的神情，说道："我有个很舒服很凉爽的水池，外人看不到的。你想游泳吗？你可以去游泳吗？"

女孩想了想，"我当然是喜欢做什么就做什么，不过我认为，此时此刻去游泳不太符合淑女的形象。毕竟我是公主。这一点总是要考虑的。"

"真的吗？介不介意告诉我你的名字？"

"权衡之神啊，博里恩真的好原始啊！我以为每个人都知道我的名字呢。我是希摩达·泰尔公主，我父亲是奥多兰都的国王。我猜你听说过奥多兰都？"

王后笑了，心里对这女孩有些歉意，于是说："好吧，如果你不远万里从奥多兰都来到这儿，那我想你应该去游个泳享受一下。"

这位年轻的女士说："我高兴的时候会去的。谢谢。"

这位年轻女士高兴的时候就是第二天黎明时分。她找到了去王后寝宫的路，并叫醒了她。梅尔黛伽拉倒没觉得不自在，反而有些惊喜。她把塔特洛叫起来，跟希摩达·泰尔一起去了水池，身边只有拿着毛巾的侍女，以及一个法艮卫士。那个孩子打发走了法艮，说他们让她觉得厌恶。

一抹略带寒意的光线掠过庭院，但水却是温热的。曾几何时，在詹道昂格诺尔的父亲那个时代，大车会从高山上弄来冰雪让水池凉爽下来，但是由于人力的短缺和莫迪雅特部落的骚扰，这种奢华的享受已经一去不返。

尽管水池上方并没有其他的窗户对着这里，王后游泳时也一直会穿着一身薄如蝉翼的衣服，包裹住她那霜白的身躯。希摩达·泰尔则没有这样的顾忌。她脱下衣服露出矮胖的小身子，浑身覆满一层细细的黑色绒毛，犹如山坡上被大雪覆盖的松树林。

"哦，我爱你，你太美了！"她对王后赞叹不已，一脱光衣服就冲上去搂住了那位年长的女人。梅尔黛伽拉不知该如何回应，只是觉得这样抱在一起似乎有些不妥。塔特洛在一旁尖叫着。

女孩儿一起一伏地在王后身边游来游去，戏水的时候不停地张开双腿，仿佛迫不及待地向梅尔黛伽拉表明她已经成年了。

与此同时，萨托里瓦什被一位宫廷里的官员从卧榻上唤醒。卫兵报告说，锡伯纳尔的大使艾奥·帕沙迪德独自一人骑着一匹骅骊离开了，就在弗雷耶现身之前一小时。

"他妻子黛娜呢？"

"她仍在她的住处，大人。据报告说她有点气急败坏。"

"气急败坏？什么意思？这个女人很聪明。我不能说我喜欢她，但她很聪明。真麻烦……还有那么多傻瓜……过来，扶我起床可以吗？"

他在肩头扯起一件袍子，叫起了一名女奴，自从妻子死后，她一直给他料理家务。他很钦佩锡伯纳尔人。据他估算，在大周期年的这个时期,可能有五千万人族生活在坎普安莱特大陆的十七个国家之中;这些国家谁都不服谁,战乱四起,帝国兴衰交替,和平从未降临。

在锡伯纳尔,寒冷的锡伯纳尔,一切都大不相同。在锡伯纳尔的七个国家里,估计生活有两千五百万人族。那七个国家组成了一个强大的联盟。坎普安莱特的富饶是那片北方大陆无法比拟的,然而这些国家之间永不停息的争斗又意味着它们不会取得多大的发展——只有宗教在绝望之中兴盛起来。这就是为什么萨托里瓦什讨厌总管大臣这份工作。他对自己侍奉的那些大人都心存蔑视。

总管大臣送出了不少贿赂,于是他知道泰恩斯·英德莱德王子带了一箱武器到王宫里来——就是昨天谈论的那种武器。显然,它们被当作讨价还价的筹码,但需要讨价还价的事情却还没摆上台面。

很明显锡伯纳尔大使很可能也得知了那箱火绳枪的消息。这就可以解释他的不辞而别了。他会一路向北,朝着哈孜泽和最近的锡伯纳尔人聚居地前进。应该把他带回来。

萨托里瓦什端起杯子啜了一口女奴送来的佩拉山茶,然后转身去了会客室。

"昨天,我有了一个关于骅骊的惊人发现,这将影响世界的历史——一个无与伦比的发现!但谁又在乎呢?"他晃了晃秃顶的脑袋,"学问一钱不值,阴谋诡计才至关重要。所以天还没亮,我就得告诉自己,必须派人去抓捕那个一骑向北的傻瓜……真是太麻烦了!就现在。眼下谁是骑骅骊的好手?还得是一个我们能够信得过的人,如果有这么一个人的话。我想起来了。王后的弟弟,叶弗奥伯莱。把他请来好吗?让他整装出发。"

当叶弗奥伯莱出现的时候,萨托里瓦什说明了情况。

"把那位发了疯的帕沙迪德带回来。要一路飞奔才能赶上他。告诉他……一些事情。让我想想。是的,告诉他,国王决定不向奥多兰都和帕诺威尔做出承诺。相反,他希望与锡伯纳尔签订盟约。锡伯纳尔有一支舰队。告诉他，我们会在奥塔索尔为他们提供港口。"

"锡伯纳尔的船到离家那么远的地方又能做什么呢？"叶弗奥伯莱问道。

"这个问题让他去考虑吧。说服他回来就好了。"

"为什么要让他回来？"

萨托里瓦什双手紧握在一起，"一定是东窗事发了。所以那个该死的家伙才会这么突然地离开。我要发现他到底干了些什么。锡伯纳尔人总是留着后手。现在请赶紧上路，别再问问题了。"

叶弗奥伯莱跨上坐骑朝北穿城疾驰而去，穿过已经挤满早起者的街道，穿过城市外的那片原野。他有条不紊一路前行，让骅骊跑一段走一段。

他来到一座横跨玛尔河的桥梁前，这条河在这里汇入塔吉萨河。桥头耸立着一座小碉堡，守卫着桥梁。他在这里稍做停留，换了一匹骅骊。

又骑了一个小时，热气越来越重，他在一条小溪边歇了歇脚饮了点水。水边有新鲜的骅骊蹄印，他希望那是帕沙迪德的坐骑留下的。

他继续向北。土地变得不那么肥沃了，居民也越来越少。干热的索尔道特风吹着，喉咙越来越干，皮肤都皲裂了。

庞大的巨砾散布在大地上。一个世纪之前，这片土地是隐士们的乐土，他们在这里的巨砾顶上或旁边修建起小小的教堂。现在仍然能看到一两个老人，但灼热的气候把大部分人都赶走了。法艮在巨砾下耕种着小块小块的土地，艳丽的蝴蝶在他们的腿间飞舞。

就在这么一块巨砾后边，艾奥·帕沙迪德站在那里等候着追赶他的人。他的坐骑筋疲力尽。帕沙迪德原以为会成为一帮人的俘虏，当他看到只有一个孤身的士兵追来时不由十分惊讶。坎普安莱特人的愚蠢真是无法理解。

他装填好火绳枪，安放就位，等待着合适的时机开火。追踪者以坚定的步伐逼近，不紧不慢地在巨砾间骑行，浑不在意。

帕沙迪德点燃了导火索，把枪托抵在肩头，眯起眼睛，瞄准。他讨厌使用这种残忍的武器。它们是给野蛮人用的。

并非每次开火都会命中。但这次命中了。只听一声巨响，子弹飞向了它的靶子。叶弗奥伯莱胸口被打出一个洞，应声落地。他爬到一块巨砾的阴影下，死去了。

锡伯纳尔大使抓住那匹骅骝，继续向北的旅程。

必须得说，詹道昂格诺尔国王宫廷里的财富根本无法与奥多兰都与帕诺威尔相媲美。在那些更受欢迎的文明中心，各种各样的珠宝堆积如山。学者在保护之下开展研究，而教会本身则在一定的限度内鼓励知识与艺术的发展，在帕诺威尔尤为如此。但是帕诺威尔作为统治王朝，推崇稳定压倒一切，因此它长期鼓吹那种热衷传教的宗教。

几乎每个星期，都会有船舶在梅特拉赛尔的港口卸下成批的香料、药物、皮毛、兽牙、天青石、香木和稀有的鸟类。但这些宝贝却很少能进入王宫，因为詹道昂格诺尔是一个根基未稳的国王，在全世界眼里都是，可能在他自己的眼里也是。他自夸祖父统治开明，但实际上他的祖父比一个成功的军阀强不了多少——不过是众多在博里恩逐鹿天下的枭雄之一罢了——正是这位祖父想到了把法艮编制到人族统辖之下，建立了一支令人生畏的军队，从而战无不胜。

但并不是所有的敌人都被杀死了。在詹道昂格诺尔父亲的统治时期，最惊人的"改革"便是组建了一个议会，或者叫议政堂，议政堂代表人民向国王进言。它是因循奥多兰都的一种统治模式形成的。瓦尔培昂格诺尔从两类人中挑选成员进入议政堂，一类是行会和工匠的首领，比如制铁工匠他们在地方上有着传统的权势；一类是被打败的军阀或他们的家族。议政堂给了他们一个发泄情绪的渠道，也创造了一个转移他们注意力的方法。很多在梅特拉赛尔港口卸下的货物都被用来补偿这些愤愤不平的人。

当年轻的詹道昂格诺尔废黜并囚禁父亲之后,他试图废除议政堂,但议政堂却拒绝被废除。它不定期地开会继续给国王制造麻烦,并想方设法让自己的成员中饱私囊。它的首脑布迪莱姆,也是梅特拉赛尔的市长。

议政堂召开了一次特别会议。它提出一项别出心裁的提议去征服兰杜楠,并建立更为强大的防御措施来抵御好战的莫迪雅特部落,这帮人距离他们的家园不过两三天的路程。国王将不得不做出答复,并承诺贯彻明确的行动计划。

那天下午,国王本人在议政堂出现时,他那些贵客正在午睡。他把玉理留在身后,自己坐在宝座上,一脸严峻,沉默不语。

经历了早晨那番麻烦事后,又来了另一堆麻烦。他的目光在木制的议会大厅里兜兜转转,像是要把这些麻烦都搜出来。

几个古老家族的成员起身开始讲话。他们大都围绕着一个新话题和一个旧话题喋喋不休。旧话题是国库空虚,新话题是来自西部战争那令人不安的战报,边境城市基乌阿斯恩已遭到洗劫。兰杜楠人的部队跨过凯考尔河突袭了城市。

这引发了大家对汗拉·托科奈特将军的抱怨,说他太过年轻,缺乏手腕,无法统领大军。每一个抱怨都是对国王的指责。詹道昂格诺尔不耐烦地听着,手指头在宝座扶手上不住地敲打。他又一次记起童年,母亲死后那段不幸日子。他的父亲殴打他,忽视他。他藏进地窖里,躲避父亲派来追踪的奴仆。他在心里发下誓愿,长大以后,不会让任何人阻挡他追寻快乐。

当他在克斯加特负伤,拼尽全力设法返回都城之后,他躺在那里,浑身虚弱的境况让他回想起那段他希望遗忘的往昔岁月。他又一次感到无能为力。就在那时,他注意到了年轻的军官,英俊的托科奈特正冲着梅尔黛伽拉微笑,并且得到了回应。

一等他能从床上爬起来，他就把托科奈特提拔为将军，并把他派去了西部战争。议政堂里有人理直气壮地认为自己的儿子更值得晋升。在西部那片举步维艰的丛林里，每一次挫败都让他们更加坚信这一点，也更加激化对国王的愤怒。国王知道，自己必须尽快取得某种胜利。因此，他不得不把目光投向帕诺威尔。

第二天早晨，在跟使节们的会议正式开始之前，詹道昂格诺尔早早就去了泰恩斯·英德莱德王子的套房看望他。他把玉理留在外面，法艮舒舒服服地在那里安坐下来，像只狗一样趴在门边。这是国王对他不喜欢的人做出的让步。

泰恩斯·英德莱德王子正在用早餐，一碗用皋特鱼煮的燕麦粥，配菜是热带水果。他听着詹道昂格诺尔被迫说出的话，点头表示赞成。

但他却转而说起了看似不相干的话题："我听说您的儿子不见了？"

"罗彼喜欢沙漠。那种气候适合他。他经常出去，一去就是好几个星期。"

"这可不是培养国王的恰当方式。国王必须接受教育。罗彼昂格诺尔应该去修道院修行，就像你和我一样。可他反倒加入了初灵族，我是这么听说的。"

"我能照顾好我自己的儿子。我不需要建议。"

"修道院对你有益。它教会你必须要做的事情，哪怕你并不喜欢。祸事就潜伏在未来。帕诺威尔在漫长的冬季存活了下来。漫长的夏季则更为艰难……我的观星者和天文学家预报了未来的灾难。当然，你会说他们只能做那个。"

他停顿一下，点了一支薇若妮卡，摆弄了一会儿，吐出一口烟，无精打采地挥挥手把烟雾驱散。

"没错，当帕诺威尔的古老宗教警告说天将降祸事于大地的时候，它应验了。阿克哈纳巴起源于一块石头。你知道吗?"

他起身挪到窗前,趴在窗台上朝外看去,肥大的屁股正对着詹道昂格诺尔。

国王什么都没说,等着泰恩斯·英德莱德自行交代。

"观星者说海利科尼亚和伴随着我们的太阳巴塔利克斯每过一个小周期年就距离弗雷耶更近一些。在以后几代人的时间里,准确说是八十三年之后,我们就将来到离它最近的位置。在那之后,如果天庭几何学是正确的,我们将会再次缓慢远离它,以后几代人将会验证这一点。形势将会向极地大陆赫斯帕戈尔特和锡伯纳尔倾斜。对于我们热带地区来说,情况只会变得越来越糟。"

国王反驳道:"博里恩能幸存下来。南部沿海一带的气候更为凉爽,奥塔索尔是一座凉爽的城市,修在地下,很像帕诺威尔。"

泰恩斯·英德莱德那如青蛙般丑陋的脸转过来注视着詹道昂格诺尔。

"有一个计划,你看,表哥……我知道你对我不怎么看得上眼,但我更愿意让你从我口中听到这些,而不是从你的朋友,我那位老迈的教会谏官哥德尔·乌伯贝格那里听来。正如你所说,到了最近点的时候,博里恩将一切安好。群山环绕的帕诺威尔也是。奥多兰都遭受的损失将最为惨重。而你我两国都需要看到奥多兰都毫发无伤,否则它将堕落为蛮族。你觉得你可以招待奥多兰都的王室吗?赛伦·司堂德和他那帮人?……就在奥塔索尔?"

这个问题大大出乎詹道昂格诺尔的意料,他一时间张口结舌。

"这恐怕得去跟我的继任者说……"

帕诺威尔王子换了一个腔调,也换了一个话题:

"表哥,到窗口来跟我一起呼吸点新鲜空气吧。看,下边那就是我受托照顾的人,希摩达·泰尔,十一岁六什旬大了,是奥多兰都家族的女儿,她的祖先可以追溯到丹氏领主所统治的那个寒冷的古老艾姆布鲁都克时代。"

此时那个女孩并不知道有人在看着她,她正在下边的院子里蹦蹦跳跳,随心所欲地甩着湿漉漉的头发,不时把毛巾裹在头上揉来揉去。

"她为什么会跟你一起旅行,泰恩斯?"

"因为我希望你看到她。一个讨人喜欢的女孩,不是吗?"

"是够讨人喜欢的。"

"年轻是毋庸置疑的,不过从我观察到的情况来看,她还有一个特点,就是性欲极强。"

詹道昂格诺尔感觉自己即将落入一个陷阱。他把头收了回来,在屋里踱起了步子。泰恩斯·英德莱德转过身让自己舒舒服服靠在壁架上,吐出一口烟。

"表兄,我们希望看到圣帕诺威尔帝国的邦国之间比以往更加亲密。我们必须保护自己以抵御最糟糕的年月——不光是现在,还有将来。在帕诺威尔,我们一直拥有阿克哈纳巴那种预言天赋。这就是为什么我们希望你迎娶这位年轻可爱的公主,希摩达·泰尔。"

詹道昂格诺尔的脸上顿时没了血色。他挺直身子说道:"你知道我已经结婚了,而且知道我娶的是谁。"

"面对这些令人不快的事实吧,表哥。现在的王后是强盗的女儿。她配不上你。这场婚姻让你和你的国家蒙羞,而你的国家亟待调整状态。娶了希摩达·泰尔,你的国家将成为举足轻重的一股力量。"

"这事不成。不管怎样,下面那个女孩的母亲是个玛第,不是吗?"

泰恩斯·英德莱德耸了耸肩,"玛第比你溺爱的法艮更差劲吗?听着,表哥,我们希望这桩新的婚姻尽可能顺利推进。没有敌意,只有相互裨益。八十三年之后,奥多兰都将遍地燃起大火,根据计算,温度将升至一百五十度,奥多兰都人将不得不南迁。现在结成一门王室

143

婚姻，他们就要归于你们统治之下了。他们将会是到你们门口摇尾乞怜的穷亲戚。整个博里恩-奥多兰都将全都是你的——或者说至少是你孙子的。这可是个不容错过的机会。现在咱们再来点水果吧，斯奎纳金果真是好吃极了。"

"这事儿不成。"

"能成的。圣卡萨尔已经准备好颁布一道特别法令来宣告你现在的婚姻无效。"

詹道昂格诺尔抬起一只手，好像是要打王子。他把手停在了眉毛的高度，说："我现在的婚姻是我过去的婚姻，也是我未来的婚姻。如果我们需要这门王室联姻，那我就让罗彼迎娶你的希摩达。这才是门当户对。"

王子往前一探身，冲着詹道昂格诺尔伸出一根手指，"那可不行。别打那个主意了。那小子是个疯子。他的外祖母是那个野人莎楠娜。"

雄鹰目光一闪，"他不是疯子。只是有点野。"

"他应该去修道院修行，就像你我所做的一样。你的信仰必定会告诉你，你的儿子作为求婚者是不会被接受的。如果你想将其视为一种牺牲，那这是你必须做出的牺牲。如果你感觉到损失了，那都会得到弥补，我们会提供重大援助。等你同意之后，我们自当献上满满一箱新式武器，连同所有必需的火药。后面还会有更多箱。你可以训练枪手来对付骷髅头达夫利什，还有兰杜楠部落。你会占据一切优势。"

"那帕诺威尔会得到什么？"詹道昂格诺尔苦涩地问。

"稳定，表哥，稳定。安稳度过下一个不稳定时期。锡伯纳尔人在弗雷耶靠近的这段时间里是不会停止扩大势力的。"

说着，他抓起一只紫色的斯奎纳金果啃食起来。

詹道昂格诺尔直挺挺地站在那里，目光从王子身上延伸到了远方。

"我已经与一个我爱的女人结婚了。我不会把梅尔黛伽拉抛到一边的。"

王子大笑起来,"爱!用希摩达·泰尔的话说,那就是权衡之神。身为国王可不该用这种方式去思考问题。你必须把你的国家放在首位。为了博里恩,迎娶希摩达·泰尔,联合,稳定……"

"如果我不呢?"

泰恩斯·英德莱德花了些时间在碗里又挑了一只斯奎纳金果。

"那样的话,你将会从这场权力游戏中被抹去,知道吗?"

詹道昂格诺尔一巴掌打掉他手里的果子。果子滚过地板停在了墙根下。

"我有我的宗教信念,抛弃我的王后与这种信念相悖。而且你们教会中的那些人也会支持我。"

"你不是说可怜的老乌伯贝格吧?"

尽管王子的手抖个不停,他还是俯身又挑了一个水果。

"首先,找个托词把她打发到什么地方去。让她离开这个宫廷。让她去海边。然后好好想想,当你按我们的希望去做的时候会带来什么样的好处。我必须在这个周末动身返回帕诺威尔——还要告诉大家你将结成一桩得到圣卡萨尔本人祝福的王室联姻。"

这天剩下的时间依旧让詹道昂格诺尔很难熬。早晨的会议期间,泰恩斯·英德莱德静静地坐在他的青蛙宝座上,哥德尔·乌伯贝格陈述了这项联姻计划,这次是用外交辞令讲述的,他阐述了这项计划如果执行,将会产生哪些益处,以及伟大的卡萨尔·吉兰达尔九世,阿克哈纳巴教会的至高圣父将会批准离婚法令和再婚法令。

有意思的是,对于八十三年后将会发生什么或者不会发生什么,大家只字未提。大部分议题都是关于如何度过之后的五年。

王室的主人为宾客安排了午宴。午宴由王后梅尔黛伽拉主持,国王坐在她身边，什么都没吃，他的小法艮候在他身后。博里恩议政堂的高级成员也在场。

珍馐美馔不断献上，大家享受着烤制的鹳鸟、鱼、猪和天鹅。

盛宴过后，泰恩斯·英德莱德王子做出了回应。假装是为了回馈这顿美食，他让贴身的卫士演示了新型火绳枪的性能。三头拴着铁链的山狮被带进庭院——打死。

硝烟尚未散尽，这批武器便交到了詹道昂格诺尔手中。献上武器时，对方几乎是带着蔑视的态度，仿佛觉得他应该完全接受帕诺威尔的提议。

演示的动机很明确：议政堂将会要求国王从帕诺威尔获取更多的火绳枪来应对各地战乱，而帕诺威尔将会提供这些物资——当然不会白给。

与此同时，仪式尚未结束，有两名商人来到了王宫门口，他们带来了一具裹在麻袋里的尸体，驮在一头老铠骥的脊背上。麻袋打开了。叶弗奥伯莱的尸体滚落出来，半边胸口和肩膀炸得血肉模糊。倍受折磨的国王在那天即将入夜时悄悄来到了总管大臣的宅邸。巴塔利克斯在翻滚的云雾中缓缓落下，云雾之上，弗雷耶的光芒不时令云团映出红霞。温暖的斜阳从西方射来光线，照亮了房间里沉闷的角落。

萨托里瓦什从凌乱的长桌后站起身来，向国王躬身施礼。他正在努力撰写那本《历史与自然基本原理》。桌上摆着的全是些古代的资料和现代的研究报告，国王用不屑的眼神在上面飞快地扫了一圈。

"我应该给泰恩斯·英德莱德一个什么样的回复？"国王问道。

"我能直说吗，陛下？"

"说吧。"国王顾不上礼节，一屁股坐到椅子上，玉理站到椅子后边，好躲开萨托里瓦什的目光。

萨托里瓦什垂下头，让国王只能看到他那个毫无表情的秃顶。"陛下，您的首要职责不是考虑自己，而是您的国家。这就是由来已久的国王之道。帕诺威尔的计划是通过王室联姻来巩固我们目前与奥多兰都之间的良好关系,这十分可行。这能让您的王位更加稳固,让您在位期间遇到更少的质疑。它会保证我们未来可以寻求帕诺威尔的帮助。

"不光是武器,还有粮食方面也可以得到帮助。他们在面向帕诺威尔海更为温和的北方有大量田地。今年我们的收成很差,随着炎热日盛会越来越差。另外,我们的王室军械师应该能仿制锡伯纳尔火绳枪。

"因此,不管怎么说,您迎娶奥多兰都的希摩达·泰尔将非常划算,尽管她少不更事……只有一件事需要考虑。王后梅尔黛伽拉。我们的王后很好,是一位圣洁的女子,您二人之间情深意厚。如果您割舍这份情意,您将会承受痛苦。"

"也许我会爱上希摩达·泰尔。"

"也许您可以,陛下。"萨托里瓦什转身望着小窗户外面的落日。"但随着那份爱而来的将是苦涩的恨。您永远都不会再找到一个像王后那样的女人。或者,即便您找到了,那个女人的名字也不会是希摩达·泰尔。"

"爱并不重要,"詹道昂格诺尔说着,起身踱起了步子,"生存更重要。那位王子是这么说的。也许他是对的。无论如何,你给我什么建议?你要说是还是否?"

总管大臣捋着胡须,"法艮的问题是另一个麻烦。王子今早提了吗?"

"这个话题,他今早什么都没说。"

"他会提的。他为之代言的那些人会提的。只等前一项交易达成。"

"所以,你的建议呢?总管大臣?我应该对帕诺威尔说是还是否?"

总管大臣的目光盯着桌子上杂乱的纸张,坐到了凳子上。他拿起一张羊皮纸抖动着，它像枯黄的树叶一样簌簌作响。

"这么重大的问题是为难我了，陛下，这个问题让内心的需求与国家的需求发生了冲突。做抉择的不应该是我……这难道不是一个宗教问题吗？最好遵循您主教的意思。"

詹道昂格诺尔一拳砸在桌子上。"所有的问题都是宗教问题，但在这个特别的问题上，我必须请教我的总管大臣。你对王后的推崇是我尊敬你的原因，瓦什。但先撇下这方面的顾虑，说说你的看法吧。我是否应该抛弃她转而去结成这门王室间的婚姻，为了我们国家未来的安全保障？回答我。"

总管大臣心知肚明，绝不能为国王的决定负责。否则，过些时候自己就会被当作替罪羊了。他清楚国王那反复无常的性格，也对他的脾气感到恐惧。为了博里恩和奥多兰都的联合，他已经看到了很多争执。但在这两个传统敌对邻邦之间维持和平对谁都有好处，在这样的联盟之下，如果能够明智地进行把控——正如他所能做到的那样——联姻不仅将是抵抗那个野心勃勃的北方大陆锡伯纳尔的屏障，更是对抗帕诺威尔的屏障。

另一方面，他对于王后的忠心和对国王的一样。在私心里，他像爱女儿一样爱着梅尔黛伽拉，特别是自从他的妻子无比悲惨地死去之后。她的美貌每天浮现在他眼前，温暖着他那颗老学究的心。他不仅不能坐视不管，而且应该毅然决然地告诉国王："您必须站在你所爱的女人身边——这才是你所能结成的最伟大的同盟……"但他抬头窥探了一下他那位国王暴躁的面容，勇气转瞬即逝。他还要保护自己那毕生的心血，他的书。

这个问题不管对谁来说都太重大了，只能由国王本人去回答。

"陛下，如果您过度兴奋会流鼻血的。我的天，您还是喝点酒……"

"注视者在上，你简直一点用都没有，真是帮了我大忙了！"

老人的双肩在那身修饰着花纹的绸襦里隆得更高了，不住地摇头。

"作为您的谏官，在这类棘手的个人问题上，我的职责是帮您把问题理顺。您才是做决断的人，陛下，您作为万民之主，必须忍受那个决定带来的后果。可以有两种方式看待您所面临的这个问题。"

詹道昂格诺尔正朝门口走去，一听这话，又停住了。他转过身来直视着屋子另一头的老人。

"为什么我就必须忍受？为什么国王就不能免俗？如果我去做这么一件强加于我的事情，我到底是贤主还是昏君呢？"

"只有您才知道，陛下。"

"你什么都不在意，是吧……不论是我的事情还是王国的事务，只有你整天沉迷的那些悲惨往昔才是你真正关心的。"

总管大臣在双膝之间握紧了颤抖的双手。

"我关心，陛下，然而却无能为力。在我看来，我们所面临的问题其实是气候恶化所造成的后果。当这一切发生的时候，我正在研究一部古老的编年史，是关于另一个国王的故事，他名叫敖佐卢昂丹，他是大约四个世纪之前奥多兰都的领主，那时的奥多兰都与现今大为不同。编年史中提到了敖佐卢昂丹杀害两兄弟的事情，那两兄弟共同统治着那片众所周知的世界。"

"我知道那个传说。那又怎么样？我现在有说要杀什么人吗？"

"这个好玩的故事就写在历史记录里，正是上古时期典型的思想。也许我们不应该依照字面意思去解读这个故事。它是一个寓言，讲的是人对于两个逝去的好季节所负的责任，被杀死的那两个好人就代表着两个季节，他们死后，便有了寒冬和正在折磨着我们的酷夏。我们都因为那原罪而遭受磨难，我们做一切事情都要身负罪责。这就是我要说的话。"

国王咆哮起来："你这老书虫！撕扯着我的是爱，不是原罪！"

他走了出去，用力把门摔在身后。他不会向他的总管大臣承认自己心里确实有罪恶感。他爱王后，然而内心又隐藏着某种邪恶的念头，令他渴望自由。意识到这一点，让他纠结万分。

她是王后中的天后。整个博里恩都热爱着她，一如他们都不热爱国王。而这个螺丝钉如今又拧紧了一扣：他知道她配得上他们的热爱。也许她太过于想当然地认为他爱她……也许她有太多凌驾于他之上的权力……

还有她那令人臣服的身段，成熟得如同饱满的玉米，她那如同海波的柔发，她那纤柔的腰肢，她那令人沉醉的眼神，她那无瑕的微笑……占有那个刚刚发育起来的自命不凡的半玛第公主会是怎样一种感觉？想必完全是另外一番滋味……

他心中那些扭曲的念头漫无边际地东突西撞，被囚禁在这错综复杂的宫殿之中。宫殿几乎是随意堆砌起来的。那些亭台楼阁和仆佣的住处都是在废墟上随意建起的。华丽与颓败交织在一起。在这里，养尊处优高高在上的人与生活在城下的那些人忍受着同样的烦恼。

其中的一个烦恼便是那奇形怪状的天际线，现在，那凌乱的轮廓线被阴沉沉的云层勾勒了出来。山谷中的空气笼罩在城市之上，仿佛要令其窒息，如同一只猫漠不关心地趴在一只死耗子身上。布帆、木制风向标，还有那高高竖在空中的小铜风车，把高空中的一缕新鲜空气引至下面那些在厅室里忍受着闷热的人身边。国王穿行在迷宫般的城堡中，这些让人舒缓的装置在他头顶吱呀作响，宛如一支交响乐。他抬头看了一眼，仿佛是被这曲命运的合唱吸引住了。

周围没有其他人，除了哨兵。每个转角处都有哨兵，大多都是法艮。他们带着武器，迈步巡逻，或是僵挺挺地站岗，他们似乎才是这座城堡和其中秘密的唯一主人。

詹道昂格诺尔一边穿过层层堆积的阴影，一边心不在焉地向他们致意。有一个人，他可以去寻求建议。很有可能是一个堕落卑鄙的建议,但终究会有那么一条建议。那个人就是这座城堡的秘密之一——他的父亲。

当他越接近宫殿最深处那个囚禁着父亲的地方,哨兵就越多,一个个在他面前体态僵直,仿佛他身上有某种强大的压迫感将他们冻结了。蝙蝠从石头间的隐匿处飞了出来,爬虫散布在脚下;这个地方异常安静,更加烘托出国王的困境。

他来到一扇厚重的大门前,里面是楼梯间。一个法艮守在这里,他留着犄角,这表明他有着非常高的军阶。

"我要进去。"

法艮一语不发,取出一把钥匙打开门锁,用脚把门推开。国王一只手扶着铁栏杆慢慢顺着楼梯走了下去。随着楼梯愈往下,幽暗显得愈加浓重。最底下有一间前厅,一名卫士守在另一扇紧锁的门前。这扇门也向国王打开了。

他走进了为他父亲准备的厅室,潮气扑面而来。

即便他满怀心事,也感受到了刺骨的寒气与潮湿。一股悔恨之意如幽灵般飘进了他的脑袋。

瓦尔培昂格诺尔坐在三个房间最里边的那间,裹着毯子,盯着炉膛里暗自燃烧的一段木头。一面墙的高处有一道栅栏,透进一抹日暮天光。老人抬头看了看,眨着眼,嘴唇吧嗒了几下,像是润润嘴唇要说话,却什么都没说。

"父亲,是我。你没有灯吗?"

"我正在试着计算现在是哪一年。"

"381年,冬天。"他上次看望父亲已经是好几个星期之前的事了。老人明显衰老了,很快就会成为幽魂的一员。

他让自己努力站起身子,撑着椅子扶手稳住自己。

"你想坐下吗,我的孩子?这是唯一一把椅子。这地方没什么家具。站一会儿对我有好处。"

151

"坐下吧，父亲。我想跟你谈谈。"

"他们找到你儿子了吗……他叫什么？罗彼？他们找到罗彼了吗？"

"他疯了，就连外国人都知道这事。"

"你心里很清楚，他小时候就喜欢沙漠。我带着他和他的母亲去过那里。辽阔的天空……"

"父亲，我正在考虑跟康妮离婚。出于国家利益的考虑。"

"哦，好吧，你可以把她也锁在这里，跟我锁在一起。我喜欢康妮，她是个好女人。当然了，我们还得再要一把椅子……"

"父亲，我想得到些建议。我想跟你谈谈。"老人坐到了椅子上。詹道昂格诺尔走到父亲跟前蹲下，背对着那奄奄一息的炉火。"我想问问关于……爱，爱到底是什么。你在注意听吗？每个人都应该被爱。不管是最高贵的人，还是最低贱的人。我爱全能之主阿克哈纳巴，而且每天都在礼拜，我是他在这片土地上的代表之一。我也爱着梅尔黛伽拉，胜过世上任何女人。你知道，我会杀死那些我认为垂涎她的男人。"

他的父亲聚精会神思考时，只剩下一片寂静。

"你是个好武士，我从来都不否认。"老人傻笑着说。

"有个诗人不是说过爱就像死亡吗？我爱阿克哈纳巴，我也爱康妮，没错。然而在那份爱之下——我时常问我自己——在那份爱之下，难道就没有一丝恨吗？应该有吗？每个人都有着和我一样的感受吗？"

老人什么都没说。

"当我还是个孩子的时候，你打我打得多狠呐！你把我锁在门外惩罚我。有一次，你把我锁在下面，就在这间屋子里，记得吗？然而我爱你，毫无疑问地爱着你。那是一个男孩对父亲天真而又致命的爱，我怎能做到掺杂着恶毒的恨意去爱其他人呢？"

当儿子说话的时候，老人在椅子里扭了扭身子，好像浑身发痒似的。

"那是没有尽头的，"他说，"根本就没有尽头……我们不知道一段情感在哪里终结，下一段又从哪里开始。你的麻烦不在于恨，而是罪恶。那才是你感受到的东西——罪恶，詹。我感觉得到，所有人都感觉得到。那是从骨子里遗传下来的不幸，为此，阿克哈用寒冷与炎热惩罚我们。女人感受的方式似乎与男人不同。男人控制女人，但是谁又控制男人？恨本身并不坏。我喜欢恨，我一直享受着恨。它让你在寒夜里保持着温暖……

"听着，小子，在年轻的时候我几乎恨每一个人。我恨你，因为你不肯听话去做我让你去做的事情。但是罪恶……罪恶可就是另一码事了，罪恶会让你痛苦。恨会让你精神百倍，会让你忘记罪恶。"

"那么爱呢？"

老人叹了口气，往阴暗潮湿的空气里吐出一口残喘。这里太黑暗了，以至于他的儿子都看不清他的脸，只能看到他脸上的凹陷。

"狗爱它们的主人，这就是我所知道的爱。我曾经养过一条狗，一条很棒的狗，白色的身子，脸是褐色的，眼睛像是玛第。它曾在床上睡在我身边。我爱那条狗。它叫什么来着？"

詹道昂格诺尔站起身来，"那就是你唯一感受过的爱吗？爱一条吃屎的猎犬？"

"我不记得爱过其他任何……不管怎样，你都打算跟梅尔黛伽拉离婚，而且你想要找个借口，让你对这件事不会产生那么强烈的罪恶感，嗯？"

"我那么说了吗？"

"现在什么时候了？我想不起来了。你估计是什么钟点了？你必须宣布说她和叶弗奥伯莱，就是她那个弟弟，他们一起密谋杀害锡伯纳尔大使，而且她兄弟就是因此被杀死的。一个阴谋。一个完美的借口。然后，等你把她撇到一边，你就能既讨好锡伯纳尔，又能讨好帕诺威尔和奥多兰都了。"

詹道昂格诺尔揉着额头。"父亲……你是怎么知道叶弗奥伯莱死了的？他的尸体一个小时前才被送回来。"

"你看，儿子，如果你能保持极度平静，就像我因为关节僵硬只能一动不动那样，所有的事情都会展现在你的眼前。我有更多时间……还有另一种可能……"

"是什么？"

"你可以让她消失在某个夜晚的黑暗之中，再也不被人看见。现在，那个弟弟已经不见了，没人真有兴趣对此刨根问底。她的老父亲还活着吗？"

"不。我不能那么做。我甚至连做梦都不会那样做。"

"你当然会……"他笑得喘了起来，"但我出的那个主意不错吧，嗯？"

国王走到窗下，粼粼波光映在囚室砖砌的穹顶上。外面是王后的水池。他心中的内疚之情犹如水波一般层层叠叠堆积起来。这个老家伙还是这么奸诈。

"好主意？满满的心机而且占尽局面上的优势，没错。我算是看清楚我的品性是从何而来的了。"

他狠狠一拳捶在门上发泄着心中的郁闷。

地窖后边，入夜的世界沐浴在灯光之中。他打开一扇侧门出现在水池旁，脚下有一溜台阶通到水里。那里曾经停泊着一条小船，他记得小时候曾在上面玩耍。现在，那条小船早已散了架，沉了底。

天空的色彩像是放久了的奶酪，斑斑点点地缀着丝丝缕缕的乌云。池子对面矗立着王后的寝宫，犹如一面小小的峭壁，优雅的线条在天空下映出黑色的剪影。一扇窗里燃着一点昏黄的灯光。也许他美丽的妻子就在那里，准备着她的寝具。他可以前去乞求她的谅解。他可以迷失在她的美貌之中。

但是,他没那么做,而是一时兴起,纵身跃入了水中。

他把双手高举过顶,就像是从高楼上坠落。空气从他的衣服里翻滚着水泡喷涌而出。当他沉下去的时候,水旋即变暗了。

"让我永远都不要浮起来。"他自言自语着。

水很深,很冷,阴沉沉的。他张开怀抱迎接那恐惧的袭来,努力拥抱池底的泥土。气泡从他鼻孔里冒了出来。

全能之主所统御的生命进程不允许他往那条死亡的大道逃遁而去。尽管使出全力,他发现自己还是浮了起来。当他浮上水面大口大口喘气的时候,王后寝宫的灯盏熄灭了。

VII

王后造访生者与死者

第二天的拂晓带来了溽热。王后中的天后让女仆为自己洗浴。她跟塔特洛玩儿了一会儿,然后在寝宫召见萨托里瓦什。

她在那里瞻仰了弟弟最后的遗容。很快他就会被埋葬在他所属的大地音阶之中。他的尸体裹着黄布,放在一块洛德尔雅德莱的冰块上。悲痛之中,她意识到就连死亡也未能改变他的平庸无奇。她为弟弟一生中所有那些普通和闪亮的事而哭泣,为了他一生中所有发生过的和没能发生的事而哭泣。总管大臣找到她的时候,她正哭得梨花带雨。

他穿着一件沾染了墨水的外衣,手指上也沾着墨水。他深深一躬,连头顶上都有墨水。

"瓦什,我要在这里做个道别,但我也希望祝福弟弟,现在他的灵魂已经去了下界。我希望当我进入通灵之际,你能守在我身边,确保无人打扰。"

他看上去有些不安,"夫人,我可否在您伤心之时提两件事?第一,那种抚灵之术,如果您更喜欢古老的叫法,就叫通灵吧,是你们的教会所不提倡的做法;第二,在肉体埋葬进他的大地音阶之前,与幽魂交流是不可能的。"

"还有第三,无论如何你都觉得通灵只是一个童话。"她朝他露出一个苍白的微笑,仿佛又回到了他们之间由来已久的争辩之中。

他摇摇头,"我很清楚我说过什么。然而世易时移,现在我得坦言,我自己也学习了如何进行抚灵之术,为了抚慰自己,去和我逝去的妻子进行交流。"

他咬了咬嘴唇。看到了她的表情,他接着说:"是的,她已经谅解我了。"

她轻抚了一下他,"我很欣慰。"

然后,学者的理性又涌了上来,他说:"但是您要明白,陛下,要想相信抚灵之术这种仪式并非主观臆想,在哲学方面是很难讲通的。大地之下不可能存在能与活人交流的幽魂和亡魂。"

"我们知道他们存在。你和我还有数百万的农民都能与我们的先祖交谈,只要我们想,随时都可以。哪里讲不通呢?"

"历史记录,我保存着大量历史记录,所有的记录都表明,幽魂曾经是内心充满憎恨的生物,它们为失败的人生而悲苦,把满腹的怨愤倾吐在生者身上。一代又一代过去了,情况发生了变化;如今的日子里,所有人都能从它们那里得到甜蜜和抚慰。这表明整个体验过程都只是在实现自己的愿望而已,是一种自我催眠。更进一步讲,星空几何学已经推翻了过时的古老思想。过去我们曾认为世界坐落在一块原初巨砾之上,而亡魂会降临其上。"

她一跺脚,"我是不是必须把教士召唤来?难道听你那些荒谬的历史学课程,能缓解我的悲伤和压力吗?"

然而,她又立刻对自己的火气表达了歉意,她伸出一只手臂挽住他的胳膊往屋里走去。

"不管怎样,那都是一种安慰。"她说,"谢天谢地,在知识的领域之外还有一个灵魂的国度。"

"我亲爱的王后,尽管我讨厌宗教,可当我置身其中时,我却看到了圣洁。"她用力握了握他的手臂,鼓励他继续说,"但是圣教会从来都没有正式接受抚灵之术作为一种仪式,对吗?教会不明白是什么造就了幽魂和亡魂。因此,它想要禁止它,但是如果真这么做,那就会有上百万的农民退出教会。于是,它便索性睁一只眼闭一只眼了。"

她低头看了看自己白净顺滑的双手。她已经准备好了。"教会也挺通情达理的。"她咕哝道。

萨托里瓦什也很通情达理,没有接话。

梅尔黛伽拉带路进了她的内宫。她睡到床上,让自己平静下来,控制呼吸,放松肌肉。萨托里瓦什静静地坐在床边,在额头上画着圣符,开始值守。他看到她已然进入了通灵状态。

他紧紧闭上双眼,不敢注视那不设防的美貌,只听到她那若有若无的呼吸。

灵魂没有眼睛,却能目视下界。

王后的灵魂在漫长的下沉过程中把目光投了下去。下方铺展着一个比夜空更加宏大、更加厚重,也更加壮观的空间。它根本就不是空间:它是与空间截然相反的阴阳对立面,甚至是意识的对立面——无形无状,却又如岩石般致密。

正如陆地将驶向大海的船只视为自由的象征一样,囿于船上的水手也以同样的方式看待陆地,这虚无的国度既是空间,又不是空间,实乃虚实交融之境。

对于意识来说,这个国度无限开阔。在它一直向下的那个方向上,它会一直延伸到类人族起源的地方,那个绿色的、未知的、亦不可知的子宫里,那个原初注视者的子宫。原初注视者——那个被动存在的母体本源——接纳着那些沉向她的死者的灵魂,尽管她可能只是一块埋葬在岩石里的化石遗迹。

在原初注视者之上,便是飘浮着的幽魂和亡魂,一层又一层,成千上万,无以计数,就好像夜空中的星辰,颇有秩序地叠放在一起,遵循着古老的大地音阶的律理。

王后那探寻的灵魂沉降下去,犹如一片羽毛朝亡魂飘去。随着距离愈来愈近,它们不再像是聚集在一起的群星,而像是一群制成木乃伊的鸡,眼眶和腹腔都空荡荡的,它们的腿笨拙地悬荡着。岁月已经侵蚀了它们。它们是透明的,其内部的物质就像是困在缸里的发光鱼类,在体内循环游动。它们的嘴像鱼一样张开,似乎要朝着那层它们再也无法见到的水面吐出一个气泡。在更上层的地方,那里的亡魂还不太老,这些幽灵的喉咙里会扑出微尘,那是残留在生命皮囊中最后的音符。

对于一些在这里冒险的灵魂来说,那一列列一行行的离世者会让他们恐惧。而对于王后来说,它们带来的却是慰藉。她向下看着它们,看着那些浸渍在黑曜中的嘴,确信至少有些残骸从过往中保留了下来,而且会永远保留下去,直到这颗星球被烈火吞噬。谁知道呢,也许直到那时……

在这里,冒险的灵魂没有能用来判定方位的罗盘。不过这里有方向。注视者便是一块磁石。这里的一切都井然有序,就像海岸上的石头依着大小渐次分布。成行成列的亡魂在整个大地之下铺展开,一直延伸出去,越过博里恩和奥多兰都,直至遥远的锡伯纳尔,甚至远及赫斯帕戈尔特那遥远的地域,直抵克莱蒙特海另一边那个半神话色彩的帕戈温地区,甚至一直延伸到极点。

灵魂的小舟飘进一阵停止吹拂的微风之中,最终飘到那个曾经是她母亲的幽魂面前,那是野人莎楠娜,梅特拉赛尔前统治者朗特奥布洛的妻子。母亲的幽魂形如一只破败的鸟笼,肋骨和髋骨构成明灭不定的金色花纹映衬在黑暗里,就像很久以前夹在小孩子书本里的一片枯叶。它说话了。

幽魂和亡魂是令人痛苦的东西。作为生命的对立物,它们只能回忆起生前让它们开心的事情。那些好的回忆随着它们一起被埋葬,而不好的回忆,早已跟自由一样失去了。

"亲爱的母后,我又一次忠实地来到了你的面前,看看你过得怎么样。"她礼节性地打着招呼。

"我亲爱的女儿,这里一切安好。一切都安详宁静,什么岔子都没有。当你出现的时候,一切都圆满了。我这个让人开心的漂亮丫头啊,我怎么就把你从我那丑陋的私处挤出来了呢?你的外婆也在这里,因为你的再次出现而开心。"

"你的出现也是一种安慰,母后。"但这不过是言不由衷的客套话而已。

"哦,不,你绝不能那么说,因为所有的开心都属于我们,而我时常在想，在我那匆匆的一生之中，我从未用心呵护过你，至少配不上你所拥有的美德。总有那么多事情要做，总有一场战斗要打。一个人可能现在会质疑，既然生命真正的乐趣是时刻相伴你并且看你长大成人，为什么要把精力耗费在那种无足轻重的事情上……"

"母亲，你是一位善良的家长，我却不是一个足够忠诚的孩子。我总是任性……"

"任性？！"老幽魂大叫起来，"不，不，你没做过任何错事。一个人到了这种阶段，就会用不同的眼光去看事情，去看清事物的本来面目，去思考什么才是重要的。一点小的过失不值一提，要是当时我有些小题大做了，我只会很抱歉。我的愚蠢就在这里——我从一开始就知道你是我最伟大的宝藏。不要放弃生活，那才是失败——就像下面这些没有后代的东西用无尽的哀愁所证明的那样。"

她继续沉浸在开心的情绪里，王后任其随心所欲地聊着，那些话让她感到安慰，因为母亲在世时便常常沉浸于自我之中，与其说她和善，不如说是敷衍。让她高兴的是，这个破烂腐朽的鸟笼子记得许多她早已忘记了的童年之事。肉体已经死去，而记忆在这里不朽。

最后，她打断了对方："母后，我来这里是准备见叶弗奥伯莱，希望他的灵魂已经和你与外婆团聚了。"

"啊……我亲爱的儿子在尘世的岁月已经走到尽头了吗？哦，谢天谢地，这可是个好消息，能跟他团聚是多么令人开心的事情呀，因为他从未像你那样熟练掌握抚灵之术，你是个聪明的姑娘。你真让我们高兴。"

"亲爱的母亲，他是被一支锡伯纳尔的火枪打死的。"

"妙哇！妙哇！越快越好，我都等不及了。真是难得的乐事……我们何时迎接他的到来？"

"他的遗体几小时后下葬。"

"我们应该守候着他的到来，我们将热情地迎接他。你终有一日也会到这里与我们相聚,永远不要担心……"

"我期盼着那一天,母后。我有个请求,你必须把话传给你们的亡魂伙伴。这是个很难的问题。在生死的分界面之上仍然有个人爱着我,尽管他从未倾诉过他的爱,但我感觉得到从他身上散发出的爱意。我感觉我能够信任他,然而我信任的男人寥寥无几。他从梅特拉赛尔出征去远方作战了。"

"我们这里没有战争,可爱的孩子。"

"我这位可信赖的朋友常常进入通灵。他父亲就在这里,在下界。我朋友的名字叫汗拉·托科奈特。我想让你给他父亲带个信儿,问问汗拉在哪里,我有要紧事要找他,很要紧。"

在莎楠娜的阴影再次开口之前,寂静之中只有一片细若游丝的咝咝声。

"我可爱的孩子,在你的世界里没有人会和另一个人去进行完整的交流。太多事情都是未知的。在这里我们是完整的。摆脱肉体之后,也就不存在什么秘密了。"

王后的灵魂说:"我知道,母后。"她很害怕这种完整。她听过很多次这样的说法了。她又解释了一遍她对令人敬畏的幽魂的请求。一次又一次偏离原意之后,总算达成了理解,灵魂的请求顺着一行行一列列的幽魂、亡魂传递了出去,仿佛一阵清风吹拂着森林里的枯叶。

对于王后的灵魂来说,要维持住她的形态颇为困难。上界的幽灵渗透进来,那声音犹如缓缓浸入油锅时的嘁喳声,好似一幅帘幕被风吹拂,有什么东西随着逝者的音乐窸窣作响。灵魂开始飘动起来,尽管她母亲的幽魂还在喋喋不休。

最终,有一个消息穿越黑曜,传回到她面前。她的朋友仍然在生者当中。他家族的幽魂说他最近才跟它们交谈过,当时他的肉身在一个叫作乌特·甫的镇子附近,就在兰杜楠东部边缘,名为驰瓦特高地的丛林中。

王后的灵魂高呼起来："能得到我想要的消息真是万分感谢！"就在她倾吐着自己的感激之情时，母亲的幽魂从喉咙里喷吐出一股尘埃，又开口说话了。

"我们悲悯你们那惨遭涂炭的可怜生命，肉眼凡胎让你们变得盲目。我们能够与更伟大的声音交流，远超你们的认知。在那里，无数声音化为一个声音。赶快来吧，来亲耳听一听。与我们相聚吧！"

但是，这个脆弱的灵魂很清楚，这都是老掉牙的蛊惑之言。死者与生者是两支对立的大军，通灵只是转瞬即逝的休战。

伴随着一片充满爱怜的叫喊声，它离开了那团曾是莎楠娜的火花，向上飘去，朝着那充满了律动与呼吸的光明翩然而去。

梅尔黛伽拉缓过来之后，她以十分得体的礼仪差走了萨托里瓦什，只字不提她在通灵中探知了些什么。

她召唤来玛伊·托科奈特，就是她在下界打听的那位朋友的姐姐。玛伊帮她进行了通灵后的沐浴仪式。王后仔仔细细地在水流下冲洗着，仿佛探访死者的旅行玷污了自己的身体。

"我要去趟城里，玛伊……要乔装。你陪着我。公主留在这里。准备两身农民的衣服。"

等到只剩下自己一人的时候，梅尔黛伽拉写了一封给托科奈特将军的信，告知他宫廷里发生的这些凶险之事。她签好名，把它封进一个皮革袋子里，盖上了自己的封印，又装进一个更结实的袋子，严严实实封装起来。

摆脱虚弱的感觉之后，她穿上玛伊拿来的农民装，把装着信的袋子藏在了里面。

"我们走侧门出去。"

侧门不那么引人注意。正门总是围着乞丐和其他求见的人，还有罪犯的脑袋悬在高杆上，臭气熏天。

守卫浑不在意地让她们出去了。两个女人顺着蜿蜒的道路下到城里。此时此刻，詹道昂格诺尔自然是在睡觉。他会到黎明时分再起床，穿戴好朝服王冠在阳台上露面，只为了让民众都能看到他一眼，这是他的习惯，从他父亲那儿学来的。这番姿态不只是让国人有安全感，还会让每个人都留下国王日理万机的印象——"就像是只有一条腿的农民"，面子活儿。但国王通常露过一面之后，就回到床上接着睡了。

浓云在头顶翻滚。炙人的索尔道特风从东南方吹来，掀起了她们的衣裙，将滚滚热浪卷到她们脸上，让她们的眼睛又干又涩。到了山脚钻进一条窄巷后真是一种解脱，她们全不在意扑在脚踝上的尘土。

梅尔黛伽拉说："我们要到教堂里去求保佑。"街尾有一间教堂，台阶围绕着曲面墙壁环绕而下，那是古博里恩教堂的建筑风格。除了穹顶，教堂主体没有多少在地面之上。教堂的牧师通过这种方式表达着去大地深处生活的渴望，那里是"收取者"的世界，正是那些帕诺威尔的圣徒在几个世纪之前把这种信仰带到了博里恩。

两个女人下去的时候并不孤单。一个老农夫在她们前边蹒跚而行，一个男孩领着他。他向她们伸出了一只手。他说他抛弃了自己的土地，因为高温让他的庄稼都死掉了，只好到镇子里来乞讨。王后给了他一枚银币。

教堂内一片黑暗。教众们跪在一池黑暗中祈求自己的肉体能获得永生。光线从上方渗下。圆形祭台后面的阿克哈纳巴画像被烛光照亮，颅长的牛脸涂成蓝色，目光和善，却是非人类的——一切都被摇曳的阴影层层遮盖着。

这些传统的元素之上还有一抹更为现代的修饰：门边点着一支蜡烛，照亮了一尊艺术化的母亲立像，哀伤地低垂着目光，双手伸开。许多蹒跚而入的女人经过时，都要亲吻一下这位原初注视者。

并没有什么正式的仪式在进行，不过由于教堂里已经有了不少人，一位祭司正用高亢的鼻音吟唱着祈祷的颂歌：

"很多人来叩响您的大门，噢，阿克哈纳巴，很多人不敲一下门又转身离去。

"对于那些转身离去的和那些满心虔诚叩响大门的——

"您说道：'别再叫嚷什么"噢，全能之主，您何时向我敞开？"

"'因为我说过，那门随时都敞开着，且从未关闭过。'这一切就摆在眼前，但你们却视而不见。"

梅尔黛伽拉思忖着母亲的幽魂说的话。它们与更为伟大的声音交流。然而，母亲却并没有提及阿克哈纳巴。她抬头看着全能之主的脸，心想：这是真的，我们周围到处都是神秘的事物，甚至连瓦什都无法理解。

"你身边的一切正是你所需的一切，只要你接受且不强行索取，只要放下我执，便会发现比你自身更伟大的事物。

"世上一切皆平等，但终有更伟大的。

"'因此不要问，我到底是人是兽还是石头：

"'所有这些都是我，且不止于此，所有这些皆需你等体察领悟。'"

唱诵在继续，唱诗班加入了进来。王后心想，那动人的男中音激荡在石砌的拱顶之上真的犹如天籁。这里确确实实将灵魂与岩石融合在了一起。

她在衣服下面把手伸到胸口，想要竭力平复激烈跳动的心脏。

尽管歌声曼妙，她心中的忧虑却难以安抚。在迫切形势的重压之下，她没有时间去冥思永恒。

祭司向她们献上祝福，她准备好继续上路。两个女人把披巾裹在头上，又走进了热风与烈日中。

王后引着路到了码头那边，塔吉萨河黑水滚滚，犹如一片窄窄的海洋。一条从奥多兰来的小船正在艰难地停靠。有些小船正在上货，但比不上平日那么繁忙，因为索尔道特风吹得正烈。空空的大车、大桶、原木、绞车和其他那些与河流生活息息相关的事物散布各处。一张帆布在风中飘荡。王后步履坚定地走到一间仓库跟前，门上有个标牌：洛德尔雅德莱冰贸易公司。

这里是著名的冰船长——洛德尔雅德莱的克里奥·芒特拉斯在梅特拉赛尔的总部。

仓库的每一层都有各不相同的门，有大有小。梅尔黛伽拉找到底层最小的一扇门走了进去。玛伊跟在后面。

里边是铺着卵石地面的庭院，几个肥胖的男人正滚动着与他们的身型相仿的大桶，往一辆大货车上搬运。

"我希望跟克里奥·芒特拉斯谈谈。"她朝最近的一个男人说道。

"他很忙。不会跟任何人谈。"那人说着话，一脸狐疑地打量着她。她的脸上盖着面纱，让人辨不出容貌。

"他会跟我谈的。"说着，她从左手的手指上褪下一枚戒指，上面镶着海蓝宝石，"把这个拿给他。"

那人嘀咕着去了。从他的身形和口音来看，她知道他是从帝马里亚姆来的，那是南部大陆赫斯帕戈尔特的一个国家。她不耐烦地等候着，在卵石地面上轻磕着脚。过了一会儿那人回来了，态度大变。"还请允许我带您去见芒特拉斯船长。"

梅尔黛伽拉转向玛伊说："你等在这里。"

"但是夫人……"

"不要妨碍那些人干活。"

她被带进了一个车间，里面充满了胶水和新鲜刨花的味道，老人和学徒正在锯原木，把它们做成货箱和储冰盒。工作台上堆满了长长的卷曲的刨花。当这个从头到脚裹得严严实实的女子经过时，那些男人都好奇地看着。

给她带路的人打开了一扇隐藏在后面的门。他们爬上一道积满尘土的楼梯来到楼上，那里有一间狭长低矮、可以俯瞰河流的房间。几个文员在房间一头忙碌着，拱着肩膀趴在一堆账本上。房子另一头摆着一张桌子，还有一把像王座般稳固的椅子，一个褐色皮肤的胖男人从那把椅子上站起身，满脸喜色迎了上来。他深深一躬，把引路人打发走了，带着王后进到桌子后的一个私人房间。

尽管他的房间下面是一座养牲口的院落，可屋里布置得很考究，墙上挂着画，相较于这栋建筑其余部分的实用性形成了一种反差极大的雅致。其中一幅画描绘的正是梅尔黛伽拉王后。

"王后夫人，能够接待您，我万分荣幸。"冰船长再次洋溢起满脸笑容，尽量将脖子往一边伸得更长一些，以便在梅尔黛伽拉摘掉面纱和帽子的时候能更好地看着她。他自己只套着一件有很多口袋的连体式绸褥，赤道地区的很多国家都喜欢穿这种衣服。

他让她舒舒服服地就座，递给她一杯加了洛德尔雅德莱冰的美酒，同时伸出一只手。他打开手掌，露出那枚戒指，彬彬有礼地把它交还给王后，坚持把它戴在王后纤美的手指上。

"这是我兜售过的最好的戒指。"

"这么说你也只是一个寒酸的小商贩了。"

"还不如呢，我是个乞丐，只不过是个果敢的乞丐。"说着，他拍了拍胸膛。

"现在你可是家财万贯啊。"

"现在这世道，什么算是财富？夫人，它们能买到快乐吗？好吧，坦白讲，它们至少能让我们舒舒服服地过悲惨的日子。我的境况，我必须向您承认，是比大多数平民要好一些。"

他的大笑让人觉得宽慰。他抬起一条肥大的腿，目无尊长地坐在桌沿上，举起酒杯向她敬酒。王后中的天后朝他抬起眼睛，与他眼神交会。冰船长赶紧垂下目光，生怕自己在美人的注视下，因为涌起敬畏而颤抖起来。他过手的姑娘跟过手的冰块一样多，可是在王后的美貌面前，他觉得自己微不足道。

梅尔黛伽拉谈起了他的家庭。她知道他有个聪明的女儿和一个笨儿子,而那个笨儿子迪福将会在父亲退休之后接手贩冰生意。退休已经推迟了。芒特拉斯在一个半什旬前,开始了最后一次贸易之旅,正好是在克斯加特战役期间——而这趟行程只证明了这不会是他的最后一次行,因为迪福需要更多的指导。

她知道冰船长很宠爱他的傻儿子。然而芒特拉斯的父亲当初对他却十分苛刻,把他派出去体验做生意的艰难,从而锻炼他打理满满一船冰块的本事。她以前就听说过这个传闻,但她还是颇有兴致地听他讲述着。

"你这辈子还真是漫长曲折啊。"她说。

也许是他觉得这话里有话,因为他看上去有些不自然了。为了掩饰不自在,他把腿从桌上放下,说道:"我并不会以此为耻,尤其是在大多数人的日子每况愈下的时候,我的生意却蒸蒸日上。"

她注视着他坚定的面孔,像是在思忖着他是否把她也归为大多数人,但她只是带着特有的镇定继续说道:"你曾经告诉我你是从一条小船起家的。现在有多少条船了,船长?"

"没错,王后夫人,我的老父亲只有一条旧渔船并以此起家,那就是我所继承的一切。今天,我传给儿子的船队有二十五艘船:快速单桅海船、双桅帆船、单桅小渔船、双桅小船,它们往返于河流与滨海之间,每一艘都有各自的生意。你已经看到了冰块带来的利益。天气越热,市场就越需要更多的优质洛德尔雅德莱冰块。对别人来说越是糟糕的事情,对我来说就越有好处。"

"但你的冰也在不断融化,船长。"

"这话没错,人们还借此编了好多笑话。但是,洛德尔雅德莱冰块是从纯净的冰川上采下的,比其他商人卖的冰化得更慢。"他很是享受她的存在,尽管他感受得到她身上笼罩着一层阴云,这与她平日的气质大为不同。

"我要向您申明一个看法。您对于贵国的宗教十分虔诚,王后夫人,所以我不用细说您所理解的救赎。其实,我的冰就像您的救赎。冰越少,就越稀有;而它越稀有,就越值钱。我的船从帝马里亚姆一路航行而来,穿过鹰之海,顺着塔吉萨河与瓦尔沃雷尔河一路向上到梅特拉赛尔和奥多兰都城,更不用说还要沿着海岸线去往基乌阿斯恩,以及遍布着那种致命的阿萨塔西鳟的海港。"

她敷衍地笑了笑,似乎有点不开心听到有人把生意和宗教混为一谈,"好吧,我很高兴有人在这么恶劣的年月里还能过上好日子。"她没有忘记当她还是一个小女孩的时候第一次拜访奥多兰都,曾在大市集遇到了一个帝马里亚姆人。他衣衫褴褛,但一脸笑容。他从内衣口袋里掏出了一枚她从未见过的最美丽的戒指。母亲莎楠娜给了她些钱,第二天她折返去买下了它,从此之后就一直戴着。

"您为那个戒指付给了我太多的钱。"克里奥·芒特拉斯说,"就凭那些利润,我回家买了一条冰川。所以自那以后我就欠着您的。"他大笑起来,她也笑了起来。"现在,王后夫人,您来这儿可不是为冰块讨价还价的,因为那种事儿我都是跟王宫的大管家打交道。还有什么事情能让我为您效劳吗?"

"芒特拉斯船长,我的处境有些困难,我需要帮助。"

他看上去突然谨慎起来,"我不想失去王室对我的青睐,让我这么一个外国人能够在这里做生意。不然的话……"

"我明白这点。我只需要你能让我信得过,而你肯定能够做到这一点。我希望你替我送一封信,要保密。你刚提起过基乌阿斯恩,就在兰杜楠边境上。你能不能确保万无一失地给某位绅士送一封信?他在第二军团,正在兰杜楠作战。"

芒特拉斯那表情丰富的面孔看上去阴沉了下来,脸部的肌肉在嘴巴周围绷得紧紧的。"战争中,任何事都没法保证万无一失。有消息说博里恩的军队境况不佳,基乌阿斯恩也是。但……但是……为了您,王后夫人……我的船会顺着凯考尔河逆流而上去往基乌阿斯恩，一直到奥黛雷。是的，我可以从那里派个人送信。如果不是太危险的话。当然了，他需要报酬。"

"多少？"

他想了想，"我有个小伙子能干这事儿。人年轻的时候是不怕死的。"他告诉她要花多少钱。她二话不说付了钱，并把那个皮革袋子给了他，里面封装着给托科奈特将军的那封信。

芒特拉斯又向她一躬身。"能为您做这件事我很自豪。首先，我必须给奥多兰都送货。那要往上游走四天，在那里停两天，再用两天时间返回。总共得要一星期。然后我会回到这里，再径直向南去往奥塔索尔。"

"这么晚？你必须先去奥多兰都吗？"

"必须去，夫人。生意就是生意。"

"那就这样吧，我就把它托付给你了，芒特拉斯船长。但你要明白，这件事人命关天，而且要绝对保密，只有你知我知，明白吗？尽心尽力地完成这项任务，我会确保你得到应有的回报。"

"有机会为您效劳我十分感激，王后夫人。"

当他们行将分手时，王后又饮了一杯冰爽的美酒，她舒心多了，和那位等候已久的侍女一起，也就是将要收到那封信的将军的姐姐一起，几乎是喜气洋洋地回了宫殿。她满怀希望，不管国王做出什么样的决定。

整个宫殿的门窗都砰砰作响，窗帘在风中飘荡。面色惨白的詹道昂格诺尔正在跟宗教谏官们商议着什么。最终，他们中的一个人向他说道："陛下，这个国家是神圣的，我们相信您的心里已经有了决定。您将为了神圣的目标巩固这个新的联盟，我们应该为此祝福您。"

国王激烈地回应道："如果我同意结下联盟，那我就是个恶人，而且不以为耻。"

"并非如此，我的陛下！您的王后和她的弟弟密谋刺杀锡伯纳尔的使者，必须得到惩罚。"他们已经开始相信他所散布的谎言了——其实是他那位老父亲编造的谎言，但现在已经众所周知，一传十，十传百，所有人都信以为真。

来自国外的那些政客在自己的宅邸中等候着国王的旨意，抱怨着这个破破烂烂小宫殿提供的招待——既不舒适又单调乏味。谏官们彼此争吵着，对对方的特权心生嫉妒。但有一件事他们很有共识，那就是，如果国王废黜了他的王后并且迎娶希摩达·泰尔，那么到时候就应该重新讨论博里恩为数众多的法艮的问题。

古老的历史告诉人们，剑族的游牧大军曾席卷奥多兰都，并且把它烧成了废墟。那种敌意从来不曾逝去。年复一年，法艮的数量在各地不断减少。博里恩必须遵循同样的政策。随着希摩达·泰尔和她的辅臣来到詹道昂格诺尔身边，这一问题势必面临更大的压力。

除掉了梅尔黛伽拉和她的心慈手软，引入大清洗也就水到渠成了。

但国王呢？他的决定会是怎样？

现在刚过十四点，国王裸着身子站在上层庭院的房间里。一面墙上有一个巨大的锡镴钟摆庄重地摆动着，滴滴答答数着秒。另一面墙上挂着一面巨大的银镜。阴影里站着侍女，捧着詹道昂格诺尔要在外交官面前穿着的朝服。

詹道昂格诺尔在钟摆和镜子之间站着，不时迈几步。他踌躇着，手指顺着大腿上的伤疤摩挲着，不时扯一扯他那毫无血色的男根，或者盯着镜中那从肩胛骨蔓延到瘦削屁股上的血淋淋的鞭痕。他看到那些触目惊心的鞭痕，心中不由十分纠结。

国王可以直截了当地让那些外交官打包走人。他的愤怒，他的欲念，足以让他这么做。他可以简单粗暴地攫取他最钟爱的事物——王后——用滚烫的吻烙印在她的嘴上,发下誓愿永远不让她离开自己的视线。或者他也可以做那件截然相反的事情——在私底下当一个恶棍,在众人面前成为一个圣徒,一个为了自己国家准备好摒弃一切的圣徒。

在那些从远处观察着他的人当中,比如"阿佛纳斯号"上研究国王家族的跨文明延续的品氏家族,他们宣称国王所做的这个决定早已深埋在那久远的往昔岁月里。在他们的记录中有詹道昂格诺尔家族十六代人的历史,可以追溯到坎普安莱特大陆大部分还被白雪覆盖的时代,回溯到国王那遥远的先祖,敖佐·卢昂,他曾经统治着一个名为奥多兰都的市镇。在这条血脉之中隐藏着那种父子反目的故事,只是被这条血脉中的一些人刻意掩盖,但这样的故事偶尔会在几代人中消失不见,却不会永远缺席。

那种父子反目的秉性深深隐藏在詹道昂格诺尔灵魂深处,深得连他自己都意识不到。在他的傲慢之下是一种更为古老的自我蔑视。他的自我蔑视让他背叛最亲爱的朋友,然后与法艮为伍。那是在早些年间就已经培养出来的疏离感。这种疏离感被埋葬了,却并没有销声匿迹,如今,它就要发声了。

他出其不意地从镜子跟前转过身,从影影绰绰的镜像面前转过身,召唤来侍女。他抬起手臂让她们为他更衣。

在她们为他梳理那头蓬乱的头发时,他说:"别忘了我的王冠。"他要创造一种距离感,以此惩罚那些候驾的贵族。

几分钟之后,这些贵族总算结束了无聊的等待,外边响起了整齐的步伐声,他们蜂拥到了窗前。他们向下看去,目中所见是壮硕的脑袋上顶着闪光的犄角,肌肉发达的肩膀,粗壮的身躯,蹄子踩踏在地面上发出阵阵回音,作战甲胄咔咔作响。王室第一法艮卫队组起了仪仗队——这番景象在大多数人族眼里都会造成不安,因为剑族的膝关节和肘关节与众不同,小腿和小臂能朝所有方向弯曲。因此这支队伍显得十分诡异，腿部不可思议地向前弯曲，踏出的每一步看起来都匪夷所思。

一名军士长发出号令。队伍停了下来，动作以法艮那特有的方式戛然而止。

令人焦躁的热风在队列中激荡起飘飞的毛发。国王从两列队伍中间大踏步走进宫殿。来访的政客们面面相觑，面露不安，满脑子都是杀戮的画面。

詹道昂格诺尔走进房间，他驻足环视众人，他的那些宾客一个接一个站起身来。似乎在纠结接下来要讲的话，国王有意让寂静延续了一段时间。然后他才开口道："你们让我做出一个艰难的抉择。然而我为什么要迟疑？我已经庄严宣誓过，我的首要职责便是向我的国家效忠。

"我绝不会让个人情感左右国事。我将流放我的王后梅尔黛伽拉。她将于今天离开，隐居在滨海的一处宫殿。如果我所侍奉的圣帕诺威尔教会授予我解除婚约的旨意，我将废黜王后。

"同时，我将与奥多兰都王室的希摩达·泰尔成婚。"

恭贺的掌声与道贺声响了起来。国王面无表情。众人走上前来，不等他们走到身前，他脚跟一转，大踏步转身离去。

在他身后，索尔道特风砰的一声把门重重地关上了。

VIII

真实的神话

比利·肖·品的脸是圆的,和他的眼睛、鼻子如出一辙,甚至他的嘴巴都像是玫瑰花骨朵儿。他皮肤光洁,泛着灰黄色。他以前只离开过"阿佛纳斯号"一回,当时品氏家族中的近亲带他乘坐飞船去艾珀克里恩星兜了一圈。

比利是一个谦逊却颇有主见的年轻人,风度翩翩,就和他这个家族的其他成员一样,人人都相信他会沉着冷静地去面对自己的死亡。他的年纪按地球时间计算刚刚二十岁,按照海利科尼亚的算法则刚过十四岁。

尽管海利科尼亚假日大乐透只跟运气有关,可有件事大家却是观点一致——至少千余名品氏家族的成员都认为比利是大奖的最佳人选。

当他中大奖的消息宣布之后,宠溺他的家人让他环游了一次阿佛纳斯。与他同行的是他现在的女友,萝丝·伊·品。卫星上的移动通道进行了不同的情境设置,在通道中旅行的人会发现自己前一秒还置身于人造台风之中,后一秒又被全真的模拟画面所围绕,有时还会遇到恶作剧。阿佛纳斯已经在轨道上运行了3269年,它尽其所能地利用每一台设备,只为消除那威胁着其居住者的致命疾病:嗜睡。

比利和一帮朋友一起在风景怡人的山地度过了一天假期。他们在滑雪场坡道顶上的原木棚屋里睡了一晚。这种人造景点是基于地球上真实的名胜而设计的,如今它们被调整为模拟海利科尼亚的景致。比利和他的朋友们之后又去了恩克特莱赫克高地滑雪。

后来,他们又在阿丹特海上航行,驶往坎普安莱特东部。他们从千里之外的港口出发,背景是莫迪雅特那亘古不变的峭壁,在激荡着泡沫的海面上高耸六千英尺,峭壁四周云彩环绕。赛米塔瀑布从超过一英里的高空直落而下,在汹涌的海面上激起冲天的浪花。

尽管这种兴奋的感觉让人很享受,但人们心里还是会意识到,这里的每一个危险、每一处远方的风景,全都限制在一间布满镜子、大约十八英尺长十二英尺宽的逼仄房间里。

假期结束后,比利·肖·品独自去找他的导师,谦恭地蹲坐在他面前。

"一切尽在不言中。"导师说,"在寻求生命的过程中你会找到死亡。而两者皆是虚幻。"

比利知道,导师不希望他离开"阿佛纳斯号",其中颇有深意,因为导师对于任何形式的活力都感到恐惧。他被死亡的幻觉所吞没,那种幻觉已经成为一种甚嚣尘上的哲学思想。这位老人年轻的时候,写过一篇充满诗情画意的论文,标题足足有二十二个字:《论一个超过人类寿命的海利科尼亚季节的延长部分》。

这篇论文深深影响了阿佛纳斯的幻想主义,也是让幻想主义经久不衰的重大理论。比利没有能与这种哲学思想论战的聪明才智,但现在他就要离开观测站了,他尽可一抒自己对此的憎恶之情:

"我一定要站在一个真实的世界上体验真实的快乐,还有真实的痛苦。哪怕只有短暂的一刻,我也一定要深入那真实的山脉,顺着石头铺就的街道行走。我一定会与那些拥有真实命运的人相见。"

"你仍然在滥用那个充满欺骗的词语:'真实'。我们只能感知到我们能感知到的,而智慧则存在于别处。"

"没错。好吧。我要去的就是别处。"

但这位病恹恹的老者并不知道适可而止,他继续在那儿滔滔不绝地说教。比利继续默默忍受着。

老人知道,这一切都源自性欲。他认为比利那天生强烈的感官之欲需要被抑制,因为比利正要放弃萝丝转而去追寻那位王后梅尔黛伽拉——是的,他知道比利的欲望所在。他想要面对面地看一眼王后中的天后。

这个想法不会有结果的。只有萝丝才是实实在在的。真实——就用这个词来说好了——真实是无法向外寻求的,而是存在于神秘的人格之中，就比利而言，可能是萝丝的人格。当然，也要考虑其他因素。

"我们有职责要履行，我们对于地球的职责，这是一种责任。我们最深层次的满足便来自履行那份职责。到了海利科尼亚，你将失去那份职责，也将失去整个社会。"

比利·肖·品斗胆抬眼，盯着他的导师。他佝偻着的身体稳稳坐在那里，每一次呼气都让自己的身子紧紧压在抵着地板的座墩上，每一次吸气都让自己的头抬向天花板。他总是心如止水，即便失去最心爱的学生也不会在他内心掀起一丝波澜。

这一幕被一直处于监控状态的摄像机拍了下来，并且直播给六千个可能想看这个房间的任何一个人。这里没有个人隐私。隐私会激发非议。

看着那双富有智慧的猴子一般的眼睛，比利认为他的导师已经不再相信地球的存在。地球！——比利和他的同辈人为此进行着无休止的争论，那个永远有趣的话题。地球不像海利科尼亚那么近，它对于导师和数以千计像他一样的人来说早已变成了一种理想——一个投射在观测站里那些人内心生活的投影。

听着那些越来越空洞虚无的话语，比利看出那位老人并不相信在海利科尼亚上观测到的现实。观测站主要的精神生活便是这种无休止的诡辩，对于深陷其中的他而言，海利科尼亚只不过是心理上的一个投影，一个假说。

设计大乐透便是为了对抗这种知觉上的衰亡。飞船上曾经存在的那种希望已经熄灭，它曾经神奇般地凝聚在下方那个四季轮转的伟大研究对象上。一代又一代过去了，直到这种被迫的禁闭变成了自愿的行为。只有比利去送死，其他人才能活下去。

他必须去往那个地方，在那里，明眸善睐的王后会攀上城堡，用她的身体迎接索尔道特风的吹拂。

说教终于结束了。比利抓住机会开口了：

"对于您的关切，我要说一千声感谢，师傅。"他躬身一礼，转身离开，长舒一口气。

比利离开阿佛纳斯可是一出大戏。每个人对他的离去都有着强烈的反应，因为这实实在在证明了海利科尼亚的存在。这六千人早已变得对观测站之外的生活没有多少想象力了，尽管所有仪器设备都是用来让他们尽最大可能去发挥想象力的。而这项大奖则是对想象力的终极奖励，即便对于那些没有中奖的人也一样。

萝丝·伊·品转过她那精致的小脸抬头看着比利，最后一次伸出手臂搂住了他。"我相信你在下面会永远活下去，比利。即使变得又老又丑，我也会继续看着你。但是，你要防着点儿他们那个愚蠢的宗教。这里的生活很正常。在下面他们都是疯子，满脑子宗教——哪怕是你那位美貌出众的王后也不例外。"

他吻了吻她的唇，"好好过你平静的生活吧。不用担心。"

她突然大发雷霆，"可就是你毁了我的生活！你都走了，还有什么平静可言？"

他摇摇头，"这只能靠你自己了。"

自动飞船在等着带他离开这座人间炼狱。比利穿过通道，爬进了小小的飞船，门咝咝响着在他身后闭上。一阵恐惧突然向他袭来，他坐进座位里，绑上安全带，享受着这股情绪。

在下降过程中，舷窗的遮光板可以按照他的需要打开或是关闭。他按下按钮。遮光板升了起来，他赚到了，窗外是一幅奇景，仿佛头顶有一头神奇的鲸鱼，而他正从它的肋下脱离出来。一些星星组成了一条不规则的光带，像彗星的尾巴一样蜿蜒到远方。他倒抽了一口气，随即意识到，这些星星其实是从"阿佛纳斯号"上排出的未经处理的垃圾，它们进入了环绕观测站的轨道。

上一刻，阿佛纳斯还是个一千八百万吨的庞然大物，遮蔽了整个视野；而下一刻，它就骤然缩小了，比利已经全然忘记了要去看它。海利科尼亚浮现在视野之中，就跟镜子里自己的脸一样熟悉，不过现在更加无遮无拦，呈现出熠熠生辉的新月状，云团缭绕其上，佩古温半岛犹如伸入大洋中心的一根巨棒。巨大的南极冰帽光彩耀眼。

当窗户暗下来屏蔽太阳的强光时，他寻找着这个双星系统的两颗太阳。

巴塔利克斯，近处的太阳，被挡在行星后面，距离仅仅只有1.26个天文单位[1]。

弗雷耶，看上去就像暗色玻璃后面的一个灰色圆球，远在240个天文单位之外，散发着强烈的光芒。在离它236个天文单位的地方，海利科尼亚便到达了近星点，距离弗雷耶最近的位置；距离那一刻只剩下118个地球年了。然后，巴塔利克斯和它的行星系将沿着轨道再次远离它，在之后的2592个地球年内都不会离它如此之近了。

对于比利·肖·品来说，这些天文知识在他三岁开始学字母表时便牢记于心，他的心中早就有一幅清晰的示意图了。他就要降落在那个地方了，在那里，那幅示意图将变成一个关于历史、危机和挑战的纷乱谜题。

他思考着，那张圆脸拉得老长。尽管对海利科尼亚已经连续不断地观测了那么久，可它的很多方面依然保留着自己的神秘。

比利知道这颗行星会在近星点幸存下来，那时赤道的温度将飙升至150度，但不会更糟糕了；海利科尼亚有一套独特的动态平衡系统，其稳定性至少跟地球不相上下，可以尽其所能地维持生态平衡。他知道那些农民迷信的恐惧不会发生，说什么弗雷耶将吞噬他们——但他十分理解那种恐惧从何而来。

他所不知道的是，那些大大小小的国家是否都能在这场炽热的考

---

[1] 1个天文单位约为1.5亿千米。

验中存活下来。博里恩和奥多兰都这样的热带国家所受威胁最大。

阿佛纳斯从上一次大周期年的春季之前便已经开始运行并进行观测。它曾经历过这颗行星那漫长的大周期年冬季,曾经目睹过普罗众生死去,众多国家消亡。那种模式在下一次大冬季来临时会在多大程度上精确复现呢?这还是十分遥远的一幕。地球观测站肯定会运行下去,而六大家族在这件事揭开神秘面纱之前,必然会继续留存十四个地球世纪。

而比利即将为这个既令人敬畏又令人振奋的星球奉上自己的灵魂。

这时,比利的身体止不住颤抖起来。他就要拥抱那个世界了,他即将获得新生。

飞船进入了环绕行星的第二轨道,开始减速,然后在梅特拉赛尔东边的高原上着陆。

比利从座位上站起身来,听了听周围的声音,最后他终于记起来要呼吸。一个仿生人随他一起下来,作为他的贴身保镖保护他。阿佛纳斯人料想得到自己有多脆弱,一代又一代都是在温室里繁育出来的,因此比利需要保护。仿生人的程序被设计得带有侵略性,携带着防御性武器,看上去跟人类一样,确实,它的脸是依照比利的脸仿制的,什么功能都有,只是不太灵活;它表情呆滞,赋予了它一种永不消退的阴郁气质。比利不喜欢它。当它满怀期待地站起来稍稍调整自己的身体时,比利直直盯着它。

"留在原地。"比利说道,"跟飞船一起回'阿佛纳斯号'。"

"你需要我的保护。"仿生人说道。

"我会尽我所能的。现在这是我的生活了。"他按下一个按钮,确保飞船在一小时后自动起飞。然后他开启舱门,从飞船里爬了下去。

他站在期盼已久的行星上,呼吸着它的气味,成千上万种陌生声音涌入他的耳朵。未经过滤的空气冲刷着他的肺。一阵头晕目眩向他袭来。

他抬头向上看去。无比美丽的湛蓝天空在他头顶朝着无尽的远方伸展。比利习惯于看着太空,他想象不到,穹窿一般的天空竟然更为壮丽。他的目光被牢牢吸住,无法自拔。无垠的天空下覆盖着的生机勃勃的世界,正是它最动人之处。

西方,笼罩在金色光晕中的巴塔利克斯正缓缓落下。弗雷耶,它那圆盘只有巴塔利克斯三分之一那么大,几乎悬在天顶,肆意燃烧着,释放出耀眼的光芒。它周围便是巨大的蓝色穹顶,那抹蓝色便是从太空深处看到海利科尼亚第一眼的样子,也是它能承载生命的首个无疑明证。前来造访的这个生命低下头,把一只手搭在了眼睛上方。

不远处挺立着五棵大树,上面悬着多肉质的攀缘植物。比利朝它们走了过去,他走路的样子就好像重力才刚刚被发明出来一样。他倚着最近处的枝干跌倒了,他搂着它,手被上面的荆棘刺破,然而他还是紧紧抱住那枝干。他闭上双眼,逃避着每一个不知来自何处的响动,他无法动弹了。当飞船起飞返回母站的时候,他啜泣起来。

这就是真实,带着复仇而来的真实。它刺痛了他的每一种感官。

倚着树干,他躺倒在了地上,躲在一株倒下的树干后面,他强迫自己适应习惯这个巨大的行星。远处的物体,飘浮的云朵,纵横的山丘,它们的大小和真实令他恐惧。没错,这便是真实。这里的一切小生命似乎都在随心所欲地发展,这让他惊恐不已,阿佛纳斯上的人完全没有这种心理准备。当一只长着翅膀的小生物落在他的左手上,顺着手臂一路爬上他的袖子时,他痛苦地低头看着它,茫然不知所措。最令人惊恐的是,他发现所有这些东西全都不受控制,他摸不到那个可以让它们听话的按钮。

太阳的问题尤为严重,他从未考虑过这一点。在阿佛纳斯上,光明与黑暗在很大程度上是根据喜好随性而定的。在这里,人没得选。当夜晚紧随着暮昏时刻到来时,比利第一次感受到了人类那种原始的不安全感。很久以前，人类建起聚居地抵御黑暗。城市发展起来，成为大都会，人类进入了太空。现在，他感觉自己回到了历史的初始之处。

他熬过了那一夜。豁出去了，他索性倒头便睡，沉入了梦乡，醒来时竟也毫发无伤。他做着习以为常的早操好重新感觉自己的存在，然后从树丛的遮蔽下稳稳地走出，去享受清晨的气息。他又拿出给养，吃喝完毕，便朝着梅特拉赛尔进发了。

他顺着一条丛林小径走着，鸟儿的鸣叫让他出神，然后，他意识到身后有脚步声。他转过身去。一个法艮随即凝立在那里，只有几步之遥。

法艮是阿佛纳斯神话的一部分。他们的画像和模型到处都有。然而这个，就在眼前，是活生生的个体。他注视着比利，不停地咀嚼着，宽厚的下嘴唇渗出唾涎。他那粗壮的身子裹着一块充作外套的布料，斑斑点点染成藏红色。他浑身上下那一簇簇长毛也染着相近颜色，一副看上去不怎么健康的样子。一条死蛇缠在他一侧的肩头上——明显是刚刚捉到的。他手中抓着一柄弯刀。这可不是博物馆里逼真的复制品，也不是孩子怀里的玩偶。当他走得更近时，身上散发出的腐臭味儿让比利有些头晕。

他干脆面对着他用赫德胡语缓慢地说："你能给我指一下去梅特拉赛尔的方向吗？"

这只生物继续反刍着，看上去正嚼着某种猩红色的坚果。红色的汁水从他嘴角淌出来。一滴汁水喷溅到了比利·肖·品脸上。他伸手抹掉。

"梅特拉赛尔。"他的发音沉闷弩钝，就像是在说"梅德拉载尔"。

"是的。哪条路去梅特拉赛尔？"

"是的。"

他有一双鲜红的双眼——根本没法确定他到底是温顺还是凶残。他转开了目光,发现附近还站着更多的法艮,掩在树影丛中,就像是一片灌木丛一样。

"你能明白我说的吗?"他的句子是从词语手册里学来的。他被这看似不真实的场景弄得有些迷惑了。

"带路去一个地方是力所能及的。"

这么一个拥有着巨砾般自然力量的生物,很难令人对他生出好感,但比利对他的意图丝毫没有怀疑。那个生物动作利落地往前走去,把比利推上了一条小径。比利动身起来。树丛里另外一些身影也踏着脚下的灌木跟了上来。

他们来到了一道断坡跟前。这里的丛林被清理过——一些树木被砍倒了,拱来拱去的猪确保这些植被总也长不大。

在一片片尝试耕种的土地之间有些小屋,或者说,用柱子支撑着的屋顶。

在那些棚子的阴影下,有一群像牛一样笨拙的身影。其中一些起身朝觅食队走来,他们中间的一个吹响了一支小号角,宣布队伍回来了。比利被成群的雄性与雌性剑族围了起来,老的小的,都满心好奇地盯着他。一些幼儿还四脚着地跑来跑去。

比利换上一副谦恭的姿态。

"我正设法去梅特拉赛尔。"他说道。这句话听起来太不自然了,他自己都笑了起来。在变得歇斯底里之前,他必须调整一下自己,但是他发出的声音让所有人都开始往后退开。

"下等可赞王洞察世事。"一个雌性剑族说着碰了下他的手臂,摆头做了个示意的动作。他跟着她穿过一条遍布碎石的林间谷地,其余人都跟在后面。他经过的每一件东西——从柔嫩的绿色枝芽到滚圆的巨砾——都比他想象的更坚实。

在谷地的矮崖下,倚着崖壁有一个凉棚,棚子下面倒卧着一个年老的法艮，双臂以奇异的角度弯曲着。听见动静，她动作流畅地坐起身来，这才看出她是一个年老的雌性，乳房已经蔫枯，毛发的根部显出了黑色。一条用打磨过的葡榴石串成的项链挂在她的脖子上。在她脸上有一条饰链横穿过鼻子的前端，那是等级的标志。这显然就是"下等可赞王"了。

她安然坐在那里，抬头看着比利。

她对他说起话来，语气中带着质询。

比利在品氏宗族的大社会学研究中还是个初学者，而且对这方面也不太上心。他工作的部门是研究昂格诺尔家族，一代接一代。他的那些前辈熟知现在这位国王的前任，其历史可以追溯到大周期春季，大约十六代之前。比利·肖·品会讲奥洛奈茨语，是坎普安莱特和赫斯帕戈尔特的主要语言，也会说它的几种变体，包括古式奥洛奈茨语。但他从未尝试过剑族的发音，而且他也并没有完全掌握这位下等可赞王正在讲的语言，赫德胡语，在最近这段时期，这是人族与法艮沟通的主要语言。

"我不懂。"他用赫德胡语说道，而当她听懂的时候，他有了一种奇怪的感觉，他仿佛从真实世界进入了某种神奇的神话世界。

"理解于我而言就是你来自一个遥远的地方。"她把自己的语言翻译成赫德胡语，话里突出着名词。"情况之于那遥远的地方如何？"

也许他们看到了太空飞船着陆。

他做了个含糊的手势，背诵了一段早就准备好的说辞，"我来自摩斯特鲁埃的一个遥远城镇，我是那里的可赞王。"摩斯特鲁埃甚至比莫迪雅特都远，这个地名足够保险。"如果你的人能把我护送到梅特拉赛尔的詹道昂格诺尔国王那里，他们将得到回报。"

"詹道昂格诺尔国王。"

"是的。"

她突然静止不动了，凝视着前方。蹲在旁边的雄性剑族递给她一个皮囊，她接过来饮了几口，任由里边的液体溢出嘴角。那东西闻上去很刺鼻，有酒味。啊，他心想，是莱斐尔酒：剑族蒸馏的一种有害饮料。他落在了一个穷困的法艮部落里。在这里，他有足够能力应付这些神秘的野兽，而阿佛纳斯上的每一个人都会通过光学仪器看着他，甚至包括他的导师，还有萝丝。

炎热，再加上行走在坚硬的地面上，虽然这段路途不长，也让他不堪重负了。自知之明促使他在一块平坦的石头上坐下，伸开双腿，双肘支在了膝盖上，漠然地注视着面前这个生物。在别无选择的时候，最不可思议的事情变成了再普通不过的事情。

"剑族持长矛为詹道昂格诺尔国王之圣战。"她顿了顿。她身后有个洞。在洞穴的阴影中闪烁着猩红的眼睛。比利猜那里边供奉着这个部落的祖先，通过幽缚之境成为纯粹的角质蛋白。既是祖先也是崇拜物，每一个处于这种不死状态的法艮都会协助指导后代们度过弗雷耶统治下最难熬的几个世纪。

"弗雷耶之子相斗于其他弗雷耶之子在每一个季节，而我们助以长矛。"

他识别出了那个词语，弗雷耶之子，那是指人类。剑族不会创造新词汇，只能用旧词语来改造。

"下令让你部落中的两个人护送我去见詹道昂格诺尔国王。"

她又一次静止不动了——而且比利环顾周围的时候发现，其他人也都不约而同地静止不动了。只有猪和土狗四处游荡，不停地在土里翻找着美食。

然后，下等可赞王开始滔滔不绝，让比利的理解力无地自容。他不得不在中途打断了她的长篇大论，让她重新说。他讲赫德胡语时感觉就像喉咙里塞着块羊乳酪。别的法艮走上前来，围住了他，他们浓烈的体味令他窒息——不过，他心想，并没有预想之中的那么难闻——所有人都上来帮助他们的首领进行解释。结果，什么都没解释清楚。

他们让他看了身上的旧伤口，背部残缺的皮肤和绒毛，瘸了的腿，断了的手臂，所有人都在镇定自若地展示着。他不由得感到恶心，却又浮想联翩。他们从那洞里取出一些角旗和一把宝剑。

他渐渐搞懂了他们的意思。他们大都曾在詹道昂格诺尔国王的第五军团效力。几星期之前，他们大举进攻莫迪雅特部落，结果在克斯加特遭受了惨败。那个部落用了一种新式武器，吼叫的声音就像是巨大的猎犬。

这些可怜的家伙幸存了下来。但因为有那种巨型猎犬的吼叫存在，他们不敢回去为国王效力。他们只能尽己所能生活下去。他们的梦想是返回寒冷的恩克特莱赫克。

这是一个很长的故事，比利被它搞得心烦意乱，更别说还有无处不在的苍蝇。他饮了几口他们的莱斐尔酒。跟书本里说的一样，相当上头。他觉得脑袋发困，不太能听进去他们讲述的克斯加特之战。对于他们来说，那件事可能就发生在昨天。

"你们到底能不能派两人护送我去见国王？"

他们静了下来，然后用剑族本语哼哼唧唧相互说着什么。

最终，那个下等可赞王用赫德胡语对他说话了：

"什么礼物之于这样的护送你能提供？"

他的手腕上戴着一只扁平的灰色手表，三组数字分别显示地球时间、坎普安莱特中部时间以及阿佛纳斯时间。它是标准配置。法艮对于报时器不会有兴趣，因为他们那装着原圣语的脑袋只有短暂的时间概念，只能记录下那些零零散散的活动，但把手表当作一种饰物，他们也许会喜欢。

当他把手臂伸到那个年老的下等可赞王眼前时，那张毛色杂陈的面孔在他的手臂上盯了好一会儿。她的一支犄角已经拦腰断掉了，尖端是一根木橛子。

她蹲在那里抬起头，叫来两个年轻的雄性剑族。
"做这东西所要求的。"她说道。

当远处出现了几栋房子的时候，他们就不再护送他了。他们不愿再往前走。比利·肖·品从腕上摘下手表递过去，他们盯着看了一会儿，拒绝接受。

他听不懂他们的解释。他们似乎对于赫德胡语和本语之间的转换不那么在行。他听出他们在说什么数字。也许他们对于这些不断变化的数字感到恐惧，也许恐惧的是这种未知的金属。他们的拒绝不带一丝情感，他们只是不想拿，什么都不要。他们说："詹道昂格诺尔。"显然他们很尊敬国王的名号。

比利朝前走了几步，又回头看了看他们，一棵树上垂下的一丛开花的攀缘植物遮住了剑族。他们还站在原地。他有点害怕他们，他有了一种怪异的感觉，他曾经走进他们当中，却没有疯掉。

很快他就发现，自己从一个梦境步入了另一个同样奇妙的梦境，他走进了梅特拉赛尔窄窄的街巷里。蜿蜒的道路引着他走到一块巨大的岩石下，上边就矗立着王宫。他认出了自己身在何处。这里的一景一物他都通过阿佛纳斯的光学仪器看到过。他甚至想要拥抱亲眼见到的第一个海利科尼亚人。

教堂就建在岩石之中。这些严格的宗教团体效仿他们远在帕诺威尔的宗主们，把自己封闭在远离光线的地方。那些修道院倚着岩石紧凑地建在一起，足有三层楼高，人气兴旺的修道院是用石头建造的，寒酸些的就用木头建造。比利全然不顾自己的处境徘徊其间，感受着木头的纹理与质地，用指甲顺着裂纹划过。他所生活的世界里，所有东西都会回收循环使用，或者摧毁之后再重组。然而，这些古老的木头带着非同寻常的质感，这种令人意想不到的设计简直无与伦比！

这个世界充斥的细节之丰富，他从来都不曾想到过。

修道院外墙上涂着令人愉悦的红色与黄色，或是红色与紫色，中间画着象征阿克哈纳巴的环符。修道院的门上画着天神的形象，他在烈火中降临，团团黑发从他的头饰中钻出来，眉毛挑起，半人类的脸上微笑着，露出雪白的利齿；他双手各持一支火把，一块布料犹如一条巨蛇缠绕在他蓝色的身躯上。

旗帜上也绘着各种形象，有圣徒、有历史人物，也有妖魔鬼怪，比如大祭司玉理、国王丹尼斯、威瑟莱姆和乌特拉。还有各式各样的另族，有又大又黑的，也有又小又绿还长着爪子戴着趾环的。在这群或肥胖、或秃顶、或毛发浓密的超自然形象中还画着人族，大多是一副祈求的姿态。

人族被画得很小。在我来的那个地方，比利对自己说，人总是被画得很大。但在这里，他们都摆出祈求的姿态，被神灵压迫着，神灵不是利用火焰便是冰雪，抑或是刀剑。

比利回想起那些学校课程，面对眼前所见的种种真实之物，它们变得更具体更丰富了。他早已知晓在落后的海利科尼亚上宗教有多么重要。有时候，国家会在一天之内皈依另一种截然不同的宗教——他记了起来，这种事在奥多兰都就曾发生过。其他的国家，也曾突然之间失去宗教信仰，很快分崩离析消失得无影无踪的。这里是宗教教义的壁垒。作为一名无神论者，比利对这铺天盖地的宗教宣扬，感到既着迷又排斥。

僧侣们看上去并不因为这可怕的世界而惶惶不安。对他们而言，毁灭只是更大轮回的一部分，是他们安静存在的背景。

"那些色彩！"比利高声叫喊着。那毁灭的色彩就像是天国。他眼花缭乱，告诉自己，这里没有邪恶。邪恶意味着消极。而这里的一切都充满活力。邪恶只存在于我来的那个地方，存在于消极之中。

充满活力。没错，这就是充满活力的样子。他大笑起来。

他大张着嘴，伸开双臂，站在街道中央。

阵阵香气仿佛给空气染上了缤纷的色彩，让他的脚步迟滞起来。他每迈出一步都被新的气味缠住——这是阿佛纳斯上所缺失的生命维度。就在附近，在峭壁的阴影中有一口井，井周围簇拥着许多货摊。僧侣们成群结队从庙里出来，去那里买吃的。

一个想法撩拨着比利，那些人是在表演，是在为他一个人表演。死亡随时会降临。但是站在这里，能感受那丰富多彩的气息，能看到僧侣们把油腻腻的小面包举到面前，死也值了。就在他们上方，一所修道院的阳台上飘着一面红黄两色的旗子，他从上面看到了一段铭文："世间智慧本就存在。"他对着这句反科学的铭文笑了起来。智慧是必须经过锤炼才可得到的东西——否则，他就不会在这里了。

身处车水马龙的街市中间，比利更加理解海利科尼亚的社会是如何为神职者支配的，以及阿克哈纳巴的信仰是如何影响人们的一言一行的。他对于宗教的反感根深蒂固，现在却发现自己置身于一个在宗教基础之上建立起来的文明。

当他走近那些货摊时，一个摊主向他吆喝起来。那是个身材高大的女人，衣衫破旧，长着一张红扑扑的大脸。她有一个炉子，炉火正旺。她是卖烤饼的。比利身上有锻造的钱币，他为此趟行程准备了不少装备。他从口袋里掏出一些硬币给了那个女人，从她手里买来一只香气扑鼻的烤饼。饼铛子在饼上烙下了阿克哈纳巴的宗教符号，一个圆环中间套着另一个圆环，两个圆环由弧线连在一起。一口咬下去的时候他第一次想到，这符号可能是用一种原始的方式，代表着小一点的太阳巴塔利克斯围绕着那个更大的太阳运行。

"它不会咬你的。"卖烤饼的女人冲着他大笑起来。

他走开了，因为做成了一笔交易欢欣不已。他吃得比那些僧侣更仔细更文雅，因为他意识到，阿佛纳斯上有无数眼睛在注视着他。他一边嚼着饼，一边沿着街道走了下去，步伐中带着些得意。很快，他就踏上了通往梅特拉赛尔宫殿的那段坡道。真是美妙。真实的食物太美妙了。海利科尼亚太美妙了。

道路变得越来越熟悉。比利研究过现在被称为王室家族的三代家族史,他知道这座宫殿的布局以及一些周边环境的细节。这座城堡被现任国王祖父攻占时的录像带他不止看过一次。

在正门前,他请求与詹道昂格诺尔谈话,并呈上了伪造的文件,那文件证明他是来自遥远的摩斯特鲁埃的使者。在守卫室里被盘问了片刻后,他被带去了另一栋建筑。又等了好久,他被带到了宫殿里的一个地方,他认出这是总管大臣的府邸。

在这里,他仔仔细细地观察每一件东西——地毯、雕刻的家具、火炉、窗户上挂着的窗帘、天花板上的污渍——心中激动不已。烤饼让他开始打嗝。这个世界是一个充满了迷人细节的迷宫,他脚下地毯的每一缕丝线都有一种把他带回这颗行星历史中的意味——他猜那地毯出自玛第之手。

梅尔黛伽拉王后,王后中的天后,就曾站在这间屋子里,她那双穿着凉鞋的脚就踩在这织毯之上,当她走过时,上面那些鸟兽形象都会殷勤地承载起她的娇躯。

比利站在那里低头看着地毯,突然一阵眩晕袭来。不,不可能这么快就要死了。他一把捂住了肚子。不会因为那块烤饼就死了吧?他跌坐在椅子里。

在外面那个世界里,每一件事物都投下两个影子。他能感觉到它的热量与力量。它是属于王后的真实世界,不是比利和萝丝的那个人造世界。但是他可能没法再……

他打了一个大嗝。导师说过,他要完成对萝丝的职责,现在他明白这是什么意思了。但那是不可能的,只要他心里还惦记着那位梦想之中的王后。而真实的王后就近在咫尺。

门开了——甚至那扇门都是一个奇迹,居然是一扇木头门。一位瘦削的老秘书带他去了总管大臣的房间。比利坐在接待室里的一张椅子上等候着。对他来说,最让他安心的就是现在不打嗝了,他感觉没那么难受了。

总管大臣萨托里瓦什疲惫地迈着步子出现了。他拱着双肩,尽管还维持着谦和的仪态,但从那一举一动中感觉得到他心事重重。他心不在焉地听着比利的话,把他领进了一间塞满书籍和资料的大房间。比利敬畏地看着总管大臣。这是跃然眼前的历史形象。这位曾经如鹰隼般犀利的年轻谏官辅佐詹道昂格诺尔的祖父和父亲建立了博里恩。

两人坐了下来。总管大臣焦灼地揪着自己的胡须,在呼吸声中咕哝着什么。他似乎没有去听比利介绍自己来自查奥斯海岬上摩斯特鲁埃的一个城镇。他抱拢双臂,像是要让自己得到些安慰。

比利说完话,便只剩下一片寂静。他困惑地坐在那里。总管大臣听不懂他的奥洛奈茨语吗?

萨托里瓦什终于开口了:"我们将尽已所能进行协助,阁下,尽管现在不是最轻松的年月,无论如何都不是。"

"我想要跟您进行对话,如果可能,还想跟国王与王后陛下交谈。我有知识要献上,也有问题要问。"

他又打了一个嗝儿。

"很抱歉。"

"是的,没错。请原谅。我是被称作知识的行家,不过碰巧今天是最……最为令人烦恼的一天了。"

总管大臣站起身来,手里抓着沾染了污渍的绸褥,他摇摇头看着他,就好像才第一次看到比利。

"今天有什么不妙吗?"比利警觉地问道。

"王后啊,阁下,是王后梅尔黛伽拉……"总管大臣的指节重重敲在桌子上,"我们的王后遭到了抛弃,被驱逐了,阁下。今天是她乘船流放的日子,去了古城格莱瓦贝伽雷尼恩。"

语声未毕,他已伸手捂住脸,泣不成声。

IX

总管大臣的烦恼

在那些仍然把本地称为艾姆布鲁都克的农民中间流传着一则古老的民间谚语，说的是他们所生活的这片大陆："没有一亩地适于居住，也没有一亩地无人居住。"

这则谚语至少还是符合实情的，哪怕是现在。即便有数以百万的民众相信整个世界将逝于烈火之中，但依然有各式各样的行脚客穿梭往返于坎普安莱特大陆。大规模的有整个部落，比如迁徙的玛第和莫迪雅特的那些游牧部落，小规模的有流浪的朝圣者，他们不是以英里来计算朝圣之路，而是用神龛的数量计算；至于那些强盗团伙，他们用割断喉咙的数量和夺取财物的数量来衡量势力范围；还有独行的商人，他们一路旅行，以高于家乡的价格兜售一首歌谣或是一块石头——所有人都在流动中得到了满足。

野火已将内陆地区化为一片焦土，仅在河流或沙漠地带稍微遇到一点抵抗。即便如此，这也无法让这些行脚客却步，相反，他们的数量还在不断增加，寻找新家园的难民越来越多。

有这么一群人沿着瓦尔沃雷尔河顺流而下到了梅特拉赛尔，正好亲眼看见了梅尔黛伽拉王后遭到流放时的离别场面。王室的征兵队让他们猝不及防。这些漏着水的破船甫一抵达，军官便登上去，喝令这些人穿上军装前往西方战争的前线。

那天下午，梅特拉赛尔的居民暂时忘记了战争——也许这出新拉开的大戏让他们把其他念头都抛到了九霄云外。对于那些生活在贫困中的人来说，生活总是死气沉沉的，他们除了忍受，别无他法，只能通过这些辉煌显赫的大事件来让自己的内心产生一些共鸣，寄托一些梦想。而现在，就在眼前，出现了最富戏剧性的一幕。为此，他们不再挂怀国王与王后的孰是孰非，而是任凭这场王室大戏带来的错愕与愉悦真真切切地铭刻进他们的生活之中。

烟雾飘荡在城镇上空，笼罩着沿码头排开的寂静无声的人群。王后的御辇来了，在夹道围观的人群中前进。旗帜迎风飘扬。有些横幅上写着标语："汝须忏悔！""异兆在天！"王后目不斜视。

她的御辇停在了河边。一名男仆跳下来为她打开了门。她轻抬玉足踏上那卵石铺就的路面。塔特洛跟随其后，然后是侍女。

梅尔黛伽拉稍一迟疑，四下环顾一周。她戴着面纱，但她那世所罕有的美丽气息犹如香水般散发开来。一艘斜桅四角帆船静候着她。这艘船即将载着她和随行人员顺流而下去，往奥塔索尔，然后再前往格莱瓦贝伽雷尼恩。教会的一位牧师身着全套法衣站在甲板上迎候。她走上了跳板。当她离开梅特拉赛尔土地的那一刻，人群发出一声叹息。

她的头低垂着。走上甲板接受牧师的致辞后，她拉起面纱，抬起一只手道别，这时她的头才高高昂起。

看到那无与伦比的容貌，码头上、道路上、附近的屋顶上，渐渐响起阵阵低语，那声音逐渐变得嘈杂并最终化作一片欢呼。这是梅特拉赛尔向王后中的天后做出的道别。

她没再有什么表示，而是放下面纱，脚踵一旋，转身离开了人们的视线。

当船起锚时，宫廷里一位的年轻侍从跑上前来，站在码头岸边高声朗诵起那首人尽皆知的诗：《她便是盛夏》。没有音乐相配，也没有喝彩声。

尽管可怕的消息总会不胫而走，但在这默默道别的人群中，没有人知道那天下午发生在宫廷里的事情。

船帆升起。流放的船只离开码头顺流而下。王后的牧师站在甲板上祈祷着。街道上、山壁上、屋顶上，张望的人群中没有一丝躁动。木制的船身渐渐远去，愈来愈小，愈来愈模糊。

人们悄无声息地散去，各回各家，也带走了他们的横幅。

梅特拉赛尔的宫廷里盘踞着各种小派系。一些只在宫廷里存在，一些则在整个国家都有着广泛的影响。后者中支持者最众的，毋庸置疑是梅尔道拉特派。这个派系在大多数事务上都反对国王，并在所有的事情上都支持王后中的天后。

这些主流派系之下还有小集团。自身利益让每一个人都以某种方式与亲兄弟反目。不管是支持还是反对与奥多兰都结成更亲密的同盟，他们都有无数的理由，但都只为了加固自己在宫廷里的地位。

有些人——也许是出于对女人的仇视——希望看到梅尔黛伽拉王后失宠。有些人——也许是梦想着能占有她——希望看到她留下。那些希望看到她留下的人，就是梅尔道拉特派中最狂热的分子，他们坚信她应该留下，该滚的人是国王。他们一方面要从法理的角度分析事态，另一方面还要假装对她那与生俱来的魅力视而不见，毕竟他们认为，对博里恩王座的所有权而言，王后的正当性与雄鹰不相上下。

出于对彼此的妒忌，国王的敌人和王后的敌人都从未消停过。就在王后离去的这天，双方已互达剑拔弩张的程度。

也就在这天早晨，詹道昂格诺尔开始着手平息不满。

国王和萨托里瓦什略施小计，让梅尔道拉特派成员在宫殿的一间大厅里聚齐。六十一人齐聚一堂，其中一些胡须花白的老人声称效忠梅尔黛伽拉的父母，效忠于朗特奥布洛和野蛮人莎楠娜。他们在会议上义愤填膺地抨击国王。王室卫队砰的一声关上大门，守住了大厅。当梅尔道拉特派的人一边尖叫，一边在闷热中晕厥的时候，雄鹰的脸上正挂着恶毒的微笑，准备去见他可爱的王后最后一面。

梅尔黛伽拉尚未从自己这急转直下的命运中缓过神来。她面色惨白，眼睛布满血丝，吃不下东西，只是忙碌着一些琐事。国王驾临的时候，她正跟玛伊·托科奈特散步，谈论着她孩子的前景。如果她受到了威胁，孩子们也不会安全。塔特洛还小，而且是女孩，关系不大。主要是罗彼，他是国王可能会报复的对象。罗彼在一次野游中失踪了。她甚至都无法向他说声再见。她的弟弟也不在了，再也没有机会对他任性的外甥施加影响。

两个女人走进了梅尔黛伽拉的暮昏花园。塔特洛正跟希摩达·泰尔公主玩耍——稍稍品味，这场面就显得特别讽刺。

这座花园是王后一手打造，亲自指导园丁完成的。繁茂的树木和人工悬崖掩住步行道，让其免受弗雷耶的炙烤。这里有大片的阴影可供人们休闲，草木撒下一片浓荫。

暮昏植物在白昼植物旁边开着花。娇德芙蕾是一种白昼攀缘植物，开有粉色与橙色的花朵，矮小的艾尔碧柯拥抱着土地，偶尔会顺着肉质茎生长出奇形怪状的红橙两色蓓蕾，吸引着暮昏的蛾子。周围还有奥耶维尔、亚尔佩尔、艾德兰花和鬃穗骨草，一片浓荫，生机盎然。喜欢生长在地面的苇丝柏草开出兜帽状的花朵。夜生的匣黛尔灌木已经适应了环境，没有朝着更幽暗的地方，反而朝更明亮的地方生长了。

这些草木是她的臣民从全国各地带来的。她对于萨托里瓦什试图向她灌输的天文学知识并没有什么深厚的理解，对于那个在天庭缓缓变化的弗雷耶也一知半解，但通过这些花花草草，她却能领略其中些许的奥妙，这些植物能对总管大臣口中那些抽象的日食概念做出本能反应。

可惜从今以后，她不再有机会造访这里了。她的生命即将像日食一样黯淡无光。

国王和他的总管大臣出现在了门口。即便离着那么远，她也能感受到他们多么希望快点完成手续。她从国王走路的姿态中看到了一丝紧迫感，她警觉地伸出一只手扶在了侍女的腕上。

萨托里瓦什走上前来施以大礼，然后他拉过侍女一起离开，让这对皇家夫妇独处片刻。

玛伊立即焦躁不安地挣扎起来。

"国王要杀害康妮。他怀疑她爱我的兄弟汗拉，但根本不是那么回事。我发誓。王后没做错过任何事。她是清白的。"

萨托里瓦什说道："他的目的与此无关，他不会杀她的。"他几乎无法一边正视那个身影一边去安慰她。他整个人蜷缩在绸褥里，面如死灰。"把王后打发走是出于政治考量。这种事以前就有过。"

他不耐烦地扫开袖子上的蝴蝶。

"那他为什么要杀害叶弗莱尔？"

"这件麻烦事可算不到国王头上，是我的错。你这女人别再胡说八道了。跟康妮一起流放吧，照顾好她。如果我自己的地位还保得住的话，希望能时不时跟你们联络一下，格莱瓦贝伽雷尼恩那地方其实还不错。"

他们走进一条拱廊，立刻就被包裹在了复杂建筑那闷热的空气中。

玛伊·托科奈特用稍显平稳的声音问道："是什么事情霸占了国王的心思？"

"我只明白他的自我，不清楚他的心思。他的自我就像钻石般明亮，会把所有其他的自我都割舍掉。那种自我无法与王后的温存善意和平共处。"

等那个年轻女子离开后，他站在楼梯井的底部，尽力让自己镇定下来。在他头顶的某个地方，传来那些使臣的声音。他们在冷漠中等候着事态的发展，而且不管发生什么，他们很快都会离开。

他对自己说："最终每件事情都会……"在这一刻，他怀念起了自己的亡妻。

与此同时，王后站在她的花园里，听着詹道昂格诺尔那低沉、迟疑的声音，试图将自己的情感传递给她。她退缩着，就像身处惊涛骇浪之中。

"康妮，这场分离是为了王国存亡。你知道我的感受，但你也清楚我有必须履行的职责……"

"不，我不接受。这完全是你一时兴起的念头。那不是职责，而是你的欲念在发声。"

他摇了摇头，像是要甩掉写在脸上的痛苦。

"现在，这一切都是我不得不做的，尽管这会让我崩溃。我不指望有人会站在我这边，除了你。在离去之前给我一句安慰吧，说你理解这一切。"

她脸上的线条变得僵硬起来，"你不仅诽谤了我死去的弟弟，也诽谤了我的名声。除了你，还有谁能下令散播那些谎言？"

"请你理解，求你了，这是我为了王国必须要做的。我也不想分离。"

"除了你，还有谁能让我们分离？除了你，还有谁能在这里发号施令？如果发号施令的不是你，那统治就终止了，王国也就不值得拯救了。"

他瞟她一眼。雄鹰心如刀绞。"这是我必须实施到底的政策。我不是囚禁你，而是送你去格莱瓦贝伽雷尼恩那座美丽的宫殿，在那里，弗雷耶不会那么霸道地统治着天空。知足地待在那里吧，也不要想着来反对我，否则你的父亲会为此付出代价。如果战事顺利，说不定我们还会重聚。"

她激动地回应他，他看得出，她的愤慨溢于言表：

"那你是不是计划着跟奥多兰都那个淫娃今年结婚明年离婚？就像你对我所做的那样？你是不是打算用无休止的结婚离婚计划来拯救博里恩？你现在要把我赶走，就要记住，从我被驱赶的那一刻开始，我就会永远与你保持距离。"

詹道昂格诺尔伸出一只手，却不敢碰她。

"其实我想说的是，在我心里——如果你相信我还有一颗真心的话——我并不是要赶走你。你明白吗？我们只能依靠宗教和原则生活。理解一下当国王意味着什么。"

她折下一枝艾德兰花甩到一边。

"哦,你可算是教会了我当国王到底意味着什么。监禁你的父亲,赶走你的儿子,诽谤你的妻弟,把王后流放到王国最偏远的天涯海角——这就是国王的所作所为!你给我好好上了一课。

"所以我要用你的方式回报你,詹。我无法阻止你流放我,我无能为力。但当你把我赶走那一刻起,你就将承受一切后果。你必须承担着那样的后果去生,去死。并非是我这么说,是宗教说的。别指望着我去改变那些无法改变的东西。"

"我正期望如此。"他吞了一下口水,紧紧抓住她的手臂不放,完全不顾她的挣扎。他拉着她顺着小径而行,蝴蝶四下纷飞。"我正期望如此。我期望你仍然爱我,不会轻易放弃。我期望你能从人之常情中超脱出来,放下你的苦难,去关注他人的苦难。

"就事论事,在这个无情的世界上,你的美貌已经让你远离苦难,是我守护了你。承认吧,康妮,我守护着你度过了这么多年可怕的岁月。我之所以能从克斯加特回来,就是因为你在这里。我凭借着坚强的意志回来了……如果我不在你身边当保护伞,你的美貌难道不会变成一种诅咒吗?难道你不会像森林里的鹿儿一样被人捕猎吗?不会被那些素不相识的男人据为己有吗?如果没有我,你会有什么下场?

"我发誓我仍然爱着你,哪怕有成千上万个希摩达·泰尔,只要你现在告诉我——在我们吻别时告诉我——说你仍然对我心怀爱意,不管我做什么。"

她从他的手中挣脱出来,死死靠在一块岩石上,她把脸躲在阴影里。两人都面色煞白,汗如雨下。

"你是在威胁我。事实上你之所以把我赶走,是因为你根本不理解你自己。在内心深处,你知道我了解你和你的脆弱,没有其他人能理解这些——也许你的父亲除外。而你无法承受这一点。我同情你,你因此感到折磨。所以,是的,该死的,既然你苦苦相逼,是的,我爱你,而且会一直爱你,直到原初注视者将我吞噬。但你无法接受这些,对吗?这并不是你渴求的。"

他怒火中烧,"看呐!你恨我,一点不假!你满嘴都是谎言!"

"噢,天啊,我的天啊!"她狂叫着跑开了,"走开!走开!你疯了!我说出了你的心思,你就疯了!你想要得到我的仇恨。你只知道仇恨!滚开——我恨你,这样能满足你的灵魂了吧!"

詹道昂格诺尔没去追她。

他喃喃地说:"风暴要来了。"

烟雾开始往下流动,填满了梅特拉赛尔那碗状的地形。国王离开梅尔黛伽拉之后就像是着了魔一般,他命令仆人从牲口厩里抱来干草,堆放在囚禁着梅尔道拉特派众人的大厅外。一罐罐精练鲸油倒了上去。詹道昂格诺尔亲自从一个奴隶手中夺过一支燃烧的木棍,扔进了引火物之中。

一声巨响,烈焰腾空而起。

那天下午,王后扬帆远航之际正是大火燃烧之时。前往查看的人都被拦在外面。烈火肆虐良久。

直到入夜时分,当国王坐在他的宠物身边,将自己灌到不省人事时,奴仆们才被允许用水泵扑灭大火。

第二天一早,惨白的巴塔利克斯升了起来,国王和平时一样,于黎明之际起床,在万民之前亮个相。

等候他的人群比以往都多。在他出现的那一刻,人群中腾起一阵隆隆的低吼声,就像一只受了伤的猎犬发出的声音。他仿佛看到了一头长着无数脑袋的野兽,他被吓得惊恐万分,退回自己的屋子里瘫倒在床上。他一整天都呆坐在那里,不吃不喝,也不说话。

接下来的一天,他又恢复了原样。他召唤来大臣们发号施令,向泰恩斯·英德莱尔和希摩达·泰尔道别。他甚至短暂地出现在了议政堂上。

有些事情迫使他必须行动起来。他的探子带来消息，莫迪雅特的灾祸——铁锤安多德又一次向着西南方猛扑而来，还跟他的老对头达夫利什结成了联盟。

在议政堂上，国王说明了梅尔黛伽拉和她的兄弟叶弗奥伯莱是如何计划行刺锡伯纳尔那位仓皇逃走的使臣。基于此，王后遭到放逐，她对于国家事务的干涉是无法容忍的。她的兄弟已经被杀死了。

这个阴谋对于所有人来说绝对是一次深刻的教训，尤其当国家正处在内忧外患之时。而他，国王本人，正在起草一项计划，让博里恩和它的传统友邦奥多兰都以及帕诺威尔之间的关系更为紧密。这些计划他会在恰当的时间予以公布。他用挑衅的眼神扫视着议政堂里的众人。

这时萨托里瓦什站起身来，呼吁议政堂要将目光投向历史发展的新篇章。

"克斯加特之战记忆犹新，我们都知道出现了一种新型武器。甚至连蛮族部落莫迪雅特都有这些新型的……枪，这就是它们的名字。有了枪，一个人只要看到敌人就可以杀死他。这种东西在古老的历史中提到过，尽管我们并不能完全相信在古老典籍中读到的东西。

"不管怎样，我们在关注这些枪。你们看过它的演示。那种东西是由北方大陆的那些锡伯纳尔国家制造的，他们在手工艺方面卓越不凡。他们掌握着我们所没有的褐煤和金属矿。与这样强大的国家保持良好的关系，对于我们来说是必要的，所以我们要坚决镇压这种行刺使臣的企图。"

议政堂后面有一位男爵愤怒地大叫着："告诉我们真相！帕沙迪德不是堕落了吗？他不是跟博里恩下级市镇的姑娘有一腿吗？这种事儿不是跟我们以及他们的法律相悖吗？"

萨托里瓦什说："我们的探子正在调查。"接着，他赶紧另起话头，"我们应该派出一个代表团前往乌斯库托什的国都阿斯基托什，打开贸易通道,希望届时锡伯纳尔人比目前更为友好。

"同时,我们与奥多兰和帕诺威尔那些高贵的使节所进行的会议也取得了成功。如你们所知,我们已经从他们手中得到了一些枪支。如果我们能给汗拉·托科奈特将军送去数量充足的枪支,那么与兰杜楠之间的战争很快就会结束。"

国王和萨托里瓦什的讲话都受到了冷遇。梅尔黛伽拉的父亲朗特奥布洛男爵的支持者就在议政堂里。他们之中有人起身问道:"我们是不是应该这么理解,这些新式武器要对那六十一位梅尔道拉特派成员之死负责?如果是的,它们倒真是强有力的武器。"

总管大臣的回答模棱两可:

"城堡里爆发了一场不幸的大火,是由前王后的支持者点燃的,他们中很多人在这场由自己引发的大火中丧生。"

萨托里瓦什和国王离开大厅的时候,大厅里爆发出一阵喧嚣。

"把婚礼的问题抛给他们吧。"萨托里瓦什说道,"当他们对那个孩子新娘评头论足时就会忘记愤怒了。尽快告诉他们婚礼的事情,国王陛下。用一场骗局让傻瓜们忘记另一场骗局。"

他将眼光投向别的地方,隐藏着他对自己所扮演的这个角色的厌恶之情。

梅特拉赛尔城堡中人心惶惶,除了法艮,因为他们没有"预期"的概念。但即便是法艮也有些不自在,因为火烧散发出的恶臭仍然盘踞在每一件东西上。

愁眉不展的国王回到了自己的寝宫。第一法艮卫队的一支小队值守在大门外,玉理跟他们待在一起,詹道昂格诺尔走进自己的私人礼拜堂与王室主教一起做祈祷。祈祷中,他拜伏在地,让自己遭受鞭笞。

女仆为他洗浴之后,他召见了总管大臣。召唤了三次萨托里瓦什才出现，他穿着一身沾着墨水的绣花绸褥，蹬着一双灯芯草的凉鞋。老人看上去十分悲痛，站在国王面前一语不发，只是一个劲捋着胡须。

"你有烦心事？"詹道昂格诺尔在浴池里朝他问道。那个宠物就坐在不远处，大张着嘴。

"我是个老人了，陛下，而且今天经历的麻烦已经够多了。我正在休息。"

"你更像是在写那本该死的历史书。"

"说实话，是在休息，也在为被害的那六十一个人伤心。"

国王用力一拍水面，"你是无神论者。你不需要告慰什么良心。你也不用经受鞭笞。把那种事留给我吧。"

萨托里瓦什嘴唇微启，露出牙齿，显得十分审慎。

"您现在需要我做什么呢？陛下。"

詹道昂格诺尔站了起来，女仆们用毛巾为他擦拭身体。他跨出了浴池。

"你已经为我做了太多的事情。"他朝萨托里瓦什露出一副阴暗而得意的神情，"是时候让你告老还乡了，就像那匹你钟爱的老骍骊。我会找一个更懂我想法的人来辅佐我。"

女仆们在盛放皇家浴汤的陶罐旁挤成一团，观赏着这出大戏。

"这里有很多人会装出您所希望的那样去思考，陛下。如果您愿意选择这种人，那是您的决定。也许您会说我一向不会讨好，可我难道不是一直支持您所有的计划吗？"

国王甩掉毛巾，浑身赤裸地在屋里踱着步子，向周遭散发出危险的气息。他的目光像他的步子一样焦躁不安。玉理同情地哀鸣起来。

"看看萦绕在我身边的麻烦吧：财政破产、失去王后、不受欢迎、不被信任、被议政堂挑衅。别告诉我，当我从奥多兰都迎娶那个小毛丫头的时候会受到万民拥戴。是你建议我这么做的，我充分执行了你的建议。"

萨托里瓦什后退一步,靠在墙上,让自己避开国王的路线。他痛苦地揉搓着双手。

"如果我可以说句话……我一直在全心全意地为您效力,之前也曾为您的父亲全心全意效力。我为您撒了谎。就在今天。为了您的利益,我让自己卷入这场针对梅尔道拉特派的可怕罪行之中。我不像您所能选择的其他总管大臣,我没有政治野心……您对我皇恩浩荡,我愿为您承担罪责,陛下。"

"罪责?!你的君主是罪犯,对吗?除此以外我还能怎么镇压叛乱?"

"我始终在为您谋利益,而不是谋求个人的晋升,陛下。更不用说离婚这种令人遗憾的事情了。您应当记得,我告诉过您,您永远都不会再找到一个像王后那样的女人,而且……"

国王抓过一条毛巾围在他细瘦的腰上。他的脚下积了一小摊水,"你告诉我的是,我首要的职责在于我的国家。所以我做出了牺牲,在你的建议下做出……"

"不,陛下,不,我清清楚楚地……"他心烦意乱地摆了摆手。

"我晶晶主主地!"玉理抄起一把锃亮的宝剑嚷着。

"您只想找个替罪羊来发泄您的怒气,陛下。你不该就这样辞掉我。这是犯罪。"

这番话语在浴室里回荡。女仆们坐立不宁,想要从现场逃离,又被警告的手势吓得呆若木鸡,唯恐国王把怒火撒到自己身上。

国王转身,面向总管大臣。

他怒气冲冲,脸一直涨红到了脖子根儿,"又一宗罪责!我犯罪了吗?你这只老耗子,你胆敢对我下命令,还大放厥词!我要跟你做个了断。"

他大踏步走到搭着衣服的地方。

萨托里瓦什意识到自己僭越了，连忙用颤抖的声音说："陛下，请原谅我，我明白您的计划。辞退了我，您就可以在议政堂面前堂而皇之地就之前发生的事情谴责我，好证明自己的清白。就好像真相可以被打造成那样……这是屡试不爽的策略，屡试不爽……也很透明……不过我们要统一口径，如何精确地……"

他稍一迟疑，陷入了沉默。黯淡的夜色充斥着屋子。极光在云层之上翻滚着。国王从放在桌上的剑鞘中抽出宝剑。他手腕一抖挽了个剑花。

萨托里瓦什猛地一退，撞翻了一罐散发着香气的浴汤，水花泼溅出来，流过瓷砖地面。

詹道昂格诺尔舞动宝剑跟看不见的敌手拼杀起来，佯攻刺出，不时做出招架的样子，又不时发起反攻。他在屋里如闪电般迅疾地移动。女仆们挤作一团靠在墙上，神经兮兮地傻笑着。

"哈！呀！喝！嗨！"

他掉转方向，雪亮的剑锋直刺向总管大臣。

剑尖在距离锁骨一寸远的地方停住了，国王说："那么我儿子在哪儿？罗彼在哪儿？你这个老恶棍。你知道他会要了我的命！"

"我十分了解您家族的历史，陛下。"萨托里瓦什说着，双手捂着自己的胸口。

"我必须要去对付自己的儿子，你把他藏在你那栋逼仄的寓所里了。"

"不，陛下，我没做过那种事。"

"我听说你做了，阁下，法艮卫士告诉我的。而且他悄悄告诉我，阁下，说你的精魄中仍然流淌着某种血液。"

"陛下，你现在承受的煎熬太多了，让我弄些……"

"什么都不用，阁下，你那张嘴真是密不透风啊！你房间里有一位访客。"

"是从摩斯特鲁埃来的,陛下,一个男孩,仅此而已。"

"所以,你现在身边要留男孩了……"但这话题已经没什么意义了。国王大喝一声,把宝剑往上一甩,扎进了屋顶的房梁。当他伸手去抓剑柄的时候,毛巾从他身上滑落下来。

萨托里瓦什弯腰为陛下拾起毛巾,支支吾吾地说道:"我明白您的疯狂因何而来,请允许……"

国王没有接过毛巾,反倒一把抓住老人的绸襦把他揪到自己眼前。毛巾飞到了一边。总管大臣吓得大叫起来。他双脚一滑,两人一起重重跌倒在地板的积水里。

国王像猫一样灵巧地翻身站起,示意女仆把萨托里瓦什搀起来。总管大臣由两位女仆搀了起来,用手扶着自己的后腰,痛苦地呻吟着。

"现在,走吧,阁下。"国王说,"去收拾行李……在我向你展示我有多疯狂之前。记住,我知道你是无神论者,也是一个梅尔道拉特派!"

回到自己的寓所,总管大臣萨托里瓦什让女奴给他的后背涂抹油膏,肆无忌惮地呻吟着。他的私人法艮卫士莱克斯不动声色地看着。

过了一会儿,他要了杯斯奎纳金果汁,上边加了几块洛德尔雅德莱冰。然后他吃力地写了一封给国王的信,一边写,一边抚着自己的后脊梁。

尊贵的陛下:

我长期以来全心全意为昂格诺尔王室家族效力,并且回报颇丰。尽管有些对我个人的攻击,但我仍准备继续效力,因为我深知此时陛下心中有多少苦楚。

说到我的无神论与我的学识,您是常常反对的,请允许我指出它们二者实为一体,因此我所看见的正是我们这个世界的真实本质。我并不希望说服您放弃信仰,但我要向您明言,正是您的信仰把您推到了目前的困境之中。

我将我们的世界视为一个整体。您知道我的发现:骅骊是一种长着条纹的动物,虽然外表看不出来。这是一个极其重大的发现,因为它涉及我们大周期年的季节变化,并且给了我们全新的理解。许多植物、动物都可能采用类似的手段在大周期年的这种极端气候中延续它们的种族。

人族是否也有这种延续的模式呢?比如宗教。抑或其差别仅仅只是人与兽之分呢?宗教是一种社会约束力,可以在极端寒冷的时代,或像现在这样极端炎热的时代维持稳定。这种社会约束力,这种凝聚力,的确很有价值,因为它会让我们以国家或部落的形式幸存下来。

但它绝对无法做到的是,控制我们个体的生命与思想。如果我们为了宗教做太多牺牲,那我们就成了它的囚徒,宛如玛第是大地之痕的囚徒一般。您,陛下,一定要原谅我向您指出这一点,我担心这并不合您的胃口,但您已经向阿克哈纳巴展示出那样一种奴性……

他停下了笔。不,跟往常一样,他扯得太远了。要是把这些话呈送上去,盛怒之下的国王会立刻要了他的命。他又费力地取出一张崭新的羊皮纸,写了一封措辞颇为不同的信。他派莱克斯把信送了出去。

然后他坐在那里抽泣起来。

他打了个盹儿。过了一会儿他醒了,发现莱克斯不知何时已经站在身前,黏液正往鼻吻槽上甩着。他早已习惯了法艮的悄无声息,尽管他仇视这种生物,可它们没有这里的人族奴隶那样令人讨厌。

他的座钟告诉他，现在已经是二十五点了。他打个哈欠，伸了个懒腰，穿上一件更暖和些的外套。窗外，极光在空荡荡的院落上空摇曳着。整个宫殿都在沉睡——也许除了国王……

"莱克斯，我们要去跟那位囚犯谈谈。你给他吃的了吗？"

那个纹丝不动的法艮说："囚犯有他的食物，阁下。"他低沉的嗓音瓮声瓮气的，让那声尊称听起来好像是"额下"。他的奥洛奈茨语十分有限，但萨托里瓦什出于憎恶一直拒绝学习赫德胡语。

那堵长长的墙壁有好大一部分被一排书架所占据，书架中间有一个小橱。莱克斯把它搬开，墙上露出一扇铁门。这个剑族笨手笨脚地取出一把钥匙插进锁孔，然后一拧，把门拉开。老人和法艮一起走进了密室。

这里曾是一个单独的房间。在瓦尔培昂格诺尔的时代，总管大臣把它的外门砌上了。现在要想进来，就必须通过他的书房。窗户上装有坚固的栏杆。从外面看，窗口在城堡凌乱的立面上毫不起眼。

苍蝇嗡嗡作响，有的就像是睡着了一样悬浮在浓稠的空气中。它们在桌子上、在比利·肖·品的手上爬来爬去。

比利坐在一把椅子上。一条锁链把他锁在了地板牢靠的锁环上。他的衣服浸透了汗水。屋子里弥漫着恶臭。

萨托里瓦什掏出一个用丝康蒂奥木和佩拉山茶叶以及其他药草做成的香囊按在鼻子上，冲着屋子一角的便桶挥了挥手。

"把那个倒了。"莱克斯遵命而去。

总管大臣拉过一把椅子，摆在了囚犯够不到、气息也喷不到的地方。他小心翼翼地坐下，后背的伤痛让他呻吟了一声。开口说话之前，他点上了一支长长的薇若妮卡烟。

"现在，比利仕奥品，你在这里已经两天了。我们需要再谈谈。我是博里恩的总管大臣，如果你对我撒谎，我有的是办法来折磨你。你向我介绍说你是从查奥斯海岬的一座城镇来的，然后，当我把你关起来，你又宣称自己是一个更有来头的人物，来自我们这个世界之上的另一个世界。你今天又是谁？现在说实话！"

比利用袖子抹了一把脸，说道："先生，请相信我，我来这里之前就知道这间密室了。不过我忽略了您性情中的其他方面。我的错误就是一开始假装成一个并不是我的人——我之所以么做，是因为我怀疑你不会相信真相。"

"我可以毫不夸张地说，我碰巧就是这一代人中追寻真相的先驱。"

"先生，我知道。所以放了我吧。让我追随王后而去。为什么要关住我这个毫无恶意的人呢？"

"把你关起来是因为我可能从你身上捞点好处。站起来。"

总管大臣审视着他的俘虏。当然了，这家伙身上确实有古怪之处。他的身体不像坎普安莱特人那么单薄，也不似那些畸形人的桶型身材，那类人有时候会在市场上出现，他们的先祖逃过了之前肆虐的骨热病（根据医学推断）。

他那位奥塔索尔的朋友卡拉班赛蒂会说，这个囚犯独特的圆形体态是因为某种不同的骨骼结构。这个人的皮肤质地很光滑，呈现出明显的灰白色，尽管他那个滚圆的鼻头被晒伤了。他的头发很漂亮。

还有些更细微的差别，比如这个俘虏的目光与众不同，专注而持久。看上去他似乎没在听，只是在萨托里瓦什说话的时候看着他罢了——这可以解释为恐惧。他的眼睛时常朝上望着，而不是低垂下来。特别是他的奥洛奈茨语中还带有明显的外国口音。

所有这些，总管大臣都看在眼里，然后他开口道："跟我详细说说上边那个你宣称来处的世界。我是个明事理的人，不会带着偏见听你讲话。"他抽了一口烟，咳嗽了几下。

莱克斯拎着空桶回来了，站到墙边一动不动，他那对绯红的眼珠凝视着某个虚空的点。

比利坐了下来，椅子吱吱作响。他把戴着镣铐的手腕搁在面前的桌子上，说："仁慈的阁下，正如我告诉您的，我是从一个比你们的世界小得多的世界来的。那个世界的大小差不多相当于坐落着梅特拉赛尔城堡的这座山丘，叫作阿佛纳斯。你们的天文学家一直都称它为铠骥。它位于海利科尼亚上空大约1500公里，轨道周期是7770秒，它的……"

"等等。你的那座山丘坐落在什么上面？飘浮在空气上？"

"阿佛纳斯周围没有空气。实际上，'阿佛纳斯号'是一个金属的月亮。不，在奥洛奈茨语中你们没有这样的词汇，因为海利科尼亚没有自然形成的月亮。阿佛纳斯一直环绕着海利科尼亚，就像海利科尼亚环绕着巴塔利克斯一样。它在太空中穿行，就像海利科尼亚一样；它一直在运动，也像海利科尼亚一样。否则它就会在重力作用下坠落。您理解这种法则，对吗？阁下。您很清楚海利科尼亚和巴塔利克斯的关系，也明白巴塔利克斯和弗雷耶的关系。"

"我非常理解你所说的。"总管大臣拍走秃顶上的一只苍蝇，"你是在跟《历史与自然基本原理》的作者说话，我希望能在这本书里综合所有的知识。很少有人能理解巴塔利克斯和弗雷耶围绕着一个共同的焦点旋转——但我碰巧是这少数人之一，同时，考裴斯、阿伽尼普、艾珀克里恩跟海利科尼亚一样围绕着巴塔利克斯旋转。我们那些姊妹世界在它们轨道上的速度同它们与母体巴塔利克斯的距离是相关的。更进一步讲，宇宙学告诉我们，这些姊妹世界脱胎于巴塔利克斯，就像人族脱胎于母体，巴塔利克斯脱胎于弗雷耶。关于天庭这个领域，你将会发现我是个专家，我可不是吹牛。"

他仰起头看着天花板，冲着苍蝇喷出一口烟。

比利清了清嗓子，"好吧，其实并不准确。巴塔利克斯和它的行星系统是一个相对古老的太阳系，据我们推算，大约在八百万年前它们被一个更大的太阳俘获了，你们称之为弗雷耶。"

总管大臣不停地动来动去，两条腿交叉又放下，脸上露出焦躁的神情，"阻碍知识的因素有很多，有权力的迫害，有调查的困难，还有一个特别的因素——搞不清楚到底应该去调查什么。我把这些都写在我的第一章里。

"显然你具备某种知识，然而你把它与谬误杂糅在了一起，你这是对它的背叛。记住，比利仕奥品，折磨乃真理之友。我是个有耐心的人，但是你胡扯的这些什么几百万年的话让我很生气。单纯利用数字可吓不住我。任何人都能凭空捏造些东西出来。"

"阁下，我没有捏造。坎普安莱特有多少人居住？"

总管大臣看上去脸一红，"怎么了，据最准确的推算，大约五千万。"

"不对，先生。是六千四百万，还有三千五百万法艮。在芙芮丹的时代，您很喜欢引用她的话，那时有八百万人类与两千三百万法艮。生物总量与到达行星表面的能量成正比。在锡伯纳尔有……"

萨托里瓦什挥了挥手，"够了……你是在让我心烦……还是说太阳几何学吧。你敢说弗雷耶和巴塔利克斯之间没有血缘关系吗？"

比利不再低头看手，而是抬起头来怀疑地看着那位老人，他坐在自己够不到的地方，"如果我告诉您来龙去脉，尊敬的总管大臣，您会相信我吗？"

"那就要看你的故事是否可信了。"他吐出了一团烟雾。

比利·肖·品说道："我只是远远望了你们那位美丽的王后一眼。如果我不告诉您这个伟大的真理，我来到这里，死在这里，意义何在呢？"他想象着梅尔黛伽拉穿着平纹细布的衣裳从眼前走过，风姿绰约。

然后他开始讲了起来。法艮倚在满是污渍的墙边，老人坐在吱吱作响的椅子上。苍蝇嗡嗡不绝。外界没有一丝声音传进来。

"在我来这里的路上，我看到一面旗帜上用奥洛奈茨语写着'世间智慧本就存在'，然而并非如此。可能对于宗教来说那是真理，但对于科学来说，那是谎言。真理蕴含于历经痛苦而发现的事实之中，以及必须不断进行验证的假说之中——尽管在我来的那个地方，事实已然抹杀了真理。如你所说，要得到知识有许多障碍，而我们把获取知识的中介称为科学。阿佛纳斯是一个人造的世界。它是一件科学的发明和应用，我们称之为'技术'——你们没有这样的词。你若是听到我所属的那个种族是在一个叫作地球的行星上演化而成的，可能会感到惊奇。我们比你们海利科尼亚人年轻，我们所遭受的自然灾害比你们少得多。"

他停顿了一下，在此情此境听到自己说出那个充满情感的词语，地球，他自己都有些吃惊。

"所以我不应该向您撒谎——尽管我警告过您，您可能会发现我所说的一切跟你们的世界观大相径庭，总管大臣。您可能会感到震惊，即便您是你们种族中最开明的一个。"

总管大臣在桌面上摁灭了烟蒂，一只手按在了头上。头有点痛。囚室令人感到窒息。他无法跟上这个年轻陌生人的话，他的心思还徘徊在国王身上，裸着身子的国王，宝剑狠狠扎在头顶的房梁上。囚犯依然自顾自地说着。

在比利来的地方，那里的人对宇宙就和对后花园一样熟悉。他用无可置疑的语调描述着一颗有五十亿岁的G4类恒星。它的光度很低，温度只有5600开氏度[1]。这就是现在被叫作巴塔利克斯的太阳。他又讲起它唯一宜居的行星，海利科尼亚，一颗很像地球的行星，但是比地球更冷，更昏暗，更古老，上面的生命进程更加缓慢。在它的表面，经过了无数个纪元，从动物进化而来的种族占据了统治地位。

按照地球时间计算，在八百万年前，巴塔利克斯和它的星系进入

---

1. 约为5326摄氏度，太阳表面温度约为5500摄氏度。

了太空中一片比较拥挤的区域。有两颗恒星相互环绕着，它们被称为A星和C星。巴塔利克斯被拖进了A星的重力场。在随之而来的一系列紊乱力场的作用下，C星被甩了出去，而A星有了一颗新的伴星，巴塔利克斯。

A星是一个与巴塔利克斯截然不同的太阳。尽管到目前为止也只有一千万到一千一百万岁，可它已经发展到了主序星之外，行将步入暮年。它的直径是巴塔利克斯的七十倍，温度是它的两倍。它是A类超巨星。

总管大臣尽其所能，却无法专心致志地听他说话。一种濒临崩溃的感觉席卷全身。他的视线模糊了，他那不规则的心跳声仿佛充斥了整个房间。他把丝康蒂奥木香囊按在鼻子上帮助自己呼吸。

"够了。"他打断了比利的讲话，"历史记录中有你们这么一个种族，说着奇怪的话，嘲讽智者的学识。也许那是我们遭受的某种幻觉……如果真是那样的话，倒是小小的奇迹。两天之前——仅仅五十个小时之前——王后中的天后离开了梅特拉赛尔，因为阴谋而遭到流放，还有六十一个梅尔道拉特派成员被野蛮地杀害……而你却在跟我说什么太阳飞来飞去的无稽之谈……"

比利用一只手的手指敲打着桌子，另一只手扇开苍蝇。莱克斯站在旁边，就像一件家具，一动不动，合着双眼。

"我自己就是一个梅尔道拉特派。这些罪行我有很大的责任。我已被榨干，不能再侍奉国王……就像他已被榨干，无法再侍奉宗教。生活是如此平静……但现在谁知道明天会有什么样的麻烦？"

"您太沉溺于俗务之中了，"比利说，"就像我在'阿佛纳斯号'上的导师一样自我沉醉。他不完全相信海利科尼亚是真实存在的，您不完全相信宇宙是真实存在的。您所能理解的客观世界并不比这座宫殿大。"

"客观世界？"

"由您的感性认知所划定的区域。"

"你是在假装无所不知。那么我发现骅骊是一种褐色条纹的动物是不是正确的?它们在大周期年春季披着彩色的条纹吗?"

"那是正确的。动物和植物采用不同的策略在一个大周期年的巨大变化中存活下来。这里有双重的生态和植被系统,一些就像先前一样追随一颗恒星变化,另一些则追随另一颗。"

"现在你又扯回到了你那些游荡的太阳身上。我所建立起来的信仰已经超过三十七年,在我的信仰之中,我们的两个太阳高悬在天空之中,永远提醒着我们自身的二元本质,灵魂与肉体、生与死,还有统治人类生活的那些更为普遍的二元性——炎热与寒冷、光明与黑暗、善与恶。"

"您说我的族类在历史上就曾为人所知,总管大臣,那可能是从'阿佛纳斯号'来的其他访客,也试图揭示真理,也同样被忽视了。"

"用你这种疯狂的几何学来揭示吗?然后他们就灰飞烟灭了!"萨托里瓦什站起身来,手指按在桌上,眉头紧锁。

比利也费力地站起身来,椅子咔咔作响,"真理会让您自由,总管大臣。不论您怎么想,那些'疯狂的几何学'支配着宇宙。您对此一知半解。尊重您的智力吧,为什么不走得更远一些,突破您的客观世界!海利科尼亚上涌现的那些生命便是您所嘲笑的疯狂几何学的产物。

"那颗你们称作弗雷耶的A星是一个巨大的氢核聚变体,倾泻出高能射线。当巴塔利克斯和它的行星在八百万年前进入环绕A星的轨道时,它们便承受了其X射线和紫外线的狂轰滥炸。这一切在缺乏活力的海利科尼亚生物圈中产生了深远影响,导致了基因突变,发生了剧烈的变异,一些新的生命形态存活了下来。特别是有一个动物种族崛起了,开始挑战那原圣之灵的地位,而之前享受这一地位的是另外一个更古老的种族……"

"别再说这个话题了!"萨托里瓦什大叫起来,用力一挥手表示不想继续了,"一个种族变成其他种族的说法又是什么鬼话?一只狗能变成艾羚吗?还是说骅骊变成铠骥?至少所有人都知道每种动物都自得其位,人族有他们的位置。全能之主就是这样规定的。"

"您是一个无神论者!您不信仰全能之主!"

一团困惑之中,总管大臣摇了摇头,"我宁愿由全能之主主宰,而不是被你那个疯狂的几何学……我本来还想把你作为礼物献给国王詹道昂格诺尔,但你只会让他变得比现在更疯狂。"

萨托里瓦什疲惫不堪,他意识到国王目前不可能通过理性的手段安抚下来。更何况连萨托里瓦什本人都没办法保持理性。听着比利的话,他猛然想起另外一个发疯的年轻人——国王的儿子,罗彼。他曾经是一个讨人喜欢的孩子,但后来痴迷于一种疯狂的幻想中,将沙漠当作母亲一般信奉,成了杀戮游戏的高手,有时几乎丧失理智……真是他那王室父母撒下的瘟疫。

他惊异于自己居然长久以来拼命地要了解这世界的意义。为什么这样一个无处不在的问题却只困扰着为数不多的几个人?

比利可能是他疲惫的想象力所臆造出来的人,是理性的黑暗面,是专门来烦扰他的一场瘟疫。

他转向法艮,"莱克斯,看住他。我要想想明天怎么处置他和他的客观世界。"

回到卧室里,孤寂感吞没了总管大臣。国王之前将他一把抓住摺倒在地,他能感觉到脊背后面的浮肿,感觉到岁月的压榨让他的身体变得多么丑陋——那些包含着太多屈辱的日子。

他的女奴应声而来,看起来一脸不情愿,就像他自己被召唤到国王面前时那样。

他命令道:"给我按摩一下后背。"

她卧倒在他的身后,伸出一只有力而温存的手从他的颅骨一直按摩到骶骨。他身上散发出混合了薇若妮卡烟、法艮和尿的气味。她是兰杜楠人，面颊上刺着部落的标记。她闻上去有种水果的芬芳。过了一会儿，他翻过身来面对着她，他的男根蠢蠢欲动。无论是信神者还是无神论者，对那种慰藉的需求都是一样的，一个用来逃避压力的藏身之处。总管大臣探出一只手深入对方那深不可测的双腿之间，另一只手游走进了她的衣裙之内，揉在了女奴的酥胸上。

她紧紧搂住了他。

阿佛纳斯上的人们发起请愿，要组建一支前往海利科尼亚拯救比利·肖·品的小分队。但没有人把请愿书真的当回事。比利的协议很清楚，不论他自己身处何种困境，都不会有援助。而这并没有阻止许多品氏家族的年轻女士以自杀来威胁政府立即实施行动。

但观测站的工作照常进行着，就像过去的三十二个世纪一样。几乎没有阿佛纳斯人知道地球的技术专家已经把服从写进了他们的程序之中。几大家族持续分析着接收到的数据，自动系统把信号持续发送回遥远的地球。

在那个遥远的世界上，各个地方都矗立着状如海螺壳的宏伟剧院。

对于地球上的人来说，海利科尼亚上的事情都是新闻。信号在太阳系最边缘地带的卡戎星最先接收到，在那里经过二次分析、分类、储存、传送。最受欢迎的信号是通过娱乐教育频道传送的，播放着那个双星系统上精彩纷呈的剧情。国王詹道昂格诺尔的宫廷戏是目前收视率最高的新闻。而这些新闻实际已经是一千年前的事情了。

收听这些新闻的人是全球化社会的一部分，这个社会正在经历一场跟海利科尼亚上一样深远的变迁。摩登时代的衰落因为地球两极的冰川活动而加速，随之而来的便是大冰期时代。在基督诞生后第六个千禧的第九个世纪，冰川再次消退了，地球上的人尾随着冰川向北迁移。人种与国家间的嫌隙被搁置一旁。和谐之风盛行，人类开始将其复杂高级的感性认知力投入到探索生物圈、生存其中的生物以及其主宰者之间的关系中。

这一次，广受民众爱戴的领导人和政治家们出现了。他们展示出真正的高瞻远瞩，并激励着民众。他们落实了一件事，便是将那颗遥远的行星海利科尼亚上的连续剧作为反面教材和环境变迁的案例进行研究。

在那巨大的海螺壳剧场里，无数地球人目睹了王后的离开、烧死梅尔道拉特派的大火，以及国王与总管大臣之间的争吵。在观看一出出大戏的那些人心中，这些犹如直播一般的事件影响了他们的思潮。但这些事件也是历史的化石，它们以光速传播，也被压缩在光波的沉积层里。当它们到达地球人的意识中时，似乎又重新爆发出了热量与生命力，仿佛许久之前在地球石炭纪埋藏于地下的树木以煤块的形式在火炉中再次释放出太阳的能量。

那些火焰不会触及每一个人。在一些地方，海利科尼亚就被视为一个年代久远的遗迹，一段最好被忘却的动荡历史，上面人类的命运并不比地球人要好。这些新人类转向了一条全新的生命之路，在那条路上，人类及其发展的动力将不再是最具决定性意义的。但一些朝着那个目标奋斗的人仍然会抽出时间为倒霉的萨托里瓦什加油鼓气，或是成为梅尔道拉特派的支持者。

地球上有很多王后的追随者，甚至连新疆域都有。他们日日夜夜等候着那些化石新闻。

X

比利被换押了

掌管梅特拉赛尔城中这些变故的若不是阿克哈纳巴,便是"疯狂的几何学"——因为那些变故若非早已注定,便是盲目随机的结果——不是由自由意志决定的,就是由决定论决定的——不论怎样,接下来的二十五个小时对于比利·肖·品来说都很悲惨。他早些时候在海利科尼亚体验到的所有那些明艳美丽的东西都消失了,取而代之的是无尽的梦魇。

在这个大周期夏季的冬日里,总管大臣萨托里瓦什审讯着比利,却并没有十分用心去听。夜晚的天空中,大约有五个小时既没有弗雷耶,也没有巴塔利克斯。

向北望去,可以看到雅拉洛布莱彗星低垂在地平线上,接着它就被一阵突如其来的雾气吞没了。正如大家所期盼的,索尔道特风不再吹了,取而代之的是雾气。

雾气弥漫到了王后离去的那条道路,弥漫到了河边。它让码头上那些光着脊梁的码头工、渡船工以及其他依靠瓦尔沃雷尔河与塔吉萨河谋生的人第一次因为寒意而颤抖。

这些生活在水上的人打着寒战回了家,回到了散布在码头后边街巷两侧的那些穷街陋巷中——而这里只会让他们愈加艰难。那些人的妻子拉开百叶窗望向窗外,眼前那片货栈仿佛缓缓融入了一片墨色的泥塘中。

那片泥塘顺着地势越爬越高,溢出了峭壁边缘,如瘟疫般狡黠地渗进城堡的墙壁。

在那里,有穿着单薄制服的士兵,有浑身粗毛的法艮,他们巡逻的时候搅起团团雾气,不时咳嗽着,旋即又被雾气吞没。宫殿无力抵御雾霭的侵袭,变成了一副阴曹地府的模样。雾气穿过王后梅尔黛伽拉曾经居住过的空荡荡的房间,无声无息,凄凉地穿堂而过。

这无形的入侵者找到了那个隐藏在山丘下面的世界的入口,弥漫在那些制造神圣感的空间里,这里曾是充满器乐、呼喊、祷告、拜伏和巡游的巢穴。在这里，雾气那诡异的气息轻易混杂在守夜人与教众的喘息之中，并且在虔诚的烛火周围笼起了一团紫色的光晕，似乎是在这里，也只能是在这里，它是受欢迎的。它盘桓在地板上赤裸的双脚之间，找到了这座山丘中最隐秘的地方。

在这最为隐秘之处，比利·肖·品正要被人押送到某个地方。

萨托里瓦什一离开，比利便将头疲惫地搁在桌面上，任凭那些令人筋疲力尽的思绪在脑海中肆意冲突。当他试图有意识地理清思绪的时候，这些念头便像越狱的罪犯一样消失不见了。他是不是曾经把海利科尼亚描述为一种"有争议的形态"？好吧，在现实面前，一切争议都不存在。他回想着在阿佛纳斯时，他巧舌如簧地与导师辩论关于现实的话题。现在他坐拥眼前这一箩筐的现实——会要了他性命的现实。

罪恶的念头又一次蠢蠢欲动，当貌如狗状的莱克斯把一碗食物放在他面前时，那念头又被压抑了下去。

比利迷迷糊糊抬起头看着那个剑族，只听他一声喝令："快吃！"

食物是一种粥糊，有某种颜色很深的水果切碎了混在里面。他拿起银勺子吃了起来。味道很淡。吃了几勺，一阵睡意涌了上来。他推开碗，哼哼几声又枕在了桌子上。苍蝇落在了碗里，落在了他那毫不设防的脸颊上。

莱克斯走到一堵墙壁跟前，他在与总管大臣进来的那道门对面，轻轻敲了一块木板几下。背面传出一声敲打作为回答，他又敲了两下间隔稍长的回应。一块镶板朝屋里推开，扬起一团尘土。

一个雌性法艮进到屋里，以剑族那种特有的姿态滑动着步子。她二话不说和莱克斯一起抬起瘫软的比利，把他搬进了那条刚刚显露出来的狭窄通道里。然后，她转身关好门，插上了门闩。

宫殿里暗藏着许多被人遗忘的通道。这条通道依然是尚未完工的样子，从各方面来看似乎都已经被人遗忘好几个世纪了。那两个近似人形的巨大身影塞满了通道。

法艮奴隶在梅特拉赛尔的宫殿里和法艮士兵一样随处可见,他们生来就是干石匠活儿的好手。干活的时候,他们在巨大的墙体之内又隔出另一重暗壁,再加上顶,将其作为自己在这建筑群里行动的暗道。

比利虽然处于麻痹状态,神智却异常清醒。他发现自己被带着顺台阶一路往下走去,台阶来回往复,似乎永远没有出口。他的头耷拉在法艮的肩上,每走一步就在她的肩胛骨上撞一下。

到了底层,他们停下脚步。空气中弥漫着潮气。在他视线之外的某个地方有一支火把在燃烧。铰链一响,他被带着穿过一道活板门深入了地下,他无比惊骇,却只能发出一声微弱的叹息。

当他的脑袋被甩过来的时候,他看到了火把,那火光被一颗毛乎乎的脑袋挡着。他在地底下的某个地方,被一只长着三根手指的手紧紧抓着。淡紫色和猩红色的瞳孔在火光中闪烁。恶心的气味和脚步声围绕着他。活板门砰地关上了,远远地传来回音。

他的视野里几乎只有一个硕大无朋的后背。又穿过一扇门,更久的等待,更多的台阶,更多癫狂的窃窃私语。他昏迷了过去,但仍然能感觉到向下的颠簸,不知道持续了多久。

他像醉汉一样被搀扶着向前走,他的脚还没恢复知觉。当然了——是他们给他的食物下了药。他的脑袋歪向一边耷拉着,他估计他们现在已经到了地底下的一间大厅,正顺着一条天花板很低的木制通道往前走。走道下面悬挂着许多旗子。下面的大厅聚集着身穿长袍赤着脚的人族。他立刻回想起了他们是谁:僧侣。他们围坐在一张长长的桌子边,穿着同样衣服的法艮在服侍他们。回忆涌入了比利·肖·品的脑海,他回忆起曾经在山下修道院那里买过一只烤饼。他现在正被带进开凿在詹道昂格诺尔宫殿之下的那块巨岩中的圣路迷宫里。

行走让他渐渐恢复了知觉。两个法艮押送着他，都是雌性。莱克斯可能已经回到了早已入睡的总管大臣身边。他朝着下面那些僧侣发出一声微弱的呼喊，但在一片嘈杂声中没有人听到。他们离开了灯火通明的大厅。

又是更多的走廊。他想要反抗，叫那两个雌性法艮强迫他继续前行。在他一侧，石壁上装饰着一排雕刻的纹路。他想要抓住它，可他的手被扯开了。

继续往下走。

一片黑暗中，他闻到了河水与未知事物的气味。

"请放了我吧。"他第一次开口说话。这时，一扇门开了。

他被带进了一个全然不同的世界，一个地下的剑族王国。这里的气氛全然不同，这里的声音与恶臭迥异于以往。他听得到水花泼溅的声音。建筑的形制比例也大不相同：拱道又矮又宽，几乎就是洞穴。高低不平的道路抬升而上，好像伸入了一张死亡之口。

一直生活在阿佛纳斯的比利完全没有准备好迎接这番冒险。成群的法艮聚集而来想对他一探究竟，一张张牛脸伸到他的眼前。他们把他推搡到一个剑族议会厅的跟前，里面有雄性也有雌性。四周的壁龛里堆放着他们的图腾，那是年老法艮逐渐萎缩进入幽缚之中。最古老的图腾像是个黑色的小玩偶，几乎完全由角质蛋白组成。议会的首脑是一位年轻的可赞王，名叫吉赫特－耶琅兹。

吉赫特－耶琅兹已经成年了。他肩部浓密的白色绒毛尖儿上仍然残留着一抹红色。他那对又弯又长的犄角绘上了螺旋形的花纹，脑袋向下探着，摆出一副好斗的姿态，这样犄角就不会刮到大厅的顶部。

至于大厅本身，它的顶部十分粗糙而且尚未完工，可也看得出它大致是个圆形。议会座席——如果这个名词适也用于非人族的话——修筑成了轮毂的形状。吉赫特－耶琅兹僵直地站在轮毂的中心，胸脯一起一伏。

座席之间的隔断就像是轮辐，从中心呈放射状排列。大部分地面都被隔成一间间低矮的畜栏。议会成员在这里一动不动地站着，只是偶尔动动肩膀或是耳朵。每一间畜栏里都有一只食槽和一条钉在石壁上的长链。送水或是排尿的水槽凿刻在地面上，通往顺着轮毂圆周开凿的沟槽里。

那无处不在的雾气似乎也渗透进了这里，抑或是剑族那散发着恶臭的呼吸给火炬罩上了一重蓝色的光晕。比利被一双双粗暴大手检查的时候尽力观察着眼前的场景，他看到有坡道通向上方，此外还有其他的通道，入口看起来很凶险，那是通往更深的地下去的。

他突然意识到：在这些洞穴里，在当前这个时代，法艮聚集在这里躲避炎热，而人类迟早也会聚集在这里躲避严寒。那时，法艮就会接管外面的世界。

某个命令发布了下来，审问开始了。很显然，莱克斯已经把比利和萨托里瓦什之间的对话内容通报给了吉赫特-耶琅兹。

坐在可赞王身边的是一名中年人族女子，身形臃肿，穿着斯塔獏外套，她把可赞王的一连串问题翻译成奥洛奈茨语。问题主要是关注比利如何从弗雷耶而来——法艮可没听说过"阿佛纳斯号"。如果这个弗雷耶之子是从别的世界来的，那就只能是从弗雷耶来的，出于某种缘由，在剑族眼中，所有的邪恶都来自那里。

他几乎无法理解他们的问题。他们也搞不明白他的回答。他跟博里恩总管大臣之间的沟通就已经够麻烦的了，到了这里，文化差异更大——他甚至都觉得有些难以逾越，对方只能偶尔理解一两句。比如，这种梦魇般的生物理解了一点，就是海利科尼亚这个炎热不断加剧的时代会在三四个人族生命周期之后结束，继而迎来一段向冬季过渡的漫长岁月。

在这个关口，讯问中断了，可赞王进入了一种入定的状态，跟本族群的先祖交流去了。一个人族奴隶给比利拿来些带有某种味道的水喝。他请求回到宫殿里去，但没过多大一会儿，讯问又开始了。

令人感到好奇的是，法艮能理解某些萨托里瓦什无法理解的东西，比如太空旅行的概念，尽管在剑族本语中，"太空"这个词是几乎无法翻译出来的组合语，大意是"大气回转与大周期年过程无法度量的路径"。有时候他们会更简洁地说成"阿伽尼普路径"。

他们查看了他的手表，但没有触碰。他被推揉着沿议会的轮辐从一个人的面前走到另一个人面前，从而所有人都能看看手表。他解释说，那三组读数是地球时间、海利科尼亚时间和阿佛纳斯时间，但这对他们毫无意义。就跟他在梅特拉赛尔城外碰到的那些法艮一样，他们不想要这个装置，于是很快又转到了其他话题上。

比利现在涕泪横流——他被迫贴着他们的身子蹭来蹭去，而他对其厚重浓密的皮毛过敏。

比利不停地打着喷嚏，告诉他们所有他知道的关于海利科尼亚的情况。他的恐惧驱使着他言无不尽。当他们听到某种他们可以理解或者特别感兴趣的事情，可赞王就会把这些信息转达给他那角质化的先祖，不是为了存储就是为了通报，比利无法确定到底是哪种情况——在阿佛纳斯上，他研究的学科不包括法艮。

就在他费力地解说季节如何变化的时候，他们也告诉了他这些凿刻在山腹中的修道院在某些季节由法艮占据，而另一些季节则由弗雷耶之子所占有。曾几何时，他曾抱怨阿佛纳斯能给他提供的多样性太少了，而现在，在这片充满多样性的迷雾之中，赫德胡语、剑族本语以及原圣语交织在一起，科学与象征也交织在一起。

就好像一个孩子发现了会说话的动物一样，比利在他们对他讲话的时候仔细倾听着："可能性之于弗雷耶之子的复仇在大周期年不和谐之季节不存在。独自存活必为我们全部的责任。戒备之心充满我们的头脑。一切时间都存在直到弗雷耶的死亡。可赞王詹道昂格诺尔保护剑族之存活于他的土地上。因此，命令之于我们的军团是组成编队前往支援可赞王詹道昂格诺尔,亦为我们的法律在这不和谐之季节。谨言慎行是你比利必须所为之事,避免造成更深折磨之于那个虚弱的可赞王名唤詹道昂格诺尔。可明白否?"

这些由名词堆砌而成的语句在比利的脑海里盘旋,他竭力辩解自己的清白。但清白与否的概念不在法艮的客观世界之内。在他说话的时候,语意的鸿沟增强了空气中的敌意。

在他们的敌意背后是一种恐惧,一种不具备人格的恐惧。他们将詹道昂格诺尔视为软弱之人,而且他们担心与奥多兰都的联盟确立之际,他们的族类在博里恩有可能成为被迫害的对象,就像在奥多兰都那样。他们对于奥多兰都的仇恨显而易见,对它首都的仇恨则尤为明显,在原圣语中,那座城市被称为艾姆-布鲁·都克。

剑族的事情,人族一无所知,相对而言,剑族对于人族的事情却有着相当的理解。出于人族对法艮的傲慢与蔑视,他们常常会允许法艮出现在最隐秘的场合,并对此全然不放在心上,所以看似最卑微的宠物能够像间谍一样活动。

看着他们那反应迟钝的身影,比利认为他们打算用他换赎金,向国王施加影响来反对那门新定下的婚事。他尽力向他们说明国王甚至都不知道他的存在,但却毫无用处。

话一说完,他发觉他把自己推入了另一个危险境地中。如果他们意识到他的存在不为王宫所知,那他们可能会把他关在这里,关在这个比之前的牢笼更糟糕的地方。但这帮乌合之众组成的议会却在顺着另一条思路考虑问题,再一次把话题转到了巴塔利克斯被弗雷耶俘获的问题上来,这事儿似乎对于他们干系重大。

如果不是来自弗雷耶,那他是从驰旬-赫尔来的吗?他听不懂这个问题。驰旬-赫尔?他们指的是"阿佛纳斯号"?就是铠骥吗?显然不是。他们尽力解释着,他尽力理解着。可驰旬-赫尔是什么依然无解。他就像那些倚在墙壁上的角质化形体中的一员,注定要用愈来愈低的声音一次次重复同样的话。跟法艮对话,就像是在跟永恒进行着无休无止的角力。

议会成员把他在他们中间推来搡去,按到这里,又推向那里。他们又一次对他腕上那显示三重时间的手表感兴趣了。那些形状不断变化的图案让他们着迷。但他们丝毫没有要把它取下来的意思,甚至碰都不碰,仿佛他们感受到了某种毁灭性的力量。

当比利意识到可赞王和他的议会正在散去时,他仍然在寻找词语表达自己。迷雾又一次萦绕在他脑海里。他发现自己跌跌撞撞走到了一把熟悉的椅子边,把额头搁在了一张熟悉的桌子上。那个雌性剑族把他送回了之前的牢房里。黎明降临了,天空如同裹尸布一般苍白。

莱克斯还在那里,没有犄角,无精打采,却似乎依然尽忠职守。

"行走是必需品之于上床睡觉。"他提议说。

比利开始哭泣。在哭泣中,他睡了过去。

雾气弥漫,一直飘散到远方,并转了个弯,沿瓦尔沃雷尔河溯流而上,造访了一番河水两岸的丛林。国家的边境它是不放在眼里的,它一路深入到了奥多兰都。在那里,在其他的船只中,它遇到了昂首朝东南方的梅特拉赛尔和遥远大海航行的"洛德尔雅德莱女士号"。

在奥多兰都把最后一块冰卖了个好价钱之后,现在这艘平底船载着送往博里恩都城或是奥塔索尔的货物:盐、丝绸、各式各样的饰品、挂毯;朵岑湖出产的蓝色皋特鱼放在箱子里用冰镇着;塑像、钟表,还有兽牙、犄角和各色皮毛。小小的甲板舱里挤满了带着货物旅行的商人,有一位商人带着一只鹦鹉,另一位则带着一位新情妇。

最好的船舱归船主所有,就是那位著名的帝马里亚姆的冰船长,克里奥·芒特拉斯和他的儿子迪福。迪福坐在那里盯着雾中这幅素描般的风景,他的下巴耷拉着,对于父亲所有的激励都无动于衷,他这辈子永远不会取得父亲那样的成功。他一屁股坐在甲板上,时不时朝水流吐着口水。他的父亲安坐在一把帆布椅子里，把玩着一支双勾瑟琴——也许心怀着某种愁绪，因为这是他退休前的最后一次航行了。他真正的最后一次航行。芒特拉斯用他那令人愉悦的男高音吟唱着歌谣：

> 河水奔流永不息，哦永不息
> 它不会，不会为爱也不会为了生活停下来，哦……

在甲板上漫步的乘客中还有一只艾羚，那是水手的晚餐。除了那只艾羚，所有的乘客对冰船长都尊重有加。

雾气缭绕着，仿佛是从瓦尔沃雷尔河面上蒸腾而起的水汽。他们靠近了恺赫察泽赫的悬崖，那陡峭的崖壁高悬头顶，俯视着河水，令河水显得更加幽暗。乱石嶙峋的峭壁犹如一块皱巴巴的亚麻布，高耸数百尺，顶上冠以浓密的草木，攀缘植物和藤本植物从悬空的岩石上垂落而下，好一片生机盎然的景色。悬崖立面上很大一片地方都被燕子和哀啼鸟占据着。当"洛德尔雅德莱女士号"准备泊岸的时候，哀啼鸟疾驰而下在船只上空盘旋，想要一探究竟，不安地发出阵阵忧郁的叫声。

恺赫察泽赫小镇背靠高耸入云的悬崖，前临深不见底的河水，坐落在稍不注意就会粉身碎骨的险要地势中那一小块平地上，岿然不动。除了这个独特的地理环境之外，它便再也没有什么可以称道的地方了。在紧邻河水的地方，小镇只有一个小小的码头和零星几间货栈，其中一间挂着已然生锈的招牌——"洛德尔雅德莱冰贸易公司"。有一条小路向后延伸，通往散布各处的房子和峭壁顶上的耕地。这座小镇是沿河顺流而下到梅特拉赛尔之前的最后一站。

在船只忙着停靠的时候，码头工各自忙碌着自己的事情，男孩子们则几乎赤裸地飞奔而来，因为这可算这种小地方不容错过的风景。

芒特拉斯放下乐器，踌躇满志地站在船头，接受着岸上那些人的致敬，他叫得出他们每个人的名字。

跳板搭了上去。船上的人都上岸去散步和买水果。有两个商人的行程就到这里，他们确保水手万无一失地卸下他们的货物。小男孩们潜入水中找散落的硬币。

一片祥和的画面中有一件颇显突兀的物件，一张桌子，铺着华丽的桌布，摆在洛德尔雅德莱货仓的外面，身穿白色外衣的侍者站立一旁。桌子后面有四位乐手，当船头亲吻码头的那一刻，乐手们演奏起了欢快的曲目《主人多么气概非凡！》。这是当地冰贸易公司现任雇员为老板最后一次航行举行的特别仪式。一共有三名雇员，他们笑容满面地走上前来，在乐曲声中陪着船长克里奥和迪福来到了座位边。

其中一位雇员是一名瘦得跟竹竿似的年轻人，尴尬地站在一旁；另外两位是白发苍苍的老人，比他们服侍了多年的这位主人还要老很多。老人想方设法为这场面挤出几滴眼泪，同时却在暗自掂量那位年轻的主人迪福，估摸着领导权的更迭会给他们的工作带来多大的威胁。

芒特拉斯跟这三位一一握手，然后在那把等候已久的椅子上就座。他接过一杯红酒，他自己贩卖的冰块在里面闪动着光泽。他的目光越过慵懒的河水，对面的河岸笼在雾中，看不真切。一位侍者端上了小点心，客套话不绝于耳，都是以"您是否还记得那时……"开头，以一阵大笑结束。

鸟儿依然在头顶盘旋，远在它们之上的地方传来模糊的叫喊和狂吠。当这声音越来越清晰时，冰船长询问发生了什么事情。

年轻人笑了起来，而那两位老者看上去有些不自然。"是上面镇子的大清洗，船长。"他挑起大拇指朝峭壁甩了甩，"消灭法艮蛮子。"

"在奥多兰都，他们可热衷搞大清洗了。"芒特拉斯说道，"祭司拿大清洗当作借口不仅消灭法艮，甚至还有那些所谓的异教徒。宗教！哼！"

大家继续回忆着往昔岁月,那时他们一起打拼,建立起内陆冰贸易市场,也回忆起冰船长那位独裁专断的父亲。

"你很幸运,你的父亲不像他父亲那样,迪福主人。"一位老者说道。

迪福敷衍地点了点头,似乎不太想进行这个话题,然后从椅子上起身走开了。他漫步到了河边,抬头看着悬崖峭壁外声音传来的地方。

过了一会儿,他冲着父亲喊道:"那是大清洗!"

大家没有反应,继续交谈着,直到那个年轻人又喊道:"大清洗,爸。他们正要把法艮蛮子从悬崖上扔下来!"

他朝上指着。船上的其他一些乘客也在指指点点,伸着脖子往悬崖上面看。

一只号角急速吹响了,猎犬的狂吠声也愈发急促起来。"在奥多兰都,他们可热衷搞大清洗了。"船长又说了一遍,撑起沉重的身体,朝儿子站立的地方走了过去。儿子大张着嘴,立在堤坝上。

"您看到了,阁下,那是政府的命令。"一位老人说着,跟在冰船长身边察言观色,"他们要把法艮赶尽杀绝,夺取他们的土地。"

"但他们这样做不对,"冰船长说道,"他们应该让那些该死的可怜东西自生自灭。那些法艮呀,还挺有用的。"

可以听到法艮嘶哑的吼叫声,但是看不到什么动静。然而没过多久,人们耀武扬威的欢呼声传了过来,崖壁上的草木一阵纷乱。枯枝败叶飞扬起来,碎石纷纷坠落,一个身影从模糊的背景中出现,一跃而下,不断撞击在崖壁上,翻滚着,飞入乱作一团的哀啼鸟群中。那条身影最终跌落在崖壁下面一处窄窄的河岸上,勉力坐了起来,然后身子一歪又跌进了水里。长着三根手指的手抬了起来,然后被一股激流卷走,缓缓沉入水里,无影无踪。

迪福干巴巴地大笑起来,叫喊着:"你们看到了吗?"

又一个法艮奋力挣脱人族的折磨，从悬崖上跳下，连跌带撞，头朝下着地，撞在一块尖耸的岩石上，滚入了水中。相继又有一些身影坠下，有的小，有的大。好一段时间，一条条身躯如雨点般落下悬崖。在峭壁顶上，就在悬崖一直伸到水面上方的位置，有两个法艮跳了出来，牵着彼此的手。他们击穿了岩壁上树木突出的枝条，没有撞到岩石，直接落在了水里。一条狗奋不顾身地跟着他们跳了下来，但跌在了岸上。

"咱们离开这儿吧。"芒特拉斯说道，"我不关心这事儿。好了，伙计们，拉起跳板。所有人上船。都给我动起来！"

他敷衍地跟那些老雇员握了握手，大步朝"洛德尔雅德莱女士号"走了过去，去监督自己的命令得以执行。

一个奥多兰都商人冲他说道："很高兴看到即便在这愚昧落后的地方，他们也在全力消灭那些粗毛害虫。"

芒特拉斯粗声说道："他们毫无害处。"他没有停下脚步，粗壮的身影自管往前走去。

"恰恰相反，先生，他们是人族最古老的宿敌，在寒冰世纪差点把我们斩草除根。"

"那是早已消亡的过去。我们生活在当下。上船吧，各位。我们就要从这个野蛮的地方启航了，加快速度。"

船员跟他们的船长一样都是赫斯帕戈尔特人。他们言听计从，抬起跳板，船只顺流而下。

"女士号"漂到河流中间的时候，船上的乘客看到有剑族的尸体浮在水中，裹着一团团黄色的血液。一名船员喊叫起来。前面有一个活着的法艮，在水中可怜地挣扎着。立刻有人取来一根长杆伸了过去。现在没有风，船帆没有升起，不过水流推着船不断加速。法艮在水中一阵疯狂扑腾，双手抓住了杆子。河水裹着他靠在船舷上，接着他被安全地拖了上来。

"你应该让他淹死。法艮蛮子受不了水。"一个商人说道。

"这是我的船,在这里我的话就是法律。"芒特拉斯阴沉着脸说,"如果你有任何反对意见,我可以马上把你弄下去。"

这个雄性剑族躺在甲板上的一摊水里喘息着,头上的伤口汩汩涌出脓水。

船长说:"给他一点忘忧酒。他会活过来的。"当那杯帝马里亚姆烈酒拿来之后,他转身回舱就寝去了。

他心中默默思考着,他这一辈子,那些人族同伴变得越来越龌龊,越来越恶毒,越来越不懂得宽恕。可能是气候的缘故吧,可能是因为整个世界都在燃烧。好吧,至少他要退休了,在他的家乡洛德尔雅德莱小镇,在一栋俯瞰大海的结实房子里。帝马里亚姆一直都比这该死的坎普安莱特凉爽。那里的人都很正派。

等到了梅特拉赛尔,他会觐见国王詹道昂格诺尔,因为他坚信结交一位君主总是明智之举。王后已经不在了,当初卖给她的那枚戒指也不在了。他必须确保到了奥塔索尔之后为她送一封信,同时他会打听这位不幸的王后中的天后的最新消息。也许他还会去拜访一下玛蒂,否则他可能永远都不会再见到她了。他转念又想到了她那间生意兴旺的妓院,比奥塔索尔所有那些肮脏污秽的窑子都要好,尽管玛蒂自己每天都会故作姿态地前往教堂。自从国王因为她在克斯加特战后给予的帮助而赏赐她之后,她就乐此不疲。

但是,当他在帝马里亚姆赋闲时干什么呢?那可得好好想想。他在家可不算尽享天伦。也许他能找到一些蝇头小利的活计来开开心。他一只手搭在乐器上沉沉睡去。

身材敦实的冰船长抵达了这座刚刚上演过一出大戏而沉寂下来的城市。

国王的麻烦层出不穷。从兰杜楠来的报告说士兵成群结队地开小差。尽管他不厌其烦地去教堂祈祷，但粮食收成仍然一塌糊涂。王室军械师在仿制锡伯纳尔火枪方面的工作进展甚微。还有，罗彼回来了。

那天詹道昂格诺尔正牵着他的骅骝"田凫"穿行在山岭之间的一片矮树林里。玉理跟在主人身后一路小跑，到了野外他无比兴奋。两名护卫乘着坐骑在一段距离外跟随着。突然，罗彼从一棵树后跳出来，站在了父亲面前。

他深深一躬，"瞧瞧这儿，居然是国王本人，我的主人，在树林里散步，还带着他的新新娘子。"树叶从他头发上落下。

"罗彼，我需要你待在梅特拉赛尔。你为什么总是逃走？"国王不知道该对这个突然冒出来的幽灵高兴还是生气。

"总是逃走就不算是逃走了，尽管我不知道什么在囚禁着我。一定是新鲜空气与祖父地牢的差异……如果我没有父母，我可能就无拘无束了。"说话的时候，他的眼神飘忽不定。他的头发就和他的话一样，乱糟糟的。他全身赤裸，只在腰间围着一块兽皮。他的肋骨突出，身上满是伤疤和伤痕，手中拿着一支标枪。

现在，他把这支兵器的尖头戳在地上跑向了玉理，一把抓住这个宠物的手臂欢喜地大叫起来：

"我最亲爱的王后，您看上去真是动人，身穿这么漂亮的一身配着红色流苏的白色绒毛！您得避开太阳啊，要把您那曼妙的身姿隐藏在众人看不到的地方，除了这个好色的另族，他在你身上荡呀荡，没错，就好像你是一根大树枝，或是一头母猪，或者是一份破裂的誓约。"

"你弄桑我了！"小法艮叫嚷着，挣扎着要脱身。

詹道昂格诺尔伸手去拉儿子的手臂，但是罗彼猛地躲到一边。他拖住一根从喀斯匹桉树上垂下的藤蔓，飞快地把它绕在玉理的喉咙上。玉理想要逃跑，嘶哑地叫喊着，嘴唇已经痛苦地翻了起来，詹道昂格诺尔紧紧拉住儿子。

"我没打算要伤害你,停止这种愚蠢的行为吧。还有,跟我说话的时候要尊重一点,这是你应该做的。"

"应该啊,应该啊!跟我说话的时候你也要尊重一下我那可怜的母亲吧。你给她安上了犄角,你这个玩泥巴的花匠!"他父亲一巴掌抽在他嘴上,他大叫一声仰天跌倒。

"不要再刻薄地胡言乱语了。住嘴!要是你没疯,而且能被帕诺威尔接受,你才应该跟希摩达·泰尔成婚,而不是我。然后我们就会少很多痛苦。你从来只为你自己考虑吗,孩子?"

"是的,就像我只拉自己的屎一样!"说着,他狠狠啐了一口。

"你欠我的,是我让你成为一名王子。"国王怨恨地说,"或者说你已经忘记了自己是一名王子?我们会把你关起来,直到你的心智恢复正常。"

罗彼用空着的一只手摸了摸流血的嘴,咕哝着说:"我心智不正常的时候更舒服。我宁愿忘记我的正常。"

这时候,两名亲兵上来了,抽出了宝剑。国王一转身,命令他们收起武器,跳下坐骑,抓住他的儿子。就在他稍一分神的时候,罗彼挣脱他的手逃开了,在树林中四处跳跃着,狂呼乱叫。

一名亲兵抽出一支羽箭放在了弩弓上,但国王制止了他。他也没有要追上去的意思。

玉理尖叫起来:"我对罗彼没有喜爱!"

詹道昂格诺尔没理他,而是翻身骑上田凫,一路疾驰回了宫殿。他眉头紧锁,那副样貌比以往任何时候都更符合他的绰号——雄鹰。

回到他那与世隔绝的寝宫,他进入了通灵,他很少这么做。他的灵魂沉向原初注视者,与自己母亲的幽魂交谈起来。她给了他十足的安慰。她提醒他,罗彼的外祖母是野人莎楠娜,告诉他不要担心。她说他不应该为了梅尔道拉特派那些人的死亡让自己背负罪恶感,因为他们有叛国的企图。

那具脆弱的、盛满尘埃的骨架说给詹道昂格诺尔的每一个字都极尽安慰。然而,他的灵魂回到肉体中之后却依然深感困扰。

他那位仍然活在地牢深处的恶毒老父亲则有着更实用的价值。瓦尔培昂格诺尔的诡计层出不穷。

"炒热帕沙迪德的丑闻。让我们的探子散布谣言。你必须把帕沙迪德的妻子牵扯进来,她仍然厚颜无耻地留在这里,行使她丈夫的职责。凡是对锡伯纳尔不利的流言,都要让别人信以为真。"

"那我该把罗彼怎么办?"

老人在椅子里微微一扭身子,闭上了一只眼睛,"既然你对他无计可施,那就什么都别做了。但你做的任何能促成离婚以及成就那门婚事的事情都是大有用处的。"

詹道昂格诺尔在地牢里来回踱着步子。

"说到这个嘛,我现在可是被卡萨尔抓在手心里了。"

老人咳嗽起来。在他开口之前差点把肺都要咳出来了,"外边热吗?为什么人们总是说很热?听着,我们那些在帕诺威尔的朋友巴不得你落在卡萨尔的手心里。那合他们的意,但不合你的意。尽你所能加快事情进程。梅尔黛伽拉有什么消息?"

国王接受了父亲的建议。向远在奎金特山另一边的帕诺威尔城派出了特使,带着全副武装的护卫。特使带着一封长信,恳求圣帕诺威尔帝国的卡萨尔降旨,颁下离婚契约。随着这封信一同送去的还有圣像和其他礼物,包括为这场盛会特意创作的宗教纪念品。

但是那场大屠杀,如今那件事被称作梅尔道拉特大屠杀,仍然持续刺激着民众与议政堂的心。探子汇报了几起发生在城里以及其他中心城市的反叛活动。得找个替罪羊。总管大臣萨托里瓦什无疑是不二人选。

萨托里瓦什——曾深受国王家族宠爱的瓦什——是一个让各方皆大欢喜的牺牲品。这个世界不相信智慧,而且议政堂对于他的一手遮天和冗长的讲话都特别反感。

搜查总管大臣的宅邸必然会发现一些罪证。肯定会有他对另族、玛第和人族进行繁殖试验的记录,那些猎物肯定还关在那处偏僻的采石场里。而且会有关于他那本《历史与自然基本原理》的连篇累牍的资料。这些资料本身就是异端邪说,充斥着反对全能之主的谎言。议政堂和教会都不会放过这个诱人的猎物!詹道昂格诺尔派去一个卫兵,随同前往的是一位大人物,梅特拉赛尔大教堂的大祭司,布朗吉努特。

搜查的收获比预期还要大,不仅找到了密室(尽管并没有发现那条秘密通道),还在密室里发现了一个非同寻常的神秘囚犯。当这名囚犯被拖走的时候,他用带着浓重口音的奥洛奈茨语叫嚷着说他是从另一个世界来的。

一堆堆充满罪证的文件被搬到庭院里。那名囚犯被带到了国王面前。

尽管现在已经是下午十三点二十分,雾气却仍未消散,甚至还愈加浓重了。雾气中透出一抹淡淡的黄色,宫殿犹如飘浮在世外之境,烟囱上的通风装置就像是从沉没中的舰船上耸起的桅杆。也许当国王在温和与愤怒、镇定与暴躁之间摇摆的时候,幽闭恐惧症也给他那喜怒无常的情绪添油加醋了一把。他的头发蓬乱地竖在前额上。他的鼻子一阵一阵流着血,就好像是安全阀在释放着压力。他在走廊间走动的时候,一队闷闷不乐的侍臣跟在身边,他们脸上挤出的假笑让他愈加烦躁。

萨托里瓦什被带上前来,浑身哆嗦的比利也被带上来对质,这着实让老人震惊了一把。然后,国王上前狠狠一把抓住他那位总管大臣,就像是抓住了一个又破又旧、哭着乞求得到宽恕的玩偶,直到国王的鼻血又流了出来。

就在詹道昂格诺尔突然心生悔意之际,冰船长芒特拉斯抵达宫殿觐见国王。

"我待会儿再见那位船长,"国王说道,"作为一名旅行者,他可能会为我带来王后的消息。让他等着我。全世界都要等着我。"

国王看着总管大臣哭泣着,又咆哮着,过了一会儿,他把传话人又叫了回来:

"把冰船长带进来吧。他应该目睹这人性中少有的一面。"说这话的时候,他正徘徊在比利·肖·品身边。

比利站在那里,双脚挪来挪去,几乎要哭出来了,却被那个流着血的王室鼻子吓得不敢作声。在阿佛纳斯上,这样的情感流露即便发生,也是发生在独自一人的时候。《论一个超过人类寿命的海利科尼亚季节的延长部分》这篇文章对于情感的态度十分坚定,简单点说便是:"情感,多余之物。"而情绪极易激动的博里恩人并不这么想。他们的国王看上去并不像是一个富有同情心的倾听者。

"嗯……哈喽。"比利尽自己所能,露出一丝痛苦的微笑。接着,他打了个大喷嚏。

芒特拉斯进了房间,躬身施礼。他们身处于宫殿中一个逼仄而古老的地方,到处散发着灰浆的气味,尽管这些灰浆足有四百年的历史了。向国王致敬的时候,冰船长靠两只扁平足稳稳站着,好奇地打量眼前的情形。

国王几乎没有向芒特拉斯回礼。他指着一堆坐垫说:"坐那儿别说话。看看我们在这地牢深处发现了什么见不得人的东西。背叛的证据!"

他突然转身朝着比利问道:"你这东西,你在萨托里瓦什那里被关押了多久?受了多少年的苦?"

比利听着国王那带着皇家腔调的奥洛奈茨语不由得颇为局促不安,他结结巴巴地说道:"一个星期……也可能有八天了……我忘了,陛下。"

"八天就是一个星期，白痴。你是某个试验的倒霉产物吗？"

国王突然大笑起来，所有在场的人都附和着一起笑——不是因为幽默，而是考虑到自己的小命。没有人希望自己看上去像是梅尔道拉特派的。

"你闻上去就像是个试验品。"又是一阵大笑。

他召唤来两个奴隶，让他们把比利洗干净，换身衣服。就绪之后，摆上了丰盛的酒席。众人弓着腰穿梭往来，忙而不乱，捧来热腾腾的羊羔肉配橙色米饭。

比利吃饭的时候，国王在大厅里迈着步子来回走动，对那些饭食露出蔑视之色。詹道昂格诺尔时不时把一块绸布按在自己的鼻子上，再不然就盯着自己的左腕，他儿子从他手中挣脱的时候在腕上抓出了几道痕迹。身形笨拙的大祭司布朗吉努特在他身边拖着步子。大祭司体型肥大，全身上下是一套符合教规的藏红色与猩红色混搭的装束，看起来就像是一艘张满了帆的锡伯纳尔战舰。他那张肥脸像是某个村庄里的摔跤手，里里外外看不出一丝幽默的气息，但作为一个精明能干的教士以及一位支持国王成为教会捐助者的祭司，他受到广泛的尊重。

布朗吉努特与国王形成了鲜明的对比，后者只穿着一条马裤，没穿靴子，那件已经有些脏兮兮的白色上衣敞开着，露出精瘦的胸膛。

这所房间的用途也有些暧昧，很难说是当作接待室还是储藏室。里边放着许多陈旧发霉的毯子和坐垫，一个角落里还堆着陈年的原木。窗外正对着一条窄窄的走廊，偶尔有人从那里走过，他们正把萨托里瓦什的资料抱到院子里去。

布朗吉努特对国王说："让我来问问这个人，陛下，关于宗教的问题。"看到没有异议，这位大人物往比利那边挪了几步问道："你是不是来自一个全能之主阿克哈纳巴所统治的世界？"

比利抹了抹嘴，不情愿地放下了食物。

"您知道我可以随口给您一个满意的答案，不过既然我没有必要惹您或是陛下不满意，那我能对您实话实说吗？"

"跟我说话的时候站起来，你这东西！问你什么你就答什么，我会很快让你知道我对此是否感到满意。"

比利站在身形肥大的教士面前，仍然紧张地抹着嘴。

"阁下，在人类进化的某些阶段，神灵是必不可少的……我是说，作为孩子，我们需要，我们每个人都需要一位充满慈爱而又坚定公正的严父来帮助我们成年。而在成年的时候，我们则需要一个近似父亲的形象，或者更夸张一点的形象，来时刻约束自己。那种形象便被称为'神灵'。只有当人在精神层面达到成年之后，当其能够约束自身行为时，对于神灵的需要才会消失——就像我们长大并有能力照料自己之后，便不再需要有一位父亲进行监护一样。"

大祭司伸出一只手抹了抹大脸盘，显然被这番话震惊到了。"而你就来自一个人们能够照料自己的世界，不需要神灵。你说的是这个意思？"

"不错，阁下。"比利胆怯地看着他。冰船长斜倚在一旁，皇家美食把他的腮帮子塞得鼓鼓的，不过他一直在细心倾听。

"你所来的那个世界——阿佛纳斯，你是这么说的吧？——那是个幸福的世界吗？"

祭司这个看似天真的问题，却让比利一时无从说起。如果这同样的问题几星期之前在"阿佛纳斯号"上由他的导师问起，答案他肯定会不假思索脱口而出。他会说幸福存在于知识之中，而不在于迷信之中；在确定性之中，而不在不确定性之中；在可控性之中，而不在于偶然性之中。他坚信知识、确定性、可控性是生活在观测站里几大益处，也是维系观测站稳定的重要因素。至于那种将阿克哈纳巴作为赐福者的论调，他肯定会付之一笑——甚至他的导师也会象征性地挤出两声干笑。

可是在海利科尼亚上就不同了。他仍然可以对那种盲目崇拜阿克哈纳巴的宗教行为付之一笑。但是现在,他看到了"无神"这个词的深层含义。他从一个无神的国度逃到了一个未开化的国度。而且他看得出,抛开自己的不幸来看,这个世界对于生命与幸福有着更为强烈的愿望。

就在他张口结舌之际,国王开口了。詹道昂格诺尔正在思考比利之前说的话。他略带挑衅地问道:"如果没有一个健全的父亲来引导我们进入成年呢?那又会如何?"

"那样的话,阁下,阿克哈纳巴确实可以帮助我们渡过难关。或者,我们也可以彻底排斥他,就像我们排斥我们的生父一样。"

这个回答让国王的鼻血又开始流了。

比利抓住这一刻,壮起胆子想唬住布朗吉努特,于是挺起胸膛说道:"大人,我是一个重要的人物,在这里受到了糟糕的待遇。给我自由,让我跟您一起工作。我能告诉您想要知道的关于这个世界的所有细节。我不需要任何回报……"

大祭司两只大手一拍,声音温和地说道:"别自欺欺人了。你根本不是什么重要人物,你充其量是进一步证明了那位密谋反对我主陛下的总管大臣萨托里瓦什的罪行。"

"您根本就没有思考过我的重要性。想象一下,要是我告诉您就在这一刻,正有数千人看着我们,您做何感想?他们正等着看您要如何对待我,并以此来考验您。他们的评价将影响到您在历史中的地位。"

这位大人的脸上腾起一片红晕,"观察我们的只能是全能之主,没有别人。你那无神世界的危险谎言会颠覆我们的国家。管好你的舌头,否则就把你送上篝火架。"

一股绝望涌起,比利不由自主地朝国王那边靠了过去,向他展示那个能显示三组数字的手表,"陛下,我恳求您放了我。看看我戴的这件物品吧。阿佛纳斯上的每个人都佩戴着一个。它能显示海利科尼亚时间、阿佛纳斯时间，还有地球的时间，那个在远方控制着我们的世界。它象征着我们征服环境时所取得的巨大成就。对于一个有同情心的观众来说，我所能展示的奇迹远超博里恩所能想象的任何事物。"

国王眼中燃起了兴趣，他放下绸布问道："你能为我制造一支好用的火枪吗？就跟锡伯纳尔那种一样的？"

"为什么？火枪一文不值。我……"

"那轮机枪吧。你能造出轮机枪吗？"

"好吧，不行，我……陛下，这问题关系到金属的拉伸强度。我敢说我能制造出……您说的那种东西在我所来的那个世界早就淘汰了。"

"你能制造什么样的武器？"

"陛下，首先请把兴趣放在这只手表上，我恳求您把它作为礼物收下，作为我效忠的象征。"他把手表拎到国王面前，国王并没有要接受的意思。"然后给我自由。让我从最基本的原理开始，跟您手下的饱学之士一起工作，比如这位大祭司。很快我们就会创造出好用的、精准的手枪，还有无线电，以及内燃机……"

他看到国王和大祭司脸上的表情，连忙打住了话头，再一次以祈求的姿态献上手表。

那小小的数字在国王的注视下蠕动着、变换着。国王陛下一把抓住了这个计时装置，他和布朗吉努特检查了一番，相互嘀咕着。预言家说过，当神奇的机械出现时，国家会被推翻，帝国将会毁灭。

"这件宝物能不能预言我还能在王位上坐多久？它能不能说出我女儿的岁数？"

"陛下，这是科学，纯粹的科学，不是魔法。它的外壳是铂，是从太空里搜集来的……"

国王不屑一顾地将它一甩。

"这是件邪恶的宝物。我知道它。不光是观星者，国王也能洞察未来。你为什么要来这里?"他把手表扔回给了比利。

"陛下,我是来见王后的。"

詹道昂格诺尔被这个回答弄得措手不及,往后退了一步,就好像面对着一个幽灵。布朗吉努特说:"这么说,你不但是无神论者,还是梅尔道拉特派的?你居然还指望在这里受到欢迎?陛下为什么要继续容忍你的胡言乱语?你既不是精神病,也不是小丑。你从哪儿冒出来的?从萨托里瓦什的胳肢窝里吗?"

他一脸威胁地朝比利逼上来,后者不得不靠在墙壁上。其他的侍臣也开始往上凑,努力向君主展示自己将会如何对待一个还没被烧焦的梅尔道拉特派。

这时,克里奥·芒特拉斯从坐垫上起身,朝国王站立的地方走了过去,一边迟疑地朝四下犀利地打量了一番。

"陛下,为什么不问问您的囚犯,他是乘坐什么船从他那个不一样的世界来的?"

国王看上去有些犹疑不决,不知到底该不该发火。最终他没有发火,而是捂着鼻子说道:"好吧,你这东西,满足一下我们的贩冰商人——你是乘坐什么来到这里的?"

比利一点一点从布朗吉努特肥大的身躯前挪出去,说:"我的船是金属的,是一艘全封闭的船,自己带有空气。要是借助图表的话我能讲得更明白。我们的科学很先进,能够帮助博里恩……那艘船安全地带我降落到海利科尼亚,然后它离开了,自行返回我的世界。"

"那么说,那艘舰艇,它有头脑?"

"这很难说清楚。是的,它有头脑。它能够计算——导航穿越空间,能自己执行上千种动作。"

詹道昂格诺尔漫不经心地俯身拿起一罐酒,缓缓把它举到头顶的高度,"我们之中是谁疯了?是你这东西还是我?这也是一艘有头脑的船——是啊,是啊,它也能完全由自己导航。看着!"

他一甩手,酒罐飞了出去,在墙上摔得粉碎,酒水泼溅得到处都是。这番暴力之举让每一个人都像法艮一样呆若木鸡。

"陛下,我已尽我所能解答您的……"比利又打了一个大喷嚏。

"我要是能从你身上找出什么合理的东西来,那才是有罪而且令人愤慨的事情。可我又在乎什么呢?我什么都被剥夺了,我一无所有,这地方不过是一个空荡荡的贮藏室,藏着鼠辈一般的侍臣。所有的东西都被拿走了,他们还想从我这里拿走更多。你也在向我要东西……我处处都在遭遇恶魔……我必须再次进行忏悔,大祭司,你绝不能对我手下留情。我相信,这是萨托里瓦什的恶魔。明天我要去议政堂发言,一切都要改变。今天我只是一个流了很多鼻血的父亲……"

他用更低沉的声音对自己说:"是的,就这样,很简单,我必须改变自己。"

他垂下了眼睛,看上去疲惫不堪。一滴血落在了地上。

冰船长芒特拉斯咳嗽了一声。虽说见多识广,可他在国王爆发的情感面前也感到尴尬。

"陛下,依我所见,我拜访您的时机太不对了。我只是个商人,我最好继续上路。在过去的这些年里,我为您带来了从最好的冰川层里开采出的最上佳的洛德尔雅德莱冰,而且给您开出了最优惠的价钱。现在,陛下,我要向您的惠顾与宫中的盛情款待献上我最诚挚的谢意,我要永远道别了。尽管有雾,我还是希望尽早回家。"

这番话似乎让国王多少回过些神来,他伸出一只手放在冰船长肩上。船长瞪大了双眼,流露出无辜的眼神。

"我期望身边有你这样的人,不管什么时候讲话都很在理,船长。我欣赏你的效劳。我也不会忘记在可怕的克斯加特事件之后,身受重伤的我曾得到过你的帮助——就跟我现在所受的伤害一样。你是个真正的爱国者。"

"陛下,我是真正的爱国者,爱我自己的国家,帝马里亚姆。说到这儿,我就要退休了。这是我最后一次出行。我的儿子将会接管运冰生意,将保持我对您和……嗯……前王后的忠诚。随着天气变得更加炎热,陛下也许会需要更多的冰块储备?"

"船长,就算在好年景里,你也算是个好商人,你的效劳应当得到嘉奖。不用考虑我的穷困潦倒,也别理会我那个卑鄙的议政堂,我要问一下——赐予你什么样的东西才能表达我们的敬意?"

芒特拉斯挪了挪身子,"陛下,我不值得什么嘉奖,也不渴求得到什么,但假如我斗胆说想要跟您做个交换呢?我是个富有同情心的人,从奥多兰都到这里的旅途上,我在一场大清洗之中救下了一个法艮。他刚从溺水的痛苦中恢复过来,这对他们的种族来说几乎是九死一生,他必须在远离恺赫察泽赫的地方找一条活路,因为那里的人会迫害他。我希望把这个法艮献给您作为奴隶,用来交换您的那个囚犯,不管他是不是恶魔。您看这交易可行吗?"

"你可以得到那个东西。把它带走,跟它的机械宝物一起。你不需要给我任何东西作为交换,船长。如果你能让它从我的王国消失,就算是我欠你的了。"

"那我就带他走。您也将拥有那个法艮,这样我儿子就可以像我一直以来那样,以互不相欠的地位来觐见您。他是个好孩子,陛下,他叫迪福,尽管没他父亲那么灵光。"

于是,比利·肖·品被交给了冰船长。接下来的那天里,雾气被一阵清风驱散,国王心中的雾霾也消散了。他遵守诺言在议政堂发表了演讲。

面对那帮在座位上不住咳嗽的成员,国王展现出焕然一新的面貌。总管大臣萨托里瓦什的罪行已经得到证实,对于国家最近所遭受的叛乱,国王难辞其咎,詹道昂格诺尔坦然自责。

"议政堂的各位大人,你们在我登上博里恩的王位时发誓效忠。

现在有人要推翻我们所深爱的王国,这我绝不否认。然而没有哪位国王,无论多么强权,也无论多么仁慈,能够为他的人民带来翻天覆地的变化——现在我意识到了这点。我无法号令那些带来灾难的干旱或是烈日,无法命令它们离去。

"我在绝望之中犯下了罪行。在总管大臣的怂恿之下,我对梅尔道拉特派那些人的死负有责任。我要忏悔,也要乞求你们的宽恕。做这件事是为了让王国步入正轨,阻止更严重的纷争。我已经舍弃了王后,连同她一起舍弃了所有的淫欲、所有的自私。我与奥多兰都公主希摩达·泰尔的婚事将会是一场王室联姻——纯贞,绝对的纯贞,我发誓。考虑到她的年纪,除了生育后代,我绝不会碰她。今后我将把全部的身心献给我的国家。将你们的忠诚献给我吧,各位,你们也将拥有我的忠诚。"

他充满克制地说完话,早已热泪盈眶。他的观众们无声地坐着,仰头望着坐在议政堂镀金宝座上的国王。没有几个人对国王抱有怜悯之情,他们大都只看到在他脆弱的这个时刻,他们又有了进行盘剥的机会。

虽然海利科尼亚没有月亮,可它依然有潮汐。当弗雷耶离得更近时,行星上的水域所受到的潮汐力要比在七百天文单位之外的远日点时高出百分之六十。

在她的家园里,梅尔黛伽拉喜欢沿着海滨散步。有那么一阵子,她心中烦乱的思绪消散了。这是一个偏远的地方,是夹在海洋王国和陆地王国之间的一片狭长地带。它让她想起自己那个被抛在身后的暮昏花园,那个花园如同处在黑夜与白昼的夹缝中间。她只是模糊地意识到那些没完没了的争斗依然如蛆附骨、驱之不散,也许永远都不会有个胜负。盯着遥远的地平线,她每天都会思忖着,那位冰船长是否已经把她的信送到那位在远方征战的将军手中。

王后的礼服是淡黄色的。这颜色正是孤寂的颜色。她最喜欢的色彩是红色，但她不再穿了。那浓烈的色彩和古老的格莱瓦贝伽雷尼恩以及它那被鬼魅纠缠的往昔并不相配。海水泛起泡沫的声音让人想起黄色，正合她的心绪。

她不游泳的时候就让塔特洛在海滩上玩耍，任其走在潮水线之下。她的侍女不情不愿地跟着。沙地上长着生命力顽强的花花草草。有些已经连成了片。往内陆方向走一两步的地方，已经有其他植物冒险生长起来。那一簇簇白色的雏菊便是其中一种，它们生有盔甲般的茎秆。还有一种小小的植物长着肉质叶子，像是海草。梅尔黛伽拉不知道那草叫什么名字，但很喜欢采摘。另外一种植物的叶子颜色很深，它在沙地和草丛中间漫不经心地蔓延开来，偶尔在环境不错的地方，它会长成一团润泽光亮的灌木丛。

这些勇敢侵入海滩的植物背后，便是一片沉积物勾勒出来的潮痕。再往前则是一片颇为荒凉的地带，斑斑点点地缀着生命力极为顽强的花朵——巨大的雏菊。继续往前就是不那么具有冒险精神的植物了，海滩已经被远远甩在身后，渐渐过渡成为陆地。

"玛伊，别那么垂头丧气的。我爱这地方。"

后边那位磨磨蹭蹭的姑娘一副闷闷不乐的样子，"您是博里恩最美丽最有影响力的女士。"以前她从未用这种语气跟她的女主人说过话，"您为什么保不住自己的丈夫？"

王后没有答话。两个女人沿着海岸继续走着，拉开了些距离。梅尔黛伽拉走在光泽照人的灌木丛中，伸出手轻轻抚着枝叶。时不时地，灌木下会有什么东西咝咝作响，从她脚边退开。

她明白那个垂头丧气踩着她的脚印走在后边的玛伊·托科奈特讨厌被流放。"跟上，玛伊。"她鼓励地招呼了一声。玛伊没有应声。

XI

去往北方大陆之旅

老人穿着一件长及脚踝的纱袍，这件袍子也曾经风光过。他头戴一顶勺形的帽子，不单保护他的秃顶免受烈日曝晒，也护着他瘦骨嶙峋的脖颈。他不时颤抖着把手抬到唇边，夹起薇若妮卡烟，吐出一口烟雾。他独自一人站着，等着，即将永远离开这座宫殿。

他背后有一辆轻便的大车，装着他不多的几件个人物品。车辕中间套着两匹骈骊。只等车夫一来，萨托里瓦什就能上路了。

在此等候的这段时间让他有机会看到广场另一边角落里的一个老人，那是个奴隶，正弓腰拄着拐杖，看管着一个大火堆，堆积如山的纸片越烧越旺。那火堆里烧的正是从前任总管大臣的宅邸里搜出来的所有资料，包括《历史与自然基本原理》的手稿。

烟雾腾空而起，窜上病恹恹的天空，空中不时落下轻飘飘的灰烬。气温跟往日一样高，但另有一层灰色的尘埃笼罩着一切。这尘埃来自距离梅特拉赛尔很远的一座新近喷发的火山，顺着自东向西的气流飘到了这里。萨托里瓦什对火山没什么兴趣，他的注意力全都放在不断落下的黑色灰烬上。

他的手抖得更厉害了，他用力吸着薇若妮卡，烟头燃得像一座小火山。

他身后传来一个声音："主人，这里还有一些您的衣服。"

他的女奴站在那里，把一个干净轻便的包袱递给了他。她朝他露出安抚的笑容，"让您离开真是一种耻辱，主人。"

他苍老的面孔转向她，走近一步注视着她的面容。

"姑娘，看到我走，你觉得难过吗？"

她点点头，垂下了目光。他想到，喔，她挺享受我们之前那番交媾——我从未费心去过问一下，我从未考虑过她的心思。我只沉浸在自己的感情里，是有多么孤寂呀。我算是一个不错的男人，博学，但一无是处，因为我对其他人没有感情，除了对小塔特洛。

他不知该对女奴说什么，只是咳嗽。

"真不是个好日子,姑娘。回去吧。谢谢你。"

她意味深长地看了他最后一眼,转身离开了。萨托里瓦什在心中念叨着,谁能知道女奴的感受?他隆起双肩,对她颇有些恼火,也对自己感到恼火,因为自己居然对她流露出了情感。

车夫来的时候他几乎没注意到。他只露出一副年轻的身板,头上裹着一顶玛第式的兜帽抵挡日晒,那张脸几乎完全隐藏了起来。

"您准备好了吗?"那人影说着,一跃攀上了车夫的位子。重量压在皮带缰绳上,两匹骓骊脚下一挪。

萨托里瓦什仍然在原地徘徊。他用烟卷指着远处的火堆,说:"那可是一生的研究,全没了。"其实他主要是在跟自己说,"那是我无法宽恕的。那是我永远都不应该宽恕的。所有的工作……"

他重重叹了口气,爬上大车。大车随即朝宫殿的大门隆隆驶了过去。王宫里颇有些喜爱他的人,但他们害怕国王迁怒,不敢出来向他道别。他坚定地目视着前方,使劲眨着眼睛。

萨托里瓦什前途暗淡。他已经三十七岁零八个什旬了——早已过了中年。他可以在赛伦·司堂德国王的宫廷里谋得一个谏官的职位,但他厌恶那位国王以及奥多兰都,而且那里也太过炎热。他一直都跟梅特拉赛尔的那些亲戚以及亡妻的娘家人不相往来。他的兄弟都死了。没有什么可留恋的,只管走人,去跟女儿生活在一起。她和她的丈夫居住在南方瑟莱布雷特边界附近一座沉闷乏味的城镇里。

在那里,他可以远离世俗,重新开始著述他这一生的成果。但是,他现在无权无势,谁会去出版它?如果那本书不印出来,谁又能读到?绝望之中,他给女儿写了一封信,然后就等着赶上一艘能带他去南方的船。大车轻快地往山下驰行。到了山脚下,它没朝码头去,反而一掉头往右转,嘎嘎吱吱进了一条窄窄的巷子。大车左边的轮毂都蹭到了房屋的墙壁,发出刺耳的声响。

萨托里瓦什说:"小心,你这傻瓜,你走错路了!"不过他基本上是在自言自语。谁会在乎他出什么事？

大车嘎嘎吱吱走到岩壁下的后街，进了一所不起眼的院落。车夫精力充沛地蹦下车，关上院子的大门，这下路上的人看不到他们了。车夫直勾勾盯着前总管大臣。

"您介意下车吗？这里有人等着要见您呢。"他嘲笑似的躬身一礼，顺势摘下了那顶故意戴上的帽子。

"你是谁？把我带到这里是什么意思？"

男孩打开车门邀他下车。

"没有认出我吗？瓦什？"

"你是谁？为什么……罗彼，是你！"他长出了一口气——因为他刚才心里冒出个念头，詹道昂格诺尔可能想劫持并杀掉他。

"是我这些日子我一直在频繁挪窝。正因如此才会隐藏行踪。甚至我自己就是个秘密。我已经发下誓愿要向我那位被诅咒的父亲复仇，因为他贬黜了我的母亲。我也要向我的母亲复仇，因为她没有跟我道别就离我而去。"

萨托里瓦什让男孩扶他下车，随后打量着他，想看看他是不是跟他说的话一样疯。罗彼昂格诺尔现在只有十二岁大，像是他父亲变瘦变小之后的样子。他的皮肤被太阳晒得黝黑，身上遍布红色的疤痕。他脸上浮现出抽搐般的笑容，看不出来他是认真的还是在开玩笑。

"罗彼，你去哪儿了？我们想你。你的父亲也想你。"

"你是说雄鹰想我？为什么，他差一点就抓到了我。我从来不关心宫廷里的生活。现在更不在意了。我父亲的罪行让我了无牵挂。所以我现在是骅骊的兄弟，玛第的帮手。我永远不会成为国王，而他永远也不会再享有快乐。新的生活，新的生活，你也会拥有的，瓦什！是你最先把我介绍给了沙漠，而我不会将你抛弃在沙漠里。我要带你去见个要紧的人物，是人族，不是父亲或骅骊。"

"谁？这一切是怎么回事？等等！"

但是罗彼已经大步走了出去。萨托里瓦什狐疑地看着那辆装着他全部家当的大车，心想最好还是跟着。他快步走着，跟在国王的儿子身后一两步的距离，进了一间昏暗的大厅。

这栋房子是依着它所处的地形建造的，终年笼在阴影里：房子朝着有亮光的地方伸展出去，就像一株生长在巨砾之间的植物。老人喘着气，在罗彼的引领下走上了摇摇晃晃的木楼梯，到了第三层的房间里，这是那层唯一的房间。萨托里瓦什止不住地咳嗽起来，瘫坐在不知什么人搬来的凳子上。

屋里有三个人正等着他们，他注意到他们趁着这个机会也咳嗽了几声。他们的体态佝偻又颇显雅致，骨骼清瘦，完全是锡伯纳尔人的特征。其中有一个女人，气质不凡地披着一件丝质长袍，相当于北方的绸襦，上面精致地织着大块黑白色调的花朵。有两个男人站在她身后的阴影里。萨托里瓦什立刻认出她是黛娜·帕沙迪德夫人，就是在泰恩斯·英德莱德把火枪带进王宫那天失踪的那位锡伯纳尔大使的妻子。

他向她躬身施礼，并为不停的咳嗽向她道歉。

"我们都在咳嗽，总管大臣。是火山让我们的喉咙不舒服。"

"我相信我的喉咙是因为悲伤而痛楚。您不必用之前的官衔来称呼我。"他没有问她说的是哪座火山，但她从他脸上看到了一丝疑惑。

"鲁丝泰乔尼可山脉里的火山喷发了。它的灰烬飘到这里来了。"

她带着同情盯着他，等待他从爬楼梯的气喘中恢复过来。她脸颊很宽，长得朴实无华。尽管他知道她是个冰雪聪明的女人，可她的话中却带着令人不安的冷酷语气，而且因为自己长年回避她的结交，此时的他心中颇有愧意。

他四下看了看，只见墙壁上贴着一层已经开始剥落的薄纸。有一幅画挂在墙上，一幅彩色的钢笔画，他看出来画的是喀尔纳巴尔，锡伯纳尔的圣山。房间里只有一面墙上有一扇窗，光线照亮了黛娜·帕沙迪德的侧脸，窗外是一堵峭壁，爬满了攀缘植物，叶子上已经积了灰蒙蒙的一层火山灰。罗比盘腿坐在地上，嘴里叼着一根麦管，依次冲在场的每个人笑着。

萨托里瓦什说道："夫人，您想要我做什么？我必须在更大的灾祸降临之前赶上一艘船。"

她站到他面前，双手握在身后，两只脚不停轮换着支撑身子的重量。

"首先要请您原谅，用这种不寻常的方式把您弄到这里，但我们希望得到您的帮助……如果您愿意帮忙，我们将慷慨以报。"

她大致说明了她的计划，不时转向那两个男人征求意见。所有的锡伯纳尔人都是极为虔诚的教徒，据他所知，他们信仰着阿佐亚希克神，那位神灵在生命出现之前就存在了，而所有的生命都围绕着他存在。他们对阿克哈纳巴的信仰嗤之以鼻，认为它连迷信都不如。因此，当詹道昂格诺尔决定要解除一门婚姻并缔结另一门婚姻时，他们虽然颇受震动，却也并不感到意外。

锡伯纳尔人——以及融入他们心灵的阿佐亚希克神——将男女之间的契约视为终其一生的平等决定。爱是一种坚定的意愿，不是心血来潮的一时之念。

萨托里瓦什坐在那里不由地频频点头，他认得那充满格言的语调是典型的北方大陆特色，他一心只想尽快上路。

罗彼甚至都没在听，他眨巴着眼睛冲前总管大臣自信地说道："这所房子是帕沙迪德大使跟城里一位女士幽会的地方。这可是一处颇有历史的淫窝——但你跟这位夫人之间只会发生谈话。"

萨托里瓦什让他安静。

黛娜夫人并不在意有人插嘴，她说他们感觉得到，在博里恩宫廷里，总管大臣萨托里瓦什是唯一主张钻研知识的人。他们认为国王待他不义，就像对待王后一样——可能还要更糟糕。这种不公连他们都觉得愤愤不平，无上和平教会的所有信徒都对此感同身受。她现在要回家了。他们邀请萨托里瓦什加入他们，并且保证他除了可以自由完成那部凝聚毕生心血的大作，还能在阿斯基托什得到舒适的住处，并且会在政府中得到一个不错的顾问职位。

一阵颤抖再次向他袭来，那种时常令他无法控制的颤抖。他顺势问道："什么样的顾问职位？"

噢，关于博里恩事务的顾问，他可是这方面的专家。而且他们现在就要离开梅特拉赛尔。

他们开出的条件让萨托里瓦什一阵眩晕，都没顾得上询问为什么离开得如此仓促。他充满感激地接受了他们的邀请。

"太棒了！"黛娜夫人叫了起来。

她身后那两个纹丝不动的男人突然紧锣密鼓地行动起来，没有一丝停顿，就像听到命令的剑族一样。他们旋即从屋里消失了，每一层楼里都传来他们的呼喊，楼梯被踩得咚咚直响，一片紧锣密鼓的准备之后，行李和人员会集了下面的院子里。大车从棚里拖了出来，骈骊也从牲口厩里牵了出去。马童从牲口房里取出了挽具。这番行动看似忙乱却有条不紊，一切都准备就绪，所花费的时间还不够让博里恩人穿上一双靴子。所有人围成一圈，简短地做了祈祷，然后便人去楼空。

他们驱车向北穿过拥挤的老城区，绕过那半埋在地下的巨大的奋斗之穹，很快就走上了北去的大路，塔吉萨河在他们左手边泛起粼粼波光。罗彼一路又唱又叫。

接下来是好几个星期的跋涉。

他们旅程的最初阶段，一切都是灰扑扑的，火山灰不停飘落。鲁丝泰乔尼可山长期以来都是隆隆声不绝，时而流出熔岩，现在它处于完全喷发的状态。火山灰沉积的地带成了死亡之地。树木因火山灰窒息而死，田野被它覆盖，溪流也被它堵塞。大雨过后，火山灰变得无比黏稠。鸟兽或死或逃。人族与法艮拖家带口地逃离被摧毁的家园，远赴他乡。

锡伯纳尔人一行渡过玛尔河之后，眼前的景象才不再那么触目惊心。再走一程，那一切便渐渐消失了。他们进入了莫迪雅特地区——在梅特拉赛尔，这可是一个令人恐惧的名字。事实上这里很平静。大多数部落民都戴着遮阳的布拉费斯塔头巾，一层层头巾像是一张张笑脸，这是他们服饰的主要特征。

他们雇了向导，确保旅途平安，这些向导都是相貌凶恶、身形精瘦的汉子，每天日出日落时都要做礼拜。领头的向导叫"指路之针"，他是这么称呼自己的。晚上，在篝火周围，他会向这一行人解释他头上的布拉费斯塔如何代表他在生活中的等级。他吹嘘自己已经高居多少等级之上了。

没有人比萨托里瓦什对此更有兴趣。"奇怪，人族的习性就是喜欢在社会中创造等级。"他向其他人评论道。

"一种越是接近底层就越爱显摆的习性。"黛娜夫人说道，"在我的土地上，我们会避免这种贬低人格的等级观。当你看到阿斯基托什的时候会高兴的。那可是所有社区的典范。"

萨托里瓦什对此颇有保留。但是，凭着多年跟性情多变的国王打交道的经验，他能在黛娜夫人的沉着冷峻之中察觉到一丝放松的情绪。随着周围的荒野越来越贫瘠，他的精神变好了。与此同时，罗彼的那股疯劲儿也消停下来。但当别人入睡之后，萨托里瓦什却无法安眠。他的骨头已经习惯了鹅绒床垫，并不适应铺在硬地上的毯子。他躺在那里仰望繁星，望着闪闪的星光，心中无比兴奋。上一次有这种感觉，还是在他的孩提时代，长大后便许久不曾有过。此刻，他对于詹道昂格诺尔的怨恨之情甚至也淡化了许多。

天气持续干燥。大车在丘陵地带一路前行。他们到了一个名叫奥耶沙的小镇子，萨托里瓦什向大伙儿解释说："这很可能是'奥什'一词的讹传,那个词的原义就是小镇。"一路上的解说给旅程带来了几分乐趣。然而这座镇子并不像它的名字那么简单,在奥耶沙,塔吉萨河从东面奔腾而来,与它汹涌的支流梅杜拉河在此相汇。这两条河在高不见顶的恩克特莱赫克山上有其各自的源头。越过奥耶沙,向北方伸展出去的便是梅杜拉荒漠。

在奥耶沙镇,交通工具换成了骟过的铠骥。指路之针凭借三寸不烂之舌谈成了这笔交易。在穿越沙漠的时候,铠骥是一种可靠的牲口。这些铁锈色的猛兽站立在尘土飞扬的奥耶沙市场上,对于身边的讨价还价漠不关心。

谈生意的时候,前总管大臣坐在一口柜子上。他眉头紧锁,还在咳嗽着。鲁丝泰乔尼可山飘来的灰让他的喉咙难受,他还有些发烧,病症挥之不去。他盯着铠骥那颀长而高傲的脸——在大周期年冬季里,它们曾是法艮武士的坐骑,极富传奇色彩。现今很难看到这种慢吞吞的牲口迅疾如风的样子,而在寒冷的岁月里,法艮曾骑着它们席卷奥多兰都和坎普安莱特的其他城市,带来一场场浩劫。

在大周期年夏季,这种动物背上的单峰会储存水。这使得它们很能适应沙漠环境。它们现在看上去十分温顺,不禁激发了萨托里瓦什心中对历史的感慨。

"我应该买一把宝剑。"萨托里瓦什对罗彼昂格诺尔说,"我年轻的时候可是名好剑客。"

罗彼来了个侧手翻,"你把这些日子搅了个底朝天,好不容易逃出了雄鹰的掌心。当然了,你要保护自己没错。那些山岭之中生活着受诅咒的安多德——在这里,我们的牧民每晚都与他的女儿们睡在一起。这一带死个人就跟踩死一只蝎子一样寻常。"

"但这里的人们看起来都很友好啊。"

罗彼在萨托里瓦什面前蹲下,眼神刹那间变得狡黠起来,"他们为什么表现得那么友好?为什么安多德现在会用锡伯纳尔人那种发出砰砰巨响的玩意儿武装到牙齿？你搞没搞明白，那个阴险的大块头艾奥·帕沙迪德为什么不声不响地突然离开王宫？"

他拉着萨托里瓦什的手臂把他带到大车后面没人的地方，只有铠骥那双天真无邪的眼睛看着他们。

"即便是我父亲都无法收买友情或是爱戴。可这些锡伯纳尔人买到了友情。他们自有一套方法。哪怕用老母亲来做交易换取和平，他们也愿意。他们一路收买了去往博里恩的安全通道，用火枪贿赂沿途那些首领。要我说，没有人比他们更厉害了。即便是阿克哈纳巴最宠爱的国王、瓦尔培昂格诺尔的儿子、亲玛第者的父亲，这位梅特拉赛尔的君主也招架不住火枪。它在克斯加特之战给他长了记性。你见没见过他大腿上的伤？"

"那伤势让你父亲卧床不起。我只看到了它造成的后果，没见过伤口。"

"他没有瘸，也没被打到那玩意儿上真是走运！那伤口便是锡伯纳尔之吻。"

萨托里瓦什放低了声音说道："你很清楚，我从来不信任锡伯佬。在宫廷里用火枪做演示的时候，我就说不应该有锡伯佬在场。我的话被置若罔闻。演示后不久，艾奥·帕沙迪德就消失了。"

罗彼抬起一根手指告诫似的缓缓摇动，"他消失，是因为他的丑事在那个时候被戳穿了——他露馅了，在我们这位美丽的同伴面前，还有随同他的使节团成员面前。一位当地的年轻女子牵扯其中，她是中间人……我也是中间人，只是偶尔……所以我知道艾奥·帕沙迪德的一切勾当。"

他笑了起来，"那些火枪，就是泰恩斯·英德莱德傲慢地送给雄鹰的火枪。我父亲半推半就之下接受的火枪，会让他惹一身骚，因为那些火枪是帕沙迪德以很便宜的价格卖给泰恩斯·英德莱德的。为什么便宜？因为那不是让他来卖的，在这件事里他毫无疑问会捞点油水。

那些枪支是政府财产,是打算用来收买人情的,就是收买你在这里看到的这些无赖,还有像骷髅头达夫利什那样的狠角色,那家伙回报的人情恐怕上千倍都不止了。"

"对于锡伯佬来说,这种行为可不寻常。特别是身居高位的人。"

"身居高位,人品低下,都是因为那个年轻的姑娘。难道你从没注意过他瞟我母亲时的那副眼神吗……我是说那个对我不辞而别、曾经是我母亲的那个人。"

"如果你父亲发现了帕沙迪德的罪行,他就会被处死。我估计他现在已经回到锡伯纳尔了。"

罗彼昂格诺尔意味深长地耸了耸肩,"我们正沿着他走过的路走着呢。黛娜夫人会循着他的气味一路追赶。你想象一下,跟她这样的女人过日子是什么感觉,就不难理解他对别的女人为什么欲望那么强烈了。谁愿意娶这么个暴脾气当老婆?他还忙着编造一堆谎话,掩盖他的罪行。而她迫不及待想要赶上去戳穿这谎言。啊,瓦什,没什么比家庭剧更跌宕起伏的了!他们肯定会把老艾奥关在喀尔纳巴尔巨轮里,记住我说的。那本是一个宗教圣地,如今成了他们关押罪犯的地方。好吧,僧侣本来也算囚犯……一场好戏即将上演。你知道那句老话:'锡伯纳尔人总是留有后手。'我几乎都想跟你一起去看看接下来的发展了。"

"但你不是在跟我一起吗?我亲爱的孩子!"

"哎,大叔,别这么动感情!不要为昂格诺尔家的人动感情!别劝我了。我们就在这里分手了。你跟夫人去北方,我要驾着这辆大车回南方。我有父母要照料……我的前任父母……"

萨托里瓦什流露出悲伤之情,"别离开我,小伙子,别把我就这样扔给这些恶棍。用不了多久我就会死的。"

王子摆了个故作逃跑的滑稽姿势,说:"好吧,我是在逃离人性,不是吗?用不了多久我就会变成玛第。又一次逃跑,又一次恶作剧。

这是我的阿赫德。"

他向前一跳,吻了吻萨托里瓦什的秃顶。

"祝你在新事业中一帆风顺,大叔。我们俩都会时来运转的!"

他纵身跃上大车,在骅骊头顶甩了个响鞭,骅骊迈开大步跑了起来。部落民吓得纷纷退开,以圣河之名诅咒着他。飞奔的大车转瞬之间便消失在了滚滚尘土之中。

身处梅杜拉沙漠,梅特拉赛尔仿佛已经远在天边。但头顶的繁星看起来更近了,在天朗云清的夜晚,雅拉洛布莱彗星镰刀状的尾巴闪耀着,像在指引他们前进的方向。

午夜过后,萨托里瓦什站在旷野之中,身体莫名地颤抖着,火已经熄了,其他旅伴已经入睡。他一直有些发烧症状,尚未完全消退。他心里想到了比利仕奥品。身处这方天地之间,他那套来自另一个世界的说辞显得比在宫殿里听起来更加可信了。

铠骥拴在那里歇息着,他在它们身边游走徘徊,一抬头,看到了"指路之针",他静静地站在那里抽烟。两个男人用低沉的嗓音交谈起来,铠骥在一旁小声哼哼着。

"这牲口可真够安静的。"萨托里瓦什说,"历史书把它们描绘成难以驾驭的猛兽,只有法艮才能把它们骑在胯下。我从没见过法艮骑它,也不曾见过牛鹂伴随法艮左右。也许历史书在这一点上也出了错。我花了一生的时间试图从传说中解开历史的谜团。"

"也许这两者的差别没那么大。""指路之针"说道,"我不识字,所以对任何事情都信奉眼见为实。但在这些铠骥还是小崽儿的时候,我们会用烟熏它们——就是把薇若妮卡烟喷在它们的鼻头上。这么做似乎能让它们安静下来。"

"既然你和我都睡不着,那我就来讲个故事吧。"他重重地叹了一声,郑重其事地讲了起来,"距今很多年以前,我跟随主人一起去往东方，穿过安多德控制的地盘，一路向上进入恩克特莱赫克的荒野之中。那上面是个截然不同的世界，一个环境极其恶劣的世界，空气稀薄，不过人还是能适应的。"

萨托里瓦什插嘴道："在高海拔地区，传染病会少一些。"

"恩克特莱赫克的人可不这么说。他们说死神是个懒蛋，不想费劲来爬高山。我告诉你一件事情，鱼类是最受欢迎的食物。常常有人去百里之外或者更远的河里捕鱼，而且它不会腐烂。在这里，你黎明时分捕到鱼，等到弗雷耶日落时就烂掉了。而在恩克特莱赫克上面，鱼保存一年之后还能吃。"

他倚靠在一头温顺的铠鼹身上笑道："等你习惯了之后，那上边还是很不错的。当然，夜里会很冷。没有雨水，从来都没有。而且在那里，高入云端的峡谷之中，是一片法艮蛮子统治的大地。他们不像这里的法艮蛮子这么温顺。我跟你说，那是个不一样的世界。法艮蛮子骑着铠鼹，驾驭着它们风驰电掣——啊，肩头还栖息着牛鹂。我觉得吧，等这里开始飘雪时，他们就会下来入侵这里的低地了，不管那是什么时候，总之是弗雷耶衰落的时代。"

萨托里瓦什饶有兴趣地点着头，却心存疑惑，说道："但是在那样的海拔不会有多少法艮吧？他们吃什么呢？除了你说的永远新鲜的鱼，那里没有其他东西可吃。"

"其实不然。他们在峡谷里种植大麦——就在雪堤之上。他们需要做的就是灌溉。每一滴水每一滴尿都很宝贵。稀薄的空气有一个好处——能让大麦在三个星期之内就成熟。"

"播种后半个什旬？不可思议。"

"那可是千真万确。""指路之针"说，"而且法艮会分享这些收成，从不争执，也从不使用钱币。白色的牛鹂会赶走所有其他长翅膀的东西，除了老鹰。我是亲眼看到的，那时候我的个子还不到这头牲口的肩膀高。我打算有一天能回去——那里没有国王，也没有法律。"

"我要把所有这些都记录下来,如果你不介意的话。"萨托里瓦什说道。

在他写下这些的时候,他想到了身处那堆废墟之中的詹道昂格诺尔。

越过梅杜拉荒漠之后,是漫长孤寂的哈孜泽地区。他们必须穿过两条植被带,从荒芜贫瘠的地平线一头延伸到另一头,仿佛是神灵栽下的树篱。树木、灌木、色彩斑斓的花朵,在盈盈绿草上划出一道美丽的曲线。

黛娜·帕沙迪德说:"这是大地之痕。"她借用锡伯语中的持续现在时把这句话翻译成了奥洛奈茨语,"它从东到西横亘整个大陆,循着玛第迁徙的路线。"

在大地之痕里,他们看到了另族。玛第不是唯一利用这条绿色大道的生物。"指路之针"从树上射下一个另族。它几乎跌在了他们脚边,它的眉毛因为恐惧不住扭动着。后来他们在篝火上把它给烤了。

有一天下雨了,雨水从远处的草地逼近,犹如张开的蛇口。爬上天空的弗雷耶比在梅特拉赛尔时更高,萨托里瓦什希望依照博里恩上等阶层的习俗,只在暮昏时分赶路,但其他人并不这么想。

夜宿荒野的日子结束了。前总管大臣惊讶地发现自己居然对此感到一丝遗憾。锡伯纳尔人的聚居点越来越多,行旅的队伍就在那里过夜。每一处聚居地都按照相同的样式建造。小块的农田围成圆形,沿着圆周,每走一段距离就有一处守卫的房子。在田地中间,轮辐状的道路通向中心的住宅区,住宅呈环形排列成轮毂状。在巨轮的正中心,通常是一圈谷仓、仓库和办公处,它们环绕着一所无上和平教的教堂。

一身灰衣的领军祭司统管着这些聚居点,管理着来来往往的行旅队伍,给他们提供免费的食物与住宿。这些颂唱着阿佐亚希克神的人衣服上带有轮符，配备着轮机枪。他们并没有忘记自己身处自古以来就隶属于帕诺威尔的地盘。

等萨托里瓦什发现"指路之针"和他的人不能进入锡伯纳尔聚居地的时候已经太迟了。这帮向导正在用手轻点头顶的布拉费斯塔头巾，从使节团的一位成员手里领取自己的报酬，然后往南离去了。

萨托里瓦什说："我得跟他道个别。"黛娜·帕沙迪德伸手拦住他，"没必要。他已经拿到报酬离开了。前方的路很明确。"

"但我喜欢那个人。"

"可他对我们没什么用了。现在路上会很安全，从一个聚居点到另一个聚居点。那些野蛮人很迷信。'指路之针'告诉我说，他只能带我们到这么远的地方，因为他们部落的大地音阶就到这里为止。"

萨托里瓦什犹疑地揪着胡子，"黛娜夫人，有时旧习俗中蕴含着真理，还有很多人执着于自己的大地音阶。不管出生在什么样的大地音阶之上，只要循着它生活就会繁荣兴旺。这背后是一种信仰。那种音阶通常都跟地质地层和矿床有关，会影响到健康。"

她那张消瘦的脸上闪过一丝笑容，"那是自然，我们期望原始的民族秉持着原始的信仰。那是他们的精神支柱。在我们将要踏足的路途上，事情会不断变好。"最后这句话显然是把锡伯语众多时态中的某一种给直译成了奥洛奈茨语。

作为身居高位的人，黛娜·帕沙迪德跟萨托里瓦什讲话时都是用纯奥洛奈茨语。在坎普安莱特，与奥洛奈茨方言相较而言，纯奥洛奈茨语在圣帕诺威尔帝国主要只在高等阶层和宗教首脑间使用。它起着增强教会特权的作用。北方大陆的主要语言是锡伯语，是一种很难懂的语言，有着自己的文字。奥洛奈茨语在同锡伯语争夺地盘的对抗中并没有多少优势，这种语言仅仅在锡伯纳尔南部与坎普安莱特做生意的某些沿海地区较为流行。

锡伯语有着多重的时态和条件句。它的发音中没有"耶"音，取而代之的"伊"音则发得更重,而"嗤"音和"施"音几乎就像是吹口哨。这就造成了一个后果,阿斯基托什本地人在用外国人的语言跟外国人讲话时,会给人一种十分凶恶的感觉。也许在整个历史的长河中,持续不断的北方战事都是因为锡伯人说"梅特拉赛尔"的时候总带着一股嘲弄的语气。但那种快速收拢嘴唇的口型其实跟海利科尼亚的气候有关,在长达半个大周期年的酷寒天气中,北方人能不张嘴最好就不张嘴。

一行人在最南端的聚居点留下了他们的铠骥,"指路之针"正是在那里与他们分道扬镳,然后他们骑着骈骊一站一站向北而去。

经过了十二个聚居点之后,他们登上一块越来越陡峭的坡地。这道坡一直绵延了好几英里,后来他们不得不从坐骑上下来一路步行。到了坡顶,这里立着一排茁壮的拉甲巴拉尔树苗,又高又细,树皮如同半透明的芹菜。走到近前,萨托里瓦什伸出一只手抚摸着离他最近的那棵树。它很软,很暖,好像他身边那匹骈骊的身子。他抬头望去,树顶冒出缕缕水汽,在微风中飘动。

他的一位同伴叫道:"别光看上面……往前看!"

越过坡脊是一条峡谷,在蓝色阴影中一片昏暗。越过峡谷,则是一片无际的深蓝——大海。

他的烧已经退了。他在空气中闻到了一股清新的味道。

他们抵达海港之后,就连那些北方人也掩不住兴奋之色。海港有一个颇为张狂的锡伯语名字,朗格班阿斯科什。它的布局跟他们一路经过的那些聚居点完全一样,唯一的不同在于它是个半圆形,圆心位于峭壁尽头,那里坐落着一间巨大的教堂,塔楼上着指路的灯火。而圆的另一半则象征性地坐落于帕诺威尔海的另一侧,也就是锡伯纳尔。

附近的码头停泊着许多船只。一切都干净整洁,井然有序。跟大多数坎普安莱特的种族不同,锡伯纳尔人是天生的水手。

在旅店过了一夜后，他们在弗雷耶日出时起身，跟其他旅行者一起登上一条等候中的船只。与之相比萨托里瓦什此前坐过最大的船也不过是一艘小艇而已，他钻进自己的小舱室倒头便睡。等他醒来的时候，大家正准备起帆。

他从方形的舷窗望出去。

巴塔利克斯低悬在水面上，在海面投下一条波光粼粼的大道。附近的船舶只剩下蓝色的剪影，影影绰绰的，林立的桅杆犹如没有叶子的树林。不远处有个小伙子独自一人划着一条小艇穿过港湾。映在水面的光芒让男孩和小艇融为一体，船桨向后一划，那小小的人影便往前一倾。一桨一桨，小船慢慢穿过那片波光。船桨入水，腰背一挺，那道波光被劈开了，随即又合拢如初，最终那位水手抵达了自己的目的地，划进了防波堤的一丛立柱之间。

萨托里瓦什回想起自己还是孩子的时候，有一次划着小船带着两个兄弟越过一片湖泊，他看到他们在笑，伸手在水中划出层层涟漪。从那以后，逝者如斯。不过万事万物有失便有得。他付出那么多，只为他那本视若珍宝的《基本原理》。

周围传来赤脚走在甲板上的声音、呼喝的号令，还有升起船帆时吱吱的滑轮声。即便是在船舱里，也能感觉到船帆兜住风的那一刻带来的震颤。码头上有人在呼喊，系泊的绳子被收了回来，如蛇般穿过码头。他们开始了前往北方大陆的航程。

这趟航行历时七天。随着他们航向西北偏北的方向，弗雷耶白昼变得越来越长。每个夜晚，那颗璀璨的太阳会在他们船头方向落下，第二天从东北偏北的某个地方升起，弗雷耶在地平线之下停留的时间越来越少。

黛娜·帕沙迪德和她的朋友们向萨托里瓦什述说着光明的前途，但视线中的一切却是愈来愈昏暗。他们很快就被笼罩在"起伏不定的乌斯库托什"中,前总管大臣听一个水手这么讲。一团浓重的阴影笼罩下来,天地间的一切都染上了一层褐色,仿佛是一团暴雨裹挟着尘沙落下。它裹住了船只的嘈杂声,给甲板上的一切都抹上了一层油腻腻的潮气。

萨托里瓦什是唯一对此惴惴不安的人。船长告诉他没有必要担心。

"我们装备充足,就算在地下洞穴里航行也能毫发无伤。"他说道,"当然,我们那些先进的探险船装备更好。"

他把萨托里瓦什请进了自己的舱室。他的桌子上放着一份印制出来的每日太阳高度表,用来判定纬度,还有一个漂浮式罗盘、一把十字标尺,以及一个船长称之为夜间定向仪的装置,可以用它测量某些一等星的高度,以此在午夜前后确定两颗太阳的日出时间。船只还可以完全依靠计算来航行,只要在图表上精确测量距离与方向就可以了。

就在萨托里瓦什给这些东西做记录的时候,瞭望台上传来一声大喊,船长忙不迭上了甲板,一路上骂骂咧咧。

透过毛毛细雨,一团灰褐色的雾气涌上前来,而就在那团雾气之中传来大喊大叫的声音。紧接着,这团云雾变成了桅索和船帆。就在即将碰撞的最后一刹那,那条跟他们差不多大的船从他们身边不足一英尺远的地方擦着过去了,甚至都看得到对面的灯笼,看得到那些挥舞着拳头的狂怒面孔——一转眼又消失不见了,海天之间又是一团迷蒙。前往锡伯纳尔的这艘船,随即又成为这浓墨汤汁里一个孤独的墨点。

乘客们向这位外国人解释说刚刚经过的是乌斯库托什"鲱鱼厢",一种远离海岸用帘网捕鱼的船只。鲱鱼厢算是一个小型工厂,船员中有腌制工和桶匠,他们把海里捕来的猎物清除内脏、打包、储存到大桶里。

萨托里瓦什被这番险情搞得心神不宁，再没心情去听锡伯纳尔的鲱鱼生意经了。他回到潮湿的铺位上，裹着自己的外套，浑身哆嗦。当他们在阿斯基托什登陆的时候，他提醒自己，现在身处北纬三十度，只比北回归线偏南五度。

在行程第七天的早晨，雾墙翻滚着缓缓退去，可视野仍旧不算开阔。大海上星星点点到处都是鲱鱼厢。

过了片刻，海平线上那些移动缓慢的斑斑点点全都消融在了北方大陆的海岸线之中。那道海岸线看上去似乎只是一条砂岩形成的直线，将波澜不惊的海面与起伏不平的大陆分割开来。

看到故土，黛娜·帕沙迪德激动不已，她给萨托里瓦什简短地上了一堂地理课。水面上星罗棋布到处都是小船。环极地地带的冰雪不断南下，这样的环境迫使乌斯库托什成为一个海洋型的国家——提起这片地域的时候，她的语调颇为平静。在大海与冰雪之间几乎没有多少可以耕种的土地，人们不得不靠海吃海，而且要维护这条通向大陆那两片谷物产地的海上通道——她伸手比画了一下那遥远的距离。

他问，多远呢？

她指着遥远的西方，历数锡伯纳尔的各个国家，以不同的变音念着那些国家的名字，乌斯库托什、洛拉贾、巨轮所在的施芬宁克、布瑞巴尔、卡尔坎畔，仿佛跟它们相熟已久，又仿佛它们是一群站在沿海狭长地带眺望着南方的名流，环极地地区南下的寒流冻僵了它们的脊背——而且它们都有想要征服坎普安莱特的强烈欲望。

"布瑞巴尔和卡尔坎畔便是那谷物产地。"

她伸出一根手指指着东方，为这番讲解画上了句号。

"数到这里，我们就绕着星球环绕了一周。你看，锡伯纳尔大部分地区都为极端环境所隔离，夹在冰雪与大海之间。我们也因此更具独立性。在卡尔坎畔后面是多山的库基-胡威科，那里很不适合人族生活,然后是纷乱的上哈孜泽地区,直通查奥斯半岛;再然后便回到了乌斯库托什,这是最文明的国家。你到达这里的时间正是一年中可以在天上同时看到弗雷耶和巴塔利克斯的季节。但在另外那半个大周期年里,弗雷耶则完全在地平线之下,那个时期气候恶劣。那便是传说中的亡哀之冬⋯⋯冰雪向南推进时,乌斯库托什人也一样,尽可能往南迁移,我们就把自己叫作乌斯库托什人。会有很多人死掉。很多人死掉。"她用了一种未来进行时态。

尽管天气暖融融的,可她一想起那个时代还是不由自主打了个寒战。"那可是一些人要过一辈子的生活。"她低声说道,"所幸的是,那个残酷的时代还很遥远,但很难令人忘却。那是种族的记忆,我猜⋯⋯我们都知道亡哀之冬会再次降临。"

在码头上,他们被护送到了一架带车篷的四轮大车跟前。人族奴隶把他们的行李堆在车上后,他们也爬进了车子。四头耶尔克驾着车轭稳稳地上路了,沿着从码头区辐射出去的一条路走了下去。

他们经过一座巨大教堂投下的阴影时,萨托里瓦什尽力想把眼前那目不暇接的一幅幅画面理出个头绪。让他深感震撼的是,他们乘坐的这辆大车不是由木头制成,而是由金属制成的——车轴,侧板,甚至他们屁股下面的座位都是金属。

金属物件比比皆是。街道上人头攒动——并不像梅特拉赛尔的人群那样你推我搡、大喊大叫——他们拎着金属的桶子,扛着金属的梯子,或是船上用的什么金属器具,有些人身上套着闪闪发光的盔甲。路边有些气派的建筑装着招摇的铁制大门,装饰得稀奇古怪,轮廓凸起的文字标明了主人的名号,就好像主人打算永久居住在这里,全然不管环极地地区会发生什么。

天空中的烟霾遮蔽了弗雷耶的热量,在造访者的眼中,它悬在正午天空中的高度显得异乎寻常。城里的空气充斥着烟雾。尽管锡伯纳尔大陆上的森林要比热带地区那肆无忌惮生长的丛林稀疏得多,但这片大陆拥有丰富的褐煤矿、泥炭矿以及金属矿。矿石在城市各个区域里的小工厂进行熔炼。每一种金属都有特定的冶炼区。相应的冶炼匠人、工人以及附属的贸易组织活动都在其周围,也包括各自所需的奴隶。从上一代人开始,金属已经变得比木头还便宜了。

"这是座美丽的城市。"一个人探过身来向这位造访者炫耀着。

他微微抽了抽鼻子,什么都没说。

从大车上,他能看出阿斯基托什的半圆形布局是如何展开的。海港那边巨大的教堂正好是轮轴中心。一圈呈半圆周分布的建筑群之后是一圈呈半圆周分布的农田,然后又是一圈呈半圆周分布的建筑,如此反复,尽管一些地方破败了,可这一切在来自博里恩的眼睛里都呈现出一种非天然的对称性。

他们来到一栋巨大的盒子形状的建筑跟前,窗户就像是墙上切割出来的狭缝。入口的两扇大门是金属的,门上突起的文字写着:一号考文舍,第六区。萨托里瓦什检查起分配给他的那个小单间,并阅读其中的规定,在他看来,这个考文舍兼具了旅馆、修道院、修女院、学校、监狱等多种功能。

规定上说,一天供应两餐,分别在四点二十和十九点,教堂顶层每小时都进行祷告(自愿参加),花园在暮昏时分开放,用于休闲和冥想,从早到晚都有课程(各种各样),来访者要离开这所设施须事先征得同意。

他叹了口气,沐浴之后上了床,任凭自己陷入忧郁之中。但是乌斯库托什人的待客之道,就跟大多数乌斯库托什的东西一样,活泼又轻快。没多久,他的房间就响起了欢快的叩门声,然后他被人带进一条走廊,来到了宴会现场。

宴会大厅又长又矮,光线从狭缝般的窗户透进来,街上的活动通过那垂直的小窗户可以略窥一二。虽然没有铺地毯,整个房间却被挂在后墙上的一面巨型挂毯装点得富丽堂皇。挂毯上,鲜红的背景下有一个巨大的轮子,穿着天蓝色外衣的桨手们划着轮子穿越天庭,每个人脸上都洋溢着幸福的笑容,他们正划向一个令人叹为观止的母亲形象,她的口中、鼻中、双乳中喷涌出璀璨的繁星,点缀在鲜红的天空上。

萨托里瓦什被这幅挂毯的细节所震撼,他心痒难熬,忍不住要想做一番记录,甚至想临摹下来,但是他被人推向前去,引荐给了站在那里迎候的十二位显贵。众人由黛娜·帕沙迪德夫人一一做了介绍。没有人去握他伸出的手:这个国家的习俗不喜欢去碰家族之外的人的手。

他竭尽全力想要记住那些拗口的名字,但唯一留在他心里的名字只有奥蒂·杰赛拉塔尔,因为这名字属于一位身穿蓝灰条纹制服的领军祭司上将,一位女子,她那冷峻的神色令她的美貌格外出众。她的秀发梳成两股编成辫子盘绕在头上,就像两根亚麻色的犄角向前刺出,令人印象深刻,却又带着几分滑稽。

众人笑容可掬,亲切和蔼,让来自坎普安莱特的客人倍感舒适。大家围坐到桌前的时候,金属椅子在光秃秃的地板上发出巨大的刮擦声。众人甫一就座,屋子里立刻静了下来,这十几人中最年长最沉稳的那位起身做祷告。其余人等都以祷告的姿势把食指抵在额头上。萨托里瓦什依样而为。祷告开始了,祷词是用令人费解的锡伯语吟诵的,现在进行式、永久条件式、过去转现在式、让渡式以及其他各种时态、句式起承转合不一而足,表达着对各种事物的感恩之情,一直到阿佐亚希克神。也许祷告的长短是跟凡人与神灵之间的距离成比例的。

祷告终于结束了,丰盛的菜肴看颇为精致,除了鱼,大都是生鲜什锦和烹煮过的海藻,一道道美味由女奴端上。献上的酒水是用海藻打底的果汁和酒精的混合饮料,叫作淤德赫利。

有一道特别的菜是唯一让萨托里瓦什感觉很美味的,是某种经过精心烧烤烹制的动物,他猜可能是一头猪。端上来的时候仍然架在烤架上，抹着一层奶油般的酱汁。他分到了一块胸脯肉。有人告诉他这是"树酪"。直到很多天之后他才发现，树酪其实是烤熟的楠第族。这是一场极为隆重的乌斯库托什式盛宴，只献给那些声名卓著的贵客。

在宴会尚未结束的时候，黛娜·帕沙迪德走到萨托里瓦什的椅子后面跟他说了几句话：

"领军祭司上将马上就会向我们发表一次演讲。她的话您要特别留意。别被吓到。我知道您不是那种遇事惊慌的人。同样，我知道您也不会害怕恶意，所以不要因为我参与其中而怨恨我。"

前总管大臣立刻警觉地放下了刀叉，"她要说什么？"

"是一项重要的通告，将会影响你我两个国家的命运。奥蒂·杰赛拉塔尔会为您详细说明的。只需记住，我是被迫把您带到此处的，以洗刷我丈夫所作所为给我带来的耻辱。记住，只要仇恨詹道昂格诺尔，一切就都水到渠成了。"

她转身回到自己的座位上。而他发现自己一口东西也吃不下了。

花样繁多的宴会一结束，大家情绪饱满，演说便开始了。

先是当地官员直白地开场致欢迎词，然后黛娜夫人站起身来。

简短地客套一番后，她进入了正题。她转弯抹角地提到了自己的丈夫，觉得自己不得不为丈夫在出使过程中做出的背叛行为进行救赎，因此，她把处于困境的前总管大臣萨托里瓦什营救出来，并带到了这里。

这位声名卓著的贵宾对于他们，对于乌斯库托什，对于整个北方大陆来说都是一件大事，他的贡献将会彪炳他们的史册，他的英名将流芳千古。深受爱戴的领军祭司上将奥蒂·杰赛拉塔尔夫人现在即将要宣布一件大事。

萨托里瓦什的胸中涌起一股不祥之兆，比喝下去的淤德赫利酒更让人感到不适。他想抽一支薇若妮卡，但看了看围坐桌边的众人，既没有抽过烟的,也没有在抽烟的,更没有要抽烟的,甚至哪怕按永久条件式来看都没有打算抽烟的,他只好抛开这个念头。上将站起身来的时候,他用力抓住了桌沿。

因为是发表演说,她使用了一种官方的锡伯语:

"领军祭司们,战争委员会的成员们,朋友们,以及我们最新的盟友,"她庄重地开始了演说,不住晃动着头顶上亚麻色的犄角,"时间总是很短暂,所以我将要/正在让我的发言相应简短些。仅仅在八十三年之后,弗雷耶将会/正是它的全盛时期,那会使蛮族大陆与它的那些蛮族国家处于/将处于悲惨而可怕的境地之中,预言中的厄运将会降临在他们身上。他们已经/目前无法像身处乌斯库托什的我们一样迎接未来——对此我感到由衷的自豪。

"在那片不幸的大陆上,博里恩作为主要国家之一正/将处于麻烦的中心。很不幸,我们的老对手帕诺威尔依然/不断强大。有一个从没预计到的不确定因素最近/现在凸显出来,这全都归功于我们那位失职的大使让我们的武器贸易增长超出了控制。这一事件就不再赘述了。

"很快,蛮族大陆那些尚武的国家都将仿造我们的武器。我们必须/可能要在这种情况出现巨大进展之前开展行动,这样我们才会处于优势地位。

"正如我在战争委员会中的朋友们所知,若是不拿下博里恩,我们的计划便一文不值。"

她的话让宴会厅里鸦雀无声,随后众人发出一阵嘈杂的赞同之声。众人的目光转向了萨托里瓦什,他已经面色煞白。

"我们尚没有/不会有足够的部队去压制整个博里恩。我们的计划是在博里恩的国王詹道昂格诺尔不知情的情况下实施入侵。一旦我们征服了博里恩,我们就能从南北两个方向夹击帕诺威尔。"

仪态端庄的上将话还没说完,与会者们便纷纷鼓掌。他们先是相视而笑，然后都微笑着转向了萨托里瓦什，而他始终目不转睛地注视着上将那两瓣不住开合的动人嘴唇。

"我们有一支舰队即将起航。"那两瓣动人的嘴唇说着，"我们期望总管大臣萨托里瓦什将与它同行，他将扮演不可或缺的角色。他也将因此得到丰厚的奖赏。"

喝彩声夹杂着掌声再次响起。

"舰队将一路向西航行。我会在指挥舰'金色友谊号'上。我们打算/应该绕过坎普安莱特海岸，最终从西侧逼近格莱瓦贝伽雷尼恩海滩，王后梅尔黛伽拉正/将流放于那个地方。总管大臣和我将停靠在那里，将王后从流放地接走，同时，舰队的其余船只计划/将要继续朝着博里恩最大的港口奥塔索尔航行，并对其进行炮轰，直至它会/已然投降。

"王后正在/已然/将会受到她的人民的爱戴。萨托里瓦什将会宣布成立一个由王后统治的新奥塔索尔政府，而他本人将成为首相。这是一场不流血的计划。

"你们将会/应该理解这个计划的可行性。我们这位年高德劭的盟友和那位身为瑟莱布雷特的莎楠娜后人的蛮族王后，这二位都与国王詹道昂格诺尔有着不解之仇。王后会乐于重登宝座。她也将处于我们的监督之下。

"一旦奥塔索尔会/能够安定下来，我们的船只和军队就顺河而上占领首都梅特拉赛尔。根据探子的报告，我认为我们应该/能够在那里找到盟友，就是王后那位显赫的老父亲和他的派系。国王摇摇欲坠的统治轻而易举便会瓦解。他的生命也一样。没有热爱法艮的人存在，这个世界一样运转。

"随着博里恩落入我们手中，我们就可以向北发动武力突破，从南方的奥塔索尔到朗格班阿斯科什，跨越整个蛮族大陆。

"现在，就在各位坐在这里的时候，我们正加速推进这些事务。养精蓄锐吧，朋友们，为了近在眼前的行动，为了这最为辉煌的行动。我们计划，舰队中的精锐将会/能够/应该在两天后的弗雷耶日出时分起航，这是神的旨意。

"一个伟大的未来正在/就要露出曙光了。"

这一次，喝彩声经久不息。

XII

顺流而下的商人

"真是不开化的野兽，那顽固愚昧的民众……他们费尽心力却收效甚微，有的干脆就不去费那个神。两者没什么不同。他们对自己村子之外的一切事情都没有兴趣……不，对他们自己肚脐眼儿之外的东西就没兴趣了。看看他们，愚不可及！要是我有那么傻，我就还是一个奥多兰都公园里的小贩子……"

这番话从陷在一堆软垫中间的哲学家口中慵懒地讲了出来，他的脑袋后边垫着垫子，赤脚下面也垫着垫子。在他右手边是一杯他最喜欢的忘忧酒，里边加了碎冰和柠檬，而他的左臂被一位年轻的女子挽着，他正百无聊赖地拨弄着她的左乳。

在旁边听着他这番议论的观众共有两人——不包括那个姑娘，她正闭眼假寐。他的儿子倚着这条顺流而下的船的栏杆，半闭着眼睛，半张着嘴。这小伙儿身边放着一串葡萄果，他一边吃，一边往河水里吐果核。

船头甲板还躺着一位面容苍白的年轻人，那里正好有阴影遮挡着阳光，他浑身大汗，不停地咕哝着什么。他盖着一张条纹被单，两条腿在被单下不住地颤抖，他发着烧，从船离开梅特拉赛尔南下时起就不见好转。这会儿他正处于间歇性的清醒状态，看上去并不比那个吃葡萄果的家伙更能听进那位老人的至理名言。

可这并没有打消老人的兴致。

"在我们停靠的上一站，我问一个靠在树上的老傻瓜，他是不是觉得天气一年比一年热了？他只是说：'打世界诞生那天以来一直都这么热，船长。'我问他：'那天是哪天呢？'他回答说：'寒冰世纪。'寒冰世纪！他们真是毫无常识。他们什么都不懂，只信仰宗教。我生活在一个宗教国家，但我不信仰阿克哈纳巴，因为我已经看透一切。而这些市镇中的本地人，他们其实并不信仰阿克哈纳巴——不是因为他们像我一样看透了，而是因为他们根本没有看……"

他停下话头，用力在女子的左乳上捏了一把，一仰脖，把那杯忘

285

忧酒一饮而尽。

"……他们蠢得去崇拜各种各样的恶魔、另族、楠第、龙。他们仍然相信有龙存在……他们崇拜梅尔黛伽拉。我让我的经理带着我在市镇里转了转,几乎每一间棚屋里都挂着一幅梅尔黛伽拉的画像。他们不见得比我更喜欢她,却个个都准备为她……不过,就像我说的,他们对于自己肚脐眼儿之外的任何东西都没什么兴趣。"

"你弄疼我的胸了。"那个年轻女子嚷道。

他伸出右手捂着嘴打了个哈欠,心不在焉地思忖着自己为什么喜欢跟陌生人为伍,甚于自己的家人——不只是他那个傻乎乎的儿子,还有他那位不解风情的妻子以及傲慢专横的女儿。最适合他过的日子就是带着这个小娘们儿和那个自称来自另一个世界的年轻人永远这么随波逐流。

"河水的声音让人宁静。我喜欢这条河。退休以后我会想念它的。阿克哈纳巴并不存在,这是有根据的。要想创造一个像我们这么复杂的世界,还要有数量稳定的活人来来往往——听起来更像是从大地深处源源不断挖掘出数量稳定的宝石,进行打磨,再卖掉——要创造这么个世界你就得无比的聪明,不管是不是神灵。难道不是这样吗?不是吗?"

他左手的指头用力一捏,那姑娘尖声叫了起来,说道:"你说是,那就是。"

"我是这么说的。这么说吧,如果你够聪明,高高在上俯视这世间百态和那愚蠢的芸芸众生,你又能从中得到多少快乐?那代代相传、千篇一律、停滞不前的生活会把你自己都迷失掉。什么寒冰世纪,原初注视者在上……"

他打了个哈欠,阖上了眼皮。

她捅了捅他的肋骨,"好吧,那么如果你真有那么聪明,告诉我是谁创造了世界。如果不是阿克哈纳巴,那是谁?"

"你的问题怎么这么多?"他说。

冰船长芒特拉斯睡着了。当"洛德尔雅德莱女士号"准备停泊在奥索邑理玛的时候他才醒来,在那里,他将受到当地洛德尔雅德莱冰贸易分公司的殷勤款待。他在沿途各个贸易站都受到了极为惬意的招待,这使得这趟从梅特拉赛尔顺流而下的旅程比以往花费了更多的时间——几乎跟逆流而上的时间相当了,冰贸易船队逆流而上的时候,得靠成群结队的骅骊拉纤。

心思精明的冰船长早年在奥索邑理玛建立前哨站并非心血来潮,当女士号系泊在码头上时,当初令他这么做的原因就在众人头顶三百英尺高的上方。它就耸立在那条长满了茂密卜拉希米蒲树的山脊之上。它统御着环绕周围的丛林,其威严震慑了宽阔的大河,它在河面的倒影令人沉思。朝觐者从坎普安莱特大陆各个偏远的角落慕名而来,渴求着荣耀——也渴求着冰。它便是奥索邑理玛巨石。

当地的经理是一位须发灰白的老人,有着浓重的帝马里亚姆口音,他名叫格兰戈·帕洛斯。他走到船上热情地握住了老板的手,又帮着迪福·芒特拉斯照看乘客上岸。在法艮卸下一包包标明送往奥索邑理玛的货物时,帕洛斯回到了冰船长面前。

"就三位乘客?"

"朝觐的。生意怎么样?"

"不太好。您没什么要向我交代吗?"

"没有。梅特拉赛尔的人变得越来越懒散,宫廷中发生了变故,对生意没好处。"

"我听说了。长矛与金钱向来都搅不到一起。关于王后的消息真是糟糕。话说回来,如果我们与奥多兰都联合,这里可能会吸引更多的朝觐者。克里奥,这是困难时期,即便是那些虔诚的信徒都说太热了,难以远行。连我都在问自己,这一切到哪儿才是个头啊。您退休得正是时候。"

冰船长把帕洛斯拉到一边,"我这儿有个特殊的事情,我不知道该拿他怎么办。他病了,他叫比利仕奥品。他自称来自另一个世界。他可能是疯了,但是,如果你仔细一琢磨,他说的东西还是挺有意思的。他觉得他就要死了。但我说他死不了。你那位老婆子能照料照料他吗?"

"这还用说。我们明早再讨论住宿费用问题。"

于是比利·肖·品被送上了岸。那个小姑娘也上了岸,她叫艾贝朵儿,她是搭顺风船免费到奥塔索尔去的。她的母亲是船长的老朋友,叫麦蒂朵儿,她们家在梅特拉赛尔的外围有一所房子。

那两位商人小酌片刻,然后去看比利,他现在已经被安置在一处由帕洛斯妻子打理的简陋房子里。

他感觉好些了。有人用洛德尔雅德莱冰块顺着脊柱给他擦洗降温,这是能医百病的疗法。烧退了,他也不再咳嗽或是打喷嚏——他们离开梅特拉赛尔后,他的过敏症状就消失了。船长告诉他,他死不了。

比利说:"我很快就会死的,船长,但我还是很感激您的照顾。"经历过梅特拉赛尔的一连串惊吓之后,冰船长的照料简直让他感觉从地狱直达天堂。

"你不会死的。都是讨厌的火山闹的,鲁丝泰乔尼可火山喷发出有毒的东西,梅特拉赛尔的每一个人都病了,跟你症状一样:眼睛流泪、喉咙干痛、发烧。现在你好了,可以站起来了。永远都不要放弃。"

比利有气无力地咳嗽了几下。"可能您是对的。我的生命可能被这场疾病延长了。我本该死于海利科病毒的,因为我对它没有免疫力,但火山喷发让死亡推迟了一两个星期。所以我必须充分利用这额外的生命和自由。帮我站起来。"

不多时,他就在屋里走动起来,笑出了声,伸展着手臂。

芒特拉斯和经理的妻子笑容可掬地站在一旁。"真叫人轻松,真叫人舒心啊!"比利说道,"我本来已经开始讨厌你们的世界了,船长。我以为梅特拉赛尔会成为我的葬身之地。"

"等你了解它之后就会知道,那地方其实不赖。"

"除了宗教!"

芒特拉斯说道:"在人和法臬能够共存的地方就会有宗教。两种未知的事物碰撞在一起就会产生那玩意儿。"

这番蕴含智慧的话语打动了比利,但是帕洛斯的妻子对此不屑一顾,牢牢抓住了他的手臂。

"别抱怨了,你都没事了。"她说道,"我要给你擦洗擦洗,你会感觉恢复如初。然后再给你弄点吃的,那才是你需要的东西。"

芒特拉斯说:"没错,我还有另外一服良药给你,比利仕。我会让那个讨人喜欢的姑娘进来,就是艾贝,她是我一位老朋友的女儿。一个又可爱又主动的好女孩。让她陪你个把小时,你会精神百倍。"

比利疑惑地看了他一眼,脸上一红,"我告诉过你,我跟你们是完全不同的物种,不是在海利科尼亚出生的……那能行吗?好吧,我们的身体结构是一样的。可那位年轻的姑娘会介意吗?"

芒特拉斯会心地大笑起来。"她喜欢你自然是胜过喜欢我。我知道你对王后十分倾心,比利仕,但是别让那事儿坏了你的兴致。加一点点幻想,艾贝在各个方面就都会跟王后差不多了。"

比利面色通红,"我的地球啊,这经历也太……我能说什么呢?好吧,请把她带来吧,看看这能不能行……"

两位商人出去的时候帕洛斯一边大笑,一边揉搓着双手说:"他还挺有实验精神。你会为了那姑娘收他钱吗?"

芒特拉斯了解帕洛斯唯利是图的性子,没理会这话。也许是感觉了到主子的冷漠,帕洛斯赶紧问道:"他那些关于死亡的话……你认为他真是从另一个世界来的吗?有可能吗?"

"咱们去喝一杯，我给你看看他给我的一件东西。"他叫来艾贝，在她脸上吻了吻，让她去见比利仕。

丝绸般柔软的夜幕垂落在天地之间。巴塔利克斯低悬在西方的天空。两个人熟络地坐到了帕洛斯的阳台上，中间放着一瓶好酒和一盏灯笼。芒特拉斯伸出结实的拳头放在桌上，张开了手。

他的手掌心里躺着比利的手表，上面显示着三组数字，小小的字形不断变换着：

11：49：2　19：06：52　23：15：43

"真漂亮。这东西值多少钱？他把它卖给你了？"帕洛斯戳了戳那东西。

芒特拉斯说："这可是独一无二的。据比利仕说，它能够显示博里恩的时间——就是中间这个数字——还有他那个世界的时间，以及另外一个他没去过的世界的时间。换句话说，这件宝物可以证明他那个牵强附会的故事。要想制造这么一块精巧的手表，你得非常聪明才行。他不疯，倒更像是神灵……不是，我只是无法让自己相信他没疯。比利仕说制造这种物品的世界，他来的那个世界，就在我们头顶上，俯看着愚蠢的芸芸众生。那是一个完全由像我们一样的人建造出来的世界，与神无关。"

帕洛斯咂了一口忘忧酒，摇了摇头，"我希望他们不会看我的账本。"

雾气在河面上蔓延开了。一个妇人在招呼儿子回家，吓唬他说葛狸卜兽会从河里爬出来一口吃了他。

"这个精巧的计时器曾经握在詹道昂格诺尔国王手中。他把它视为噩兆，这倒是很好理解。帕诺威尔、奥多兰都和博里恩必须要联合起来，唯一能让他们联合的就是他们那个胡说八道的宗教。国王立场坚定，他不允许有质疑宗教的因素存在……"

他用肥大的手指头拍打着那个计时器,"这件惊人的宝物就是一个引发质疑的诱因,直截了当。它不是代表着希望就是代表着恐惧,完全取决于你是什么样的人物。"他又在胸口的衣兜上拍了拍,"就好像我肩负的其他使命一样。格兰戈,我跟你说,这个世界正在发生变化,早就该变了。"

帕洛斯叹了口气,端起平底玻璃杯又嘬了一口。

"克里奥,你想看看我的账本吗?先提个醒,去年收入减少了。"

冰船长的目光掠过两人之间的灯笼,望向帕洛斯,他的脸被灯火照得惨白。

"我打算问你这么个问题,格兰戈。你到底有没有好奇心?我给你看这个计时器,我告诉你这东西来自另一个世界;那边还有个古怪的家伙比利仕,正第一次在这片土地上跟人交媾……他的脑子里都有些什么玩意儿?这一切都不能勾起你一点好奇心吗?你就不想知道更多吗?除了你的账本就再没别的东西了吗?"

帕洛斯抓了抓脸又挠了挠下巴,把脑袋歪向一边。"所有那些我们小时候听来的故事……你听没听到,那个女人吓唬她儿子的话?自从我来到奥索邑理玛,就从来没见过一只葛丽卜,都已经快八年了。因为一身的好皮毛,它们已经被赶尽杀绝了。我真希望能套到一只。它的皮可值大价钱呢。不,比利仕是在跟你说故事,老板。人怎么会制造出一个世界?就算那是真的,然后呢?对我的账目有什么帮助吗?"

芒特拉斯叹了口气,拉着自己的椅子转了个方向,向下看着茫茫雾霭,也许是希望立刻能蹦出来一只葛丽卜证明帕洛斯错了。

"等那个毛头小子比利仕享受完女人之后,要是他体力够好的话,我想带他到巨石顶上去。让你的老婆子给我们弄点晚饭好吗?"

本地经理离开的时候,芒特拉斯坐在那里一动不动。他点上一支薇若妮卡烟满足地吸了起来,心不在焉地看着袅袅烟气飘上房椽。他甚至都没操心儿子在哪儿,因为他知道:迪福肯定是在本地的大市集里闲逛。芒特拉斯的思绪飘得很远很远。

比利和艾贝终于出来了，他俩手拉着手。比利的脸上洋溢着抑制不住的笑意。他们在桌边坐下，没有说话。芒特拉斯没开口，递上忘忧酒的酒瓶。比利摇了摇头。

谁都看得出来，他亲身体验了一把情感的升华。艾贝看上去就像刚跟她妈妈一起从教堂回来。她的体型很像年轻时的麦蒂，但是散发着麦蒂身上早已失去的光彩。芒特拉斯自诩很会看人，他心想，她的眼神很放肆，而麦蒂更有城府，只是她们母女俩都有几分同样的矜持。她在梅特拉赛尔遇到一些麻烦事，正在躲风头，可能这就是她一路上略带防备的原因吧。芒特拉斯倒是很乐意称赞一番她那身素雅的穿着，那身衣服衬托出她年轻而丰满的胸脯，跟她那头栗褐色的头发相得益彰。

也许真有那么一个神灵吧，也许就是他让这个世界运转着，尽管这个世界充满了蠢行，貌美如艾贝这样的人也……

过了好一会儿，芒特拉斯吐出一口烟说道："所以，在你的世界里，男人和女人之间不会享受房事吗？比利仕。"

"按照你们的说法，我们从八岁大的时候就接受所谓房事的教育。那是一门课。但是在下边这里——我是说跟艾贝所做的——那是……跟课程相反的……是真实的……哦，艾贝……"他呼唤着她的名字就像芒特拉斯吞云吐雾一般，他抓住她开始热吻，双唇几乎离不开她，除了充满爱意地喊她名字的时候。她娇滴滴地回应着。

比利转身握了握芒特拉斯的手，"你说得没错，我的朋友，不论从哪方面来看，她都跟王后别无二致，甚至更好。"

船长说："也许所有的女人都一样，只是在男人的幻想中才会有所不同。记住那句老话：'每一次交媾都将归于你想象的样子……'你有非常丰富的想象力，所以我猜你会觉得她是个房事高手……我们这儿女人的私处跟你们世界的一样幽深吗？"

"更幽深，更柔软，更多汁……"他不由自主又吻起那姑娘来。

船长叹了口气，"够了。腻在一起就跟醉酒一样让人心烦。艾贝，去别的地方待一会儿。我要跟这个小伙子讨教讨教，如果可能的话……比利仕，既然我们已经登岸了，要是你的眼光能超越自己的下半身，你应该注意到了那块奥索邑理玛巨石。你和我要去登上它。如果你的体力可以骑上艾贝，那你就能跨上那块巨石。"

"太好了，如果艾贝也一起来的话。"

芒特拉斯瞪了他一眼，随即大笑起来，"告诉我，比利仕小子——其实你是从赫斯帕戈尔特的佩古温来的，对吗？那里的人都是说笑话的高手。"

"你看，"比利面对着船长坐下，"我就是我说的那样——来自另一个世界，在那里生，在那里长，最近才乘坐一艘太空船降落，我在发烧的时候跟你描述过。我不会对你撒谎，克里奥，因为我欠你太多了。我这一条命都不够还你的。"

芒特拉斯做了个不必客气的手势，"你什么都不欠我的。人不应该欠别人任何东西。记住，我是个乞丐。别对我抱有太多想法。"

"你尽心尽力地投入工作，建立起庞大的事业。现在你还是国王的一位朋友……"

芒特拉斯噘起嘴唇吐出一口烟，面无表情地说道："你是这么以为的吗？"

"詹道昂格诺尔国王，难道你不是他的朋友？"

"真要说的话，我只是跟国王陛下有生意往来。"

比利似笑非笑地看着他，"但是你不怎么喜欢他？"

冰船长摇了摇头，抽着烟说："比利仕，你不关心宗教，跟我差不多。但是我必须警告你，宗教在坎普安莱特很强大。就是因为相信宗教，国王陛下才会把你的计时器丢还给你。他是非常虔诚的，而他也是这片土地的君王。如果你在不恰当的时机，向奥索邑理玛的农民展示了这件东西,肯定会引发骚乱——他们可能会尊你为圣人,也可能用草叉戳死你。"

"可这又是为什么?"

"这东西不合情理。人们讨厌他们不理解的东西。一个疯子可能会改变世界。我告诉你这些是为了你好。现在么,来吧。"他站起身一摆手结束了说教,一只手搭在比利肩上,"那个小姑娘,那顿饭,我的经理,还有巨石,都是很实际的事情。"

他吩咐的事情都已经做完了,很快他们就准备停当,出发去攀登巨石。芒特拉斯发现帕洛斯居然从没去过巨石顶上,尽管他在它下面一住就是八年。经理被取笑一番后作为陪同一起前往,他走在他们身边,扛着一支锡伯纳尔火枪。

"要是你负担得起这样的武器,你的账目就不会太差啊。"芒特拉斯有些怀疑。他对下面经理的信任不比对国王的信任多。

"买枪是为了保护你的财产,克里奥,毕竟每一枚卢恩都来之不易。并不是说我的收入有多好,即便生意好的时候也一样要珍惜。"

他们顺着一条从码头通向奥索邑理玛小镇的小路走下去。雾气在这里不那么重了,围绕着中心广场的几点灯光让人略感温馨。周围人不少,日落时扬起一阵凉爽的清风让人们聚到了这里。有摊贩在兜售纪念品、糖果和香气扑鼻的烤饼,生意都很不错。帕洛斯指着一两间朝觐者寄宿的房子,说他们常常订购洛德尔雅德莱冰。他解释说,大部分游荡在附近挥霍钱财的人都是朝觐者。有些人来到这里就把他们的奴隶解放了,有人族也有法艮,因为那些人为本地的习俗所吸引,开始认为奴役一条生命是错误的行为。"幻想会让人放弃有价值的财产!"他感叹道,对周围人的愚钝感到厌恶。

奥索邑理玛巨石的底部就在广场边上——确切点说,这个镇子和广场就是紧贴着巨石建起来的。最靠近巨石的是一家名叫"被解放的奴隶"的旅店,冰船长在那里为大伙儿买了四支蜡烛。他们穿过花园一路向上攀登。一片棕榈树紧贴着巨石生长，他们不得不拨开硬邦邦的叶片一路拾级而上。夏季的闪电在他们周围时不时亮起。

有些人已经上去了，他们的说话声从上方传来。很久以前石头上就凿出了台阶，他们绕着巨石一圈圈环绕而上，一路都没有任何栏杆扶手。他们手中用来引路的烛光在眼前飘忽不定。

"我这个岁数都快爬不动山了。"芒特拉斯呼哧带喘地说着。

过程虽然缓慢，但他们终于到达了目的地，这里有一个平台，穿过一道拱门他们便进入了巨岩顶，这是在岩石顶部掏出来的一个穿顶。他们把胳膊肘支在护墙上歇着，眺望着雾霭笼罩的森林。

市镇里的声音飘了上来，塔吉萨河水流潺潺。什么地方在演奏着音乐——是一把双勾瑟琴，或者，更像是附近有人演奏贝纳杜锐琴，还有鼓声传来。整片森林中，在不住翻滚的雾气中，隐约能辨出几点昏黄的灯火。

"让人想起那句老话，"艾贝尖声说道，"'没有一亩地适于居住，也没有一亩地无人居住。'"

"真正的朝觐者会整晚待在这上面等日出。"芒特拉斯告诉比利，"在这个纬度，每一天都会有段时间能在天空中同时看到两颗太阳，跟我来的那个地方很不一样。"

"克里奥，在阿佛纳斯上，人们非常讲科学，"比利搂着艾贝说，"我们通过视频、3D触感等很多种方式来模拟现实，就像用肖像来模拟一张真实的面孔。结果就是，我们这代人对于真实产生了深深的怀疑，怀疑它是否存在。我们甚至怀疑海利科尼亚是否真实存在。我并不奢望你们能理解我所说的……"

"比利仕，我到过坎普安莱特大陆的大部分地区，现在是作为商人，以前是作为乞丐和小贩。我甚至去过最西边的地方，有个国家叫潘尼帕特，远在兰杜楠和雷戴铎的西方边界之外，那里是大陆的尽头。潘尼帕特是绝对真实的，就算奥索邑理玛没人相信它的存在，它也是真实的。"

艾贝问道:"那你的世界阿佛纳斯在哪里,比利仕?"她对男人之间的对话有些不耐烦,"是在我们头顶上的什么地方?"

"嗯……"头顶的天空清澈明朗,没有一丝云彩,"那颗亮星是艾珀克里恩,它是一颗气态巨行星。不,阿佛纳斯还没升起来。它正在我们下面的什么地方呢。"

"我们下面!"小姑娘笑得花枝乱颤,"你疯了,比利仕。你倒是自圆其说啊。下面!它是什么东西的亡魂吗?"

"那另一个世界,地球,它在哪儿?比利仕,你能看到它吗?"

"太远了,看不到。另外,地球不像恒星那样会发出光线。"

"可是阿佛纳斯会发光?"

"我们看到的阿佛纳斯是在反射巴塔利克斯和弗雷耶的光。"

芒特拉斯思索了片刻。

"那我们为什么不能凭借反射巴塔利克斯和弗雷耶的光看到地球呢?"

"喔,它太远了。这很难解释。如果海利科尼亚有个月亮的话就很容易理解了——但要那样的话,海利科尼亚的天文学就会比现在更先进了。天上的月亮比恒星更吸引地上人们的眼球。地球反射着它自己的恒星的光,那便是太阳。"

"我猜是因为那颗太阳太远了,根本看不到。我感觉我的眼睛太没用了。"

比利摇摇头,在东北方的天空中搜寻着,"它就在那个方向——太阳和地球,还有太阳系的其他星球。你们把那个凌乱细长的星座叫什么?就是那团暗星全都聚集在顶部的那个。"

芒特拉斯说:"在帝马里亚姆我们叫它夜蠖座。我的天,我都看不太清楚了。在这里,他们管它叫作乌特拉之蠖。对不对,格兰戈?"

"我对星座可是一无所知。"帕洛斯说着狡黠一笑,"不过要是给我一枚十卢恩的金币,我立马就能把它认出来。"

"太阳就是乌特拉之蠖座里那些暗星中的一颗,就在它的颚部那里。"比利以玩笑的口吻说道。被说教了那么多年之后,自己扮演起说教者的角色,这让他有些不自然。在他讲话的当口又有闪电划过,那一瞬间,照亮了他们的面孔。那个可爱的女孩嘴唇微启,茫然地盯着他指的方向。本地经理感到有些无聊,望着漆黑的夜色,拇指不耐烦地抠着火枪的枪口。身材魁梧的老冰船长抚摸着不断上移的发际线,满脸坚毅地凝视着无际的苍穹。

他们足够真实——通过与芒特拉斯和艾贝相处,比利现在已经开始习惯这种真实的现实,跟不真实的现实交织在一起,尽管"阿佛纳斯号"上的那位导师可能会对此感到厌恶。他的神经系统已经被这些全新的体验、不同的质感、古怪的恶臭、丰富的色彩、多变的声音深深地冲击。他这辈子头一次过得如此充实。

头顶上看着他的那些人会认为他身处地狱,但流转在他心中的自由感告诉他,他正身处天堂。

闪电消失了,杳无踪迹,他们瞬间陷入一片漆黑,接着那温柔的夜色才重新缓缓将他们包围。

比利思忖着,我是否能说服他们相信阿佛纳斯?相信地球?可他们从未想要说服我去信仰他们的神灵。我们生活在两种不同的思维层面——不同的客观世界。

接着,一个更为黑暗的问题浮上心头:如果地球纯粹是阿佛纳斯人的臆想之物呢?说不定就是那位缺席阿佛纳斯的神灵呢?阿克哈纳巴以及他与原罪斗争所导致的可怕后果举目皆是。那又有什么能证明地球的存在?——除了太阳在东北方那个星座里散发出的黯淡光芒,还有其他证据吗?

他把这个有些令人不快的问题咽了下去,打算以后再细细思考,回过神来听芒特拉斯的话。

"如果地球那么遥远，比利仕，那里的人又怎能观察我们？"

"那便是科学的奇迹之一——超远距离通信。"

"等到了洛德尔雅德莱之后，你能不能给我写写你们是如何做到的？"

"你是不是说那里的那些人……跟我们一样真实的人……"艾贝说道，"在观察着我们，甚至包括现在？他们看得一清二楚，而不是像我们看着那个星座一样？"

"很有可能，我亲爱的艾贝。你的脸和你的名字已经被地球上数百万人所熟悉——确切点说，应该是在一千年后的地球人所熟悉，因为信息要花那么长时间才会从阿佛纳斯传到地球。"

她对这些数字可没有什么感觉，她只会想到一件事。艾贝把手笼在口边，贴在比利耳畔问："他们不会看到我们在床上做的事情吧？"

帕洛斯一不小心听到，大笑着在她的屁股上捏了一把，"小美人儿，你不会要跟所有观看的人收费吧？"

比利对他说道："你还是去操心你那该死的生意吧。"

芒特拉斯嘴唇一努，"观看我们这些本地人的愚昧，他们能从中得到什么乐趣？"

比利又恢复了那种枯燥的说教语调，"海利科尼亚之所以与其他成千上万的星球不同，正是因为这些生命体的存在。"

就在他们领会他这番话的时候，迷雾和丛林中传来一声长长的刺耳嚎叫，虽然很遥远，却很清晰。

"那是什么野兽？"姑娘问道。

"我觉得那是法艮吹响的长角号。"芒特拉斯说，"通常代表着有危险。格兰戈，这一带有很多自由的法艮吗？"

"很有可能。被解放的法艮奴隶学会了人族的生活方式，并且在丛林聚居点里活得自由自在。我听别人这么说的。"帕洛斯说道，"他们的脑子从来都不怎么正常，尽管……冰可以在他们那儿卖个大价钱。"

"他们从你这里买冰?法艮?"艾贝惊讶地问道,"我以为只有国王詹道昂格诺尔的法艮卫队才能享受冰块的待遇!"

"没错,他们拿着一些东西到奥索邑理玛来做买卖——葡榴石做的项链、兽皮,诸如此类,换了钱他们就到我那里买冰。他们就站在我的店铺里径直把冰块放进嘴里大口大口地嚼。真够恶心的!就跟人族喝酒一样。"

一阵沉默。他们静静地站在那里,在这无尽的星空穿窿下眺望着夜色。以他们的想象力来说,那片荒野几乎是无限的,里面不时发出一阵声音——偶尔也有一声惨叫,似乎即便享受着自由,也会遭受痛楚。点点繁星发出时断时续的光芒,巨石下方是黑沉沉的一片。

"好了,别担心法艮了。"芒特拉斯敷衍地说道,打断了众人的思绪,"比利仕,顺着你那个太阳所在的方向,一直往前有个地方叫作东域,就是人们称之为恩克特莱赫克高地的地方,很少有人去过。那里几乎是人无法企及的,只有法艮在那里生活,传说是那样。当你乘着你们的阿佛纳斯时,可曾见到过恩克特莱赫克高地?"

"见过,克里奥,经常见到,而且我们的休闲中心有它的模拟数据。恩克特莱赫克的高峰常年被云雾笼罩,我们要通过红外线才能进行观察。它最高的高地——就像屋顶一样覆盖着那片区域——海拔超过九英里,直插平流层。那景象真是壮观——说真的,令人敬畏。在最高处的崇山峻岭上没有人居住,甚至连法艮都没有。我希望我能带一张照片给你们看看,但这类事情是不提倡的。"

"能不能解释一下怎么制作……造片?"

"是照片。我会试试的,等我们到达洛德尔雅德莱之后。"

"太好了。咱们下去吧。不用再等阿克哈纳巴显灵了。咱们去吃点东西睡一觉,我们要在早晨准时出发,赶在中午之前。"

"阿佛纳斯一小时后就会升起,会在大约二十分钟内穿过整个天空。"

"比利仕,你生过病。你必须在一小时内上床,吃东西,然后睡觉……一个人睡。我是你在地球上的父亲——我是说在海利科尼亚上。那样的话,你的父母看到我们会安心的。"

"我们不是真的有父母,只有宗族。"在他们走过拱门准备下山的时候,比利解释说,"我们都是在子宫外生育的。"

冰船长说:"我倒很想请你画一下你们是如何做到那一点的。"

他们顺着螺旋状的阶梯回到了地面,比利一直握着艾贝的手。

河流下游的景色不太一样,先是一侧的河岸上出现了大片大片的田地,然后另一侧河岸也变成了一望无际的田野。丛林被永远地甩在了身后。他们进入了黄土地带。"洛德尔雅德莱女士号"不等乘客们发觉便已抵达了奥塔索尔,这座隐藏于地下的城市让大家都颇不习惯。

迪福监督着船员把货物卸下码头,冰船长芒特拉斯把比利带到甲板下空出来的船舱里。

"你感觉好些了吗?"

"非常好。不过好不了多久。艾贝呢?"

"听我说,比利仕,你安安静静地待在这里,我要去奥塔索尔处理一些生意,要见一两位老朋友。我还有一封重要的信件要转送。这里可不只有乡巴佬,精明的家伙多了去了。我不希望有任何人知道你的存在,懂吗?"

"为什么要这样?"

芒特拉斯注视着他的眼睛,"因为我自己就是个上了岁数的乡巴佬,而且我相信你的故事。"

比利开心地笑了,"谢谢。你比萨托里瓦什以及那个国王更有理智。"

他们握了握手。

冰船长高大的身躯几乎塞满了那间小舱室。他身子往前一倾,小心翼翼地说:"记住那两个人是如何对待你的,要按我说的做。你就待在这间船舱里,绝不能让人知道你的存在。"

"与此同时,你却在岸上花天酒地。艾贝在哪儿?"

一只大手以告诫的姿态伸了过来,"我老了,我可不想生出什么事端。我不是去找乐子的。我会尽快回来。我想让你安全抵达洛德尔雅德莱,你在那里会得到很好的照料,你,还有你那个魔法计时器。等到了那里,你可以继续跟我讲你们的那艘飞船有多么神奇,还有其他发明。但是首先我有些生意要处理,还要送一封信。"

比利焦躁起来,"克里奥,艾贝去哪儿了?"

"别再把自己搞病了。艾贝已经走了。你知道的,她就到奥塔索尔。"

"她连声再见都没说就走了?连个吻别都没有?"

"迪福很妒忌,所以我把她撵走了。我很抱歉。她已经向你奉献了身体。可她也要谋生活,就像其他人一样。"

"谋生活……"这番话让他无言以对。

芒特拉斯抓住机会钻出船舱,从外面锁上了舱门。他揣好钥匙,脸上泛起跟往常一样的笑容。

比利开始捶打门板,他赶紧又发誓说:"我很快就会回来。"然后他爬上楼梯,穿过甲板,迈步走下跳板。他穿过码头走进了一条通往黄土之下的隧道,上边写着:洛德尔雅德莱冰贸易公司专用货物通道。

这是一个不起眼的码头。洛德尔雅德莱的主码头在下游半里的地方,那里停泊着海船,那儿才是招摇过市的地方。但这里没有外人能看到,而且安全措施做得很好。芒特拉斯走进隧道,进了一间检验办公室。

两个办事员看到老板来了,慌忙站起身来,把正在玩的纸牌藏到了账本下面。办公室里还有两人,是迪福和艾贝。

"迪福,麻烦你把这些办事员带出去,让我跟艾贝单独聊聊。"

迪福一脸不高兴，但还是依言而行。等那三位出去把门关上之后，芒特拉斯锁好门转向那个丫头。

"坐下，我亲爱的，如果你乐意的话。"

"你想要什么？旅行结束了……总算是结束了……我应该上路了。"她看上去一脸火气，同时又很焦虑。锁上的房门让她有些不安。芒特拉斯从她那因为不高兴而垂下的嘴角中依稀看到了几分她母亲的神采。

"别不懂事，年轻的女士。到目前为止你的表现都很不错，我很满意。有件事你没搞明白，冰船长克里奥·芒特拉斯对你这样的小丫头来说可是一个有价值的盟友，尽管我已经老了。我对你很满意，鉴于你对我和比利仕这么好，我打算给你些奖励。"

她稍稍放松了下来。

"我很抱歉。只是你刚刚……有点神秘兮兮的。我是说，我很想跟比利仕道别。但是，他的脑子到底出了什么问题？"

在她说话的时候，他从腰包里取出一些银币，笑眯眯地递给她。艾贝走上前去，就在她伸手去拿的时候，他的另一只手一把攥住了她的手腕。她痛得叫出了声。

"现在，姑娘，你可以得到这些钱，不过我得先让你保密。你知不知道奥塔索尔是个大港口？"

他用力一捏她的手腕，直到她咬着牙咝咝地说，"知道。"

"你知不知道这个大港口因此有很多外国人呢？"

一捏。咝的一声。

"你知不知道在那些外国人中间有人是从其他大陆来的？"

又一捏。又咝的一声。

"比如赫斯帕戈尔特？"

一捏。一声咝。

"甚至还有遥远的锡伯纳尔？"

一捏。一声哎。

"包括乌斯库托什?"

一捏,一愣,一声哎。

尽管从芒特拉斯那紧皱的眉头上看,这番盘问并没结束,他却放开了她那只已经被捏得发红的手腕。艾贝一把抓过银币,塞进了随身行李的一个背包里,她什么话都没说,只是摆出一张臭脸。

"真是明事理的姑娘。抓住一切你能抓住的东西。我的想法没错,你在梅特拉赛尔跟某个乌斯库托什族人有些生意来往,正常的买卖。是这样吗?"

她看上去又是一副挑衅的样子,警惕地站在那里,又似乎打算要攻击他。

"正常的买卖是指什么?"

"就是你和你母亲那行,我亲爱的——金钱和私处的买卖。你看,那对我不是什么秘密,因为我从你母亲那儿听说过,并且始终守口如瓶。可时间过去太久了,我需要你帮我回忆一下那位跟你做那种买卖的乌斯库托什人的名字。"

艾贝摇了摇头,眼里闪着泪光,"其实,我曾经把你当朋友了,忘了这事儿吧!不管怎么说那家伙已经离开梅特拉赛尔,回他自己国家去了……如果你想知道,这就是我想来南方的原因。我母亲真应该管好她那条烂舌头。"

"我明白。你的钱袋子空了……或者说跑了……现在,我只想听你说出这个人的名字,然后你就自由了。"

她捂住脸念叨着:"艾奥·帕沙迪德。"

一阵沉默。

"你真是帮大忙了,我的小家伙。我几乎无法相信。锡伯纳尔的大使,没错!而且不只是私处,还涉及了枪支。他妻子知道吗?"

她轻蔑地道:"你说呢?"这一刻连她母亲都相形见绌。

他变得轻松起来,"非常好。谢谢你,艾贝。现在你很清楚,我有你的把柄,你也有我的把柄。你知道有比利仕这个人,绝不能再有其他人知道比利仕的存在。你必须保持沉默,永远不能提起他的名字,就算是做梦的时候都不行。他只不过是一位客户。现在他已经走了,而你得到了报酬。

"如果你向任何人提起比利仕,我只要给此地的锡伯纳尔代表递一张纸条,你就有麻烦了。在这片信仰宗教的土地上,博里恩女人跟外国大使交媾是绝对非法的。要是有人知道了,敲诈还是小事,你的命都可能保不住。如果关于你和帕沙迪德的事情传出去,你会永远从人前消失。你明白了吗?"

"哦,是的,你这混蛋!明白了。"

"好的。真懂事。我给你的忠告是,把嘴巴和大腿都看紧点儿。我打算带你去见一位我必须要见的朋友。他是个学者,而他需要个女佣。他会定期给你支付报酬,很丰厚。我不是天生的恶霸,艾贝,尽管我不喜欢别人妨碍我做事。所以我是在帮你的忙——看在跟你和你母亲的交情上。你孤身一人在奥塔索尔很快就会出事的。"

他顿了顿,看她有什么要说的,但她只是用不信任的眼神看着他。

"跟着我那位有学识的朋友,在他那个舒适的家里干活,你也就不需要当回妓女了。你自然能找个好丈夫——你很漂亮,而且也不笨。这可是很中肯的建议。"

"而你那位朋友会盯着我,我猜得没错吧?"

他看着她,咂巴着嘴唇,"他最近结婚了,不会骚扰你的。来吧。我们这就去见他。擦擦你的鼻涕。"

冰船长芒特拉斯叫来一辆独轮车,他和艾贝朵儿爬了进去。独轮车由两个参加过西部战争的老兵拉着,两人加一起一共有两条半胳膊、三条腿,眼睛也是三只。

他们就这样咯咯吱吱穿行在奥塔索尔的地下巷道里,最终到了病房庭院,白昼的天光从头顶那块方形天空中投下明亮的光线。在一截楼梯的底部有一扇坚固的大门,上面挂着名片。他们从拥挤的独轮车里爬出来,老兵们收下一枚硬币,芒特拉斯摁响了门铃。

巴尔铎·卡拉班赛蒂不是那种有人拜访会吃惊的人,但他跟老相识握手的时候,面前的那个姑娘不禁让他的一条眉毛向上一挑。

饮着他的爱妻端上的美酒,卡拉班赛蒂说自己很高兴能把艾贝朵儿安置在自己家里。

"我可不指望你会喜欢拖着骅骊的尸体走来走去,不过也不全是那么吓人的事情。很好。欢迎。"

他的妻子明显不喜欢这番安排,不过她什么都没说。

"那么先生,我该走了,对您夫妇二人我感激不尽。"说着,芒特拉斯从椅子上站起身来。

卡拉班赛蒂也连忙起身,这一次他显然又吃了一惊。近些年来,冰船长拜访他从不会如此匆忙。在给卡拉班赛蒂运送新鲜冰块时——他的家和保存那些解剖用的尸体都要耗费不少——这位商人通常都会留下来畅谈一番。卡拉班赛蒂心中暗想,这么匆忙肯定是有什么隐情。

"为了感谢你把这位年轻的女士介绍给我,我至少要亲自送你回船上去。"他说道,"不,别推辞,我一定要送你。"

他确实那么做了,结果就是芒特拉斯跟这位观星者挤进狭小的独轮车里,膝盖抵着膝盖,鼻尖对着鼻尖,瞳孔映着瞳孔,一路颠簸,顺着货物专用通道往货栈走去。

冰船长开口道:"你那位朋友萨托里瓦什——"

"哦,有我的口信?"

"不。国王把他革职了,然后他就失踪了。"

"萨托里失踪了！去哪儿了？"

"要是有人知道就不叫失踪了。"芒特拉斯打趣地说，趁机抻了抻膝盖。

"出什么事了？原初注视者保佑！"

"你肯定已经听说王后中的天后出事了。"

"她去格莱瓦贝伽雷尼恩的路上从这里经过。据说当时有五千人戴错了帽子，都是在她抵达码头的时候激动地扔上了天。"

"由于梅尔道拉特大屠杀事件，詹道昂格诺尔跟你那位朋友闹翻了。"

"然后他就失踪了？"

芒特拉斯点点头，两人的鼻子差点碰到一起。

"进了王宫的地牢吧？想想其他人的下场好了。"

"有可能。或者他足够精明，已经逃出了那座城。"

"我必须得搞清楚他那些手稿怎么样了。"

两人一阵沉默。

他们抵达货栈的时候，芒特拉斯拽着对方的袖子说："你真是太周到了，不过你用不着下来。"

卡拉班赛蒂仍然一头雾水，可他坚持爬出了独轮车，"别这样，我知道你打什么算盘。是个好主意。我老婆会跟你那位可爱的艾贝朵儿好好聊聊，而我跟你趁此机会到船上好好喝两杯，道个别，嗯？别以为我看不透你的心思。"

"不，不过……"芒特拉斯匆匆忙忙给车夫付钱的时候，观星者已经径直迈着分量十足的步子朝着"洛德尔雅德莱女士号"停泊的码头走了下去。

"你船上备了忘忧酒吧？"芒特拉斯追上来的时候，卡拉班赛蒂开心地问着，"你是怎么搞到那个小丫头的？而且这么大方就放到我了那儿？"

"她是一位老朋友的朋友。对于艾贝这样天真无知的少女来说，奥塔索尔可是个危险的地方。"

"洛德尔雅德莱女士号"就停靠在那里，两个法艮佩戴着标有公司名称的臂章守卫在旁边。

"很抱歉，我的朋友，但我不能让你到船上去。"芒特拉斯说着，抢步挡在了卡拉班赛蒂的前头，他们的眼睛又几乎贴在了一起。

"为什么？怎么了？我记得，这可是你最后一次出航啊？"

"哦，我会回来的……我就生活在大海对面的……"

"可你一直都害怕海盗。"

芒特拉斯深吸了口气，"告诉你真相吧，不过你要守口如瓶。我船上有疫病。我应该向港口管理部门汇报这事儿的，但是我没有，因为急着回家。我不能让你上船。这是千真万确的。那会威胁到你的生命。"

"嗯。"卡拉班赛蒂蜷着肥大的手指在下巴上揉了揉，眼睛从眉毛下打量着芒特拉斯，"我们这一行，跟各种病患可是亲如一家啊，没准儿我对它免疫呢。为了伟大的忘忧酒，我情愿冒这个险。"

"不，抱歉。你是一位不能失去的好朋友。等到事情不那么急的时候，我会很快跟你再见面的，到时候我们得酩酊大醉一场……"说着，他心不在焉地握了握卡拉班赛蒂的手，几乎是一路小跑地走掉了。跳板被他踩得咚咚作响，他呼喊着儿子和那些早已准备好随时起航的人开船。

卡拉班赛蒂站在驳岸上一直呆呆地看着，直到冰船长消失在甲板下，他才缓缓转身离开。

就在要进入巷道的时候，他稍一停步，咔吧咔吧地捏着自己的手指节，突然放声大笑起来。他想他已经解开了一些谜团。为了庆祝这点成功，他一转身去了邻近的地坑院，走进一家没人认识他的小酒馆。

他叫道:"来一小瓶忘忧酒!"这是对自己的犒劳,一点奖励。人们总是在言谈举止中泄露秘密而不自知,因为他们不想有罪恶感,却也因此出卖了自己。顺着这个思路,他回想着芒特拉斯的话。

"进了王宫的地牢……""有可能。""有可能"意味着有可能是也有可能不是。肯定是这么回事。冰船长从国王手里救下了萨托里瓦什,并且正偷偷把他安全送往帝马里亚姆去。对于芒特拉斯来说这事儿太危险了,甚至都不能告诉萨托里瓦什在奥塔索尔的这位好朋友……

品咂着浓烈的酒香,他让思绪盘桓在这个秘密上,想多咂些滋味出来。

在他漫长而丰富多彩的职业生涯中,冰船长芒特拉斯曾经不得不对朋友和对手施展过一些小伎俩。很多人因此不信任他,然而他对比利却产生了强烈的父爱,也许是因为他跟亲生儿子——那个意志糜弱的迪福——的艰难相处让这种感觉愈发强烈。芒特拉斯喜欢比利的那种无助感,而且看到了他身上那些令人惊叹的知识的价值,那些东西看起来就是比利的一部分。比利确实是来自另一个世界的使者,芒特拉斯对此毫不怀疑,而他注定要保护这个陌生的生命,远离其他所有外人。

但是,在他扬帆启程返回家乡帝马里亚姆之前,他还有一件小事要处理。从塔吉萨河顺流而下的那段休闲之旅并没有让芒特拉斯忘记对王后的承诺。在奥塔索尔的码头,他叫一名手下的船长来到他的办公室,此人掌管着那艘沿海商船"洛德尔雅德莱硬汉号"。芒特拉斯把梅尔黛伽拉的信放在了这位船长面前。

"你这就要去兰杜楠了,是吧?"

"最远到奥黛雷。"

"你把这份文件转交给博里恩的一位将军,汗拉·托科奈特,第二军团的。你要确保亲自把它交到将军手中。明白吗?"

在码头上，冰船长把比利转移到一艘优良的远洋海船上，那是"洛德尔雅德莱女王号"，他船队的骄傲。这艘船能运送两百吨上好的冰块。现在，在它返航之际，它满载着原木和粮食，还有兴奋激动的比利和郁郁寡欢的迪福。

一阵清爽的风鼓起了风帆，让绳索绷得吱吱作响。船首像磁针一般往南一摆，指向了遥远的赫斯帕戈尔特。

地球观测站上的每一个人都对赫斯帕戈尔特海岸以及栖息于此的那些动物了如指掌。当那艘脆弱的木船载着比利·肖·品接近那里的时候，那里的一切都被赋予了格外的关注。

"阿佛纳斯号"上的生活不追求戏剧化，反而要避免戏剧化。正如《论一个超过人类寿命的海利科尼亚季节的延长部分》所说，"情感：多余之物"。然而戏剧化的紧张感却无处不在，特别是在六大家族的年轻人中间。每个人都被迫选择了自己的立场，认同或是不认同比利的行为。

很多人认为比利目前毫无成就，而普遍忽略了他为适应环境而表现出的勇气与能力。但激烈的争论之下也饱含着深切的希望，大家希望比利能够在一定程度上说服海利科尼亚上的人，让海利科尼亚人相信，他们，阿佛纳斯人，是存在的。

确实，看起来比利已经把芒特拉斯说服了。但芒特拉斯并不是公认的重要人物。有迹象表明，说服芒特拉斯已经让比利感到心满意足，他并不打算更上一层楼；而且出于自私的心理，他只想好好享受被海利科病毒攻击之前所剩下的有限的日子。

最大的失望在于，比利没能在詹道昂格诺尔和萨托里瓦什那里取得进展。不过也必须承认，他们俩面临着更为紧迫的燃眉之急。

然而有一个问题在阿佛纳斯几乎无人提及：究竟是什么让国王和他的大臣在理解比利这件事上困难重重，能让他们无比坚定地拒绝相信"另一个世界"的存在？因为这个问题会反映出另一个深层问题——阿佛纳斯对于海利科尼亚的重要性，并不比海利科尼亚对于阿佛纳斯的重要性强多少。

人们拿比利的成功与失败同之前那些海利科尼亚假日大奖的赢家进行比较。实事求是地说，没有几个中奖的赢家比他做得更好了。有些人一到那颗星球就被杀死了。女人比男人更惨：阿佛纳斯上这种缺乏竞争的环境对于性别是一视同仁的；而在下面则截然不同，大部分女性赢家都是在被奴役中结束了生命。有那么一两个人让别人相信了自己的故事，还有一次，甚至有人聚集在这个来自天庭的救世主（这是他的称号之一）身边，形成了一个"邪教"，直到"收取者"的军队把这些信徒生活的村镇连根铲除。那些最顽强的赢家则完全隐匿了自己的来历，并依靠聪明才智活了下来。

所有人都有一个共同点，尽管这一点经常受到他们导师的严厉批评，那就是他们所有人都十分享受和海利科尼亚人进行交媾，或者至少都会去尝试，就像飞蛾扑火。

比利享受到的待遇让各个家族对海利科尼亚宗教的普遍反感愈加强烈。较为一致的看法是，大家认为那些宗教妨碍了理性的生活。那些民众——不管是信徒还是非信徒——都生活在谎言编织的罗网中。没有人能以平静和欣赏的眼光去看待下面那些人的生活。

在遥远的地球，却有着迥异的结论。在这漫长的历史大戏中，凡是涉及詹道昂格诺尔、萨托里瓦什和比利·肖品的片段，人们都带着一种悲悯之情在观看，在那种悲悯之中，超然的态度和共情心理完美地得到了平衡。大多数地球人都已经超越某种特定的阶段，即宗教信仰被压制，或者被意识形态取而代之，或者被转化为时尚流行文化，或者衰退为艺术和文学的阶段。地球人能够理解宗教是如何让劳累的农民略窥永恒的妙境。他们也能够理解，最弱势的人群往往对神灵有着最强烈的需要。他们很清楚，甚至阿克哈纳巴也在带领人们通往一种不需要神灵的宗教生活。

但他们理解得最为透彻的是，为何剑族丝毫不会受到宗教的困扰，那是因为他们的原圣语思维方式不会产生类似的焦虑。法艮从不会为了追求某种道德高度而让自己在虚假的神灵面前卑躬屈膝。

而远在一千光年之外"阿佛纳斯号"上的唯物论者们则不这么想，他们羡慕法艮。他们看到比利在梅特拉赛尔宫殿之外得到了更好的理解。甚至有人响亮地发问：下一个海利科尼亚假日的赢家会不会带着自己的聪明才智加入剑族，并带领他们推翻人类崇拜的偶像？

经过漫长而有序的争论之后，他们终于得出了一个结论。结论背后却是一种嫉妒，嫉妒海利科尼亚人所拥有的自由，哪怕在一个堕落的世界里——而这种嫉妒的毁灭性太强大了，在地球观测站这局促的空间里简直无法令人面对。

XIII

如何造出更好的武器

尽管季节的变化在弗雷耶夏季的滚滚热浪之下几乎被抹去，小周期年还是一如既往地一天天过去。教会庆祝着每一个特定的节日。火山在喷发。两个太阳起起落落，暴晒着农民躬耕的脊梁。

在等待离婚契约的日子里，国王詹道昂格诺尔日渐消瘦。他计划着另一次克斯加特战役，决意打败达夫利什，修复自己的威望。他用各种神经质的行为来掩饰内心的愤怒。不管他去哪里，那个法艮宠物玉理都紧随其后——还有一些身影也紧随其后，只是每当雄鹰的目光转向他们的时候，那些身影便会消失不见。

詹道昂格诺尔做完祈祷，受过主教亲手所施的鞭笞，沐浴更衣，走到了宫廷里饲养骅骝的场苑里。他穿着一件绣有各种动物花纹的积德览特袍，下穿丝绸裤，脚蹬高筒皮靴。积德览特袍上罩着一件缀有银色饰件的皮铠。

他最喜爱的坐骑田凫已经备好了鞍辔。他飞身上了坐骑。玉理跑上前来，欢叫着，唤他作父亲。詹道昂格诺尔把这小家伙拉上来放在了身后。他们一路小跑来到王宫后面丘陵起伏的场苑。第一法艮卫队的一支小队跟在国王身后，拉开了些距离以示尊重——在这段危险的时期里，詹道昂格诺尔对这些卫士给予了比以往更多的信任。

暖暖的风吹在脸上，他深深呼吸了几口。周围的一切都被那座遥远的鲁丝泰乔尼可火山蒙上了一层灰。

"今天要瑟低！"玉理叫喊着。

"不错，要射击。"

在一片长有树林的小谷地中，卜拉希米蒲树伸展着皮革质感的枝叶，那里已经设置好了靶子。几个穿着深色衣服的男人正忙碌着。国王到来时，他们立刻站立不动，似乎他的威仪有着让人血液凝固的力量。法艮卫士也安静地来了，排成一排封住了山谷口。

玉理跃下田凫，蹦蹦跳跳地四处溜达，丝毫不顾当下严肃的场合。

国王坐在鞍头，双眉紧锁，仿佛他的威仪也把自己凝固住了。

一条僵直的身影走上前来向国王施礼。他是个瘦小的男人，相貌奇特，穿着他这个行业麻袋一般的服装，十分扎眼。

他名叫斯兰基瓦尔。土语中，斯兰基是蠢货的意思，这让他的名字显得既无礼又可笑。也许是生活的不顺让斯兰基瓦尔刚到中年便在两颊留起了浓密的姜黄色须髯，嘴唇上那两撇如同法艮耳朵一样的髭须更是让这张面孔显得尤为夸张，给他原本还算温和的相貌之中平添了几分凶恶，好端端一张长脸被拉成了螃蟹一般。

在君主那老鹰般的目光注视之下，他不由紧张地舔了舔嘴唇。这倒不是因为他的名字有冒犯之意，而是因为他是王室军械师，同时还是铁匠团的首席制铁大师。更不用说在他的指导之下，仿造锡伯纳尔火器的六支火枪马上就要进行测试了。

这是他第二次测试。早些时候，在半什旬之前，六支试验品的测试全都失败了。因此，这一刻他才会紧张地舔嘴唇，膝盖也不由自主跪了下去。

国王依然笔直地坐在鞍桥上。他抬起一只手示意大家继续。那些凝固的身影随即又重新动了起来。

六名法艮军士被派来一个接一个地试枪。他们抬步向前，牛脸上毫无表情，粗壮的肩膀低垂着，毛发粗浓杂乱的魁伟身躯和军械师们干瘦的躯体形成了鲜明对比。

新制成的武器看起来跟原型大同小异。四英尺长的金属枪筒固定在木制枪托上，枪托向下弯出一个弧形，伸出两英尺长。枪筒用铜箍箍在枪托上，击发装置是用铁匠团所能制造的品质最好的铸铁件做成的。枪托上特意制作了掐丝银线的宗教符号花纹。跟原型一样，这件武器也是从枪口用通条装填弹药的。

第一名法艮军士拿着第一支枪走上前去，军械师进行装填的时候，他稳固着枪身。然后这名军士单膝跪下，小腿一弯向前伸出，不是像人类那样小腿往后蹬，这种姿势是人类绝对做不到的。枪口另一端有一个三角支架分担了部分重量。军士开始瞄准。

"准备好了，陛下。"斯兰基瓦尔紧张地看了看枪，又看了看国王。国王不动声色地点了点头。

撞针击发了，火药嗞嗞作响。随着轰然一声巨响，这支枪被炸得四分五裂。

那名军士仰天摔倒，发出嘶哑的吼叫声。玉理尖叫着跑进了灌木丛。田凫吓得连连后退。鸟惊四起。

詹道昂格诺尔稳住他的坐骑。

"试第二把。"

那名军士被抬了下去，脸上和胸口汩汩地淌着体液，不住发出细若游丝的呻吟声。第二名军士替下了他。

第二支枪炸得更厉害，木头碎片都迸到了国王的胸铠上。那名军士的下巴给炸没了。

第三支火枪哑了火。又试了一次之后，弹丸径直从枪口滚落到了地上。王室军械师紧张地大笑起来，面如死灰。"下一支肯定能行。"他说。

第四支枪运气不错。它如愿地响了，弹丸射到了靶子边缘。那是个挺大的靶子，而且就立在二十几步之外，不过这次射击算是成功了。

第五支枪顺着枪筒闷声裂开。第六支倒是射出了枪弹，不过没打中靶子。

众位军械师聚在一起站得笔直，只敢低头盯着自己的脚面。

斯兰基瓦尔走到了国王面前。他再次躬身施礼，他的胡须不住抖动。

"我们取得了一些进展，陛下。可能是火药太猛了，陛下。"

"其实不然，是你的金属太差了。一星期之后交出六把完美无缺的武器再来这里，否则我就扒了你们每个工匠的皮，从你开始，然后再把你们这些没了皮的东西赶到克斯加特去。"

他拿过一把坏了的枪,呼哨一声叫来玉理,越过扑满了尘土的草地,一路疾驰回宫殿去了。

在那堡垒般的宫殿最深处——如果宫殿也有心脏的话,那就是在它的心脏处——此时此刻闷热无比。头顶的天空乌沉沉的,而地面就仿佛是它的倒影,每一个角落,每一条崖壁,每一道飞檐,每一处纹饰,乃至于每一个凹坑和裂纹,都因那遥远的鲁丝泰乔尼可火山的喷发被抹上了顽固的印迹。国王只有穿过一道又一道厚实的木门后,才算脱离了尘埃的烦扰。

顺着阶梯盘旋而下,当他走进大厅下面那间专为王室贵客预备的地下室时,黑暗与寒冷就像是浸了水的毯子一样裹住了他。

詹道昂格诺尔迈步穿过三重彼此相连的房间。第一间最是吓人,这里曾经被当作守卫室、厨房、停尸房以及行刑室,仍然保留着早些年间的那些器具。第二间是卧室,只有一张床铺,它也曾经被用作停尸房,而且看上去也更适合做停尸房。尽头的房间里坐着瓦尔培昂格诺尔。

老国王裹着一条毯子待在那里,脚旁抵着一个火炉,里面闷烧着一块木头。他身后的墙上高高地嵌着一扇铁格栅,透进一丝光线,就像一盏昏黄的灯朦朦胧胧地悬在一具骷髅的头顶。

这画面詹道昂格诺尔已经见过很多次了。这具躯体,这条毯子,这把椅子,这格栅,这地面,甚至那块在这闷湿的环境里从来都不曾真正烧起来的木头——所有这一切在这么多年里一直都没有变化。在他的整个王国之中,似乎只有在这里,他才能看到长久存在的事物。

老国王发出了点响动,像是要清清喉咙,他在椅子上半转过身来。他的神情半是茫然,半是疯癫。

"是我……詹。"

"我以为又是同样的地方……就是鱼跳起来的那个地方……你……"他努力从自己的思绪中挣脱出来,"是你呀,詹?怎么不叫父亲?什么时间了?"

"差不多十四点,你对时间还感兴趣?"

"时间总是让人感兴趣。"瓦尔培昂格诺尔如鬼魅般嗤嗤笑着,"还不到博里恩撞上弗雷耶的时间吗?"

"那是老娘儿们的谣言。我有东西要给你看看。"

"什么老娘儿们?你母亲已经死了,小子。我再没见过她,自从……难道她就在这里?我记不得了。要真那样会让这宫殿暖和点儿……我想我闻到了烧东西的味道。"

"是火山。"

"我明白了。火山。我以为是弗雷耶。有时候我的思绪徘徊……臭小子,你要坐下吗?"他挣扎着要站起来,詹道昂格诺尔把他按回到椅子上。

"你找到罗彼了吗?他现在已经出生了,对吧?"

"我不知道他在哪儿……他肯定已经失去理智了。"

老国王呵呵笑了起来,"真机灵。理智会让你疯狂,你知道……你记得鱼当初是怎么跳进池塘的吗?好吧,罗彼身上总是有些疯疯癫癫的东西。我猜他现在差不多都是个大人了。如果他不在这里,他就没法把你关起来,对吗?你也没法给他安排婚事。她叫什么来着?康妮。她也不在了。"

"她在格莱瓦贝伽雷尼恩。"

"好的。我希望罗彼没杀了她。她的母亲是个好女人。我的老朋友瓦什怎么样?瓦什死了吗?我不知道你有一半的时间都在上面干什么,如果你能把时间劈成两半的话。"

"瓦什走了。我跟你说过。我的探子汇报说他逃到锡伯纳尔去了,那样对他很好。"

一时间两人都没了话。詹道昂格诺尔手持火枪站在那里，不太想打断父亲漫无边际的思绪。他的状况比以往更糟。

"也许他将会看到喀尔纳巴尔的巨轮。那是他们的圣物，你知道的。"他奋力一挣，却只是让毯子滑落了，他扭转着僵硬老迈的脖颈回头盯着儿子，"我说，那是他们的圣物。"

"我知道那东西。"

"那你就要在我跟你说话的时候回应我……另一个家伙怎么样？那个乌斯库托什人，没错，叫帕沙迪德吧？他们抓住他了吗？"

"没有。他妻子也跑了，就在一个什旬之前。"

老人又靠回椅子上，叹了口气。他的双手神经质地在毯子上扭动着，"听起来好像梅特拉赛尔已经空无一人了。"

詹道昂格诺尔把脸转开，望着那一方灰蒙蒙的亮光，"就剩下我和法艮了。"

"詹，我有没有跟你说过艾奥·帕沙迪德都干过些什么？就在他被允许来看我的时候。对于一个来自北方大陆的人，他做的那些事可真是难以理解。按说他们自制力都很强——不像博里恩人这么热情似火。"

"你是不是跟他商量要推翻我？"

"我只是坐在这里，而他把一张桌子从这头拉到那头，一张挺沉的桌子。当时他就把桌子放在小窗户下面。你听说过这事儿吗？"

詹道昂格诺尔开始在这个单间里踱起步来，目光在各个角落游移，仿佛在寻找能逃出去的秘道。

"他想要赞美你那所华宅的美景。"

椅子里的身影发出有气无力的笑声，"这词儿相当准确。赞美那美景。恰如其分。一个好词儿。而且那番美景属于那种……喔，如果你自己弄一张桌子，小子，你就看得到了。你会看到梅尔黛伽拉居所的窗户，还有她的游廊……"他停住话头干咳起来，喉咙里咕噜咕噜响个不停。国王的步子更急了。"你会看到康妮跟她的侍女曾经赤身裸体戏水的池子。当然,在你打发她走之前这是……"

"发生什么了?父亲?"

"好吧,事情是这样的。我跟你说过,但是你没听。那位大使曾经爬到桌上看着你的王后一丝不挂,只披着一条细纹布。对于锡伯纳尔人,对于一个乌斯库托什人,那可是……非常……非常伤风败俗的行为。或者对于任何人都算是吧。"

"你为什么之前不跟我说?"他面对着父亲老迈的身躯站下。

"嘿,你会杀了他的。"

"我就该杀了他。没错。没有人会责怪我。"

"锡伯纳尔人会责怪你,博里恩的处境会雪上加霜。你就是搞不懂外交手段。正因如此我没告诉你。"

詹道昂格诺尔又开始踱步,"你这个阴险狡诈、诡计多端的老白痴!你肯定痛恨帕沙迪德所干的事情吧?"

"不……女人算什么?我不反对仇恨。仇恨能让你活着,让你在夜里感到温暖。是仇恨把你带到这下面来的。你之前下来过一次,来谈论爱,我忘了是哪年,我只知道……"

"够了!"詹道昂格诺尔大喊起来,用力跺着地面,"我永远不会再谈论爱,不管是跟你还是跟任何人。你为什么从来都不帮我?你为什么不告诉我帕沙迪德要干什么?他跟康妮秘密约会过吗?"

"你怎么就长不大呢?"他的声音里带着恶毒,"我巴不得他每天晚上都爬进她的温柔乡……"

他缩成了一团,等着儿子那抬起的手打下来。但是,詹道昂格诺尔却在椅子旁边蹲下了。

"我想让你看个东西。告诉我,要是你会怎么做。"

他抓起自家制造的那支顺着枪筒炸裂的火枪放在了父亲的膝盖上。

"挺沉的。我不想要。她的花园现在完全荒废了……"前任国王把它一推,枪掉在了地上。詹道昂格诺尔眼睁睁看着。

"这支枪是斯兰基瓦尔的团队造的。开火时枪筒炸了。我让他造了六支,只有一支能用。之前的那批没有一个好用的。什么地方不对劲呢?我们的武器匠人怎么就造不出一支好枪来?他们一直号称自己的历史能追溯到许多个世纪之前呢。"

椅子上的那堆老骨头沉默了好一阵,徒劳地拉了拉毯子,然后开口道:

"年头越久不见得就越好。看看我,看看你身后的这把老骨头……可能是太多的人和事都太老了……我要说什么来着?瓦什跟我说过,很多匠人组织都在大周期年冬季存活下来了,将他们的知识秘密地一代代薪火相传,好让他们的技艺在黑暗年代里能够存留到春季。"

"我听他说过那些……接下来呢?"

瓦尔培昂格诺尔气喘吁吁,而且越喘越厉害。"接下来?春天接下来就是夏天。季节流转,匠人本身也世代存活,知识传给下一代时可能会丢失一点点,却没有新的知识补充进来。他们越来越墨守成规……试想那个黑暗的冰冻年代像是什么样吧……就像是永远被困在这个洞里。树木死掉。没有木头。没有木炭。没有火能进行熔炼……从枪筒的样子来看,也许那就是熔炼出的差错。熔炉……可能需要更新。要有更好的方法,就像锡伯纳尔人做的那样……"

"他们那么懒散,看来我要让他们全都尝尝鞭刑,才有可能会看到些结果。"

"不是懒散,是传统。试试削掉斯兰基的脑袋,然后再承诺他们奖赏,那样才会激发出一些创新的点子。"

"没错,没错,有可能。"他捡起枪朝着门口走去。

老人有气无力地喊道:"你要枪干什么?"

"克斯加特，西部战争。还能干什么？"

"还是先瞄准离你门口最近的敌人吧。给安多德一点教训，还有达夫利什，然后再去更远的地方打仗就更有把握了。"

"怎么打仗我可不需要你的建议。"

"你害怕达夫利什。"

"我谁也不怕。只是有时候怕我自己。"

"詹。"

"怎么了？"

"让他们给我弄点能烧的木头，好吗？"他开始剧烈地咳嗽起来。

詹道昂格诺尔知道他只是在装腔作势。

为了显示自己的谦恭，国王亲自前往梅特拉赛尔主广场的大穹顶——奋斗之穹。大祭司在北门亲自恭迎国王到来。

詹道昂格诺尔在他的臣民中间做了一场公开的祈祷。他甚至没有思考，就带上了他的宠物，在国王俯身祈祷的那一个小时里，他就耐心地立在主人身边。詹道昂格诺尔的这番行为非但没有令众人欢喜，反而因为把法艮带到阿克哈纳巴面前让众人面露不悦之色。

然而，他的祈祷被全能之主听到了，神灵确认他应该听取瓦尔培昂格诺尔关于铁匠团的建议。

但詹道昂格诺尔却犹豫了。即便不去惹恼任何一个工匠团，他的对头也够多的了。工匠团在这片土地上的权势源远流长，他们的首脑在议政堂也有一席之地。在做过私人祈祷、受过鞭笞之后，他进入了一次冗长的通灵，他祖父的亡魂给了他谆谆教导。那个飘浮在黑曜之中破破烂烂的灰色笼子安慰着他。他又一次受到了鼓舞，决意行动起来。

他对自己说："成圣须不畏险阻。"他已经向议政堂承诺，他会全心全意为自己的国家献身。那他就应该这样做。火枪是必需品，可以弥补人力的不足。火枪会让国家重回黄金时代。

在王室第一法艮卫队骑兵小队的陪同下，詹道昂格诺尔来到了古老的铁匠团和铸剑团的地盘，要求进入其中。那片黑影幢幢的宏伟之所向他敞开了。他顺着那条岩石中开凿出来的道路走了进去。这里的每一件事物都诉说着那早已逝去的年代。烟雾仿佛已缭绕经年，把所有的一切都熏得黢黑。

一些官员穿着某种制服，手持古老的长戟迎上前来，似乎是要拦住他的路。首席制铁大师斯兰基瓦尔也一路小跑着来了，一脸姜黄色的胡须都竖立了起来——先是道歉，再是行礼，这些都没错，但他十分坚定地声明非工匠团成员从来都不能进入这个场所（可能少数女人除外），而且几个世纪之前，这些权利就被白纸黑字地写了出来。

詹道昂格诺尔叫道："退下！我是国王。我要查看这里！"然后他朝着法艮卫队喝令一声，继续向前。他们骑着披挂铠甲的骅骝涌进了一处地下庭院，这里的空气弥漫着硫黄和坟墓般的恶臭。国王从坐骑上翻身下来，由一队卫士陪同向前，其他士兵带着骅骝留在原地。看到有生人，匠人们跑了上来，猛然发现是国王，又骤然停下脚步，然后急慌慌退到了一边。

斯兰基瓦尔急得满脸通红，仍然在国王面前不住后退，连连抗议。詹道昂格诺尔一龇牙咆哮起来，伸手拔出宝剑。

"你要想过去就踩着我过去！"军械师喊叫着，"只要你冲进这里，就会受到永恒的诅咒！"

"哈！你们这群藏在地下的人，就像是可怜的亡魂！让开，白痴！"

他继续向前。入侵的队伍在灰色的岩层下一路推进，径直冲到了这地方的核心地带。

他们到了熔炉跟前，一共有六只熔炉，肚腹圆滚滚的，用砖石砌成，补丁摞着补丁，高炉直插幽暗的洞顶，顶部岩石中开凿出黑漆漆的洞穴作为烟道。有一口熔炉正在工作。一些年轻小伙子正一锹一锹往炽热耀眼的火孔里添加燃料，火焰疯狂地咆哮着。几个身穿皮革围裙的人正从炉膛里拖出一盘通红的铁条，放到一张残破的桌子上，然后退后一步，嘴唇紧闭，想要看看周围发生了什么热闹。

在这间大厅的更深处，有些人正在铁砧旁边敲敲打打。此时他们也停下了手里的活儿站在那里张望，嘈杂声渐渐平息。一看到是詹道昂格诺尔，他们的脸上都挂上了惊异之色。

有好一会儿时间，国王也呆立在那里一动不动。这可怕的洞窟让他大为震惊。一股激流顺着水槽喷涌而出，推动着熔炉旁那一列巨大的风箱。其他地方堆放着跟刑具一样吓人的设备。旁边一间洞窟里不断送出装着铁矿石的木制料斗。各个角落里，锻工、熔炉工、打铁匠，个个都光着膀子，全都瞪着充满血丝的眼睛盯着他看。

斯兰基瓦尔跑到了国王面前，他高举双臂，双拳紧握，不住挥舞着。

"陛下，矿石正在通过木炭精炼。这是个神圣的过程。外人——哪怕是王室成员——都不允许观看这些仪式。"

"在我的王国里没有什么秘密可言。"

"大伙儿拦住他！"王室军械师叫喊了起来。

一些人戴着厚厚的皮手套正在运送烧得通红的铁条，他们闻声拾起了炽热的铁条，相互看看又放下了。国王的仪表庄严而神圣。没有人敢造次。

詹道昂格诺尔镇定自若地说道："斯兰基，你号令违抗君主，在场的人都亲眼所见。如果有任何工匠团成员胆敢忤逆我王室的威仪，我都会将他除死，绝无例外。"

他的目光掠过军械师，面对着桌边的两个人。

"你们俩，说说这些炼铁炉有多古老了？这种方法已经流传多少代了？"

他们早已吓得说不出话来，忙用乌黑的手套抹了抹乌黑的脸，让脸愈发黑成一团。

还是斯兰基瓦尔做出了回应，他顺从的腔调说道："工匠团的创立就是为了延续这神圣的过程。我们只是依着先祖的吩咐来做。"

"如今你是向我负责，不是向你的先祖。我吩咐你造出好枪，而你失败了。"他转向那些已经在这烟熏火燎的洞厅里不声不响聚集起来的匠人们。

"你们这些人，所有人，还有学徒，你们用的是老方法，那些老方法都已经过时了。难道你们就不明白吗？现在有更新式的武器，比博里恩能制造的要好得多。我们需要新式的方法，更好的金属，更好的工具。"

一张张黑黢黢的脸和一双双满是血丝的眼睛都在冲着他发愣，丝毫没有意识到他们的这片天地行将作古。

"这些朽烂的熔炉必须要拆掉，要建造更好用的。必须用上在乌斯库托什的土地上使用的那种熔炉。我们需要锡伯纳尔那样的熔炉，才能造出锡伯纳尔那样的武器。"

他召唤来手下十几名野蛮的士兵，命令他们拆掉熔炉。法艮手握铁棍毫不迟疑地执行了命令。炉壁被砸开，正在燃烧的炉子里喷涌出熔化的金属。铁水闪着火苗在地上乱窜。一个年轻的学徒尖叫着跌进了铁水里。铁水让木屑和木料燃了起来。匠人们惊得直往后缩。

所有的熔炉都被砸了，法艮站好等待下一道命令。

"让他们建造全新的熔炉，按照我给你们的指示。我不想再要那些废物一样的枪！"说完这番话，他昂首阔步走出了这个地方。匠人们这才回过神来，一桶一桶四处泼水灭火。斯兰基瓦尔则被逮捕押走了。

接下来的一天，王室军械师兼制铁大师在议政堂面前受到审讯，并被宣判叛国。即便是其他的匠人大师也无力救下斯兰基瓦尔，因为他亲口下令攻击国王。他被当众处死，枭首示众。

议政堂里的那些反对者都对国王心怀愤恨，然而心怀不满的不只是国王的反对者，也不只是议政堂里的人——他居然胆敢闯入自古以来神圣不可侵犯的地方。假如王后梅尔黛伽拉在他身边，他的疯狂一定会有所收敛，这样的行为永远都不会出现。

詹道昂格诺尔向奥多兰都国王——他未来的岳父赛伦·司堂德派出了一名信使。他知道奥多兰都城当初被入侵的法艮摧毁，而那场祸事带来了工匠团的大变革，他们的装备设施也是后来重新建造的。因此，他们的铸造技术比博里恩更为先进。在最后一刻他才想起来，应该给希摩达·泰尔送上一份礼物。

赛伦·司堂德国王给詹道昂格诺尔派来了一个面色阴郁的驼背男人，名叫法德·方迪尔。法德·方迪尔身上的文件证明，他是熟练掌握新技术的熔炉专家。詹道昂格诺尔当下就派他去干活了。

很快，铁匠团的一位代表就满脸黑骏骏地来面见国王，抱怨法德·方迪尔的不近人情和不苟言笑。

詹道昂格诺尔吼道："我喜欢不苟言笑的人！"

法德·方迪尔把工匠公会的地盘搬迁到了梅特拉赛尔外面的山腰上。这里有充足的木材可以制造木炭，而且水流供给源源不绝。水是冲压机必不可少的动力。

在博里恩，没有人听说过冲压机。法德·方迪尔傲慢地解释说，那是将矿石粉碎的唯一有效方法。匠人们挠着头皮发着牢骚，法德·方迪尔破口大骂。怨气在这块地盘中不断发酵，众人想方设法破坏新建的设施，令那个外国人丢尽了颜面。国王因此依然没有得到他想要的枪。

黛娜·帕沙迪德出其不意地消失，紧随她的丈夫逃往乌斯库托什时，她留下了一些锡伯纳尔的随员。詹道昂格诺尔把这些人都关了起来。他下令带来一个乌斯库托什人,承诺他如果能设计出一个高效的熔炉,就给他自由。

那个年轻人举止出众,不论何时跟国王讲话都显得谈吐不俗。

"正如陛下所知,最好的熔炉都来自锡伯纳尔,那里的技术很先进。在那里,我们用褐煤做燃料来锻造最好的钢铁,而不是木炭。"

"那我希望你设计一个能在这里用的熔炉,我会奖赏你的。"

"陛下知道车轮吧,一项伟大而基础的发明,它来自锡伯纳尔,在几个世纪之前还不为坎普安莱特所知。你们很多新的农作物也是从北方来的。你毁掉的那些熔炉——即便那种设计很落伍,也是在上一个大周期年从锡伯纳尔传来的。"

"现在我希望得到某种更为先进的东西。"詹道昂格诺尔压抑着心头怒火。

"可是,当轮子传到博里恩的时候,陛下,它也没有发挥其所有的功用,它不止可以用来运输,还可以用来碾磨、制陶和灌溉。在博里恩,你们没有我们在锡伯纳尔用的那种风车。对于我们来说,陛下,坎普安莱特诸国应用文明技术的过程似乎十分缓慢。"

国王的怒气渐升,他涨得通红的面孔显得触目惊心。

"我不需要风车。我想要的是熔炉,能炼出钢铁造枪的熔炉。"

"陛下说的可能是仿制锡伯纳尔式的枪支。"

"不管我打算说什么,我的意思就是,我需要你为我建造一个好的熔炉。这很容易理解吧?难道你只听得懂锡伯语?"

"请原谅,陛下,我认为您很清楚眼下的状况。请允许我解释一下,我并不是工匠,只是大使麾下的一个办事员,精于数字,却不善于砌砖头或者诸如此类的事情。我并不比陛下您更会建造熔炉。"

国王还是没有得到枪。

国王跟他的法艮士兵待在一起的时间越来越多。他很清楚,他必须反复强调，让法艮们清楚，他们全体都要陪同他去奥多兰都，到那个国家的首都，在他婚礼的现场营造出一个盛大的场面。

宫殿内有特别的规定，国王和法艮卫士相见的时候地位平等。人族不得进入法艮的营房。国王遵循了这些规定，之前的国王瓦尔培昂格诺尔也是如此。

他的首席法艮军士长是一个雌性剑族，名叫吉赫特－姆拉·赫则恩，詹道昂格诺尔就叫她赫则恩。他们用赫德胡语交谈。

国王深知奥多兰都对剑族极为反感，便再次解释说为什么他在迎亲的时候需要第一法艮卫队在场。

赫则恩回应道：

"对话已经告知我们幽缚中的先祖。诸多话语已经反馈我们的头脑里。指示我们要跟君主本人结盟前往赫尔姆－布赫尔德·耶铎赫克之地的艾姆－布鲁·都克。结盟之期我们听命而行。"

"很好。我们结盟很好。我很高兴幽缚之中的诸位能够准许。你还有别的事情要讲吗？"

吉赫特－姆拉·赫则恩毫无表情地站在他面前，眼睛几乎与他平齐，眼珠是深深的粉红色。他觉察得到她的气味和清晰的呼吸声。根据长期以来他对法艮的了解，他知道她肯定还有很多话要讲。她身后的法艮卫队成员同样面无表情，毛烘烘的身子挤在一起。队列中不时响起放屁声。

尽管詹道昂格诺尔是个没什么耐心的人，法艮身上的那股沉稳气质却将他安抚了下来——这种令人印象深刻的沉稳并非仅仅来自他们自身，更是来自一个遥远的地方，一种国王永远无法企及的先祖记忆。

他站在军士长面前，跟对方一样沉稳。

"进一步的对话。"吉赫特－姆拉·赫则恩的讲话方式国王早已习以为常。在切入一个新话题之前，必须要跟幽缚中的那些人进行沟通。

329

原圣思维便借由这种方式进行。

他们面对着面，完全按照传统的规矩，身处一间被称为两界门的营房里：人族从一头进来，法艮从另一头进来。墙壁上被法艮涂满了绿色与灰色的旋涡状花纹。天花板很低，房椽已经被剑族的犄角尖刮出了一道道印迹——可能是为了强调法艮卫队的犄角永远不会被锯掉而有意为之。

只有一位神灵佑护着国王，全能之主阿克哈纳巴，但是却有许多恶魔在折磨着他。而法艮并不是那些恶魔中的一员，他早已习惯了他们说话时那种惜字如金的慎重，从来都不会把这种状态看作是头脑迟钝或思绪混乱，他手下的人族才是那样的。

在他内心遭受折磨的这些日子里，一个新的发现让他很是羡慕自己的卫队。他们从不沉迷于性事。他认为那种萦绕在宫廷男女心中的淫欲在剑族的头脑中是缺失的——那淫欲连他自己也不能免俗，尽管有神灵和鞭笞督导着他。

法艮的性行为有周期性。雌性每四十八天有一次发情期，而雄性每三个星期进行一次性行为。性行为不需要什么仪式，也并不总是在私下里进行。对于人族来说，那是比做祈祷更为隐秘的隐私，而剑族却缺乏这种羞耻感，于是他们被人族钉上了淫邪的符号。山羊的足，高耸的犄角，在人族看来都是淫欲大发的象征。传说中，雄性会强奸女人——甚至偶尔强奸男人——这种传说流传很广，甚至能引发大清洗，令许多法艮被杀害。

等到法艮军士长理清了她心里的想法，说出来的这番话倒是十分简洁明了："我们结盟前往赫尔姆－布赫尔德·耶铎赫克之地的艾姆－布鲁·都克，你的剑族同袍必会盛大出场。你的力量会在艾姆－布鲁·都克人面前大放光彩。赞颂之词将至，因为同袍盛装游行之时必然持有……"那个词汇在她心中徘徊了许久才付诸言语，"……新武器。"

詹道昂格诺尔心里一痛，说道："我们需要来自锡伯纳尔的新式手持火炮，但目前我们在博里恩无法制造。"

两界门的墙上凝结着一层露珠。热气正在升腾。赫则恩做了个国王很明白的手势，那意思是"稍等"。

他重复着他的话，而她重复着她的手势。

在与生者和幽缚之中的先祖磋商之后，法艮军士长宣称将会得到所需要的武器。尽管国王明白，法艮将原圣思维用语言表达出来很是费工夫，可他还是忍不住想问该如何获得那种武器。

又停顿了好一阵子之后，赫则恩说："诸多话语已经形成在我们的头脑里。"

"之前有过一个答案。"她转换到原圣语来清楚表达自己的时态。"将会提供另一个答案，现在即将揭晓，但必须等到下一个时机，下一个什旬。你的力量会在艾姆－布鲁·都克变得伟大。"她高昂着锋利的犄角。

他只得作罢。

道别时，詹道昂格诺尔的身子往前一探，双手伸到两边，脖子往前伸去。那位军士长也斜身向前，她的脑袋从她的双乳之上，从那水桶般粗大的身子上向前探出。没有犄角的头颅和长着犄角的脑袋抵在了一起，额头触着额头，然后双方转身各自离开。

国王从两界门那扇只由人族通行的大门离去了。

他的精魄兴奋无比。他的法艮臣民会拿出自己的武器。他们真是无比忠诚啊！他们比人族拥有更多的奉献精神！而他并没有品味出赫则恩其实话里有话。

有那么短暂的一刻，他想起了将自己的肉体探入康妮那美味又撩人的私处所带来的快乐，但是那些轻松而放纵的日子已经过去了。他的心思现在必须放在这些生物身上，这些能够帮助他消灭博里恩敌人的生物。

赫则恩和她的法艮军士从两界门撤出的时候，精神状态与国王截然不同。他们的情绪说不上有多大变化，血液依然随着呼吸一急一缓地流淌着。

在两界门里所说的那些话由吉赫特－姆拉·赫则恩向梅特拉赛尔的可赞王，吉赫特－耶朗兹本人进行了汇报。可赞王在他的那座大山之下统辖着一切，而国王对此一无所知。在这邪恶的年月里，弗雷耶带着它那炽热的呼吸沿着大气音阶越飞越近，剑族开始变得绝望。流淌在他们血管里的灵液变得迟滞。在低地中生活的族群屈尊于人族统治之下。但是一个信号出现了，这让他们的精魄重新燃烧起来。

一个与众不同的弗雷耶之子被带到了可赞王吉赫特－耶朗兹面前，就是那位总管大臣手中的俘虏，名叫布赫尔利－尧·品。此人来自另一个世界，跟剑族一样几乎知道所有关于大灾变的事情。对于他们这些身居山下的人来说，布赫尔利－赫茨带来了一个古老的真相，而那是其他的弗雷耶之子所排斥的。由于总管大臣与国王的无知，他所讲的那些事情被当成了耳边风，但吉赫特－耶朗兹的族群却听进去了，他在头脑里坚定了决心。

那个古怪的弗雷耶之子所说的话，强化了那些幽缚者业已虚弱的声音。

弗雷耶之子自打被创造之时便身娇体弱，一无是处。国王也并不例外，正如那个忠心不二的间谍玉理所汇报的一样。要知道，那位弱不禁风的国王现在可是为他们提供了一个反击宿敌的机会。表面顺从于他，借此机会他们就能重创艾姆－布鲁·都克，古老的赫尔姆－布赫尔德·耶铎赫克之地。那是一片很久以前被一位伟大的人物——圣战者可赞王，赫尔－布拉亥尔·耶普利特——所诅咒的仇恨之地，如今他只剩一副角质化的遗骸。红色的灵液将再次流遍那片大地。

要奋勇当先。要斗志昂扬。要高昂利角。

为了得到必不可少的手持式火炮，他们必然要循着那令人愉快的大气音阶而去。法艮有时会与楠第族结盟，并帮助他们对抗弗雷耶之子。楠第在苦苦对抗那些来自乌斯库托什的弗雷耶之子。乌斯库托什人将死掉的楠第族视为美味佳肴——尽管他们羞于承认。虽然他们将楠第族从安逸的八十重暗洞中驱赶出来……楠第族还是凭着敏捷的身手从乌斯库托什族手中搞到了手持式火炮。手持式火炮会让弗雷耶之子颓败不振。

事情就这样按部就班进行着。不到一个什旬,詹道昂格诺尔国王便拿到了锡伯纳尔人的火枪——不是由他的盟友帕诺威尔或是奥多兰都提供的,也不是由他的军械师锻造出来的,而是来自别的渠道,作为一份礼物,从他敌人的人手中得到。

就这样,一种更为有效的杀戮方式在整个海利科尼亚上慢慢扩散开来。

经过无数的事端,那个驼子法德·方迪尔总算在梅特拉赛尔城外建起了武器工厂,虽然已经延迟了很久。新拿到手的武器被当作原型进行仿制。驼子不断咒骂手下干活的人,终于敦促他们造出了真正由本地制造的火枪,不会炸开,而且开起火来也有一定的精准度。

到了这时,锡伯纳尔人的工匠们也已经改进了他们的设计,并完善了轮机枪,它可以通过击发一个不停旋转的燧石轮来开火,而不需要老式的不可靠的导火索。

国王对于新武器有了信心,他顶盔贯甲,跨上田凫,直奔战场。他再次率领一支非人族的军队去打击他的敌人——那群由骷髅头达夫利什带领、身穿破烂、长着小尾巴、蹂躏克斯加特地区的莫迪雅特部落。

两军交锋之地就在距离詹道昂格诺尔受伤处不远的地方。这一次,博里恩的雄鹰有了经验,经过一天的厮杀,他取得了最终胜利。第一法艮卫队死心塌地地追随着他。莫迪雅特人被杀死,尸体抛进了山沟。幸存者四散奔逃,逃回了那片孕育他们的褐黄色山地。

这是兀鹫最后一次颂扬达夫利什之名。

国王凯旋,达夫利什的脑袋悬于高杆之上。

这颗头颅就挂在梅特拉赛尔王宫的大门上方,任其腐烂发臭,直到达夫利什成为名副其实的骷髅头。

在阿佛纳斯的居民中,比利·肖·品绝不是唯一一个对王后梅尔黛伽拉魂牵梦绕的男性。这种隐私即便是对朋友也很少有人启齿,只会在社交中隐晦地提及而已——比如,夹杂在对国王詹道昂格诺尔最近所作所为的一片责骂声中。

那个军阀头子的脑袋悬在王宫大门上的画面,足以挑起这帮人的抗议之声。

其代言人说:"这头怪物通过梅尔道拉特派的死亡品尝到了鲜血的滋味。现在他利用王后中的天后做交易,以此来积累武器。他要闹到何时才罢休?显而易见,我们现在应该制止他,在他把整个坎普安莱特拖入战场之前制止他。"

詹道昂格诺尔正享受着他在战争中获取的威望,与此同时,他在阿佛纳斯上得到的骂名有过之而无不及。那些反对他的声音在以前的暴君身上也曾听到过。责难领导者要比责难被领导者容易得多,但这种责难的不合理之处却很少被提及。正在变化的环境、食品和原材料的短缺,这一切都使得海利科尼亚的历史沦为了一场经久不息的权力的游戏,不断上演着独裁者当权的剧情。

那些呼吁阿佛纳斯介入其中、以终结某个暴君统治的声音也是屡见不鲜。当然这件事情也并非全然纸上谈兵。

当地球的移民飞船在公元三千六百年进入弗雷耶-巴塔利克斯星系之时,他们在距离海利科尼亚最近的行星阿伽尼普上建立了一个基地。有五百一十二名移民在阿伽尼普着陆。他们是这次航行最后几年里在飞船上孵化出来的。航行期间,人类受精卵的DNA编码信息被储存在电脑里。这些信息被输送到五百一十二个人造子宫之中。后来诞生的婴儿——在一千五百年的航行中第一批在飞船上走动的人类——是由几个大家族的电脑代理母亲抚养长大的。

当他们在阿伽尼普着陆时,这些年轻人的年纪按照地球时间算,从十五岁到二十一岁不等。那时,"阿佛纳斯号"已经处在建设之中。工程使用了自动化系统和本地的原材料。

不止一次的事故让这项雄心勃勃的建造工程耗费了八年时间。在这段充满危险的时期,阿伽尼普遍被当作了备用基地。当这项工程结束之后,年轻的移民们登上了他们的新家园。

然后,飞船便离开了这个星系。"阿佛纳斯号"自此便孤立无援——比历史上的任何人都要孤独。

如今,在3269个地球年之后,旧基地成了圣地,有识之士偶尔会前去拜访。它已经成为阿佛纳斯神话的一部分。

阿伽尼普上蕴藏着矿藏。飞到这颗行星上建造飞船,再去入侵海利科尼亚并非不可能,只是没什么希望,因为从来就没有技术专家受过这方面的培训,能够实施这样的项目。

因此好事者必须抗衡整个地球观测站遵循着的价值观,也就是严格的不干涉原则。

而且,那些好事者都是男性。他们不得不去跟占有半数人口的女性争辩,而她们都颇为仰慕那位毛病不浅的国王。女人们如何看待詹道昂格诺尔大败达夫利什?一场伟大的胜利。詹道昂格诺尔是一位为了国家而命运多舛的英雄,尽管他目光短浅,同时他也是一个悲怆的人物。

女性们所梦想的便是降落到博里恩,日日夜夜陪伴在詹道昂格诺尔身边。

那么,这些信息最终到达地球的时候又是怎样一番情形呢?

对于詹道昂格诺尔把达夫利什的残躯示众,许多人表示认同。

因为拿来示众的不是骷髅头那一次次将他带入争端的双脚,不是他那个生养了许多后患无穷的杂种的生殖器,也不是他那曾经杀死了许多敌手的双手,而是他的头颅,那颗曾经炮制出所有阴谋诡计的头颅。

XIV

弗兰勃牯生活的地方

铺天盖地的白色阴影在整个阿斯基托什城随处可见，无孔不入地渗透在灰色的建筑之间。若是有人顺着惨白的街道行走，身上都会抹上一层灰白。这便是著名的乌斯库托什"淤雾"，从城市后方高地沉降下来的干冷气团形成的一层轻薄却又阻挡视线的迷雾。

弗雷耶当空高悬，仿佛一朵巨大的火花在绽放。锡伯纳尔的暮昏时节降临了。巴塔利克斯会在一两个小时后升起，现在只有那颗更为巨大的恒星悬在天上。在弗雷耶落下之前，巴塔利克斯会升起并落下——在这早春时节从来都不会爬到天顶。

萨托里瓦什裹着一件防水外套审视着这座海市蜃楼般的城市，看着它从眼前渐渐消失。城市陷进淤雾之中，仿佛化作一堆枯骨，然后杳然不见。但是"金色友谊号"在雾气中并不孤独。就在前方，裹在雾里的观察者能够分辨出前方那些剑族桨手正卖力地划着小艇，把战舰拖出港湾。近在咫尺的地方也能看到船只如鬼魅般一闪而过，它们的帆歪歪斜斜地垂着，或者像晾在桅杆上的兽皮一样摆来摆去。乌斯库托什舰队的远征就这样开始了。

东方的海平线上涌出一团朦胧的光芒，巴塔利克斯的日出开始了。就在此时，他们从雾团里挣脱出来，进入一条阴沉沉的航道。一阵风扬起。头顶那些无精打采的风帆一阵颤抖，鼓了起来。船上的水手无不精神一振。对于远航来说，这可是个好兆头。

锡伯纳尔人的好兆头对于萨托里瓦什没什么意义。他在那身加了衬垫的纱袍子下面耸起消瘦的肩膀走了下去。刚到楼梯口，艾奥·帕沙迪德赶了上来，就是那位前任驻博里恩大使。

"我们会干成的。"他自负地点着头说道，"我们在正确的时间升起风帆，吉兆如愿降临。"

萨托里瓦什打着哈欠说："太棒了。"阿斯基托什的航海领军祭司召集了每一位观星者、星卜士、天体学家、圣术士、气象学家、先验学家以及祭司，他们亲手测算出"金色友谊号"在哪个什旬、哪个星期、哪天、几时、几分出发是最吉利的。船员的生辰八字和制造龙骨的木头也都考察在内。但最有说服力的征兆就在天庭，高悬北方夜空的雅拉洛布莱彗星在早上六点十一分九十秒进入黄道的金船座，这就是黄道吉日最吉利的那一刻。这正是撤下缆绳开始划桨的时刻。

对于萨托里瓦什来说，这一切来得有点太早了。他没法儿心情愉悦地去展望这漫长而充满危险的航程。他胃不舒服，想要呕吐。他不喜欢他们强加给他的那个角色，雪上加霜的是，艾奥·帕沙迪德也在船上，他在这条船上四处游走，友好得令人生疑，就好像他并没做过什么见不得人的事情。他要如何面对这个人呢？

黛娜·帕沙迪德似乎能安排好一切。也许是因为她施下巧计，偷偷劫走了詹道昂格诺尔的前任总管大臣，再加上她对于战事的设计安排，因此能够从监牢中保出自己的丈夫，让他获准成为"金色友谊号"上的一员，而且是手持式火炮队的队长——也许当权者觉得，在九百一十吨级的大帆船上进行漫长的航行，比关在监狱里服刑好不了多少，哪怕在喀尔纳巴尔的巨轮中服刑也与此相差无几。

尽管侥幸逃过一劫，帕沙迪德却显得比以往更加傲慢。他向萨托里瓦什吹嘘说等他们到了奥塔索尔，他便会指挥军队，到时候他就有机会在奥塔索尔要塞发号施令。

萨托里瓦什躺在床铺上点了一支薇若妮卡。一起航他便被晕船彻底击倒了。在前往阿斯基托什的路上，他并没有这个问题。现在算是变本加厉地补上了。

整整三天时间，前任总管大臣水米未进。第四天他醒了过来，感觉像是换了一个人，他走上了甲板。

视野很好。弗雷耶低垂在东北偏北的大海尽头注视着他们，就是"金色友谊号"出发的那个方向。船身的影子在碧蓝清冽的大海上舞动着。空气浸在清澈的光线里，异常清新。萨托里瓦什展开双臂，狠狠地呼吸着。

各个方向都看不到陆地。巴塔利克斯已经落下。从港口出发护送他们的船舶只剩下一条了，在下风头保持着距离，它的旗子在风中飘扬。在那片遥远的蓝色中，还可以隐约看到拥挤成簇的鲱鱼厢。

站在这里一点儿都不觉得萎靡，这让他很高兴，船帆和绳索发出的声音犹如嘹亮的歌唱，他没有注意到有人在招呼他。等又招呼了一声，他这才转过身，看到了黛娜和艾奥·帕沙迪德的面孔。

"你晕船了。"黛娜说，"我致以同情的慰问。真是不幸，博里恩人从来都不是好水手，对吧？"

艾奥连忙接道："至少你现在感觉好些了。没有什么比一次惬意而漫长的航行对健康更有好处的了。旅途大概一万三千英里，有这么顺的风，我们会在两什旬三星期后到那儿，到奥塔索尔，没错。"

随后的几天里，艾奥百倍殷勤地带着萨托里瓦什在船上转了个遍，将它的方方面面做了细致入微的介绍。萨托里瓦什把那些他不太感兴趣的东西也都做了笔记，这位博里恩人在心中暗自期许，自己的国家在航海事务中也能具备这样的专业知识。乌斯库托什以及其他那些锡伯纳尔国家也有各种公会与工匠团，秉持着与坎普安莱特大陆上各个国家所类似的普遍原则，但是他们海上和军事方面的公会不论是数量还是效率都更胜一筹，而且曾经/将会（这是虚拟永久条件时态）在亡哀之冬昂首存活下来。帕沙迪德解释说，冬季在北方格外严酷，在最为寒冷的那几个世纪，弗雷耶永远都在地平线之下。冬天永远铭记在他们心里。

"我相信是这样。"萨托里瓦什严肃地说。

在亡哀之冬，生活在一片冰封中的北方人是靠大海生存下来的，甚至比大周期年的夏季更依赖大海。因此，锡伯纳尔并没有多少私人用船。所有的船只都属于水手祭司公会。公会的徽章装点着船帆，令这个纯功能性的物件有了某种美感。主帆上还绘制着锡伯纳尔的纹章，两根环型轮辐相连的两个同心圆。

"金色友谊号"有一根前桅、一根主桅和一根后桅。在船首的斜桅上挂着一张船首帆,只在风向顺的时候升起,用来提速。艾奥·帕沙迪德一五一十地讲解着在何时会升起多少平方英尺的帆。

萨托里瓦什对这一连串烦琐的内容并没有感到厌烦。他这辈子花了不少精力去调查研究什么是假设、什么是事实,而且获得一系列事实的过程对他充满了吸引力。然而,他对于帕沙迪德为何如此友好却一点都猜不出,这全然不是锡伯纳尔人的性格特征,即便在梅特拉赛尔时也一样。

"你要把萨托里瓦什累垮了,亲爱的。"在航行的第六天,黛娜如是说。

说完她就离开了,任他们在船尾的最高处聊个没完,就在一个围栏后边,那里面养着母艾羚。没有一处甲板是闲置的,上面摆满了绳子、补给、家畜、火炮。船上载有两队士兵,每天大部分时间都在妨碍水手公会成员的工作,无论什么天气,甲板上到处都有他们的影子。

"你肯定很想念梅特拉赛尔。"帕沙迪德对着风自信满满地说。

"是的,我想念我在那里做研究的平静日子。"

"我猜在其他方面也一样。我跟大多数乌斯库托什同伴不同,我很享受在梅特拉赛尔的日子。很有异国情调。当然,那里太热了,不过我并不介意。我在那里接触到一些不错的人。"

萨托里瓦什看着那些在围栏里转来转去不停打闹的艾羚。它们为军官提供乳制品。他知道帕沙迪德就要说到关键了。

"梅尔黛伽拉王后是一位很好的女士。国王放逐她真是一种耻辱,你不这样想吗?"

看来话头就在这儿了。他稍稍沉默了一会儿,才开口道:

"国王只看到他的职责是为国效力……"

"他如此待你,你一定充满怨恨。你一定恨他。"

萨托里瓦什没有就此作出回答，帕沙迪德继续说了起来，或者说是对着他耳朵耳语："他怎么能放弃像王后那么可爱的一个女人？"

没有回应。

"你们的国人称她为'王后中的天后'，不是吗？"

"的确是。"

"我这辈子从来没见过那么美的人。"

"她的兄弟，叶弗奥伯莱是我的一位挚友。"

这话让帕沙迪德哑了口。他本来不准备继续说了，但此时一股情绪涌了上来，他接着说："只要能待在梅尔黛伽拉王后的身边……只要能看到她……就会让一个男人……让一个男人变得……"

他没有把话说完。

天气状况变幻莫测。一个高低压交会的气团带来了溽热的雾气和褐色雨水，就像他们前往锡伯纳尔的途中遇到的一样——"起伏不定的乌斯库托什"——在右舷侧时而能瞥见洛拉贾那若隐若现的海岸线。他们的行程依然很顺，鼓起船帆的风不是从西南来的暖风，就是从西北偏西吹来的寒风。

无聊之余，萨托里瓦什把船上的一切都研究得非常透彻。他看到人们因为空间的局限，要么睡在甲板上，要么睡在成盘的绳索上，要么睡在甲板下面的货箱上，把脚支在舱壁上。没有一寸空间是多余的。

日复一日，船上的气味越来越刺鼻。为了排泄大便，男人们褪下裤子，顺着从船侧伸出的圆桅爬出去，他们在那上边必须保持平衡，把持着从横桅端垂下的绳子。小便则是往栏杆外或是在其他十几处地方往下风口排泄，主要靠鼻子确定位置。军官们也是一样。而女人则选择更私密一些的方式。

在海上走了差不多三个星期之后，航线从正西转向了西北偏西方向,"金色友谊号"载着它的船员驶入了凄苦湾。

凄苦湾是一个忧郁的巨大海湾,深入洛拉贾的海岸线五百里,长度足有一千里。刚一驶入海湾口,大海便不再那么汹涌了,风也一天天平息下来,气温开始下降。很快他们就闯进了一片珍珠色的雾气中,只有值守人报告水深的呼喊声能刺透这团浓雾。他们现在完全是靠着计算来航行。

萨托里瓦什心中生出难以抑制的焦躁。他退回自己的舱房,蜷进小舱里抽烟、阅读。然而,这些打发时间的方式也无法让人安下心来,因为他的胃就像迷途的小狗一样在嗥叫。船上的配给已经连他都要勒紧裤腰带了,要知道,即便在他最健壮的年月里,他也是一个精瘦的汉子。大伙的配给每天早上都是腌鱼、洋葱、橄榄油或鱼油配着面包,中午有汤,晚餐跟早餐别无二致,只是把鱼换成了硬奶酪。每两周,每个人有一大杯无花果酒或是淤德赫利酒。

大伙儿会在船上钓一些新鲜鱼来弥补日常饮食的不足。军官们稍稍好些,不时能喝到味道刺激的艾羚奶;如果值班,里边还会加些白兰地。锡伯纳尔人对这种饮食是一天三顿地抱怨,例行公事一般。

船以五节的速度航行着,越过北纬三十五度线,离开回归线海域,进入了狭窄的北方温带区。就在这同一天,他们在雾中听到一阵令人恐惧的撞击声,紧接着一连串巨浪涌来,船身不住地晃动,接着一切又都平静如初。萨托里瓦什把头伸出舱外,询问路过的第一个船员是怎么回事。

那人说:"海岸。"然后就像是心血来潮要多嘴一句,又加了一个词儿。"冰川。"

萨托里瓦什满意地点了点头。他转身记到了本子上,为了更好地打发时间,笔记已经变成了日记。

"哪怕乌斯库托什人没那么文明,他们也正在拓展我对于这个世界的认知。学者中间广为流传一种说法,我们的星球被夹在两片巨大的冰原之间。在最北端和最南端的大地上只有冰雪。凄凉的锡伯纳尔大陆承载了太多的苦难，这足以让人体味到他们为何有着如此冷酷的心。现在看来他们正朝冰海航行，就像被磁石吸引着一样，而不是航向更加温暖的海洋。

"为何要这般偏离方向，我不该去探究，我可不想冒着被噩梦般的帕沙迪德一通说教的风险。但这一切至少可以令我一窥这个庞大宽广的世界之一二。"

晚间突遇了一场凶猛的风暴，毫无征兆。"金色友谊号"只能逆风停下等着它平息。巨浪拍打船身，浪花飞溅到船桅上，整个船体都发出可怕的砰砰声。博里恩的前任总管大臣满心惊恐地在他的床铺上颠来荡去，心里不由寻思着，莫非是深海的巨人想要登上船来？

号令传来，他依着命令熄灭了舱室里的鲸脂灯。他在这满是嘈杂的黑暗中躺了下来，一次次咒骂着詹道昂格诺尔，祈求着全能之主。深海巨人的双手已经牢牢握住了船身，用力摇晃着，犹如一个疯子在摇晃一只摇篮，想要把里边的婴儿甩出去。许久之后，萨托里瓦什居然在这滔天巨浪中睡着了，连他自己都感到无比惊讶。

等他起床的时候船已经恢复了平静，几乎察觉不出在移动。舷窗外是一片浓雾，日光惨淡。

他往楼梯口走去，从熟睡的士兵中间穿行而过，抬头仰望天空。一轮惨白的太阳纠缠在帆索之间。他仰头注视着弗雷耶的面孔。一段故事突然浮现在心头，那是他特别喜欢在王后中的天后陪伴下，给塔特洛公主讲的那个天空中银眼睛的神话故事，银眼睛最后飞走了，无影无踪。

值班的人不时大声呼喝。海面上漂着支离破碎、奇形怪状的浮冰。有些浮冰好似残枝败木，有些像是怪异的蘑菇，就好像是冰神拍着自己的脑瓜儿，凭空创造出了一堆怪异的样本。这些便是在风暴最为猛烈的时候不住拍打船身的东西，庆幸的是，这些小冰山几乎没有超过船身一半大小的，它们形状诡异，从雾团中浮现出来，一闪而过，捉摸不定。

过了一会儿，又有什么东西吸引了萨托里瓦什的注意。在一处窄窄的水面上出现了两个法艮的脑袋。那两对眼睛并没有看着他们的船，而是彼此对视着……凶神恶煞般的下巴配上那张顾长的脸，突起的骨骼护住了眼睛，两根犄角弯曲着向上伸出。

萨托里瓦什刚一辨认出这怪兽的模样，便意识到自己想岔了。那不是法艮。他看到的是两头相互对峙的野兽。

前进的船只让雾气兜转着往两旁散开，显露出一片小小的岛屿，看上去比海上漂浮的一团海草大不了多少，只不过在邻近的岸上矗立着一块不大的陡峭岩壁。就在这光秃秃的岛屿顶部，有两头四腿着地的野兽正立在上面。它们披着褐色的皮毛。若是不考虑颜色和姿势，它们简直与剑族别无二致。

距离更近了，看上去愈发相像。这两只动物正相互挑衅，看上去心无旁骛，全然一副法艮的做派。最主要的是，那两根犄角误导了萨托里瓦什的判断。

这时，其中一只转过头来往船这边看了一眼，另一只抓住破绽把脑袋一低，耸起粗壮的膀子冲顶过来，撞击声远远传了过来。尽管那头野兽只不过往前冲了三尺，可它后腿猛蹬，把全身重量都施加了上去。

另一只被顶得一个趔趄。它想要稳住身子，可不等它把脑袋放低，第二下撞击就来了。它后腿一滑往后跌倒，挣扎了一下，跌进了水里，水花四溅。"金色友谊号"径自向前。这番场景重又裹进了雾里。

"你应该认得它们。"一个声音从萨托里瓦什身旁传来，"那是弗兰勃牯，牛科家族的动物。"

领军祭司上将奥蒂·杰赛拉塔尔在这段旅途中基本不怎么跟萨托里瓦什说话。然而他可是没放过机会，趁她值守的时候总会好好端详她一番。她不但头脑敏锐,而且把自己打理得很好。抛开她那线条冷峻的面孔,她的一举一动其实活力四射,她下达的命令男人们都欣然接受。她讲话时的音调转换和那身制服都表明她是个大人物,然而她这次搭讪却不拘礼节,甚至透出一丝急切。他喜欢她。

"这是一片荒凉的海岸,夫人。"

"其实更糟。古时候,乌斯库托什把罪犯流放到这里,让他们自生自灭。"她笑着耸了耸肩,就像是对那时的愚昧无可奈何。亚麻色的辫子从她的平顶海员帽下面钻了出来。

"罪犯们活下来了吗?"

"当然,有些跟当地人,就是洛拉贾人通了婚。一小时后,我们中有些人会上岸去。为了补偿这些日子以来我对您的怠慢,我邀请您作为客人跟我一起去。您会亲眼看到凄苦湾到底有多么凄苦。"

"那样的话我真是太高兴了。"说话的时候他意识到,能有片刻的工夫离开这条船真是太妙了。

"金色友谊号"在水面上缓缓滑行,后边紧随着"联盟号"。雾气散去,乌沉沉的海岸上耸立着一线峭壁,天地间全然没有任何色彩。漫长的峭壁有一处因侵蚀塌落了,塌下来的地面与海面相接。船只朝着那里缓缓驶去,海面上有一些比石堆大不了多少的小岛,船就在小岛之间穿行着。遍布沙砾的海岬形成了重重障碍。在一个海岬上还立着古时沉船的龙骨。不过,"友谊号"最终安然无恙地抛下了锚,接着小艇落到了海面上。水手们呼喊的声音响彻荒原上空。

奥蒂·杰赛拉塔尔颇有风度地帮助萨托里瓦什从船舷下来。帕沙迪德夫妇紧随其后,而后是六个带有重型轮机枪的男人。法艮桨手开始躬身划桨,小艇在两个海岬之间局促的水面上穿行而过,驶向已然破败的小码头。

貌如法艮的弗兰勃牯是这片天地的主人。两头巨大的公兽正抵着犄角在遍布巨砾的海滩上较劲,它们的蹄子踩踏着破碎的贝壳。公兽长着一小片鬃毛,此外很难分辨公母。跟海利科尼亚上的其他物种一样,它们性别体型差异很小,这要归功于过于显著的季节差异。不论是雌性还是雄性,弗兰勃牯的皮毛都是黑色或者铁锈色,腹部都是白色。它们四脚站立,肩部稍高,顶着一对直插天空的光滑犄角,面部特征则各不相同。

"现在是它们交配的季节。"领军祭司上将说,"只有发情时的冲动才会驱使这些野兽冒险进到冰水里去。"

小艇滑行到小码头靠了上去,一行人爬上岸去。脚下是锋利的碎石。远处能听到爆破的声音,那是冰川上的冰块碎裂后跌入大海的声响。天空中的云层一片铁灰。法艮桨手留在小艇上挤作一团,紧紧抓着船桨,一动不动。

一支蟹钳大军冲出来,围住了登陆的队伍,耀武扬威地挥舞着那一大一小不对称的兵器。它们倒是没有攻击。枪手们用枪托砸死了一些螃蟹,于是周围那些便聚拢上来争抢尸骸。这场盛宴尚未开始,那些螃蟹便放下了警惕,就在此时,浅水中跃出长着牙齿的鱼,咬住了其中一片残骸,旋即又沉入水中不见了。

在这片古拙的海岬上,枪手们迅速集结,两两结对将各自的武器派上了用场,一人瞄准,一人扶着枪口。他们的目标是雌性弗兰勃牯,它们就在不远处的海岸上漫不经心地游走着,它们对从"金色友谊号"上出现的这帮家伙浑不在意。枪声响过,两头母兽倒下,四腿不住地踢腾。

枪手们交换了位置和枪支,又开了三枪。这次又有三头母兽倒下了。其余那些野兽忙不迭地逃散开去。

人和法艮们蹚过浅水上了海岬,一路大呼小叫,船上传来的喊叫声让他们异常兴奋,船栏边早已挤满了看热闹的人。

有两头弗兰勃牯还没死透,一名枪手带着一柄短刃刀,当它们颤颤巍巍要站起来逃走时,他用这把刀割断了它们的背筋。

巨大的白鸟扑扇着翅膀飞来了，在人们头顶的一股上升气流中盘旋着，它们嗅到了死亡的味道，脑袋敏捷地转来转去。大鸟猛然扑下，巨大的翅膀扑打着人，爪子抓到了人身上。

当那名刀手忙着宰杀的时候，水手们奋力驱赶着螃蟹和鸟。一刀下去，刀手剖开了那头动物的肚腹。他伸手进去掏出肠子和肝脏，把它们割掉抛在了海滩上，热气腾腾的。三下五除二，不多时他又把后腿割了下来，金色的血液涌在他的手臂上。天空中的鸟群尖叫不止。

法艮扛着腿和一段段的尸块回到了小艇上。

又一轮屠杀开始了。与此同时，帕沙迪德夫妇从小艇上搬来一架雪橇，四个壮硕的法艮循着压痕把它拖到了岸上。萨托里瓦什受邀跟随。

杰赛拉塔尔说："我们会带你进行一次短途旅行，欣赏一下这片国度。"她露出了一丝紧绷绷的笑容。他想，这是他们想要从船上下来稍做歇息的借口。他连忙赶到她身边，跟上了她的脚步。

一阵刺鼻的农场气息扑面而来。弗兰勃牯在四下里小跑着，就像什么都没发生过，而那些白色的大鸟为了争夺抛在一边的内脏聒噪不休。几个人跟着雪橇费力地登上山坡。他们看到了其他一些动物，长得很像弗兰勃牯，但是皮毛更加浓密，毛色更加灰暗，犄角上生着环纹。这些家伙是耶尔克。黛娜·帕沙迪德轻蔑地说，应该射杀耶尔克，而不是弗兰勃牯。红肉比黄肉好吃。

没有人回应她。萨托里瓦什瞥了一眼艾奥。这个男人面无表情。他的心思似乎全然不在这里。他是不是还在想着王后？

他们径直一路向上，在巨砾中间穿行而过，裹挟它们而来的冰川早已消失。一些石头上刻着古老的名字和日期，那时的罪犯希望在这里留下自己的印迹。

队伍到了更高的地方。他们大口地呼吸着，凝望着天地间的这片景色。两艘船停靠在一片黑水的边缘，阴暗的天幕在远方低垂。小小的冰山到处都是，有一些冰在暗流之中飞速漂向阴沉沉的远方，难免让人误以为是船帆，但是没有一点人族活动的迹象。

在他们的另一侧，横亘着洛拉贾之地，远远伸向环极地地区。雾团仍在消散，一片几乎毫无特征的平原显露出来，空无一物，广袤辽远。他们脚下的土地寸草不生，布满了成千上万的蹄印。

"这些平原属于弗兰勃牯，属于耶尔克，还有倍耶尔克。"黛娜·帕沙迪德说道，"不只是这片平原，整片大地都是。"

艾奥·帕沙迪德说："这里不是我们这些男男女女生活的地方。"

"弗兰勃牯和耶尔克看上去很像，但生理结构不同。"奥蒂·杰赛拉塔尔说道，"耶尔克是尸生生物。它们的幼体是从母体的尸体中诞生的，吃尸体的腐肉长大，而不是吃奶。弗兰勃牯则是胎生的。"

萨托里瓦什什么都没说。海岸上的屠杀依然让他浑身哆嗦。那边还在开火。船在凄苦湾停泊的目的就是为了弄些鲜肉。

现在，四个法艮拖着坐在雪橇上的四个人族一路前行。平原实际上十分潮湿，坑坑洼洼遍布水塘和泥沼。一路走得很慢。一溜低矮的暗黄色山丘向北方绵延而去，山麓上点缀着低矮的杉木和其他耐寒树木。平原上的树木就没那么自在了，它们的枝杈被粗拙的鸟巢压得七零八落，鸟巢都是用漂流木和木棍搭造的。树上的叶子沾满了白色的鸟粪。

船只和大海沉到了地平线之外。空气寒冽，不再有那么浓重的海腥气。大地上弥漫着发情的野兽散播的臭气。枪声消失在远方。他们一声不吭地走了几乎有一个小时，沉浸在这无边无际的旷野之中。

领军祭司上将让大伙在一块布满条纹的赭色巨砾跟前停下。他们爬下雪橇，各自在周围走动，活动着手臂。这块巨砾颇有压顶之势。周围只有鸟鸣和飒飒的风声，然后他们察觉到远方隐隐传来隆隆声。

在萨托里瓦什听来，这隆隆声只意味着有冰川在远处崩塌。他能再次踏足大地就已经很欣慰了，全然没有在意那声音。然而那两个女人却面色凝重地对视了一眼，随即一语不发地爬到了巨砾顶上。她们眺望着远方，惊慌失措地发出了警报。

奥蒂·杰赛拉塔尔用赫德胡语冲着法艮喊道："你们这些畜生，把雪橇拖到岩石下面来，靠紧些！"

隆隆声变成了雷声。这雷声从大地深处升腾而起，铺天盖地而来，在这片缓坡的西方正酝酿着什么。他们忙乱起来。这场突发的自然事件超乎萨托里瓦什的想象力，他胸中陡然生出莫名的恐惧，急忙跑到岩石跟前往上爬。艾奥·帕沙迪德帮着他爬上岩石，那里足够他们四人容身。而法艮就只能紧贴着岩石站定，不住地把黏液甩在鼻吻槽上。

奥蒂·杰赛拉塔尔说道："我们在这里很安全，等它们过去就好。"她的声音却在颤抖。

"是什么东西？"萨托里瓦什问。

透过一抹淡淡的烟雾，远方的大地犹如一条正在自行缓缓卷起的毯子，朝他们翻滚而来。他们默不作声地看着。转瞬之间，那张巨毯化作一群弗兰勃牰，如同海浪一般猛扑而来，奔涌在前的那一线潮头无比宽阔。

萨托里瓦什想要数一数。十个，二十，五十，一百……不可能。排头肯定就得有一英里宽……两英里，五英里宽，眼前是一群又一群动物汇成的大潮。无边无际的耶尔克和弗兰勃牰淹没了矗立着这块巨砾的平原。

大地，岩石，甚至连同空气都一起震动起来。

兽群抻着脖子，瞪着眼睛，大张着的口中淌出唾液，铺天盖地而来。无数生灵构成的这股大潮被巨砾劈开，又在另一面重新汇聚起来，一掠而过。白色的牛鹂在它们上空翱翔，偶尔扇动一下翅膀，保持着速度的一致。

在群兽狂奔的浪涛之中，四个人大张着双臂尖叫着、挥舞着，兴奋异常。

他们脚下是一片由蹄类生物汇成的海洋，从地平线一端奔涌而来，一直蔓延到地平线的另一端。没有一头野兽抬头去看那几个手舞足蹈的人族。每一头野兽都很清楚，脚下稍有差池就会被踏成肉泥。

紧张之情很快便消退了。四个人坐了下来，紧靠在一起。他们四下看着，开始感到无聊。兽群还在不停奔腾。巴塔利克斯升了起来，又裹着光晕落下。他们依然看不到兽群的边际，只看到成千上万的动物如滔滔洪水汹涌不绝。

一些弗兰勃牯离开兽群朝着海湾那边游荡而去。有些径直跃进了海里，有些则飞跑上悬崖纵身跃下。群兽的主力则一路咆哮下到坡底又冲上另一边，一直朝着东北方奔去。好几个小时就这样过去了。雷鸣般的蹄踏声无休无止，单调得令人难耐。

头顶的天空中展开了一抹美轮美奂的光幕，飘忽闪烁着升入天穹，可是这几个人早已没了任何兴致：起先让他们无比紧张的兽群如今只让他们觉得压抑。他们在岩脊上挤在一起。四个法艮紧紧靠着岩壁站在下面，把雪橇放在身前稍作保护。

弗雷耶沿着平缓的轨迹往地平线滑去。雨点若有若无地落下。当雨越来越大的时候，天顶的那抹光华消失了，雨水打湿了地面，蹄子踩踏的声音有了变化。

冰雨下了好几个小时。雨势稳定之后，它便如汹涌的兽群一样单调乏味，令人无奈。

黑暗与嘈杂之中，萨托里瓦什和奥蒂·杰赛拉塔尔靠在了一起，与另两位稍稍拉开了些距离。为了保护自己，两人紧紧搂成一团。

兽群的隆隆声夹杂着雨水仿佛穿透了他的身体。他蜷缩起来，将额头抵在了上将的肋侧，感觉自己的生命已经走到了尽头，脑海里回顾着自己的一生。

他想，是孤独使然。一种终其一生，刻意制造的孤独。我远离自己的兄弟，忽视自己的妻子。我是如此孤独。我的学识源自那令人敬畏的孤独感：正是由于那些学识，我让自己更加远离亲友。为什么？是什么主宰了我？

为什么我要忍受詹道昂格诺尔那么久？是不是因为我认识到他所受的折磨与我一般无二？我羡慕詹道昂格诺尔——他让痛苦形于颜色。当他掌控我的时候，就像是一场强奸。我无法原谅这些，或者那蓄谋已久的烧书罪行。他烧毁了我的防御。他会烧毁整个世界，如果他可以的话……

现在不一样了。我已经从孤独之中解脱了。我会变得不一样——如果我们能逃出生天。我喜欢这个女人，我要让她知道。

在这杳无人迹的荒野中，我会在某个地方找到打败詹道昂格诺尔的意义所在。多年以来，我忍受凌辱，吞下苦果。现在……我还没那么老……我要为了所有人把他打倒在地。他已经把我打倒了，而我也要把他打倒。这并不高尚，但高尚已经与我无关。高尚还不如一堆粪。

他大笑起来，却让寒气冻僵了门牙。

他突然发现奥蒂·杰赛拉塔尔正在抽泣，可能已经哭了好一阵子了。他冒昧地把她拉过来，一点点地靠近，直到他僵硬的面颊贴在了她的脸上。伴随着那无休无止的蹄踏声，一缕柔情填满了这空寂的每一寸黑暗。

他语无伦次地低声安慰着她。

她转过脸来，他们的嘴几乎碰在了一起，"这应该怪我。我应该预见到会发生……"

她还说了些别的什么，但都被这风暴淹没了。他吻了她。这几乎是他身上最后仅存的一丝主动了。他心里暖暖的。

离开詹道昂格诺尔的这趟旅程改变了他。他又吻了吻她。她回吻了过来。他们品尝着对方嘴唇上的雨水。

尽管并不舒服，几个人还是多多少少昏睡了一阵。醒来之后，雨小了，变成了毛毛细雨。兽群依然在岩石周围涌过，依然望不到边际。他们只能蹲在巨砾边缘释放一下膀胱的压力。法艮和雪橇已经在他们睡着的时候被卷走了，什么都没剩下。

把他们从昏睡中惊起的是铺天盖地的飞蝇，它们随着兽群一起到来。这股洪流中不止有一种动物，所以这恼人的蝇虫也不止一种，但每一种都是嗜血的。成千上万的飞虫扑到人身上，他们被迫蜷缩成一小团，用斗篷和积德览特袍把自己裹住。只要暴露出一小片皮肤，立刻就会被飞蝇扑满，随即被叮出血。

他们困在那里几乎快要窒息，身子下面的那块巨砾仿佛随着那条已经不存在的冰川一起运动着，不住地颤抖。又一个白昼过去了，接着又是一个暮昏日，然后又是一夜。

巴塔利克斯再次在一片雨雾中升起。这洪荒之力终于缓了下来。大军已过。落伍的动物零零散散跟在后面，大都是带着幼崽的弗兰勃牯母兽。飞蝇的折磨不那么厉害了。在东北方，仍然能听到远去的兽群那雷鸣般的声音。还有很多弗兰勃牯徘徊在海岸线上。

几个人又僵又冷、浑身哆嗦，从大石头上爬下来，回到了地面。什么都没有了，只能一路步行回到海岸去。动物的恶臭充塞鼻端，他们跌跌撞撞地向前赶路，每一步都不堪飞蝇之苦。一路都无人说话。

船起锚继续航行。他们离开了凄苦湾。那四个曾经搁浅在兽群大潮里的人躺在舱室里休养，飞蝇的叮咬让他们发烧了。

萨托里瓦什那昏昏沉沉的脑袋里，兽群依然在奔跑，无休无止，铺天盖地。这排山倒海的画面挥之不去，他拼命与之对抗；甚至在他恢复之后，那感觉依然徘徊在脑海之中。

一等他身子足够好了，他便放下客套，去找奥蒂·杰赛拉塔尔聊天。看到他，领军祭司上将也很高兴。她十分友好地迎接他的到来，甚至向他伸出了一只手。他连忙握住。

她坐在只铺着一条红色被单的床铺上,她的金发肆意地披散在肩头。没穿制服的她看上去比往日更显消瘦,但也更加可亲。

"所有长途航行的船舶都要造访凄苦湾。"她说,"他们要搞一些新鲜的食品储备,首要的就是肉食。水手祭司公会的人没几个吃素的。鱼、海豹、螃蟹,不一而足。我以前见过弗兰勃牦大潮。我应该更警惕些。它们深深吸引了我。你怎么看待它们?"

之前他就注意到了她的这个习惯。在用锡伯语遣词造句的时候,她总是会突然冒出一个问题来让听她讲话的人一时无措。

"我从来不知道这个世界上有这么多动物……"

"比你想象的还要多。超过任何人所能/会想象到的。在这片苍茫的环极地地区,它们生活在巨大的冰帽外围地带,数以百万,数以亿万。"

她兴奋地笑了起来。他喜欢她这样。看到她笑,他意识到自己有多么孤独。

"我猜它们是在迁徙。"

"据我所掌握的最确切的知识来看,其实不然。它们一路下到海边却并不停留。它们一年到头不停地跑,不只是在春天。它们可能只是被一种绝望驱使着。它们只有一个敌人。"

"狼?"

"不是狼。"她学了一声狼嗥,看着他笑得十分开心,"是飞蝇。特别是有一种飞蝇。那种飞蝇跟我的大拇指节一样大,生有黄色条纹——你肯定不会认错。它们在牛科动物的皮褶下产卵。幼虫孵化出来之后就钻进皮肤里,进入血液中,最终停留在背部的皮囊里。那里会长出一个像是大水果一般的脓包,蛴螬就在里面长大,直到最后爆裂,落到地上开始新的生命周期。我们杀掉的每一头弗兰勃牦几乎都生有那种寄生虫——常常会有好几种。

"我见过落单的动物在折磨中狂奔,直至倒地不起,或是干脆从高高的悬崖上跃下,以逃避那种黄色条纹的飞蝇。"

她和善地注视着他,仿佛这番对话让她的心里很是满足。

"夫人,当你的手下人在海滩上射杀那几头牛的时候,我十分震惊。可说实在的,那不值一提。我现在明白了,根本不值一提。"

她点了点头。

"弗兰勃牯是一种自然之力。无休无止。没有尽头。它们让人族显得无比渺小。据估计,锡伯纳尔目前的人口有两千五百万。而这片大陆上弗兰勃牯的数量是它的很多倍——也许有上千倍。有多少棵树,就有多少头弗兰勃牯。我相信整个海利科尼亚上曾经到处都遍布着牛群和飞蝇,在所有的大陆上无休无止地来来去去,牛科动物遭受着永久的折磨,它们永远都在逃命。"

画面浮现在脑海中,两人一时无语。萨托里瓦什回了自己的舱室。不过几个小时之后,奥蒂·杰赛拉塔尔又到门外叫他。在自己那间臭烘烘的舱房里接待她,让他觉得有些窘迫。

"是不是我的那些话,还有那漫无边际的弗兰勃牯兽群让你感到不安了?"谁都听得出来,她的言语之中带着一丝撒娇。

"恰恰相反。我很高兴能跟你这样的人相遇。我对世界的进程充满了兴趣,我希望能更透彻地理解它们。"

"这些问题在锡伯纳尔比在其他地方理解得更为透彻。"她似乎想要淡化这自夸之词,便接着说道,"也许是因为我们跟你们那些在坎普安莱特的人相比,亲身体验过更加剧烈的季节变化。你们博里恩人在大周期年的夏季会忘记大周期年的冬季。我们有时候会/正在产生一种恐惧,如果下一次亡哀之冬哪怕再冷几度,人族便不复存在了。只有法艮,还有那无数没有头脑的弗兰勃牯会幸存。也许人族是……一个短暂的意外。"

萨托里瓦什端详着她。她的头发梳在肩上随意地垂着。"我自己也想过这样的问题。我讨厌法艮，但他们比我们更稳定。好吧，至少人族的命运比那些被驱赶着不停奔跑的弗兰勃牰要幸运得多。尽管我们也被某种黄纹蝇般的事物驱赶着……"他一顿，想多听听她说话，看她有多聪慧与敏感，"当我第一次见到弗兰勃牰的时候，我觉得它们跟剑族真是太像了。"

"很像，在很多方面都很像。喔，我的朋友，大家公认你学识渊博。你对那种相似性有什么高见？"她也在试探他，她那副充满戏谑的举止表露无遗。客套一番后，两人并排坐在了他的床铺上。

"玛第跟我们很像。楠第族和另族也是，尽管血脉渊源更遥远。人族和玛第之间似乎没有家族关系，但玛第和人类交配有时会生育出后代。希摩达·泰尔公主就是那样一个变种。我从没听说过法艮与弗兰勃牰有过交配。"他对这个问题不太确定，干笑了一下。

"设想一下，按照你的说法，造就了我们的创生神已然在人族和玛第之间构建了一种家族关系吗？那你能不能接受弗兰勃牰和法艮之间也有一种联系呢？"

"那要由试验来决定。"他差点就想说起自己在梅特拉赛尔进行的繁殖试验，不过还是决定把这个话题保留到以后再说，"遗传关系会在外表的相似性上表现出来。法艮和弗兰勃牰都有金色的血液来抵御寒冷。"

"那些证据是未经证实的。大多数人相信每一个物种都是由阿佐亚希克神单独创造出来的，我却不以为然。"她提到这点的时候放低了声音，"我相信物种之间的界线会随着时间越来越模糊，就像人类与玛第之间的界线会在你们的詹道昂格诺尔迎娶希摩达·泰尔之后，进一步地模糊。你明白我的意思吧？"

她是不是也是一个深藏不露的无神论者，就像自己一样？这想法让他颇为兴奋。"跟我说说。"

"我从来没听说过法艮和弗兰勃牰交配这种事，真的。不过我有很好的理由相信，这个世界曾一度除了弗兰勃牤和飞蝇之外，什么都没有——这两者都无以计数而且没有思想。经过遗传变化，一些弗兰勃牤进化成了剑族，成了一个更高级的变种。你怎么想？这有可能吗？"

他尽力配合她那副辩论的语气。

"相似性可能不止一处，但主要是外在的，不单单是血液颜色。你可能会说人族与法艮很像，因为两个物种都会说话。法艮像我们一样直立，他们有自己的智慧特征。弗兰勃牤没有这类东西——除非在大陆上疯狂地来来回回跑个不停也算是一种智慧。"

"法艮直立行走的能力和使用语言的能力是在那两支血脉分离之后才出现的。想象一下，法艮是从一群弗兰勃牤进化而来，它们……它们在不断奔跑之外找到了另一种对付飞蝇的手段。"

他俩兴奋地看着彼此，他想要告诉奥蒂那个关于骅骊的发现。

"什么不一样的手段？"

"藏在洞里，比如去地下。他们摆脱了飞蝇的折磨，进而发展出了智慧。直立可以看得更远，然后就让前腿解放出来使用工具。在黑暗之中，进化出语言作为视觉的替代物。有一天我会给你看看我关于这些理论的随笔，还没人看过呢。"

他想象着弗兰勃牤一步步进化，不由笑起来。

"不止一代，我亲爱的朋友。是经过了许多代。数不清有多少代。更聪明的那些会胜出。别笑。"她拍打着他的手，"如果这一切在过去并没有发生，那我倒要问问你了：为什么雌性法艮的妊娠时间是一个巴塔利克斯年——而弗兰勃牤牛的妊娠时间也正好是同样长短呢？这不正好说明了遗传上的关系吗？"

航行继续着，两艘船经过了洛拉贾海岸最南端位于回归线以内的诸多小港。在伊吉薇柏港，一条名为"好望号"的六百吨级多桅轻帆船加入了"金色友谊号"与"联盟号"。它的帆上绘有竖条纹,看上去很是强悍。旗舰鸣响火炮迎接它,水手们欢呼不已。在空旷的大海上,三条船可比两条船显得有气势多了。

当他们抵达这条航线的最西端——东经二十九度的时候,大家郑重地记录下时间。这一刻是二十四点三十分,距离二十五点还剩十分钟。弗雷耶在海平线之下,只露出一抹杏黄色的光华。这光华仿佛是从朦胧的水面下绽放出来的,溶解在海平面之中。那巨大的太阳正等待着从那团寂静之中升起。就在那团光芒中的某个地方,隐藏着那个神圣的国度施芬宁克。在施芬宁克的某个地方,从大海一直绵延到北极的崇山峻岭之巅,便藏着喀尔纳巴尔的巨轮。

号声吹响,所有的船员忙碌起来。三条船靠在了一起。

祈祷开始了,乐声奏起,所有人用手指抵着额头站在那里做祈祷。

杏黄色的雾霭之中现出一面船帆,在粼粼波光之中若隐若现。鸟群绕着它的桅杆不住啼叫,显然是刚刚从陆地上一路跟着飞来的。

那是一艘全白的船——帆是白色的,船身上是新鲜的白漆。它靠近之后鸣了一声礼炮,其他船上的人都抬眼望去:那是一艘多桅帆船,比"好望号"大不了多少;不过它的主帆上绘着巨大的圣徽纹,那代表着巨轮,内外两重圆轮由波浪形的线条连在一起。这是"瓦伽布哈尔祈祷号",是以施芬宁克的主港命名的。

四条船抢着风头聚在一处,就好像栖息在一根枝条上的四只鸽子。领军祭司上将亲自发号施令。船首斜桁的方向一转,绳索声音大作,船首帆登时鼓满了风。小型舰队开始向南航行。

水的颜色变成了更深邃的蓝色。船只正在离开帕诺威尔海,进入浩瀚的克莱蒙特大洋的北方边缘。然而一转眼,他们便遭遇上了恶劣天气。接下来,他们度过了一段艰苦的日子,与排山倒海的大浪和凶险万分的风暴搏斗,甚至还有巨大的冰雹。一连几天,他们一颗太阳都见不到。

当他们终于抵达平静的海域时,弗雷耶的最高点已经比之前低了许多,而巴塔利克斯则显得更高了。左舷方向便是坎普安莱特最西端那遍布军事堡垒的峭壁——芬道威尔海角。他们一绕过芬道威尔,便驶入了热带大陆沿岸最近的抛锚点,他们要在那里歇两天。木匠需要维修风暴造成的损坏,水手祭司公会的人要缝补船帆,其他人则都跑到温暖的环礁湖里洗海澡去了。男男女女赤身戏水的画面让人心旷神怡——在这一刻,清教徒式的锡伯纳尔人罕有地展现出不拘小节的一面——这甚至让萨托里瓦什也穿着丝质裤衩冒险下了水。

当他回到海滩上歇息、躲避两颗太阳暴晒的时候,游水的人也纷纷爬了出来。"好望号"上很多船员都是女人,体格健硕。他慨叹自己已不再年轻。艾奥·帕沙迪德也爬出来走到他身边,平静地说:"要是那位美丽的王后中的天后在这里嘛……"

"那又怎样?"他还是盯着海水,希望看到奥蒂赤着身子出现。

帕沙迪德用一种很不锡伯纳尔人的方式捅了捅他的肋骨。

"那又怎样?那样的话,这个貌似天堂的地方可就真的变成天堂了。"

"你是不是认为这次远征真有可能征服博里恩?"

"即便战场上风云莫测,我依然很确定。我们的军事组织和武器装备是詹道昂格诺尔的军队永远都难以企及的。"

"喔,那时候王后就会落到你的手中了。"

"这个想法我挥之不去。你觉得我心血来潮要打这仗还能有什么原因?我可不想要奥塔索尔,你这老山羊。我想要的是王后梅尔黛伽拉。我想占有她。"

XV

采石场里的囚犯

一个男人肩头挎着包袱步履匆匆，他身上的制服已破烂不堪。两颗太阳当空暴晒，汗水浸湿了他的上衣。他漫无方向地走着，几乎都不抬眼看上一看。

他正徒步横越兰杜楠东部驰瓦特高地上一片破败的丛林地区。周围全是黑黢黢的支离破碎的树桩，有很多树桩仍在焖烧着。这个男人偶尔抬起头环顾四周，眼前除了乌黑的一片和残存的小径之外什么都看不到。远处灰蒙蒙的烟幕弥天。很可能是热带的酷热引燃了这场大火，也可能是一支火枪溅出火星，给这成千上万树木带来了灾殃。战斗已经在这片地区持续了很多个什旬。如今士兵和火炮都不见了，植被也随之而去。

这个男人的举手投足都透出疲惫和挫败之态。但是他继续向前。他停下过一次，那时，他在日光下的一个影子渐渐消失。黑云滚滚升起，把弗雷耶从天空中抹去了，几分钟之后巴塔利克斯也被吞没。然后，雨开始下。这个人缩着脖子继续走。没有什么地方能让他避一避，他无可奈何，只能臣服于大自然。

大雨如注，时不时狂洒一阵。灰烬吱吱作响。天庭中的甘露被毫不吝惜地召唤而来，一阵强似一阵，就好像预备队不断轮番上阵。

下一波攻击是炮弹般的冰雹。雹子让这个男人发命狂奔起来。他慌不择路，钻进一截空树桩子里躲避。就在他放松地向后靠去的时候，却压碎了一大片朽木，一座坚背虫的堡垒土崩瓦解。这些带甲壳的爬虫纷纷从藏身之处爬了出来，穿过混着灰烬的浊流，犹如跨越塔吉萨河一般，舞动着纤柔的触须寻求避难之所。

那个男人丝毫没有意识到自己引发的这场灾难，只是从帽檐下直勾勾地盯着前方，喘着粗气。几个弓着腰的身影跌跌撞撞穿行在一片昏天黑地中。他们是他那支大军的残部，曾经声名赫赫的博里恩第二军团，其中一个人茫然地从这根树桩子前走过，身上一条可怕的伤口被冰雹砸得开始流血。躲在空树桩里的那个人不由自主抽泣起来。他没受伤,只是额角有些淤青。他没有权利活着。

他就像一个可怜的孩子,哭到筋疲力尽。顾不上冰雹,他便睡着了。

一个梦让他惊醒过来,梦里,冰雹铺天盖地而来。他甚至感觉到雹子砸在脸上,醒来一看,天却已然放晴。他连忙起身,依然有小石子儿不断打在脸上、脖子上,他不由一阵恼火。他正大口喘着气,一颗石头飞进了嘴巴里。他把它吐了出来,大惑不解地转身四下里张望。

附近有一株被火烧过的、满是节瘤的植物,那样子就好像一把扫帚。大火让它种子的外壳硬化了,火焰让种子成熟起来。在第二天的高温里,外壳迸开了。它们发出小小的声音,就像濡湿的嘴唇一开一合,种子就这样朝着四面八方弹射出去。满是灰烬的大地为它们的生长提供了肥料。

他放声大笑,胸中突然生出一阵快意。不论愚蠢的人族造了什么孽,大自然都以它自己的方式不可阻挡地继续着,而他也会继续走自己的路。他拍了拍宝剑,正了正帽子,拎起包袱朝着东南方走去。

将近正午时分,他走出了这片惨遭踩躏的地方。蜿蜒而下的道路夹在丛生的猪仔苞中间。在过去的几个世纪里,大军行进的那条道路有时是河流,有时是干涸的河床,有时是冰道,有时是牛群的迁徙之路,有时又是通衢大道。谁也说不清楚它全部的历史。低垂的花朵在两岸盛开,有些是从很远的母体上弹出来长到这里的。两侧的堤岸越来越高。他在两岸之间蹒跚而行,脚下的乱石让他磕磕绊绊。随着乱石渐渐消失,他来到一座小山丘的底下,看到这里的田地中间有些农舍。

眼前的景象并没有给他带来多少安慰。

田地荒芜已久,农舍早已废弃。很多屋顶都塌落了,只剩下一面面孤墙,仿佛挥向天空的苍老拳头。曾经扬起的尘土一天天沉积下来,压塌了道路两侧堤坝顶端的篱笆。尘土扑散到邻近的田地、农舍、谷仓以及被丢弃在各处的行李上,每件东西都染上了一样的灰色调,就好像全是用同样的材料制造出来的。

这个背着包袱的男人心想,只有大军通过才会扬起这么大的尘土。那支大军就是他的。第二军团当时正阔步向前,奔赴战场。而转眼间,他灰溜溜地回来了,一败涂地。

汗拉·托科奈特将军,脚步麻木而沉重,缓缓走上迂回曲折的街道。一两个鬼鬼祟祟的法艮在废墟中盯着他,顾长的脸上没有表情。他不记得这个村子了,这只是某个炎热日子里行军经过的某个村庄罢了。当他走到街道尽头,走到那根标记着当地大地音阶的圣柱跟前时,他看到了一片呈楔形分布的矮树林,他觉得自己有印象了,他的侦察兵探查过这片林子。如果没记错,在它的另一边有一间不小的农舍,他曾在里边睡过几小时。

那间农舍依旧完好,它周围的一圈小屋却都早已毁于大火。

托科奈特站在门口往里看了看,院子里和屋里静悄悄的,只有苍蝇的嗡嗡声。他手握宝剑往前挪着步子。两头被杀死的骅骊倒在敞开的仓房里,尸体上乌压压地爬满了苍蝇,恶臭扑面而来。

弗雷耶高悬天空,巴塔利克斯已经西斜。他越走越近,两重互不协调的影子给这栋房子抹上一层压抑的气息。窗户上沾满了尘土,光线模糊。他想起来了,这里曾经有一个女人,农夫的妻子,带着四个小孩。家里没有男人。现在只剩下一片夹杂着嗡嗡声的寂静。

他把包袱放在前门的台阶上,一脚踢开门扇。

"有人吗?"他希望他的属下会歇在这里。

没有回应。不过他的警惕性告诉他,这栋建筑里有活物。他在石厅里停下脚步。一座高大的摆钟静静伫立墙边,二十五个钟点十分醒目。除此之外,一切都充满着饱受战乱之苦的破败气息。大厅的另一头全都笼罩在阴影里。

然后他果断地迈步向前，穿过走廊，进了一间顶棚低矮的厨房。

有六个法艮站在厨房里。他们一动不动，就像是正等着他回来。他们的眼睛在昏暗之中闪着暗粉色的光芒。他们身后，透过一扇窗户看出去，有一片明黄色的花朵，那明艳的光线让这些猛兽的身影模糊不清。黄颜色的反光映在法艮肩头，映在他们颀长的颊骨上，其中一头猛兽还留有犄角。

他们朝他走来了，不过托科奈特早有准备。他在大厅里就嗅到了他们的气味。他们手持长矛，但他是经验丰富的剑手。他们快如闪电，可是他们挡住了彼此的脚步。他的宝剑向上一撩刺入他们的胸腔，他很清楚他们的心脏就在那里。只有一个剑族刺出了手中的长矛，他一剑下去把对方的前臂斩掉了一半，金色的血液涌出，屋里一下子充满了他们粗重痛苦的呼吸声。一个接一个，他们再没发出什么声音，全都死了。

他们倒下之后，他认出他们曾经都是在他的卫队中颇受信任的成员。如今他们趁弗雷耶之子自顾不暇，纷纷恢复了本性。粗心大意的士兵肯定会落入他们的圈套。确实如此，不久之前就有一个。厨房后面的一张桌子上就摆着一具博里恩人的遗骸，他的喉咙被干净利落地咬断了。

托科奈特跑回院子里，靠在一面暖和的墙上歇了片刻，那股子恶心劲儿才过去了。他站在那里呼吸着暖暖的空气，直到周遭腐烂的恶臭将他驱离了这所院落。

他不能在这儿休息。体力恢复之后，他又重新拾起包袱，沿着大道朝着海滨继续不声不响地跋涉。他迎着大海的声音一路前行。

森林在周围簇拥着他。通往南方的路穿过一片奇形怪状的司匹芮科丝树，树干成双成对扭曲绞缠在一起。托科奈特穿行在这片枝杈当中。这片树林几乎密不透风，没有多少植物生长在地面，因为阳光几乎无法透到地面上去。他就像是走在空中楼阁里，周围全是匪夷所思的廊柱。

这片把博里恩和兰杜楠分隔开来的森林有着一层层不同的空间。底层，另族出没不定，叫声不绝，有时会钻到地面上来，在爬上安全的枝杈之前会扯下一些菌类食用。灌木层，大型动物有时会穿行其间，横冲直撞。树冠层，那是丛林名副其实的顶篷，装点着托科奈特看不到的鲜花，还有他只能听到叫声的鸟儿。最高大的树木突兀而起直插云霄，高耸于树冠层之上，那是食肉鸟类的家园，它们默不作声地观察着一切。

雨林的庄重肃穆令那些身陷其中的人们觉得，它比那些树木稀少的草原，甚至比荒漠更显得永恒不变。其实不然。在海利科尼亚，一千八百二十五个小周期年构成一个大周期年，这片令人眼花缭乱的丛林只能在其中一小半的时间里维持盎然生机。深入调查就会发现，每一株树木从树根、树干、枝条到种子都会显露出各自的特质，在气候不那么温和时，在极度荒凉中忍受孤寂时，或是在大雪覆盖之下静静等候时，彰显着它们的生存策略。

在动物眼里，这片丛林家园的不同层面都可谓永世不变。事实上，这座错综繁杂的丛林大厦比任何人族的作品都更加不可思议。在自然元素的滋养之下，这片丛林仅仅花了几代人时间就从一堆散落的坚果中迸发出来，就像是从玩偶匣子里蹦出来的玩偶。

一层层的植物构成了一种完美的秩序，但在无知者看来，它们只是随机而发。每一件事物，不论是兽类还是昆虫或植物，都有其自身的位置，拥有各自所属的那层空间。法艮在丛林中寻求庇护，通常生活在小窝棚里，夹在盘根错节齐膝高的树根之间；另族则是一个特立独行的例外，他们会加入法艮，扮演着介乎宠物和奴隶之间的角色。

常常有十几个或是更多的法艮聚居在一起，带着他们的后代定居在大树底下。托科奈特经过的时候，都离那地方远远的。他对法艮极不信任，也害怕他们中间的另族发起攻击，当附近有陌生人的时候，他们常常会像看家狗一样挥舞着树棍猛冲出来。

有时，也会有人族潜藏在这些聚居地中。人族居住的棚屋就紧挨着剑族的窝棚，很难区分。这些人几乎全身赤裸，显然是被法艮当作大个头的另族而接纳的。看起来人族似乎是拜那些褐色皮毛的另族所赐，在他们与法艮的联盟中找到了一席之地，卑微地在貌似和谐的状态之中求生。

大多数人族都是来自第二军团的逃兵。托科奈特鼓动他们，尽力劝说他们跟着他走。有些人听从了，另族愤怒地朝他们扔来木棍。很多人承认，他们痛恨战争，但之所以愿意重归旧日指挥官的麾下，只是因为无比厌恶丛林中那些诡异的声响和清汤寡水的饮食。

沿着雨林中的通道行走了一天之后，他们恢复了往日的军姿，重新拾起了古老的纪律，这似乎给大家带来了一丝安慰。托科奈特也发生了变化。他本已一蹶不振，如今又挺起肩膀，恢复了往日昂首阔步的神态。他脸上的线条紧绷，又能看出他是个年轻人了。越多的人加入进来，他就越容易发号施令，大家看上去就越像军人的样子。人族本就性情不定，周围的人如何看待他，他便会成为什么样的人。

这支小型军队就这样抵达了凯考尔河。

受到焕然一新的情绪鼓舞，他们发动了一次出乎意料的突袭，拿下了奥黛雷这个遍布陋屋的镇子。随着这次胜利，他们的斗志被完全激发了起来。

停泊在凯考尔河面上的船只中有一艘运冰船，飘扬着洛德尔雅德莱冰贸易公司的旗子。镇子被攻陷的时候，这艘名为"洛德尔雅德莱硬汉号"的船正想顺流而下逃走，托科奈特让一队人马把它截了下来。

惊恐万状的船长抗议说他是中立国的，声称有外交豁免权。他还声称自己在奥黛雷的业务不仅仅是做冰贸易，还要给汗拉·托科奈特将军送一封信。

"你知道这位将军在哪儿吗？"托科奈特质问道。

"丛林中的某个地方，他给国王打了败仗。"

一把剑抵在了船长的喉咙上，他连忙说已经花钱派人去送信了，他的责任已尽于此。他还搬出了克里奥·芒特拉斯船长的指示。

托科奈特又问道："那封信里说了什么？"

那人发誓说他不知道。装信的皮囊是由王后中的天后梅尔黛伽拉的印玺封印了的，他不敢乱动王室的信件。

"要是不给我说清楚里边装的是什么，你就永远不得安生，你这无赖！"

看来这人需要一点刺激才愿意交代。他们翻起一张桌子，压在他身上不停地碾压，这位船长才终于招认，皮囊的封印是自行脱落的，他只是碰巧看到，不是有意的；王后中的天后被国王詹道昂格诺尔流放到了鹰之海北岸，一个叫作格莱瓦贝伽雷尼恩的地方；她很担心自己的性命；她希望有一天可以见到她的好朋友，就是那位将军，希望他能从危险的战场中脱身，来到她的面前。她祈祷阿克哈纳巴保佑他远离一切疾患苦难。

听到这些之后，托科奈特面色煞白。他跑到船边望着漆黑的河水，免得士兵们看到自己的脸色。期盼、恐惧、渴望，诸般情绪在他胸中涌起。他心中暗暗祈祷，期望自己在情场上比在战场上成功。

托科奈特的部下把那位受尽责罚的"硬汉号"船长扔到岸上，征用了他的船。随后，他们在镇里欢庆了一天，往运冰船上堆满补给品，航向了遥远的大海。

在丛林上方的高空中，"阿佛纳斯号"在自己的轨道上运行着。观测卫星里的那些人并不熟悉下面那颗行星上的战争形态，他们会问是什么样的军队击败了博里恩第二军团。他们徒劳地搜寻着趾高气扬的兰杜楠爱国者，心想必定是这些人击溃了入侵他们家园的侵略者。

其实根本就没有那么一支军队。兰杜楠人是一群半野蛮部落，与他们的生存环境和谐相处。一些部落会耕种小片小片的土地。他们跟狗和猪生活在一起，小狗小猪们只要想吃奶了，便可以随心所欲地拱进一个奶妈的怀里，有奶便是娘，人畜不分。这些人杀生只是为了果腹，而不是为了消遣。很多部落都把另族奉为神明，但这并不妨碍他们杀死这些神明，只要他们刚好遇到在雨林里游荡的另族。他们的思维就是这般奇特，他们中的有些人会崇拜鱼，或是树木，或是精灵，或是双日白昼的斑斑天光。

谦卑的兰杜楠部落包容着法艮部落，这些法艮迟钝呆板，大都是流动的伐木工和菌类贩子。而另一方面，法艮也很少攻击人族部落，尽管在广为流传的传说中，雄性法艮会抢走人类中的女人。

法艮会自己酿造一种酒，莱斐尔。在特定的时候，他们还会酿造一种不一样的佳酿，兰杜楠部落称之为沃露浆，这东西可以从沃露树的汁液和某些菌类中蒸馏出来。兰杜楠人自己不会调制沃露浆，就通过物物交换从法艮手里买，然后就是一场彻夜的狂欢。

每逢那个时候，一个伟大的精灵就会向部落发表讲话。它告诉他们要走出去，到荒野中狂欢。

部落民就会把他们的神灵，也就是另族，绑在竹椅上扛着走出丛林。整个部落全体出动，孩童、猪、鹦鹉、蒲丽雀、猫，所有的一切。他们会跨越凯考尔河进入博里恩的领地，侵袭博里恩中心平原那些富庶的耕地。

这就是被兰杜楠称为荒野的地方，因为这些地方全暴露在外，太阳当空直射。这里没有大树，没有浓密的灌木，没有隐秘的地方，没有野猪，没有另族。在这片没有神灵的地方——最后一次畅饮沃露浆之后——他们便开始撒野狂欢，肆意放火焚烧或是劫掠庄稼。

平原上的博里恩人肤色黝黑，十分剽悍。他们痛恨这些苍白的爬虫，那副尊容就像是不知道从哪儿钻出来的鬼魂。他们从小村庄里倾巢而出，端起身边一切可以当作武器的东西来驱赶这些入侵者。争斗之中他们常常会丢掉性命，因为那些部落民会使用吹管箭，箭头蘸着毒药，箭尾装点着羽毛。被激怒的农民们离开自己的家园，去焚烧对方的森林。这最终导致了博里恩和兰杜楠之间的战争。

入侵，防御，进攻，反攻。这些举动都在不断地把一切事物推向人族的对立面，而他们自己却浑然不知。当第二军团在兰杜楠丛林密布的群山中调动部署时，小小的部落民已经被当作一支令人生畏的大军。

然而击败托科奈特这次远征的并非武装起来的对手。部落民所谓的防御措施就是溜进丛林，彻夜尖叫着羞辱敌人。跟那些另族一样，他们爬上树梢，投下雨点般的飞镖，或是往将军的士兵身上撒尿。他们根本不可能进行真正的战斗，倒是丛林替他们战斗了。

丛林里充满了疾病，博里恩的军队对此毫无抵抗力。里面的果子会引起剧烈的痢疾，水塘带有疟疾，林间热病横行，各种蚊虫和寄生虫由外而内或是由内而外不断侵袭着人族。没有谁能好好打仗，所有人都只想存活下来。一个接一个，一片接一片，博里恩的士兵向丛林屈服了。随着他们一齐消散的，是国王詹道昂格诺尔在西方战争中取胜的野心。

国王的军队在兰杜楠土崩瓦解，他虽然远在千里之外，但他所遭受的折磨与丛林中的军队不相上下。帕诺威尔的官僚们比丛林更难对付，国王不得不耗费更多的时间去跟他们死缠烂打。王后中的天后已经从首都离开好几个星期了，可他的离婚契约还没有从圣帝国送来。

随着炎热一日强过一日，帕诺威尔也加紧了大清洗的行动，残酷打击那些生活在他们土地上的剑族。逃散的法艮部落在博里恩寻求庇护，这是大多数百姓所不想看到的，他们对这些粗毛野兽又恨又怕。

国王的感觉却颇有不同。在一次对议政堂的讲话中，他表示欢迎难民，承诺在克斯加特给他们土地，并允许他们在那里定居，只要他们加入军队为博里恩战斗就行。克斯加特已然摆脱了达夫利什的魔爪，因此在那里施行耕种的成本就更低了，这也能让这些新来的家伙从博里恩人眼前消失。

向法艮伸出的援助之手并没有让帕诺威尔或是奥多兰都的人高兴，离婚契约再次推迟。

不过，詹道昂格诺尔自己倒是很高兴。他已经忍受了那么多，这足以告慰他的良心。

他套上了一件明艳的外套去看望父亲。他再一次穿过宫殿里曲曲折折的道路，穿过一道道守卫森严的大门，下到了关押老头子的地牢前。监牢的厅堂似乎比以往更为阴森。在曾经用作停尸房和刑房的第一重厅室里，詹道昂格诺尔停下了脚步。黑暗笼罩了他。外面世界的喧嚣戛然而止。

他叫道："父亲！"自己的声音诡异地回响在耳边。

他又穿过第二间厅室进入了第三间，苍白的光线射了进来。木头一如既往地闷烧着。那个老人一如既往地裹着毯子，一如既往地坐在火塘前，下巴搁在胸口上。多年以来，下面这里的一切都未曾发生过变化。如今唯一的变化就是，瓦尔培昂格诺尔死了。

国王一只手放在父亲的肩头上站了一会儿。尽管那具躯体很是消瘦，却依然坚挺不屈。

詹道昂格诺尔走到了装着栅格的高窗下。他喃喃呼唤着父亲，那颗头发稀疏的脑袋没有动弹。他又叫了一声，声音更大。然而还是没动。

"你死了，是吗？"詹道昂格诺尔的音调里带着轻蔑，"又一次背叛……原初注视者在上，难道我失去她还不够悲惨吗？"

没有回应。"你已经死了，是不是？居然靠一死来拒绝面对我，你这老顽固……"

他大步走到火塘跟前把木头踢得到处乱飞,烟气登时弥漫起来。盛怒之下,他把椅子打翻在地,父亲那佝偻的身体跌在了石头地面上,依然是蜷缩的姿势。

国王俯身看着这具可怜的躯体,就像是凝视着一条蛇,然后,他猛地一下跪倒在地——不是祈祷,而是一把抓住了尸体干瘪的喉咙对它破口大骂,怒斥这个死去的东西在很久以前让母亲抛弃了他,浇灭了她的爱。国王对着尸体翻来覆去地咒骂,咬牙切齿,恶语不断,直到词穷,最后在那具尸体上弯下身子不动了,一切都被浓重的烟气裹了起来。他用拳头击打着铺着石板的地面,然后一动不动地蹲坐在那里。

木头散落得到处都是,潮气让它们一根根自行熄灭了。最后,国王双眼通红地离开了这个阴森的所在,就像是有人在驱赶他。他急匆匆往地面上跑去,重新回到了温暖的地方。

宫殿里为数众多的平民中有一位年长的护士,她居住在仆佣区,每天大部分时间都卧床不起。詹道昂格诺尔长大之后就再没进过仆佣区。他熟练地循路而行,穿过廊道之后面对着老妇人,她从床上一跃而起,惶恐之中紧紧抱住了一根床柱。她一脸惊骇地盯着他,撩开了遮着眼睛的头发。

"他死了,你的主子和爱人。"詹道昂格诺尔面无表情地说着,"我就是说一声,他就要下葬了。"

第二天,国王宣布哀悼一星期,王室第一法艮卫队披着黑衣在城中巡游。

那些因为穷困而百无聊赖的平民很快就窥测到了国王的情绪,就算远离王宫的人也会通过第二手或第三手的传言略知一二。这些消息人士跟王宫的关系很密切,当然都是见不得光的关系。每个人都认识一些给王室效力的人,他们嗅得出詹道昂格诺尔在兴奋与绝望之间摇摆不定的情绪。平民暴晒在烈日之下,没戴帽子,聚集在即将埋葬瓦

373

尔培昂格诺尔的圣地。他将依照国王应享的礼节被盛大地埋葬在他所属的大地音阶之中。

葬礼由奋斗之穹的大祭司布朗吉努特主持。议政堂的成员也在场，他们都被安排在专为葬礼搭建的看台上，那里挂着昂格诺尔家族的旗帜。这些大人物面色沉重，与其说是对死者的哀悼，不如说是对现任国王的不满——不过他们还是到场出席了，若是不这么做，他们害怕会面临什么不测的后果；出于同样的缘由，他们的夫人也随行出席。

詹道昂格诺尔站在墓穴边上，显得形单影只。他不时朝周围投去锐利的目光，像是期望能看到罗彼。当他父亲那具裹在金布里的尸身被放进墓穴的时候，那种紧张的扫视愈加频繁。没有任何殉葬品，因为所有在场的人都明白，在幽魂的世界里，一切物质都不再重要了。唯一彰显死者尊贵身份的仪式，是十二位宫廷女子走上前来，向遗体洒下花朵。

大祭司布朗吉努特闭上眼睛吟诵起来：

"季节变换，带我们步入终了的音阶。天空中双日同在，一弱一强，于是我等便有了两处存在之境，生与死，弱与强。如今伟大的国王离我们而去，已入强境。他，那个深知光明，现已陷入黑暗之人……"

密密匝匝的人群急切地想要挤上前去，同样在场的狗群想要把鼻子探进墓穴，大祭司高亢的声音让这帮窸窸窣窣的乌合之众安静了下来。第一捧土撒了下去。

就在这时，国王的声音响了起来："这个恶棍毁掉了我的母亲和我本人。你们为什么要为这个恶棍祈祷？"

他奋力一跃，跨过了墓穴坑口，把大祭司往边上一推，一边叫喊着，一边往宫殿的方向跑去了，宫殿在远处的山巅探出一角。出了人群的视线之外，他还在跑，直到冲进牲口厩，跨上他那匹骅骝，疯狂地奔进了林子里，玉理被远远甩在后边嘤嘤啼哭。

这一幕实在是尊严扫地，这是一个教徒对宗教的羞辱，这让梅特拉赛尔的百姓兴奋异常。人们在最简陋的棚屋里议论着，嘲笑着，颂扬着，谴责着。

"这个詹道，就是个小丑。"在经过一番深思熟虑后人们往往会得出这个结论，这是大家在小酒馆里整晚痛饮之后达成的共识。在那里，死者可得不到什么同情。小丑的名声由此传扬开了，传到了议政堂他那些反对者的耳朵里，让这些人更加坐立难安。

对这一幕感到愤慨的不仅仅是小丑的反对者，还有一个身形纤瘦的年轻人，他有古铜色的皮肤，破衣烂衫，在这场葬礼上，他目睹了国王的逃走。当爷爷的死讯传来时，罗彼就在不远处生活着，居住在一个渔民聚集的湖中小岛上，那里遍布芦苇丛。他返回首都的时候无比警觉，好似一只小鹿，想要跑到近处去端详一头狮子。

看着小丑逃走，他壮起胆子跳上一匹骅骝跟了上去，上了一条他自幼便烂熟于胸的小路。他并没打算去面见自己的父亲，甚至他都不知道自己在干什么。

那个心中除了幽默感什么都有的小丑，踏上了一条自从萨托里瓦什被驱逐之后就再也没人走过的小路。小路通向一处采石场，掩藏在茎梗柔软、外表如蜡的拉甲巴尔幼树丛中，很难想象这些幼苗在经过几百年的生长之后，当大周期年夏季再次让位于冬季时，会变成一座令人望而生畏的森林堡垒。那股狂劲儿过去了，国王把田凫拴到一株小树上。他一只手扶着光滑的树干，脑袋抵在手背上。他的心中倏然浮现出王后的玉体，脑海里浮现出曾经点燃了他们情爱之躯的律动。那些曼妙之事早已逝去，而他依然痴痴地念着。

沉默了好一阵，他牵着田凫穿过那株拉甲巴尔母树的残桩，树桩黢黑，犹如已经熄灭的火山。前方立着一排木头栅栏，挡住了采石场的入口。没有人出来拦阻。他推开栅栏自管向前。

前院是一片荒废的迹象，杂草滋生。棚子无人修葺，疏于打理，如同腐朽经年。一位须发皆白的老人走上前来恭迎圣驾。

"守卫呢？怎么连门都没锁？"国王回头心不在焉地问完，径直往前面的笼子走去。

那位老人早已习惯国王的喜怒无常，不敢怠慢国王那随口一问，连忙跟上去，口沫横飞地说那些人在总管大臣被贬之后是如何作鸟兽散的，只有他忠心耿耿守在这里。就他自己一人，他仍在照料那些囚犯，希望博得国王的赞赏。

国王没有流露出一丝满意之情，双手扣在背后，面现忧郁之色。在这个采石场里，倚着岩壁修着四个大笼子，每个笼子都分成形制不同的隔间，方便囚犯活动。詹道昂格诺尔阴沉沉地盯着这些笼子。

第一个笼子里关着另族。他们在里面手脚并用，连尾巴都用上了，悬在那里荡来荡去消磨时间。国王走到跟前的时候，他们都跳下来跑到栏杆前面，伸出手掌一样的爪子，对来访者的地位浑不在意。

第二个笼子的居住者在陌生人接近的时候缩了回去。他们大都一溜烟跑回隔间里，不见了。他们的牢笼修在岩石上面，因此无法打洞钻到地下去。有两个走上前来靠着栏杆站起身，仰头望着詹道昂格诺尔的脸。这些初灵生物是楠第，他们身形娇小、总是躲躲藏藏，很容易与另族搞混，两者的确很像。他们站起来有人类的腰那么高，而且他们的面孔、突出的口鼻都与另族相似。粗陋的腰裙遮挡着他们的生殖器，身上覆盖着浅棕色的毛发。

那两个走上前来的楠第朝国王叫嚷着，紧张地蹿来蹿去。他们的语言混合着奇怪的嘟哨声、咔咔声和哼哼声。国王盯着他们，脸上露出一种介乎于轻蔑与同情之间的神色，然后转向了第三个笼子。

这个笼子里囚禁着更高级的初灵族——玛第。跟前两个笼子里的囚犯不同，玛第在国王走近的时候一动不动。

离开了大迁徙，他们便茫然不知所措。两个太阳起起落落，国王们来来去去，对他们来说都是一样的毫无意义。当詹道昂格诺尔看着他们的时候，他们努力把脸埋到腋窝下面。

第四个牢笼是用石头做的，直接在采石场里劈凿出来，这表明关在里面的囚犯具有更强大的意志力，那正是人族——基本都是莫迪雅特或瑟莱布雷特的部落民。女人溜进了阴影里，男人则挤上来苦苦哀求国王放了他们，或者最起码别再用他们做试验。

国王自言自语地说："现在不会再有那种事了。"而他自己就像那些囚犯一样不安地走来走去。

"阁下，我们被侵犯的尊严……"

来自鲁丝泰乔尼可火山的灰烬依然堆积在角落里，已经滋生出了杂草。火山喷发的停止，就像暴发一样突然。国王在灰土里踢来踢去，用靴子扬起一阵尘埃。

尽管他对玛第最感兴趣，从各个角度观察他们，有时甚至蹲下来看看他们，但他心焦气躁，根本静不下来。一个雄性玛第带着一个浑身赤裸的雌性挤到前面来，想要把她献给国王，希望借此换得自由。

詹道昂格诺尔厌恶地转过身去，脸上阴晴不定。

突然，一条人影从那个石头笼子后面跳到了阳光下，罗彼昂格诺尔跟他面对面站在了一起。一时间两人都僵住了，就像两只猫，直到罗彼伸出手臂，张开五指做了个手势。那位白发苍苍的老看守从他身后过来，脚步蹒跚，嘴里不住地抱怨。

罗彼说道："囚禁是为了让他们保持理智，伟大的国王。"

但是詹道昂格诺尔快步向前，一伸手搂住了儿子的脖子，吻着他的嘴唇，好像他早就想这么做了。

"我的儿子，你去哪儿了？为什么野成这个样子？"

"一个男孩就不能在树叶之间哀悼吗？就非得来宫廷里才能哀悼吗？"他从父亲身前退开，用手背不住地抹着嘴，说的话含混不清。他绊倒在第三个笼子前，慌忙用另一只手伸到背后稳住身子。

一个玛第立刻抓住了他的小臂。那个被献给国王的赤裸雌性野蛮地咬在了他的拇指上。罗彼痛得尖叫起来。国王立刻拔剑来到笼子跟前,玛第往后退开,松开了罗彼。

"他们就像希摩达·泰尔一样,对王室的鲜血无比饥渴。"罗彼说着,把手夹在两腿间蹦来蹦去,"你看她是怎么咬我的肉的!未来的后妈就会这么做!"

国王收剑归鞘,大笑起来。

"你看到了,当你插手别人的事情时会发生什么。"

"他们非常恶毒,阁下,当然,他们也受到了不公的待遇。"老看守在颇为安全的距离之外说着。

"你天性就适合当囚徒,就像青蛙生来就想去池塘。"罗彼一边蹦着一边对父亲说,"但是,放了这些可怜的东西吧!都是瓦什的蠢行,不是你的——你有更愚蠢的事情要做。"

"我的儿子,我有一个我关心在乎的法艮宠物,或许他也关心着我。他跟随着我是因为爱我。为什么你跟随我是为了侮辱我呢?别这样了,跟我一起过正常的生活吧。我不会伤害你。如果我已经伤害了你,那我心里很后悔,因为这么久以来你早就给出了让我后悔的理由。听我的话吧。"

"男孩尤其难养,陛下。"那个看守在一旁评论道。

父子俩远远分开站着,彼此对望着。詹道昂格诺尔收起他那雄鹰般的目光,流露出平和之色。罗彼光滑的面孔下酝酿着怒火。

"你需要另一个宠物跟随你?你这臭名远扬的采石场里关押的囚犯还不够多吗?你为什么要来这里对他们幸灾乐祸?"

"不是幸灾乐祸,是学习。我应该跟瓦什学习的。我想要知道⋯⋯玛第是怎么⋯⋯我明白,孩子,你对我的爱感到恐惧。你对责任感到恐惧。你一直都是这样。当一个国王意味着处处都是责任⋯⋯"

"当一只蝴蝶就有一只蝴蝶的责任。"

这话惹得国王有些恼怒,他又在笼子前面踱起步来。"这就是萨托里瓦什全部的责任。他可能是有些残忍。他让这四个笼子里的东西按照指定组合依次交配,看有什么结果。他把一切都记录下来了,那是他的行事风格。我把那些全都烧了——你会说那是我的行事风格。那么,然后呢?

"通过试验,瓦什发现了一个被他称之为渐变的规律。他证明了一号笼子的另族跟楠第交配,有时候能够生育后代,但那些后代是不能生育的……不,楠第和玛第繁殖的后代是不能生育的。细节我忘了。玛第跟四号笼子的人族交配可以生育后代,这些后代中有些是可以生育的。

"他的试验进行了很多年。如果强迫另族和玛第交媾,不会有后代。人族和楠第也产不出后代。这中间有一个过渡,一个渐变。他发现了这些现象。瓦什是一个和善的人。他所做的都是出于对知识的渴求。

"也许你会指责他,就像你会指责自己之外的每一个人。但是瓦什为他的知识付出了代价。有一天,两年前了——那时候你不在,你跟以往一样在荒野之中——他的妻子来采石场给这些囚犯喂食,另族打破笼子跑出来,把她撕成了碎片。这位老看守会告诉你……"

看守说道:"我最先找到了她的胳膊,陛下,"他很高兴能被人提起,"是左臂,没错,陛下。"

"瓦什当然要为他的知识付出代价,罗彼,我为我自己付出了代价。而你不得不付出代价的那个时刻也必将到来。季节不会一直是夏季。"

罗彼从一株灌木上扯下一把叶子,差点将那株灌木扯碎,他把叶子裹在了受伤的手上。守卫过去帮他,但是罗彼光着脚把他踢开了。

"这个臭气熏天的地方……这些臭气熏天的笼子……这座臭气熏天的宫殿……对这些发情的脏东西做记录……很久以前,你看,在国王们出生之前,这世界是一个白色大圆球放在一个黑色杯子里。随之而来的是统领全部剑族的那位伟大的可赞王,他与统御着所有人族的女王交媾，用他那巨大的男根把她捅开，用金色的泡沫填满了她。那一番猛干震动了整个世界，让这世界脱离了冬季的酷寒，产生了季节的……"

他话没说完，就被自己逗得爆出一阵大笑。老看守一脸厌恶地转向了国王。

"我向您保证，陛下，据我所知，总管大臣在这里从来没做过那样的试验。"

国王依然僵立在那里，眼里全是蔑视，一直等到儿子不再上蹿下跳，他动了动身子，转过身背对着儿子说：

"我们没有那个必要，没有争吵的必要，在这个悲伤的时刻。我们一起回宫殿里吧，你可以跟我一起骑着田凫，就坐在我身后，如果你愿意的话。"

罗彼跪倒在地，把脸埋在了双手之中。他喉咙里发出了声音，但并不是哭泣。

"也许他饿了。"看守说。

"走开，你这家伙，否则我把你的脑袋割下来。"

守卫往后一退，"我每天都在尽忠职守地喂他们，陛下。是我把所有的食物从宫殿里拿过来，可我已经不像以前那么年轻了。"

詹道昂格诺尔转身看着跪倒在地的儿子，"你知不知道，你的祖父现在已经与幽魂同在了？"

"他累了。我看到他的墓穴了。"

"我尽力了，陛下，但我确实需要一个奴隶来协助我……"守卫依然在喋喋不休。

"他是在睡梦中死去的……相比他所有的罪孽来说，真是死得太轻松了。"

"我认为他是累了。我自己发了狂，母亲受尽折磨，爷爷成了肥料……那就是你对我的三连击。你还有什么没对我使出来的？"

国王抱起双臂，把手叠在腋下，"三连击！你这孩子……他们是我心里的伤痛。你为什么要用这些鬼话来折磨我？回来安慰我吧。既然你连跟玛第结婚都不配，那就回来吧。"

罗彼在他面前把手杖在地上，缓缓蹲坐起来。看守抓住机会开口道："他们不再相互交配了，陛下。只在他们自己同类之间，在各自的笼子里交配，为了打发时间。"

"跟你在一起？父亲？跟你在一起，就像爷爷在王宫的坑底那样？不，我要回到……"

就在他说话的时候，老看守蹒跚上前，插到了詹道昂格诺尔和他儿子中间乞求。国王一把推开他，老人跌进了灌木丛。囚犯们大声聒噪起来，捶打着栏杆。

国王靠近儿子的时候露出了笑容，或者说至少把牙露了出来。罗彼往后退开了。"你永远都不会理解你的爷爷都对我干了些什么。你永远都不会理解他凌驾于我之上的力量……那时……现在……也许是永远……因为我没有凌驾于你。我只有把他关起来才能取得成功。"

"牢笼就像冰川一样流淌在你的血液里。我要成为一个玛第，或是一只青蛙。我拒绝成为人族，只要你还拥有国王的头衔。"

"罗彼，别那么残忍。理智点。我很快……就要……不得不……跟一个玛第姑娘结婚。正因如此，我才会来这里看看玛第。回到我身边吧。"

"跟你的玛第女奴交媾吧！清点一下后代！测量，记录！把它记下来，忍受着，把那些能生育的关起来，永远不要忘了，在海利科尼亚上有一个无拘无束的人会把你送进一间永久的牢房……"

一边说着话，这个年轻人一边不住地退后，手指在地上拖出了印子，然后他转身一头扎进了灌木丛里。过了一会儿，国王看到他的身影攀上了采石场的崖壁，一转眼就不见了。

国王上前几步倚在一棵树上，闭上了双眼。

守卫的呜咽声让他缓过神来。他走到那位老者瘫倒的地方把他扶了起来。

"很抱歉,陛下,只要有一个小小的奴隶就好了,现在我年老体衰……"

詹道昂格诺尔疲惫地揉着额头,说:"请你解答我一些问题,老傻瓜。告诉我,玛第的女人更喜欢哪种交媾方式?是像动物那样从后面,还是像人族一样面对面?本来瓦什会告诉我的。"

看守在短上衣上擦了擦手,笑了,"噢,据我的观察,陛下,两种都喜欢,我见过很多次了,独自在这里干活的时候。不过主要是从后面,就跟另族一样。有人说他们交配只是为了生存,另一些人说他们喜欢乱交,不过笼子里的生活本来就不正常。"

"玛第的两性之间会跟人族一样亲吻嘴唇吗?"

"那我可没见过,阁下,没有。只有人族会。"

"他们在行事之前会舔生殖器吗?"

"这种行为在所有的笼子里都很常见,先生。很喜欢舔,除了舔还有吸。我得说,真的很淫荡。"

"谢谢。现在你可以放了这些囚犯了。他们已经完成了使命。放了他们吧。"

他缓步离开了采石场,一手扶剑,一手抚着眉毛。

返回宫殿的路上,一路都有拉甲巴拉尔树投下的柔和影子。弗雷耶就要落下了。天色金黄。火山灰的颗粒散射出褐色和橙色的光晕,像同心圆一般围绕着太阳。太阳坠在地平线上,就像是腐烂的牡蛎上放着一颗珍珠。国王对田凫说:"我不能信任他。他疯了,就跟我一样。我爱他,但我最好还是杀了他。如果他想跟他的母亲结成联盟,在议政堂反对我,那我就完了……我爱她,但我最好把她也杀了……"

骅骊毫无反应。它朝着落日走去,一心只想着回家。

国王意识到自己的想法有多么卑劣。

抬头望着辉煌的天空，他发现了自己心中的恶魔，那正是他所信仰的宗教让他看到的。"我必须惩戒自己。帮助我吧，噢，全能之主！"

他在田凫肋下一踹，加速前行，他要去看看第一法艮卫队。他们不会顾虑任何道德问题，跟他们在一起让他感到平和。

橙色的光晕渐渐消退，只剩下了褐色。弗雷耶消失之后，当巴塔利克斯的光芒笼罩西方的天空时，大地从里到外一点一点变成了灰烬般的颜色。随着巴塔利克斯西斜，美丽的光晕消失了，只剩下乱云之间的一团雾霭。可能是阿克哈纳巴在说——以一种毫无神秘色彩的方式——这场错综复杂的诡计就要收尾了。

詹道昂格诺尔回到了他那座寂静的宫殿里，发现有一位来自圣帕诺威尔帝国的使节在等着他——正是阿拉姆·伊桑博尔。这位使者满面笑容，正等着向国王道喜。

他的离婚契约终于来了。他必须要把它呈给王后中的天后，然后他就恢复了自由之身，可以跟玛第公主成婚了。

XVI

开采冰川的人

南半球，小周期年的夏天已悄然让位于秋季。季风正在赫斯帕戈尔特沿海一带生成。

当梅尔黛伽拉王后在惬意的鹰之海北岸跟她的海豚畅游时，就在这同一片大海的萧索南岸，在鹰之海与赛米塔海交融的那片海域上，阿佛纳斯上的大奖赢家比利·肖·品正躺在那里，奄奄一息。

洛德尔雅德莱的港口掩映在劳德尔莱群岛后面，组成这片群岛的小岛有二十多个，其中一些用作捕鲸站。在这些小岛以及赫斯帕戈尔特那低平的海岸线上，密密匝匝聚集着无数海鬣蜥，它们颌下生着肉垂，身上长满疣赘，鳞甲遍体，这些不伤人的野兽会长到二十英尺长，有时会游到海上去。当冰船长的"洛德尔雅德莱女士号"载着比利抵达帝马里亚姆的时候，比利一直在观察这些家伙。

这些爬虫密密麻麻地趴在海岸的礁石上、湿地上，甚至趴在彼此的身上。它们总是懒洋洋的，冷不丁会窜起跑动起来，无数鬣蜥构成了一幅亦静亦动的画面，呼应着小周期年的这个时节，以及逼近帝马里亚姆海岸那沉闷压抑的天气。从极地冰帽向北流动的冷空气与大洋上的暖空气碰撞在一起，筑起一堵雾墙，把天地万物裹进了湿漉漉的阴影里。

洛德尔雅德莱是一个只有一万一千人的小港。它的存在几乎完全归功于芒特拉斯家族的生意。它为数不多值得一提的地方便是它位于南纬三十六点五度，正好在那宽阔的热带区域之外一点五度。再往南十八点五度就到南极圈了。在极圈里，在那个永恒的冰雪世界中，在漫长的盛夏世纪，弗雷耶永远都不会升起。等到了大周期年的冬季弗雷耶才会再次露面，然后在之后的很多世代中统治空旷的极地世界。

比利被人用传统的雪橇从船上运送到冰船长家里，一路上他听说了这些情况。克里奥·芒特拉斯自豪地讲述着这些事情，尽管离家越近他便越沉默。

比利终于到达了这所白色的宅邸。白色的窗帘勾勒出了宅邸的窗户。因为疾病缠身，他只能躺着，透过窗户和外面的树丛，他能看到镇子里鳞次栉比的屋顶，以及远方那白茫茫的雾气。雾气之中不时会钻出一根桅杆。

比利知道，不久之后他就要开始另一段神秘的旅程了。在启程之前，芒特拉斯那位低调谦逊的夫人艾薇和他那位强势的已婚女儿埃沐娅悉心照料着他。有人告诉他，埃沐娅是这里地位很高的医疗师。

经过一天的休息，艾薇和埃沐娅的照料有了成效，也或许是比利受到了老天的眷顾，越来越严重的身体僵直症状得到了部分缓解。埃沐娅给他裹上毯子，帮他坐上了雪橇。四头巨大的长着犄角的阿索金犬套在驾辕上，一家人带着比利前往内陆，去参观著名的洛德尔雅德莱冰川。

洛德尔雅德莱冰川深深嵌在两山之间的一条河床之中，冰川的前端探进了一口泄入大海的湖泊。

比利注意到，克里奥·芒特拉斯在他女儿面前发生了微妙的变化。他们在一起的时候倒是很亲密，但是他对埃沐娅所表现出来的尊重与她对他的那种尊重并不相称——比利是这么判断的。他们讲话时的姿态尤其别扭，芒特拉斯在埃沐娅面前总是挺胸收腹，仿佛只要她那犀利的眼神望向他，他就必须正襟危坐。

芒特拉斯开始讲述冰川上的那些工作。当埃沐娅谦逊地提示他记错了工作人员数量时，他索性让她直接报出数目。她依言照做。迪福就站在父亲和姐姐身后，面色阴沉。尽管他是儿子，尽管他会继承贩冰公司，可他对于这些话题兴趣索然，一转眼就溜走了。

埃沐娅不只是洛德尔雅德莱的首席医师，她还嫁给了芒特拉斯家族所打造的这座小城的首席律师。他们在比利面前总是拿律师指代她的丈夫，就好像"律师"已经成了他的教名。他作为这座城镇的发言人，与首都欧伊沙特进行着博弈。欧伊沙特位于西方，在帝马里亚姆和伊斯卡汉特的交界地带。欧伊沙特城对新兴的洛德尔雅德莱投下了嫉妒的目光，千方百计想要通过税赋分一杯羹——而律师一直让这些企图无功而返。

律师也一直在插手芒特拉斯家族所在地的法律，这些法律本就经过修订，有利于芒特拉斯家族的利益，而不是手下工人的利益。所以克里奥对他女婿的态度有些摇摆不定。

克里奥妻子的态度显然十分明朗。她不喜欢听到对女儿或是对律师的任何怨言。尽管性情温顺，她却无法容忍迪福，母亲的不喜爱产生了逆反作用，儿子的行为在家里变得愈加粗鲁无礼。有一天她对芒特拉斯说："你应该重新考虑一下。"当时两人就站在比利床边，不久之前迪福的行为又一次让她心生不快。"把公司交给埃沐娅和律师，然后生意就都会继续兴旺了。要是由迪福掌管，不出三年就得彻底垮掉。那姑娘善于统揽大局。"

不错，埃沐娅对于大事小情都有着赫斯帕戈尔特人特有的掌控力。尽管她有的是机会，可她从不冒险走出这片生她养她的大陆，看起来她更喜欢让那些巡视在帝马里亚姆海滨的长着鳞片的看门狗为她把守家门。但她对南方大陆的地图、历史和罗盘方位都烂熟于心。

埃沐娅·芒特拉斯长着一张爽直的方脸，与他父亲那张脸如出一辙，那是一副敢于直面冰川的脸孔。她能一边对家族生意的账目如数家珍，一边面对冰面稳如泰山地站着，她对这些事务颇引以为傲。

这个地方已经深入内陆足够远了，近海的雾气早被抛在了身后。冰雪结成的那道巨墙便是芒特拉斯的财富所在，在阳光下熠熠生辉。巴塔利克斯在更遥远的冰川空穴里反射出蓝宝石般的光芒，甚至连冰川脚下的那一湖碧水都映出钻石般的璀璨光芒。

空气凛冽清新，富有活力。鸟儿掠过湖面。清澈的湖水浸渍着开满蓝色花朵的湖岸，无数昆虫在那里忙忙碌碌。

一只蝴蝶落在了比利手腕那只显示三个时间的手表上，蝴蝶脑袋的形状犹如人的大拇指。他痴痴地看着蝴蝶，想要琢磨这生物的意义。

有什么东西在头顶咆哮，他不知道是什么。他几乎没法抬头去看。病毒侵入了他的下丘脑，进入了脑干。没有什么能够阻止它们复制，也没有药膏能够治愈。他很快将会瘫痪，就像幽缚之中的法艮先祖。

他并不后悔，只是那只蝴蝶让他有些惆怅，因为它从他手边飞走了。为了过上真正的生活，过上一种他的导师无法理解的生活，这些牺牲是必要的。他虽未能一窥王后中的天后，但也跟美丽的艾贝同床共枕过。即便是现在，他已经动弹不得，可他还能亲眼看到遥远的冰川海湾，在那里，光线幻化出魔法般的粉蓝色、闪电般的翠蓝色，似乎组成冰川的不是物质，而是色彩。他已品味到了大自然的奇妙。当然这一切自有其代价。

埃沐娅正在讲解头顶咯吱作响的冰块。工人在冰面的脚手架上用锯子和斧头破冰。他们便是洛德尔雅德莱的冰川矿工。冰块落下，掉进一个敞开的漏斗，再滑进滑槽。滑槽是用木材修建的，有足够的坡度让冰块自行运动。

墓碑般巨大的冰块顺着滑槽缓缓往下溜，当它们经过支撑的木腿时便隆隆作响。这些"墓碑"滑过两英里长的滑槽抵达了洛德尔雅德莱的码头。

在码头上，这些墓碑被锯成小冰块，装进公司船队用芦苇隔热的船舱里。

于是，那些曾经飘落在南纬五十五度极地区域的雪花，被堆压在一起，经过漫长的旅程进入了狭窄的温带地区，最终让生活在遥远热带地区的居民享受凉爽。大自然的进程在这里被打断，克里奥·芒特拉斯开始接手。

"请带我回家吧。"比利说。

埃沐娅口若悬河的讲解停了下来。关于船舶吨位，关于不同航程的长短，关于他们这个小小帝国所依赖的供求关系成本，所有这些话题戛然而止。她叹了口气，对父亲说了些什么，一块新开采下来的冰块在他们头顶隆隆作响，盖住了她的声音。然后，她脸上的线条松弛了下来，她笑了。

"我们最好带比利回家。"她说。

"我看到了。"他口齿不清地说着，"我看到它了。"

要等到差不多半个大周期年过去之后，当海利科尼亚和它的姊妹行星运行到远离弗雷耶的地方，再一次面对漫长而残酷的寒冬时，比利在古老的木雪橇里蜷成一团的样子才会被遥远地球上的亿万观众看到。

比利在海利科尼亚上的出现代表着阿佛纳斯人对于地球法令的违逆，它们规定人类不可以在海利科尼亚登陆，不能干扰它的文明。

那些法令早在三千年前就制定出来了。按照文明发展史来看，三千年算是一段很长的时间了。从那以后，人们对于它的理解已经相当透彻——这主要得益于绝大多数人都在对海利科尼亚进行着深入的研究。人们对行星生物圈的统一性也有了更好的认识，也因此理解了其强大的力量。

比利已经进入了行星生物圈，而且成为其中的一分子。地球人并没有看到什么恶果。比利体内的元素与构成芒特拉斯或者梅尔黛伽拉的元素并没有什么不同，同样都包含有这颗星球上的物质原子。他的死亡将代表着与这颗行星的终极融合，融合而没有消散。比利确有一死，但构成他的原子却是不朽的。

在人类的意识里，必然会有些许的悲伤一闪而过，为了又一个独一无二、无可替代的人物逝去而悲伤，但那在地球上几乎不会引来多少泪水。

泪水很久以前就在阿佛纳斯上流过了。比利是他们的一场重头戏，他证明了他们的存在，证明他们那古老的生理机能确实能响应环境的变化。人们在悲喜交加中度过了那一天。

特别是品氏家族，他们放下了素日的消极和低调，肆意释放着家族情绪。萝丝·伊·品时而大笑时而号啕，无疑是众人注意力的中心。她度过了一段非凡的时光。

而导师们则感到羞愧难当。

新鲜清澈的空气裹住了比利，在他的肺中涤荡。这让他看清了这个光彩夺目的世界的每一个细节，它的活力、它的声音，都太丰富了。他闭上了眼睛。当他努力重新睁开眼睛时，阿索金犬疾驰如飞，雪橇在颠簸，临近滨海的雾气给四周的景致缓缓蒙上了一层轻纱。

为了找回刚才被辱没的面子，迪福·芒特拉斯坚持要驾驶雪橇。他把缰绳甩过右肩夹到了左臂下面，同时左手紧紧抓着雪橇的把手。他右手挥着鞭子，在阿索金犬头顶甩得啪啪作响。

"稳着点儿，迪福，你这小子！"芒特拉斯吼着。

就在他说话的当口，雪橇撞到一堆乱草翻了车。他们偏离了滑槽，地面满是泥泞。芒特拉斯手脚着地扑在了地上。他一把抢过缰绳，面色铁青地望着儿子，但什么都没说。埃沐娅的双唇绷成了一条线，拉正雪橇把比利扶回上面。

她的沉默比任何言辞都更意味深长。

迪福说道："这不是我的错。"他假装手腕受了伤。他的父亲拿起缰绳，一语不发地示意儿子到后边去。然后，他们气氛凝重地上路回家。

那座颇显凌乱的芒特拉斯宅邸是座只有一层建筑的平房，但那一层却修建得高低错落，由台阶和楼梯相连，因为这里是一片高低不平的岩石台地。比利的屋子外面是一个院落，芒特拉斯每个什旬都在这里给工人发薪水。

这所院落装饰有光洁的巨砾,源自无人见过的极地山区,被冰川一路带到海边。每一块石头的条纹之中都蕴含着往昔的神秘历史,洛德尔雅德莱的每一个人都无暇去破译——只有"阿佛纳斯号"上的电子眼洞察着这一切。每一块石头旁边都植着大树,树干在距离地面很近的地方就分了叉。比利从卧榻上就能看到这些树木。

芒特拉斯的妻子艾薇迎候着他们归来,在丈夫身边关切地嘘寒问暖,现在又围着比利忙碌起来。等艾薇把他安置好离开之后,这间朴素的屋子里就只剩他自己一人了,他心里挺高兴,欣赏着外面那些树木光秃秃的轮廓。他的视线变得僵硬起来。癫狂症状开始缓慢袭来,扭曲着他的肢体,将他的手臂向外拧,一直伸过头顶,就像外面那些僵直挺立的树木一样。

迪福进来了。这个小伙子小心翼翼地推开门,闪身进来把门关上,然后迅速来到比利身边。他低头望着双眼圆睁的比利,看着他那僵住的姿态。比利的左手往回弯卷,手指节几乎能碰到小臂,他的手表深深勒进了皮肤里。

迪福说:"我帮你把手表取下来吧。"他毛手毛脚地把手表摘下来,放到了比利视线之外的一张桌子上。

"那些树。"比利透过紧咬的牙缝说着。

"我要问你一件事。"迪福捏着拳头威胁着说,"你记得在'洛德尔雅德莱女士号'上的那个姑娘艾贝朵儿吗?那个梅特拉赛尔的女孩?"他质问着比利,坐到他身边放低了声音,同时警惕地看着门口,"就是那个有一头漂亮的褐色头发、胸脯丰满、货真价实的美女!"

"那些树。"

"是的,那些树……它们是杏树。父亲用那些树的果实蒸馏忘忧酒。比利仕,那个姑娘,艾贝,你记得她吧?艾贝?"

"它们正在死去。"

393

"比利仕，是你正在死去，所以我才想跟你聊聊。你记得父亲是如何用那个姑娘羞辱我的吗？他把她给了你，比利仕，用她腐蚀你。他就是那样来羞辱我的。你明白吗？我父亲把艾贝带到哪儿去了？比利仕？如果你知道就告诉我。比利仕，我从来都没有伤害过你呀。"

他的肘关节格格作响，"艾贝。夏天般成熟。"

"我不会因此跟你过不去的，你不过是个外国垃圾。现在听着。我想知道艾贝在哪儿。我爱她。我不应该回到这里的，对吧？被我父亲和姐姐羞辱。她永远都不会让我接管公司的。比利仕，听着，我要走了。我自己能成一番事业——我可不傻。我要找到艾贝，开始做我自己的生意。我在问你呢，比利仕……我父亲把她带到哪儿去了？快点，伙计，在他们来之前快点说。"

"是的。"犹如窗外那些树木一般扭曲而僵硬的躯体努力挤出了一个名字："观星者。"

迪福身子往前一探，抓住了比利硬邦邦的肩膀，"卡拉班赛蒂？他把艾贝带到卡拉班赛蒂那里去了？"

将死之人的口中传出低声的肯定。迪福松开手，他像块木头一样倒了下去。迪福站在那里一动不动，不住敲打着手指，低声咕哝着。突然走道里传来响动，他连忙跑向窗户，在窗台上稳住身子顿了一下，然后便跳出去不见了。

艾薇·芒特拉斯回来了。她端着一只碗给比利喂吃的，是炖得很烂的白肉。她本以为要连哄带逼，强迫他吃，结果他却狼吞虎咽。在病人这里，艾薇的安排都完美地执行了。她用海绵给他擦洗了脸和眉毛，然后拉上窗户的纱帘遮住强光。透过纱帘看去，树木的影子恍如幽灵。

东西全都吃完之后，他说："我还饿。"

"我很快就给你拿更多的鬣蜥肉过来，亲爱的。你喜欢吃，对吧？我特意用奶炖的。"

"我饿。"他尖叫起来。

她离开了，面色有些悲伤。他听到她在跟别人说话，便歪着脖子，竭力想去听别人的交谈。他脖子上筋腱突起，像是一支鱼叉，完全听不清。他面朝下趴着，那些声音又像是以错误的顺序传进他的耳朵里。他努力让自己翻了个身，一切又能清楚地听到了。

埃沐娅语调平稳地说着："母亲，你是在犯傻。这些自家秘方可治不好比利仕的病。他患的是一种罕见的疾病，除了史书中的记载，我们一无所知。要么是骨热病，要么是肥死症。他的症状不太清楚，可能是因为他来自另一个世界，因此细胞构成跟我们在某些方面有所不同。"

"这我可不懂，亲爱的埃沐娅。我只是觉得多吃点肉对他有好处。也许他想要吃些葡榴……"

"他可能会进入暴饮暴食状态，还会伴有过度活跃的倾向。那便是肥死症的症状。等出现那种情况，我们就得把他绑在床上了。"

"那肯定是没有必要的，对吧，亲爱的？他是那么和善。"

"这不是性格的问题，母亲，是他所患的疾病使然。"这是另一个男性在说话，正尽力压低自己的声音，就好像是在给孩子讲解问题。那是埃沐娅的丈夫，律师。

"喔，说实在的，这我可不懂。我只希望这病不会传染人。"

"我们相信肥死症或是骨热病不会在大周期年的这个时期发生传染。"埃沐娅的声音说道，"我们认为比利仕肯定跟法艮共处过，这些疾病往往跟他们有关。"

这些话又讲了许久，然后埃沐娅和律师进了屋，低头看着比利。

"你可以恢复的。"她微微弯下腰一个字一个字地说道，"我们会照料你。但如果你变得狂躁起来，我们可能得把你绑住。"

"死亡。不可避免。"他使出全身的力气，才显得不像是一棵树。他说，"骨热病和肥死症……我能解释。同一种病毒。微生物。不同的影响。大周期年里。不同的时间。真的。"

他再也没有力气了。僵直症状出现了。然后在那片刻间,他全都想了起来。尽管这并非他研究的课题,但海利科病毒在"阿佛纳斯号"上是一个传奇。尽管它是致命的,尽管只存在于视频和文档中,并且上一次大规模爆发距离如今这些生活在观测站里的人已经过去好几代人了,但他瞬间就都回忆了起来。现在,那些在高空中无助地看着他的人正目睹着一个古老的故事被带进现实当中,而这只不过是每一次海利科尼亚假日之旅不变的结局。

病毒的来袭会导致巨大的苦难,不过那仅局限于大周期年中的两个时期:一年中最冷的时期过后六个世纪,也就是当行星环境开始好转的时候;再就是秋末时分,在漫长的酷热结束之后。而现在,海利科尼亚刚开始进入最为炎热的夏季。在第一个时期,病毒表现为骨热病;第二个时期则是肥死症。只有一半人能够逃脱这场灾祸,每一次的存活率都只有百分之五十。活下来的那些人,在第一个时期体重会轻百分之五十,第二个时期则会重百分之五十,从而能更好地适应更热和更冷的季节。

病毒是一种机制,人族的新陈代谢借此来适应巨大的气候变化。比利的身体正经受着这样的改造。

埃沐娅默不作声地站在比利床边,双臂抱在丰满的胸脯上。

"我不明白,你是怎么知道这些东西的?你又不是神灵,否则你就不会得病……"

即便这说话声在驱使着他陷入更深的僵直状态中去,他还是再次竭尽全力,"一种疾病。两种……相对立的系统。作为医生你明白的。"

她明白。她坐了下来,"如果是那样……不过……为什么不呢?有两种植物。一些树在一千八百二十五个小周期年之中只开花结果一次，另一些树在每个小周期年都会开花结果。事物是分离的，却又相互关联着……"

她紧紧闭上了嘴，就像是害怕泄露秘密，她意识到自己正站在某种超乎她理解能力事物的边缘。海利科病毒的情况跟海利科尼亚的双态植物系统并不全然相似，然而埃沐娅对于行星生命性状差异的观察是正确的。在巴塔利克斯刚被弗雷耶俘获时，大约在八百万年前，巴塔利克斯的行星接受了强烈辐射的洗礼，导致种类繁多的生物门类发生了基因变异。一些树木保持了与以前一样的开花结果方式——在一个大周期年内竭力繁殖一千八百二十五次，不管气候环境是怎样的；与此同时，另一些树木演变出更适应新气候的新陈代谢，在一千八百二十五个小周期年中只繁殖一次。这种树便是拉甲巴拉尔树。而比利窗外的那些杏树并没有适应，正在这非同寻常的炎热中死去，恰如眼前所发生的那样。

埃沐娅嘴巴周围的线条发生了微妙的变化，说明她正努力咀嚼着这些颇有分量的事实，但很快，她便开始对比利的话进行了深入思考。她的聪慧告诉她如果这些话是真的，其重要性不言而喻——即便不是近在眼前，那么几个世纪之后，那些历史残卷中记载的肥死症大爆发就会如约而至。

思考如此长远的事情可不是当地人的习惯。她朝他点点头，说："我会考虑这些的，比利仕，并且会在下次开会的时候把你的见解呈给我们的医疗协会。如果能够搞明白这种疾病的本质，也许我们就能找到一种治疗方法。"

"不。疾病对生存是必不可少的……"他看出她永远都不会理解，而且他永远都无法解释清楚自己的观点。他只得妥协，强迫自己说："我告诉过你父亲。"

这话又把她的兴趣从医学问题转到了别处。她的目光从他身上移开，默不作声地抱着自己的身子，似乎在封闭自己。她再次开口的时

候,声音变得深沉而苦涩,就好像她的身体也僵硬得难以动弹了:

"你跟我父亲在博里恩还做过什么?他喝醉了吗?我想知道……从梅特拉赛尔出发后,他在船上是不是有年轻女人陪着?他是不是用她来发泄肉欲?你必须告诉我。"她走上前来,跟她弟弟一样,一把抓住了他,"他现在在喝酒。有个女人,对吗?为了我的母亲,我要问问清楚。"

话中强烈的情感吓到了比利,他奋力朝着更深的树木般的僵直状态沉浸下去,去感觉那粗糙的树皮紧紧扣住他的精魄。他的嘴里冒出了白沫。

她使劲摇晃他,"他有没有去发泄肉欲?告诉我。如果你想要死那就去死好了,但必须告诉我。"

他想要点头。

那扭曲的表情中似乎蕴含着什么,这坚定了她的猜测。一股愤恨的满足感浮现在她脸上。

"男人啊!他们就是这样玩弄女人的。我可怜的母亲忍受了他多年来的纵情酒色,可怜又无辜的老人家。我几年前就发现了。当时可真是晴天霹雳。我们帝马里亚姆人是体面而尊贵的,不像那块我永远都不想造访的蛮族大陆上的人……"

她的声音消失后,比利口齿不清地表示抗议。可这重新点燃了埃沐娅的憎恶之情,"那么那个可怜又无辜的姑娘怎样了?还有她那个无辜的母亲呢?很久以前我就逼我那个弟弟,我那命中的毒药,向我供认了父亲所有的龌龊事……男人都是猪,被肉欲支配,守不住初心……"

"那个女孩……"但是艾贝的名字卡在了他的喉咙里。

暮色笼罩了洛德尔雅德莱,弗雷耶西沉,鸟鸣逐渐变得稀稀落落。巴塔利克斯低垂在地平线上,余晖掠过水面撒在遍布海岸的鳞甲生物身上。雾气加重了，模糊了繁星和夜蝾座。

艾薇·芒特拉斯在睡觉之前给比利端来了一些汤。就在他狼吞虎咽的时候，他的精魄深处涌起一股可怕的饥饿感。他突然克服了僵硬的身体，朝艾薇扑来，咬住她的肩膀扯下了一块皮肉。他在屋子里乱跑乱叫。这是肥死症晚期发作的暴食症。家里其他人纷纷跑来，奴隶举着灯烛，众人咒骂着把比利一顿拳打脚踢后绑在了床上。

他被独自撇在那里足有一个小时，这期间从宅邸另一边传来阵阵忙碌的声音。比利产生了可怕至极的幻觉，看到自己把艾薇啃吃干净，吮吸她的脑子。他抽泣起来。他想象着自己回到了"阿佛纳斯号"上。他想象自己在啃吃萝丝·伊·品。他大哭起来，泪水如落叶般坠下。

走廊的地板咯咯作响。一盏昏黄的灯烛飘了进来，灯光后那张男人的面孔就像是飘浮在黑暗之中的一团氤氲。是冰船长。他呼吸粗重地走了进来，忘忧酒的酒气跟着他一起涌进了屋里。

"你好了吗？如果你不会死，我就得把你扔出家门了，比利仕。"他稳住身子，喘着粗气，"我很抱歉事情会到了这个⋯⋯我知道你是个天使，来自一个更好的世界，比利仕，哪怕你现在像妖魔一样疯咬。人必须相信在某个地方有一个更好的世界。比这个世界更好，在那里没有人在意你。阿佛纳斯⋯⋯如果我能的话，我会把你送回那里。我倒想见识见识它。"

比利又变回那种僵如树木的状态，四肢分开，犹如痛苦缠绕的枝条。

"更好的⋯⋯"

"不错，更好。我就坐在那个院子里，比利仕，就在窗外，我会喝上几杯，想些事情，一会儿就到给那些人发薪水的时候了。需要的话喊我一声就行。"

比利正在死去，冰船长对此很同情，忘忧酒让他对自己也产生了同情。他想不明白的是，他一直都觉得与陌生人相处比跟自己家里人在一起更自在，甚至与那位王后中的天后相处都更自在。跟家人在一起他总是觉得别扭。

他自行坐到了窗外，在身边的凳子上放下一把酒壶和一只杯子。夜影朦胧，院子里的怪石犹如熟睡的野兽。艾尔碧柯的藤蔓攀上墙壁绽开花苞，花骨朵儿犹如鹦鹉的喙。一股幽香飘在夜色之中。

当他成功地把比利带到这里之后，他发现自己似乎只能到此为止了。他本来想要告诉每个人，有比他们所能想象的更加丰富多彩的生活，因为比利仕就是一个活生生的例子。但是比利仕正在死去，而且芒特拉斯自己也在怀疑，就在他所生存的这个冷酷的偏僻角落里，生活可能会更加艰难。他希望自己依然能做一个云游四海的人。但现在，他打算永远留在家乡……

过了一会儿，冰船长叹了口气，缓缓站起身来望向敞开的窗户，"比利仕，你醒着吗？你见过迪福吗？"

回应的是一阵咯咯声。

"可怜的小子，他真的不适合这工作，这是实话……"他又坐回凳子上抱怨了一声，拿起杯子饮了一口。真是可惜，比利仕消受不起忘忧酒。

夜色愈加朦胧。夜蛾在艾尔碧柯的叶丛中扑腾。他身后这所沉入梦乡的宅邸里，木板不时吱吱作响。

"在某个地方肯定有一个更好的世界……"芒特拉斯咕哝着，叼着一支没有点燃的薇若妮卡烟睡着了。

有说话的声音。芒特拉斯醒转过来，他看到手下的工人已经聚在院子里等着发薪水。天已经亮了。他一醒来，院子里立刻一片死寂。

芒特拉斯站起来伸了个懒腰。他望了望窗户里比利仕扭曲变形的身影，那具躯体在卧榻上一动不动。

"到阿萨塔希节了，比利仕……你在这儿我都忘了这事儿了。季风的大潮，你应该看看这场面，这绝对是本地的大事。今晚会有庆典，尽欢方休。"

榻上传来一个词，从紧咬的牙关里挤出来，"庆典……"

那些工人都是干力气活的粗人，穿着粗陋的工作服，低着脑袋盯着碎石铺就的路面，担心他们的主人在睡着时被人看到会生气。不过，芒特拉斯向来不拘小节。

"来吧，伙计们。过不多久，给你们发工钱的就不是我了，很快要换成迪福主人了。咱们赶紧了结，然后就得准备宴会了。管钱的记账员呢？"

一个穿着高领衣、头发梳得整整齐齐、跟其他人的样子截然不同的小个子男人赶忙上前来。他的胳膊底下夹着账本，身后跟着一个扛着保险柜的雄性法艮。记账员推开众人挤到了前面。他的眼睛一直盯着老板，嘴唇一直嘟囔着什么，就像是已经在开始计算每个人应该拿多少工钱。他的到来让众人一阵挤挤攘攘，排起队来等候自己那份微薄的薪水。在清晨的光线之下，他们的脸显得死气沉沉。

芒特拉斯说："你们这帮家伙这就要领工钱了，然后就会把它交给老婆，或是跟以往一样去喝个烂醉。"他冲着身前这些人嚷嚷起来。在这些人中间，他只看到了普通雇工，他手下那些熟练工匠并不在其中。突然，一种夹杂着愤慨和怜悯的情绪爆发，他开始大声说话，好让所有人都听得到："你们的日子就这么过着。你们被牢牢钉在这里。你们哪里都没去过。你们听过佩古温的传说，但是你们去过吗？谁去过？谁去过佩古温？"

他们纷纷退后，靠到周围的石头上，嘴里低声咕哝着。

"我周游过全世界。我见识过整个世界。我去过乌斯库托什，我拜访过喀尔纳巴尔的巨轮，我见过古老的城市废墟，在帕诺威尔和奥多兰都的大市集里贩卖过旧货。我同国王们谈笑风生，陪伴过如鲜花般美丽的王后们。那一切就在那里,等候着有勇气的人。四海之内皆朋友。男男女女你来我往,无比美妙。我深爱着那里的每一刻每一秒。

"那要比你们所能想象的宏大得多,你们这群只会老死在洛德尔雅德莱的家伙。在我最后的这次远行中,我还遇到了一位来自另一个世界的人。不只有一个世界,不只是海利科尼亚。还有另一个世界在环绕着我们运行,阿佛纳斯。而且不止于此,还有许多世界可以拜访。比如说,地球。"

在他发表演讲的时候,那个小个子记账员在一棵枯萎杏树下面的桌子上摆开了他的账本,然后从内兜里掏出了保险柜的钥匙。那个法艮依着指示在一旁放下保险柜,一只耳朵扑棱了几下。众人拖着脚步来到桌子前面,聚到一起排成一列。还有人在不断到来,神色不定地盯着他们的老板,在队尾加入了大家。在紫色云彩的笼罩下,这滚滚的红尘世故正有条不紊地进行着。

"我跟你们讲,还有其他的世界。好好发挥一下你们的想象力吧。"芒特拉斯拍打着桌子,"你们不会偶尔有种想要去流浪的冲动吗?当我还是个年轻人的时候就那样,我跟你们说,即便是现在,在我的房子里,就有一个来自另一个世界的年轻人。他病了,否则他就会出来跟你们聊聊。他能给你们讲讲那些发生在几辈子之外的不可思议的事情。"

"他喝忘忧酒吗?"

这声音是从等候的队伍中间传来的。这让芒特拉斯爆发到高潮的情绪一梗。他在队伍跟前走来走去,满面通红。没有谁敢正眼迎上他的目光。

"我会证明我的话的!"芒特拉斯叫道,"到那时你们就不得不相信我了。"

他一转身大踏步进了屋里。那位记账员有些不耐烦,小小的手指头敲打着桌面。他左右张望着，不停地揪自己的尖鼻子，又抬头望了望云层低沉的天空。

芒特拉斯跑进比利的屋子时，他已经扭曲成骇人的形状，一动也不动。他一把抓住了比利那石化般的手腕——不因为别的，只是注意到手表不见了。

他叫了声："比利仕。"走到这位病人的身边，低头看着，又更温柔地叫着他的名字。他感觉到对方的皮肤冷冰冰的，又伸手探了探变形的身体。

"比利仕。"他又叫了一声，但这次已经没什么意义了。他知道，比利仕死了——而且他也知道是谁偷走了手表，那个显示三个时间的计时器，国王詹道昂格诺尔曾经握在手里的那个计时器。只有一个人会干这种事情。

"你永远都不会想念你的计时器了，比利。"芒特拉斯大声说着。

他伸出一只大手捂住了脸，嘴里念念有词，不知是祈祷还是诅咒。

冰船长又在屋里待了好一会儿，大张着嘴望着天花板。然后他想起了自己还有事情要做，于是走到窗前示意记账员开始发工钱。

他的妻子艾薇和女儿埃沐娅来了，妻子的肩头打着绷带。

他毫无表情地说道："我们的比利仕死了。"

"哦，亲爱的，正好赶在阿萨塔希节，这也太……"艾薇说，"你可别指望我会感到遗憾。"

"我要确保他的尸身运送到冰窖里，明天，在盛宴之后，我们要为他举行葬礼。"埃沐娅说着，走上前去查看那蜷成一团的遗体，"他在死前告诉了我一些事情，对医疗科学很有贡献。"

"你是个有本事的姑娘，一直照顾着他。"芒特拉斯说，"就按你说的，我们明天给他举行葬礼。一个体面的葬礼。现在，我要去看看那些渔网。说真的，我很伤心，但我估计也没人会在意他。"

冰船长全然没有注意到那些叽叽喳喳正在把网子穿到杆子上的女人，他沿着水边独自走着。他穿着高筒厚皮靴，双手插在兜里。偶尔会有一只黑色的鬣蜥跳起来跟他作对，就像是耍赖的小狗。芒特拉斯毫无兴趣地用膝盖把它顶开。鬣蜥在浅水滩中的一股股褐色海草里打着滚儿，不时会甩甩腿摆脱纠缠在一起的海草。在一些地方，它们会挤挤挨挨趴在其他鬣蜥身上，彼此毫不在意。

鬣蜥与一种长着十二条腿、浑身绒毛的螃蟹共生，那些螃蟹在鬣蜥中间不计其数，不停地穿梭跑动，而鬣蜥则始终警惕地盯着不住翻滚的浪花。螃蟹会吞食一切被那些爬行动物丢弃的食物碎片——不管是海豹还是海藻，它们也不介意吃掉幼小的鬣蜥。帝马里亚姆海岸那极具特色的声音，便是甲壳类动物不停爬来爬去时，腿敲打在鳞片上发出的声音。它们的一生就在这片喧嚣里度过，喧嚣声与海浪的波涛一样无休无止。

冰船长没去注意这些阴郁的海岸居民，只是眺望着大海，视线远远掠过捕鲸岛劳德尔莱。他在港口问过了，有人告诉他，一艘轻帆船在夜里被人偷走了。

他的儿子就这么走了，还带走了魔法手表，要么是为了当护身符，要么是为了做买卖。他驾船走了，连声再见也不说。

"你为什么这么做？"芒特拉斯自顾自地嘟囔着，海面上一片死寂，"我猜是为了再寻常不过的理由。要么是想要逃避责任，要么就是想去冒险——奇怪的地方、意外的惊喜、陌生的女人。好吧，祝你好运，小子。你永远都不会成为世界上最厉害的冰贸易商人，毫无疑问。那就祝愿你不会沦落到靠卖偷来的戒指混饭吃……"

有些女人，那些低声下气的工人们的妻子，正叫喊着让他在大潮来临之前退到网子后面去。他朝她们敬了个礼，在挤挤挨挨的鬣蜥中间艰难地拔脚离去。

只能让埃沐娅和律师接管公司了。不是他中意的人选,但他们肯定会比自己把这份事业经营得更好。他必须面对现实。一味难过毫无用处。尽管他从来都没有跟女儿愉快地相处过,可他看得出她是个好女人。

至少他会站在他的朋友身旁,看着比利仕奥品被体面地下葬。比利仕和他都不相信神灵,但也只是因为他俩各有所好。

他步履艰难地向网子后面的安全地带走去,女人们就站在那边。

"一切安好,比利仕。"他自言自语地咕哝着,"任何人都不会把你当作笑柄。"

阿佛纳斯在环绕海利科尼亚的轨道上还有一些同伴。那是一群辅助卫星。这些辅助卫星的主要任务是在"阿佛纳斯号"无法进行观测的区域进行观测。但是,位于环极地轨道上的"阿佛纳斯号"在比利的葬礼期间,刚好处在洛德尔雅德莱的上空向北运行。

这场葬礼是一件喜闻乐见的事件。虽然人类的自我很脆弱,但他人的死亡并非全然令人不悦。伤感本身其实也是一种令人愉悦的情感。阿佛纳斯上几乎每一个人都在观看,甚至包括萝丝·伊·品,她是躺在新男友的床上看的。

比利那位欲哭无泪的导师字斟句酌一番后,发表了一篇刚好用一百个字写就的悼词,称道他在这番际遇之中所表现出的谦逊美德。这篇悼词也宣告了那场抗议运动的终结。随着某种情感的释放,他们已经放弃了本就困难重重的变革主张,回到了各自的职责当中。他们中有人写了一首关于比利的伤感歌曲,歌唱他葬身于远离家族的地方。

有不少阿佛纳斯人埋葬在海利科尼亚上,就是所有那些海利科尼亚假日大奖赢家。在地球观测站上经常有人会问起一个问题:这对于这颗行星的质量会有什么影响?

地球上，比利的葬礼并没有引起观众多大的兴趣，他们以一种超然的态度看待这件事。每一个生灵都是源自死亡的恒星物质。每一个生灵从细胞发展到出生的那个瞬间，必然要经历漫长而孤独的过程，人类的这个过程要耗费四分之三年。这种具备复杂组织的高级生命形式是无法永久维持的，最终必然回归于无机物，化学键会解体。

这种情况已经在比利身上发生了。不朽的只有那些构成他的原子。它们是永存的。而一个具备地球血统的人埋葬在一千光年之外的行星上并没有什么奇怪的。地球和海利科尼亚是近邻，都是由早已死亡的恒星碎片构成的。

在一个细节上，那个不会犯错的人说错了，他就是比利的导师。他说比利将长眠于此。但这场人类参与其中的有机体大戏只是宇宙在不断膨胀爆炸中的一支小插曲。从宇宙的视角来看，任何地方都不存在长眠，不存在稳定，只有粒子与能量的活动无休无止。

XVII

死亡飞行

汗拉·托科奈特将军戴着一顶宽檐帽，穿着一条旧裤子，裤腿塞进了齐膝高的军靴里；一根皮带斜在赤裸的胸前，上面挂着一支崭新的火枪。他在头顶挥舞着一面博里恩的旗帜，蹚着水走下海，朝着驶近的船只奋力挥舞。

在他身后，那支小小的军队欢呼起来。这支队伍有十二个人，由一名年轻干练的中尉统领，中尉名叫哥特兰迪特。他们正站在一小片沙洲上，身后是密布的丛林和凯考尔河那幽暗的河口。他们从奥黛雷顺流而下的航行结束了，也走出了失利的阴影。他们乘着"洛德尔雅德莱硬汉号"一路经过水流湍急的河段，如今到了水流平缓的河段，这里的河底生出块状的根茎，一直探到水面上，犹如正在繁殖的鳗鱼群，还散发出刺鼻的腐肉气味。那气味便是丛林施下的诅咒。

在凯考尔河两岸，浓密的树木纠结缠绕，如群蛇乱舞一般，仿佛从河底升起的密密麻麻的触手，让这丛林愈加令人生畏。从船上望去，丛林更是密不透风，这位将军半个什句之前曾安然行走过的森林通道在这里完全看不见了，河流将那些嗜好阳光的攀缘植物引到了丛林边缘，它们密密匝匝地生长起来。丛林在格局上也显得更为矮小了，热带雨林变成了季风雨林，原本高耸入云的树顶现在全部压在博里恩军士们的脑袋之上。

在浑浊的河水汇入大海的地方，林子里升起充满恶臭的晨雾，一浪高过一浪地翻滚着越过兰杜楠山区那片充满野性的高坡。

雾，是他们这段航程的主题，当他们在奥黛雷无可争议地占领"硬汉号"并撬开船舱时，货舱里渐渐融化的冰散发出浓重的水汽，让他们欣喜若狂，从那一刻起，雾便成了他们这段航程的序曲。等把冰搬到甲板上，这艘船的新主人经过一番搜查，找到了秘密隐藏的货柜，里面装满了用毯子裹着以防潮湿的锡伯纳尔火枪：这是"硬汉号"船长接的私活儿。作为洛德尔雅德莱冰贸易公司的代理商，他经历的这段航行充满危险，于是想赚一点外快作为补偿。博里恩人重新武装了起来，在如油似锦的水面上扬帆启航，消失在凯考尔河上由潮气所织就的帘幕之中。

现在他们站在这里，看着他们的将军蹚着水迎着远方的船只走过去，他们所处的这片沙洲仿佛是从那个乱石遍布、草木丛生的小岛上探出的一根刺，这个岛便是基乌阿斯恩岛，位于河流与大海的交界处。墨绿色的河道、弥漫的恶臭、蚊虫滋扰的寂静空气，还有雾，那一切都被甩在了他们身后。大海在召唤。他们翘首以盼等待救援，清晨太阳的光线格外耀眼，他们手搭凉棚挡住刺目的强光，望着海面的方向。

救援不大可能说来就来。就在前一天，弗雷耶已经落下，巴塔利克斯低垂，丛林犹如一片错综的迷宫，他们在寻找下锚的地方。这里的水下生着密密麻麻的根系，仿佛缠绕在一起的血红的肠子。一大团纠缠在一起的蛇毫无征兆地从头顶的树枝上掉落下来，足有六条，每一条至少有七尺长。那是一种林蛇，很有些机灵劲儿，总是成群聚在一起猎食。船上的人吓破了胆。站在舵轮前的舵手看到这可怕的东西从天而降，愤怒地吐着信子四散爬开，那人不假思索地纵身蹦下了船，一只葛狸卜兽当即就把他咬住了，而片刻之前，那只葛狸卜兽还像烂木头一样一直漂在水里。

林蛇最终都被宰掉了。可就在那时，没了舵手的船偏向一边漂进了急流，与兰杜楠那侧的河岸摩擦在一起。等他们全力重新控制方向的时候，船舵已经碰到水下的障碍物，被撞得粉碎。有人拿出了船篙，但河流正在变宽变深，所以船篙派不上用场。当基乌阿斯恩岛出现在暮色中的时候，他们已经无能为力，根本无法选择是顺着左舷博里恩那边的水流走，还是往右舷兰杜楠那一侧的水流驶去。"硬汉号"无助地被冲到了小岛北端的岩石上，船舷撞烂了，船搁浅在浅滩上。水流不住地冲刷，势要将它冲走。众人抓起一些装备便跳上了岸。

黑夜降临。他们站在那里，听着单调乏味的波浪拍击声，仿佛听的是远方的炮火。天生的警觉感让托科奈特决定,在这个短暂的夜晚,就地扎营休息要比摸黑前往基乌阿斯恩城更加安全,虽然他知道那地方不远。

他们设了一个岗哨。黑夜里似乎到处都潜伏着危险的圈套和突然的死亡。小小的虫子带着明亮的萤火四处乱撞,蛾子扑扇着微微泛光的翅膀,上面有着恐怖的眼睛花纹,食肉动物的瞳孔犹如火石般闪烁着光芒。整晚,两股水流汹涌着擦身而过,卷起泛着粼光的漩涡,深沉的水流呜咽着进入他们的梦乡。

弗雷耶在云层之后升起了。众人醒了过来,浑身上下被蚊虫叮了个遍,他们站在那里不停地抓挠着。托科奈特和哥特兰迪特催促大家赶紧行动起来。他们爬上这座小岛的岩脊,越过入海口的东侧支流,便看到了前方的博里恩海岸。就在那边,在一片绿植丛生的峭壁护卫之下,便是基乌阿斯恩港——他们的祖国博里恩最西端的城镇,那位传奇学者雅拉洛布莱曾经的家乡。

紫红色的光线让他们一时之间不太确定,但当他们看到那破败的屋顶和熏黑的墙壁时,久久没有开口——然后他们几乎是异口同声地说:"它被毁了!"

那些在季风雨林里群居的法艮用沃露浆与兰杜楠部落民做生意。伟大的精灵向部落民讲话。部落民在树林里捉住另族,把他们绑在竹椅上,走出丛林去焚烧港口。一切都没能逃脱大火的吞噬。没有生命的迹象,只有几只忧郁的鸟儿在那里徘徊。战争仍在进行,人们无法逃离,不是当了它的帮凶便是成了它的牺牲品。

沉默无语中,他们开始往小岛南侧进发,为了避开岛内棘刺丛生的灌木,他们跑到了沙洲上。

无垠的大海出现在眼前,那是一片深不见底的蓝。凯考尔河汇入大海的交界处缀着一线黄褐色的花纹。漫长的碎浪卷上陡峭的岸滩,飞溅起白色的浪花。在西边可以看到一座大岛,普尔瑞什岛,它标记着鹰之海与纳摩赛特海的分界。在普尔瑞什岛那边有四艘船,两艘大帆船,两艘多桅轻帆船。

托科奈特抓起博里恩的旗子,踏着浪花迎了上去,那旗子之前存放在"硬汉号"的柜子里,便于在各国航行时更换。

黛娜·帕沙迪德正在"金色友谊号"上值守,此时,船队正准备在凯考尔河口抛锚观望一下以确保安全。她的双手紧紧抓着栏杆,除此之外,她对眼前的一切没有表露出任何情绪变化,普尔瑞什岛缓缓移向后方,博里恩的海岸从晨雾中浮现出来。

自从修好船只,从芬道威尔海角附近那片令人惬意的驻锚地起航之后,他们已经航行了六千海里。这段时间,黛娜与阿佐亚希克神进行了深层次的交流,无垠的大海让她感觉自己比以往更接近神灵的真身。她告诉自己,她与丈夫艾奥之间的关系结束了。她把他调到了"联盟号"上去,不想再看到他。这一切都是以锡伯纳尔人的方式进行的,冷冰冰的,丝毫没有表现出怨恨之情。她又能自由自在地生活、心无旁骛地敬拜神灵了。

那里有清风、蓝天、大海……可为什么,当她寻求快乐的时候,痛苦却侵蚀着她的心?不可能是因为她嫉妒领军祭司上将与博里恩前任总管大臣之间发展起来的亲密关系——她告诉自己那只是杂草,一株杂草而已。也不可能是因为她对艾奥还有着藕断丝连的爱意。"想想冬季吧。"她告诉自己,那是一句乌斯库托什式的表达,"把你的希望冻结起来。"

甚至与阿佐亚希克神的交流也令人心绪不宁,但她却无法停下来。似乎阿佐亚希克神的怀抱之中并没有为黛娜·帕沙迪德留下一块地方。她和顺温柔,但他漠不关心;她举止得体、谨行慎言,他也漠不关心。

至少在这方面,那位无上和平教会的真主已经令人寒心地证明了自己与艾奥·帕沙迪德本人是何其相似。正是这些思考陪伴着她度过了这漫长而又空虚的海上航程，没有任何一丝安慰。不管什么事情，只要能让她分心都是受欢迎的。于是，当博里恩的海岸出现时，她从舵轮边敏捷地转过身，命令号手吹起来："好消息！"

很快，四条船的栏杆上就挤满了士兵，急切地想要第一眼看到这片他们就要入侵并征服的土地。

萨托里瓦什是最后登上甲板的人之一。他在风中站了一会儿，拍了拍衣服，深深呼吸了几口，驱散着鼻中法艮的气味。那个法艮走了，只残留着她那苦涩的气息——还有一些支离破碎的知识。

"金色友谊号"离开芬道威尔之后，往南穿过潘尼帕特海岬，掠过那块古老的陆地，经过凯德莫海峡——坎普安莱特与赫斯帕戈尔特之间最狭窄的水域。这是一片存在于传说中的地方，有的说人族是在这里诞生的，有的说语言是从这里发端的。这里有潘尼帕特，就是小塔特洛读的童话故事里的那个庞布特，潘尼帕特几乎荒无人烟，正对着太阳落下的方向，那些古老的城市是一片闷烧中的废墟，念起它们的名字依然会让人心潮起伏——沃瓦切特、蒲络沃施，还有那条冰冷刺骨的阿扎河上的加尔-敦达尔。

过了潘尼帕特，在布满岩石的雷戴铎近海处，海面风平浪静，船停了下来。雷戴铎是一片荒漠高地，位于拜里尔斯的南端，据说那里生活着不到一百万人族——与此相比，邻近的兰杜楠生活着三百二十五万——而且人族的数量显然远远低于法艮的数量，因为雷戴铎位于那条横跨整个坎普安莱特的剑族大迁徙的路线最西端。那是一个神秘而极其遥远的所在，每个大周期年的夏季，那些生物都会光临这里，去进行他们那些神秘莫测的仪式，或只是一动不动地蹲坐着，目光越过凯德莫海峡，望向赫斯帕戈尔特，望向那个其他生命无从知晓的目的地。

无论无风停航还是其他情况，在这漫长而炎热的日子里，萨托里瓦什在这艘纹丝不动的船上都很是满足。他放下了自己的研究，走进这外面的世界。在暮昏的日子里，可以尽情享受与那位女领军祭司上将奥蒂·杰赛拉塔尔的那些漫长而充满智慧的谈话。他俩的关系更加亲近了。领军祭司的讲话方式逐渐变得不那么正式。因为空间狭小而不得已产生的亲近如今已不可或缺，他们对此非常珍惜。他们成了一对谨小慎微的恋人。环绕蛮族大陆的航行也成了环绕两个灵魂的航行。

在这令人陶醉的无风停锚期，这对年岁不小的恋人，一个博里恩人，一个乌斯库托什人，并肩坐在甲板上，痴痴地望着几乎平滑如镜的大海。雾气中的雷戴铎大陆成了他们的背景。在近些的地方，格丽雅特岛位于左舷侧。远远的右舷外是另外三座漂浮在水面上的岛屿，其实是被淹没的山峰。

奥蒂·杰赛拉塔尔指着右舷，"我几乎都能想象出自己看到赫斯帕戈尔特的海岸了——准确说就是那片被称为司洛萨的陆地。我们周围的一切都证明赫斯帕戈尔特与坎普安莱特曾经由陆桥连接在一起，它因为某种剧变被毁掉了。你怎么想，萨托里？"

他琢磨着格丽雅特岛隆起的地势，"如果我们相信传说，那么法艮就起源于赫斯帕戈尔特一个偏远的地方，那里叫作佩古温，那里生活着黑色的法艮。也许坎普安莱特的法艮之所以迁徙到雷戴铎，就是因为他们仍旧希望找到那条远古时的桥，回到他们的故乡去。"

"你在博里恩见过黑色的法艮吗？"

"有一次，在俘虏中间。"他点了一支薇若妮卡烟，"这几片大陆上的动物种类彼此隔绝。如果曾经有过陆桥，那我们可能会在雷戴铎的海岸上找到赫斯帕戈尔特的鼍蜥了。那里有吗，奥蒂？"

她突然来了灵感，"我想没有，因为人族可能已经把它们杀光了——雷戴铎是个贫瘠的地方，什么都能拿来吃。但格丽雅特上呢？趁着无风停锚，我们有的是空闲时间，我们可以在这段时间里为人族的知识储备添上一笔。要不你和我乘坐小艇去探索一番,看看能有什么发现。"

"我们能那么干吗?"

"我说行就行。"

"记得在凄苦湾几乎全军覆没的那次探险吗?"

"你认为我那时疯了。"

"我认为你现在疯了。"

两人一起放声大笑,他握住了她的手。

上将召唤来水手长,奴隶忙碌起来,小艇放下水去。奥蒂·杰赛拉塔尔和萨托里瓦什爬上了小艇。众人在波澜不惊的大海上划了两英里来到那座岛。十二位全副武装的士兵跟随左右,能有机会离开那令人生厌的狭小空间让他们十分开心。

格丽雅特岛方圆五里。小艇停靠在东南角一片突兀的沙地上。一名卫兵守着船,其余探险队员则继续前进。

鬣蜥趴在岩石上晒太阳取暖。它们并不害怕人类,他们宰杀了几只,可以带回船上作为加餐的美食。相比于赫斯帕戈尔特那种体型硕大的黑色鬣蜥,这里的鬣蜥体型颇为娇小,很少有超过五尺长的,身上是斑驳的褐色。甚至就连与它们共生的螃蟹都很小,而且只有八条腿。

萨托里瓦什和奥蒂·杰赛拉塔尔正在岩石中间搜寻鬣蜥蛋的时候,这支队伍受到了攻击。四个法艮从藏身处一跃而起,手握长矛猛扑过来。他们是一群破衣烂衫的野兽,一根根肋骨清晰可见。

队伍猝不及防,法艮凭借这番冲锋杀死了两名士兵,让他们葬身水底,但是其余的士兵开始进行反击。鬣蜥四散奔逃,鸥鸟惊叫四起,乱石滩上展开了一场短暂的追逐。混战结束了。法艮都死了——除了一个雌性法艮,奥蒂·杰赛拉塔尔饶了她的性命。

这个雌性法艮比她的那些同伴体型更大,而且全身长着黑毛。她的双臂被牢牢反绑在身后,作为俘虏被押上小艇带回了"金色友谊号"。

奥蒂和萨托里在无人之处拥抱在一起,庆贺他们证实了古老传说中那个陆桥的真实性,当然也庆贺他们死里逃生。

一天后,季风来了,舰队起锚继续向东航行。现在正经过兰杜楠的海岸,那野性而壮丽的大地就铺展在左舷外,但是萨托里瓦什大部分时间都待在甲板下面,研究他们的那个俘虏,他把她叫作格丽雅特。

格丽雅特只会讲剑族本语,而且是一种方言。萨托里瓦什不懂本语,甚至都不懂赫德胡语,他不得不通过翻译来进行工作。奥蒂下到逼仄幽暗的监禁室里来看他在做什么,不禁笑了起来:

"你怎么受得了这种臭烘烘的生物?我们已经证实了我们的观点,雷戴铎和司洛萨曾经连在一起。阿佐亚希克神站在我们这边。格丽雅特岛上的这群小型鬣蜥是一支孤立的低级族系,孤立于南方大陆上的那些主要族群鬣蜥。而这个生物,生活在白色法艮中间,也许是赫斯帕戈尔特-佩古温那支黑色族系的幸存者。毫无疑问,他们在这么个小岛上正面临灭绝的危险。"

他摇了摇头。既赞许她那敏锐的头脑,也察觉到她的结论下得太匆忙了。

"她说她的族群在一条船上,那条船在早些时候格丽雅特的一场季风中失事了。"

"显然是谎言。法艮不会航海,他们讨厌水。"

"她说他们是一艘司洛萨军舰上的奴隶。"

奥蒂拍拍他的肩膀,"听着,萨托里,我相信,只要看看航海室里的古老海图,我们就能证明两块大陆曾经连接在一起。雷戴铎一侧的海岸上有个地方叫珀普理安,而司洛萨的海边有个港口叫珀佩温。'珀普'在纯奥洛奈茨语中的意思就是'桥梁',而类似的发音在当地奥洛奈茨语中也是同样的意思。往昔就封存在语言之中,只要有人知道怎么去理解。"

尽管她露出了笑容,他还是被她那高人一等的锡伯纳尔人的语气搞得有些烦躁,"如果这气味让你受不了,亲爱的,你还是回甲板上去吧。"

"我们很快就要靠近基乌阿斯恩了,那是个海滨城镇。就像你知道的那样,这个词里的'阿斯'发音,或者'艾斯'在纯奥洛奈茨语中指的是'海'——庞特语里的'艾什'也是同样的意思。"炫耀了一通知识后,她笑着退了出去,还故意演示了一番如何正确顺着梯子爬上甲板。

第二天他吃惊地发现格丽雅特受伤了,她躺在一摊金色的血泊之中。他通过翻译向她问话。尽管他就在她跟前,可在她回答的时候他察觉不出一丝情感的变化。

"不,她没受伤。她说她正在发情。她只是来经期罢了。"翻译看上去有些恶心,但没有发表自己的看法,因为他的军阶比较低。

这正是他讨厌法艮的地方——但是他意识到,那种厌恶感现在已经消失了,就像他过去的生活一样——萨托里瓦什一直都忽视着法艮的历史,正如他拒绝学习他们的语言。他把这种事都留给了詹道昂格诺尔——詹道昂格诺尔对这种生物有着不同寻常的信任。然而,法艮的性事在梅特拉赛尔的街道上一直都是荤笑话的素材。他记起来了,既不是人族,也不是野兽的雌性剑族会在某一天从子宫里流出某种类似月经的东西,那预示着发情期。可能是那些古老的传言让他不由自主地开始想象这个俘虏正在散发更刺激的气味。

萨托里瓦什挠了挠脸颊,"她说经期的时候用的是哪个词?在本语里?"

"她在自己的语言里管发情期叫作'什旬赫尔'。要我帮她冲洗一下吗?"

"问问她多久进入一次发情期。"

这个雌性法艮被绑着,为了让她回答问题,不得不施以棍棒。她不断将长长的粉红色黏液甩到鼻吻槽的一侧。她最终还是说了,一个小周期年里有十次。萨托里瓦什点点头,到甲板上透气去了。他想,真是可怜的生物,很遗憾我们无法和平相处。人族与剑族之间的困境终有一天会解决的,总有一种方式能解决,等到他死去,灰飞烟灭之后。

那天整整一夜,他们都在赶着季风头航行,第二天和第二天晚上也是如此。雨一直都很大,"金色友谊号"上的人都看不清他们的姊妹船了。凯德莫海峡被甩在了身后。他们被灰色的纳摩赛特海所环绕,不见头尾的波涛一浪接着一浪,翻着白色的浪花。天地间全是水的世界。

在第五个晚上,他们遭遇了一场风暴,大帆船几乎侧倒在了海面上。沿着船身种植的冬青和橙子都散落到了海里,很多人担心会翻船。海员通常都很迷信,他们到船长跟前乞求把那个法艮扔出船去,因为人尽皆知,剑族在船上会带来霉运。船长同意了。他已经别无他法。

尽管时间已经很晚,萨托里瓦什却没睡,其实在这风浪里也睡不踏实。他抗议着船长的决定,但谁都没有心情听他的争论。他是外国人,连自己都难保不被扔下船去。当格丽雅特从充满恶臭的监禁室里被拖走并扔下汹涌的大海时,他找个地方躲了起来。

一个小时后,最凶猛的风浪过去了。朦朦胧胧的天光已现,当普尔瑞什隐隐出现在前方的时候,海面上只剩下了徐徐清风。黎明时分,另外三艘船也现身了,都奇迹般地毫发无损,而且相距并不太远——阿佐亚希克神还是有副好心肠的。很快,透过紫色的海雾,他们已经能分辨出凯考尔河口,那里正是基乌阿斯恩所在地。

地平线上盘踞着一团反常的乌沉沉的氤氲。锡伯纳尔舰队周围的海里到处都是活跃的海豚,在水面下飞速穿梭。成群的海鸟和陆鸟在头顶聚集盘旋,有成百上千之多。众人没有听到一声鸟鸣,但无数翅膀拍打的声音如同一场大雨,只是没有雨滴落下。众人在船上欢呼"好运气",头顶上的鸟群却无动于衷。

风停了下来,松弛的绳索拍打着桅杆。四条船朝着海岸靠去,彼此渐渐聚拢在一起。

黛娜把望远镜举到眼前,盯着远处那条在翻滚波浪中固定不动的黑线,那是一座小岛。她看到有人站在那条线上,数了数有十二个。另外还有一个人正往前走来。在季风肆虐的那几天里,他们已经绕过了兰杜楠的海岸,这里已经是博里恩的领土了——敌方的地盘。最重要的一点是,奥塔索尔不能提前知晓舰队的到来,打仗讲究出奇制胜,不管是什么样的战争。

随着时间一分一秒过去,光线渐渐明亮起来。"金色友谊号"跟"联盟号""好望号",以及白色的多桅轻帆船"瓦伽布哈尔祈祷号"相互发出信号,提醒有危险。

一个戴着宽檐帽的男人正蹚着水走在浮沫里。在他身后的河口中,能看到有一条船,船身若隐若现。他们有可能正在钻入埋伏之中,而且如果过于深入,可能会因为没有风而进退不得。黛娜紧张地站在甲板的围栏旁,在那一刻,她希望那个不忠的艾奥跟自己站在一起,他总是能果断决策。

波浪里的那个人展开了一面旗子。博里恩的条纹徽章显现了出来。

黛娜召唤来火枪手,在面对陆地的这一侧列好队伍。

船和陆地之间的距离在缩短。波浪里的那个人已经停下了脚步,水已经没到了他的大腿。他镇定自若地挥舞着旗子。这个博里恩疯子……

黛娜给火枪手队长下了指示。他敬了个礼,顺着梯子下去传达命令。那些人两两配合，一人操作轮机枪，一人支撑枪口。

"开火！"火枪手队长大喊一声。稍一停顿，响起了一串射击声。

基乌阿斯恩沙洲之战就这样打响了。

"金色友谊号"逼近了，汗拉·托科奈特足以分辨出那些沿着船栏杆站列的军士的面孔。他看到那些火枪手正瞄着自己。

与此同时，船帆上的标记表明了这是来自锡伯纳尔的舰船，远航到距离他们家乡如此远的地方着实令人惊诧。他心中不免泛起疑虑，他想，那位信奉机会主义的国王难道已经签订了条约，允许锡伯纳尔加入博里恩的西部战争？他没有理由相信他们怀有敌意——直到看见那些武器举了起来。

"友谊号"船头一转，侧面对着他，火枪手进入了最佳开火队形。他估计它已经走到了吃水极限，不会再往前了。"联盟号"在旗舰前边，迂回绕到托科奈特的左侧，愈发逼近基乌阿斯恩岛的东端，这令他感到不安。他听到呼喝的命令传过水面，"联盟号"的主帆和后桅帆收了起来。

还有两条小一点的船已经开到了更靠近兰杜楠海岸一侧的地方，正切向他的右侧。"好望号"仍然在跟凯考尔河宽阔而浑浊的西侧支流搏斗着，白色的"瓦伽布哈尔祈祷号"一掠而过——几乎已经完全绕到了他的身后，尽管还有些距离。除了"好望号"之外，他看到所有船上都有闪闪发光的枪口对着自己。

一听到火枪队长下令开火，托科奈特就立即扔下旗子，转身钻进水里，拼命往沙洲上游去。

哥特兰迪特已经为他准备好了掩护火力。他让手下躲到岩石后面，让他们用一半火力指向旗舰，一半火力指向白色的多桅轻帆船"瓦伽布哈尔祈祷号"。后者仍在快速逼近，正对着他们。军士长身边带着一位优秀的弩弓手，他命令弩弓手和另一个人准备发射火弩。

铅弹打在了将军周围的水里。他潜到水下，实在憋不住才上来换口气。他意识到身边有不少海豚在转来转去，但它们并没有影响到他。

突然，火力停止了。他浮上水面回头看去：那条帆上绘着巨轮圣徽纹的白色多桅帆船阴差阳错地隔在了他和"金色友谊号"之间。施芬宁克的士兵挤在最上层的甲板上准备向沙洲上的守军开火。

波浪拍打在他身上。海岸出人意料地陡峭。托科奈特抓住灌木丛中的一条树根稳住身子，又往前走了几尺钻进隐蔽处，一头倒在了地上。他喘着粗气躺在那里，脸贴着褐色的沙地。他没有受伤。

他内心深处浮现出一张可爱的面孔，那是王后梅尔黛伽拉，她正严肃地说着什么。他记起了她如何轻启朱唇。他是一个幸存者。为了她，他要赢下这场战斗。

没错，他并不聪明，他不配当将军。他不像哥特兰迪特那样生来就适合统领三军。但是——

自从他在奥黛雷收到王后中的天后送来的信——那是她第一次以私人身份对他讲话，虽然只是二手的信息——他已经想到了国王打算跟她离婚。托科奈特害怕国王，但如今他对于王冠的忠诚产生了动摇。尽管他明白，詹道昂格诺尔的所作所为是出于王国的需要，可是王室的决定已经让托科奈特的情感发生了变化。他告诉自己，他对王后的痴心是对国王的背叛，但是王后已经被流放，这就不同了。在这件事上已经谈不上什么背叛。对这样一个出于嫉妒而把他打发到遥远的兰杜楠丛林去送死的国王来说，他也犯不着效忠。他站起身来，向哥特兰迪特的防守圈跑去。

当托科奈特扑到博里恩战士中间时，众人一阵欢呼。他跟他们拥抱在一起，同时，他的目光越过突起的岩石，盯着海面的方向。

不多时，场面发生了相当戏剧性的变化。"金色友谊号"收起帆，放下了前桅和后锚，停在了距离海岸两百米的地方。一支火弩幸

421

运地射中了它,它的船头和船首帆的桅杆烧了起来。水手们赶忙去灭火,与此同时,两条满载士兵的小艇从大船上放了下来:一条船由奥蒂·杰赛拉塔尔上将亲自率领——尽管托科奈特并不知情——她坚定地站在船尾;萨托里瓦什坚持留在她身边,坐在她的脚上,全然不顾自己的面子。

"联盟号"几乎是把自己搁浅在了小岛左侧,正在让部队登上浅滩;他们蹚着水全力往岸上冲来。距离更近的是"瓦伽布哈尔祈祷号",船帆歪歪斜斜耷拉着,一头扎进了浅滩,一条装满了士兵的小船正笨拙地往岸上驶来。这条船是距离沙州最近的目标,火枪打在上面,船身受到了损伤。

只有"好望号"的位置没变,稳稳地漂浮在凯考尔河奔腾的河水中,所有的船帆都张着,船首指向基乌阿斯恩岛,对这场战斗毫无贡献。

"他们肯定坚信自己面对着整支基乌阿斯恩守军。"哥特兰迪特说。

"我们也需要那些守军增援,可恶的家伙。如果我们留在这里,就只能等着被屠杀。"

十三个装备差劲的好汉无论如何也对付不了满满四船装备着轮机枪的士兵。

就在这时,海面骤然抬起,接着又豁然敞开,阿萨塔西鳟如暴雨般铺天盖地而来。

从鹰之海的一端一直到另一端,沿着漫长的海岸线,阿萨塔希像无数飞镖一样从海里朝岸上飞去。

了解大海的渔民会在这一天和接下来的一天里举行庆典,摆起盛宴。在大周期夏季,每一年的初夏时分都会出现一次这种现象,就在某一天的大潮时分。在洛德尔雅德莱,人们预备好了网子。在奥塔索尔，人们则会铺开帆布。在格莱瓦贝伽雷尼恩，王后那些大海中的家人早已警告她要远离那死亡的海岸线。它对知者而言是一场盛宴，对无知者则是一场死亡之雨。

大群的阿萨塔西鳟从遥远的海域游来，朝着陆地扑去。它们在大周期年夏季的迁徙路线环绕整个星球。它们的觅食之处在遥远的阿丹特海，从来没有人去过那地方。接近成熟期时，鱼群逆着洋流开始向东方那遥远的目的地游去。它们一路穿过克莱蒙特海，穿过凯德莫海峡那道狭窄的大门。

这个骤然收窄的地形让鱼群突然变得拥挤不堪，再加上纳摩赛特海的季风正好同时袭来，于是引发了鱼群行为模式的变化。那漫长而悠闲的游弋，突然之间变成了一场竞技——一场注定以死亡为终点的飞行比赛。

但是真正的飞行，数千里的海岸线上人们翘首以待的那场死亡之旅，还有一个因素是必不可少的——潮水必须合适。

在整个冬季世代里，潮汐从未缺席过海利科尼亚的海洋。海利科尼亚越过远星点，度过最为黑暗的年月之后，弗雷耶再次开始彰显它的存在感。它那巨大的质量将寒冷的行星召回到光明之中，也同时搅动起大海。现在距离近星点只有一百一十八个地球年了，它对海水的引力颇为强大。在小周期年的这个时刻，巴塔利克斯与弗雷耶的质量共同发生着作用，其结果就是潮汐力比冬季增强了百分之六十。

赫斯帕戈尔特和坎普安莱特之间的海域陡然变窄，加上向西流动的强大洋流，两者合力造就了落差极大的春季大潮。就在这股涌向海岸的强劲潮水之上，大群大群的阿萨塔西鳟顺势破浪飞了起来。

锡伯纳尔舰队先是发现自己的船下方没了水，然后突然被一股如峭壁般高耸的潮涌猛烈拍击，而在此前，整片大海毫无征兆。还没等他们搞清楚究竟是受到了什么撞击，阿萨塔西鳟来了。死亡飞行铺天盖地而来。

阿萨塔希是一种尸生鱼，或者更确切地说是鱼蜥。在成熟期它能长到十八寸长。它长着两只巨大的复眼，最显著的特征是那个修长的骨质喙，还有那颗支撑着喙的骨质头颅。在阿萨塔希的死亡飞行中，它的速度快到足以穿透一个人的心脏。

从基乌阿斯恩对面的方向，阿萨塔希从比"金色友谊号"还要远一百米的地方冲出了水面。空气似乎完全被它们塞得满满当当，有些鱼低低掠过水面，有些则飞到五十英尺的空中，飞掠而过的鱼蜥仿佛形成了一面密不透风的巨幕。它们就像无数利剑闪着寒光飞过，将空气变成了剑刃。

旗舰被阿萨塔希从头刺到尾，凡是站在甲板上的人，都被击中了。那些生物的喙刺在船只朝向大海的那面上，那一侧被密密麻麻地覆盖了一层。另外三条船也一样。那些已经灌满潮水的小艇损失最为惨重。船上所有人都受伤了，很多人当场死掉。船板被刺穿。四条小船已经开始下沉。

到处都是痛苦和恐惧的惊叫声，淹没在那些从空中不断冲下叼食的鸟群的鸣叫声中。

第一波阿萨塔希持续了两分钟。

只有托科奈特的人毫发无伤。潮水从他们身上涌过，迫使他们一直卧倒在地，而阿萨塔希飞掠而过的时候他们还恍恍惚惚不明就里。

这番狂轰滥炸停止之后，他们抬起头茫然地四下张望。锡伯纳尔部队在水里挣扎，巨大的食肉鱼正在逼近。"好望号"似乎在无助地往外海漂去，它的主桅已经粉碎。"金色友谊号"桅杆上的火在肆意燃烧。周围的一切，从岩石到树木全都铺满了一层稀烂的鱼。很多阿萨塔希被自己的喙钉在了树干高处，或是不可思议地戳进了岩石缝里。死亡飞行让许多鱼飞进了内陆深处。悬在凯考尔河口上空的那片阴森森的丛林如今已经被鱼蜥穿透了，而这些鱼在巴塔利克斯日落前就会腐烂。

这不是什么神话传说，阿萨塔希的这种行为证明了物种可以为了生存而挑战一切可能。和那些与它们毫无相似之处、在冬季遍布坎普安莱特冰原的倍耶尔克、耶尔克、冈纳鸵一样，阿萨塔西鳟也是尸生生物，只有通过死亡才能诞生。

阿萨塔希是雌雄同体的。这种生物过于低级，无法在它们的生殖器官中孕育后代，因此阿萨塔希的繁殖过程必然伴随着死亡。胚胎在肠器中发育，生长成为丝状蛆虫的形态。嵌入母体的肠道结构之后，蛆虫在死亡飞行中会幸免于难，依靠吃食腐尸生存下来。

它们一路啃食，从母体内部吃出一条通往外部世界的通道；然后蛆虫发生形变，进入有腿的幼虫阶段，像是微型的鬣蜥。在小周期年的秋天，这些一直生活在陆地上的微型鬣蜥开始一路跋涉返回大海，消失其间，就像沉入大海的沙粒般杳无踪迹，将自己补充进阿萨塔希的生命循环中。

托科奈特和哥特兰迪特对于事态的突变惊诧莫名，他俩在沙洲上站起身来环顾四周。打湿这片陆地的那波大浪只是一个前奏，随之而来的汹涌洪水让锡伯纳尔人深陷困境。

第一波巨浪冲进了凯考尔河。气势已衰的浪头现在正退回来，裹挟其间的泥沙打着旋儿让碧蓝的海水污迹斑斑。更为恐怖的是在托科奈特左边，无数尸体汇在一起，正顺着水流从河口向外漂，海鸟追着它们不住地尖叫。将军猜测那些是被屠杀的基乌阿斯恩人的尸体，要漂向它们的葬身之地。

逼近的波浪打翻了"金色友谊号"的小艇。那些没在水下淹死的人站起身，又陷入了鱼蜥的云团。

萨托里瓦什在水里挣扎着，发现身边都是伤员，他很快就在那些人中间看到了奥蒂·杰赛拉塔尔。她一侧的脸颊被刮伤了，一条鱼蜥扎在她脖子后边的肉里。很多伤者正遭受食肉的鸥鸟攻击。萨托里瓦什自己倒是没有受伤,他奋力来到奥蒂身边,把她拉进怀里向岸上游去。水位还在不断升高。

他把脸凑到扎在她脖子后边的那条阿萨塔西鳟跟前,他盯着它那双硕大的骨质眼睛,里面还闪烁着生命的迹象。

"当大水肆虐横扫一切时,人族怎能建造起对抗大自然的堡垒?"他自言自语地说着,"你也不过如此,阿克哈纳巴!你这混蛋!"

他唯一能做的,就是把已经失去意识的奥蒂的脑袋托在水面上。那一小片陆地就在几米之外,然而水面还在上升。他恐惧地大叫起来——然后,他在沙洲上看到了一个人影,很像是那位让詹道昂格诺尔十分讨厌的将军——托科奈特。

托科奈特和哥特兰迪特正在研究锡伯纳尔的船只"瓦伽布哈尔祈祷号",它就横在他们右边不远处。潮水把它冲到了岸上,但是从凯考尔河来的一股水流又打着旋儿让它浮了起来。除去那些扎在右舷船板上的阿萨塔希,它其实还算完好无损。船员已经彻底没了斗志,正争相跳到岸上,钻进灌木丛里,试图寻找安身之处。

"这条船归我们了,哥特兰迪特。你有什么要说的?"

"我虽然不是水手,但有一阵风正从岸上往海面吹来了。"

将军转向那十二名跟随他的手下。

"你们是我勇敢的同伴,你们从不缺少勇气。你们之中哪怕有一个人有片刻丧失了勇气,我们就会全部丧命。现在,在我们安然脱身之前,有最后一件大功要立。留在基乌阿斯恩对我们毫无意义,所以我们必须要沿海岸航行。我们要征用这条白色的多桅帆船。它是一件礼物——尽管这件礼物可能需要通过战斗来争取。举剑。跟我上!"

他冲下浅水,士兵们跟在后边,然后他差点撞上一个浑身泥污的人,这人正挣扎着往岸上走,怀里还抱着一个女人。那人喊出了他的名字:

"汗拉!救我!"

他大惊失色，举目一看，居然是博里恩的总管大臣，一个念头冒了出来，这一定又是一个被詹道昂格诺尔欺骗的人……

他叫住他的队伍。哥特兰迪特把萨托里瓦什从水里拉上来，另外两个人一左一右扶住了那个女的，她正呻吟着醒过来。他们随即冲向"瓦伽布哈尔祈祷号"。

这艘施芬宁克舰船上的船员和士兵伤亡惨重。很多人都死了，被阿萨塔希伤到的人大都逃到岸上去了。鸟儿不断往船上冲来，叼食缠在帆索上的鱼蜥。有一小撮士兵跟着他们的军官准备抵抗一番，但托科奈特的队伍攀上靠海那面的船甲板，攻了上去。对方士气低落，无心恋战，很快便全都弃船跳上了岸。哥特兰迪特带领三个人去清理隐藏在暗处的敌人，把他们都赶下了船。登船还不到七分钟，他们就准备停当，可以出发了。

八个人下水推动帆船。缓缓地，船只掉转了船头，船帆兜满了风，尽管帆已经被鱼蜥撕扯得满是孔洞。

"动起来！动起来！"托科奈特在舰桥上高喊着。

哥特兰迪特说："我讨厌船。"他跪倒在地，双手高举过顶祈祷起来。这时突然传来轰的一声，水花四溅。

他们的劫持行动被"金色友谊号"上的人发现了。一名枪手从两百米外用一门火炮朝他们开了火。

"祈祷号"的速度跟步行差不多，正从丛林遮顶的地方开出来，此时一阵强风兜住了它。用不着提醒，两名博里恩枪手操起了炮台甲板上的火炮，他们朝着"金色友谊号"开了一炮，但两条船之间的角度被拉得太大，炮口没法在方形的炮眼中转过去瞄准那艘旗舰。

旗舰上的炮手也面临着同样的问题。又一颗炮弹飞过，落在了岛上的草木之中，毫无动静。当"祈祷号"整装上路的时候，水里的那八个人顺着挂在船舷上的绳网爬上甲板，欢呼不止。

岛上的树丛在左舷外滑过。树林正遭受食腐鸟类的攻击，它们在争食那些扎在树上的阿萨塔希,被惊动的黄蜂和蜜蜂在它们周围疯狂地嗡嗡盘旋。"祈祷号"就要经过乌斯库托什的"联盟号"了,它的船头依然搁浅在沙滩上。

"等我们经过的时候,你们能把它轰掉吗?"哥特兰迪特朝着下面的炮台甲板喊道。

枪手们跑向左舷,打开炮门,装填起粗笨的火炮。但现在他们走得太快了,枪炮无法及时准备完毕。

蒙受了奇耻大辱的艾奥·帕沙迪德就混在"联盟号"那些弃船钻进岛上灌木丛中的士兵和船员中间,在死亡飞行中逃过一劫。他是第一个冲进树丛的。他逃跑多半是因为心里打着小算盘,而并非因为恐惧。

在舰队里所有的锡伯纳尔人中,只有他造访过基乌阿斯恩。当时,他还是访问博里恩宫廷的使者。他对这地方没什么感情,只想着可以在这里品尝下当地食物,调剂一下船上乏味的配给。他盘算着可以在这片混乱中开两小时的小差而不被人惦记。

但看到那座城镇被火烧成了一片废墟,他立即改了主意。他回到了战场之中,恰好看见"瓦伽布哈尔祈祷号"从自己那艘船的旁边经过,汗拉·托科奈特正站在上层甲板上,那可是王后中的天后的心上人。

艾奥·帕沙迪德虽然不是彻头彻尾的自私之人,但在这一刻,嫉妒之心主导了他的行动。他跑上前去,召集那些躲在灌木丛里的人,驱使他们回到"联盟号"上。潮水将它安置在海滩上,毫发无伤。

经过桨手的努力,再加上潮水的帮忙,他们把大帆船从海滩上弄了出去。船帆张了起来,缓缓地,船头转向了开阔的海面。

信号旗挥舞起来,通报"联盟号"正在追踪海盗。这信号是打给"金色友谊号"上的黛娜·帕沙迪德看的。但是,她再也看不到信号了,因为她是在阿萨塔希的死亡飞行中最先死去的人之一。

驶出海湾，一股清新的西风送他们逆着强劲的洋流前进，直到这时，托科奈特和萨托里瓦什才有机会拥抱在一起。

他们彼此讲述了自己的经历之后，托科奈特说："我没什么可自豪的。既然我是士兵，就不能抱怨被派去什么地方。我的将军头衔也形同虚设，我的军队没有跟我打过一场仗就土崩瓦解了。那将是伴随我一生的耻辱。兰杜楠完全吞噬了大家。"

过了一会儿，前总管大臣说道："我很感激我的这番颠沛流离，跟你的经历比起来更不在计划之内。锡伯纳尔人在利用我。但是这番经历带来了一些有价值的东西，而且不只如此。"

他做了个手势，指了指奥蒂·杰赛拉塔尔，她的伤口已经包扎好了，正坐在甲板上听着两人交谈，她的眼睛闭着。

"我正在变老，而老人的爱情总是要比你们年轻人的荒唐可笑，汗拉。不，你可别否认。"他笑了起来，"不止如此。我第一次认识到，我们这几代人是有多么幸运：生活在大周期年的这个阶段里，炎热才刚刚开始盛行。我们的先祖是如何在冬季幸存下来的？巨轮会继续转动，冬季会再次降临。要是生长在弗雷耶消逝的年代，无知无识，那种命运该是多么凄惨啊。在锡伯纳尔的一些地方，人们在冬季的世代里根本就看不到弗雷耶。"

托科奈特耸耸肩，"这都是际遇。"

"但是如此规模宏大的繁盛与毁灭……也许，我们错就错在认为自己与自然是无关的。好吧，我知道你对那些推测不怎么感兴趣。但有一件事我必须要讲讲，我相信我解决了一个革命性的问题……"

他犹豫了，用力揪了揪湿漉漉的胡须。托科奈特一笑，鼓励他继续说。

"我相信我所思考的是从未有人思考过之事。这位女士给了我灵感。我需要到奥多兰都或是帕诺威尔，把我的想法——或者该说，我的推论——呈到圣帕诺威尔帝国的当权者面前。我在那里肯定会得到奖赏,而奥蒂和我就能过上安稳的生活了。"

托科奈特端详着他满是胡须的面孔,说道:"会得到奖赏的推论!它们肯定很有价值。"

前总管大臣心想,这位确实是个傻瓜,我一直都知道。但有如此机会,他还是忍不住要解释一番。

"你看,"萨托里瓦什放低了声音,让自己的声音隐藏在帆布拍打的声音里,"我从来都无法容忍剑族,不像咱们曾经的主子那样。我们两个种族之间差异极大。我的想法,我的推论,将对剑族产生极大的不利。因此,根据帕诺威尔声明里的条款,我的推论会得到奖赏。"

奥蒂·杰赛拉塔尔从椅子上站起身来,拉住了萨托里瓦什的手臂,对托科奈特和刚刚加入谈话的哥特兰迪特说:"你们可能不知道,詹道昂格诺尔国王已经毁了总管大臣毕生的心血,就是他的那部《历史与自然基本原理》。那是一桩不应被忘记的罪行。总管大臣谦虚地称之为推论,但它将对詹道昂格诺尔完成复仇,也会让我俩一起重新编纂那部《基本原理》。"

哥特兰迪特尖刻地说:"女士,你是我们的敌人,曾发誓要消灭我们的国家。你应该被押到甲板下面关进铁笼子里。"

"那都是过去了,"萨托里瓦什摆出庄重的姿态说,"我们如今只不过是云游的学者……而且无家可归。"

"云游学者……"对于将军来说这太深奥了,所以他问了个实际的问题,"你们怎么去帕诺威尔?"

"奥多兰都对我来说就可以了——它更近,而且我希望赶在国王之前到达那里,如果他尚未抵达,我要在他与玛第公主结婚之前给他制造最大的麻烦。你对他也没什么忠诚可言,汗拉。你就是带我去那里的理想人选。"

"我要去格莱瓦贝伽雷尼恩,"托科奈特坚定地说,"如果这艘漏水的船能带我们去的话，而且还得希望敌人不会追上我们。"

众人回头望去。"瓦伽布哈尔祈祷号"已经进入了开阔的海面，正沿着海岸奋力向东航行。"联盟号"也从基乌阿斯恩海湾驶出来了，但是被远远抛在身后，一时半会儿还没有赶上来的危险。

萨托里瓦什对将军说："你要到格莱瓦贝伽雷尼恩见你姐姐玛伊。"将军只是一笑，没说什么。

这天剩下的时间里，他们远远地看到"好望号"也追了上来，用了一根应急的临时主桅。西面的大海上隆起了高高的积雨云，两艘追踪而来的舰船消失在了雾里，云团的边缘投下紫铜色的影子。云层深处无声地闪着霹雳。

第二波阿萨塔希从大海中升起，就像是一只伸开的翅膀扑向陆地。"祈祷号"已经远离海岸，得以免遭劫难，只有不多的几条鱼蜥飞过舰船。众人庆幸地看着这些早上还让他们惊惶无措的家伙。当他们缓缓驶往格莱瓦贝伽雷尼恩的时候，夹杂着电闪雷鸣的黑暗降临了。远远地，海岸上闪耀着荧荧火光，那是当地人正在享用着死去的入侵鱼潮。

某个难辨真容的东西朝着王后中的天后所住的宫殿一路赶去：是一条人影。

罗彼昂格诺尔赶在他父亲前头，偷偷乘船从梅特拉赛尔顺流而下到了奥塔索尔。不管去哪儿，他总是步伐仓促，时不时地回过身张望；他并不知道，这副被追踪的行色让他跟他父亲愈发相像，但他认为自己才是追踪的那一个。向父亲复仇的念头充斥在他心头。

到了奥塔索尔，他没有去他父亲必会造访的地下宫殿，而是去找了萨托里瓦什的一位老朋友，观星者兼解剖师，巴尔铎·卡拉班赛蒂。而卡拉班赛蒂对于国王和他那个古怪的儿子都没有什么太好的印象。

XVIII

深海来客

任何一个前往格莱瓦贝伽雷尼恩的人,老远就会看见王后居住的那座木结构宫殿。它就矗立在那里,不加掩饰,犹如扔在海滩上的一个玩具。

传说格莱瓦贝伽雷尼恩闹鬼。这座弱不禁风的宫殿所矗立的地方在许久以前是一片森林,森林在一场大战中被毁了。

但没有人知道是谁在那里打仗,也不知道是为了什么而战。只知道有很多人死了,就浅浅地埋葬在他们倒下的地方。他们的葬身之地远离自己所属的大地音阶,因而他们的魅影常常出没于此,远近皆知。

当然,如今另一出悲剧在这片古老的亵渎之地上演了。国王詹道昂格诺尔在他的臣子和法艮陪同下乘着两条船来到此地,身边跟随着伊桑博尔和卡拉班赛蒂,来此与王后解除婚约。

王后梅尔黛伽拉屈尊,接受了这份离婚契约。然后美酒端了上来,众人寻欢作乐。那位主持了离婚仪式的卡萨尔特使阿拉姆·伊桑博尔却在仅仅几个小时之后便摸进了前任王后的寝室。就在那时传来了一个消息,在遥远的奥多兰都,希摩达·泰尔被杀害了。之后,就在东方升起的巴塔利克斯的第一缕阳光为这座宫殿光秃秃的外墙抹上一层金色的时候,这个不幸的消息送到了国王面前。

现在,在这场人族与法艮共谋的事件当中,有一个问题看来已无法避免,一切都朝着最高潮的顶点发展,然而到了那时,其中最主要的参与者都会被轻描淡写地抹掉,犹如坠入黑暗的彗星般不值一提。

詹道昂格诺尔声音低沉,充满悲伤,他撕扯着自己的须发,朝着阿克哈纳巴咆哮:

"汝之仆从倒伏于汝之眼前,噢,伟大的神。汝令悲苦降诸吾身。汝令吾之军队败走。汝令吾子舍吾而去。汝令吾与所爱之王后梅尔黛伽拉决裂。汝令吾将婚之新娘惨遭屠戮……为汝,吾还须遭受何种不幸?

"毋令吾民受苦。噢，伟大的主，一切令吾一人承受，以谢万民。"

他起身披上衣服时，那位面无血色的埃博森纳特随口说道："军队败走兰杜楠是没错。不过，所有的文明国家都被蛮族国家所环绕，军队前去征讨的时候都会落败。我们应该去征讨，但不应该举着利剑，而是应该高举神灵的旨意。"

"圣战是帕诺威尔的事情，我们这种贫弱小国犯不着，主教大人。"他把衣服整好，遮住了伤痕，感觉到了口袋里那只三时显示计时器。那是他在奥塔索尔从卡拉班赛蒂手里得到的。跟那时一样，他依然觉得这东西是一个噩兆。

埃博森纳特躬身一礼，在他身后握着鞭子。"也许我们可以更像个人族，同时远离那些非人族，至少这样可以令全能之主欣慰。"

詹道昂格诺尔突然火冒三丈，挥出左手一把捏住了主教的脸蛋。"你只管做好神职事务，俗世的事情由我来办。"

他知道那家伙说的是什么意思。他的意思是要清洗博里恩的法艮。

他任由衣服敞着，那布料吸收着刚刚鞭打留下的伤痕里渗出的血，詹道昂格诺尔从地下的祈祷室上到这座木结构宫殿的一楼。玉理跳上来迎接他。

他的头不住地抽动，好像他要变瞎了。他在小法艮身上拍了拍，手指伸进它浓密的毛皮里。

宫殿外面，太阳投下的影子依然拉得很长。他几乎不知道该怎样去面对这个早晨：昨天他才刚刚抵达格莱瓦贝伽雷尼恩——在圣卡萨尔特使阿拉姆·伊桑博尔的见证之下——与美丽的王后解除了婚约。

宫殿就像前一天一样门窗紧闭。现在，各个房间里东倒西歪地到处躺着尚未从宿醉中醒来的人。太阳的光线纵横交错，透射进来，朝门口走去的国王仿佛走在光线织就的篮子里。

他一把推开大门，王室第一法艮卫队正值守在门外，顾长的下颚和高耸的犄角整整齐齐排列成线，纹丝不动。不管怎样，这都是值得一观的，他这样跟自己说，想要驱散心中的阴郁。

在热气升起之前，他迎着清爽的空气缓步而行。他看到了大海，感觉到了扑面的清风，但他毫不在意。就在黎明之前，在他凭着酒力酣睡之际，伊桑博尔来到了他身边，身旁站着他的新任总管大臣，巴尔铎·卡拉班赛蒂。他们告诉他说，他将要迎娶的那位玛第公主死了，被一名刺客刺死了。

到头来还是一场空。

他为什么要这样机关算尽地跟原配离婚？他到底中了什么邪？一场离别，居然难倒了这位英雄。

这就是他想要对她讲的。

他内心深处的软弱让他不敢派人上楼送信。他知道她跟小公主塔特洛在那里等着他离开，带着他的士兵一起。她可能已经听说了那人半夜带来的消息。她可能担心自己也被人刺杀。她可能在恨他。

他转过身来，带着那股独有的凌厉气势，似乎是突然发现了自己的错误。新任总管大臣正迈着沉稳坚定的步子走来，下巴随着步伐微微颤抖。

詹道昂格诺尔打量着卡拉班赛蒂，然后转身背对着他。卡拉班赛蒂只得绕过他和玉理，来到他的身前，笨拙地施了一礼。

国王看着他，两人都没说话。愁容满面的卡拉班赛蒂将目光从国王身上挪开。

"你看得出我情绪不佳。"

"我也没睡，陛下。对于刚刚降临在您身上的不幸，我感到深深的遗憾。"

"我的坏心情并非全然来自全能之主，还因为你，一个并非全能的家伙。"

"我做了什么事让您不快，陛下？"

437

雄鹰的眉毛拧在了一起,让他的目光更像鹰隼。

"我知道你暗地里反对我,你素有狡猾之名。我看得出你那副掩饰不住想要幸灾乐祸的样子,当你前来宣告那个人的死讯时……你知道我说的是谁。"

"玛第公主?如果您如此不信任我,陛下,您绝不会提拔我当您的总管大臣。"

詹道昂格诺尔又一次背对着他,外衣上黄色的轻纱被血水洇湿,就像一面古老的旗帜。

卡拉班赛蒂开始挪动脚步。他心不在焉地抬头看着宫殿,看到白色的油漆已经斑驳脱落。他体会到了何为平民,何为国王。

他很享受自己的生活。他认识很多人,而且对社会贡献颇多。他爱他的妻子。他家大业大。然而国王来了,违背他的意愿把他揪了过来,好像他是一个奴隶。

他已经接受了这个角色,作为一个有性格的人,他已然尽了自己最大的能力。而现在,这位君王居然妄言他有反心。他忍耐国王的无礼并非没有限度,然而他却想不出有什么法子能让自己不跟随詹道昂格诺尔前往奥多兰都。

对于身处困境的国王,他的同情已经消失了。

"我是想说,国王陛下,"他开口说道,起初带着坚定的口吻,但看着那个血淋淋的后背,又为自己的鲁莽捏了把汗,"这当然只是微不足道的小事,不过,在我们从奥塔索尔启程之前,您从我这里拿走了那个有趣的三时显示计时器,您是否正好还带在身上?"

国王没有转身,也没动。

他说:"它就在我上衣口袋里。"

卡拉班赛蒂深深吸了口气,然后用比自己原本想象的更怯懦的声音乞求道:"您能把它还给我吗,国王陛下?"

"此时此刻,博里恩在圣帝国中的地位正在受到威胁,现在可不是向我索取恩惠的时候。"说话时，他便是雄鹰。

他俩站在那里，看着玉理在宫殿旁边的灌木丛里拱来拱去。这家伙在用他们族类的方式向后喷射尿液。

国王迈开慎重的步伐往大海的方向走去。

卡拉班赛蒂暗自说道，我还不如一个该死的奴隶。他跟了上去。

小宠物在身边蹦蹦跳跳，国王加快了步伐，边走边飞速地念叨着什么，身形笨重的观星者不得不赶了上去。他再也没提起那个计时器。

"阿克哈纳巴已经对我很偏爱了，在我生命的道路上留下了许多果实。当我看到自己被承诺了更多东西时——明天、后天，还有以后的日子——那些果实又能品出一丝其他的味道。不管我得到什么，我都希望得到更多。

"我确实遭受了挫折与失败，但那都是承诺中所应有的。我不会让这些事情困扰我太久。至于我个人在克斯加特的失败，没错，我从中得到了教训而且抛之脑后，并且最终在那里取得了一场伟大的胜利。"

他们走过一排葡榴树。国王摘下一枚果实，边说着话边大口咬了下去，一口便咬到了果核，果汁沿着下巴往下流。他做了个手势，用力握住了这枚果子。

"今天，我看到自己的生命沐浴在新的光明之中。也许神向我承诺的一切我都已经得到了……毕竟，我已经超过二十五岁了。"他有些艰难地说，"也许这就是我的夏季，在未来，当我晃动树丛，不会再有果实落下时……我还能依靠眼下的富足支撑多久？难道我们的宗教没有警告过我们饥馑的时代必将到来吗？嗬！——阿克哈纳巴就像是锡伯纳尔人，总是沉迷于即将到来的冬季。"

他们顺着那道将海滩和陆地隔开的矮崖前行，王后就常常在那边的海里游泳。

"告诉我,"詹道昂格诺尔不经意地说,"作为无神论者,你没有站在宗教的角度看待这一切……你又怎能看得出我的难处?"

卡拉班赛蒂没有作声,那张满是横肉的大脸憋得通红朝着地面,仿佛是在躲避国王的锋芒。他告诉自己,要鼓起勇气来。

"怎么了?来吧,直说你的想法。我没什么精神了!我已经被那位面色如蜡的主教鞭笞过……"

卡拉班赛蒂停下脚步,国王也停了下来。

"陛下,最近我应一位朋友所求,在家里收留了一位相当年轻的女士。我妻子和我收留过很多人,有些是活的,有些是死的,也有用来解剖的动物,还有法艮,要么为了解剖,要么用来当护卫。他们之中没有哪个像这位年轻的女士一样这么能惹麻烦。

"我爱我妻子,而且会永远爱她。但是我对那个年轻的姑娘产生了肉体的欲望。我鄙视她,但我对她有欲望。我也鄙视我自己,但我还是对她有欲望。"

"那你占有她了吗?"

卡拉班赛蒂大笑起来,他的脸第一次在国王面前绽放出一些光彩。"陛下,我占有了她,就像您占有那枚葡榴果,在这暮昏的时节。陛下,果汁会流淌……但那是欲念,不是爱,一旦欲念消散……尽管那的确是一个过程,夏季里的过程,陛下……一旦它消散了,我就十分厌恶自己,而且再也不想要她了。我把她安置到外面,而且告诉她永远都别再见我。从那时起,我听说她已经干起了她母亲那个行当,而且至少已经让一个人丧了命。"

"这一切与我何干?"国王一脸傲慢地说。

"陛下,我相信在您的生命原则中,欲望大于爱。

"您从宗教的角度告诉我,阿克哈纳巴对您有所偏爱,并且在您的道路上放满了果实。用我的说法就是,您拿走了您可以拿走的,做了您想要去做的,而您希望继续这样下去。您把剑族作为实现欲望的手段,并不在意现实中的法艮从来都不会顺服。没有什么能阻挡您的道路……除了王后中的天后。她挡在您的前面,因为她是世上唯一让您感受到爱的人,也许您对她还几分尊重。这就是为什么您会恨她,因为您爱他。

"她就站在您与您的欲念之间,她凭一己之力便能包容您的……两重性。在您身上,在我身上,也许在所有男人身上,这两种原则都是存在分歧的——但在您身上,这种分歧则是巨大的,犹如我们跟您的地位差异一样巨大。

"如果您更愿意相信阿克哈纳巴,那么现在就应该相信,他已经通过这些挫折给了您警示,您的生活即将误入歧途。一旦机会来了,就应该让它回到正轨。"

他们站在矮崖上,对大海那枯燥的轰鸣声充耳不闻,两人面对面站在那里,都有些紧张。国王一动不动听他的总管大臣把话说完,玉理在附近的乱草丛中滚来滚去。

"你胆敢建议我让生活回到正轨?"若是没有卡拉班赛蒂那样的自信,谁听见这语气都会感到恐惧。

"这是我的忠告,国王陛下。不要去奥多兰都。希摩达·泰尔死了。您没有任何理由去拜访那座并不友好的一国之都。作为一名观星者,我警告您别那么做。"卡拉班赛蒂的目光从灰白色的眉毛下注视着詹道昂格诺尔,看他的话会产生何种效果。

"您属于您自己的王国,现在正是它最需要您的时候,同时您的敌人并未忘记梅尔道拉特大屠杀。返回梅特拉赛尔吧。

"您的正室王后就在这里。拜倒在她面前乞求原谅吧。在她面前撕掉伊桑博尔的契约,拿回您最爱的东西。她内心深知您的圣明。不要被帕诺威尔蒙骗。"

雄鹰眺望着大海,飞快地眨着眼睛。

"过回正常的日子吧,陛下。赢回您儿子的心。把帕诺威尔一脚踢开,把法艮卫队一脚踢开,跟您的王后一起过正常的生活。不要再理会那个充满谬误的阿克哈纳巴,他引导您……"

他扯得太远了。

国王心头冒起一股怒火,一怒之下,他扑向卡拉班赛蒂。就在怒火即将战胜理智之前,卡拉班赛蒂被吓得瘫倒在地。国王一屈身将膝盖压在了那具伏倒的身体上,抬手抽出宝剑。卡拉班赛蒂尖叫起来:

"饶命啊,陛下!昨晚您的王后差点遭受奸淫,是我救下了她。"

詹道昂格诺尔一顿,站起身来,用剑尖指着那个被他踩在脚下的人,他正瑟瑟发抖缩成一团。"我还在这里,谁敢碰王后?回答我!"

"国王陛下……"卡拉班赛蒂的嘴唇几乎贴在了地面上,他颤抖着发出声音,然而说出的每一个字都很清晰,"您那晚喝醉了。特使伊桑博尔进了她的房间,想要奸污她。"

国王深吸一口气,将宝剑还鞘,然后一动不动地站着。

"你这个下等贱民!你怎能理解国王的使命?我不会重蹈覆辙。你的生活可以自主,但你这条命是我的,而我有我的命运,我要追随全能之主的引领。

"爬回属于你的那个地方去吧。你无法为我提供谏言。别挡在我的路上!"

然而他仍然站在匍匐在地的观星者跟前。玉理呼哧呼哧跑上来的时候,国王猛一转身迈开大步朝宫殿走去了。

卫队在他的呼喊声中站起身来。他们要在一个小时内离开格莱瓦贝伽雷尼恩,按计划前往奥多兰都。他的声音,他冷冰冰的怒火,打破了这座宫殿的平静,仿佛掀开一块木头,让坚背虫的巢穴炸开了锅。伊桑博尔的教士们相互之间高声呼喊的声音回荡在宫殿中。

这番喧哗传到了王后的寝室里。她站在她那间象牙色的房屋中间,仔细聆听。她的护卫站在门口。玛伊·托科奈特和两个侍女坐在前厅,抱着塔特洛。厚厚的窗帘放下来遮住了窗户。

梅尔黛伽拉穿着一件长长的轻纱外衣。她脸色煞白，仿如牛鹂的翅膀投在雪地上的影子。她站在那里，将温暖的空气吸进肺里又缓缓吐出来，听着人和骅骊的嘈杂声，当然，还有下面传来的号令声。有一次她都走到窗帘那里去了，然后，像是瞧不起自己的脆弱，她抽回已经抬起的手，又回到了之前等候的地方。炎热给她的额头抹上了一层汗珠，犹如细碎的珍珠。她清楚地听到了一次国王的声音，然后就再没听到了。

至于卡拉班赛蒂，国王离开后他爬了起来。他走下海滩，到了一处没人能看到的地方，恢复了气色。过了一会儿，他开始放声歌唱。他没能要回计时器，却要回了自己的自由。

痛苦之中的国王在一栋要散架的塔楼里找到了一间小屋，进去之后从里边闩上了门。尘土飞扬，一束束金色的光线从花格窗透下，如同幻影。这里弥漫着羽毛、菌类和干草的味道。露出来的木地板上还有鸽子粪，但国王没管这些，径直躺在地上，努力让自己进入了通灵。

他的灵魂从身体中游离出去，平静了下来，就像一片蛾子的翅膀飘落而下，陷入丝绒般的黑暗之中。其他所有一切都消失不见，只有黑暗依然如故。

这是生死共存之境，灵魂飘浮其间，漫无目的。这空间向着各个方向扩展出去，无边无际，这黑暗对于他来说，就像幼时床下的那片漆黑一样熟悉。

灵魂没有肉眼。它并不是以视觉去看。透过黑曜，它能看到在深远的下方有一簇黯淡的光团，静止不动，但随着灵魂不断坠下，似乎在向彼此移动。每一个光点都曾是一个生灵。如今，每一个灵魂都淹没在巨大的母体本源之中，甚至当这个世界消亡时，它依然会存在下去。原初注视者，这个伟大的本源，甚至比阿克哈纳巴那样的神灵更加伟大,或者至少与他不相上下。

而这个灵魂朝着一个吸引它的光点飘去,那是它父亲的幽魂。

那团火花正是曾经的瓦尔培昂格诺尔,博里恩的国王,犹如阳光在一面老墙上投下的乱影,它的肋骨,它的骨盆,几乎没有轮廓。那个曾经佩戴过王冠的头颅仿如一块石头的残影,两团闪烁着琥珀色微光的地方正是眼窝的所在。透过这团缥缈的火花,能看到下方那无数如同尘埃残迹的亡魂。

"父亲,我来了,你这个一无是处的儿子来乞求你的原谅,原谅我对你犯下的罪行。"詹道昂格诺尔的灵魂悬在这没有空气的地方,开口说道。

"我亲爱的儿子,欢迎你来这里。不论何时来,你都是欢迎的。我对你没有什么指责。你一直都是我最亲爱的儿子。"

"父亲,我不会介意你的指责。相反,我希望得到你最激烈的斥责,因为我知道自己对你犯下的罪有多么大。"

在他们话语的间隙中,只有无尽的寂静,因为这里没有呼吸的声音。

"冷静一下,我的儿子,在这个地方没有人会谈论罪孽。你是我心爱的儿子,这就足够了。不需要说更多。无须悲伤。"

他开口说话的时候,那个本是嘴巴的地方涌出一团尘埃般的火焰,犹如将息的烛火,胸腔的骨架中间升起汩汩尘烟,进入喉咙中间的气道。

灵魂又开口了:"父亲,我乞求你将所有的愤怒倾泻到我身上,咒骂我在你一生中所做的一切忤逆之事,还有致你死亡之事。减轻我的罪孽吧。它已罄竹难书。"

"你是无辜的,我的儿子,就像飞溅在海岸上的浪花一样无辜。不要感到愧疚,因为这辈子你给我带来了快乐。现在,在这生命的余烬里,我对你没有什么愤怒。"

"父亲,我把你在城堡的地牢里囚禁了十年。那样的行为要怎样才能得到宽恕?"

火焰向上涌起,火花喷涌而出。

"那段时光已经被遗忘了,儿子。我几乎不记得囚禁的日子,因为你一直都在那里跟我聊天,寻求我的忠告——我知无不言,言无不尽。"

"那里是个让人抑郁的地方。"

"那里给了我时间去思考生命中的过失,让我为即将来临的一切做好准备。"

"父亲,你的宽恕伤害了我!"

"靠近些,我的孩子,让我来安慰你。"

但是在原初注视者的国度里,生者禁止触碰死者。如果这种终极的二元边界被打破,两者都将灰飞烟灭。灵魂从悬浮在深渊之上的那个东西面前轻轻飘开。

"用更多的忠告来安慰我吧,父亲。"

"说吧。"

"首先,告诉我,我那个受尽折磨的儿子是否已经坠落到了你们中间?我担心他朝不保夕。"

"他到来的时候我会很高兴的,不用担心……不过可惜的是,他仍在光明世界里游荡。"

过了一会儿,灵魂又开口了:

"父亲,你理解我在生者中间的位置。告诉我应该去哪里。我是应该返回梅特拉赛尔,还是留在格莱瓦贝伽雷尼恩?抑或继续前往奥多兰都?我收获最多的未来在何方?"

"每一个地方都有等待你的人。但是有一个你并不知晓的人在奥多兰都等待着你。那个人把握着你的命运。去奥多兰都。"

"你的忠告将指引我的行动。"

灵魂从那火花飘飞的亡者世界飞升而起，起先很缓，然后便愈来愈急迫。什么地方传来一阵鼓声。火花在下方消散，沉回了原初注视者之中。

钟楼地板上那具没有生气的躯体缓缓动了起来。他晃了晃四肢，坐了起来。他的眼睛在那张无神的脸上睁开了。

唯一迎上他目光的生灵便是玉理，他爬到近前，说："我可怜的国王进入幽缚了。"

詹道昂格诺尔没有答话，他抚弄着宠物的绒毛，抵着玉理蜷起了身子。

"哦，玉理，生命真美好。"

过了一会儿，他拍了拍那个剑族小家伙的肩背，"你是个好孩子。你没有害人的心。"

当他蜷起身子时，国王觉得有一件东西硌着自己，他一摸，从口袋里取出了那个从卡拉班赛蒂手中得来的三时显示手表。不论他什么时候看见这东西，思绪都会乱起来，然而他找不到让自己把它扔掉的理由。

这个计时器曾经属于比利，那个生物宣称自己来自一个不由阿克哈纳巴统治的世界。他必须把比利从自己的意识中清除掉（就像必须要清除干净那些该死的梅尔道拉特派思想），因为比利对于整个精心构架的体系是一个挑战，而圣帕诺威尔帝国正是借助这个体系才能屹立不倒。有时候，一种恐惧会突然袭来，他觉得自己可能会被剥夺掉宗教信仰，就像他被剥夺了很多其他东西那样。如今，只有他的信仰和这个温顺的非人族宠物留在他身边。

他呻吟了一声。拼尽全力，重又站起身来。

一小时后，国王詹道昂格诺尔走在队伍的前头，胯下骑着田凫，特使阿拉姆·伊桑博尔陪在身边。身后跟着的是国王的军士们，然后是伊桑博尔的随行人员，再后面是第一王室法民卫队的身影，他们不停地扑棱着耳朵，猩红的眼睛直视前方，就像他们的族类在许多个世纪之前那样，迈着大步朝奥多兰都城走去。

国王从那座木结构宫殿动身离开了，连同所有潜藏其中的焦虑，这正是"阿佛纳斯号"上的观者们所乐于看到的。他们很高兴能够把注意力从国王进入通灵的画面中转移出来。即便是国王陛下那些忠诚的女性爱慕者，一直看着他躺在地上灵魂出窍也会觉得不自在。

纵观所有海利科尼亚人，通灵，或者被称为抚灵之术，就像吐口水一样说来就来。它没有特定的宗教意义，尽管它常常依附着宗教而存在。就像女人对于未来的想象很丰富一样，人们对于从他们眼前消失的那些生命的想象也很丰富。

在阿佛纳斯上，神秘的海利科尼亚通灵体验被视为一种宗教仪式，大致相当于祈祷。正因如此，它令六大家族陷入了一种尴尬境地。即便是性方面的问题，众家族也百无禁忌：他们很久以来就持续进行着监控。对于他们来说，这只不过是日常行为的一种副产品，无足轻重，但宗教问题就不那么简单了。

各家族将宗教视为一种原始的强迫症，一种病态，对于那些思维混乱的人而言是一种麻醉剂。他们一直希望萨托里瓦什和他的同类会在无神论方面更为激进，让阿克哈纳巴灭亡，从而创造更美好的事物。他们既不喜欢通灵，也不理解通灵，他们希望这种事不要发生。

然而在地球上，则盛行着其他观点。生与死被视为不可分割的整体；在一个生命正常活动的地方，人们从来不惧怕死亡。地球人对于海利科尼亚人所热衷的通灵产生了极为强烈的兴趣。在与海利科尼亚接触的最初那些年里，他们就把这种昏睡状态看作海利科尼亚人灵魂的一种精神投影，更类似于一种冥想状态。后来，一个更为深奥微妙的观点发展起来，人们开始认为海利科尼亚的人类拥有一种独特的能力，可以游离到生与死的边界，并从那里返回。他们之所以被赋予了这种连续性，是为了补偿大周期年那种突变环境下的不连续性。通灵有其进化方面的意义，也是那些人类与他们那颗多变行星之间的一种统一。

出于这些缘故，地球人对通灵抱有非同寻常的兴趣。在这个时期，他们业已发现了自身与他们自己那颗行星的统一性，与此同时，他们与海利科尼亚之间的共情也在不断增强，他们将这两者联系在了一起。

在接下来的日子里，王后中的天后心中充满难言的寂寥，她的情绪十分低落。

她已经失去了那些有价值的东西，那一切都充满昔日美妙的气息。风暴过后，鲜花不会再高昂起它们的头。她觉得自己在某种程度上辜负了国王，伴随着内心深处的这种负罪感，她不由生出一股对国王的苦涩怨恨。即便是她辜负了国王，她也不想如此，更不要说这些年来对他毫无保留的爱意全都落得一场空。然而爱就埋藏在她的愤怒之下，这是最为残酷的。她理解詹道昂格诺尔的自我怀疑，而这正是其他人都无法理解的。她无法挣脱那条将他们绑在一起的纽带。

每一天，祈祷之后，她就会进入通灵，去和母亲的幽魂交谈。每当她卧倒之后，就会想起萨托里瓦什如何宣称抚灵之术就是一种迷信。梅尔黛伽拉会在疑虑中生出一股恼怒，开始怀疑自己是否真的见到了自己的母亲，那幽灵是否只存在于她的脑海里，人死后是否能继续存在。当然了，活在生者的记忆中不算。

她虽感到怀疑，但通灵就像大海一样安抚着她。她那个死去的兄弟叶弗奥伯莱也在幽魂中间，当他沉向原初注视者的时候，他倾诉着对她的爱。王后曾在心底害怕他是被詹道昂格诺尔谋杀的，这种猜想被证实并无根据。她现在终于知道了犯下罪行的是谁。她很感激这一切。

然而她又十分懊恼,因为她找不到其他原因去怨恨国王了。在大海里,她在她的家人中间畅游。每一次返回岸上,那种平和的心境就会离她而去。她乘着宝座,由法艮把她抬回宫殿。每当她距离宫殿的大门越来越近,心中的不快便越来越盛。岁月蹉跎,她不再年轻。她几乎没跟玛伊说一句话。她跑上楼去,扑进自己的寝室把脸埋了起来。

"如果你感觉这么糟,那就跟着国王去奥多兰都,请求卡萨尔在那里的代理人废除你们的离婚契约。"玛伊不耐烦地说着。

"你愿意跟国王走?"梅尔黛伽拉问道,"我可不愿意。"

她牢记着一个画面,在那些醉生梦死的日子里,这个女人,她的贴身侍女,被拉到国王的床上,她们两人就像是下贱的妓女,在同一时刻被他宠幸,享受欢愉。这两个女人都没提起那些事——但这是悬在她们彼此之间的一把无形利剑。

主要是为了有人聊聊天,王后希望卡拉班赛蒂在宫殿里多留些日子,因此他离开的日子一拖再拖。他请求说,他的妻子在梅特拉赛尔等着他回家。她则请求他再等些日子。他乞求能得到谅解,不过,尽管他是个有心计的男人,但要他对王后说"不"是不可能的。他们每天都会沿着海岸散步,有时附近会有鹿群,而玛伊总是郁郁寡欢地跟在他们身后。

当詹道昂格诺尔、伊桑博尔带着人马离开格莱瓦贝伽雷尼恩一个星期零两天后,王后坐在自己的房间里,闷闷不乐,朝着内陆方向盯着她这片可怜的领地。这时门忽然被冲开了,塔特洛阿黛拉跑了进来,大叫着前来问候母后。

孩子跑到了房门和母亲歇身处之间的地方。母亲抬起头,眼睛从乱蓬蓬的头发下面看过去,目光里充满了恶毒。塔特洛停住了脚。

"母后!能跟我玩会儿吗?"

母亲看到女儿那张稚嫩的脸上清晰地刻画着她父亲的线条。遗传的魔力说不定埋藏着更多的悲剧。王后冲着塔特洛尖叫起来：

"走开，别让我看见你，你这个小巫婆！"

刹那间，惊诧、屈辱、气恼、错愕，诸般情感在孩子的脸上闪过。那张脸涨得通红，随即流下了眼泪，孩子啜泣起来。

王后中的天后跃身而起，凉鞋都被甩掉了，直直冲向那小小的人儿。她将孩子的身子一扭，往外一搡，推出了房间，用力把门摔上，然后猛地转过身子贴在墙上，双手抱头，哭了起来。

这天晚些时候，她的情绪渐渐放松了。她出去找到孩子，加倍地又宠又怜。无休止的沮丧终究需要一些快乐来调剂。她穿上一件萨泰拉礼服，下了楼。尽管格莱瓦贝伽雷尼恩的午时热气很盛，那张可移动的宝座还是被召唤来了。没有犄角的温顺法艮把它抬了上来。大管家思卡福巴尔也来了，塔特洛公主由她的保姆陪着，还有侍女跟在后边，拿着故事书和玩具。

小小的队伍集结起来，梅尔黛伽拉坐上宝座，他们朝着海滩进发。这个钟点，侍臣们都不在身边。弗雷耶低垂在矮崖的肩头注视着他们，巴塔利克斯高悬在天顶。

浪花悠闲地翻滚着，发出闪闪的光芒，仿佛这个世界今天才刚刚诞生。在雷尼恩巨岩矗立的地方，水声汩汩，动人魂魄。不久前才经过的阿萨塔希没有留下任何痕迹，直到明年此时之前都不会再看到它们了。

梅尔黛伽拉在海滩上站了一会儿。法艮静静地立在宝座旁边。公主兴奋地冲了出去，招呼着侍女跟她一起建造有史以来最坚固的沙堡，她又开始心无杂念地扮演自己大元帅的角色了。大海的诱惑难以抵挡。王后尽情挥舞着手臂，让身体从衣物中解脱出来，紧身褡从双乳滑落，幽香缭绕的玉体暴露在阳光之下。

"别丢下我，母后！"塔特洛叫喊起来。

她母亲答道:"我不会去太久的。"然后跑下海滩,扑进了召唤她的大海之中。

一到水下,这个两条腿的生物便把自己变成了一条鱼,像鱼儿一样柔软,一样迅捷。她一口气游了下去,游过了雷尼恩巨岩的阴影,一直游到将要离开海湾的地方才浮上水面。这里有一片向东伸展的海岬围转过来,在它和那块桀骜的巨岩之间,形成了一条相对狭窄的通道。她开始呼唤。王后中的天后立即被海豚围住了——她的家人,她就是这么称呼它们的。

它们来了,正如她所料,整齐有序。她只需要在水里释放一小股尿液,那些银光闪闪的身影就会聚拢过来,环绕着她,越来越近,一直近到她的双臂能搭在其中两只的身上,如同搭在宝座的扶手上一样安稳。

能触碰她是一种特权。其中有二十一只享有这样的特权。在它们外面是外庭侍臣,不少于六十四只。偶尔,这些外庭侍臣中的一只会被允许进入内廷。在外庭侍臣之外是扈从,梅尔黛伽拉估计它们的数量可能有一千三百四十四只。扈从之中包含着族群里大部分的母亲、孩子和上了岁数的海豚。

在扈从之外是军团,时时刻刻都警惕着危险。她几乎不怎么见得到军团的成员,而且不被允许接近它们,但是她很明白,军团的数量与扈从不相上下。她还很清楚,在大海深处生活着令海豚恐惧的怪物。军团的职责便是保护扈从和侍臣,及时警告它们危险的临近。

梅尔黛伽拉信任她的家人,胜过信任她的人族同伴。然而,就像任何一种关系一样,他们之间总是有些隔阂。正如她无法与它们分享她在陆地上的生活,它们在大海深处也藏有某种黑暗的知识,无法与她分享。因为这知识是未知的,远远超乎她的认知。

内庭侍臣用它们那管弦乐般的声音向她说话,在近旁听起来低沉而甜腻。她在水下和在陆地上一样,都被视为真正的王后。在更远的外海,传来长长的低音,伴随着深邃的呻吟,汇成了一种复杂的叫声。

"我亲爱的家人们,那是什么?"

它们抬起那总是在微笑的脸,吻了吻她的肩头。她认得每一个内庭成员,而且给它们都取了名字。

它们有些不对劲儿。她放松下来,让自己的思绪像尿液一样在水中扩散出去。她裹在它们中间游了出去,朝着更冷的水域游去。它们环绕着她,不时触碰着她的肌肤。

她暗自期望着能瞅上一眼生活在海洋中的怪物。她在格莱瓦贝伽雷尼恩流放的时间还不够久,还没见过那种东西。然而它们似乎是在告诉她,这次有麻烦从西方过来了。

它们警告过她阿萨塔希的死亡飞行。尽管它们缺乏人族的时间感,但她开始明白,不管来的是什么,它正在缓慢而无情地往这里进发,而且很快就会到达。她的身体莫名地颤抖起来。那些生物感觉到了,做出了回应。身体的每一次颤抖都汇入了它们的乐曲之中。

海豚很理解她的好奇心,于是引着她继续向前。

她的视线穿透了钴蓝色的大海。它们已经把她带到了一片暗礁的边缘,上面长满了海草,在强劲的水流中朝一边歪倒。它们穿过这片海草,前方是一片沉积着沙砾的盆地。鳁从在这里聚集起来,一排跟着一排,面对着西方。

在它们外围,整个军团不停地游弋,谨慎地巡逻着,相互靠近,身子几乎贴着身子,整片大海变成了黑压压的一片,仿佛望不到边。之前王后从未被允许这样近距离地观看整个族群,她从未意识到它们有这么庞大,从未意识到里边居然有这么多个体。响应着聚集起来的复杂队列,一个宏大的和声响起,传向远处,超出了她的听觉范围。

她浮上了水面,侍臣跟了上来。梅尔黛伽拉能在水下待三四分钟,而她透气的时候海豚也需要透气。

她往海岸那边望了一眼。已经离得很远了,她心想,有一天这些我所爱、所信任的美丽生物将会带着我离开人族的视野。她说不清楚自己究竟是渴望着生还是死。

遥远的海岸上人影晃动。有一条身影在挥舞着衣服。王后的第一反应是生气她们居然乱动她的衣服。然后她意识到，她们是在向她发信号。这只能表示有什么危险。她的心中生出一丝愧疚，她的思绪飞到了小公主身边。

一阵忧惧让她不由得紧紧抱住了胸口。她向内庭侍臣解释了一番，然后返身朝海岸游去。她的家人们或是跟随着她，或是摆出箭头般的队形冲到她前面，制造出一股水流，方便她划水。

她的衣服并没有人动，还放在宝座上。法艮守在旁边，拢着双肩，没有表现出激动的神色。原来是一位侍女无奈之下脱掉自己的袍子在挥舞。梅尔黛伽拉从水中钻出来的时候，那个侍女把衣服重新披在了身上，她可不希望别人将她和王后的身段做一番比较。

"有条船！"塔特洛喊叫着，抢着要当第一个发布消息的人，"有条船过来啦！"

王后站在滩头，用思卡福巴尔拿来的望远镜看到了那条船。王后派人去叫卡拉班赛蒂。等他到了，又有两条船出现在更远的地方，在昏暗的西方海平线上只是两个模糊的小点。

卡拉班赛蒂用肥厚的手掌揉了揉眼睛，把望远镜还给了思卡福巴尔。

"夫人，最近处的这条船不是博里恩的。"

"那是哪里的？"

"用不了半个小时，它的标志就能看得更清楚了。"

她说："你真是个死脑筋。那条船是哪儿来的，就不能认认帆上的徽章吗？"

"要是让我认的话，夫人，我认为那徽章是喀尔纳巴尔的巨轮，可这说不通，因为那就意味着，一条锡伯纳尔的船跑到了离家乡如此遥远的地方。"

她抓起望远镜,"是一条锡伯纳尔船……好大一条。它到这么远的水域来干什么?"

观星者抱起双臂,一脸阴沉,"您这里毫无防御措施。咱们还是盼着它的目的地是奥塔索尔吧,而且带着善意。"

王后一脸严峻地说:"我的家人就是在警告我这件事。"

时间缓缓流逝,船行进得很慢。宫殿里热火朝天,一桶桶焦油被滚到了小小海湾的制高点,如果格莱瓦贝伽雷尼恩是大船的目的地,那么船上的小艇估计会从这地方登陆。若是来者不善,至少能用燃烧的焦油进行抵抗。

随着夜色临近,空气变得凝重。现在船帆上的圣徽纹清晰可辨。巴塔利克斯裹在一圈圈同心环状的光晕里缓缓落下。众人在宫殿里进进出出。弗雷耶和它的同伴一样,没入雾霭之中消失不见了。暮光依然滞留在天空中,大海上的船帆映着暮光格外显眼。现在船只转舵,顺风而来。

黑暗降临了,无数星星在头顶渐次闪烁起来。夜蠼座光芒璀璨,王后之痕座在它旁边略显暗淡。没有人去睡觉。这一小群人既恐惧,又怀揣着希望,深知自己不堪一击。

王后坐在她的厅室里,房门紧闭。高高的鲸脂烛在她身边的桌子上明灭不定。一只水晶玻璃杯由奴隶斟满了美酒,放进了洛德尔雅德莱冰块,却始终无人触碰,只在桌上映出一团朦胧的暗红色。她等待着,直勾勾地盯着房间对面光秃秃的墙壁,仿佛在那上面能读出自己未来的命运。

她的随从副官进来了,一躬身,"夫人,我们听到他们锁链响动的声音。他们正在抛锚。"

王后叫来卡拉班赛蒂,他们一同去往海边。几个男人和法艮被召集起来,如果有需要就立刻点燃焦油桶。他们只点燃了一支火把。王后举着这支火把迈步走进黑黢黢的水里。水打湿了她的衣衫,她并不在意。火把高举在头顶,她带头朝着另一簇前进的灯火走去。她旋即感觉到她的家人在轻轻吻着她的小腿。

波浪声中混杂着一阵阵划桨声。

在背景中隐隐约约能看到这艘木制大船侧面的船身,船帆已然收拢。一只小艇放了下来。王后看到一些人在奋力划桨,他们光着膀子。有两个男人站在小船中间的位置,其中一人拿着一盏灯笼,他们的面孔笼罩在一团光晕之中。

她高声问道:"是谁胆敢来到这片海岸?"

一个男人的声音回应了,声音里透着激动:"王后梅尔黛伽拉,王后中的天后,是您吗?"

她问道:"是谁在说话?"就在对方的回答从渐渐缩小的间距那头传来时,她已经辨出那声音了。

"是您的将军,夫人,汗拉·托科奈特。"

他从小艇上纵身跳下,蹚着水过来了。王后抬起手臂,朝小丘上的那些人示意不要点燃油桶。将军身子一扑,跪倒在她身前,一把抓住了她那只戴着璀璨蓝宝石戒指的手。她另一只手扶在他的头上稳住自己的身子。王后的法艮卫队在周围围成一个半圆,他们那阴郁的面孔被夜色朦朦胧胧地勾勒出来。

卡拉班赛蒂略显惊诧地走上前来,迎候小艇上将军率领的那班人马。他用一个大大的拥抱迎下了萨托里瓦什:"我本以为你躲到帝马里亚姆去了。有生以来我头一回猜错。"

"你很少猜错,不过这次猜错了一整块大陆。"萨托里瓦什说道,"我已经环游过世界了……你在这里干吗?"

"自从国王离开之后,我一直留在这里。有一阵子詹道昂格诺尔提拔我接替你的位子,还差点儿因此杀了我。为了前任王后,我留在此地。她心绪忧愁啊,可怜的女人。"

两人一齐望向梅尔黛伽拉和托科奈特,但那二位的脸上没有一丝一毫的愁绪。

"她儿子罗彼怎么样了?"萨托里瓦什问道,"你有他的消息吗?"

"有消息,可也不算新了。"卡拉班赛蒂的眉头一皱,"那已经是几个星期之前,他到了奥塔索尔我的家里,正好是在阿萨塔希的死亡飞行之后。这小子疯了,肯定要惹是生非。我找了个房子让他住了一晚。"他正要再说些什么,但又住了口,"别跟王后提起罗彼。"

这二位站在沙滩上交谈的时候,小船返回"祈祷号"去接奥蒂·杰赛拉塔尔和哥特兰迪特上岸。等桨手们把小艇拖上高潮线之后,众人跟在王后与托科奈特身后顺着沙滩向宫殿走去。宫殿的一些窗口亮起了灯光。

萨托里瓦什用溢美之词把奥蒂·杰赛拉塔尔介绍给了卡拉班赛蒂。卡拉班赛蒂登时面沉似铁,他的意思很明显,锡伯纳尔的上将在博里恩的土地上是不会受欢迎的。

"我理解你们的感受。"奥蒂虚弱地对卡拉班赛蒂说。她面色苍白,头发凌乱,十分憔悴,嘴唇没有一点血色。

大家为这些不期而至的客人准备了一顿大餐,席间,将军与他的姐姐玛伊重聚,两人拥抱在一起。玛伊止不住地抽泣。

"喔,汗拉,会有什么事情降临在我们这些人身上?"她问道,"带我回梅特拉赛尔吧。"

"现在一切都好了。"她弟弟向她信誓旦旦地说。

玛伊看着他,眼神里满是怀疑。她一心只想离开王后——可别又让王后成了她的弟媳。

他们享用了鱼肉,然后是配着葡榴果酱食用的鹿肉。他们饮着国王的军兵们剩下的美酒,加入了最好的洛德尔雅德莱冰。用餐的过程中,托科奈特给大家讲了一些第二军团在丛林里的遭遇,他不时转向坐在姐姐身边的哥特兰迪特,让他帮忙确认种种经历确有其事。王后看上去一个字都没听进去，尽管这些话都是讲给她听的。她没吃多少东西，目光隐藏在长长的睫毛下面，几乎都没怎么从桌面上抬起过。

用完餐，她拿起一盏白镴烛台对她的宾客们说："夜色将尽，我要领诸位看看你们的房间。你们比先前的那些客人更受欢迎。"

哥特兰迪特带着手下的军士们去了后边的宿舍。萨托里瓦什和奥蒂·杰赛拉塔尔住在王后寝室附近的一间房间里，有一个女奴服侍他们，顺便照料奥蒂的伤势。

安排已毕，空荡荡的大厅只剩梅尔黛伽拉和托科奈特两个人。

当他们走上楼梯的时候，他低声说道："我看您已经累了。"她没有回话。她走在他前面，一路往上，她的身体流露出的不是疲态，而是被压抑的热情。

在走廊的阶梯上，百叶窗在黎明前的悸动中叩打着敞开的窗户。一只早起的鸟儿在塔楼上啼叫。她偷偷回眼看着他，说："我没有丈夫了，你也没有妻子。我不再是王后，尽管我仍然保留着这个名号。自从我来到这个地方，我也几乎不再是个女人。我到底是什么，你应该在这个夜晚过去之前看个究竟。"

她猛地推开了自己寝室的门，示意他进去。

他停下脚步，有些迟疑，"原初注视者在上……"

"注视者会注视她需要注视的东西。我的信仰已经离我而去，就像这件礼服一样。"

他进了门，她抓住衣服的领口把它扯开，那光洁的双乳在他的眼前弹起，深色的乳晕围绕着一对乳尖。他关上身后的门，呼唤着她的名字。

她迫不及待地投进了他的怀抱里。

那一晚剩下的时间里，他们没有入睡。托科奈特用双臂搂着她的身子，他的身体进入了她的身体。

就这样，她那封信，那封由冰船长转送的信，最终有了回音。

第二天清晨，昨晚因团聚而暂时忘记的威胁又回到了眼前。"联盟号"和"好望号"正在逼近这个不设防的海湾。帕沙迪德正在迫近。

玛伊不顾燃眉之急，坚持要和弟弟单独待半个小时。当她向他讲述自己在格莱瓦贝伽雷尼恩的生活多么凄惨时，托科奈特居然睡着了。她往他身上泼了一杯水，把他浇醒，他步履蹒跚、愤愤地走出了宫殿，来到海岸去跟王后会合。她正跟卡拉班赛蒂还有手下的一位老妇人站在一起眺望大海。

两个太阳悬在天空中不同的方位，厚重的乌云正从天边升起，大有遮天蔽日之势，将两个太阳衬托得格外耀眼明亮。两面船帆在这阳光下显得尤为醒目。

"联盟号"距离很近了，"好望号"跟在后面，相差不到一个小时的航程，铺展在帆上的圣徽纹愈加清晰。"联盟号"已经放低了船首帆，好让它的同伴跟上来。

哥特兰迪特早已跟部下忙碌起来，正从"祈祷号"上卸装备。

"他们过来了，阿克哈纳巴保佑我们！"他冲着托科奈特喊叫着。

托科奈特问道："那个女人在干吗？"

有一个老妇人，王后的仆人之一，是一位长期看护这座宫殿的侍从，正帮着哥特兰迪特的人从"祈祷号"上卸货。这是她向王后表示忠诚的方式。她头顶上有个男人正从甲板往跳板上滚下小桶小桶的火药。老妇人帮忙将小桶滚到斜坡上，这样就腾出了一个士兵的人手。

"我正在帮忙——你以为呢？"老妇人朝着将军喊了回去。

她一分神，后面的一桶火药一下子滚出跳板砸到了她肩膀上，她被大桶砸倒，一下摔在了沙地上。

她用手撑了起来，很虚弱却不服气，侧身躺在地上。血水顺着她的脸流下。梅尔黛伽拉连忙从滩头下去安慰她。

王后跪倒在老仆妇身边，托科奈特也站在一旁，一只手搭在王后肩上。

"我的到来给你带来了麻烦,夫人。我本无此意。我有些后悔我们没有直接驶向奥塔索尔。"

王后没有答话,把老妇人的头放在自己的大腿上。老妇人的眼睛合上了,但她的呼吸很平稳。

"我是说,夫人,我没去奥塔索尔,希望这并没有让你后悔。"

她转过脸望着他,面露悲伤之色,"汗拉,我并不后悔我们昨晚在一起。那正是我想要的。我想摆脱詹的束缚,但天不遂我愿。为此受到责备的应该是我,不是你。"

"你已经离开他的束缚了。他跟你解除了婚约,不是吗?你在说什么呢?"看上去他有些生气,"我知道我不是一个优秀的将军,但是……"

"噢,住口!"她不耐烦地说,"这跟你一点关系都没有。你失去了你那些该死的部下,我又在乎什么呢?我说的是一种纽带,一种人与人之间长久存在的庄严神圣的……有些事情在我们希望它结束的时候却并没有结束。詹和我……就像是无法醒来的……哦,我说不清楚……"

托科奈特有些恼怒,说道:"你累了。我知道女人会怎样感觉烦恼。我们以后再说这些事,还是先对付眼前的危机吧。"他指向大海,不容置疑地说:"'金色友谊号'没有出现,据此判断,它应该是损毁得太厉害无法航行了。杰赛拉塔尔上将说黛娜·帕沙迪德在那条船上。也许她已经死了,这样一来'联盟号'上的艾奥·帕沙迪德就会一心想要复仇。"

"我害怕那个男人。"梅尔黛伽拉说,"而且我有充足的理由怕他。"她垂下头看着老妇人。

她的将军斜眼望着她,"我在这里就是为了保护你免受其伤害,难道不是吗?"

"我猜是的吧。"她意气消沉地说着,"至少你的那名中尉正在采取措施。"

詹道昂格诺尔故意不给木结构宫殿留下任何武器进行防御,但是,从雷尼恩巨岩向大海一路伸展出去的礁石险滩意味着,任何像"联盟号"那样的大型舰船必须要在巨岩和滩头之间穿行,而那块地势却给了防御者机会。哥特兰迪特和部下在海滩上得到了法艮的支援。两门大型火炮从"瓦伽布哈尔祈祷号"上吊到了海岸上,现在众人正把它往滩头挪去,它们的火力在那里能覆盖整个海湾。

思卡福巴尔和另一个仆人取来担架,把受伤的老妇人抬回宫殿,他们用冰敷在她的伤口上。

托科奈特离开了王后身边,去帮忙安放火炮。他看到了形势的危急。除了法艮和几个手无寸铁的帮手,格莱瓦贝伽雷尼恩的防守军力就只有那些从奥黛雷带回来的士兵。那两艘正逼近海湾的锡伯纳尔战舰,可能每条船上都载有五十名全副武装的战士。

帕沙迪德的"联盟号"正在掉头,用它的侧舷对着海岸。

众人拖着绳索全力安放第二门火炮。

卡拉班赛蒂抱着双臂对王后说:"夫人,我给国王提出好的建议,而他不予理睬。现在让我给您献上一剂良方吧,希望能得到更友好的采纳。您和您的女士们应该骑上骅骊,前往内陆,刻不容缓。"

她脸上露出一丝苦笑,"我很高兴你如此关心,巴尔铎。你走吧。回你妻子身边去吧。这地方已经是我的家了。你知道传说中格莱瓦贝伽雷尼恩是古代鬼魂的居所,那些鬼魂的主人在很久以前的战争中惨遭杀戮。我宁愿成为这些野鬼中的一员。"

他点点头,"也许您说得对,那我也会留下,夫人,特别是在这种情形之下。"

她的面色豁然开朗,显然这番话让她很高兴。冲动之下,她问道:"你对我们的朋友瓦什和那位乌斯库托什女士——那位上将,他们之间那桩门不当户不对的结合有什么看法?"

"虽然她始终保持沉默,但那并不能让我安心。打发那二位离开可能更稳妥些。锡伯纳尔人总是留有后手。我们必须多留点心眼,夫人……我们这边可什么都输不起。"

"看上去她倒是死心塌地跟着我那位前任总管大臣了。"

"如果那样的话,她可是舍弃了锡伯纳尔的事业,夫人。而这会让那个帕沙迪德又多一个理由到这里找麻烦。把她打发走吧,为了大家的安危。"

海上云雾升腾,转眼间遮蔽了一切,只能看到"联盟号"的船帆。片刻之后,海面上传来了轰鸣声。

炮弹落在一处矮崖下的海水中。第二声轰鸣响起,这次射击更准了。瞭望哨显然已经看到了岸上正在架设火炮。

但是这一次看起来只是在警告。"联盟号"转舵向左,朝着小小的海湾驶来。

王后独自一人站在那里,长发仍然像晚间那样散着,在风中飘舞。她有一种感觉,自己已准备好赴死,这也许是解决一切烦恼的最佳方法。她沮丧地发现,自己是不会接受托科奈特的,那个忠诚却又驽钝的男人。将自己陷入对他的情感义务之中,这令她很是焦虑。事实上,他的身体,他昨夜的爱抚,只是唤起了她心中对詹的渴望。她比以往更感孤独。

不仅如此,她更是带着一种忧郁和超然预设了詹的孤独。若是她能更成熟一点,也许就不会这般惆怅。

大海上,季风带来的暴雨让天地间成为一片黑暗的深渊,偶尔漏出几束光柱斜射而下,密集的雨点扫过海面。云层低沉,"好望号"在这片昏暗中几乎迷失方向。至于大海本身,梅尔黛伽拉望去,看到她的家人仿佛在波涛之中窒息了,因为她看到了它们疯狂地翻滚身体。大雨席卷而至,拍打在她脸上。

紧接着，所有人都挣扎在倾盆大雨之中。

火炮陷入了泥潭中，轮子在泥里打转。有人跌倒跪在地上，不住地咒骂。所有人都开始破口大骂。如果大雨继续，炮孔里的导火索就会被浸湿。

将火炮合理安置的希望破灭了。暴雨伴随着大风，风向骤变，"联盟号"被吹得径直往海湾里冲来。

当船被风拖到雷尼恩巨岩那里时，海豚躁动起来。扈从和军团组成阵列移动着，海湾的入口被它们用自己的身体堵住了。

"联盟号"上的水手在雨水中几乎什么也看不见，他们叫嚷着指着船身下那黑压压的一片背脊。这艘船就仿佛穿行在一大片闪闪发光的黑色卵石中间。海豚用它们的身子死死抵住了船身龙骨。"联盟号"慢了下来，发出船身扭曲的声响。

梅尔黛伽拉兴奋地大叫起来，她忘记了心中的忧愁跑进了水里。她不住拍着双手尖叫着，给她那些帮手鼓劲加油。砂砾和盐渍溅到她的腿肚子上，卷进她的衣服里。她趁着浪花一卷的间隙，一个猛子扎了进去。就连托科奈特都犹豫着要不要跟过去。大船浮现在她头顶，雨点噼啪落下。

她的一个家人蹿出水面，好像一直盼着她来，用嘴衔住了她的衣服。她认出这是一个年长的内庭侍臣，便叫起它的名字。它的叫声中混杂着一种紧急的信息，她听得出来：赶快远离这里，否则庞然大物——她吃不准是什么——会抓住她。遥远的深海里有某种东西嗅到了她的气息。

王后中的天后被这消息吓到了。她连忙返身回去，那位家人一路引领。当她回到沙滩上，拢起湿透了的衣服时，它往下一沉又消失在了浪花里。

"联盟号"就这么停在了距离王后和她的随从所站立的位置只有几个船身远的地方。海滩和大帆船之间全是海豚，那是紧紧拥在一起的侍臣和军团。

透过疾风骤雨，王后认出那个发号施令的人影正是艾奥·帕沙迪德——而他也认出了她。

他恶狠狠地站在水流成河的甲板高处，一脸黑胡须，帆布夹克在雨中敞开着，帽子低低地扣在眼睛上面。他看着她，然后开始行动起来。

他手握一支长矛，爬上了船舷的护栏，另一只手抓住桅杆支索，身子朝前一倾，不住朝水里刺去。每刺一下，便有一股股红的液体从那件武器的锋刃上涌出。水面不断涌出一股股的泡沫。帕沙迪德不停地戳刺。

对于迷信的海员来说，海豚是一种神圣的动物，是深海精灵的盟友。在水手眼里，它们所做的一切都不容置疑。伤害它无异于将自己置于灾难之中。

帕沙迪德被狂怒的水手们围住了。他手中的长矛被夺下扔到了一边。岸上的哨兵看见他被打倒在甲板上，直到他手下的士兵冲上来把他拖走方才脱身。这场小冲突持续了有一会儿。王后的家人们成功挡住了锡伯纳尔人通往格莱瓦贝伽雷尼恩的道路。

暴雨到了最高潮。滔天巨浪气焰嚣张地拍打着海岸。王后尖叫着欢呼她的胜利，她衣衫不整、头发凌乱，那副模样就像是她早已死去的母亲，野人莎楠娜。托科奈特担心她会再次钻进水中，赶紧把她拖了回来，她这才安静下来。

风暴中不时蹿出一道道闪电，紧接着就是阵阵雷鸣。一时间云涌风飞，泛着银光的水面突然在乌沉沉的云层下映出"好望号"的影子。它距离自己的同伴还有三分之一英里远，它的船员拼命让它远离海岸。

一队海豚从海湾里拥了出去，它们越过了"好望号"的位置，仿佛大海中有什么东西在召唤。

大海剧烈震荡起来，那艘洛拉贾舰船周围的海水沸腾了。那股震荡不断增强，不时可以看到有什么东西在下面搅动着。然后有一个生物从水里升了起来，头部不停地甩动着水花，它上升、上升、不断上升，直到它高踞"好望号"主桅杆的上空。它有眼睛，长着一个巨大而突出的下巴，上面的须毛如同缠绕在一起的鳗鱼。它的身体逐渐从海里冒出来，就像是一圈圈带着鳞片的绳股，比人的躯干还要粗壮。风暴是构成它的元素。

又是一圈圈身体冒出水面。第二只怪物出现了，这一只正在发疯，它的脑袋狂躁地甩来甩去。它像一条巨蛇般向上蹿起，随即脑袋又拍打在波涛上，接着潜入水中，只剩下巨绳般的身体在湿漉漉的空气中泛着微光。

它的脑袋又浮现出来，"好望号"开始晃动起来。两只生物纠缠在了一起，浑不在意自己那不堪入目的行为，它们在水中扭曲缠绕，疯狂交配。一条甩动中的尾巴击中了大帆船的舷侧，木板和木钉登时四下乱飞。

转眼之间，那两只怪兽消失了，那片它们兴风作浪的水面又恢复了平静。它们听从了海豚的召唤，现在掉头朝着大洋深处去了。尽管罕有人族亲眼得见它们的出现，可是这种巨大的生物早已组成适应了海利科尼亚大周期年的生命循环的一部分。

在巨蛇的这个生命阶段，它们是没有性别的。激烈的交配期早已过去。那时，它们曾是会飞行的生物，一连好几个世纪处于发情期，只以繁殖为念。它们形如巨大的蜻蜓，和同类在这个世界孤独的两极缠绵厮守，既远离敌人，也让一切生灵无缘得见。

随着大周期年夏季的到来，这种飞在空中的生物迁徙到了南方海域，特别是鹰之海，它们的出现使古代那些并不熟知鸟类的水手想当然地将这片海洋命名为鹰之海。在一些诸如普尔瑞什和劳德尔莱的偏远岛屿上，这些生物的翅膀会脱落，它们用腹部蠕动着爬进海水进行繁殖。

它们要在大海里度过夏季。最终那庞大的躯体会分解掉，成为阿萨塔希和其他海洋动物的食物。它们那贪吃的幼体被称为斯卡珀鱼。其实，它们根本不是鱼类。当漫长的冬季开始用一丝寒意提醒它们时，斯卡珀鱼就会出现在陆地上，不过是以另一种形态出现，便是那臭名昭著的乌特拉蠕虫。

在它们现今这个没有性别的阶段，那两条巨蛇被它们遥远的记忆唤醒，活跃起来。这种记忆以气味为载体，那气味正是王后中的天后在她月经期间注入水中的。在一片困惑和焦躁之中，它们将身体互相扭结在一起，但是没有什么力量能把早已消失的繁殖欲带回来。

它们的恐怖尊容把"联盟号"和"好望号"上所有人的斗志击得粉碎。格莱瓦贝伽雷尼恩本就是一个鬼魅出没的地方，这些入侵者现在终于亲眼看见了。这两条船开了满帆，在风暴赶上它们之前朝着东边落荒而逃。云团笼罩着它们，一转眼两条船便没了踪影。

海豚也已销声匿迹。

只有大海还在呼啸，波涛高高跃起，拍打着雷尼恩巨岩，沿着海滩传来单调的轰鸣声。

格莱瓦贝伽雷尼恩的防御者们在大雨中回到了那座由木头建造的宫殿。

宫殿的厅堂在季风雨的重压下发出阵阵回响，如同鼓点一般。随着大雨扫过，这音调时缓时急，时高时低，然后又随着一阵急雨停歇下来。

战争会议在大厅里召开，王后亲自主持。

"首先，我们应该清楚我们对付的是什么人。"托科奈特说，"前总管大臣萨托里瓦什，请跟我们说说你所了解的有关艾奥·帕沙迪德的一切。请讲重点。"

于是，萨托里瓦什站起身来，抹了抹他的秃顶，朝着王后躬身一礼。他先是为他即将提起那些令人不快的过往表达了歉意，但未来总是与往昔息息相关，即便他们之中最有智慧的人也难以预料。他可以举个例子……

看到奥蒂·杰赛拉塔尔的目光，他提醒自己直奔重点，不自觉地双肩一拢。在梅特拉赛尔的那些年里，他作为总管大臣的职责就是探究宫廷里的秘密。在王后的兄弟，就是那位为众人所缅怀的叶弗奥伯莱还活着的时候，他就发现帕沙迪德——那时他还是一名大使——正在享受一个年轻姑娘的柔情，那姑娘是平民，她的母亲有一处名声不佳的房子。他，总管大臣，从瓦尔培昂格诺尔那里得知帕沙迪德居然设法偷窥王后赤身裸体的样子。这家伙就是个无赖，淫猥而鲁莽，只有他的妻子能管住他——至于那个妻子么，完全有理由相信她现在已经死了。

不只这些，他还希望再转述一个谣言——也许不只是谣言——他从一个叫作指路之针的向导那里听来的，他在穿越荒漠前往锡伯纳尔的旅程中结识了此人，这个人说，是艾奥·帕沙迪德杀死了王后的兄弟。

"我就知道是这样。"梅尔黛伽拉轻蔑地说，"我们完全有理由将艾奥·帕沙迪德视为一个危险人物。"

托科奈特站了起来。

他摆出一副军人仪态，用修辞颇为讲究的言语开口发言，他的目光始终望着王后，想看看自己的表现会得到怎样的反馈。他说，现在很清楚，必须要警惕帕沙迪德。现在完全可以假设这个无赖就是"联盟号"上的指挥官，而且他还会把自己的命令强加于"好望号"。他，托科奈特，已经从敌方角度评估了军事形势，并且预计帕沙迪德会如此行动。第一……

"请长话短说，否则那家伙就要闯进大门了。"卡拉班赛蒂说道，

"我们承认，你是个优秀的演说家，跟当将军一样优秀。"

托科奈特眉头一皱，继续说帕沙迪德会认为凭借那两艘船不可能夺下奥塔索尔，因此他的最佳策略就是俘虏王后，并以此逼迫奥塔索尔归顺他。他们得做好准备，帕沙迪德会在格莱瓦贝伽雷尼恩东边的某个地方登陆，只要有一片合适的海滩。然后，他会带着手下一路行军到格莱瓦贝伽雷尼恩。托科奈特呼呼（说话时不住捶打着胸脯），必须马上安排好防御措施，抵御这次预料之中的陆上进攻，而王后本人在他的保护之下必然会安然无恙。

经过一番讨论，王后颁布了命令。在她讲话的时候，雨水开始滴落在桌上。她说："既然水是构成我的元素，那我就不能责备屋顶漏水。"

梅尔黛伽拉提议防线应该沿着宫殿的周边修建起来，而且将军应该列出所有能找到的武器和能用作障碍物的物品清单，同时不要忘记"瓦伽布哈尔祈祷号"上的军械库。

她又转向萨托里瓦什，命令他和奥蒂·杰赛拉塔尔立即离开宫殿。牲口厩里大概还有三匹骒骊。

萨托里瓦什说："您很善良，夫人。"尽管他那张田鼠般的面孔流露出他并不这么想，"但是您能否赦免我们？"

"我能，如果你同伴的身体状况可以骑乘的话。"

"我想她还不行。"

"瓦什，我可以赦免你，就像詹赦免你一样。是你向他提议离婚的，不是吗？至于你的那位新同伴，我明白，她就是，或者曾经是那位卑鄙的艾奥·帕沙迪德的一位亲密伙伴。"

他被王后占了上风。"我的夫人，事情是很麻烦的……这里涉及很多策略上的考虑。我领着国王的薪水，就要支持国王。"

"你曾经宣称说自己支持真理。"

他魂不守舍地在绸襦里摸索着，好像是要找一支薇若妮卡烟，然后放弃了，只是扯着自己的胡须。

"有时候两件事是同时发生的。我知道您有一颗善良的心，也知道国王对我们国家里那些法艮的言论。然而对于人族而言，法艮才是一切麻烦的源头。在夏季，在他们的数量很少的时候，我们有机会彻底灭绝他们。然而夏季却是我们内斗的时候，同样也是最不可能把法艮视作终极天敌的时期。相信我，夫人，我研究过那些历史资料，比如《布拉克斯特的瑟莱布雷特》，我了解到……"

她看着他，并无不悦之色，只是抬起了手。

"瓦什，别讲了！我们曾是朋友，但我们的生活已经发生了变化。安安静静地走吧。"

出乎意料的是，他绕过桌子跑过去抓住了她的手。

"我们就走！我们就走！毕竟我已经习惯被残酷对待。但在我们离开之前，请答应我一个请求……在奥蒂的协助之下，我发现了一些对于所有人至关重要的东西。我们要前往奥多兰都，把这个发现献给圣卡萨尔，希望可以因此得到奖赏。这个发现会让您的前夫蒙羞，您一定很乐意听到……"

"你有什么请求？"她生气地打断了他的话，"快点说完，好吗？我们还有更重要的事情。"

"这个请求与这个发现有关，夫人。当我们安处于梅特拉赛尔的宫殿时，我曾经为您的幼女读过故事书。您现在也许不怎么在意那些事了。但我记得塔特洛有一本很好看的故事书，您能否允许我把那本故事书带到奥多兰都去？"

梅尔黛伽拉简直又好气又好笑，她忍不住说："我们在这里准备对付陆上的进攻，而你却希望去找一本孩子的童话书？你想拿就拿吧，我一点都不在乎。然后你就离开此处，顺便带走你那条喋喋不休的舌头！"

他吻了吻她的手。他退向大门的时候奥蒂紧紧跟在身边，他狡猾地一笑,说:"雨正在停。别怕,我们很快就会离开这个不欢迎我们的避难之地了。"

王后朝着他远去的背影扔去一只烛台。

宫殿的一侧是开阔的花园,里面长满了花草和果树。花园里有个围栏,里边养着猪、山羊、鸡、鹅。围栏外长着一溜生满了节瘤的树木。树丛外是一条矮矮的土垄,长满了草,它的东面被一片泥泞的土地围着——如果帕沙迪德的军队会来,一定是从那个方向过来。

对这片地势有条不紊地勘察一番之后,托科奈特和哥特兰迪特认为他们必须利用这条古老的防线。

他们考虑过坐船撤离格莱瓦贝伽雷尼恩。但是,"祈祷号"停泊的方式太业余了。风暴毁坏了它,现在它看起来几乎经不起什么风浪。

船上每一件有价值的东西都卸了下来,一些木材被用来在最结实的树上建造瞭望塔。

暴风雨过后,地面干燥了些,他们便安排一些法艮在土垄顶上修建防御性的胸墙,其他人则被安排去附近挖壕沟。

萨托里瓦什和奥蒂·杰赛拉塔尔离开这地方的时候,眼前看到的正是这么一番热火朝天的景象。他们一前一后,各骑着一匹骅骊,后边还牵着一匹,驮着他们的行李。看到卡拉班赛蒂正在监督挖掘前线的壕沟,萨托里瓦什停下了脚步。

"我必须向我的老朋友道个别。"说着,他翻身下了坐骑。

"别太久了,"奥蒂警告他说,"由于我的缘故,你在这里可没什么朋友了。"

他点点头,双肩一挺,朝着观星者走了过去。

卡拉班赛蒂正跟一些剑族在一片泥地上忙碌。当他抬头看到萨托里瓦什时,那张胖大的脸孔立刻阴沉下来,然后,就像是被逼无奈,又挤出了一丝笑容。他招呼萨托里瓦什过去。

"这里是过去的……这些土垄是古代工事的一部分。法艮正在发掘传说中血肉筑成的……"

他走到新挖开的一个坑道上面。萨托里瓦什跟随其后。卡拉班赛蒂跪在坑道边沿,浑不在意那些翻起的泥浆溅得到处都是。在草皮下面一臂深的地方,在泥炭质的土壤里,横着一个东西,萨托里瓦什起先以为是一个古代的黑色包裹,被压扁了,而那其实是一个人,或者说曾经是一个人。他的身体向左侧卧在那里,四肢伸开。短短的皮革束腰外衣和靴子表明这个人曾是一名士兵。有一把剑在他扁平的身体下面露出了一半。这人的侧脸已经被土层压成一副毛骨悚然的微笑,嘴里断牙参差。这具尸肉则呈现出富有光泽的棕褐色。

又有尸体不断被挖出来。法艮对此毫无兴趣,埋头挖着,不时从手指上刮下泥土。一个木乃伊般的士兵从土里挖了出来,他胸前有个吓人的伤口,面孔上的皱褶很清晰,就像是铅笔素描。他的眼球已经蔫了,给他的表情平添了一种忧郁的空虚感。

翻开的泥土散发着地窖里的气味,钻进他们的鼻孔。

"泥炭土壤保存了他们的尸体。"萨托里瓦什说,"他们可能是在战斗中死去的士兵。得有上百年了。"

"远远不止。"卡拉班赛蒂说着跳进壕沟。他从一堆东西里抓起一块,萨托里瓦什以为那是一把石头,于是接过来查看,"可能就是这个东西杀死了那个一嘴断牙的家伙。这是拉甲巴拉尔树的种子,硬如钢铁。它可能被烘烤过,所以没有发芽。算起来春季已经过去六个世纪了,拉甲巴拉尔树是在那时候结出种子的。攻击者用种子当炮弹。这里就是传说中的格莱瓦贝伽雷尼恩之战发生的地方。我们发现了这里,而这片地方要再次迎来战斗。"

"可怜的孤魂野鬼!"

"他们?还是我们?"他走到坑道后边的拐角,那个胸部有个伤口的遗骸下面躺着一个法艮,只看得见部分尸身。它的脸是黑色的,皮毛纠结成了一团，被沼泽地的水泡成了红色，看上去就像是被压扁的植物。"你看到了，甚至早在那个时候，人族就在与法艮并肩作战了，生死与共。"

萨托里瓦什厌恶地哼了一声，"他俩也可能是一对死敌。但你找不到证据证明任何一点。"

"这当然不是个好兆头。我可不想让王后看到这些，或是让托科奈特看到。他自己就够混蛋了。我们最好把这些尸体埋上。"

前总管大臣转身要走了，"并不是所有人都会掩盖自己发现的秘密，朋友。我掌握着一些知识，当我把它呈给帕诺威尔的当权者时，整个坎普安莱特都将掀起一场反抗剑族的圣战。"

卡拉班赛蒂瞪着一双满是血丝的眼睛，若有所思地看着他，"开启那场战争，你会得到奖赏，是吗？要我说的话，自己活下去的时候，也要给别人一条活路。"

"没错，这话是你说的，巴尔铎，但这些长犄角的生物可不会这么说。他们的信念不同。如果我们不行动，他们就会大肆繁殖，数量超过我们，并且杀死我们。如果你亲眼见过那铺天盖地的弗兰勃牯兽群……"

"别那么激动。激动总是会带来麻烦……现在，我们要忙我们的工作了。可能还有数百具尸体埋在这里的泥土下面。"

萨托里瓦什双臂紧抱在胸前，"你待我真是太冷漠了，就像王后一样。"

卡拉班赛蒂慢慢爬出壕沟。"王后陛下给了你想要的东西，一本书和三匹骅骊。"他咬住一个指节，盯着前总管大臣。

"你为什么要这样跟我作对，巴尔铎？你忘了吗？当我们还年轻的时候，曾一起透过你的望远镜观察——在铠骥从我们头顶飞速掠过的时候观察它的盈亏变化，并以此来推演我们身处其中的宇宙几何学。"

"我没忘，尽管你带着一位锡伯纳尔军官来到这里，一个博里恩的宿敌。王后正处在死亡的威胁下，王国面临分崩离析。我对于詹道昂格诺尔和法艮都没什么好感，但我希望看到他们继续存在下去，好让人们依然能够透过望远镜去看这个世界。

"若颠覆了这个王国，正如你和那位敌军将领要去做的，你也就毁掉了望远镜。"

卡拉班赛蒂的目光透过树丛望向大海，耸了耸肩膀，脸上透出苦涩的表情。

"你已经亲眼看见了基乌阿斯恩是如何被无足轻重地抹掉，那个地方曾经有着辉煌的文明，是伟大的雅拉洛布莱的家乡。文明的繁荣依靠的是虽不公平但古老的传承，新秩序则未必带来繁荣。这就是我要说的全部。"

"这是你给自己的生活方式找的借口。"

"我会永远为我自己的生活方式而战。这是我的信仰。哪怕这意味着要跟我自己战斗。走吧，带着那个女人一起走吧——而且记住，锡伯纳尔人总是留着后手。"

"为什么要这样跟我说话？我是个牺牲品。一个云游者——一个被放逐的人。我毕生的心血都毁了。我本可以成为这个纪元的雅拉洛布莱……我是无辜的。"

卡拉班赛蒂摇了摇那颗大脑袋，"在我们这个纪元里，无辜便是有罪。跟你的女士离开吧。去传播你的毒药。"

他们挑衅似的盯着对方。最后，萨托里瓦什叹了口气，卡拉班赛蒂爬回了壕沟里。

萨托里瓦什走回了奥蒂·杰赛拉塔尔和牲口等候的地方。他跨上骅骝，什么都没说，眼里噙着泪水。

他们顺着通向北方的路朝奥多兰都走去。就在几天前，詹道昂格诺尔和他的人马就走在这条路上，前往国王那惨遭杀害的未婚新娘的家乡。

XIX

奥多兰都

无云的天空中,两颗太阳熊熊燃烧,双日齐射的光芒让茫茫草原失去了鲜活的色彩。

国王詹道昂格诺尔,博里恩的雄鹰,享受着再次身处旷野之中的惬意,当然,并不是所有人都能享受这艰苦跋涉之中的片刻小憩。这尤其不合那位好逸恶劳的卡萨尔特使阿拉姆·伊桑博尔的胃口。

国王和他的军队连同随行的神职人员从南方出发,顺着一条古老的朝圣者之路往奥多兰都走去,那是一条贯穿奥多兰都通往圣帕诺威尔的路。

奥多兰都坐落于坎普安莱特的交通要冲。贯穿东西的法艮迁徙路线以及玛第的一条条大地之痕都紧挨着这座城市。古老的盐道迂回蜿蜒,向北直插奎金特山和朵岑湖。西边是恺斯——污秽而堕落的恺斯,那是一个到处都是割喉者、手艺人、流浪汉和恶棍的国家。往南去便是博里恩——那看似友好的博里恩其实是一个恶棍更多的地方。

詹道昂格诺尔正在接近一个跟蛮族开战的国家,跟他自己的国家一样。奥多兰都与恺斯之所以会爆发这场战争,纯粹是因为国王赛伦·司堂德的无能与恺斯人的龌龊不相上下。

经历过第二军团的土崩瓦解,詹道昂格诺尔已经与恺斯的山地部落议和,这被大众视为怯懦之举,因为这是用珍贵的粮食和薇若妮卡烟草换来的停战协议。

对于恺斯人来说,和平只是相对的,他们长久以来习惯于内斗。和平对于他们来说只不过是把弩弓挂到茅屋门背后,回归传统的生活,包括狩猎、报仇、制陶——他们会制造出精良的陶器来跟玛第交易毯子——还有偷窃、开采宝石,以及驱赶他们那些骨瘦如柴的女人更拼命地干活。与博里恩之间的战争尽管只是偶有发生,却给各个部落灌输了一种团结的新观念。

在庆祝他们全面胜利的庆典上——当詹道昂格诺尔的粮食贡品被酿造成可口的琼浆之后——恺斯各部落的领主非但没有发生争吵,反而一致认同，将一个名叫斯克鲁布尔的强大而残忍的家伙推选为盟主。作为这次当选的投名状，斯克鲁布尔屠杀了所有居住在恺斯土地上的奥多兰都人，或者用当地话说，就是把那些人"打了桩"。

斯克鲁布尔接下来的行动便是修复战争损坏的灌溉梯田和东南部的城镇。为达此目的，他鼓励剑族从兰杜楠、奎安以及奥多兰都聚集到恺斯来。剑族为他们提供劳动力，作为交换，他保护法艮免遭奥多兰都大清洗的迫害。恺斯的部落都是未开化的蛮族，在他们看来，迫害法艮没什么意义，只要他们规规矩矩的，不偷看恺斯女人就好。

詹道昂格诺尔听说这些事情的时候心情不错。这让他对自己的外交手段多了几分自信。可"收取者"就不怎么开心了。收取者是圣帕诺威尔帝国的激进好战分子，和帝国高层有着千丝万缕的联系，甚至包括帕诺威尔教皇本人。据传言说，吉兰达尔九世本人在年轻的时候便当过收取者。

收取者的一支骑兵从奥多兰都城出击，对恺斯城进行了一次大胆的突袭，那片污秽不堪的山间聚居地便是恺斯的首都，他们在那里一夜之间残杀了超过一千名新近抵达的法艮，还杀了一些恺斯人。

突袭的成功却并未带来胜利。在他们返回的路上，收取者因为战果颇丰而变得松懈大意，被盟主斯克鲁布尔的部落伏击，这次轮到他们惨遭屠杀了。只有一个收取者回到了奥多兰都，奄奄一息地讲述了这番经历。一根细细的竹竿从他的肛门穿进身体，竹竿的尖端从他右肩锁骨后面穿了出来。他被恺斯人打了桩。

关于这一暴行的报告被呈递给了国王赛伦·司堂德。他宣布要对蛮族进行一次圣战，而且悬赏斯克鲁布尔的脑袋。于是双方血流成河，但主要是奥多兰都的血。近段时间，半数奥多兰都的军人——这里边自然是不允许有法艮的——被迫在遍布猪仔苣的荒野上远征，这种植物在恺斯的山地里十分茂盛。

国王很快就对这番苦战失去了兴趣。在他的大女儿希摩达·泰尔被刺杀之后,他隐退深宫闭门不出,几乎没有人能见到他。当他听说詹道昂格诺尔即将到来的消息后,勉强让自己振作起来,但那也全是因为他的谏官、他的玛第王后和他的小女儿米露艾·泰尔为他加油打气。

"我们如何取悦这位伟大的国王呢?赛伦,我亲爱的。"王后贝丝卡尔奈特-妇吟唱着问道,"我是如此可怜,像一朵花儿,而且我跛足而行。我是一朵无力的花。你是否希望我向他唱起那些关于远行的歌?"

"就我个人来说,我并不太在意那个男人。他没文化。"她的丈夫说道,"詹道将会把他的法艮卫队带来,还不是因为他穷得用不起真正的士兵嘛。我们必须忍受那些瘟神进入我们的国都,也许他们那些畜生小丑能让我们乐一乐。"

奥多兰都气候炎热,让人萎靡不振。鲁丝泰乔尼可火山的喷发引起了火山运动的连锁反应。硫化物的烟霾时常笼罩大地。国王下令悬挂起来用以迎候他那位博里恩堂弟的旗帜死气沉沉地耷拉着。

至于博里恩的国王,他心中可谓既焦躁又愤懑。从格莱瓦贝伽雷尼恩一路而来的行程可以说是这个什旬里最美好的一段时光,先是越过黄土田地,然后穿越荒野。不管是多么快的脚步,对于詹道昂格诺尔来说都不够迅速。只有第一法艮卫队毫无怨言。

一路不断收到坏消息。收成欠佳,他的王国遍地饥荒,惨状随处可见。第二军团不只是被打败了:它永远也无法走出兰杜楠的那片丛林。而回来的稀稀落落几个人都偷偷摸摸回了自己家,发誓说他们这辈子再也不当兵了。幸存的法艮部队干脆消失在了荒野中。

首都传来的消息也好不到哪儿去。詹道昂格诺尔的盟友,大祭司布朗吉努特写信来说,梅特拉赛尔的反对派蠢蠢欲动,贵族威胁要夺权并以议政堂之名施行统治。对于国王而言,他必须要尽早采取积极手段应对。

远离了沿海的季风,他很享受这一路的跋涉,哪怕沿途风餐露宿,夜间的营地却让他感到惬意,甚至连烈日暴晒的白昼也没那么令人难以忍受。他仿佛能够从满心的躁动中寻得一些快乐。他的脸变得更加精瘦紧绷,他的任性刚愎愈发显著。

阿拉姆·伊桑博尔对此就没什么热忱了。他是在他父亲那所深藏于帕诺威尔地下的宅邸中抚养起来的,置身于如此开阔的天地让他感到不适,他不断抗议着疾行军的步伐。后来,这位公子哥儿般的圣卡萨尔特使终于忍不住喊停了,他知道他那些筋疲力尽的随从会支持这个决定。

此时正是暮昏时分,硕大而灿烂的花朵盛开在这片没有光泽的草地上,招引了成群的夜蛾。一只鸟儿鸣叫着,重复着它仅有的两个声调。

他们早已把黄土耕地甩在了身后,现在正横穿一片没有农田的荒野,几乎看不到村庄的影子。为了找一片荫凉,特使的队伍撤到一株巨大的丹尼斯树下,树叶在微风中飒飒作响。丹尼斯树的树干从地面一露头便分出许多枝杈,有些很年轻,有些则很古老了,无精打采地戳在那里——就像伊桑博尔一样——那些枝杈沿着地面往各个方向爬开,七扭八拐、突兀诡谲。

"到底是什么东西驱使着你,詹道?"伊桑博尔问道,"我们赶什么急?到底有什么该死的急要赶?话说回来,在奥多兰都等候着你的人,难道会比你在格莱瓦贝伽雷尼恩废黜掉的那位更美好吗?"

他放松双腿,抬起头看着国王的脸,似乎想逗他一笑。

詹道昂格诺尔蹲在一旁,脚尖支地平衡着身子。一丝烟味飘到鼻中,他四下寻找着气味的来源,同时拾起地上的小石子往土里扔。

国王手下的那队军官、王室军械师以及其他人员就在不远处倚着手杖歇着。有人在抽薇若妮卡烟,有个人用手杖捅玉理,逗那个小东西玩儿。

"我们必须尽快赶到奥多兰都。"他不容争辩地说。可是伊桑博尔还在据理力争：

"我也迫不及待地想要见见那个有些邋遢的城市，只要能在他们那声名远扬的温泉里泡上一泡就满足了。可那也不意味着我要急不可耐地一路跑去那地方。自从你离开帕诺威尔，就已经变了，詹道，你变得不那么有趣了，如果我可以说的话……"

国王恶狠狠地扔出一颗小石子，"博里恩需要与赛伦·司堂德结成联盟。那位把三时显示计时器献给我的观星者巴尔铎·卡拉班赛蒂之前说，我现在去奥多兰都已经没什么意义了。但在那一刻我心中冒出一个念头，我必须要到那里去。我的父亲支持我。当他在我怀里死去的时候，他的遗言是'去奥多兰都'。既然那个蠢材托科奈特带着他的军队全军覆没，我只能寻求奥多兰都的联盟了。博里恩和奥多兰都的命运一直息息相关。"他使劲扔出手里的最后一颗小石子，像是要让所有的争论就此打住。

伊桑博尔什么都没说。他折下一片草叶叼在嘴里，但在国王的注视之下突然感觉有些不好意思。

过了片刻，詹道昂格诺尔一跃而起，双脚分开稳稳站在那里。

"我顶天立地。当我重重踩在这片土地上，土地的能量便会向上贯穿我的躯体。我是博里恩的土壤养育的。我天生神力。"

他高举双臂，手指张开。

那些用火枪武装起来的法艮就在不远处眺望着平原，像是一群乱糟糟的牛群。有一些法艮在石头下面拱来拱去，寻找蛴螬或是坚背虫来解馋，另外一些则一动不动站在那里，只是偶尔甩甩脑袋或是扑棱一下耳朵驱赶蝇虫。阴影下的飞虫嗡嗡作响，伊桑博尔感觉有点不自在，不由得坐直了身子。

"我不明白你的意思，但只要你开心就好。"他的声音干巴巴的。

国王说话的时候，始终凝望着地平线。

"给你打个比方吧,好让你理解我这样的人。不管我出于什么原因废黜了王后梅尔黛伽拉,她都仍然属于我。如果我发现有人,比如你,当我们在格莱瓦贝伽雷尼恩的时候胆敢进入她的寝宫,对她动手动脚,如果那样,哪怕我们有些交情,我也会毫不留情地宰了你,并且要把你吊在这棵树上。"

他们俩谁都没动。片刻之后,伊桑博尔起身,背靠丹尼斯树的一根枝干站着。他那张瘦长而英俊的脸像枯叶般惨白。

"我说,你有没有想过,那些用锡伯纳尔武器全副武装起来的该死的法艮会给我这样的普通人带来恐惧?你就不担心在赛伦·司堂德的国都,他们很可能会遭到恶意对待?那个地方可正在大张旗鼓地进行神圣的大清洗呐。你就不害怕你可能……这么说吧,连你自己都变得有点像法艮了呢?"

国王缓缓转过身,那副神情表明他对这问题毫无兴趣。

"看着。"

他的脸上浮现出一副怪异的笑容,鼻子呼哧了几口气。他突然跑起来,铆足了劲纵身从一根枝杈上跃过,手足并用落在地上。这是完美的一跳。他挺身站起,一转身又跃过那根枝杈跳了回来,十足的冲力差点撞到伊桑博尔。

国王比这位特使高出半头。特使一惊,不由自主摸到了腰间的宝剑,然后一动不动站在那里,紧张地看着国王。

"我二十五岁,身体状况很好,既不怕人也不怕法艮。我的秘诀就是,我有能力适应环境、随势而变。奥多兰都就是我所要适应的环境。我可以从环境的变化中获取力量……别惹我,阿拉姆·伊桑博尔,也别忘记我说过那些曾经属于我的东西神圣不可触犯。我是你所要适应的环境,反之并不亦然。"

特使挪到一旁,干咳了一下,借机让自己的手从剑柄上移到嘴边,努力挤出一丝尴尬的笑容:

"你的身子骨好得吓人,我看到了。真是不可思议。注视者在上,我真是羡慕你。我和我的这群教士没有你这副身子骨,真的是人嫌鬼厌的可怜虫。我常常认为是祈祷损害了肌肉。因此,我必须恳求,你带领你的队伍和你喜欢的族类先行一步——就按照你们矫健的步伐走——让我们迈着我们虚弱的脚步跟在后面,怎么样?"

詹道昂格诺尔不动声色地盯着他,然后做了个凶狠的表情,"非常好。这一带的乡野挺安定的,但是要保护好你们自己。强盗对于教士可没有多少敬意。记住,你还带着我的离婚契约呢。"

"勇往直前吧,依着你的意愿。我会把你的契约在合适的时间呈交给卡萨尔的。"他把手伸到面前,等着握手道别。国王并没有去握。

詹道昂格诺尔没再说一个字便转身离去了,呼哨一声把玉理叫到身边。他冲着卫队的那位雌性首领吉赫特-姆拉·赫则恩招呼一声。非人族的队伍整装列队开拔了;人族紧随其后,队伍有点稀稀拉拉。片刻之间,阿拉姆·伊桑博尔和他的随从们便被孤零零地撇在了丹尼斯树下,安静地站在那里。不多一会儿,在詹道昂格诺尔的眼里,这些人影都笼在那片树荫中分辨不出了。接着,那棵大树本身也消失在了大平原的滚滚热浪之中。

两天后,国王让队伍在距离奥多兰都几英里远的地方停下。他们身后扬起的尘烟横掠大地滚滚而去。

他站在一根饱经风雨的石柱旁边,这是点缀在这片大地上的无数石柱中的一根。詹道昂格诺尔不耐烦地等着法艮队伍的尾巴赶上来,他伸出一根手指抚着石头上破损的花纹,那是一个很熟悉的图案,由曲线相连的两个同心圆。在那一瞬间,他思索着这些柱子和上边的图案意味着什么——大概从未有谁能解读,更没有人能告诉他,那个早已死去的国王竖起这些石头做什么——但是谜团只在他心中徘徊了片刻,他的思绪转眼便全都集中到眼前的事务上了。

他们所驻足的这片地方只是他们正在接近的那座传说之城外围的一处穷乡僻壤。

至于那座城市,目前为止连影子都还没见到呢。放眼望去,只看到连绵不绝的山丘,那是奎金特山脉的山脚,那条山脉犹如这片大陆披着铠甲的脊柱。前方,横亘在大地上的是一条大地之痕,向着两端远远地伸了出去,没有尽头。

大地之痕在这里形成了一条黄褐色的线条,而不是翠绿色的,里面没有多少高大的树木,多是低矮的灌木丛和赛柯腊德草,点缀着艳丽的披风花,它们的种子就夹杂在迁徙部落的食物残渣里。

没有哪条道路像这条大地之痕这么宽阔。它不似一般的道路,并不是让人族行走的。尽管艾羚和弗莱耙对它蚕食破坏,但它早已无法撼动。玛第部落连同他们的牲口沿着它的边缘行进。初灵族一路撒下种子和粪便,无意之中让这条大地之痕越来越宽。它年复一年地扩展,成为带状的森林。

这条绿化带并非一成不变。外来的植被,比如附着在动物皮毛上的猪仔苣,一旦适应了土壤环境,就在一些地方繁荣生长,大片大片地扩散开来。玛第会绕过新长出来的丛林地带,或者干脆穿行其中,在身后留下一条会被日后的外来植被抹掉的行迹。

无心栽柳柳成荫。大地之痕成了一道屏障。屏障一侧的蝴蝶和小动物在另一侧从没出现过。有些鸟类和啮齿类动物,还有一种致命的金色毒蛇只在大地之痕中生活,它们随着这道屏障穿越整片大陆,却从不越藩篱一步。还有几种另族在大地之痕里过着他们那鬼鬼祟祟的生活。

人族也是,他们认识到大地之痕的存在,干脆将大地之痕作为国界线。眼前这条大地之痕,便是博里恩北部与奥多兰都之间的边界线。

这条分界线正燃着大火。

新喷发的火山里涌出一股岩浆,点燃了大地之痕,犹如导火索一般顺着这条线一路烧了下去。

"阿佛纳斯号"上的仪器正在记录下面那个逐渐接近近星点的行星上不断增强的火山活动。传送到地球去的鲁丝泰乔尼可火山数据表明,喷发物会上升到五十千米的高空。较低的云层携带着火山灰迅速飘向东方,在十五天内便环绕了整个星球一圈。而上升到二十一千米高的物质则随着低层大气的盛行气流向西运动,在六十天内环绕了整个星球。

其他火山的喷发也显示了类似的数据。尘埃云聚集在大气层里,会让海利科尼亚的大气反射率增强近一倍,将弗雷耶辐射在星球表面且不断增强的热量反射回太空。生物圈的各种元素紧密关联,构成了一具身体或是一台机器,维持着生命的进程。

在弗雷耶距离海利科尼亚最近的那几十年里,整个行星都会被酸性尘埃云遮蔽,从而避免最糟糕的状况发生。

这种极富戏剧性的动态平衡无论从哪里观察都比不上从地球上看那么令人惊叹,令人敬畏。

在海利科尼亚上,森林大火带来的世界末日恐慌会历时许多个世纪。从一个更为超然的视角来看,这场大火则是一个符号,标志着这个世界决意拯救自身,拯救生存其上的生命。

詹道昂格诺尔的军队等候着,在一处浅浅的谷地里驻扎下来。笼罩大地的烟雾预示着大火将近。无数浑身浓毛的猪和鹿沿着大地之痕的线路往西逃去,寻求安身之处。速度慢些的弗莱羿兽群跟在后面,它们经过时,咩咩声不绝于耳。

另族的族群跑了过去,用与人族相仿的姿态鼓励着他们族群里的年幼者。他们毛色很深,面孔却是白的。一些族群没有尾巴,他们灵巧地从一根树枝荡到另一根树枝，转眼就不见了。

詹道昂格诺尔起身站在轿椅上，观赏着身边的这场大戏。小法艮宠物玉理在他身边蹦蹦跳跳地玩耍。法艮像牛群一样冷漠地歇息着，吃着他们每天的肉饼干粮和粥。

东边，玛第赶着他们的牲口群在火头前面一路逃窜。一些牲口为了脱身或是因为恐惧一头钻进林子里，但这些初灵族不为所动，依旧保持着对于古老习俗的顺从，始终沿着大地之痕行进。

"不长眼的蠢货！"詹道昂格诺尔叫喊着。

他心思飞转，想出了一个计划，连忙叫法艮卫队的一支小分队设下一个圈套。当领头的玛第跑上来时，林木丛中突然绷起一根用荆棘编成的绳子，横在前面，迫使他们陷入一阵混乱，止步不前，绵羊和阿索金犬不知所措地在他们腿边打转。

玛第的面孔就像鹦鹉和花朵一样无害，前额和下巴往后收缩，眼睛和鼻子向前突出，永远散发着一种对世界充满怀疑的气质。雄性玛第的额头和下巴上有隆起，头发是富有光泽的褐色。他们相互叫喊着，发出绝望之中的鸽子般的叫声。

那支法艮小队从藏身处一跃而出，包围了惊恐万分的玛第。每个法艮都抓住了三四个玛第的胳膊，他们的手臂被晒得通红，落上灰扑扑的一层尘土。他们没怎么挣扎。一个雌性法艮抓住了领头的玛第，还有一只胸前挂着罐子的阿索金犬，罐子不断撞击着它的胸口。那些母羊则驯服地站在一旁。

一些玛第想跑，詹道昂格诺尔挥拳放倒了两个，他们趴在土里大喊大叫。后面更多的玛第源源不断而来，他任由他们过去了。

他的队伍带着行囊横穿大地之痕。法艮厚重的皮毛让他们免受荆棘之苦。他们把俘虏赶在前面，从博里恩跨越边界线进入了奥多兰都。当大火烧到这里时，队伍已经安然无恙地过去了，他们健步如飞，身后尘土飞扬。

王室的队伍就这样抵达了奥多兰都城，看上去更像是一群牧羊人而不是王族。初灵族俘虏被大地之痕里的荆棘灌木折磨得遍体鳞伤，不少人族也一样。国王本人也被弄得灰头土脸。

奥多兰都颇有点大剧场的感觉，也许是因为在它的心脏地带坐落着一个浮夸的舞台，上演着对长着牛脸的全能之主阿克哈纳巴最为华丽的崇拜仪式。而真正的崇拜仪式是单独进行的，教众会在那个时候聚集在一起，为神灵举行游行。

奥多兰都城就坐落在这蒸汽氤氲的坎普安莱特中心地带，瓦尔沃雷尔河将它与梅特拉赛尔连在一起，并最终与大海相连。奥多兰都是一座旅行者的城市，来者大多是来朝拜，或者是做生意。

这座城市的规划便是为了安置这两股由来已久的不同人群形成的。圣瓦尔区从西南往东北顺着对角线延伸出去，高踞于商户遍布的贸易区之上，如同一段被侵蚀的峭壁。圣瓦尔区包括了老城，老城矗立着古雅的七层塔楼，那一带是永久的宗教社区。还有大学院，那是一个女性社团。这里有朝圣者，也有浑身污垢的乞丐，他们总是在捶打着干瘪的胸脯。这里有阴影重重的庭院，以及深陷地底的祈祷之所。这里也矗立着大穹顶和它附属的修道院，当然还有国王赛伦·司堂德的宫殿。

人们通常认为——至少那些生活在圣瓦尔区的人这么认为——这里是个圣洁的地方，这片呈对角分布的正直之地，是充斥着人间恶习的下水道中的一片净土。

在圣瓦尔那浮夸且斑驳的墙壁以及禁宫的围墙之上，设有各种各样的入口，有些只在庆典时开启，有些只为方便权贵进出老城，另一些只让女人走或只让男人走（绝不允许法艮通过，以免玷污圣瓦尔）。但是还有一些，也是使用最频繁的那些，即便是最世俗的人也可以随意出入。在圣洁与不洁之间，设立了一道不会阻止任何人通过的屏障，如同生死之间一样。

不洁者生活在不那么宏伟的地盘，尽管这里也有富人沿着较为宽阔的大道建起他们的宅邸。恶人兴旺发达，好人则逆来顺受。这座城市目前有八十九万人族，其中有接近十万人加入了宗教团体，侍奉着阿克哈纳巴。另外至少还有同等数量的奴隶，侍奉着信教者与不信教者。

按照奥多兰都的规矩，两位穿着蓝金两色外衣的信使在南大门外等候着詹道昂格诺尔的到来，还有一架大车候着，准备将他载到国王赛伦·司堂德面前。

詹道昂格诺尔谢绝了大车，而是带着风尘仆仆的队伍沿着沃甄大道耀武扬威地开进了通灵区。通灵区是一片惬意而颇显破旧的地方，遍布酒馆和市场，购买玛第和牲口和初灵族的商人穿梭其间。

一个矮壮的商贩说："玛第在艾姆布鲁都克不太招人喜欢。"他用的是奥多兰都古时的名字，"我们手里的已经够多了，就跟楠第一样，他们不会好好干活。你的法艮不一样，但这座城市不允许我做法艮的买卖。"

"我只卖玛第和牲口，伙计。你开个价，不然我就另找别家。"

价格敲定，玛第被卖出去关了起来，牲口则等待宰杀。国王满意而归。现在他有了更足的底气去见赛伦·司堂德。在这笔交易之前，他身上一个卢恩都没有。之前派回梅特拉赛尔去拿黄金的法艮至今都没有回来。

第一法艮卫队行进在沃甄大道上，那里已经聚集起了围观的人群。当詹道昂格诺尔和他的玉理一同大步前进的时候，人们向他欢呼起来。尽管他被剑族前呼后拥着，他还是博得了奥多兰都下等民众的喜爱。老百姓将这个迸发着活力的男子与他们本国那位肥胖懒散的君主大加比较。这些平民并不认识王后中的天后。他们对于未婚妻惨遭杀害的国王持有一种同情心——哪怕那位新娘是个玛第，或者说半玛第。

平民之中有信教的人。教士们带着横幅出现了，"**抛弃你的罪**

孽""世界末日将至""现在悔悟为时不晚"。这里跟博里恩一样，帕诺威尔教会操纵着公众的恐惧以压迫独立的思想。

队伍行进的路上尘土飞扬。他们经过古老的丹尼斯王金字塔，穿过沃甄区，进入了劳耶尔布莱丹广场。在广场另一头，溪流对面便是呼啸园。面对着广场和园子的是巨大的反抗之穹和国王那如诗如画的宫城。广场中央有一座金色的凉亭，里面坐着的正是国王赛伦·司堂德本人，正准备迎接他的贵客。

国王身边坐着王后贝丝卡尔奈特-妇，她穿着一身饰有黑玫瑰的灰色积德览特袍，戴着一顶看起来很不舒服的王冠。在王室夫妇之间摆着一张小宝座，上面坐着他们那个剩下的女儿，米露艾·泰尔。他们三人在一片荫凉之下故作姿态，维持着可笑的尊严，同时其他宫廷官员在太阳下汗流浃背。热浪之中传来蚊虫的嗡嗡叫声。一支乐队在演奏。士兵寥寥无几，只有几个上了岁数的军官穿着华丽的制服在周围缓缓巡行。城市卫队在广场边缘维持着人群的秩序。

奥多兰都宫廷以其繁文缛节闻名于世。赛伦·司堂德这次已经尽力简化了宫廷礼仪，但还是留有一排谏官，以及教会的一众显贵，他们中很多人都穿着坠感十足的法衣，当他们排队跟詹道昂格诺尔握手、亲吻他面颊的时候，不得不费劲地用手提起法衣。

雄鹰和他的军士们以及那位驼背的军械师站在一起，桀骜不驯地注视着他们，他依旧是风尘仆仆的样子。

他说："您这仪式都能进博物馆了，赛伦堂兄。"

赛伦·司堂德跟他的官员一样，穿着一件代表着早晨的素黑绸襦。他扶着宝座起身来到詹道昂格诺尔跟前，伸开了双臂。詹道昂格诺尔躬身一礼，僵硬地拥抱了一下。玉理站在他身后一步远的地方，把黏液不住地甩向鼻槽两侧，除此之外一动不动。

"以全能者之名致意。奥多兰都的宫廷欢迎你携和平与友爱造访我的国都。愿阿克哈纳巴让此次会面富有成果。"

487

"以全能者之名致意。感谢你给予我友好的接待。对于你的女儿希摩达·泰尔,我那位待娶的新娘,我来此为她的去世致以哀悼和慰问。"

詹道昂格诺尔说话的时候,他的目光在有棱有角的眉毛下格外活跃。他不信任赛伦·司堂德。司堂德带着他检阅了高官显贵们组成的队列,詹道昂格诺尔允许他们握住自己的手,允许他们亲吻自己满是尘土的面颊。

他从赛伦·司堂德的言谈举止看得出,奥多兰都的国王并不情愿接见他。这让他有些受伤。大家的心中都充满了恨意——希摩达·泰尔的被杀给人们心中留下了创伤,而他现在不得不应对这一局面。

检阅之后,王后走上前来,她跛着脚,手搭在米露艾·泰尔的手臂上。贝丝卡尔奈特-妇神色黯淡,然而她的神情之中蕴含着某种打动詹道昂格诺尔的气质,她昂首的样子既谦顺又高傲。他回想起曾经有人向他汇报过赛伦·司堂德说过的话:"一旦你和玛第女人在一起,你就再也不想要别人了。"——为什么这番话会留在他的记忆里?

贝丝卡尔奈特-妇和她的女儿都长着一副她们族类特有的、犹如鸟儿般迷人的面容。尽管米露艾·泰尔的身体混杂了人族的血脉,她还是呈现出那黝黑的异域肤色,艳丽的外表、巨大的眼睛在鹰钩鼻两侧闪烁的样子让人印象深刻。她被带上前来的时候,始终直视着詹道昂格诺尔,并投之以接纳的目光。有一瞬间,他想起了萨托里瓦什的交配实验。这就是可以生育后代的杂交繁殖。

他很高兴在一大片死气沉沉的面孔中间能看到这张楚楚动人的脸蛋,他开口道:"你跟那张你姐姐的画像很像。说实在的,你更美丽。"

米露艾·泰尔说道:"希摩达跟我很像,又很不同,就跟所有的姐妹一样。"她说话的声音让他想到了很多东西:夜晚的火焰,小塔特洛在寒冷的房间里低语,木塔楼里的鸽子。

国王赛伦·司堂德说:"我们可怜的米露艾因为姐姐的被害深受打

击，就跟我们一样。"他的声音中掺杂着叹气与打嗝声，"我们派出探子，大范围地追踪杀手，这个恶人扮作玛第的样子，溜进了王宫的入口。"

"这对于我们双方都是很残忍的打击。"

又是一声短促的叹息，"喔，圣议会将在下星期举行，同时会为我们离去的女儿举行特别的纪念仪式，圣卡萨尔本人会亲自祝福她。那将会极大地鼓舞我们。你必须留下来跟我们共襄盛举，堂弟，你是受欢迎的。卡萨尔会很高兴接见他麾下如此高贵的一位成员——而且，能与他共度一段时光对你有好处，你会明白的。你与圣皇陛下见过吗？"

"我认识他的特使阿拉姆·伊桑博尔。他很快就会到达了。"

"啊，是的。嗯，伊桑博尔。一个风趣的家伙。"

"而且喜欢冒险。"詹道昂格诺尔说。

乐队开始演奏。他们穿过广场往宫殿走去，詹道昂格诺尔发现米露艾·泰尔跟在他身边。她开心地抬头望着他，笑容可掬。他故作神秘地问她："你是否已经准备告诉我你的年纪了，女士？如果我能保守这个秘密的话。"

"哦，这是我最常听到的问题之一。"她面带不屑地说，"还有个问题是'你喜欢当公主吗？'好些人认为我比实际的岁数大，而且他们觉得自己肯定没错。近来日渐升高的气温让年轻人成熟得更快，我们各方面都在成长。我做那些成年人的梦都有一年多了。你有没有梦到过，你身处一个强大得无法抗拒的火神怀里？"

他弯腰凑到她耳边，用恶狠狠的声音开着玩笑："在告诉你我就是那个火神之前，我得回答我自己的问题。我认为你不会超过九岁。"

"九岁零五个什旬。"她答道，"但是年龄不重要，情感才重要。"

宫殿的正立面十分宽阔，有三层高，抛过光的拉甲巴拉尔巨型木柱整整齐齐地支撑着上面的楼层。飞檐浮夸地向上扬起，屋顶铺着恺斯出产的蓝色陶瓦。宫殿始建于三百五十小周期年之前，就在入侵的法艮将奥多兰都部分损毁之后。尽管后来的木结构已经翻修过，但始终忠于原来的设计。精心雕琢的木头窗扇遮掩着没有玻璃的窗洞。门上是同样类型的雕刻，但是用了白银饰面，同时用厚实的原木板做内衬。一面管状的锣被敲响了，大门随即敞开，赛伦·司堂德引着客人走了进去。

接下来是两天盛大的宴会和空洞无味的讲话。举世闻名的奥多兰都温泉自然也在安排之中。在穹顶举行了一场感恩仪式，有教会的显贵出席。美妙的歌声，华丽的服饰，黑暗而宏伟的地下穹顶，一切都是献给阿克哈纳巴的。詹道昂格诺尔祈祷，唱诵，讲话，一切都依照礼仪而为，没有对任何人吐露心中的秘密。

所有人都对这个陌生人捉摸不透，所有的目光都集中在他身上，而他的目光扫过每一个人。他被叫作雄鹰原因显而易见。

他确保了第一法艮卫队得到妥善安置。对于一座憎恨法艮的城市而言，他们算是被当作座上宾对待了。在劳耶尔布莱丹广场上，与穹顶遥相呼应的是呼啸园，那是完全由瓦尔沃雷尔河及其支流环绕着的一片绿地。除了卜拉希米树，这里还有在整个大陆声名远播的钟啸泉。这处间歇泉以极其精确的间隔在每个钟点发出震撼的呼啸声。每一天，每个星期，每个什句，每一年，每个世纪，钟啸泉永不停息。有人说，每个小时的长度，四十分钟，就是由这地底发出的声音决定的。

有一座古老的七层塔楼和几座新建的亭阁矗立在园子边缘。法艮就在这些亭阁里宿营。通向园子的四座桥梁有卫兵把守，内侧由法艮守卫，外侧由人族，以保证不会有人进入园子里骚扰这些剑族。

很快就有人在这里聚集起来，隔着河水观看剑族士兵。这些剑族受过训练，看上去颇为温和，跟那些民间传说中的法艮大不相同——在那些传说中，法艮都骑着铁锈红的坐骑，如天兵天将般驰骋大地，给人族带来毁灭。那些暴雪骑士和这些无精打采在园中巡行的野兽似乎并无多少共同点。

当詹道昂格诺尔要离开他的兵团回到赛伦·司堂德那里时,他注意到他们有些坐卧不宁。他跟法艮军士长赫则恩说了会儿话,但只是从她那里获知,卫队需要一段时间来适应新地方。

他猜是钟啸泉的响声让他们有些烦躁。安慰他们一番之后,他离开了,玉理跟在他身边又蹦又跳。一股火山硫黄的气味弥漫在空气里。

当他步入宫殿银光闪闪的大门时,米露艾·泰尔迎了上来。在过去的两天里,对于她的娇横无常,还有她那鸽子般的咕咕说话声,他是越来越喜欢了。

"你的一些朋友来了。据说他们是圣洁的,但这里的每个人似乎都是圣洁的。他们的首领看上去不怎么像圣洁的信徒。他太英俊了,不可能是圣洁的。他看起来有些调皮。你喜欢调皮的人吗?詹道国王……因为我觉得我就很调皮。"

他大笑起来。

"我觉得你很调皮。大多数人都是这样的,包括一些圣洁者。"

"所以要想出众,就要异乎寻常地调皮吗?"

"这是个很有道理的推论。"

"所以你才会如此出众喽?"

她将手伸进他的手里,他一把握住。

"还有其他原因。身为火神是其中一个原因。"

"我发现大多数人都特别令人失望。你知道吗?我姐姐被谋杀的时候,我们发现她端坐在一把椅子上,衣着整齐,都没怎么看见有血迹。真是太令人失望了。在我想象中应该是血流成河。我想象有人被杀的时候肯定会血肉横飞,就好像他们充满了仇恨。"

詹道昂格诺尔用生硬的语气问道:"她是怎么被杀的?"

"权衡之神啊,被一根法艮蛮子的犄角刺透了心脏!父亲说,那法艮蛮子的犄角正好刺透了她的衣服和心脏。"她充满疑虑地瞥了一眼跟在主人身边的玉理，但玉理的犄角已经被去掉了。

"你被吓到了吗？"

她冲着他轻蔑地笑了笑，"我可没想过害怕。完全没有。好吧，我觉得一想到她端坐在那里的样子确实有点怕。她的眼睛仍然僵挺挺地睁开着。"

他们走进了装饰着挂毯的接待大厅。米露艾·泰尔的提醒让詹道昂格诺尔对阿拉姆·伊桑博尔和那支被伊桑博尔称为"小小教士随员队伍"的到来有了准备。他们被一群奥多兰都的高官显贵包围着，接受对方结结巴巴的恭维之词。

国王那双雄鹰的眼睛径直望到了大厅后面，看到另一个熟悉的身影，就在国王到来的那一刻他正被手忙脚乱地带出后门。那人离开房间的时候回过头来，尽管大厅里人头攒动，他的目光还是正好迎上了詹道昂格诺尔的目光。然后那人就不见了，门在他身后闭上。

国王进来的时候，伊桑博尔谦逊地从众人中间退出，来到詹道昂格诺尔跟前躬身一礼，露出一副嘲弄的笑容。

"我们到了，如你所见，詹道，我的教士队伍和我。有个人扭到了脚，有个人食物中毒，还有位使节渴望着寻欢作乐，除此之外还算一切顺利。当然了，这一路长途跋涉可把我们弄得灰头土脸的……"他们正式地拥抱了一下。

"很高兴你风采依旧，阿拉姆。你会发现这里寻不着欢做不了乐，我是这么认为的。"

伊桑博尔盯着站在国王身边的法艮宠物。他逗了逗玉理，然后抽回手，"你不咬人，是吗，小东西？"

"我是有教养的。"玉理说。

伊桑博尔一条眉毛一扬，"我不想冒犯，詹道，只是在这群古板的人中间，赛伦·司堂德和他的臣子是否能容忍这么个东西，哪怕是一个有教养的玩意儿？目前正进行着一场大清洗……以纪念你未婚妻的亡故，我猜……"

"我还没遇到什么麻烦……不过卡萨尔很快就要到了。你最好在此之前好好寻欢作乐一番。顺便说一下，我刚刚看到了我的前任总管大臣萨托里瓦什。你知道什么有关他的情况吗？"

"嗯。是的，是的，我知道，陛下。"伊桑博尔伸出一根手指揉了揉自己优雅的鼻梁，"他和一个锡伯纳尔女人赶上了我和我的教士随员，就在你和你的法艮兵团在我前头雄赳赳气昂昂地飞驰而去后不久。他和那位锡伯纳尔女士都骑着骈骊。他们跟着我们一路走完了剩余的旅程。"

"他到奥多兰都有什么事？"

"寻欢作乐吧？"

"严肃点。他跟你说过些什么？"

阿拉姆·伊桑博尔的目光投了地上，仿佛是在脑海中搜寻着一段模糊的记忆。"权衡之神啊，长途跋涉让脑筋都乱了套……嗯，怎么说呢，我真没法说，陛下。也许你最好自己去问问他？"

"他是从格莱瓦贝伽雷尼恩来的？他为什么在那里？"

"陛下，也许他希望看看大海，我听说有些人想在死前看看大海。"

"那样的话，他的希望倒是能实现。"詹道昂格诺尔说着，精神一凛，"今天晚上你可没帮上什么忙，阿拉姆。"

"原谅我。我的双腿已经瘫了，这让我的脑袋也受了影响。等我洗个澡，饱餐一顿之后可能会好点儿。说真的，我向你保证，我跟你那位前任总管大臣可没多少交情。"

"只是你俩都想着要把法艮从这个世界上消灭掉。"

"大多数人都那么想，只是没有勇气去行动，不管是消灭法艮还是消灭父亲。"

两人四目相对,"我们最好别提起有关勇气的话题。"詹道昂格诺尔说完,拔腿离去。

他汇入众人之间,那些人穿着华丽的绸褥,佩戴着异国情调的假发,正簇拥在国王赛伦·司堂德身边交谈甚欢,詹道昂格诺尔毫不客气地打断了他们。赛伦·司堂德看上去有些尴尬,但还是很不情愿地让众人散去。两位国王的周围腾出了一片空间。一位男仆立刻端着银托盘,送上几杯加了冰的美酒。詹道昂格诺尔一转身,他没注意到有人走近,撞翻了对方手中的托盘。

"啧啧啧,"赛伦·司堂德忙道,"别在意,是个意外,我看见了。再加点酒,还有冰。事实上,女船长埃沐娅·芒特拉斯正在运送更多的冰过来。我们必须让自己习惯于新变化。"

"王兄,不拐弯抹角了。你的宫殿里正隐藏着一个人,他曾经是我的总管大臣,我亲自将他革职,我认为此人是我的敌人,因为他去锡伯纳尔谋了份差事,此人名叫萨托里瓦什。他来这里干什么?他是不是从我的前任王后那里给你带来了一些秘密情报?若是这样,我很担心。"

奥多兰都国王忧心忡忡地四下看了看。

"你提到的那个人在二十分钟前刚刚到这里,是跟有头有脸的人物一起来的,阿拉姆·伊桑博尔。我同意为他提供庇护。与他随行的还有一位女士。我向你保证,他们不会成为这个屋檐下的座上客。"

"那女人是锡伯纳尔人。那个男人已经被我革职。我很确定他们在这里不会对我做什么好事。他们安顿在什么地方?"

"亲爱的兄弟,我认为那可不是你我应该考虑的事情。就像我们常说的,夜蛾总是要待在暮色中。"

"他们会待在什么地方?你是在保护他们吗?对我坦诚些吧。"

赛伦·司堂德坐在一把高高的椅子上,他以高贵的姿态站起身来说:"这里太热了。在我热得受不了之前,咱们到花园里走走。"他朝妻子做了个手势，示意她不用跟来。

两人信步穿过大殿往外走去，众人自觉让出一条道来，列立两边躬身施礼。只有玉理跟着。花园被壁龛里的火把照得雪亮。这里和宫殿里一样，几乎没有一丝风，燃烧的火焰纹丝不动。一股硫黄味缭绕在林荫道上，树木修剪得整整齐齐。

"我不希望让你心烦，赛伦王兄。"詹道昂格诺尔说，"但是你很清楚，我在这里有一些未知的敌人。我只需看到萨托里瓦什的样子就能察觉到，只需看到他的表情就足够了。他现在是我的敌人，来找我的麻烦。你要否认这一点吗？"

赛伦·司堂德的自控力很好。他有些肥胖，走路时呼哧带喘。他冷冷地说："你要认识到，奥多兰都的平民，或者按照一些人喜欢的方式说叫艾姆布鲁都克，他们更倾向于用老眼光看人看事，他们把你们国家的人视为蛮族——我并没有这样的偏见，你明白的。我无法教导他们抛弃那种偏见，哪怕强调我们信奉共同的宗教。"

"这跟我的问题有什么关系？"

"亲爱的，我喘不上气了。我想我有些过敏。能不能问问你，让法艮蛮子跟随左右，是为了故意气我和我的王后吗？"他倨傲地冲着玉理指了指。

这下轮到詹道昂格诺尔手足无措了。

"他顶多不过是……一只宠物猎犬。他到处都跟着我。"

"带着这么一个生物进入这所宫廷，对我是一种侮辱。它应该被安置在呼啸园，跟其他那些牲口待在一起。"

"我跟你说了，它只不过是一只讨人喜爱的猎犬。夜里它就睡在我寝室的门外，如果有危险它就会吠叫。"

赛伦·司堂德停下脚步，双手在背后紧握着，若有所思地盯着一丛灌木。

"我们不应争吵，我们俩都有难处，我的难处在恺斯，而你的难处是在梅特拉赛尔的家里,我也收到了一些可信的情报。但是你不能带着那个生物进入我的宫廷——宫廷舆论反对这样做,不管我个人是什么看法。"

"为什么在我两天前抵达的时候你不说?"

奥多兰都的国王重重叹了口气,"这么想吧,你已经享受了两天高规格待遇了。如你所知,圣卡萨尔很快就要到了。接待他是一份荣耀,意义重大,但也是一份重大的责任。他不会容忍剑族出现在眼前。你让我们很为难,詹道。既然你来这里的目的已经达成,为什么不在明天返回你的国都呢?带着你那班野兽一起。"

"我就如此不受欢迎?是你为了卡萨尔的来访邀请我留下的。萨托里瓦什在你的耳朵里灌了什么毒药?"

"圣卡萨尔在场的时候必须平安无事。与强大的帕诺威尔结盟,也许这意义对我而言比对你更为重要,因为我的王国距离它更近。直说吧,法艮蛮子,以及喜欢法艮蛮子的人,在世界的这个角落是不受欢迎的。如果你在这里没有其他打算,那我想明天就为你送行。"

"如果我有打算呢?"

赛伦·司堂德清了清喉咙,"什么打算?我们俩都是信教的人,詹道。我们现在就一起去做个祈祷,进行鞭笞,并且在明天一早以朋友和盟友的身份道别。这样不是最好吗?那样,你的来访会被铭记于心。我会给你一条船,让你沿瓦尔沃雷尔河顺流而下,一转眼就能到家。你能闻到盛开的扎尔黛尔花吧?很美,不是吗?"

"我懂了。"詹道昂格诺尔抱起双臂,"非常好,那样的话,如果你的友情如此深厚,你的信仰如此虔诚……我明日就应该告辞。"

"你即将告别,我们会十分伤心的。我的王后还有女儿也是如此。"

"我遵从你的要求,虽然我无法苟同。话说回来,请回答我的问题。萨托里瓦什在哪儿?"

奥多兰都的国王看上去精神一振,"你没有权力不赞同。你有没有想过,如果我的女儿不许配给你,她就不会死呢?那无疑是一次政治谋杀——她没有私敌,可怜的姑娘。然后你就带着你那些肮脏的法艮蛮子出现在我的宫廷,还期待受到欢迎。"

"赛伦,我是说真的,对于希摩达·泰尔的死我深感悲痛。如果找到凶手,我知道该如何处置他。不要给我加上这样的罪名来平添我的悲伤。"

赛伦·司堂德突然把手搭在他这位王弟的手臂上。

"别因为你提起的那个人而自寻烦恼了,你的前任总管大臣。我们在这座宫殿和穹顶后面的修道院里给他找了一间客房。你没有必要去见他。我们也不会把敌对的人相互隔开。那样无济于事。"他擤了擤鼻子。"确保明天离开奥多兰都就好。"

他们互相躬身一礼。詹道昂格诺尔慢慢回到他住的宫殿厢房,玉理跟随身后。

这里的墙上挂着普通的挂毯,木地板显得脏乎乎的。他敲了敲步兵军士长的房门,没有回应。心血来潮,他径直去了法德·方迪尔的门前,敲了敲门。王室军械师应声让他进去。那个驼背正坐在床上擦皮靴,看到是谁进来,他赶紧蹦到地上站好。一名法艮卫士静静地站在窗边,手握长矛。

詹道昂格诺尔没有浪费时间,直奔主题。

"你正是我需要的人。这里是你出生的地方,你了解当地那些我不了解的习俗。我们明天就要离开这里……是的,出乎意料,但别无他法。我们要乘船回梅特拉赛尔。"

"有麻烦了,陛下?"

"有麻烦。"

"那人诡计多端,就是那个国王。"

"我想把萨托里瓦什一起带走,把他抓走。他就在这里,在城里。

我希望你找到他，制伏他，把他偷偷弄到这个地方来。我们不能割断他的喉咙——那样会引发丑闻。把他弄过来，别让人看到。"

法德·方迪尔开始在屋里踱起步子，揉着眉毛。"我们不能做这种事。这不可能做到的。法律也不允许。他干了什么事？"

詹道昂格诺尔一拳砸在掌心，"我很了解那个老家伙考虑问题的方式。他肯定是搞出了某种疯狂的理论来毁坏我的声誉。一定是跟法艮有关。在他传出来之前，我必须确保他安然无恙地落在我手里。我们明天带他一起走，把他关在一个货箱里。没有人会知道。他就住在宫殿后边的一间客房里。现在我就靠你了，法德·方迪尔，因为我知道你是好样的。干好这件事，我一定会重赏你，绝不食言。"

军械师还在犹豫，"法律不允许这样。"

国王以强硬的声音说道："这里有一个法艮在你的房间里。我明令禁止这种事。除了我的宠物之外，所有的剑族都要驻扎在呼啸园。你违背了我的命令，应该受到鞭刑……还要受降级处罚。"

"他是我的私人仆佣，陛下。"

"你会把萨托里瓦什给我弄来吗？按照我的要求？"

国王脸色一阴，法德·方迪尔同意了。

国王在床上丢下一袋金子。这是两天前他在市场上挣来的。

"好的。把你自己伪装成僧侣。现在就去，把你的这个仆人也带走。"

这个人和法艮离开以后，詹道昂格诺尔在这间黑暗的房间里站了一会儿，思索着。透过窗户，他能看到雅拉洛布莱彗星低垂在北方的天空。夜空中的那团亮斑让他回想起上一次与父亲的幽魂会面的情景，它预言说，他会在奥多兰都遇到一个掌控着他命运的人，那是指萨托里瓦什吗？他的大脑飞转，想象着各种其他的可能性。

能够在一个充满敌意的地方完成所有计划的事情，这让他颇为满意，他返回自己的房间，玉理跟以往一样，早已把自己安顿在门前睡下了。国王从他身上跨过去的时候轻轻拍了拍他。

床边,一只托盘上摆着美酒和冰块。也许这是赛伦·司堂德对于一位即将离去的贵客表示感激的方式吧。詹道昂格诺尔一皱眉,将杯子里甜滋滋的美酒一饮而尽,然后把托盘和酒壶一把摔到了角落里。

他甩掉衣服,钻进毯子立刻就沉入了梦乡。他一向睡得很沉。这一晚,他比平日睡得更沉。

他做了很多乱七八糟的梦。他变成了很多东西,最后成了火神,迈步走在金色的火焰里,但那火焰更像是液体。他是大海中的火神,梅尔黛伽拉骑着一只海豚在他前方。他拼尽全力挣扎,但海水死死纠缠着他。

他最终把她抓住了。他紧紧抱着她。他们周围是无边的金色。徘徊在梦境边缘的恐惧不断袭来,挥之不去。梅尔黛伽拉全然不是他心中的样子。她的身体沉重而充满病态,不断释放着压抑感,让人瘫软无力。他大哭着跟她纠缠在一起。金色钻进了他的喉咙和眼睛。感觉她就像是……

他猛地从梦中惊醒。有好一会儿他都不敢睁开眼睛。他躺在奥多兰都宫殿里的床上,手里正抓着什么东西。他剧烈地颤抖起来。

万般不情愿地,他睁开了眼睛。眼前只剩下梦中的那片金色。它沾染在毯子和丝质的枕头上,也沾染了他。

他大叫一声坐了起来,一把掀开盖在身上的兽皮。玉理就紧挨着他躺着。这个小法艮的脑袋被人割掉了,只剩下一具冰冷的身体。涌出的金色血水已经不再流动,在尸体下面、在国王的身子下面凝结成了一摊。

国王一跃而起跳到光秃秃的地板上,低头盯着地砖。他抽泣起来。呜咽从心底深处涌上来,令他那沾满血水的身体止不住地颤抖。

在奥多兰都的宫廷里有一种习俗,每天早上十点钟要举行一场宗教仪式,就在宫殿地下的王室小教堂里。国王赛伦·司堂德为了尊重宾客们,每天都邀请詹道昂格诺尔诵读《雷尼莱延圣约书》——这也是他的习惯。今天早晨,当虔诚的王室成员聚集于此的时候,小教堂里充塞着窃窃私语和各种揣测。很多人怀疑博里恩的国王还会不会现身。

那位国王离开自己的寝室走下楼梯。他已经把身体洗了又洗,换了身衣服,没有穿绸褥,而是换了一件齐膝的束腰上衣,蹬着皮靴,披着轻便的大氅。他脸色惨白,双手不停地颤抖。他不慌不忙地走着,一步接一步,努力控制着自己。

当他下到楼梯间的时候,他的军械师赶到了身后,开口说道:

"陛下,我早些时候敲您的房门但是没人答应。请原谅我。我已经将您说的那个囚犯关在我屋里了,就捆在衣橱里。我会盯着他,直到备好船只。什么时候能把他偷送上船就告诉我一声。"

"计划有变,法德·方迪尔。"

国王的举止和话语让军械师心中一凛。

"您病了吗?陛下。"那贼眉鼠眼的眼神从他眉毛底下朝上瞄去。

"回你的房间去吧。"国王没有看他,继续下楼梯,走到了宫殿的一楼又继续下到了王室的小教堂里。他是最后一个到场的。维籁切琴正伴着鼓点演奏赞美诗。当他迈着僵硬的步伐走上前来,所有的目光都集中在了他的身上,他僵直的身形就像是踩在高跷上的男孩,他迈步跨上了赛伦·司堂德身边的座席。只有司堂德始终注视着圣坛,双眼飞速眨动,就好像没有意识到有任何不对劲。

王位单独设立在众人之前,座位异常华丽,每个面都精雕细琢并配以银饰,摆在六层弧形的台阶之上。一个略显朴素的座席就在一步开外,王后贝丝卡尔奈特-妇和女儿坐在那里。

詹道昂格诺尔在那位国王身边就座,目视前方,仪式继续进行着。一直等到赞颂阿克哈纳巴的赞美诗结束之后,赛伦·司堂德才转过身冲着詹道昂格诺尔做了个手势，就跟以往几天一样，让他诵读《圣约书》的片段。

詹道昂格诺尔迈着稳重的步伐下了六级台阶，走过黑红两色地砖铺就的地板，到了读经台前，转过身来面对众人。一片寂静。他的脸白得宛如羊皮纸。

他眼前是一片密密匝匝的杂乱目光。他从中看到了好奇、假笑、憎恶。没有一丝同情，除了那个九岁大的女孩，她正缩在母亲身边。当他全神贯注看着她的时候，她又投来了玛第特有的接纳的目光，就像他们第一次见面时一样。

他开口说话了。他的声音听上去出奇的虚弱，但是，在紧张犹豫的开头之后，他便逐渐凝聚起了力量：

"我希望说——也就是，高贵的王室，诸位大人，在场的各位，我要说的是——你们必须谅解我没有诵读经书，而是想借此机会在这个神圣的地方向各位直言，在这里全能之主能听到每一个字，能看透每一颗心。

"我知道他一定能看透你们的心，并且看到你们有多么希望我安好，正如我有多么地希望各位安好。我的王国是一个伟大而富饶的国度。然而我撇下它，几乎孤身一人来到了这里——几乎孤身一人。我们都在为我们的人民追求着和平。这长久以来一直是我的追求，在我之前也正是我父亲的追求。我毕生的追求全是为了博里恩的繁荣。我对此发过誓。

"但除此之外，我还有一个更为个人的追求。我缺少一个男人最渴望的东西，甚至比为国效力更为渴望。我还缺少一位王后。

"半年前，我推动起来的那块石头还在滚动着。那时候我决心要迎娶司堂德家族的一位女儿，现在我应该让这个希望成为现实。"

他顿了一下，像是要做好准备说出接下来的话。小教堂里的每一双眼睛都盯在他的脸上，想要从他的脸上寻出答案来。

"因此,我在这里宣布,为了回应高贵的赛伦·司堂德国王陛下的决定,在这高居一切尘世权力之上的宝座面前,我——昂格诺尔家族的詹道昂格诺尔国王——决意让博里恩与奥多兰都两国结成血脉之亲。我打算尽快与陛下那位高贵而深受爱戴的女儿米露艾·泰尔·司堂德公主结成婚姻。我们的婚礼大典将按照阿克哈纳巴的意愿在我的国都梅特拉赛尔举行,因为众人期盼我今日就启程离开。"

许多人蹦了起来,想要看看赛伦·司堂德在这个令人吃惊的消息面前做何反应。但等詹道昂格诺尔说完,这些人便在他冷冷的目光之下变得如同泥胎木雕一般,小教堂再次陷入一片寂静。

赛伦·司堂德已经从座位上溜走,没人看见他去了哪儿。这场面被米露艾·泰尔的叫喊声打破了,她很快就从最初的惊诧中回过神来,冲上去紧紧抱住了詹道昂格诺尔:

"我会和你在一起,"她说,"一言一行都依着你正室妻子的身份而为。"

XX

正义如此降临

爆竹连天。人头攒动。雷瑟尔酒畅饮。祈祷传诵在这座城市更圣洁的那片区域里。

奥多兰都城的人听到詹道昂格诺尔与米露艾·泰尔公主订婚的消息后欣喜若狂。他们的喜悦并没有什么说得上来的缘由。司堂德王室家族以及与此事大有干系的教会倒是趁机挣足了好评。喜庆的机会本就不多，这自然是不能放过的。

公主希摩达·泰尔被害的时候，王室家族就获得了广泛的同情。这种可怕的事情为人们的生活增添了话题。

现在，妹妹又被许配给了之前与亡姐订婚的男人，这是种人们喜闻乐见的戏剧场景。跟往日一样——关于米露艾·泰尔什么时候第一次来月经，乃至玛第性行为习惯的讨论滋养了不少带有淫秽色彩的八卦。玛第到底是彻头彻尾的乱交还是实实在在的一夫一妻？这个问题从来没有定论，尽管大多数男性的观点更偏向于前者。

詹道昂格诺尔则获得了广泛的赞誉。

在民众看来，他身姿伟岸，既不是毛愣愣的年轻人，也不是让人生厌的老头子。他与整个坎普安莱特最美丽的女人结过婚又离了婚。至于他现在为什么要娶一个比他儿子还小的姑娘……反正这类王族联姻也并不少见，在东城门外和尤铎科一带出没的那些雏妓倒是能为这个问题提供一种简单的答案。

在法艮的问题上，民众要比宫廷所猜测的更为中立。当然了，每个人都很了解他们的民间历史，也知道法艮席卷而来摧毁这座城市的历史。但那已经是很久以前了。现在已经没有四处劫掠的法艮蛮子团伙。法艮在奥多兰都成了稀罕物。人们喜欢去呼啸园隔着瓦尔沃雷尔河观赏法艮，对第一法艮卫队评头论足。从某种角度来看，他们还算挺受人欢迎的。

但这些都无法安抚国王赛伦·司堂德心里的苦涩与愤懑。

他从来都不是一个当机立断的人，在他可以阻止这门婚事的时候，

505

他错过了机会。他暗暗诅咒着自己。他也诅咒王后。贝丝卡尔奈特－妇倒是挺赞成这门婚事。

贝丝卡尔奈特－妇是个单纯的女人。她喜欢詹道昂格诺尔。就像她在歌声中表述的那样，她"喜欢他的样貌"。尽管她对于剑族没有什么喜爱之情，她却在大清洗中看到了人族的狭隘性，这种狭隘很容易波及她自己的种族。确实，玛第在奥多兰都并不招人喜欢，而且针对他们的暴力事件时有发生。因此她会认为这个为法艮提供保护的男人，对她唯一健在的女儿，一个半玛第，也会呵护有加。

更直接点说，贝丝卡尔奈特－妇知道赛伦·司堂德长久以来的一个想法，要把米露艾·泰尔嫁给泰恩斯·英德莱德，一个比詹道昂格诺尔老得多，而且无比令人反感的帕诺威尔王子。她不喜欢泰恩斯·英德莱德。一想到女儿要生活在黑暗的帕诺威尔，要埋葬在奎金特的群山之下，她就愁上心头。那不是玛第或者玛第的女儿应有的命运。詹道昂格诺尔和梅特拉赛尔的条件显然更为优越。

于是，她用这种隐忍的方式反对着国王的想法。国王不得不另找途径来发泄心中的怒气，而途径就在眼前。

表面上来看，赛伦·司堂德依旧客客气气。他绝不承认玉理被杀跟他有任何干系。他甚至邀请詹道昂格诺尔参加一次会议来讨论婚礼的安排。他们聚集在一间屋子里，天花板上摇着风扇，屋里栽种着芜璐草作为装点，艳丽的玛第挂毯挂在墙壁上窗户的位置，典型的帕诺威尔风格。

跟赛伦·司堂德一起来的有他的妻子和一名教会谏官，此人是个沉稳而又冷漠的高个子，那张尖削的长脸犹如留着胡子的斧头，他只坐在背景里，谁也不看，什么也不说。

詹道昂格诺尔全身戎装来到会场，由他的一位军官担任随身护卫，这人一看便是一个糙汉子，对于这个外交场合还不适应。

赛伦·司堂德为詹道昂格诺尔斟上一杯酒递了过去。

但这位国王拒绝了,"您的葡萄园天下闻名,但是我发现佳酿让我嗜睡。"

赛伦·司堂德没有理会话中带刺,直奔主题:

"你打算迎娶米露艾·泰尔公主,这让我们很是高兴。你记得,你本打算与我那个遭人杀害的女儿在奥多兰都完婚。因此我们希望你在这里举行婚礼,等圣卡萨尔抵达之后,在他本人的见证之下。"

"陛下,按照我的理解,你原本是迫不及待地希望我今天就上路的。"

"那是你的误解。我们已然了解到你手下那些让我们感到冒犯的生物其实颇为驯服,也已安置妥当。"说这话的时候,他的眼睛瞄向那位面色漠然的谏官,仿佛是在寻求支持,"我们将会举办符合你心意的庆祝活动,放心吧。"

"你是否能确定卡萨尔会在三天内到达?"

"他的信使已经到了。我们的探子随时都在保持联系。他的随行人员已经过了朵岑湖。其他的来访者,比如帕诺威尔的王子泰恩斯·英德莱德预计明天就到。你的婚事将成为庄严的历史性事件。"

意识到赛伦·司堂德在使缓兵之计,詹道昂格诺尔退到房间的角落里和他的军官商讨起来。他希望在更多的背叛行为发生之前马上离开这里。但为此他需要一条船,而船只都在赛伦·司堂德的掌控之下。还有个迫切的问题——正如这位军官提醒他的——关于萨托里瓦什,他正被关在法德·方迪尔的衣橱里,几乎快要被闷死了。

他对赛伦·司堂德说道:"我们是否有理由确信圣卡萨尔将为我们主持这场仪式?他可是一把年纪啊,不是吗?"

赛伦·司堂德抿了抿嘴唇。

"是有把年纪了,那是肯定。令人肃然起敬。但我要本着良心说,可不算老态龙钟。他可能有三十九岁零一两个什旬了。但当然了,他也许对这个联盟存有异议,因为博里恩庇护法艮并拒绝执行大清洗。

关于教义里的这一点,我本人并不介意犯点教条主义,我们生来就必须听从他金口玉言的神圣裁决。"

怒火给詹道昂格诺尔的面颊抹上了一层红晕。

但他的声音十分克制,他说:"有理由相信,我们所深爱的宗教——没有人比我更加深爱着它——起源于对法艮的单纯崇拜。那时法艮和人族的生活更为原始。尽管教会竭力掩盖这个事实,但是全能之主的相貌与剑族何其相似?在更为近代的时期,流行于世的造像风格已经把这种相似性加以模糊。然而,事实就摆在那里。

"如今的日子里,没有人会联想到法艮便是全能之主。以我个人经历而言,我深知他们有多么驯良,完全可以对其施以牢固的掌控。不管怎样,我们的宗教是基于他们的。因此,凭着教会一纸敕令便对他们加以迫害是不公正的。"

赛伦·司堂德回过头向他的教会谏官寻求援助。那位大人物用空洞的声音开口了,但并没有抬眼环顾众人,"这个观点在圣卡萨尔陛下的眼里不值一哂,他会认为博里恩国王亵渎了阿克哈纳巴的尊容。"

"确实如此。"赛伦·司堂德说,"这个观点在我们任何人看来都不值一哂,兄弟。卡萨尔一定会为你主婚,而你必须把你的想法藏在心里。"

会议很快有了结果。国王、王后还有那个一脸阴沉的谏官围在一起,他揉搓着胖手,说:"这样的话他是要等卡萨尔到来了。我们有三天时间来让这门婚事办不成。我们需要萨托里瓦什。呼啸园里法艮的住地已经搜查过了,他不在那里。那么他肯定是在宫殿里了。我们要对国王的住地进行搜查——搜遍每个角落。"

面色阴沉的谏官清了清喉咙说:"还有那个女人的问题,就是奥蒂·杰赛拉塔尔。她是跟萨托里瓦什一起来的。今天早上,她神情悲痛地到锡伯纳尔大使的宅邸寻求庇护,汇报了她那位朋友的失踪。按照我的理解,她是一名上将,但我的探子告诉我说,她并没有得到很好的对待。大使可能是把她当作叛国者了。然而他也不会把她交出来——至少目前是如此。"

赛伦·司堂德给自己扇了扇风,喝了点酒。"就算没有她,我们也可以把一切安排妥当。"

"还有一件事对陛下您有利,是我的教会律师发现的。"教会谏官继续说道,"国王詹道昂格诺尔与梅尔黛伽拉离婚的契约到目前为止仍然只是纸面上的,还保留在阿拉姆·伊桑博尔手里。尽管国王已经签署了契约,其所作所为也表明他全然相信自己已经离了婚,但是按照一条古老的帕诺威尔教会法,王族的离婚要在契约原件呈交给卡萨尔之后才算生效。之所以有这个条文,就是为了给那些考虑欠妥的王室联姻留有余地。所以目前来看,詹道昂格诺尔国王实际上处于离婚契约尚未生效的状态。"

"因此是不能再婚的?"

"在那道手续全部完成之前,任何婚姻都是违法的。"

赛伦·司堂德击掌大笑,"太妙了。太妙了。他一定要为自己的鲁莽付出代价。"

"但是我们需要与博里恩联姻。"王后轻声说道。

她丈夫几乎都懒得瞥她一眼。

"亲爱的,我们必须暗中动摇他的地位,让他蒙羞,梅特拉赛尔也会抛弃他的。我们的探子汇报说,那里的骚乱更多了。到时候我可能会以拯救者的姿态走进博里恩,并统治两个王国,就像往昔的岁月里奥多兰都统治着博里恩那样。你完全不懂历史吗?"

詹道昂格诺尔很清楚自己的处境有多艰难。不论何时只要他觉得沮丧,他就会想一想赛伦·司堂德的阴险狡诈,以此激发起心中的怒火。

从看见玉理被害的震惊中恢复过来后,他走到那颗扔在走廊上的头颅跟前。几米之外躺着他安排的人族卫兵,已经被刺死了,他的脸被一把剑砍得一塌糊涂。詹道昂格诺尔当时就吐了。一天之后,他依然觉得浑身不舒服。尽管天气炎热,他却觉得寒气逼人。

在与赛伦·司堂德会晤之后,他信步穿过呼啸园,聚集在那里的一小群人对他报以欢呼。身处法艮卫队中间让他安下心来。

他在他们的驻地查看了一番,比以前更加仔细。法艮的军官们跟随在他左右。一间亭阁已经改造成了客房,而且布置得很惬意。楼上是一间完整的居室。

詹道昂格诺尔说:"我要住这间居室。"

"这将是您的地方。艾姆—布鲁都克没有人能进入这里。"

"法艮也不行。"

"法艮也不行。"

"你们要守卫好它。"

"我们奏是这么想的。"

指挥官说到奥多兰都的时候用的是古代的法艮语地名,国王并不觉得有什么问题,他对于他们那漫长且根深蒂固的记忆还是有所了解的。而且他对于他们讲古体语的习惯也习以为常了。

他穿过园子往回走,四个法艮护卫着,这时地面颤抖起来。这种地震在奥多兰都如家常便饭。他到这里之后已经是第二次了。他的视线越过劳耶尔布莱丹广场望着宫殿。他希望会有一场大地震让宫殿坍塌,但他看得出,沿着宫殿立面竖立的那些木头柱子就是为了实现最大化的稳固性而设计的。

旁观者和闲游的人似乎并不慌乱。一个卖烤饼的小贩子跟往日一样做着生意。随着内心的一阵悸动,詹道昂格诺尔不由疑虑世界末日是否正在降临,不管那些有学问的人是怎么说的。

他对自己说:"让一切都结束吧。"

然后他想起了米露艾·泰尔。

邻近巴塔利克斯日落,信使来到宫殿里报告说帕诺威尔的王子泰恩斯·英德莱德即将抵达东城门,比预期要早。一份正式的邀请送到了詹道昂格诺尔手中,请他出席劳耶尔布莱丹广场上的欢迎会,这是一份令他难以回绝的邀请。

泰恩斯·英德莱德对于朝政大事毫不挂怀,对于其他地方的战事也浑不在意,他一直在奎金特狩猎,并且满载战利品而来——兽皮、羽毛,还有象牙。他乘着一顶轿子到了这里,身后跟着几口笼子,装着他的猎物。在一只笼子里有十几个另族,挤作一团,有的对着人群尖叫,有的则是垂头丧气。当他们行进时,十二人的乐队奏起了欢快的乐曲,彩旗飘扬。这比詹道昂格诺尔的入城仪式隆重得多。泰恩斯·英德莱德也没必要屈尊到市场上去讨价还价。

在王子的随员之中,有一位是詹道昂格诺尔在帕诺威尔宫廷中为数不多的朋友,哥德尔·乌伯贝格。看上去乌伯贝格这一路已经筋疲力尽。当官方欢迎仪式逐渐变成一场酒会的时候,詹道昂格诺尔打算跟这位老朋友聊聊。

哥德尔·乌伯贝格说:"我的身子已经太弱了,经不起这样的探险活动。"然后又压低声音道,"这话我只跟你说说,泰恩斯·英德莱德一个什旬比一个什旬难伺候。我极其渴望从服侍他的职位上退休。毕竟我已经三十六岁多了。"

"那你为什么不退?"

哥德尔·乌伯贝格把一只手放在了国王的手臂上。国王被这发自内心的友情之举打动了。"这个职位跟普雷恩的主教辖区事务息息相关。难道你不记得了?我是圣帕诺威尔帝国的一位主教,天呐,如果我在正式退休前辞职,那我就会失去与职位相关的一切……顺便说一下,泰恩斯·英德莱德对你有些不满,我得给你提个醒。"

詹道昂格诺尔笑了起来,"我一直都招人恨,这我倒是确信无疑。

我又怎么招惹泰恩斯·英德莱德了？"

"噢，这事儿尽人皆知，他跟我们那位自负的朋友赛伦·司堂德早就商议着要娶米露艾·泰尔，可是你横插了一杠子。"

"你们知道这事儿？"

"我什么都知道。我还知道我要去洗个澡，然后好好睡一觉。我这把年纪喝酒可没什么好处。"

"那我们早上再聊。好好休息吧。"

前半夜的时候又地震了。这一次相当剧烈，足以引发惊慌。在这座城市一些较为粗陋的地方，砖瓦和阳台移了位。女人尖叫着跑到街上。奴隶们在宫殿里到处叫嚷着发出警报。

这情况很合詹道昂格诺尔的意。他正需要什么东西能分散一下别人的注意力，好让他去干些事情。他的军官们已经探查了宫殿后边的情况，发现这里有不少入口——对于一所很久没被用作堡垒的建筑而言也很正常，有些就是宫殿里的人为了自己方便开的。尽管前面有卫兵把守，但任何人都可以从后门溜走，就像詹道昂格诺尔现在那样。

没想到的是，他竟然因此发现这座宫殿也有些趁乱而为的隐秘之事。在宫殿外面东北侧的小巷里，有一辆由六匹骈骊拉的大车刚刚到达。四条大汉从车上下来。一个人牵住排头的骈骊，另外三人手忙脚乱抽掉了侧门上的木闩。他们把门拉开，冲着大车里边的什么人叫喊着。看没人回答，两个人爬了进去，又吼又骂，拖出一个五花大绑的人。这名俘虏头上裹着毯子。就在他发出过于明显的呻吟声时，有人在他肩背上揍了一拳。

那三条大汉不慌不忙打开一扇铁门，进入了宫殿外围的一间屋子，待他们进去之后门又闭上了。

詹道昂格诺尔在柱廊的隐蔽处看着这一切。他身边是身形纤细的米露艾·泰尔。在他们站立的地方，在这堵墙边，他们闻到了浓郁的扎尔黛尔花香，赛伦·司堂德早些时候对詹道昂格诺尔提起过这种花，让他印象深刻。

在呼啸园的亭阁里，在那间他们称之为白亭的亭子里，他们给自己搭了个安乐窝。有法艮卫士护卫，他们很安全。国王仍然对刚才在街上看到的事情百思不得其解。

"我认为你父亲有意在我逃出奥多兰都之前把我杀掉。"

"其实杀人还不算太糟，他还决定要好好羞辱你一番。我会搞清楚他要怎么做，如果我有那个本事的话，但他现在只会摆出一张死人脸对着我。哦，当个国王怎么这么难？我希望等我们逃到梅特拉赛尔的时候你不会那样。一想到能看到那座城市，能沿着瓦尔沃雷尔顺流而下，我就充满了好奇。顺流而下的船只速度快得让人难以想象，比鸟儿还快。

"博里恩有佩鸪吗？我想在我的房间里养一些，就像母后一样。至少应该有四只佩鸪，也许五只——要是你买得起的话。父亲说你打算谋杀我作为报复，还要砍掉我的脑袋，但我只是笑着朝他吐舌头——你见没见过我的舌头能伸多长？——我对他说'为什么报复？你这个愚蠢的老国王！'这让他很生气。我想他也许会中风的。"

她打量这屋子的时候，快活地说个不停。

詹道昂格诺尔拿着屋里唯一的火烛，说："我不会让你受到伤害，米露艾。这一点你要相信。每个人都认为我是个恶棍。我和所有人一样，都被阿克哈纳巴握在手心里。我甚至不希望让你的父亲受到伤害。"

她坐在床上望着窗外，她鸟喙状的脸型在阴影中格外显眼，"我就是那么跟他说的，或者就是那个意思。他气急败坏，结果说漏了一件事。你认识萨托里瓦什吗？"

"我跟他很熟。"

"他又落到我父亲手里了。父王的手下在那个驼子的屋子里找到他了。"

他摇摇头,"不,他还绑在衣橱里呢。为了保险起见,我的军官们正把他带到这边来。"

米露艾·泰尔咯咯地笑了起来,"他耍了你,詹。那是另一个人,他们把一个奴隶放在了黑洞洞的柜子里。当所有人都去迎接那个又肥又老的王子泰恩斯的时候,他们找到了真正的萨托里瓦什。"

"注视者在上!那个人要找我的麻烦,那人是个大麻烦。他曾是我的总管大臣。他知道什么?……米露艾,不管发生什么,我都打算扛到底。我必须扛到底,这事关我的荣誉。"

"哦,权衡之神啊,'这事关我的荣誉!'你说这话时听上去真像父王。不是都说你对于我那孩子气的美貌或是什么东西痴迷得发狂吗?"

他伸手拉过她的手,"我正是如此,可爱的米露艾!但我的意思是说,那种空中楼阁式的疯狂不会有任何好处。我必须颜面无存地苟且偷生,顽强地挺过这一切,然后荣耀会重新回到我身上。所有人都会因为我挺过来而尊重我。然后我的国家与你的国家就有可能形成一个联盟,就像我长久以来所渴望的那样,而且我将与你父亲或是任何接替他王位的人结成这个联盟。"

她双手一拍,"接替他位置的人就是我!那时我们将会各自拥有一个完整的国家。"

尽管他很紧张,隐隐预感有不祥之事就要降临在自己身上,但听到这话他还是爆发出一阵大笑,拉过她紧紧抱在了怀里。

大地又一次震动起来。

"我们今晚能一起睡在这里吗?"她小声说道。

"不,那可不行。早上我们要去看看我的朋友伊桑博尔。"

"我想他可不是你的朋友。"

"我能让他成为我的朋友。他的确是爱慕虚荣,但他不是恶棍。"

大地的震颤消退了。夜色消逝了。弗雷耶升出地平线，霞光万道，随即又被黄色的烟霾裹住，气温渐渐攀升。

那一天，在宫殿内外见不到几个大人物。国王赛伦·司堂德下旨不准他们进宫。那些在地震中失去家园、失去孩子的人在污浊的前厅里徒劳地号啕恸哭，有些人被打发走了。国王詹道昂格诺尔也没有露面。年轻的公主也是。

接下来的一天，一伙奥多兰都的卫兵，准确说是八个身强力壮的卫兵逮捕了詹道昂格诺尔。

当他从房间里出来正要下楼梯的时候，他们抓住了他。他奋力搏斗，但他们把他抬了起来，架到了监禁的地方。他被踢下一段螺旋石阶，丢进了地牢里。

他在地板上躺了好久，怒火中烧。

"玉理，玉理。"他一遍又一遍地念叨着，"他们对你做的事让我太难过了，以至于我从未全面考虑我身处于怎样的险境之中……我从没好好思考……"

沉默了一段时间之后，他大声说道："我太过于自信了。这一直都是我的毛病。我过于相信我能根据环境随机应变……"

过了很久，他从地板上爬起来，无助地看了看四周。靠墙支着一块搁板，既是床铺也是长凳。光线从高高的窗口漏进来。角落里有一个洗漱的水槽。他一屁股坐在长凳上，想起了父亲那漫长的囚禁生活。

当他精神消沉下去的时候，他又想起了米露艾·泰尔。

"赛伦·司堂德，如果你胆敢伤害她一根睫毛，你这个白痴……"

他僵挺挺地坐着。最后，他强迫自己放松下来，将脊背靠在牢房湿漉漉的墙壁上。他又一声大吼，跳起来开始踱步子，在墙壁和牢门之间来来回回。

直到他听见有靴子声从楼梯上下来的时候才停下脚步。一阵钥匙开锁的声音响起，一个身穿黑袍的本地文官进来了，两侧各有一名全副武装的卫兵。在他微微躬身施礼的时候，詹道昂格诺尔认出他就是赛伦·司堂德身边那位斧头脸的谏官，名叫克里斯潘·莫南。

"我，一位前来拜访的友邦国君，究竟触犯了什么见不得光的法律，遭到你们囚禁？"

"我是来告知您，您被指控谋杀，而且将会因为这桩罪行在明天巴塔利克斯破晓时分接受审判，就在王室的教会法庭面前。"那阴沉而忧郁的声音稍稍一顿，接着道，"你自己做好准备。"

詹道昂格诺尔怒气冲冲走上前来，"谋杀？谋杀？你们这群罪犯。这又是什么新的无赖手段？我到底是杀了谁？"

几支长矛阻止了他向前。

那位教士说："你被指控谋杀希摩达·泰尔，奥多兰都国王赛伦·司堂德的长女。"

他又躬身一礼，退了出去。

国王愣在了原地，盯着门一动不动。他那双雄鹰般的眼睛直勾勾盯着门板，一眨不眨，仿佛下定决心在他获得自由之前再也不会眨眼了。

他几乎彻夜不动地站在那里。他心乱如麻，无比压抑，巨大的力量积郁在心里，像弹簧一样被紧紧压制，无处发泄，只等有人冒失进入地牢，他便一跃而起拼个你死我活。

没有人来。没人送饭、送水。夜里只有一次微弱的地震——微弱得都不像是来自大地，更像是来自通道——只有一撮灰土从石缝间洒落下来。此外再没什么动静了。最多也就是有只老鼠来看了詹道昂格诺尔一眼。

当天光渗透进这幽禁之地，他走到石头水槽那里爬了上去，手指头勾住两块石头之间的缝隙，那是以前的囚犯抠出来的，他从那扇没有玻璃的窗户能勉强望出去；一缕宝贵的新鲜空气涌到他脸上。

他的地牢位于宫殿前面，靠近大穹顶的一角，或者说他是这么推测的。他能看到劳耶尔布莱丹广场。他的视角太低，除了园子里的树尖之外什么东西都看不到。

广场上空无一人。他想，如果等的时间足够长，可能会看到米露艾·泰尔……除非她已经被她父亲控制起来了。

他的视线转向西边。他能看到一小片没有烟霾的碧蓝天空。巴塔利克斯在石子路上投下长长的影子。阴影渐渐变得惨淡，然后，当弗雷耶升起时那影子又化为两重。接着，当烟霾重新聚拢起来，影子便全都消失不见了，气温开始渐渐升高。

有工人来了。他们搬来了平台和杆子。他们跟任何其他地方的工人都是一副德行：他们干着活，却从来都不急着干完。过了一会儿，他们竖起一个绞刑架。

詹道昂格诺尔走到长凳跟前坐了下来，用指尖掐着额角。

卫兵来要带走他。他搏斗一场，徒劳无益。他们给他上了锁链。他冲着他们咆哮。他们不动声色地把他推上石阶。

每一件事居然都出乎国王赛伦·司堂德的意料。真可算是否极泰来，现在他洋洋得意地看着那个之前在自己面前兴高采烈的人。他高兴得上蹿下跳，兴奋得大呼小叫，他紧紧搂着贝丝卡尔奈特－妇，朝着一脸沮丧的女儿投去既恶毒又开心的目光。

"你看到了，孩子，你张开怀抱迎接的那个恶棍就要在所有人面前被打上谋杀犯的烙印了。"他面目狰狞地蹲到她面前说，"我们可以把尸体给你，让你好好抱上一天。没错，只不过是二十五个小时嘛，而你的贞洁永远不会让詹道昂格诺尔玷污！"

"为什么不把我也吊死，父亲?! 这样你所有的女儿就都不要你操心了！"

宫殿里专门辟出一间厅室用作法庭。教会专门对其进行一番了圣化，用于审判。薇若妮卡、丝康蒂奥木、佩拉山茶的枝叶挂在厅里用来缓解令人窒息的溽热，这些凉爽的香草散发出沁人心脾的芳香。很多宫廷里和城里的显要被召集过来列席旁观，并非所有人都像他们的统治者所设想的那样跟他看法一致。

这场大戏的三位主角分别是国王本人、他那位阴郁的谏官克里斯潘·莫南，还有一位名叫吉芒·尤勒斯的法官，他在教会中的职位是档案部长。

吉芒·尤勒斯很瘦，看上去就像是他的皮肤把他绷得紧紧的，以至于拉弯了他的骨架。他是秃顶，准确点说根本看不到有头发的痕迹；他脸上的皮肤呈现出灰白色，不由让人联想起那些他倾力看守、绝不轻易示人的羊皮纸。待他入座，黑色的积德览特袍一直垂到他竹片般的脚面上，那副身子骨仿佛跟蜘蛛一般，似乎是在印证他的仁慈之心也绝不轻易示人。

等这些显赫的人物一一就座，一声锣响，两名精挑细选出来的精壮卫兵拽着詹道昂格诺尔国王进了大厅。他被带到房屋中间站着，好让所有人都能看到。

囚徒和自由人之间的区别在任何法庭都泾渭分明。在这里更是如此。这番短暂的囚禁足以让国王的衣服和身上污秽不堪。然而他高昂着头站在那里，朝法庭投去雄鹰般犀利的目光，根本不像是寻求仁慈宽待的人，全然就是一只寻觅猎物的猛禽。他一举一动干净利落，丝毫不失王者风范。

吉芒·尤勒斯开始长篇演说，他的声音犹如簌簌而落的斋粉，仿佛他保管的文件档案里自古积存下来的尘土都堆积在了他的喉咙里。说到要紧的地方，他的声音才勉强扬起来一些，"……对于我们深爱的公主希摩达·泰尔所实施的残忍谋杀，就发生在此地，凶器是一根剑族的犄角。博里恩的国王詹道昂格诺尔，你被指控为这桩罪行的主使者。"

詹道昂格诺尔立刻大叫起来反对。一名法警从他身后狠狠揍了他一下，说："法庭上不允许囚犯大呼小叫。有任何打断讲话的行为，就把你扔回牢房去。"

克里斯潘·莫南为这个场合找了一身比平日里颜色更深的外套。这颜色衬托着他的下巴、面颊和眼睛，在他说话的时候也衬托出了他的喉咙。

"我们要证实这位博里恩国王的罪行是推卸不掉的，而且他来这里并没别的目的，只是为了毁掉米露艾·泰尔公主，以此来终结司堂德家族的血脉。我们会呈现残忍杀害希摩达·泰尔公主那件凶器的仿制品。我们还会呈现这件事的真凶。我们要呈现所有那些不容忽视的事实，那些事实会认定这名囚犯就是这桩残忍阴谋的主使者。把匕首呈上来。"

一个奴隶碎步走上前来，手忙脚乱却又郑重其事地，呈上了提到的那件物品。

赛伦·司堂德赶在克里斯潘·莫南之前，伸手一把抓起了匕首。

"这是法艮畜生的一根犄角。它有两条锋利的边刃，因此绝不会和其他动物的犄角混淆。它跟亡故公主胸口上的伤口形状吻合。可爱的姑娘，太可怜了。

"我们并不打算把这根犄角充作谋杀的凶器。因为那件武器已经无从查找。这只是一个类似的，是新近才从一个法艮头上拔下来的。

"我希望提醒法庭，这个犯人将一个法艮当作宠物，应当判定这一事实是否与案情相关。而犯人还亵渎神灵，用我们这个国家那位伟大的圣武士玉理的名字命名那只宠物。这究竟是一种蓄意的侮辱还是无意而为之，我们无须多议。"

詹道昂格诺尔说："赛伦·司堂德，你的冷酷无情将会得到很好的回报。"回应他的是一阵嘘声。

犄角做的匕首在众人间传递时,吉芒·尤勒斯尽力抻直弓着的身子,问道:"控诉方还有哪些要呈上来的证据?"

"您已经看到了用来行凶的武器。"克里斯潘·莫南阴沉地说道,"现在我们应该将使用这件武器杀死希摩达·泰尔公主的那个人带上来。"

一个不断挣扎的家伙被半引半架地带进了法庭。他的头上裹着毯子,这让詹道昂格诺尔立刻想起那天夜里他看到的那个从大车上弄出来的俘虏。

这名俘虏被拖到了法庭的案犯座席上,随着一声命令,毯子扯了下来。

这个小伙子显出了真容,眼前是一团乱蓬蓬的头发、一副紫红色的脸膛和一件撕得稀烂的衬衫。当他被狠揍的时候,他没有挣扎,反而呜咽起来,他不是别人,正是罗彼昂格诺尔。

"罗彼!"国王大叫起来,后腰随即挨了一鞭子,剧痛无比。他跌坐到凳子上。儿子被抓的场景让他一时手足无措——罗彼可是一直警惕着不被人捉住。

"这个年轻人是由国王的探子在博里恩的奥塔索尔海港逮捕的。"克里斯潘·莫南说,"他很难追踪,因为有时候他的样子就像是玛第,跟他们的习惯和衣着方式别无二致。然而他确实是人族,他的名字叫罗彼昂格诺尔。他是被告的儿子,他的野性广为人知。"

法官质问道:"你是否谋杀了公主希摩达·泰尔?"他的声音犹如在撕羊皮纸。

罗彼爆发出一阵哭泣,他一边哭一边说他谁都没杀,他之前从来没有到过奥多兰都,而且他想要的只不过是平平安安过他自己那悲惨的生活。

"你不是在你父亲的唆使下实施谋杀的吗?"克里斯潘·莫南质问道,让每一个字都掷地有声。

"我恨我父亲！我害怕我父亲！我永远都不会做他吩咐的事情。"

"那你为什么要杀害希摩达·泰尔公主？"

"我没有。我没有。我是无辜的，我发誓。"

"那你杀了谁？"

"我谁都没杀。"

克里斯潘·莫南好像等这话已经等了一辈子，立即抬起了一只满是斑点的手高举空中，他的鼻子高高昂起，鼻尖迎着光线闪闪发光，就像是打磨过一样。

"你们都听到这个年轻人宣称他谁都没杀过。我们要叫来一位目击者，证实他是个骗子。把目击者带上来。"

一位年轻的女士进了法庭，尽管站在两名卫兵之间有些紧张，她的动作依然流畅。她被直接带到审判席下面的位置，与此同时，法庭上的人都急切地朝她张望。她的青春美貌撩人心魄，她的脸上化着明艳的妆容，精心修饰的黑发十分引人注目。她穿着一件紧身袍，上边的花纹更加凸显了她的线条。她一只手扶着后臀站在那里，微微有些目中无人的样子，竭力让自己显得单纯而富有魅力。

法官吉芒·尤勒斯向前探出他那个石膏般光滑的脑袋，目光向下一瞥，正好看到了她的紧身褡，于是他以目前为止最富有人情味的腔调开口了："你叫什么，小姑娘？"

她轻声说道："请叫我艾贝朵儿，一般朋友都叫我艾贝。"

法官说："我肯定你有不少朋友。"

克里斯潘·莫南不为这番对话所动，说道："这位女士也是由国王陛下的探子带来此地的。她不是作为犯人来此，而是出于她自己的意愿，而且会因为她对于真相做出的贡献得到奖赏。艾贝，你能否告诉我们，上一次你见到这个年轻人是什么时候，当时是什么情况？"

艾贝润了润本就光泽动人的嘴唇，说："哦，先生，我在我的房间里，那个奥塔索尔的小房间里。我的朋友和我在一起，就是我的朋友迪福。我们正坐在床上,你知道,就是聊天。突然间这里的这个男人……"

她稍稍一顿。

"继续说,姑娘。"

"简直太可怕了,阁下……"法庭里鸦雀无声,那些凉爽的香草仿佛也被炎热吞噬了,"喔,先生,这里的这个男人拿着匕首进来。他想让我跟他走,可是我不愿意。我不会干那种事的。迪福上去保护我,这里的这个人就用匕首捅他——或者说是犄角,你知道的——他杀了迪福。他正好捅在了迪福肚子上。"

她轻巧地在自己的下腹部比画了一下刺在哪里,法庭里的人都抻长了脖子去看。

"然后发生了什么?"

"喔,先生,你知道的,这个男人搬走了尸体并扔进了海里。"

詹道昂格诺尔说:"这都是谎言,一个精心编造的阴谋。"

回答他的是那个姑娘,她的怒火一望可知。现在她在法庭里的表现比在自己家里还随心所欲,并且愈发享受这个角色了。

"这可不是谎言。这是真相。这个囚犯弄走了迪福的尸体,扔到了海里。不可思议的是几天之后它又回来了,我是说那具尸体,裹藏在冰块里送到了奥塔索尔,因为我在我的朋友兼保护人巴尔铎·卡拉班赛蒂的家里看到它了——后来他一度成为国王的总管大臣。"

詹道昂格诺尔发出一阵窒息般的笑声,直接向法官恳请道:"有谁能相信这么一件不可能发生的事情?"

"这绝非不可能,而我能证明它确实发生了。"艾贝毫无惧色地说,"迪福有一件很特别的宝物,上边有三种数字显示,是一个计时器。那些数字是活动的。迪福就把它藏在腰带上的荷包里。"她伸手在自己身上指了一下她说的那个部位,又一次让众人引颈,"而那件宝物又出现在了卡拉班赛蒂手上,而且他把它献给了国王陛下,也许他现在正好就带在身上呢。"她伸出一根手指，故作姿态地指向了詹道昂格诺尔。

谁都看得出，国王这下是真的吃了一惊，一句话也说不出来。计时器早就被他忘了，就放在他束腰上衣的口袋里。

现在他回想起来了，可一切都太迟了，他一直以来都对这个计时器充满了恐惧，因为那是一件来自外部世界的物品，一件科学的物品，不值得信任。当比利仕奥品，那个自称来自另一个世界的人，向他献上这个计时器的时候，詹道昂格诺尔把它扔还给了他。不可思议的是，它后来经过观星者之手又回到了他手里。不管他是怎么想的，反正他从来都没想过要把它扔掉。

现在，它出卖了他。

他无言以对。一个邪恶的诅咒已经降临在了他身上。他看到了这个诅咒，却说不出这诅咒从何时已经开始了。他对阿克哈纳巴所做的一切奉献都无法将他从这诅咒中解救出来。

"好吧，国王陛下，好吧，我的兄弟。"赛伦·司堂德意味深长地说，"你可否带着这件有活动数字的宝物？"

詹道昂格诺尔轻声说道："它本来会作为结婚礼物，送给公主米露艾·泰尔……"

法庭里一阵喧哗。人们愤愤不平、交头接耳，教士们大声喝令维持秩序，赛伦·司堂德捂着脸掩饰着胜利的喜悦。

等重新恢复了秩序，克里斯潘·莫南向艾贝提出了另一个问题："你能否确定这个年轻人，罗彼昂格诺尔，那位国王的儿子，就是那个杀了你朋友迪福的人？你后来又再次见到过他吗？"

"先生，对于我来说他就是个特别招人烦的家伙。他纠缠不休。如果你们的人没有逮捕他，我真不知道会有什么事情发生在我身上。"

法庭上出现一阵短暂的寂静，每个人都凝神思索，到底有什么事情会发生在这么一个充满魅力的年轻女士身上。

"让我再问你最后一个问题,也是比较私人的问题。"克里斯潘·莫南用他那僵尸般的目光紧紧盯着艾贝,说,"显然你是一个出身低微的女人,可是你似乎有很好的交际圈。有传言将你的名字和一位锡伯纳尔大使联系在一起。你对此做何解释?"

"可耻。"法庭的座席上传来一个声音,但是艾贝不慌不忙地答道:"能够结识一位锡伯纳尔绅士真是莫大的快乐,先生。我喜欢锡伯纳尔人,因为他们风度翩翩,先生。"

"十分感谢,艾贝,你的证词很有价值。"克里斯潘·莫南抿了抿嘴唇,就像是硬生生挤出一个微笑。然后他转向法庭,等女孩离开之后才开口说话:

"我认为各位不需要更进一步的证据了。这个清白的年轻女子已经告诉了我们想要知道的一切。而他说的是谎言,博里恩国王的儿子被证实是一个杀人犯。我们已经听到了,他在奥塔索尔是如何杀人的,假定是在他父亲的指使之下。法艮的犄角正是他喜欢用的武器。他谋杀了希摩达·泰尔,用的是同样的武器。他的父亲则留在这里享受着我们的款待,准备将那邪恶的计划实施于我们国王陛下唯一健在的女儿身上。我们在这里所揭露的是历史上最为险恶的阴谋。我要毫不犹豫地提议——代表法庭,代表我们整个国家——将这父子二人处以死刑。"

就在艾贝进入法庭的那一刻,一直愤愤不平的罗彼昂格诺尔崩溃了。现在他看上去不过是个淘气的顽童,他的声音犹如窃窃私语:"请给我自由。我生来就是为了生命,不是为了死亡,向往野外和那清风的吹拂。我没有与父亲共谋什么疯狂的阴谋——我否认此事,以及其他所有的指控。"

克里斯潘·莫南大摇大摆地走到那个年轻人面前。

"你仍然否认谋杀希摩达·泰尔吗?"

罗彼润了润嘴唇,"一片叶子能杀人吗?我只不过是一片叶子,卷进了这个世界的风暴里。"

"在一段时间以前,王后陛下贝丝卡尔奈特-妇曾准许你作为一名访客进入这座宫殿,你来的时候假扮成玛第,你的目的显然就是为了实施这次行凶。你是否希望王后陛下到法庭上来指认你?"

罗彼浑身一哆嗦,"不。"

"那么那件事是属实的了。这位年轻人,一位货真价实的王子,潜入宫殿——在他父亲的指使下——谋杀了我们那位深受爱戴的公主,希摩达·泰尔。"

所有的眼睛都转向了法官。法官在做出裁决之前将目光垂向了地板。

"裁决如下:犯下这桩肮脏谋杀罪行的手属于儿子,操控着这只手的思想属于父亲。所以罪恶的源头在哪里呢?答案是一目了然的……"

罗彼爆发出撕心裂肺的哭声。他挣出一只手挥舞着,像是要把吉芒·尤勒斯的话截断。

"谎言!谎言!这个房间里充满了谎言。我要说出真相,尽管这么做会毁了我!我承认我对希摩达·泰尔做下了那种事。我这么做不是因为我跟父亲有什么共谋。噢,不,那不可能。我们就像是白昼与黑夜一样互不相容。我所做的一切就是为了惹恼他。

"他就站在那里……现在只是一个普通男人,不是国王!没错,只是个普通的男人,而我的母亲依然是王后中的天后。我?会与他为伍?我都不愿看在他的面子上去结婚,更不用说为他杀人了……我要说的是,那个恶棍是清白的。哪怕我必须因为你们的肮脏而死,我也绝不要有人说我与他为伍,哪怕是在这里。我倒真希望我们是一伙的。但为什么我要帮助一个从不帮助我的人呢?"

他紧紧抱着自己的脑袋,就像是要把它从肩膀上扭下来。

一阵沉默之中,克里斯潘·莫南冷冷地说:"若是不提这些,你更能惩罚和伤害你的父亲。"

　　罗彼向他露出一个冷酷而又清醒的神色,"这正是我所恐惧的人性之恶——我在你们身上看到的人性,比那个承担着博里恩王冠之重的可怜男人身上的更为邪恶。"

　　詹道昂格诺尔抬眼望向天花板,仿佛是尽力想让自己从这俗世的纷争之中剥离出去。但他哭了起来。

　　传来一阵好似揉搓羊皮纸的声音,是法官清了清喉咙。

　　"鉴于儿子的供述,父亲显然是清白的。历史上有过各种忘恩负义的儿子……我故此宣布,在全能之主阿克哈纳巴的指引之下,父亲无罪释放,儿子判处绞刑,国王陛下赛伦·司堂德方便时即可执行。"

　　"我愿代他一死,换取他接替我的王位。"坚定的声音来自詹道昂格诺尔。

　　"裁决不可更改。退庭。"

　　一阵窸窸窣窣的脚步声中,响起了赛伦·司堂德的声音。

　　"记住,我们现在可以休息一下,但是今天下午将迎来更为重大的事件,届时我们将洗耳恭听詹道昂格诺尔国王的前任总管大臣——萨托里瓦什对我们的宣讲。"

XXI

屠戮阿克哈纳巴

一个庞大的观众群观看着在法庭中上演的大戏以及詹道昂格诺尔蒙羞的场面，这是国王无法想象的。

然而"阿佛纳斯号"上并非所有人都被这段由国王主演的故事所打动。一些学者研究了这颗行星上其他地方的事态发展，或者国王只是客串出现其中的那些事情的持续进展。比如说，坦氏家族中就有这么一群有学识的女人，她们研究的课题是一些长期争端的源头。她们持续关注若干延续了好几代人的争端，研究它们是如何开始的、如何保持的，最终又是如何得到解决的。她们的一个案例涉及博里恩北部的一座村镇，国王前往奥多兰都时曾路经此地。在这个地方，争端最初源于两片相邻地区养的猪是否应该在同一条小溪里饮水。这条小溪已经消失了，猪也是，然而存在于那个地方的这两个村子就此记住了仇恨，杀死邻村的人被称作"宰猪"。詹道昂格诺尔国王带着他的法艮从其中一座村镇经过而没有经过另一座，这进一步加剧了不和，一个年轻人在那天夜里的一场殴斗中弄断了手指。

对于这个地区，颇有学识的坦氏家族女性迄今尚未意识到其所产生的影响。她们所有的记录都是自动存储起来用于研究的，而她们目前正忙于两世纪前的一场争端中的一个章回；她们研究了一些某次露阴事件的视频，当时来自其中一座村镇的一位老人被另一村镇的一些人群殴。这一不雅事件过后，有人创作了一支关于这个话题的动听民谣，至今仍会在节日期间被唱起。对于博学的坦氏家族女性来说，这样的事情和国王的审判一样重要——而且比一切没有生命的质朴事物都更有意义。

其他团体则研究着更为深奥的问题。法艮的血脉谱系受到尤为密切的关注。法艮的迁徙问题对于海利科尼亚人来说颇为困惑，而在"阿佛纳斯号"上，现在已经有了很好的解释。剑族具有极为古老的行为模式，他们不会轻易偏离这种模式，但是那些模式比曾经猜测的要更为精妙。有一种"被驯化的"法艮，他们接受人族的统治，就像乐于被可赞王统治一样；但还有一种更独立的剑族隐藏在人族的眼皮底下，跟他们的祖先一样历经各个季节存活下来，接受世事变迁并勇往直前：一种自由的生物，不受人族影响。

奥多兰都的历史作为一个单元也有其专门的学者，那些人大都对过程更感兴趣。他们只是以一种笼统的方式关注着相互交织的个体生命。

当阿佛纳斯的眼睛第一次转向奥多兰都，或者按照当时的叫法是艾姆布鲁都克，它还只不过是一个有温泉的地方而已，两条河流交汇于此。在温泉周围，有几座低矮的塔楼立于茫茫冰原之上。甚至在那个时候，在阿佛纳斯刚刚开始进行研究的早期，有一点也是一目了然的，那便是这个战略要地在气候好转之后会极具发展潜力。

现在的奥多兰都比六大家族任何老前辈所见过的都更加宏大，更有名气。犹如具有生命的有机体，它在宜人的气候中扩张，在不利的气候中收缩。

但是当阿佛纳斯上的人开始关注它的时候，故事才只不过刚刚开始。他们保存着所有的记录，将连续不断的信息传送回地球。目前传送的信息，据估算会在公元7877年到达地球。海利科尼亚生物圈的错综复杂以及它对于整个大周期年变化的反应，至少要经过两个完整的循环之后才能被人们研究出点成果。

学者们可以推测，他们能够基于已知信息进行一定程度的推测。但对于那天下午将要发生的事情，他们并不比国王詹道昂格诺尔能预知到的更多。

自从大女儿死后，赛伦·司堂德便不苟言笑。在这天下午进一步羞辱詹道昂格诺尔的好戏开场之前，司堂德用了一顿便餐，吃的是朵岑湖的皋特鱼，并且召集了一次议会内部人士的会议，炫耀自己的英明。

"当然，我从没打算把詹道昂格诺尔国王吊死。"他亲切地向众人坦露，"死刑的威吓只是为了让他颜面扫地而已，正如他那个儿子说的，让他成为一个普通男人，赤裸裸的，毫无防备。他以为他能为所欲为。其实并不然。"

在他结束讲话之后，他的首相起身致辞，表达对国王陛下的敬意：

"我们尤为感激国王陛下能够让一位豢养、教化法艮，并把它们当作……好吧，把它们几乎当作人族一样对待的君主当众蒙羞。在奥多兰都，有一件事情我们不会质疑，绝对不会质疑，剑族就是野兽，无他。它们具有动物的一切特征。它们确实是会说话。可是蒲丽雀和鹦鹉也会呀。

"而且与鹦鹉不同，法艮永远都与人类为敌。我们不知道它们从何处而来。它们似乎是诞生于寒冰时代的晚期。但是我们深知——而这正是詹道昂格诺尔国王所不知道的——这些令人生畏的后来者必须被铲除，先从人族社会中铲除，然后将其从大地上完全除掉。

"允许詹道昂格诺尔的那些畜生留在我们的园子里，这是一种耻辱。我们全都预料到了，在今天下午的事情过后，我们会再次向国王赛伦·司堂德表达我们的感激之情，既让我们永远摆脱那群畜生，也让我们永远摆脱掉那群畜生的主人。"

一阵礼节性的掌声响起。赛伦·司堂德本人也拍了几下巴掌。首相讲话中的每一个字都与他自己的话相呼应。

赛伦·司堂德很享受这种奉承。但他并不是傻瓜，他仍然需要与博里恩结盟，他希望确保自己成为主导联盟的那个人。他也期望着下午的好戏会给帕诺威尔留下一个深刻的印象，让他们知道他是与博里恩结成了不容小觑的联盟。他打算挑战卡萨尔对军事和宗教的垄断。

只要借助一种根本的哲学思想为帕诺威尔铲除剑族的行动提供支持,他就能做到这一点。他已经跟萨托里瓦什谈过,他预计那位学者能够为他量身定制这样一种哲学思想。

他跟萨托里瓦什达成了一笔交易。为了进行下午的演讲,并且让詹道昂格诺尔的权威彻底垮掉,赛伦·司堂德会不顾锡伯纳尔人的抗议,迫使锡伯纳尔大使释放奥蒂·杰赛拉塔尔。他向萨托里瓦什和奥蒂·杰赛拉塔尔许诺,确保他们在宫廷里安然无恙,他们可以在那里安宁地生活和工作。这笔交易已经得到了各方的欣然同意。

上午的炎热让法庭上的很多人难以忍耐。送进宫里的报告称,城里已经有数百人死于心脏病。因此下午这出戏就安排在王室的花园里,那里的草丛间有喷泉,树上挂着的纱棚,投下令人惬意的荫凉。

待宫廷和教会的大人物聚齐,赛伦·司堂德走到了前面,他的王后挽着他,他的女儿紧随身后。他眯缝着眼睛,目光来回扫视,寻找着詹道昂格诺尔的身影。米露艾·泰尔先看到了他,忙不迭地穿过草坪来到了他身边。他站在一棵树下,跟他在一起的还有他的王室军械师和两名军官。

赛伦·司堂德咕哝着说:"这家伙真够大胆的,随他去吧。"他已经给詹道昂格诺尔送去了一封措辞华丽的信,为错误地囚禁他向他道歉,同时找了借口说是证据对他太不利。而他所不知道的是,贝丝卡尔奈特-妇也写了一张十分简短的便条,表达了她对于整件事的痛苦纠结,提到她丈夫时,她说他是"爱的压制者"。

等国王舒舒服服地在宝座上安坐下来之后,锣声一响,克里斯潘·莫南出现了,一如既往裹着一袭黑衣。显然,档案部长吉芒·尤勒斯被早上的差事搞得筋疲力尽,不打算再掺和了。克里斯潘·莫南是唯一的主持人。

他走上草坪中间的台子,朝国王和王后躬身一礼,开始用他那极为特别的嗓音讲话，宫廷里有位爱打趣的人说，听他讲话就好比看刽子手交媾。

"我们今天下午将迎来一场罕见的宣讲。有人要为我们献上历史与自然哲学的突破。在近几代人中，我们这些文明国家已经渐渐理解了曾经的文化历史是为何间歇性中断的。那是由一千八百二十五个小周期年所构成的大周期年造成的，而不是像坊间流传的那样，由战争造成的。大周期年之中包含着一段时期的酷热和若干世纪的严寒。这些都是全能之主因为人族的罪孽而施加的惩罚。寒冷持续太久，文明便难以延续。

"一位业已洞察这些灾难的人士，将要为我们讲述一些十分遥远却又与今天息息相关的事情。尤其是这些事情关系到全能之主遣来惩戒我们的那些野兽，也就是法艮。

"我请求各位贵宾们，诸位，好好听听这位学者大师萨托里瓦什的讲话。"

礼节性的掌声在草坪上无精打采地响起。一般来说，人们更欢迎那些下流搞笑的音乐和故事，而不是费脑子的演讲。

等掌声静下来，萨托里瓦什走到了前面。他习惯性地捋了捋胡须，又偷偷侧目左右，但他并没有表现出紧张。走在他身边的是奥蒂·杰赛拉塔尔，穿着一件印花槎季莱克袍子。她已经从阿萨塔希造成的伤势中恢复了，并且始终神情警觉。她审视众人的目光里保留着乌斯库托什式的傲慢。当她看着萨托里瓦什的时候，神色却无比柔和。

萨托里瓦什戴着一顶亚麻帽子，遮住了秃头。他拿着几本书，小心翼翼放在了面前的演讲桌上。他打着官腔开始了，丝毫没有意识到他接下来的言论将会引发一片哗然。

"首先，我要感谢尊贵的国王陛下赛伦·司堂德在奥多兰都宫廷给予我庇护。在我漫长的一生之中，经历过无数风浪，甚至在这里，我仍然没有摆脱那些与知识为敌的人所带来的烦扰。而情况往往是这样，那些痛恨知识的人，反而是我们最应仰仗去倡导知识的人。

"多年以来，我作为总管大臣效力于瓦尔培昂格诺尔国王，后来又服侍他的儿子，他极不公正地革除了我的官职，而他本人在今天早上遭受正义的审判之后，居然又出现在了这里。生活在梅特拉赛尔的那些年头里，我正在编纂一部关于我们这个世界的论著，名为《历史与自然基本原理》，这部论著致力于对神话与现实加以整合和区分。而那正是我现在要讲的话题。

"当我被革职的时候，所有的资料都被残忍地付之一炬，我毕生的成就毁于一旦。可是我脑袋里装着的知识却无法毁掉。凭借这些知识，凭借我此后的经历，特别是在我身边的这位女士，锡伯纳尔舰队的领军祭司上将奥蒂·杰赛拉塔尔的协助之下，我解开了许久以来的一个谜团。

"一个很特别的谜团。一个宇宙论的谜团，一个触及我们每一天生活的谜团。请容忍我的啰唆，尽管天气很热，我的讲话应该尽可能简短，尽管我总是做不到这一点。"

他笑了笑，四下看看。所有人的注意力都集中在他身上，不管是真的还是装的。见此，他深受鼓舞，切入正题：

"我希望我的讲话不会冒犯什么人。我深信人们热爱真理胜于一切，才会讲出以下的内容。

"我们被人族自身的议题一叶障目，以至于几乎看不见我们周围这颗行星上的伟大事物。它比我们所相信的更为宏大。它充满了无比丰富的生命。不管什么季节，长着翅膀和长着腿脚的生命无处不在，从一个极地到另一个极地。那漫无边际的弗兰勃牯兽群，每一群都数以百万计，无休无止地穿行在辽阔的锡伯纳尔大陆。那样的场景令人无法忘怀。这些野兽来自何处？它们在那里有多久了？对于这样的问题我们没有答案。我们只能心怀敬畏地保持缄默。

"远古的秘密可以破解，只要我们停止战事。只要所有的国王都具有赛伦·司堂德的智慧。"

他朝奥多兰都国王一躬身，国王报之一笑，丝毫没有意识到接下来会发生什么。底下是一阵稀稀落落的掌声。

"在梅特拉赛尔宫廷那段平和的日子里，我有幸能够陪伴梅尔黛伽拉，她的臣民将她称为王后中的天后——当然了，只不过是因为他们不知道世上还有王后贝丝卡尔奈特-妇罢了——我还会陪伴她的女儿塔特洛阿黛拉。塔特洛有一些童话故事书，常常要我为她读。尽管如我所说，我所有的资料都被毁掉了，可是塔特洛的故事书却并没有被毁掉，甚至当她那位残忍的父亲将她流放到海滨的时候也没有毁掉。我们这里就有一本塔特洛的书。"

说到这里，奥蒂庄重地举起了那本小书，让所有人都看到。

"在塔特洛的故事书里有一则童话《银眼睛》，我读过很多遍却没有领悟其中的内在含义。一直到后来远行的时候，我才理解到其中那难以捉摸的真相。也许是因为弗兰勃牯兽群让我想起了原始的剑族。"

说到这里，不再卖弄学问的萨托里瓦什才让观众们打起精神来。很多斜卧在草坪上的观众都是大清洗的组织者，对于法艮有着与生俱来的憎恶，他们在"剑族"这个词上产生了兴趣。

"《银眼睛》这个故事里有一个剑族。

"那个剑族是一个雌性。她的角色是神话王国里一位国王的谏官，那个王国叫作庞布特。好吧，其实并不全是神话：庞布特，现在被称为潘尼帕特，仍然存在于拜里尔山脉西侧。这个雌性剑族比国王更有本事，她为他的统治献计献策。他像孩子依赖母亲一样依赖她。在故事结尾，国王杀死了她。

"银眼睛本身是一个好像太阳的东西，不过是银色的，而且只在夜里闪耀光芒。就像是一颗距离很近的星星，没有温度。谏官被杀之后，银眼睛飞走了，永远消失了。

"这一切又有什么意义？我问自己。这个故事的意义何在？"

他倚在讲台上，双肩隆起，看到那些观众迫不及待地希望故事讲下去。

"当我在一艘乌斯库托什帆船上的时候，那块关键的拼图呈现在了我的眼前。这艘船在凯德莫海峡因为无风而停滞不前。奥蒂，就是这里的这位女士，和我一起登上了格丽雅特岛，我们在那里抓到了一个野性十足的雌性法艮，长着黑色的皮毛。剑族的雌性在进入发情期的时候，她们的子宫会有一天时间的经期作为进入发情期的前奏。由于我对于他们种族的偏见，我对剑族本语一无所知，甚至也不懂赫德胡语，但是我在那个时候发现，雌性法艮将她的那段特殊时间叫作'什旬赫尔'。这就是问题的关键！如果这个话题太过于令人生厌的话，敬请谅解。

"在我的研究中——当然，都已经被詹道昂格诺尔国王毁掉了——我已经注意到，即便是法艮也保留着一两个传奇故事。它们几乎毫无逻辑可言，尤其是其中一个，它说海利科尼亚曾经有一个姊妹星体绕着它转，就像巴塔利克斯绕着弗雷耶旋转。这个姊妹星体在弗雷耶到来的时候飞走了，人族正是在那个时候诞生的。这样的故事流传至今。而那个逃逸的星体在本语中名为驰旬-赫尔。

"为什么说'什旬赫尔'与'驰旬-赫尔'本质上应该是相同的一个词呢？这正是我问自己的问题。

"雌性法艮的什旬赫尔在一个小周期年里发生十次——每六星期一次。因此我们可以设想，那个天国的眼睛，或者说月亮，在很长一段时期是被当作计时器的。但那个月亮'驰旬-赫尔'，假定它存在，它是不是每六个星期围绕海利科尼亚转一圈呢？如何证实这个很久以前没有人族历史记载的事情呢？

"答案就在塔特洛的故事里。

"她的故事说，银眼睛在天空中睁开又闭上。可能那是说它变大或变小，视距离而定，就像弗雷耶那样。一年之中它完全张开或者说盈圆十次，就是这么回事，又一个十次，这块拼图对上了。

"你们能明白我得出的这个确切无误的结论吗？"

环顾众人，萨托里瓦什看到确实有很多人不明白。他们客气地等着他揭开谜底。他听到自己的声音逐渐响亮，变成了呐喊：

"我们这个世界曾经有一个月亮，一个银色的月亮，在某个时候，它在天庭里的某种干扰下走失了。它飞走了，迄今为止我们尚不知道它是怎么飞走的。这个月亮被叫作驰旬-赫尔——而驰旬-赫尔是法艮语的说法。"

趁着听众们有些骚动，他看了看自己的笔记，与奥迪简短地交换了一下意见。等他重新开口继续演讲的时候，语气之中多了几分严厉：

"为什么那个月亮只有一个剑族的名字？为什么那个遗失的星体没有人族的记载？答案将我们带进了远古的迷茫和烦恼之中。

"因为在我环顾四周的时候，我找到了那个遗失的月亮。不在天上，它就在我们每天的话语之中闪着光。我们是如何制定历法的？八天一个星期，六个星期是一个什旬，十个什旬是一年四百八十天……对此我们从来没有产生过不解。我们从来都没有质疑过为什么什旬被称之为什旬，因为一年中有十个什旬啊。

"不过这还并不是全部的真相。我们的词汇'什旬'所纪念的是那个银眼睛睁开的时代，月亮满盈的时代。之所以这样，是因为人族采用了法艮的词汇'什旬赫尔'。'什旬'就是'什旬赫尔'，就是'驰旬-赫尔'。"

人群里窃窃私语的声音越来越大。赛伦·司堂德显然有些不自在了。但是，萨托里瓦什一把抓起塔特洛的故事书让众人安静下来。他如此专注，全然没有注意到他的面前正铺开一场骚乱。

"大家听一下完整的结论，我的朋友们。詹道昂格诺尔国王就站在你们中间,他更是必须听一听这个真相——他就是那个长久以来在自己的国土上鼓励那些非人族害虫繁衍生息的人。"

但此时没有人对詹道昂格诺尔有兴趣,大家愤怒的面孔都朝着萨托里瓦什本人。

"结论很清楚,我们必然会得出。我们可以把人族在漫长岁月里遭受的很多苦难都归咎于剑族,而非后来的入侵者,比如莫迪雅特部落。不是这样的。剑族是一个古老的种族。它曾经遍布海利科尼亚,就像弗兰勃牯遍布环极地区域那样。

"法艮绝不是在上一次亡哀之冬出现的,锡伯纳尔人如此称呼那个时代。不是这样的。那种说法完全是出于无知。真正的故事,那些童话故事,道出了真相。法艮在人族出现之前很久就存在于世了。

"他们在弗雷耶出现之前就存在于这里,存在于海利科尼亚——可能要早很久。人族出现得很晚。人族曾经依赖于法艮。人族从法艮那里学习语言,而且仍在使用法艮的词汇。'欲念'在剑族本语中的意思是'发情'。'海利科尼亚'本身就是一个古老的剑族词汇。"

詹道昂格诺尔最后终于发声了。这番演讲对于他的宗教情感是一个沉重的打击,他站在那里失魂落魄,他大张着嘴,全然没有了雄鹰的气势,倒像是一条鱼。

他叫喊起来:"谎言!异端邪说!亵渎!"斥骂亵渎的声音很快就被其他人的声音淹没了。之前赛伦·司堂德已经给卫兵下令看着詹道昂格诺尔,不允许他插话打断演讲。身材魁梧的卫兵逼上前来——詹道昂格诺尔的军士抽出宝剑迎上前去。一场打斗爆发了。

萨托里瓦什提高了声音:"不,你们看到自己所谓的荣耀被真相剥夺了!法艮比人族出现得更早。法艮曾经统治着我们这个世界,甚至把我们的祖先当作动物一般对待,直到我们起来造反,与他们对抗。"

"让我们听他说下去。谁敢说这个人错了?"王后贝丝卡尔奈特-妇尖细的声音传了出来。她的丈夫一巴掌掴在她嘴上。

观众中间爆发出一片喧哗，人们有的站起来叫喊，有的跪下祈祷。外面的卫兵连忙跑进来维持秩序，同时一些宫廷女子向外奔逃。詹道昂格诺尔周围已经展开了一场搏斗。一块石头砸中了萨托里瓦什，他挥舞着拳头继续讲着。

在宫廷里那涌动着怒火的人群中，至少有一位冷静的旁观者，就是那位特使阿拉姆·伊桑博尔。他超然置身于这场大戏之外。眼前的事态如何发展他无动于衷，只是从中得到了一些乐趣。

地球上的那些人，不论空间还是时间都相隔遥远，他们欣赏着国王赛伦·司堂德草坪上的这一幕时，内心却并没有那么超然。他们知道萨托里瓦什大体道明了真相，虽然在一些细节上有所出入。他们还知道，那些人并非像他所宣扬的那样，热爱真理胜于其他一切。真理必须依靠持续不断的斗争去争取，因为它总是在持续不断地失去。真理常常会像银眼睛一样飞走，再也无人得见。

当驰甸-赫尔飞走的时候，没有人类目睹这一事件。"阿佛纳斯号"和地球上的宇宙学家再现了这一过程，而且相信他们已经搞懂了个中缘由。在八百万地球年之前那场规模宏大的星际剧变中，那个如今被叫作弗雷耶的星体，质量是太阳的14.8倍，其引力把驰甸-赫尔从海利科尼亚的引力圈中甩了出去。

计算表明，驰甸-赫尔的半径有1252公里，相较而言，海利科尼亚半径是7723公里。这颗卫星上是否有生命还是个问号。

可以确定的是，那场带来新纪元的事件几近灾难，以至于在法艮的原圣思维中仍然保留着深刻的印象。天塌了下来，任何一个法艮永远都不会遗忘。

让人类印象更为深刻的是，那样一场宇宙剧变，让月亮消失得无影无踪，而海利科尼亚的生命居然能够幸存下来。

"没错,我知道。这听起来似乎是亵渎神灵,我很抱歉。"萨托里瓦什叫喊着,奥蒂走到他身边,嘈杂声越来越响。"到底什么是真实的,必须要好好讲一讲——而且也要好好听一听。法艮曾经是统治世界的种族,而且,如果允许他们活着,那一切还会卷土重来。我所进行的试验表明,我们就是一种动物,我十分相信这一点。遗传的神力促使另族进化成人族——另族在剧变之前是法艮的宠物。人族是从另族进化而来的,就像法艮是从弗兰勃牦进化来的一样。而且正因如此,他们有一天也会再次遍布大地。法艮仍在等待着,充满了野性,与铠骥一起守候在恩克特莱赫克高地,等待时机猛扑下来,进行复仇。他们将把你们斩草除根。警醒吧。让大清洗来得更壮大些。让大清洗来得更猛烈些。必须在夏季除掉剑族,在人族尚且强大的时候。等到冬季来临,狂暴的铠骥大军会再次降临!

"最后我要对你们说:我们绝不能浪费资源自相残杀。我们应该与那个古老的敌人斗争——还有那些保护他们的人族!"

但是人族已然自相残杀起来。观众之中对宗教最为虔诚的,比如克里斯潘·莫南,都是最热衷于大清洗的。如今有一个局外人触犯了他们最深层的宗教原则,这激起了他们狂暴的本性。第一个扔石头的人立即被他身边的人攻击。花园里乱石横飞。很快就有匕首刺进了肉体。一个人跑进了花丛,流着血,扑倒在地。女人尖叫起来。怒火与恐惧不断升级,打斗扩散开来。凉棚塌了。

当阿拉姆·伊桑博尔静静地离开这片场景时,宫廷的草坪上演了一部小型的战争。

这场混乱的首要制造者在惊骇中看着现场。人们对于知识的反应竟然如此激烈。一群只会拜神的傻瓜!一块飞石砸到他的嘴上,他倒了下去。

奥蒂·杰赛拉塔尔冲过去扑在他身上,哭喊着尽力挡住更多的石块。

一群年轻的僧侣把她拖到一边提拳便打，然后开始对倒在地上的前任总管大臣拳脚相加。他们是最不愿听到阿克哈纳巴之名遭受玷污的人。

克里斯潘·莫南担心事态变得难以控制，举起手臂走上前去，积德览特袍黑色的双翼展开了，上面已经被剑锋刺破。奥蒂转身就跑，刚跑了几步，她的衣服就被身边的一个女人揪住，她拼命挣扎，刹那间就被十几个愤怒的女人围住。

骚乱愈演愈烈，不到一个钟头，这场骚乱就扩散到了城里。而僧侣则充当了开路先锋。没用多久，他们就浑身是血地出现在了宫墙外面，他们高举着萨托里瓦什和他那个锡伯纳尔同伴的尸体，他们一路走一路尖叫："亵渎者死了！阿克哈纳巴万岁！"

花园里的打斗过后，大家冲上了街道，于是有了更多的混战，尸体在被扔去喂狗之前被拖到了沃甄大道示众。然后是一片可怕的寂静。甚至园子里的第一法艮卫队似乎都在等候着什么。

赛伦·司堂德的计划与结果真是天壤之别。

萨托里瓦什只是想报复他的前任主子，并且想让第一法艮卫队遭到屠杀。那是他有意而为之的。他对知识的热爱，他对人族同胞的仇恨背叛了他。他完全没能理解他的听众，其结果就是将宗教信仰置于一场难以化解的危机之中——而就在这一切发生之后的那天，圣帕诺威尔的皇帝，伟大的卡萨尔·吉兰达尔九世就会来到奥多兰都，向虔诚的信徒赐下阿克哈纳巴的圣油。

最鲜活的言语是从失去生命的殉教者口中扩散开来的。僧侣们无意之中传播了萨托里瓦什的异端邪说，这些东西找到了适合生长的土壤。没过几天，就轮到僧侣们自己受到攻击了。

民众被煽动得如此激愤，这是萨托里瓦什本人未曾料到的效果。

他的听众们通过他所鄙夷的信仰形成了某种联系，而同理心极其有限的萨托里瓦什根本没想过这一层。

人们察觉到，长久以来被教会压制的流言如今就摆在眼前。智慧一直都存在着。阿克哈纳巴——那可是他们自己以及他们祖辈世世代代敬拜的神灵——只不过是一只法艮。他们一直在向他们迫害的那种野兽祈祷。经文里说，"若我是人或是动物或是石头，不要问因何如此。"现在，那个玄而又玄的谜团在赤裸裸的事实面前崩塌了。他们那个被大肆吹捧的神灵，那个维系着政治体系的神灵，只不过是个剑族。

现在，人们为了苟且过活，应该否认哪一个呢？是难以容忍的真相，还是难以容忍的宗教？

甚至宫殿里的仆人也不再顾及自己的职责，纷纷彼此发问："我们就是奴隶的奴隶吗？"而在他们主人的头顶上，一场精神危机如乌云压顶。那些主子早已理所当然地认为自己就是这个世界的主人，但突然之间，这个星球变成了另一番模样——他们在这个地方成了后来者，而且是更低级的后来者。

争论热火朝天。许多忠实的信徒完全拒绝萨托里瓦什的假说，将其视为精心编织的谎言。但是，有多少人拒绝相信，就有多少人举手赞同，他们甚至宣称自己一直以来就知道事实如此。矛盾随即升级。

对赛伦·司堂德而言，信仰这件事仅仅是为了实用。他跟詹道昂格诺尔不同。他认为信仰不过是巩固统治的润滑油。可突然之间，一切都处在质疑之中。

倒霉的奥多兰都国王在那天下午剩余的时间里，一直把自己关在妻子的寝宫之中，蒲丽雀在他耳边喊喊喳喳叫个不停。他时不时让贝丝卡尔奈特-妇出去找找米露艾·泰尔在哪儿。他还陆续收到汇报说哪里的店铺遭到打砸，某座最为古老的寺庙里发生了激战。

"我们没有士兵了。"赛伦·司堂德哭哭啼啼地说。

"也没有信仰了。"他妻子有些幸灾乐祸,"要让这可怕的城市保持秩序,这两者缺一不可。"

"我猜詹道昂格诺尔为了免遭杀害已经逃走了,他应该等着看他儿子的死刑。"

这个想法让他又开心起来,一直开心到晚上克里斯潘·莫南前来拜见。谏官看上去身心俱疲。他向国王陛下躬身一礼道:"如果我对这场混乱的分析没错的话,陛下,争论的中心已经从詹道昂格诺尔的身上转移走了。现在争论都集中在我们的信仰本身。我们只能寄希望于下午那场过火的演讲很快会被遗忘。人们不可能接受自己比法艮那种畜生还要低贱。

"现在倒是把詹道昂格诺尔从公众注意力中清除的好时机。按照宗教法规,他还没有离婚,而今天早上我们已经把他批斗得体无完肤,他已经没有价值了。

"因此,我们应该在他有机会向圣卡萨尔开口之前,把他从这座城市赶走——也许可以通过特使伊桑博尔或是乌伯贝格去做。卡萨尔要面对的必然是更为严峻的问题——宗教危机。您女儿的婚姻问题也是我们要妥善处理的,要选择合适的对象。"

"哦,我知道你在暗示什么,克里斯潘。"贝丝卡尔奈特-妇鸟鸣般说着。默奴是在拐弯抹角地提醒国王陛下,让米露艾尽快嫁给帕诺威尔的王子泰恩斯·英德莱德,借此在奥多兰都建立起更为牢固的宗教势力。

克里斯潘·莫南听到王后的评论之后不动声色。

"您要怎么做,陛下?"

"喔,说实在的,我觉得我要洗个澡……"

克里斯潘·莫南从他那件深色的长袍深处取出一个信封。

"这个星期来自梅特拉赛尔的报告说,那里的问题层出不穷,可能很快就会濒临崩溃。铁锤安多德在一次小冲突中从骅骊上跌下来摔死了。当他威胁着博里恩的时候，首都尚能维持某种团结，现在，随着安多德的死亡以及詹道昂格诺尔的远离……"他有意让这句话只说半截，露出危险的笑容，"给詹道昂格诺尔一条快船，陛下——如果有必要的话就两条——让他本人带着那支法艮卫队顺瓦尔沃雷尔河回去，能多快就多快。他会接受的。敦促他离开，就说我们这里的局势难以控制，他那些宝贝野兽必须离开，不然就会遭到屠杀。他自诩能适应环境，而我们就看着他适应下去。"

赛伦·司堂德抹了抹额头，权衡着利弊。

"詹道昂格诺尔不可能接受我的建议。找他的朋友给他如此献计吧。"

"他的朋友？"

"是的，是的，他在帕诺威尔的朋友，阿拉姆·伊桑博尔，还有那个令人不齿的哥德尔·乌伯贝格。在我享受沐浴的时候把他们召唤来。"他冲着妻子问道，"你是否想来享受一番，我亲爱的？"

暴民在活动。人群的动向可以从阿佛纳斯上跟踪。奥多兰都到处都是游手好闲的人。闹事儿、看热闹，总是有人热衷于此。他们从长期混迹的小酒馆里蜂拥而出；他们锁上店铺，拿起棍棒；他们从行乞的教堂外动身，他们沿着旅馆、兵营和圣地一路游荡，就是为了能掺和一下正在发生的事情，不管是什么。

某个傻子说他们比法艮蛮子还要低级，那都是惑众的妖言。那个傻子在哪儿？可能就是站在那里喋喋不休的那个白痴……

阿佛纳斯上的很多观察者看着这场骚乱，内心带着蔑视。其他一些思考者则看到了它的另一面。萨托里瓦什发起的这场论战尽管荒谬，尽管粗糙，在地球观测站上却也有着与之对应的论战——而且骚乱都无法帮他们解决这个问题。

"信仰：一种无常。"那部专著《论一个超过人类寿命的海利科尼亚季节的延长部分》如是说。对技术进步的信仰激发了人类建立起"阿佛纳斯号",经过数代人之后,这个信仰对飞船上那些人来说已经变成了一个陷阱,正如那个名为阿克哈纳巴主义的信仰已然变成了一个陷阱。

那些操控着阿佛纳斯的人安于一种内省式的无为现状,他们知道,自己无法从这个陷阱中逃脱。他们最需要变化,但又恐惧变化。尽管他们自觉比那些穿行在鹅街和沃甄大道上的肮脏百姓高出一等,但这群肮脏百姓却拥有头顶上那帮人无法拥有的希望。被斗志和烈酒冲昏头脑后,一个人大可以在鹅街上拳脚相加、在大教堂前恶语不断。这可能是一时的迷茫,但他无须忍受那六大家族的导师们所忍受的那种空虚。信仰:一种无常。这是确然无疑的。信仰在阿佛纳斯上已经大面积地消亡,这片空间里只剩下了绝望。

有许多个体绝望了,而并非所有人。甚至当长者们自上而下冷眼旁观,意气消沉地把那些混乱画面传回地球的时候,观测站上还涌现出了一个新兴的宗派。

那个宗派将自己命名为阿伽尼普人。成员都年轻而冲动。他们知道,自己没有机会返回地球或是在海利科尼亚上生活——最近的那个例子比利·肖品已经很好地证明了这一点。但是在阿伽尼普星上,他们还有机会。他们躲开随时都在观察的镜头,积攒起储备物资,标记出一艘可以挪用的航运飞船,好把他们送到那颗空无一人的行星上去。他们的心中有一个希望,和那些在鹅街上闪现的希望一样充满了光明。

夜晚微微凉爽了些。又发生了一次地震,但群情激奋之中,不等有人注意便过去了。

国王赛伦·司堂德洗过澡后精神一振,心绪安稳了不少,又好好吃了一顿,接见阿拉姆·伊桑博尔和哥德尔·乌伯贝格的时候情绪颇佳。他安坐在一张长榻上,在召见那二人之前,让妻子姿态诱人地斜卧在他身后。

所有能到的侍臣都安排就位,一名女奴把美酒倒进了装着洛德尔雅德莱冰块的玻璃杯里。

哥德尔·乌伯贝格穿着一件轻便的绸襦,佩戴着一条教士肩带。他进来时一脸勉强,看到克里斯潘·莫南在场时显得更加不自然。他感觉自己处境尴尬,言谈中透出的紧张将此表露无遗。

阿拉姆·伊桑博尔则恰恰相反,他欢快得不同寻常。跟平时一样,他的衣着洁净无瑕,他走到国王的长榻前吻了吻这对王室夫妇的手,似乎并不担心传染上什么细菌。

"喔,陛下,跟您许诺的一样,今天下午您确实给我们上演了一出好戏。我要献上我的祝贺。您那个无神论老流氓说得多带劲儿啊!当然了,我们的信仰经过质疑只会更加坚实。然而对那个令人憎恶的詹道昂格诺尔国王——一个怜爱法艮的人来说,又真是造化弄人,他早上还站在那里接受生死的审判,晚上又以神灵保护者的英雄姿态站了出来。"

他开心地大笑起来,转向谏官默奴让他评判一下这番笑谈。

克里斯潘·莫南用他最阴沉的声音说道:"那是亵渎。"

伊桑博尔笑着点了点头,"现在,神灵有了一个新的定义,亵渎自然也得有喽?阁下,昨日的异端邪说便是今日的真理之路,我们必须尽自己所能灵活地游走于……"

"我不知道你为什么要这么开心。"赛伦·司堂德抱怨道,"但是我希望趁你心情不错,请二位帮点小忙。侍女,再来点酒。"

哥德尔·乌伯贝格说:"只要陛下吩咐,我们自然是不遗余力。"看上去他有些焦躁,伸手紧紧抓住了酒杯。

国王斜倚着的身子直了起来,用王室特有的浮夸姿态抚了抚自己的肚皮,说:"在詹道昂格诺尔哄骗我那可怜的小女儿米露艾·泰尔成婚之前，我应该给你们一些必要的酬劳，以便让你们劝说他立刻离开我们的国家。"

伊桑博尔看着哥德尔·乌伯贝格。哥德尔·乌伯贝格盯着伊桑博尔。

"怎么了？"国王问道。

伊桑博尔说："陛下。"说这话的时候，他好像是在努力去抓挠后脖颈上的一绺头发，弄得他只能盯着地板抬不起头来。

哥德尔·乌伯贝格清了清喉咙，然后，就像是仔细斟酌了一番，又清了清喉咙道："我可否冒昧地问陛下，近些时候可曾见过您的女儿？"

伊桑博尔插口道："至于我吗，陛下，我只能听命于博里恩的国王。"他的手还在抓挠着后脖颈，"全是因为我过去一个愚蠢的举动，一个最不可原谅的轻率行为，跟王后中的天后有关。所以当博里恩的国王今天下午来到我们那里寻求帮助的时候，我们无计可施，只得……"

他这句话只说了一半，接下来便盯着赛伦·司堂德看他的反应，乌伯贝格索性接过了话头：

"我是帕诺威尔的圣卡萨尔皇室麾下的一位主教，陛下，因此有权代表圣皇陛下做一些事情，这是教会官方……"

"而我实在是太怠慢了，"伊桑博尔说道，"居然还持有那份已经由前王后梅尔黛伽拉签署过的离婚契约，它早就应该呈送给卡萨尔或是他的一位皇室代表，早在几个什句之前……我很抱歉使用了这个如今带有几分无礼的词语……"

"而我俩关心的是，"现在哥德尔·乌伯贝格的话语里有几分意味深长，"不要在圣皇陛下对两个姊妹国进行愉快的访问时，给他增添过多的负担……"

"当有更具争议的问题存在……"

"或者是，确实，要麻烦陛下您……"

547

"够了！"赛伦·司堂德叫道，"快说重点，你们二位！真够拖泥带水的！"

"您这话正是几个小时前我俩对自己的检讨，"伊桑博尔表示赞同，并摆出一副最假惺惺的笑脸，"真够拖泥带水的……恰如其分，陛下……因此，根据那些高居我们所有人之上者所赋予的权力，我们为詹道昂格诺尔和您美丽的女儿米露艾·泰尔举行了一场隆重的婚礼仪式。那是一场简朴而感人的仪式，我们真心希望陛下您也能在场。"

这位陛下从长榻上一屁股跌了下去，又吼着爬了上来。

"他们要结婚？"

"不，国王陛下，他们已经结婚了。"哥德尔·乌伯贝格说，"我主持了婚礼，而且在圣皇陛下缺席的情况下替他见证了他们的誓约。"

"而我作为证婚人递上了戒指，"伊桑博尔说道，"博里恩国王的一些军官也在场。但是没有法艮，这一点我保证。"

"他们结婚了？"赛伦·司堂德不住重复着，不安地左顾右盼。他跌坐在了妻子怀里。

"我们两人要向您道喜，陛下。"伊桑博尔温文尔雅地说，"我们祝愿这对夫妇永远幸福。"

第二天的夜里，烟霾追着日落渐渐远去，群星在东方闪烁。弗雷耶日落时留下一团巨大的光晕仍徘徊在西方的天空。没有风。大地时不时颤抖一下。

圣皇陛下卡萨尔·吉兰达尔九世已经在正午时分抵达奥多兰都。吉兰达尔是一位老者，留着长长的白发，他径直去往宫殿里的卧榻，想要缓解旅途的劳顿。他俯卧在那里，各式各样的官员轮番见驾，最后到来的是国王赛伦·司堂德，他怀着极大的歉意来向老人讲述这场发生在奥多兰都王国内的宗教骚乱。

圣皇陛下倾听着这一切。他庄重地宣布，要在弗雷耶日落时分举行一场特别的仪式——不是在大穹顶，而是在宫殿的小教堂里——届时他将会向全体教徒致辞，并解答他们所有的疑问。关于剑族是一种古老的上等种族的卑劣谣言，将会被揭露为大谬之言。只要他那日渐衰老的身体里依旧还有力量，无神论者的声音就永远不可能占上风。

等到这场仪式终于开始，老迈的卡萨尔开始致辞，他的声音尊贵至极。现场几乎无人缺席。

只有两个人没到场，他俩正待在钟啸园的白亭里。

心怀忏悔和感激之情的国王詹道昂格诺尔刚刚做完祈祷，并对自己进行了鞭笞，此时正在清洗后背的血迹，一罐罐的温泉水由一名奴隶倾倒而下。

"你怎么能做这么残忍的事情？我的丈夫啊。"米露艾·泰尔惊叫着快步走进屋子。她没有穿鞋，披着一件薄如蝉翼的白色萨泰拉长袍。"我们的身体不是血肉做成的吗？你难道是什么别的东西做成的？"

"肉体和精神之间是分开的，必须提醒这两者。我不会让你进行同样的仪式，但你必须忍受我的宗教行为。"

"可你的肉体是我所爱。现在它也是我的肉体，如果你再要伤害它，我就杀了你。等你睡熟的时候，我就坐在你的脸上，用我的屁股闷死你！"她搂住了他，贴在他身上，直到她全身的衣服都被水浸透了。他让奴隶出去，然后吻她，爱抚着她。

"你的青春之躯是我所爱，但我已决定要等到你十岁生日之后再以情欲的方式去认识它。"

"哦，不，詹！那还要整整五个什旬！我可不是那么脆弱的小东西——我很容易就能接受你，你会看到的。"她将那张鲜花般的面孔贴在了他的脸上。

"五个什旬并没有多久，我们等等也不会有什么害处。"

她紧紧搂着他，把他压倒在了床上，在他怀里奋力地扭动厮磨，放肆地大笑着。

"我可不打算等,我不想等!我知道妻子应该是什么样子,也知道妻子应该做的一切,我想让我身体的每一部分都成为你的妻子。"

他们狂吻起来。然后他大笑着推开她。

"你这小辣椒,你这个亮宝石,你这个花骨朵儿。我们要等到环境更有利的时候,等到我跟你的父母达成某种和解的时候。"

"但现在就是最有利的时刻。"她哭了起来。

为了分散她的心思,他说:"听着,我有个小小的结婚礼物送给你。它几乎是我在这里所拥有的一切了。等我们回到梅特拉赛尔的家里,我要再给你送上一大堆礼物。"

他从束腰上衣里取出那个显示三种时间的计时器,举到她的眼前。

数字显示的是:

07∶31∶15   18∶21∶90   19∶24∶40

米露艾·泰尔接过去,看上去有点失望。她试着把它戴在额头,可是表带在脑后扣不到一起。

"我得把它戴在哪儿呢?"

"当个手镯怎么样?"

"可能行吧。好吧,谢了,詹。我过些时候再戴。"她把手表扔到一边,然后,猛地扯掉了自己湿透的衣服。

"现在你可以好好看看我,想象你将会得到怎样的享受。"

他开始祈祷,但是当她在屋里舞动的时候,他并没有闭上眼睛。她放荡地笑着,看到他的眼睛里已经燃起了欲念。他跑向她,一把抓住她,把她带到了床上。

"太妙了,我可爱的米露艾·泰尔。我们的婚姻生活就此开始。"

一个多小时以后,一阵剧烈的震动把他们从销魂缠绵中惊醒过来。房屋在他们的周围呻吟着,他们那盏小小的灯烛被晃到了地上。床铺咯咯直响。他们跳了起来，裸着身子，感觉地板在不住地晃动。

"我们要出去吗？"她问道，"整个园子都蹦起来了，不是吗？"

"等一下。"

地震持续了很久。城里的狗不住嗥叫着。然后一切都停止了，死一般的寂静蔓延开来。

在这片寂静中，国王脑子里的思绪如同蛆虫般活跃起来。他想起了他立下的誓约——全都被打破了。想起了他所爱的人——全都被出卖了。想起了他憧憬的未来——全都破灭了。在这无边蔓延的死寂中，他找不到一丝慰藉，就连躺在身边的那个香汗淋漓的娇躯都无法带来半点慰藉。

他目光呆滞，盯着一件物品，那物件掉落在铺着蒲席的地板上。那是曾经属于比利仕奥品的计时器，一件由未知科学打造的工艺品，贯穿在他走向没落的这几个什旬里。

他猛然大吼一声，一跃而起抓过那个计时器，从朝北的窗户抛了出去，扔得远远的。他赤裸着站在那里，盯着，仿佛生怕那东西又会回到他手里。

米露艾·泰尔一时间惊得不知所措，好一会儿，她才走到他身边，把手搭上他的肩头。他们什么都没说，把身子探出窗外呼吸着凉爽的空气。

一团神秘的白光在北方蠕动，勾勒出地平线上的树影。光团中间不时跃动着无声的闪电。

詹道昂格诺尔问道："注视者在上，出什么事了？"他紧紧搂住新婚妻子纤柔的肩膀。

"别紧张，詹。那是地震光——很快就会消失的。在特别严重的地震过后我们经常会看到。那是夜间的彩虹。"

"太安静了，不是吗？"他意识到没有第一法艮卫队在附近活动的声响，然后突然警觉起来。

"我听到什么声音了。"她突然跑向对面的窗户,随即尖叫起来,"詹!看!王宫!"

他跑到她身边朝外望去。在劳耶尔布莱丹广场对面,宫殿火光冲天。整个木结构金蛇乱窜、烈焰飞腾,滚滚浓烟直冲星斗。

"肯定是地震引起了大火。咱们去看看能不能帮上忙……快,快,我可怜的母后!"她鸽子般的声音不住尖叫着。

两人惊慌失色,连忙穿上衣服跑了出去。园子里没见到法艮,但当他们穿过广场之后,他们看到了。

第一法艮卫队全副武装地站在那里,盯着火光熊熊的宫殿,把守在四周。火焰越来越炽热,他们始终一动不动地看着。城里的人站在远处,无助地望着,法艮不让他们靠近。

詹道昂格诺尔走上前去想要穿过法艮的队列,但一支长矛伸出来拦住了他。法艮军士长吉赫特-姆拉·赫则恩朝着自己的这位上司行了个礼,开口说话了:

"您不可以再向前靠近,阁下。很危险。我们制造了一场大火,为地下那个教会场所里所有的弗雷耶之子。消息进入了我们的头脑,说邪恶的国王和教会的国王将会杀戮您这支卫队的所有仆从。"

"你们没有得到命令。"他几乎说不出话来,"你们屠杀了阿克哈纳巴……那个以你们的形象创造出来的神。"

他面前的这个生物瞪着那对深红色的眼睛,抬起长着三根手指的手放在头上,"命令已经形成在我们的头脑里,从很久以前而来。曾经,这个地方乃是古老的艾姆-布鲁·都克……远至……"

"你们杀害了卡萨尔,阿克哈纳巴……一切的一切……"他几乎听不到那个剑族在说什么,因为米露艾·泰尔抓着他的手用最尖利刺耳的音调嘶喊着:"我的母后,我的母后,我可怜的母后!"

"艾姆-布鲁·都克曾经是属于剑族的古老地方。不能给弗雷耶之子。"

他不明白这话。他推开她的长矛，抽出了宝剑，"让我过去，军士长，不然我就杀了你。"

这威胁毫无作用。赫则恩依旧面无表情地说着："别过去，阁下。"

"你是火神，詹……命令它熄灭！"米露艾·泰尔如同鹦鹉般叫嚷着，用力抓挠着他的身子，但他一动不动。在努力思考，想要解释什么，在开口之前她仔细斟酌了一番字句，"古老的艾姆-布鲁·都克，好地方，阁下。大气音阶成为一支歌。在任何弗雷耶之子诞生于赫尔-科·尼亚之前。在古老的驰旬-赫尔时代。"

"这是现在，是现在！我们生生死死都是在现今的时代！你这个法艮婊子！"他想要扑上去搏斗，但却无力这样去做，尽管身边的那个姑娘不住尖叫着。他的意志衰败了。烈火在他骤缩的瞳孔里熊熊燃烧。

法艮执着地继续她的解释，仿佛是一台机器：

"剑族在这里，阁下，早于弗雷耶之子。早于弗雷耶带来灾光。早于驰旬-赫尔逸去，阁下。古老的罪孽，阁下。"

也许她说的是"古老的罪孽"，在烈焰的噼啪声中很难听得清。一声巨响，宫殿的一部分屋顶坍塌了，一股火柱直插夜空。一根根立柱朝着广场倒了下来。

人群不约而同惊叫着跌跌撞撞往后退。围观的人群里有艾贝朵儿，她挽着一位锡伯纳尔大使馆里的绅士，随着被热浪逼退的人群往后退去。

"圣卡萨尔……全都毁了！"詹道昂格诺尔痛苦地大喊着。米露艾·泰尔把脸埋在詹道昂格诺尔的身子里哭着，"全毁了……全都毁了。"

他没想过要去安慰那个姑娘，也没有推开她。她对于他来说什么都不是。大火吞噬了他的灵魂。一起被吞噬掉的还有他的雄心壮志——也正是这场大火替他完成了他的雄心。他可以同时成为奥多兰都与博里恩的主人了,但在那个无休无止、盛衰轮回的循环之中,法艮会变成神灵,神灵会变成法艮,他已不再渴望那样的统治。

他的法艮让他获得了巨大的胜利,而他在其中看到的却是失败。他的思绪飞到了梅尔黛伽拉身上,但是他和她的夏季已经过去,这场在敌人的身躯之上燃起的巨大篝火标志着,他的秋季降临了。

"全都毁了!"他大声说。

就在这时,一条身影朝着他们走过来,优雅地穿过第一法艮卫队的队伍,几乎是闲庭信步般到了眼前,"并非全部,我很乐意这么说。"

尽管伊桑博尔尽力像往常一样摆出一副若无其事的样子,可是他的脸色煞白,浑身抖得厉害。

"由于我从来都没有拿出最高的热情去敬拜全能之主,不管他是人还是法艮,我都不会在卡萨尔对这一话题的演讲场合中出现。事实证明我实在是太幸运了。把这作为一个教训吧,国王陛下,未来别再那么频繁地去教堂了。"

米露艾·泰尔愤怒地抬头看着他,说:"为什么你不滚出去?我的父母都在那里。"

伊桑博尔伸出一根手指对她晃了晃,"你必须要学会适应环境,正如你的新婚丈夫所宣扬的那样。如果你的父母逝去了——我觉得你要接受这个事实——请允许我第一个祝贺你成为博里恩与奥多兰都的王后。

"作为你们那场秘密婚礼的操办人,我希望能从你们身上获得某种晋升。我可能永远都成不了卡萨尔,但你们俩都知道我提供的建议一向靠谱。我很高兴,哪怕是在当下这个不幸的时刻。"

詹道昂格诺尔摇了摇头,他搂着米露艾·泰尔的肩膀开始哄她离开火场。

"我们什么都做不了。杀掉一两个法艮无济于事。我们要等到天亮。伊桑博尔固然喜欢冷嘲热讽,可他的话还是有道理的。"

"冷嘲热讽?"伊桑博尔平静地问道,"你的这些畜生不正在仿效你对梅尔道拉特党人所做的事吗?当你通过那件事获益的时候,你就没有冷嘲热讽吗?你的那些畜生已经将你加冕为奥多兰都的国王了。"

国王脸上的表情伊桑博尔甚至不忍直视。"如果整个宫廷都没了,我还能做什么?除了留下来,除了尽我的职责,除了确保继承权合法地交到米露艾·泰尔名下,还能做什么?我能在这些事情中找到乐趣吗?伊桑博尔。"

"我希望你会适应环境,就像我一样。要什么乐趣?"

他们转身走了,公主脚步踉跄,需要让人扶着。

国王最终说道:"要不然就是陷入无政府状态——或者帕诺威尔会插手。不管它会带来欢乐还是哭泣,我们似乎确实有机会让两个王国合为一体,那将强大到足以抵御外敌。"

"又是敌人!"米露艾·泰尔冲着她那个无能的神灵嚎叫起来。

詹道昂格诺尔转向伊桑博尔,一脸茫然,仍然不敢相信发生的一切,"卡萨尔本人已经死了。卡萨尔……"

"没有天神下凡来拯救他,没错。不过还有个好消息给你。赛伦·司堂德国王虽然不会被历史奉为一位明君,但他在亡故之前心血来潮,做出了一件宽宏之举,应该是新王后的母亲鼓励他这么做的。国王陛下可消受不了吊死他新女婿的儿子,他在一个小时之前把罗彼释放了。也许是作为结婚礼物吧……"

"他放了罗彼?"他紧皱的眉头立时舒展开了。

又有一部分宫殿坍塌了。高耸的木柱像巨大的蜡烛一样燃烧着。越来越多的奥多兰都居民静悄悄地拥来,看着这场大火,他们知道,永远不会再亲眼看见这样的夜晚。很多人十分迷信,将这一幕视为流传已久的世界末日的预言。

"我看到那小子自由了。跟以往一样野性十足。更野了。离弦之箭都没他跑得快。"

詹道昂格诺尔低吼了一声,"可怜的孩子,他为什么不来见我?我希望他最终能抛弃对我的仇恨……"

"现在他可能跟大家一样,排着队去亲吻死去的萨托里瓦什遗体呢……要我来看,那可真算不得什么卫生的娱乐方式。"

"为什么罗彼不来见我……"

没有人回答,但是詹道昂格诺尔心中已经有了答案:因为他自己一直跟米露艾·泰尔躲在亭子里。今天这场风波所造成的后果要经过很多个什旬才会完全显现出来,而他将不得不与此相伴余生。

仿佛是在回应他的心思,伊桑博尔说:"那我可否问一下,你打算怎么处置你那支著名的法艮卫队?这桩罪行就是他们犯下的。"

国王朝他投去一道愤怒的目光,往火场外走去。

"也许该你来告诉我,人族到底该如何彻底解决法艮的问题。"他说道。

尾 声

"好望号"和"联盟号"的军队登陆博里恩海岸之后,在艾奥·帕沙迪德的率领之下向西朝着格莱瓦贝伽雷尼恩进发。

部队行进的时候,帕沙迪德不断搜集着梅特拉赛尔的情报,骚乱愈演愈烈,几乎要吞没梅特拉赛尔。当那里的人们逐渐明白梅尔道拉特大屠杀的真相时,他们的良知被唤醒了;国王若是返回,必然成为众矢之的。

帕沙迪德的头脑里酝酿着一个计划,他对此信心十足,以至于他觉得一切都是板上钉钉了。他要占有王后中的天后,格莱瓦贝伽雷尼恩会落入他的手里,她也一样。梅特拉赛尔将十分乐于接受她成为他们的女王,而他会作为她的配偶进行统治。在政治上他没什么野心,也没什么雄心壮志。他以往的过去,那些逃避、失意、耻辱的过去都会就此了结。这是一个无伤大雅的军事联姻,而他渴望得到的一切都将属于他。

先头侦察兵报告说,木结构宫殿周围有防御性的胸墙。他在巴塔利克斯黎明时分发起了进攻,此时烟霾弥漫大地。他的枪手两两一组向前推进,轮机枪准备就绪,长矛兵护卫左右。

一面白旗在防线后面挥舞起来。一条粗壮的人影小心翼翼地出现在了开阔地上。帕沙迪德对士兵发出信号,暂停行动,独自一人走了上去。他觉得此时的自己颇有一番英雄气概,正直而高大。他打心眼儿里觉得自己就是一位征服者。

那个粗壮的汉子走上前来。他俩在走到相距不足一矛远的地方停下了脚步。

巴尔铎·卡拉班赛蒂开口了。他问为什么这群士兵要对一个几乎没有防御能力的地方发起进攻。

对此,艾奥·帕沙迪德傲慢地回应说,他是个体面正直的人,他只想要王后梅尔黛伽拉投降,然后他就会离开这座宫殿,不伤一草一木。

卡拉班赛蒂在额头上画了个圣环符，哼了一声作为回应。他说，唉，王后中的天后死了，被她前夫詹道昂格诺尔国王派来的探子用冷箭射死了。

帕沙迪德对此嗤之以鼻。

"你自己去看吧。"卡拉班赛蒂说。

他朝着大海做了个手势，那片海在黎明的天光中死气沉沉的。有人正在水边的一艘帆船上举行葬礼。

是真的。帕沙迪德自己就能看得清清楚楚。他撇下自己的部队跑向了海滩。四名男子垂头抬着一副棺架，棺架上躺着一具遗体，用几层白色的平纹细布裹着。细布的边缘在渐强的微风中不住飘摆。遗体上放着一个花圈。一位脸上长着一颗痣、痣上垂着一缕长毛的老妇人站在水边放声痛哭。

那四名男子抬着棺架，面色凝重地走上那艘白色的多桅轻帆船，那正是"瓦伽布哈尔祈祷号"；船身侧面的破损已经修好了，至少足以为逝者进行一次航行。他们把棺架放在桅杆下面，然后下了船。

思卡福巴尔，王后的老管家，一袭黑衣，举着一支燃烧的火把走上船去。他朝那具裹着白布的遗体深深一躬，然后点燃了堆在甲板上的木柴。

火焰腾起，裹住了大船，它顺着风势缓缓向外海漂去。黑烟滚滚，犹如一缕长发荡在海面上。

帕沙迪德摘下头盔狠狠摔在沙地上，向手下人狂叫起来：

"跪下，你们这些白痴！跪下为这位美人的灵魂向阿佐亚希克神祈祷！王后死了，噢，王后中的天后死了！"

卡拉班赛蒂骑着一匹褐色的骅骊赶回奥塔索尔的妻子身边，一路上不时露出一丝笑容。他真是个聪明的家伙，他的计策成功了，帕沙迪德被引开了。他右手的小指头上戴着王后赐给他的礼物，一枚镶着海蓝宝石的戒指。

王后在帕沙迪德抵达格莱瓦贝伽雷尼恩前几小时离开了。陪同她的有她的那位将军、他的姐姐、公主塔特洛和不多的几个随从。他们向东北方一路跋涉，跨过博里恩肥沃的黄土地，朝着梅特拉赛尔进发。

不论他们走到哪里，农民们都会从棚屋里蜂拥而出，不论男女老幼，都会高声向梅尔黛伽拉献上祝福。哪怕最穷苦的人也会跑来为她们一行人献上食物，尽一切可能帮助她。

王后的心是充实的，但那颗心已经不是曾经的那颗了，那颗心已经没有了当初的爱意。也许她会适时接受托科奈特，这尚未可知。她首先要找到儿子并好好安慰他。到了那个时候，未来方可确定。

帕沙迪德在海边停留了好一阵子。一群鹿来到海滩的高潮线上吃草，全然无视他的存在。

葬礼的船漂向大海，载着那个被火药桶砸伤而不治身亡的仆人的尸体。烈焰直冲云霄，浓烟低垂，掠过海面的波涛。木头噼噼啪啪燃烧的声音传到了帕沙迪德耳中。

他大哭着扯下上衣，心中念念不忘那些永远都不会发生的一切。他跪倒在沙滩上，为了那场并未发生的死亡恸哭失声。

海里的那些动物环绕在大火熊熊的船只周围游动，然后纷纷离去。它们撇下了这片海滩，向着大海深处游去了，结成有序的兵团一路游向人族尚未涉足的水域，与海利科尼亚那片水域荒野融为一体。

很多年过去了。那躁动的一代人一个接一个逝去……王后从世人眼中逝去很久之后，她那不朽的风采跨越了巨大的空间鸿沟，为地球上的人们所领略。在地球上，她那无与伦比的风姿与容颜再次鲜活起来。她的遭遇，她的欢乐，她的失意，她的美德……所有的一切都由地球上的人再次忆起。

而在海利科尼亚上，关于王后的所有记忆很快就被遗忘了，宛如消失在海滩上的浪花。

皎洁的驰旬－赫尔高悬当空。月光泛着蓝色。甚至在白天，巴塔利克斯的光芒穿透寒冷刺骨的迷雾时，高远的天空也湛蓝深邃。

所有的一切对于剑族来说都十分完美。气温很低。他们高昂利角，一切都有条不紊。他们生活在赫斯帕戈尔特的佩古温半岛热带地区的群山和森林里。他们和平相处。

幼年慢慢长大成为青年，然后进入成年期，他们的皮毛变得浓密，长成了黑色。蓬松的毛皮下面覆盖着粗壮强悍的身体。他们用力投出的长矛能在一百米之外置人死地。他们就用这样的武器杀死任何侵犯他们领土的其他族群成员。

他们也有自己的艺术。火是被他们驯服的宠物。他们走到哪里都会在肩头扛着炉具，他们成群结队，偶尔下到海边，他们会在那里捕鱼，宽厚的肩头扛着的石板，上面燃着火苗。

铜制品对于他们来说并不神秘。他们用那种金属装饰自己，那暖暖的色调在他们那烟熏火燎的山地洞穴里十分显眼。他们擅长制造陶器，会烧制样式各异的陶罐，通常都带有很繁杂的设计，外形类似他们吃的荚果。芦苇和攀缘植物被用来制造粗糙的遮体衣物。他们有语言的天赋。雄性和雌性一起出去打猎，一起耕种他们辟出的小块田地，他们之间也并不会争吵。

剑族的族群养着一些动物作为宠物。阿索金犬与他们共生，在他们出去打猎的时候还可以当作猎狗。另族在他们眼里并没有什么实际的用处，顽皮的另族喜欢偷东摸西，在他们看来无非是一些滑稽的表演。

当巴塔利克斯日落之后，光线从这个寒冷的世界退去，剑族便无牵无挂地沉沉入睡。他们像牛群那样随性而睡，站在哪里便在哪里就地倒下睡去。他们就那样停止了一切活动。在夜晚那几个小时的寂静之中，他们顽长的头颅里不会有梦境出现。

只有在驰旬－赫尔月圆时分他们才会彻夜不眠，他们在此时交配、狩猎。那对他们来说是重要的时刻。所到之处，他们会杀死一切鸟兽，甚至其他的剑族。杀戮不需要理由，他们杀戮，因为那就是他们的生活方式。

在白昼，有些生活在南方的族群会去猎杀弗兰勃牯。辽阔的南极大陆赫斯帕戈尔特生活着数以百万的弗兰勃牯。与弗兰勃牯如影随形的是铺天盖地的蝇虫。这团如云的蝇虫里就有那种黄色条纹的飞蝇。法艮杀死弗兰勃牯——单个地猎杀，成群地猎杀，杀死兽群的头领，杀死雌兽，不管是不是怀了孕，杀死幼兽，他们想要用它们的尸骸填满整个世界。

但这也无法阻止弗兰勃牯向北跨越佩古温半岛低地，而剑族也从不厌倦去宰杀它们。一年又一年，一个世纪又一个世纪，庞大的兽群依然无休无止地冲向那不知疲倦的长矛。在各个族群中，除了不断杀戮之外，再没有什么其他值得记录的历史了。

满月时进行交配，一年后的满月时分娩。幼年剑族慢慢长大。一切都是那么有条不紊，就好像连心跳都循着这个节奏，树木从容不迫地生长，这成了一切事物变化的标准。当那轮巨大的明月沉入地平线的迷雾之中，万物都与它从那片迷雾中升起时别无二致。身处这片凝滞的平和中，法艮也被这缓慢的节奏所左右，于是他们那单调的头脑里便没有了时间的概念。

他们的宠物会死去。在另族死掉的时候，尸体会被漫不经心地抛在一边，或是抛到营地外面，任由兀鹫吃掉。身形巨大的黑色法艮不知道死亡是什么：对于他们来说，死亡就和时间一样，是从未有过的概念。在他们年老之后，行动会变得迟缓，他们依然能得到庇护，但他们变得游离于族群之外。年复一年，他们的行动能力愈加受限，语言能力早早就会失掉，最终连动也不能动了。

部落对他们展现出一种关爱。他们并不关注个体。他们会照料婴儿，但是除此之外，他们只关心那些年老体衰者。这些老法艮会得到妥善安置，受到崇敬，在任何仪式中都会被祭出来敬拜一番，比如要对邻近的族群发起进攻之前。

正如那凝滞的时间，老死的法艮在跨越生死之界时并不会呈现什么显著的变化。时间封冻在了他们的精魄之中。他们逐渐萎缩，经过很多年之后，变成了从前那个自己的角蛋白塑像，甚至到了那个时候，其生命的火花依然若隐若现，并不会完全消失。部落遇事不决时，他们便是请教的对象。他们在族群的生活中仍占有一席之地。只有他们碎裂分解之时，才能说他们的生命走到了尽头。很多老者都会受到悉心照料，活过很多个世纪。

这种浑浑噩噩的生活方式延续了很久。在这块形如巨棒、几乎延伸到赤道的半岛上，夏季和冬季的差异并不大。在别的地方，到了冬季大海可能会结冰、而在这个半岛上，上至群山之间，下到密林丛生的峡谷，全然是一个慵懒的天堂，就这样一成不变，不知几番月圆月缺，不知过了多少世代。

剑族在变化来临时并没有做出及时的反应。那颗未知的星星出现了——一颗突如其来、前所未有的星星——它很久之前就出现了，但在它受到各个族群关注之前，它只是一个璀璨的亮点。

最早的白色法艮出现时无人在意。他们越来越多，长大成熟，繁殖出白色的后代，然后他们就被驱逐了。这些被遗弃的法艮在凄冷的考娲斯海沿岸一带生活，靠吃鼍蜥为生。他们那些被驯化的另族宠物蹲坐在他们的肩背上，不时往随身携带的炉具里丢进干燥的海藻。

在暮色黄昏中，法艮和另族沿着海岸结队而行，肩头上烟火缭绕，郁郁地往东走去。一年又一年过去，白色的法艮数量更众，东去的流民队伍越来越壮大。他们用石头柱子标记出行走的路线，也许是希望有朝一日能重返家乡。而返家之旅从未成真。

另一方面，那颗灾星在天空中更加明亮了，它的光芒遮蔽了其他星辰，后来就像驰旬-赫尔一样，在夜里也能投下影子。那个时候，剑族在跟幽缚中的长者经过一番长久的商议后，为这颗新星取了一个名字：弗雷赫耶，意思是恐惧。

在一两代人看来，恐惧之星的体量并没有多少变化。可它确实在变大。而那些变异的白色法艮沿着赫斯帕戈尔特的海岸线一代又一代日渐壮大。在佩古温半岛西侧，他们被一片萧索的湿地挡住了，后来那里被称为帝马里亚姆。往东，他们慢慢覆盖了司洛萨的山地，接着，经过两千英里的跋涉之后，到达了凯德莫陆桥。而所有这一切都是在剑族那缺乏灵魂而又决绝果断的性格下完成的。

跨过陆桥，扩张到了雷戴铎，他们进入了一片气候与佩古温颇为相似的地方。有一些就在那里安顿下来；其余的，晚些时候到达的，则跑得更远。他们一路跋涉，一如既往地立起石柱，标记出健康的大气音阶，希望它们能引导自己返回先祖的家乡。

大灾变时期来了。正在变老的恒星巴塔利克斯连同它的行星系被恐惧之星俘获了，这颗恐惧之星年轻、狂暴，让太空充满了辐射。恐惧之星本身有一个弱小的伴星。在接下来的这场宇宙剧变中，轨道被重新分配，这颗弱小的伴星被甩了出去。它飞到了一条新路线上，而且带走了巴塔利克斯的一颗行星以及海利科尼亚的月亮，驰旬-赫尔。巴塔利克斯则运行在了环绕恐惧之星的轨道上。这就是大灾变，剑族的头脑里从来不曾忘记。

随之而来的剧变折磨着这颗行星，那条跨越凯德莫海峡的古老陆桥被狂风巨浪拍碎了。赫斯帕戈尔特和坎普安莱特就此隔绝。

在剧变的这段时期，另族也发生了变化。另族比他们的主人弱小，但思维更加灵活，更加会适应。自佩古温而来的一路迁徙改变了他们的角色：他们不再只是被当作闲暇时取乐的宠物，在必要的时候也被

565

当作食物用来给族群果腹。

进化则是由偶然事件导致的。

一群另族沿着雷戴铎海岸的一片海湾觅食，潮水涌起，把他们隔绝开了。他们被孤立于一座小岛上，那里有一片环礁，为他们提供了丰富的油鱼。油鱼是生态发生变化的表现之一，它们在海水中产下数以百万计的卵。另族索性留在那里大快朵颐。

后来，失去主人的这群另族开辟出一片新天地，他们向西北方迁移，进入了一片几近荒漠的土地，他们称之为庞布特。在这里建立起了十大部落，或者说是十大奥莱·奥乃茨。最终，他们这群脱胎于剑族的种族扩张到了整个坎普安莱特，被称为奥洛奈茨。但直到许多世纪之后，他们才开始改造那片荒野。

另族进化了。十大部落分裂了，形成了许多部落。他们很快就适应了这个置身其中的新环境。一些部落从来都不定居，无休无止地在这片新大陆上游荡。他们的大敌是法艮，然而他们却将其视为神灵。这样的错觉——这样的愿景——是他们对这片世界的鲜活反应的一部分，他们在这里发现了自我。他们很开心，他们狩猎，他们繁衍生息，新的太阳照耀着他们。

当第一个大周期年冬季降临，当第一个狂躁的夏季隐退在寒冷之中，大雪一下就是几个月，对于法艮的原圣思维来说，那肯定意味着以前那种正常的状态又回来了。正是这段时期给了十大部落最为严苛的考验：与生俱来的适应性让他们能够度过历时若干世纪的远星点时期，也就是巴塔利克斯在它的新轨道上爬行最为缓慢的那段时间，进而他们把握住了自己的未来。最能适应下来的那些部落带着全新的自信出现在了紧随其后的那个春季里。他们变成了人族。

不论雄性还是雌性，他们都享受着自己的新技能。他们觉得这个世界以及未来都是属于他们的。但也有这样的时候，当他们夜里围坐在篝火旁，望着星光熠熠的苍穹时，他们似乎看到了一道无法逾越的深渊。共同的记忆不时浮现出来,一种更为巨大的生物曾庇佑着他们,而且维持着大体的公正。那些生物会安静地入眠,唇齿之间诉说着一种无声的话语。

人族需要崇拜偶像,需要被统治,也需要反抗统治,这些精神从未离开他们,甚至在弗雷耶再次宣示它的力量时,这种精神也未曾消逝。

新的气候带来了更高等级的能量,白色皮毛的法艮并不适应。高悬头顶的弗雷耶对他们来说是各种疾患降临的象征。他们在那些标记着大气音阶的石柱上刻下辟邪的符号:一个圆套着另一个圆,辐条状的射线将内外圆环连在了一起。在法艮的眼里,最初这是驰旬-赫尔离开赫尔-科·尼亚的画面,后来它逐渐被视作一幅不一样的图景:弗雷耶越来越近,它的光线倾泻在赫尔-科·尼亚上。

那些说奥洛奈茨语的人一代代演化成法艮所憎恨的弗雷耶之子,与此同时,法艮则慢慢失去了他们自己的文明。他们依然坚定地高昂着利角,因为新的气候并不完全站在弗雷耶之子那边。

尽管弗雷耶从未离开过,但总还是有一段漫长的时期它会运行到一个遥远的距离,将它那圆盘隐匿在星光熠熠的苍穹之中。到那时,剑族就能重新统治弗雷耶之子。到了下一次寒冰时代,他们就会彻底除掉古老的宿敌。

那个时代尚未到来。但迟早会来的。

第二卷终